PADDINGTON

Paddington at St. Paul's
Text copyright © 2018 by the Estate of Michael Bond
Illustrations copyright © 2018 by R. W. Alley
All rights reserved. Manufactured in China.
No part of this book may be used or reproduced in any manner whatsoever without written permission except in the case
of brief quotations embodied in critical articles and reviews. For information address HarperCollins Children's Books,
a division of HarperCollins Publishers, 195 Broadway, New York, NY 10007.
www.harpercollinschildrens.com

Library of Congress Control Number: 2018949212
ISBN 978-0-06-288785-6

18 19 20 21 22 SCP 10 9 8 7 6 5 4 3 2 1
❖
First Harper US Edition, 2019
Originally published in Great Britain by HarperCollins Children's Books in 2018

MICHAEL BOND

PADDINGTON

AT ST. PAUL'S

illustrated by R. W. ALLEY

HARPER

An Imprint of HarperCollinsPublishers

Most mornings Paddington stopped by Mr. Gruber's antique shop in the Portobello Market in order to share his elevenses, but one day his friend telephoned and suggested he should come in earlier.

It was most unusual, and for once Paddington didn't collect the buns from the nearby bakers on his way in.

"I was thinking the other day," said Mr. Gruber, "what with Buckingham Palace and the Houses of Parliament you must have had your fill of famous buildings you can see from outside, but that's as far as it goes."

"I nearly got my head stuck in the railings at Buckingham Palace," said Paddington.

"Well, there you are," said Mr. Gruber.
"It's not ideal." He paused for thought.
"One of my regular customers happens
to be a taxi driver and he came up
with an interesting idea. Not only
did he suggest a place to visit,
but he said that the next
sunny day he would take
us there."

He broke off with
a twinkle in his eyes
at the sound of
a vehicle drawing
up outside.

"I'll tell you something," said the taxi driver as Paddington scrambled in. "The place I'm taking you to took thirty-five years to build, and I'm willing to bet it's bigger and better than anywhere else you've seen."

"I expect they used the same builders as the ones who repaired our roof," exclaimed Paddington. "Mr. Brown says the job took three times as long as it should have done."

"I don't think they were around in those days," chuckled Mr. Gruber. "This building was designed by Sir Christopher Wren soon after the Great Fire of London in 1666."

"Visitors are welcome," he continued, "and provided there isn't a special event taking place you can explore every nook and cranny to your heart's content."

"Only mind you don't get lost," said the taxi driver.

"I've brought a whistle for him," said Mr. Gruber. "Two blasts on it and I'll be there."

Paddington felt very important as they
worked their way through the early morning traffic.
    Best of all, he made good use of the whistle before they
reached their destination, and it worked a treat.

"This is St. Paul's Cathedral," said the taxi driver as they drew up outside an enormous building. "The part I like best is called the Whispering Gallery. It's right up inside the dome, 98 feet above the ground floor, but if you know the right people there's an elevator and the view is marvelous. Ask for Ellie. She's a nice lady and she'll look after you."

The taxi driver was as good as his word. As soon as they'd found Ellie she led them straight to the elevator.

On the way up, Mr. Gruber explained to Paddington how the Whispering Gallery got its name. "They say if you speak very quietly against the wall, someone can hear what you are saying all the way across on the other side."

"I don't think those people can have read the signs," hissed Paddington as they stepped out of the elevator. He glared at the couple sitting nearby. Far from whispering, they were in the middle of a loud argument about the number of steps there were between them and the ground floor. The man said it was 239 and the lady said it felt like many more than that – especially in high heels.

Paddington gave each of them a hard stare before turning his attention to the view below.

Having gazed for a moment or two as though he couldn't believe his eyes, Paddington suddenly blew several warning blasts on his whistle before making a dash for the stairs.

Mr. Gruber took a glance before he followed on, and to his astonishment, on the floor below him a group of school children were lying on their backs staring up at the sky. It was no wonder Paddington wanted to investigate what was going on.

By the time Mr. Gruber caught up with him, Paddington had joined the children on the floor.

"It's all right, Mr. Gruber," called Paddington as he caught sight of his friend's worried expression. "I'm just admiring the view. Only I think a pigeon must be sitting on the roof," he added. "I can't see very much."

Mr. Gruber recalled reading that if you lie on your back you could see right up through the Golden Gallery and on through the Ball and Lantern at the very top of the building some 364 feet from the cathedral floor.

"I think you may need to fold back the brim of your hat, Mr. Brown," suggested Mr. Gruber helpfully. "Perhaps we have seen as much as we can from here. It's time we explored what goes on downstairs."

THIS WAY TO THE CRYPT

And, as ever, he was right. It was like entering another world. Apart from the fact that over the years it had been an area where many famous people such as Lord Nelson had been laid to rest, all manner of things took place there, from a rehearsal room for choir boys to a shopping center with its own bookshop, a tea room, and a café.

"Their buns look almost as good as the ones at the bakers on Portobello Road," said Paddington, licking his lips as he caught sight of a display in one of the cabinets.

"So they do, Mr. Brown," replied Mr. Gruber. "In fact," he added, glancing at his watch, "it's almost time for our elevenses."

Unfortunately, it seemed as though a lot of other people had the same idea, because the line stretched rather a long way.

"I tell you what, Mr. Brown," suggested Mr. Gruber. "Why don't you go to the shop over there to see if you can find a postcard for your Aunt Lucy while I stay here to get our buns and cocoa."

Paddington needed no second bidding and he hurried off towards the shop. He'd almost reached the postcard stand when there was a sudden commotion, and before he knew what was happening, he found himself being swept off his feet by a crowd of young boys all heading in the opposite direction.

Deciding this was definitely another one of his emergencies, Paddington gave an extra hard blast on his whistle.

"Wow!" exclaimed one of the boys as they all piled into what appeared to be some sort of changing room. "You've just hit a top C. The choirmaster will be most impressed."

"Are you new?" asked another, looking at Paddington curiously.

"Hurry up, we're going to be late!"
exclaimed a third boy before
Paddington had time to answer.
"Quick, you'll need to wear a
surplice," he added, handing
Paddington an outfit identical to
the one he had just put on over his
own clothes.

"You won't be allowed to wear that,"
said the first boy, removing Paddington's
hat and hanging it on a peg.

If the choirmaster was surprised at the sight of the new chorister, it was as nothing compared with his reaction when they began to sing.

"I'm sorry," said Paddington as everyone stopped and all eyes were turned in his direction. "I seem to be having trouble reading my music. I think someone must have spilled some ink because it's covered all over in black spots."

Fortunately, the choirmaster was a kindly gentleman, and once the confusion had been explained, he was very understanding. He even let Paddington sit with the boys in the choir stalls when they sang upstairs in the cathedral, although he did suggest Mr. Gruber should hold on to the whistle for safekeeping.

"There can't be many bears who have sung with the choir in St. Paul's," chuckled Mr. Gruber as they returned to Windsor Gardens in a taxi later that day.

"I'm not sure they were very impressed with my arpeggios," said Paddington sadly.

"I think it may have had something to do with the fact that the whistle can only play one note," explained Mr. Gruber. "But it was a very special note though, Mr. Brown," he added tactfully as he looked fondly at his friend.

"You're going to have a lot to say to Aunt Lucy when you write to tell her all about your visit to St. Paul's," said Mr. Gruber as the taxi drew up outside number thirty-two Windsor Gardens.

"It's lucky Ellie gave me one of their giant books
of postcards when we left," agreed Paddington.
"It was such a special outing I don't think I'm going
to manage to fit it all onto one card."

W9-CHJ-157

MOZART UND HAYDN IN LONDON

MOZART UND HAYDN IN LONDON

By C. F. Pohl

𝄢 DA CAPO PRESS · NEW YORK · 1970

A Da Capo Press Reprint Edition

This Da Capo Press edition of
Mozart und Haydn in London
is an unabridged republication of the
first edition published in Vienna in 1867.

Library of Congress Catalog Card Number 70-125059
SBN 306-70024-7

Published by Da Capo Press
A Division of Plenum Publishing Corporation
227 West 17th Street, New York, N.Y. 10011

MOZART und HAYDN

in

LONDON.

VON

C. F. POHL.

ERSTE ABTHEILUNG

MOZART IN LONDON.

NEBST FACSIMILE EINER HANDSCHRIFT MOZARTS.

WIEN.

DRUCK UND VERLAG VON CARL GEROLD'S SOHN.

1867.

MOZART IN LONDON.

Während eines mehrjährigen Aufenthaltes in London war ich bemüht, alles zunächst auf den Besuch Haydn's Bezügliche, noch wenig und zum grösseren Theil gar nicht Bekannte, zu sammeln, namentlich mit Berücksichtigung der gleichzeitigen musikalischen Verhältnisse, der bestehenden Musik-Vereine, Concert- und Oratorien - Aufführungen, der italienischen und englischen Oper.

Fast nothwendig drängte sich der Gedanke an Mozart auf, auch hier ein Gleiches zu versuchen. Indem nun bei Haydn so manches auf Personen, Vereine, Oertlichkeiten sich Beziehende in die Zeit des Mozart'schen Aufenthaltes zurückgreift, gestaltete sich durch Aneinanderreihung der beiden Perioden wie von selbst ein Gesammtbild der musikalischen Zustände London's in der zweiten Hälfte des vorigen Jahrhunderts.

Namentlich durch Benutzung der reichen Sammlung englischer Zeitschriften im British - Museum wurde es zugleich möglich, die Biografien hervorragender Künstler, so weit ihre Thätigkeit auf

London selbst Bezug hat, zu ergänzen. Der
grössere Theil derselben ist in der Beilage zusammengestellt, andere sind in die Anmerkungen aufgenommen, dabei auch mitunter die minder Bedeutenderen berücksichtigend, eingedenk Lessing's

„Muss man, wenn man sich schwingt, stets adlermässig
schwingen?
Soll nur die Nachtigall in unsern Wäldern singen?
Der nebelhafte Stern muss auch am Himmel stehn;
Bei vieler Sonnen Gluth würd' uns're Welt vergehn."

Es hätte zu weit geführt, sich stets auf nament-
liche Anführung und Berichtigung der zahlreichen,
meist schon eingebürgerten Irrthümer in Daten und
Thatsachen einzulassen. Selbst die von mir benutzten Originalbriefe und Tagebücher Haydn's bedurften
einiger Berichtigungen. In hohem Grade im Detail
ungenau sind aber die seit Jahren oft citirten Memoiren von Michael Kelly und W. T. Parke,
wie dies bei Aufzeichnungen, die in hohem Lebens-
alter aus dem Gedächtnisse gemacht werden, unver-
meidlich ist. Leider ist hier auch Dr. Burney mitzunennen,
nicht minder Fétis, der z. B. auch in seiner neuen
Ausgabe der *Biographie des Musiciens* über Giardini
Falsches, über den Sänger Beard, die Sängerinnen
Frasi, Brent, Galli u. A. gar nichts bringt. Es wäre
ungerecht, ihm allein diese Mängel zum Vorwurf zu
machen. Sind doch die englischen biografisch-musi-
kalischen Werke für unsere Zeit so ungenügend wie

möglich; so namentlich das 1824 erschienene *Dictionary of Musicians* in 2 Bänden, das einzige Werk der Art, das seit zweiundvierzig Jahren in London erschienen ist. Wie viel dies hastig zusammengeschriebene Werk zu wünschen lässt, ist sattsam bekannt. — Einzelne, nicht eben Jedem zugängliche periodische Schriften, wie z. B. das sehr schätzenswerthe Harmonicon (1823—1833 von W. Ayrton herausgegeben), suchten diesem Mangel wohl abzuhelfen, der dadurch aber nur um so fühlbarer wurde. Und welchen Umschwung hat nicht seitdem die Tonkunst erfahren! — Möchte das Versäumte doch bald nachgeholt werden. Ein englisches Universal-Lexicon der Tonkunst, in mässigem Umfang gehalten, müsste gewiss eine sehr verdienstliche Arbeit genannt werden. —

Mozart's Aufenthalt in London bildet einen besonders interessanten Abschnitt seiner ersten grossen Reise in's Ausland. Hier schrieb er seine ersten Symphonien, seinen ersten Chor; hier spielte er (den Engländern ein neuer Anblick) zum ersten Mal öffentlich mit seiner Schwester zu vier Händen auf Einem und zwei Clavieren; hier lernte er J. C. Bach kennen, dem er eine treue Anhänglichkeit bewahrte; den Sänger Tenducci, Bach's Herzensfreund; Manzuoli, den berühmten Sopranisten, der sechs Jahre später in einer der ersten Opern Mozart's in Mailand auftrat; hier hörte die Familie Mozart, und wohl zum ersten Male, die Werke Händel's. —

Bei dem Umstande, dass London besonders in letzterer Zeit das Reiseziel vieler Tausenden bildete, hielt ich es für nicht unpassend, gelegentlich auch einige, den anerkannt besten Werken entnommene Daten über vorkommende Gebäude, Strassen, Stadttheile zu geben. Ferner auch solche musikalische Anstalten besonders hervorzuheben, mit denen durch den Gemeinsinn Einzelner zur Unterstützung der hilfsbedürftigen Mitmenschen ein Keim gelegt wurde, der bereits für die jetzige Generation zu einem Baume voll der segensreichsten Früchte wurde. Mit gerechtem Stolz hat schon Dr. Burney in seinem 1773 erschienenen musikalischen Reisewerk auf diese Seite im Dienste der Tonkunst hingewiesen. In ähnlicher Weise möge es auch gestattet sein, der vorkommenden wissenschaftlichen Anstalten und ihrer Gründer besonders zu gedenken, wie Sir Hans Sloane, Gründer des British-Museum, Dr. Radcliffe, Gründer der bei Haydn genannten grossartigen Bibliothek zu Oxford. Männer, welche der allgemeinen Bildung eine so glänzende Stätte bereiteten, muss man hoch halten.

Unter den zu diesem Werke benutzten Quellen, deren vollständiges Verzeichniss der zweite Theil bringen wird, sind die Citate aus A B C D a r i o (Bath, 1780) von besonderem Interesse, indem dies Büchlein, wie dessen Vorrede selbst sagt, das erste war, welches auch Componisten und Virtuosen, Sänger und Sängerinnen, einer, wenn auch kurzen, doch

meist zutreffenden Kritik unterzog. — Bei dem gänzlichen Mangel eines derartigen Werkes v o r dieser
Zeit waren hier ferner die Briefe W a l p o l e's (1857 bis
1859 in 9 Bänden chronologisch geordnet erschienen),
so wie die Memoiren der Mistress D e l a n y um so
willkommener, wenn auch Ersterer selbst von sich sagt,
dass er sich nur als bescheidenen Beurtheiler in musikalischen Angelegenheiten betrachten dürfe *(I am,
I know, a most poor judge of musical composition)*. —
Mrs. Delany, geb. Mary Grenville, war nach dem
Tode ihres Mannes, des Doctor Patrick Delany, eines
intimen Freundes Swift's, ein häufiger Gast am englischen Hof. (Ihre Memoiren erschienen 1861 und 1862,
in zwei Serien à 3 Bände.)

Indem ich hiermit die e r s t e Abtheilung
meines Werkes, dem die zweite rasch nachfolgen
soll, der Oeffentlichkeit übergebe, drängt es mich,
allen denen, die mir mit Rath und That beigestan-
den, meinen innigsten Dank zu sagen, ganz besonders aber Herrn Professor O t t o J a h n, der
mich zur Ausarbeitung des ganzen so aufmunternd
und theilnehmend anregte. Sollte es mir namentlich gelingen, durch eine ausführliche Darstellung
der Ergebnisse Haydn's in London, diesem bei weitem reichsten und bewegtesten Theil seines Künst-
lerlebens, zu einer noch immer vermissten, des Meisters würdigen Biografie mein Schärflein beigetragen
zu haben, würde ich darin den lohnendsten Erfolg
meiner Arbeit finden.

Dem British-Museum fühle ich mich wahrhaft zu besonderem Dank verpflichtet durch die in
liberalster Weise gestattete Benutzung der reichen
Schätze dieses grossartigen Institutes. Herrn Frederic Berridge, der mir dabei mit zuvorkom-
mendster Gefälligkeit an die Hand ging, sage ich
hier noch namentlich meinen Dank.

Ich habe nun noch eine ganze Liste von Männern zu nennen, die meinen Zweck in theilnehmendster
Weise zu befördern bemüht waren und wobei die,
ohne Ausnahme rasche Erledigung meiner Wünsche noch den Werth des Gebotenen erhöhte. W. H.
Husk, Stanley Lucas, John Goss, Orlando
Bradbury, S. A. Forster, Sir George Smart,
F. James Fullner, Cipriani Potter, Th. Oliphant,
die Directoren der *Philharmonic Society*, John Griffiths, Custos des Universitäts-Archivs zu Oxford, —
all' diesen Herren, deren Güte mir unvergesslich sein
wird, und die mir zum Theil wiederholt ihre kostbare Zeit opferten, sage ich hiermit meinen herzlichsten Dank.

Aber auch jener habe ich in gleicher Weise
zu gedenken, denen ich nun wieder persönlich näher
gerückt bin: der Herren Dr. Ludwig Ritter von
Köchel, Dr. Theodor Georg von Karajan, in dessen
Bibliothek ich Einiges fand, das ich selbst im British
Museum vergebens suchte, kais. Rath Schmidtler,
Fr. Jelinek, Secretair des Mozarteums zu Salzburg.

Ueberdies wurde mir durch meine Berufung
zum Archivar der Gesellschaft der Musikfreunde in
Wien Gelegenheit geboten, unter den reichen Schätzen
des Archivs und der Bibliothek dieses Vereines manches, meinem Zweck Entsprechende, nachträglich benutzen zu können.

Noch habe ich meinen treu bewährten Freund,
Dr. Franz Wagner zu nennen. — Wenn irgend
Jemand dieser Arbeit von allem Anfang an mit herzlicher Theilnahme und Aufmunterung gefolgt ist und
gleichsam alle Freuden und Leiden eines Buches redlich mit durchgelebt hat, so ist Er es. Ich sehnte
mich nach dem Augenblicke, ihm dafür vor aller
Welt hiermit meinen tiefgefühltesten Dank ausspre-
chen zu können. —

Wie sehr wünsche ich durch gegenwärtige Arbeit nebst dem, was bei dem Londoner Aufenthalt
Mozart's und Haydn's diese selbst betrifft, eine oft
beklagte Lücke: eine Darstellung der gleichzeitigen
musikalischen Verhältnisse und Personen, ergänzt
zu haben. Bei der Ueberfülle des Stoffes, in den
ich mich, als zum grössten Theil mir völlig neu,
erst hinein leben musste; bei den schwierigen Verhältnissen, unter welchen sich dergleiche Arbeiten,
mitten in dem geschäftigen Treiben einer Weltstadt,
dem Hauptberufe nur abtrotzen lassen, habe ich es
wenigstens an redlichem Willen nicht fehlen lassen,
das was ich gebe, möglichst verlässlich zu geben.

Möchte es mir gelingen, dem Leser ein, wenn auch wechselndes, Interesse abzugewinnen für eine Arbeit, die, darf ich sagen, mit Aufopferung aller Art, aber mit Lust und Liebe unternommen worden ist.

Wien, 13. November 1866.

C. F. Pohl.

INHALT.

XIV

LONDON IN DEN JAHREN

1764 und 1765.

Wie man mit dem Freunde am Tage seiner Ankunft in einer fremden Stadt vorläufig einen Rundgang um dieselbe hält, um ihm das Wichtigste derselben einstweilen nur im Allgemeinen anzudeuten: so möge auch hier den folgenden Abschnitten das Nöthige vorangeschickt werden, um über Stadt und Zeit, in der uns die nachfolgenden Musikgesellschaften, Oratorien, Opern und Concerte, Sänger, Componisten und Virtuosen entgegentreten werden, einen erleichternden Ueberblick zu gewinnen.

Unter der Benennung „London" ist in den 60ger Jahren des 18. Jahrhunderts die eigentliche Altstadt (*City*), die angrenzende Stadt Westminster und der Marktflecken Southwark jenseits der Themse zu verstehen. Dieses damalige London hatte nach dem im Jahre 1763 erschienenen Fremdenführer (*the foreigners Guide*) einen Umfang von 18 englischen Meilen (von Ost nach West 8, von Nord nach Süd 3 Meilen) mit etwa 1,360.000 Einwohnern, denen die immer drohender sich gestaltende Ausdehnung ihres Herdes nicht wenig Unruhe verursachte. Vergebens hatte schon Königin Elisabeth, den Vorstellungen des Lord Major Gehör gebend, im Jahre 1580 Befehl gegeben, dass kein neues Haus innerhalb drei Meilen vor den Thoren der Stadt gebaut werden dürfte. Umsonst — die Wälle fielen, die Thore verschwanden und gerade jetzt (1766) nach fast 200 Jahren wurde die Regierung abermals dringend aufgefordert „der allzu grossen Ausbreitung der

Stadt Schranken zu setzen"[1]). — Dörfer, die mit der Stadt jetzt eng verbunden sind, lagen damals (1764) weit getrennt von ihr, wie z. B. Highgate, Hampstead, von reichen Bürgern der Stadt als Landaufenthalt gewählt; Hoxton und Islington mit ihren Theegärten, beliebte Sonntagsausflüge für die arbeitende Classe. Chelsea, ein grosses und volkreiches Dorf, in freundlicher Lage längs der Themse sich ausbreitend, wohin sich der kranke Vater Mozart's während seines Aufenthaltes in England zur Stärkung seiner Gesundheit auf's Land zurückzog, lag zwei englische Meilen von London getrennt. Die grossen, einst weit und breit bekannten Volksgärten mit Concertsälen, Vauxhall, Ranelagh und Mary-le-bone, jetzt nur noch in ihren Namen erhalten, standen weit draussen in freiem Felde. Keines der grossen Theatergebäude hat sich erhalten: das italienische Opernhaus *King's Theatre Haymarket*[2]) (jetzt *Her Majesty's theatre*), die Schauspielhäuser Covent-Garden und Drury-lane wurden alle ein Raub der Flammen, von jeher das Schicksal der meisten Theater Londons.

Mit besserem Erfolge trotzten mehrere damals schon bestehende Musikgesellschaften der Zeit. So wirkt noch jetzt die im Jahre 1738 gegründete *Society of Musicians* (auch „*Musical Fund*" genannt) für ihren schönen Zweck, hülfsbedürftige Tonkünstler und deren Wittwen und Waisen zu unterstützen; noch heute feiern die Söhne der Geistlichkeit ihr Stiftungsfest (*Feast of the sons of the Clergy*) durch eine musikalische Aufführung in der St. Paul's-Cathedrale, ebenfalls zu humanen

---

[1]) *The Court Miscellany or Gentleman and Lady's new Magazine for 1766.*

[2]) *King's Theatre, Haymarket*, des Königs Theater, am Heumarkt. In der Folge ist der Kürze halber meist nur „*King's Theatre*" beibehalten.

Zwecken. Die geselligen, noch heute bestehenden Vereine *Madrigal Society* (seit 1741), *Catch Club* [1]) (seit 1761) sind auch die besten Beweise, wie lebhaft schon damals die Freude am Gesang muss verbreitet gewesen sein.

Aber auch viel ältere Vereine bestanden neben diesen jüngeren fort, z. B. *The Cecilian Society* (seit 1683), *Academy of ancient musik* (Akademie für alte Musik, seit 1810) und die nach ihrem Versammlungsorte „*castle*" (Schloss) benannte *Castle Society* (seit 1724).

Die Oratorien-Aufführungen bildeten, besonders in der Fastenzeit, einen wichtigen Theil der Musikthätigkeit London's. Sie wurden an den Mittwoch- und Freitagabenden im Covent-Garden Theater unter der Direction des Joh. Christoph Smith (Schmid) abgehalten und der blinde Organist J. Stanley spielte dabei zwischen den Hauptabtheilungen Orgelconcerte. Fünf Jahre früher sass dabei der schon seit 1752 ebenfalls erblindete Händel zum letztenmal an der Orgel.

Die Fastenzeit und besonders die darauffolgenden zwei Monate waren die Erntezeit für Concerte. Sänger und Virtuosen aller Art lösten sich ab. Manche traten mit einem schon bedeutenden Rufe auf, z. B. Giardini, Bach, Abel, Barthelemon, Pinto, Florio; Andere begannen, noch in zartem Alter stehend, ihre Künstlerlaufbahn zu eröffnen, wie Crosdill, Cervetto, Fisher. Die im Jahre 1765 in's Leben getretenen Bach-Abel-Concerte" aber sollten auf das Musikleben London's noch einen ganz besonderen Einfluss nehmen.

An Localen für Concert-Aufführungen war kein Mangel. Da war der alte ehemalige Tanzsaal Hickford-room, Bre-

---

[1]) *Catch*, *Glee*, mehrstimmige Gesänge, worüber später Ausführlicheres.

werstreet (jetzt Willis oder Newton Tanzschule); Carlisle-house [1]), Sutton-street, Soho-square, wo die energische Frau Teresa Cornely's regierte, der „Heidegger [2]) ihres Zeitalters", wie sie Horace Walpole nannte; die Säle in Dean-street, Soho (jetzt Caldwell's Tanzschule); im sogenannten Thatched-house [3]) St. James's street; in Spring-Gardens [4]) St. James', nahe Charing-Cross, wo auch die Ausstellungen der Malerakademien statt fanden [5]) ; im Gasthaus Crown and Anchor (Krone und Anker), Arundel street, Strand (jetzt Wittington-Club). Auch Kings-theatre und das kleine Haymarket-Theater wurden zu Concert-Aufführungen benutzt. Almack's-room, King-street, St. James's (jetzt Willis's Rooms) wurde gerade im Mai 1764 zu bauen begonnen und

---

[1]) Der ehemalige Concertsaal von Carlisle-House bildet jetzt das Innere der römisch-katholischen Capelle St. Patrick.

[2]) Heidegger war technischer Director der *Royal Academy* (ital. Oper) zur Zeit, als Händel Componist im King's Theatre war.

[3]) *Thatched-House*, ganz nahe St. James's Palace. *Thatch* = Strohdach, schon 1711 so genannt von dem Aeusseren des rückwärtigen Theils des Hauses. In dem neugebauten Hause befindet sich jetzt der *Civil-Service-Club*.

[4]) Der Beiname *Spring* (Quelle) wurde seiner Zeit jedem öffentlichen Belustigungsorte beigelegt.

[5]) „Ein elegantes und grosses Gebäude", nennt es *the foreigners guide* (1763). Dasselbe ist längst abgebrochen. Die erwähnte Malerakademie hatte ihren Ursprung in der *Society of Artists* in Peters-court, St. Martin's-lane. Durch Hogarth und Andere wurde der Verein constituirt und hielt am 21. April 1760 seine erste Ausstellung in Adelphi im Hause der *Soc. of Arts* und bald darauf im erwähnten Spring-Gardens. 1768/69 bildete sich daraus die *Royal Academy of Arts*, die dann nach Pall Mall zog und Reynolds zum Präsidenten wählte. Unter die ersten Gründer der letzteren gehörten Sir William Chambers (Architekt), Gainsborough (Maler), Wilson, F. Bartolozzi (Kupferstecher), Chs. Catton, Angelica Kauffmann und Mary Moser.

am 12. Februar 1765 mit einem grossen Festball eröffnet [1]). Unter den Concertsälen der Volksgärten buhlten besonders Vauxhall und die prächtige Rotunda in Ranelagh (Chelsea) um den Vorrang.

Die italienische Oper im King's-Theatre erhielt in der Saison 1764/65 durch das Auftreten des berühmten Sopransängers Manzuoli einen besonderen Reiz; seit Farinelli hatte man keinen so bedeutenden Sänger in London gehört. Die „Season" (Saison) für die Oper begann in jenen Jahren im November und schloss im Juni oder Juli. Der Anfang der Vorstellung war ein Viertel nach sechs Uhr; Eintrittspreise für Logen und Parterre 10 sh. 6 p., Gallerie 5 sh. — König und Königin besuchten die Oper häufig; die Vorstellungen waren an den Dienstags- und Samstagsabenden, doch galt der Besuch an letzteren für mehr „fashionable."

In den Logen und im Parterre erschien man in der italienischen Oper in voller Abendtoilette, wie noch heutigen Tags. Sperrsitze gab es damals nicht, diese wurden viel später (erst um 1830) allgemein eingeführt [2]). Im Parterre nahmen

---

[1]) Der Saal, an die schon bestehende, nach ihrem Eigenthümer benannte „Almack's" tavern (Schenke) angebaut, sollte an Grösse alle damals bestehenden Säle übertreffen. Er wurde sehr rasch gebaut und dazu selbst heisse Ziegel und kochendes Wasser verwendet. Nichtsdestoweniger drängte sich das Publicum zur Eröffnungsfeier, bei der auch der Herzog von Cumberland, „der Held von Culloden", zugegen war. Die Feuchtigkeit drang überall durch die Wände und Walpole prophezeite einem Freunde (14. Februar 1765) den auch wirklich bald darauf erfolgten Tod des Herzogs. „If he died of it — and how should he not? — it will sound very silly, when Hercules or Theseus ask him what he died of, to reply, „I caught my dead on a damp stair case at a new club-room."

[2]) Im Theater San Carlo (dem früheren) in Neapel hatte man doch schon um's Jahr 1780 gesperrte Sitze im Parterre. Wer einen

Lords, Grafen und selbst Herzoge Platz. Nach der Vorstellung versammelte man sich im Kaffeehause des Theaters, und für Viele war dies wohl auch das Hauptvergnügen des Abends. Walpole meinte einmal scherzhaft in einem Briefe an Miss Berrys, dass es das beste Mittel wäre, die Leute zum Kirchenbesuch anzueifern, wenn man der Kirche ein Versammlungszimmer *(After-room)* anbaute, wo die Andächtigen nach der Predigt, und wohl auch noch früher, sicher sein könnten, ihrem Hange zur Conversation volle Befriedigung gewähren zu können.

Die englische Oper hatte damals im Theater Covent-Garden durch Anregung des gebildeten Sängers Beard, Miteigenthümer des Theaters, einen bis dahin noch nicht erlebten Umschwung erfahren. Die Oper *Artaxerxes* von Dr. Arne, die Pasticcio's *love in a village* (Liebe im Dorfe), *the Maid of the Mill* (die Müllerstochter), alle damals neu, erhielten sich Jahrzehnte auf der englischen Bühne. — Drury-lane-Theater, das im Augenblicke durch die Abwesenheit des auf Reisen begriffenen Garrick etwas verwaist dastand, hielt sich mehr an die Aufführung Shakespear'scher Werke.

An diesen beiden Theatern war jeden Abend Vorstellung. Anfang um 6 Uhr; Eintrittspreise: Loge 5, Parterre 3, beide Gallerien 2 und 1 sh. Bei besonderen Gelegenheiten waren Parterre und Logen vereinigt *(Pit and boxes to be put together)*, was entschuldigend angezeigt wurde, da hierdurch der Eintrittspreis in's Parterre mit den Sitzen in den Logen gleichgestellt, also erhöht wurde.

Noch bis zum Jahre 1762 war es Sitte, besonders beim

Platz zur Vorstellung nahm, erhielt zu seinem Sitze den Schlüssel, den er am Schlusse des Theaterabends wieder zurückstellte. (Kelly I, 47.) Die Einführung von Sperrsitzen in London im Jahre 1829 wurde anfangs sehr ungnädig aufgenommen. (Parke II, p. 268.)

Benefice beliebter Künstler, wenn viele Zuschauer zu erwarten waren, auf der Bühne selbst ein Amphitheater mit Logen bei erhöhten Eintrittspreisen zu errichten, wo den Dienern gestattet wurde, frühzeitig Plätze für ihre Herrschaft zu besetzen *(the Stage will be formed into an Amphitheatre where servants will be allowed to keep places)*. Mitunter waren auf diese Weise fünfhundert Zuschauer auf der Bühne zusammengedrängt, unter denen Julie „einsam" im Grabgewölbe lag, oder König Lear auf der „öden" Haide im Wahnsinn umherirrte. So unbequem dies für die Schauspieler sein musste, waren doch diese die Ersten, welche, als Garrick 1762 diese Unsitte abschaffte, sich eifrig über die Neuerung beschwerten [1]. Als Ersatz trachtete Garrick, den Zuschauerraum selbst zu erweitern, der dann später immer grössere Dimensionen annahm.

In dem 1720 von Potter erbauten kleinen Haymarket-Theater, schräg gegenüber dem Opernhause [2]), waren nur im Sommer Vorstellungen. Dieses Theater stand damals unter dem Schauspieler Samuel Foote, der dann 1766 in „vornehmer" Gesellschaft in Hampshire durch muthwillige Veranlassung ein Bein brach, was übrigens seinem Theater nebst anderen Privilegien das Prädicat „königliches" einbrachte. Als solches wurde es am 2. Juli 1767 mit einem Prolog, von Foote gesprochen, eröffnet. Die Schauspieler Henderson, Bannister, Elliston, Liston traten hier zuerst öffentlich auf.

Das alte, noch heute bestehende Sadlers Well's-Theater [3])

---

[1]) Doch war noch 1765 mitunter ausdrücklich angezeigt, dass für das Publicum keine Plätze auf der Bühne errichtet seien. (*There will be no Building on the stage.*)

[2]) An dessen Stelle steht gegenwärtig das 1820 von Nash erbaute Haymarket-Theater.

[3]) Sadlers Wells war ein Gesundbrunnen, eine Art Stahlquelle gleich Tunbridge, vor der Reformation unter dem Namen Holy-

in Islington, damals rings von Feldern umgeben, war für die leichter zu befriedigende Menge berechnet. Ausser Oper und Schauspiel, Vocal- und Instrumental-concerten kamen auch Bälle und Maskeraden immer mehr in Aufnahme und die Assembleen der Reichen überboten sich an Pracht. — Durch Nebel und Schmutz, „den zwei billigsten Dingen, die zu haben waren," eilten die Genusssüchtigen zu Wagen oder in den damals so beliebten Tragsesseln *(Hackney-chairs)* durch die dunkeln, und trotz der erneuerten Verordnung vom Jahre 1762, meist noch ungepflasterten Strassen den Vergnügungsorten zu. Wer zu Fuss ging, liess sich von Knaben mit Fackeln vorleuchten, welche von den kleinen Führern, am Ziele angelangt, in den neben den Thoren angebrachten, an alten Häusern noch jetzt hin und wieder sichtbaren, Eisengittern ausgelöscht wurden. Taschendiebe waren unterdessen auf ihre Weise geschäftig und bildeten besonders den Schrecken der Theaterbesucher [1].

Mit Beginn des Frühjahres zog die Menge hinaus in die beliebtesten Volksgärten. Nach V a u x h a l l , jenseits der Themse, gelangte man über die zwei damals bestehenden Brücken, London- und Westminsterbridge (letztere war erst 1750 vollendet worden; mit einer dritten, Blackfriar's, war

well (heilige Quelle) bekannt. Die Quelle wurde mit der Zeit verschüttet, 1683 aber von einem gewissen Sadler wieder aufgefunden, der dann einen Musiksaal und ein Theater dabei erbauen liess.

[1] Noch 1788 klagen die Zeitungen, dass Drury-lane-Theater mit Dieben förmlich umlagert sei und es Noth thäte, die Taschen mit Drahtgittern zu versehen. — Auch Gyrowetz erzählt, dass er 1791 in der Nähe von Covent-Garden, während der König ins Theater fuhr, ganz in der Nähe desselben wäre ausgeraubt worden. — Walpole erwähnt im Juni desselben Jahres es als etwas besonderes, dass er „unberaubt" Nachts um 12 Uhr nach Hause gekommen sei.

man gerade im Baue begriffen). Oder man fuhr auf der Themse in einer Barke dahin, in der wohl auch eine Musikbande mit den längst beliebten Waldhörnern *(French Horns)* die Fahrt verkürzte [1]).

Das Sprichwort „*time is money*" (Zeit ist Geld) muss wohl damals noch nicht seine volle Bedeutung gehabt haben, denn die Gärten waren schon des Morgens von Besuchern angefüllt, die hier bei Gesang und Spiel ihr Frühstück einnahmen. Ein wohlbesetztes Orchester war in der Mitte des Saales aufgestellt; Soli, Chöre und Orchestersätze folgten sich in buntem Wechsel, und besonders Balladen, die hier gefielen, machten bald die Runde in London und den Provinzen. Viele davon waren in der von Dr. Boyce bei J. Walsh herausgegebenen Sammlung „Lyra Britannica" aufgenommen. Die Texte zu den Gesängen, Balladen und Opernarien waren im *London songster* oder *polite musical companion* zusammengetragen und in Jedermanns Tasche. Ein Theil des Publicums sah von den oberen Logen auf das bunte Treiben im Saale und labte sich zugleich an Speise und Trank. Unten aber wogte die feinste und eleganteste Welt in vollem Staate: die Herren in Schuhen mit silbernen Schnallen und hohen seidenen Strümpfen, den dreieckigen Hut unter dem Arme und den Degen an der Seite; die Damen in langen Taillen und ungeheueren Reifröcken *(hoops)*. Ein belebtes Bild dieses Treibens gibt u. a.: Crowle's „*illustrated Pennant*" (nach Canaletti, Chatelain und Wale's). Die erwähnten Reifröcke und Degen aber waren die liebe Noth der Concertgeber, die bei Wohlthätigkeits-Akademien nicht unter-

---

[1]) Walpole schreibt: „*I had a card from Lady Petersham, to go with her and Miss Ash to Vauxhall. When I called I found they had just laid on the last layer of Red and looked as handsomely as crimson could make them. We marched to our barge, in which was a band of french Horns.*"

liessen, die Herren zu ersuchen, o h n e Degen zu erscheinen, und ganz besonders die Damen baten, die Wohlthätigkeit durch übergrosse Reifröcke nicht zu beeinträchtigen und wo möglich ohne diese Zierde „*however ornamentel*", oder doch wenigstens mit „sehr schmalen" Reifen zu erscheinen.

Des Abends waren Saal und Garten glänzend beleuchtet. Hatte man sich in Vauxhall satt gesehen, fuhr man wohl auch hinüber an's andere Ufer, um in der Rotunde des nahe gelegenen R a n e l a g h - Gartens Sign. Tenducci, Vernon, Miss Brent zu hören und zum Schluss ein prächtiges Feuerwerk zu bewundern.

Auch der nördlich gelegene M a r y - l e - b o n e - Garten, eine Art Nachahmung von Vauxhall, hatte Vocal- und Instrumentalmusik. Der Italiener Sign. S t o r a c e, Contrabassist der italienischen Oper, der Sänger L o w e, die Virtuosen P i n t o, W e i c h s e l nnd B a r t h e l e m o n, der Componist Samuel A r n o l d lösten sich hier in Concertspeculationen ab. Für den Erstgenannten wurde der Ort noch von besonderer Bedeutung. Waren es die tadellosen *plumcakes* der Miss Trusler aus Bath oder diese selbst, die Signor Storace an diesen Ort fesselten — genug, der stolze Neapolitaner verlor hier sein Herz. Signora Storace aber beschenkte die Musikwelt bald darauf mit einem liebenswürdigen Künstlerpaar: S t e p h e n Storace, den fruchtbaren Componisten des Drury - lane-Theaters (1789/96), und N a n c y Storace, Mozart's erster Susanne in *le nozze di Figaro* (1. Mai 1786).

Die Musikalienverleger John Walsh, J. Welker, A. Hummell, R. Bremner, Ch. und Sam. Thompson sorgten für den Musikbedarf des Publicums. Von älteren und neueren Musikalien waren hier Sonaten, Solos, Duos für die Flöte zu finden, componirt von Bezozzi, Weideman, Vinci, W. de Fesch, St. Martini von Mailand, Groneman; Duetten für zwei Cellos von Cocchi, Cervetto, Siprutini; Trios (zwei Violinen und Bass) von Guerini, Zanetti, Zappa, Agus, Noferi, Gluck, Leclair, Gasparo Fritz; Violinconcerte von Nardini, Corelli, Geminiani, Chabrand; Klaviermusik von Hasse, Rush, Kelway, C. St. Germain, G. Berg, Th. Gladwin, F. Pellegrino, Paradies, Abel, Bach, Tenducci, Frederic Schumann; Ouverturen von Richter, Bach, Abel, J. Stamitz, Giardini, Smith, Galuppi, Jomelli, Schevindl. Dass Händel reich vertreten war, versteht sich von selbst. Die meisten seiner Opern und Oratorien waren in Partitur und einzelnen Nummern zu haben, eben so seine *„Harpsichord lessons"* (1720), Orgelconcerte (1738), sechs Fugen oder Voluntaries (1735) etc. — Auch Giov. Batt. Pergolesi's „stabat mater" und „Salve Regina" (letzteres auch von Hasse) war bei Walsh in Partitur zu finden. Endlich noch drei- und mehrstimmige Gesänge, *Catches, Glee's, Canons* und eine Menge Compositionen aller Art von Brabandt, Boyce, Greene, Purcell, Blow, Stanley, Kunzen, Santo Lapis, Agrell, Morigi, Pasquali, den beiden Arne's etc. etc.

Dem Clavier stand in jener Zeit eine grosse Umwälzung bevor. 1766 baute Zumpe seine ersten *Square's* (tafelförmige Pianoforte) und ein Jahr später (Mai 1767) wurde in London zum ersten Mal das Pianoforte öffentlich gespielt. Der im Jahre 1732 zugereiste Schweizer Burkat Shudi, in great Pultney-street, golden sq. wohnend; Americus Backers, Jermyn-street, St. James's; Jacob Kirkman, Broadstreet, golden squ., hatten ansehnliche Fabriken, von denen die Häuser Kirkman und Shudi's Nachfolger, John Broadwood, sich seitdem zu einer damals wohl kaum geahnten Höhe emporgeschwungen haben.

A.

MUSIKALISCHE VEREINE.

In den Jahren 1764/65 bestanden in London folgende geschlossene Musik-Gesellschaften :

1. *St. Cecilian-Society* (St. Cäcilien-Societät);
2. *Academy of ancient Musik* (Akademie für alte Musik);
3. *Castle-Society of Musik.* (Nach dem Versammlungsorte „*castle*" benannt);
4. *Madrigal-Society,* und
5. *Noblemen and Gentlemen Catch Club.*

Diesen geselligen Vereinen sind jene anzureihen, welche nur die Unterstützung ihrer hülfsbedürftigen Mitglieder und deren Familien zum Zwecke hatten, und ihre jährlichen Stiftungsfeste mit Concert oder musikalischer Kirchenfeier begingen:

6. *Society of Musicians* (Tonkünstler-Societät);
7. *Corporation of the Sons of the Clergy* (Corporation der Predigersöhne).

1. St. Cecilian-Society.

Der 22. November wurde in England als Gedächtnisstag der heil. Cäcilie, Schutzpatronin der Tonkunst, schon vor 200 Jahren in häuslichen Kreisen musikalisch gefeiert[1]). Im Jahre

---

[1]) Ueber Cäcilienfeste siehe: *An account of the musical celebrations on St. Cecilias day. By W. H. Husk.* London, 1857.

1683 gestaltete sich daraus die erste öffentliche Feier, zu der sich die besten musikalischen Kräfte vereinigten und dadurch gewissermassen den ersten Grund zu den folgenden, sich so grossartig entfaltenden Musikfesten legten. Henry Purcell[1]) componirte zu diesem ersten öffentlichen Musikfeste drei Oden, zwei englische und eine lateinische, von denen die eine der englischen „*welcome to all the pleasures*", 1684 durch J. Playford im Druck erschien. Purcell's Lehrer und Freund, Dr. John Blow[2]), schrieb eine Ode zum folgenden Jahr, eben so 1687 der Organist G. B. Draghi, ein Italiener, der aber nicht im Stande war, sich an Dryden's Ode „from Harmony" emporzuranken. Im Jahre 1692 schrieb H. Purcell „*Hail, bright Cecilia, hail!*", die bis dahin bedeutendste Composition für diese Feste, die sich nun auch den Weg zur Kirche bahnten. Dichter, Musiker und Geistlichkeit vereinigten sich, und der Erfolg dieses seltenen Gemeinsinnes war ein bis dahin nicht erlebter. Zu dem Feste im Jahre 1693 schrieb ein Deutscher, Namens Godfrey Finger[3]), die Musik. Den höchsten Glanz aber erlangte die Feier 1694, als H. Purcell sein berühmtes Werk „Te Deum und Jubilate" (D-dur) schrieb, dasselbe, das später Händel sich bei seinem Utrechter Te Deum (1713) zum

---

[1]) Henry Purcell, der gefeierte Vorgänger Händel's, war 1658 in Westminster (London) geboren. Er wurde 1680 Organist an der Westminster Abtei. Seine zahlreichen, bedeutenden musikalischen Werke nach jeder Richtung behaupteten in England jahrelang die Alleinherrschaft. Mitten im rüstigen Schaffen ereilte ihn der Tod im Jahre 1695.

[2]) John Blow, Mus. Doc., geb. 1648 zu North Collingham, Notts, wurde Organist an der Westminster Abtei (1695) und Componist der Chapel royal (1699). Er starb am 1. October 1708.

[3]) G. Finger, aus Olmütz gebürtig, lebte lange Zeit in England. Er war 1699 unter den Bewerbern der von mehreren angesehenen Personen im Interesse der Musik ausgesetzten Preise

Muster nahm. Purcell's Meisterwerk wurde später jährlich bei dem Feste der Predigersöhne in der St. Paul's Cathedrale aufgeführt, bis es das erwähnte Te Deum von Händel 1813 ablöste. Von da an wechselten Beide bis 1743, in welchem Jahre Händel's Dettinger Te Deum an Beider Stelle trat. Purcell sollte die nächste Cäcilienfeier nicht mehr mitbegehen; er starb einen Tag vor dem Feste, am 21. November 1695. Sein Te Deum erschien 1697 zum Vortheil seiner Wittwe bei J. Playford [1]).

In demselben Jahre schrieb der damals 67jährige Dryden seine herrliche Ode „das Alexanderfest oder die Gewalt der Musik". Dryden war selbst so begeistert von seiner Aufgabe, dass er die Hauptarbeit in Einer Nacht vollendete und sie dem ihm am Morgen besuchenden St. John, später Lord Bolingbroke, in ungewöhnlicher Aufregung mit den Worten zeigte: „Ich habe die ganze Nacht ausser Bett zugebracht; ich versprach meinen musikalischen Freunden eine Ode für ihre Cäcilienfeier zu schreiben; der Gegenstand hatte mich so erfasst, dass ich davon nicht ablassen konnte, bis alles fertig war: hier ist sie, auf einen Zug vollendet." Doch erst, als die öffentliche Stimme ihr Urtheil abgegeben, wagte der grosse Mann selbst an den hohen Werth seiner Schöpfung zu glauben. „Ich freue mich", schreibt er seinem Freunde (Tonson), „von Allen zu hören, dass die ganze Stadt meine Ode für die beste aller meiner Dichtungen erklärt. Wohl dachte ich selbst so, als ich sie geschrieben, doch da ich alt bin, miss-

---

von 100, 50, 30 und 20 Pfd. St. für vier der besten Compositionen über Congreve's „*Judgment of Paris*". Er errang nur den vierten Preis, glaubte sich dadurch zurückgesetzt und verliess England. 1702 wird er als Kammermusikus der k. Princessin Sophie Charlotte und 1717 als Capellmeister zu Gotha genannt.

traute ich meinem eigenen Urtheile." Und einem Jünglinge,
der ihm seine Huldigung darbrachte, sagte er mit gerechtem
Stolz: „Sie haben Recht, junger Mann! eine bessere Ode wurde
nie geschrieben und wird es auch nicht werden."

Nachdem diese Ode zur Composition zweimal in schlechte
Hände gerieth (Jerem. Clarke und Clayton), nahm sich H ä n-
d e l ihrer an und schuf damit eines seiner frischesten Werke [1]).

Mit Purcell's Tode war zugleich auch die Blüthezeit der
Cäcilien-Gesellschaft vorüber und sie löste sich im Jahre 1703
einstweilen ganz auf. Doch wenn auch die Cäcilienfeier nicht
jährlich und von einer bestimmten Gesellschaft begangen
wurde, versäumten es doch Dichter und Musiker nicht, von
Zeit zu Zeit am Cäcilientage oder bei anderen Gelegenheiten
ihr Cäcilienopfer zu bringen. So schrieb im Jahre 1708 der
Dichter Pope nach Dryden die beste der Cäcilienoden. Händel's „Alexander's Fest" aber hatte einen solchen ausserordentlichen Erfolg, dass er nun auch Dryden's erste Ode (1687
von Draghi comp.) in Musik setzte.

Das zeitweilige Bestehen einer Cäcilien-Gesellschaft ist
nur aus vereinzelten Ankündigungen ersichtlich. So zeigte
die *St. Cecilian-Society* in Kings Arm tavern (einem oft genannten Gasthause) 1759 die Aufführung des „Samson" als
den ersten Abend ihrer Subscriptions-Concerte (15. November)
an. Auch in den 80ger und 90ger Jahren gab es einen ähnlichen Verein, der sich die Uebung im Chorgesang zur Aufgabe stellte.

Während die früher genannten Werke stets den fest-

---

[1]) Newburgh Hamilton hatte die Ode dazu, mit aller Pietät
für den Schöpfer, zweckentsprechend umgearbeitet. Die erste
Aufführung des „Alexander's Fest" fand am 19. Februar 1736 im
Covent-Garden-Theater statt. Sga. Strada, Miss Young (spätere
Mrs. Arne) und Mr. Beard sangen die Soli.

lichen Charakter bewahrten, gab es auch solche, die es mit der komischen Seite hielten. So wurde im Jahre 1749 im Concertsaale des Ranelaghgartens eine Ode auf den Cäcilientag aufgeführt und später oft repetirt, welche die Thorheiten der Zeit geisselte. Der Text war von Bonwell Thornton, die Musik von Dr. Arne. Dabei waren allerlei seltsame, ursprünglich im Krieg benutzte Lärm- und Keuleninstrumente (*marrow-bones, cleavers*) verwendet. Auch Dr. Burney componirte 1759 diese Ode, welche im Costume aufgeführt, im Ranelaghgarten vielen Beifall fand.

Die Provinzen hielten ihre Cäcilienfeste in ausgedehntem Masse, z. B. zu Oxford, Winchester, Salisbury. Es wurden dabei Oratorien und einzelne Kirchenmusikstücke im Concertsaale und der Kirche aufgeführt. Dieselben verloren aber bald ihren ursprünglichen Charakter und es bildeten sich aus ihnen nach und nach die von Zeit zu Zeit wiederkehrenden Musikfeste, wie sie noch jetzt gefeiert werden.

2. The Academy of ancient Music.

Die Akademie für alte Musik im Gasthaus „Crown and Anchor", Strand, war im Jahre 1710 von einer Anzahl Dilettanten, in Verbindung mit einigen der damals bedeutendsten Musiker, gegründet worden. Zweck dieser Akademie war zunächst, einen Damm zu setzen gegen die hereinbrechende Fluth moderner Musik, zu der in erster Reihe Händel's Compositionen gerechnet wurden. Um das Studium und die Ausübung alter Musik zu fördern, wurde dann auch eine Bibliothek angelegt, die sich rasch vergrösserte. Unter der Leitung des Dr. J. C. Pepusch [1]) und der Beihülfe von H. Needler,

---

[1]) John Christopher Pepusch, geb. um 1667 zu Berlin, kam um 1700 nach London und erwarb sich vorzugsweise durch seine theoretischen Kenntnisse eine hervorragende Stellung. Seine

Galliard, Dr. Maurice Greene, Bernhard Gates, der Mitwirkung der Chöre von St. Paul's und Royal Chapel nahm die
Akademie einen erfreulichen Fortgang. Am 1. Juni 1727
wählte sie „nemine contradicente" D. Agostino Steffani, Bischof
von Spiga, zu ihrem Präsidenten, der ihr von Zeit zu Zeit
seine besten Werke unter dem Namen ‚Piva' zusandte (er
starb 1730). Im Jahre 1731 trat, in Folge von Zwistigkeiten,
Dr. Greene sammt seinen Chorknaben aus der Gesellschaft
aus und gründete einen neuen Verein, der seine Uebungen
im Gasthaus „zum Teufel" (Devil Tavern), Temple Bar, im
Apollo-Saal abhielt, daher sich die Gesellschaft auch „Apollo-
Society" nannte [1]). Händel soll bei dieser Gelegenheit gesagt
haben: „Dr. Greene ist zum Teufel gegangen." Im Jahre 1732
führte die Gesellschaft Händel's Oratorium „Esther" [2]) auf,
nachdem dasselbe bereits am Geburtstage Händel's, am 23. Februar, von den Sängerknaben der k. Capelle im Hause ihres
Vorstehers Bernh. Gates gegeben worden war (John Randale,
Beard, Barrow sangen die Soli). Händel, dadurch angeregt,
führte sein Werk nun selbst am 2. Mai mit Signora Strada,
mit Senesino, Bertolli etc. im King's Theatre in Gegenwart
des ganzen Hofes auf. Händel lenkte damit schon damals in

---

eigenen Arbeiten waren trocken und steif. Er heirathete die ver-
mögliche Sängerin Margarita de l'Epine und konnte nun ganz
seiner Muse leben. Pepusch starb 1752. Den grössten Theil seiner
bedeutenden Bibliothek vermachte er der *Academy of ancient music.*

[1]) Im British Museum befindet sich ein kleines Heft ge-
sammelter Textbücher zu den Aufführungen der *Academy of music,*
held in the Apollo. Die darin enthaltenen Oratorien sind von Dr.
Greene, Mr. Boyce, Ch. Festing. — Lockman, der Händel oft in
Reimen besang, erscheint hier auch als Dichter eines Oratoriums.

[2]) Siehe S. 35, Note 1.

jene neue Bahn der Tonkunst ein, die seinen Ruf erst recht begründen sollte: das Oratorium.

Im Jahre 1734 zog sich auch B. Gates mit den k. Capellknaben aus dem Verein zurück. Die Gesellschaft suchte diesen Ausfall zu decken, indem sie den Verein zu einer Art Musikschule umzugestalten suchte und namentlich Kinder für den Gesangsunterricht unter Dr. Pepusch aufnahm. Auch erhob sie für den Zutritt zu ihren Concerten eine Subscription von zwei Guineen und vergrösserte fortwährend ihre Bibliothek.

Händel und Geminiani beförderten ebenfalls die Zwecke des Vereins, und Letzterer, ein sonst selten öffentlich gehörter Künstler, spielte dort häufig seine Violinconcerte. 1752 starb Dr. Pepusch und vermachte der Akademie den besten Theil seiner reichhaltigen Bibliothek. Ihm folgte als Dirigent Dr. Cooke, längst ein Mitglied des Vereins. Den mächtigen Umschwung des Concertwesens wahrnehmend, versuchte es der Verein eine Zeitlang, seine Grenzen zu erweitern, war aber nicht im Stande, trotz Erhöhung der Subscriptionspreise, den bereits bedeutenden Anforderungen der Zeit nachzukommen, und so beschloss man denn 1770, genau sich wieder an die ersten Statuten zu halten, nach denen der Verein sich gebildet hatte, d. i. ausschliesslich im engeren Kreise nur auf die Pflege der alten Musik bedacht zu sein.

Die im British Museum noch vorhandenen Textbücher zu den Concerten dieses Vereins geben ein lebendiges Bild von dem Wirken desselben. Zuweilen wurden ganze Oratorien aufgeführt, meistens aber eine bunte Auswahl Motetten, Canzonetten, Madrigale, Anthems etc. von G. P. Pränestinus, John Travers, H. Purcell, Th. Morley, Pepusch, Lud. da Victoria, W. Byrd, Händel, Orlando di Lasso, Pergolesi, Em. d'Astorga, Luca Marenzio, John Bennet, Negri, u. A. — Den Schluss jeden Programmes aber bildete ein dreistimmiger Canon, der 115. Psalm „*non nobis, Domine, non nobis, sed nomini tuo da gloriam*", componirt von William Byrd. Dieser Canon [1] war in England sehr beliebt und wurde von den meisten Gesangvereinen bei ihren geselligen Zusammenkünften nach der Tafel gesungen. Er folgt hier in die einzelnen Stimmen ausgeschrieben.

Canon in der unteren Quart und Octav.   W. Byrd.

---

¹) Der Canon „*Non nobis domine*" erschien gedruckt in der ältesten derartigen Sammlung: *Catch that Catch can,* | *or A Choice*

2 *

sed no-mi-ni tu - o da glo-ri-

am sed no-mi-ni tu - o da

o da glo-ri - am sed no-mi-ni

am. Non no-bis do-mi-ne, non

glo-ri am. Non no-bis do-mi-

tu - o da glo-ri - am Non

(Die *Academy of ancient music* hat sich zu Anfang dieses

Collection | of | Catches, Rounds, and Cannons | for 3 or 4 voyces. | Collected and Published by John Hylton, | Batch: in Musick. | London; printed for John Benson and | John Playford and to be sold in | St. Dunstans Churchyard, and in the | Inner Temple neare the | Church doore. | 1652. | — Im Jahre 1658 erschien von dieser Sammlung eine zweite verbesserte und vermehrte Auflage (*the 2d edition corrected and enlarged by J. Playford*). 1662 bis 1763 zeigt „*Mercurius Publicus*", *Feb. 5 to 12* ferner an: *the Book of Merry Catches and Rounds for three voices: newly printed with large additions.*

Jahrhunderts, nach fast hundertjährigem Bestehen, aufgelöst.
Die kostbare Bibliothek wurde nach allen Richtungen hin zerstreut.)

3. Castle - Society of Music.

Unter dieser Benennung erscheinen in den Jahren 1764
bis 1765 wiederholt Concert - Einladungen für die Mitglieder
dieses musikalischen Vereins (damals in Haberdashers Hall),
der seinen Ursprung in bescheidenen Privatzusammenkünften
des Violinspielers Talbot Young, Sohn eines Geigenmachers,
Green, blinden Organisten in der City, und Frenchville,
einem bekannten Gambenspieler, hatte. Der kleine Kreis vergrösserte sich rasch und verlegte 1724 seine Uebungsabende
in den Gasthaussaal „zum Schloss" (Castle Tavern) in Pater-
noster-Row. Von da an nannte sich der Verein *Castle-Society*
und behielt diesen Namen bei, obwohl das Vereinslocal später
wiederholt gewechselt wurde. Nach Young übernahm Pros-
pero Castrucci [1] die Leitung. Wer in den 60ger Jahren
eigentlich dirigirte, ist nirgends angegeben. Die Gesellschaft
hatte schon um 1744 das Abonnement auf fünf Guineen erhöht, um auch Aufführungen von Oratorien zu ermöglichen.
Bald nach seinem Umzug von Haberdashers Hall nach Kings
Arms, Cornhill, in der City, scheint sich dieser Verein aufgelöst zu haben.

---

[1] Castrucci, ein Schüler Corelli's, kam um 1715 mit
Lord Burlington aus Italien. Er wurde *leader* im Orchester der
italienischen Oper; Festing und Giardini waren seine Nachfolger.
Castrucci war excentrischer Natur und gab Veranlassung zu Hogarth's Bild „*the enraged Musician*".

4. The Madrigal-Society.

Madrigale wurden in England zuerst um 1583 einge-
führt und mit besonderer Vorliebe gepflegt. Sie wurden bei
Gastmahlen von den Gästen gesungen. Die frühesten, in England veröffentlichten Compositionen der Art erschienen in den
Jahren 1588 und 1597 in N. Yonge's *„Musica Transalpina"* [1]).
Diesen folgten Th. Weelkes und George Kirbye (1597),
Wilbye (1598), Thomas Bennet (1599). Thomas Morley
gab 1601 eine Sammlung Madrigale zu fünf bis sechs Stimmen
von verschiedenen Meistern heraus, betitelt *„the triumphs of
Oriona"*. Orlando Gibbons desgleichen 20 Madrigale für
fünf Stimmen (1612).

Die *Madrigal-Society* wurde 1741 von John Immyns
gegründet, einem durch Unglücksfälle herabgekommenen
Sachwalter, damals Abschreiber der *Acad. of anc. music* und
Amanuensis des Dr. Pepusch. Der kleine Verein bestand anfangs meist aus Handwerkern und Webern von Spitalfields,
einem ärmeren Theile Londons. Der Beitrag in die Casse war
ein kaum nennenswerther; die Statuten wachten mit ängstlicher Sorgfalt für die Solidität der Mitglieder. So verordnete
einer der Paragraphe vom Jahre 1748: „Um den guten Ruf
der Gesellschaft und das Wohl ihrer Mitglieder zu wahren, ist
beschlossen, dass alle musikalischen Productionen eine halbe

---

[1]) *Musica Transalpina*: *Madrigals translated of 4. 5 and 6
parts, chosen out of divers excellent authors, with La Virginella,
made by Maister Byrd, upon two Stanz's of Ariosto, publ. by N.
Yonge, the six parts complete. 4to. London by T. East. 1588.* —
*Mus. Transalpina: the 2d. book of Madrigalles to 5 and 6 voices,
translated out of sundrie Italian Authors, and newly publ. by N.
Yonge. 1597.* 1590 erschien ferner ein Werk von Thomas Wat-
son: *„The fir̄st Set of Italian Madrigals Englished, not to the Sense
of the original Dittie, but after the Affection of the Noate"*.

Stunde nach zehn Uhr Abends aufzuhören haben, ausgenom-
men, wenn einige Mitglieder sich aufgelegt fühlen sollten,
Catches zu singen, in welchem Falle ihnen noch eine halbe
Stunde, aber nicht länger, zugegeben wird." Dabei wurde ein
Glas Porter und eine Pfeife Tabak als das *ne plus ultra* ihrer
Tafelfreuden betrachtet. Dies blieb nun freilich nicht so. An
die Stelle der Weber traten Männer aus allen gebildeten
Classen; der jährliche Subscriptionsbetrag war 1834 schon
4 Pfd. Sterl. und dem entsprechend die Tafel bestellt. Auch
hier wurde „*non nobis, domine*" gesungen und es folgten dann
Madrigale von Morley, Ward, Wilbye, Bateson, Orlando
Gibbons (engl. Comp.), und Palestrina, Steffani, Rossi, Stra-
della, Feretti, Luca Marenzio (ital. Comp.) nebst Catches,
Rounds, Glees und Canons. — Gerade im Jahre 1764, als
Mozart nach London kam, starb der Gründer des Vereins, J.
Immyns. Bis dahin waren bereits zahlreiche Mitglieder bei-
getreten, u. A.: Dr. J. Worgan, J. Hawkins, Sam. Long, J.
Battishill, E. T. Warren, Herausgeber einer werthvollen Samm-
lung Catches, Glees und Canons. Ferner im Jahre 1765 die
Componisten Arne (Vater und Sohn), und Luffman Atter-
bury [1]. — (Dieser Verein hat sich bis auf den heutigen Tag
erhalten. Der jetzige Präsident ist der Right Hon. Sir G.
Clerk. Bart.; Musikdirector ist Cipriani Potter, Esq.)

5. The Noblemen and Gentlemen Catch Club.

Catches und Glees sind eine Kunstgattung des Gesanges, die in England von jeher besonders gepflegt wurde.
Gleich den Dialogues wurden sie für zwei, drei und vier
einzelne Stimmen componirt, um bei der Tafel zur Unterhal-

---

[1] *A brief account of the Madrigal Society. By Th. Oliphant.
Esq. London, 1835.*

tung der Gäste gesungen zu werden. Der Name Glee bedeutet Fröhlichkeit, Scherz. Im ursprünglich musikalischen Sinne versteht man darunter einen Gesang heiteren Charakters ohne Begleitung, wobei alle Stimmen (3 — 5) zugleich beginnen und endigen und dieselben Worte zu gleicher Zeit gebrauchen. Glees sind eine Specialität englischer Musik, und fast jeder bedeutendere englische Componist hat deren geschrieben. Der Name erscheint schon 1667 in Playford's „Dialogues, Glees, Ayres and Ballads" (zu 2, 3 und 4 Stimmen). Je mehr der Glee ausgebildet wurde, desto mannigfaltiger wurde die Ausdrucksweise und es gab nun auch Glees ernsteren Charakters (*serious glee*). Der Glee soll nicht als Chor, sondern stets von einzelnen Stimmen gesungen werden.

Im Catch treten die Stimmen nacheinander ein, fangen sich gegenseitig auf (*catch*); auch ist die Stimmführung eine künstlichere. Beide, Catches und Glees, wie auch Rounds, Dialogues und Canons für zwei und mehr Stimmen, waren zur Zeit Henry Purcell's so beliebt, dass es in den angesehensten Familien Sitte war, nach Tisch die beliebtesten Compositionen der Art aufzulegen, und es wurde als Mangel an Erziehung angesehen, wenn ein Tischgenosse nicht im Stande war, seinen Part auszuführen. Besonders die Catches und Glees heiteren Charakters verfehlten dabei ihre Wirkung nie; halbwegs gut vorgetragen, gelang es ihnen bald, wie Hamlet sagt: „*to set the whole table in a roar*".

Der *Noblemen and Gentlemen Catch Club* wurde 1761 gegründet. Damals, im November, vereinigten sich zu diesem Zwecke die Grafen von Eglington, Sandwich und March, Lieut. Gen. Rich und Major Gen. Barrington, Hon. J. Ward; Hugo Meynell und Richard Phelps, Esqrs. — Zweck des Vereins war, das Interesse für den mehrstimmigen Gesang, besonders für Glees, Catches und Canons, neu zu beleben.

Im Mai 1762 hatte sich der Verein förmlich constituirt; die Mitglieder zahlten jährlich à 20 Guineen. Ungefähr sechsmal im Jahre kam man zusammen; das Vereinslocal war der Gasthaussaal in dem bereits erwähnten Thatched-House, St. James's street. Nach der Tafel wurde Byrd's Canon „*non nobis, Domine*" gesungen; sodann forderte der Präsident nach der Reihe die Mitglieder auf, einen Catch, Glee oder Canon zu bestimmen, der gesungen werden sollte. Wer dem Folge leistete, hatte von den anwesenden Ehrenmitgliedern vom Fache (*professional members*) diejenigen auszuwählen, die ihn im Gesange begleiten sollten, denn er selbst musste auch mitsingen. Unter den ersten Fachmusikern, die dabei genannt werden, befanden sich Beard, Battishill, Dr. Arne, Baildon, Dr. Hayes, Norris; später Tenducci, Leoni, Atterbury, Paxton, Rauzzini, S. Webbe, Piozzi, Pacchierotti u. A. — Der Club bestimmte aber auch jährlich eine Anzahl Preise, goldene Medaillen zu je 10 Guineen Werth, für die besten Catches, Glees und Canons (englische, italienische und lateinische). Die Zahl der Preise war nicht immer gleich und differirte meist zwischen drei und fünf. Vom Jahre 1763 bis 1794 wurden an 38 Componisten 139 Preise vertheilt; von da an flossen die Preise spärlicher, die nächstfolgenden erst in den Jahren 1811 und 1812 (je zwei). Die ersten Preise erhielten im Jahre 1763: Joseph Baildon, J. B. Marella, Dr. William Hayes, George Berg, Organist; Dr. Hayes allein gewann drei Preise. Im Jahre 1764 und 1765 wurden je fünf Preise vertheilt an Dr. Th. Aug. Arne (zwei), Richard Woodward und Samuel Long, Organisten; Dr. W. Hayes und George Berg (je zwei), Chs. Thomas und J. Baptista Bruguera.

Ein noch erhaltenes gedrucktes Verzeichniss der vertheilten Preise in den Jahren 1763 — 1812 bietet manche Anhaltspunkte und gibt zugleich eine Liste der beliebtesten

Musiker in der besprochenen Compositionsgattung [1]). Die
meisten Preise gewannen Sam. Webbe [2]) (27, von 1766 bis
1792), J. W. Callcott [3]) (20, von 1785 — 1793), John
Danby (10, von 1781—1794), J. S. Smith (8, von 1773
— 1780), Dr. Th. Aug. Arne (7, von 1764—1769), Benj.
Cooke (7, von 1767 — 1793). Der vielbeliebte *Glee*-Com-
ponist Earl of Mornington [4]), Vater des Herzogs von Wellington, ist in den Jahren 1776 — 1779 mit drei Preisen genannt, darunter (1779) der beliebte Glee „*Here in cool grot*".
Je fünf Preise gewannen: Dr. W. Hayes (1763—1765) und

---

[1]) Ich verdanke dies interessante, nun selten gewordene, ge-
druckte Verzeichniss der Güte des jetzigen Secretärs des Vereins,
Orlando Bradbury, Esq. Der Titel lautet: *List of the several
Catches, Glees and Canons, to which Gold Medals have been ad-
judged by the Catch Club, from the period of its institution in the
year 1761; with the Names of the respective Composers, and the
Dates of their Composition.*

[2]) Samuel Webbe, geb. 1740 zu Minorca, Schüler Barbandt's und 1776 Organist an der portugiesischen Capelle, componirte eine sehr grosse Anzahl Glees, Canons, Catches, und
gewann häufig paarweise die vom Catch-Club ausgeschriebenen
Preise. Er starb 1824 zu London.

[3]) J. W. Callcott, geb. 1766, war Organist von St. George,
Queen sq. im Jahre 1783', um welche Zeit er als Componist von
Catches bekannt wurde. Er gewann wiederholt Preise des Catch-
Club und schickte sogar einmal 100 Compositionen ein, was den
Verein veranlasste, die Zahl der einzureichenden Werke auf 12
Nummern zu beschränken. 1785, 1791 und 1792 gewann Callcott
je drei und 1789 sogar alle Preise (vier); er starb 1821. Eine
Sammlung seiner Glees, Catches, Canons gab sein Schwieger-
sohn Horsley in zwei Bänden heraus.

[4]) Garre Graf von Mornington, geb. um 1720 in Irland,
wird von Daines Barrington in seinen „*Miscellanies*" (1781) als
Beispiel frühzeitig entwickelten Musiktalentes erwähnt. Seine

Stephen Paxton (1779 — 1785). Noch sind genannt:
Cocchi, Peter Hellendaal, Theodor Aylward, William
Bates, James Nares, Dr. John Alcock (vier), Francis
Hutchinson (drei), James Hook und Will. Paxton (je
zwei), G. B. Cirri, Reginald Spofforth, R. J. S. Ste-
phens. (Hier verdient auch der in der Liste nicht genannte
Dr. Harrington von Bath erwähnt zu werden.)

Auch Haydn componirte während seines Aufenthaltes in
London mehrere Catches, oder schrieb zu anderen ein Accompagnement für Pianoforte [1]).

Eine Sammlung Catches, Rounds und Canons erschien
übrigens, wie bereits bemerkt, schon im Jahre 1652 von John
Hilton, dann vermehrt von J. Playford.

Mit der Gründung des Catch Club schien plötzlich auch
das grössere Publicum sich für die Musik in dieser Richtung
mehr zu interessiren. So wurde im Mai 1767 im Ranelagh-
Saal ein grosses Concert veranstaltet, in dem nur Catches und
Glees aufgeführt wurden, und wobei, des grösseren Locales
halber, eine Orchesterbegleitung und verstärkter Chor zugegeben war. Der Catch-Club unterstützte dasselbe mit seiner
werthvollen Bibliothek. Es war dies die e r s t e öffentliche
Musikaufführung der Art in England, die sehr angezogen

Vocal-Compositionen waren sehr beliebt. Prinz Albert wählte sie
in den Jahren 1840—1848 vorzugsweise zum Vortrag in den
Ancient-Music-Concerten. Nebst dem oben erwähnten Glee waren
noch besonders beliebt: „*Gently hear me, charming maid*", und
„*Come, fairest nymph*". Der Componist starb zu Kensington am
22. Mai 1781.

[1]) *Sentimental Catches and Glees for three voices, melodized
by Earl of Abingdon. The accompaniments for the harp or pianoforte by Haydn. London.*

haben muss, denn es blieben den Unternehmern dabei 1200 Pfd. Sterl. Gewinn [1]).

Aehnliche Concerte wurden besonders zu Anfang der 70ger Jahre unter Dr. Arne im Covent-Garden- und kleinen Haymarket-Theater oft repetirt.

(Auch dieser Verein besteht noch. 1859 wurden die Statuten desselben von Neuem geregelt. In jenem Jahre waren und sind meist noch jetzt folgende Mitglieder: Robert Palmer, Thomas Henry Hall Esqrs.; Lord Wrottesley, Duke of Beaufort, Earl of Wilton, Lord Dynevor, Earl of Sandwich, ein Enkel des früher Genannten; Hon. F. Lygon, M. P. und Sir Michael Shaw Stewart, Bart. M. P. etc. Unter den Ehrenmitgliedern von Fach sind die Herren Goss, Bradbury, S. Turle, Machin, Francis, Barnby, Benson, Foster, Montem Smith, Cummings, Land, Winn, Baxten, etc. — Das jetzige Vereinslocal ist Willis's Rooms. Bis zum Jahre 1864 wurden gegen 180 Preise vertheilt. Den letzten Preis, eine Silberschale im Werthe von 30 Pfd. Sterl., gewann im Jahre 1866 W. Cummings.)

6. The Society of Musicians. (*Musical Fund.*)

Ueber die Entstehung der Tonkünstler-Societät wird Folgendes erzählt.

In den 20ger Jahren des vorigen Jahrhunderts kam ein deutscher Musiker Kytch nach London, wo er als vortrefflicher Oboist von allen musikalischen Zirkeln gesucht wurde

---

[1]) The gazeteer (1767, Mai 15) gab damals folgenden Text eines derbkomischen Catch von Dr. Arne:

The family quarrel. The husband wife and friend.
Friend: Good neighbours, be quiet, let me part the fray,
Come kiss, and be friends, drive discord away.

und viel Geld verdiente. Er schien jedoch seinem Glücke nicht gewachsen, wurde leichtsinnig, vernachlässigte sich und seine Familie und starb endlich als Bettler auf der Strasse — man fand ihn eines Morgens todt in St. James's Market liegen.

Einige Zeit darauf bemerkten die Tonkünstler F e s t i n g [1]), W e i d e m a n und V i n c e n t, am Thor des Orange - Kaffeehauses in Haymarket stehend, zwei Knaben, denen ihre Beschäftigung, Esel zu treiben, ziemlich fremd zu sein schien. Davon unterrichtet, dass diese Knaben Kinder des unglücklichen Kytch seien, beschlossen die genannten Herren, nicht nur die Waisen aus ihrer entwürdigenden Stellung zu befreien, sondern sie fassten auch, von Dr. G r e e n e und anderen Musikern unterstützt, den Entschluss, einen Fond zu gründen, um ähnlichen Vorkommnissen ihrer Amtsbrüder für immer vorzubeugen. Schon am 19. April 1738 konnten sie den Gründungstag eines Vereines feiern, der segenbringend nun schon in's zweite Jahrhundert seines Bestehens reicht, eines Vereines „zur Unters'tützung hülfsbedürftiger M u s i k e r und deren Familien" *(Musical - Fund for the support of decayed Musicians and their families)*. (Noch jetzt führt das Vereinssiegel den Wahlspruch: *„to deliver the poor that cry".*)

>   *Wife:* He's a puppy, an ass, a poor frip'ry Jack,
>   That gives me no victuals, nor clothes to my back.
>   *Husband:* Oh you vixen, you brawler, how dare you to rail!
>   If this be the case, I must lock up my ale.
>   *Wife:* Aye, fasten the door, and pocket the key,
>   I can get ale abroad, for you shan't lock up me.

[1]) Mich. Christian F e s t i n g, ein Deutscher, lebte lange in England. Seit 1737 leitete er an Castrucci's Stelle das Orchester der italienischen Oper. Auch in Ranelagh dirigirte er jahrelang. Er starb 1752.

Dass Händel bei einem solchen Unternehmen nicht fehlen konnte, versteht sich von selbst. Schon am 20. März 1739 führte er im Kings Theater sein „Alexander's Fest" auf, das, 1736 zuerst gegeben, so ausserordentlich gefallen hatte. Seine mächtigen Hände aber entlockten der Orgel mit einem eigens für diese Gelegenheit componirten Concerte das schönste Loblied auf die Tonkunst. Auch im folgenden Jahre (28. März 1740), obwohl selbst mit Sorgen kämpfend, gab Händel im Theater Lincoln's-Inn-Fields sein Pastorale „Acis e Galatea" und spielte zwei neue Orgelconcerte; 1741 (14. April) folgte die am 13. März 1734 zum ersten Mal aufgeführte Serenade „Parnasso in Festa", dazu kamen Solovorträge für Oboe, Flöte, Violin, Fagott und Cello, von San Martini, Weideman, Clegg, Miller und Caporale. Händel vergass den Verein auch im Tode nicht und vermachte ihm 1000 £. [1]).

Die Wohlthätigkeitsconcerte für den Musical-Fund wurden dann jährlich fortgesetzt und alle namhaften Componisten und Virtuosen, die in London lebten oder sich zeitweise daselbst aufhielten, unterstützten dieselben durch ihre Kunst. So folgten sich unter vielen Anderen Gluck (1746), Paradies, Giardini (1752), Abel, Barthelemon, Bach, Fischer, Clementi (1780), W. Cramer, Salomon (1783) etc.

Die beiden Aufführungen, welche die Tonkünstler - Societät in den Jahren 1764 und 1765 im Kings Theatre veranstaltete, sind in dem Abschnitte „Oratorien" eingetragen.

---

[1]) Dieselbe Summe, 1000 £., erhielt der Verein als Vermächtniss von dem Violoncellisten J. Crosdill (57 Jahre Mitglied der Gesellschaft), von Sga. Storace (1820), von Miss Caroline Eliza Tenn, und in neuester Zeit von Sign. Begrez (1864). — Mr. Storace, Dr. Dupuis, Dr. Aylward, J. P. Salomon, Chs. Knyvett, Graf Mazzinghi (56 Jahre Vereinsmitglied) und viele Andere sind ebenfalls mit grösseren Summen in der Liste der Legate verzeichnet.

Im Jahre 1765 zeigten die Directoren des Vereins bei dieser Gelegenheit an, dass sie von Juni 1763 bis 1764 zur Unterstützung von Musikern, für Wittwen und für Erziehung der Waisen, nahezu 629 £. ausgelegt hatten.

(Durch die enormen Einnahmen bei den grossen Händelfesten in der Westminster Abtei (1784 — 1787 und 1834), durch wiederholte bedeutende Beiträge einzelner Privatpersonen hatte der Verein, der sich nun „*Royal Society of Musicians of Great Britain*" nennt, zu Ende des Jahres 1865 über ein Capital von 64.550 £. in Consols zu verfügen. An Unterstützungsgelder zahlte der Verein im Jahre 1865 über 2400 £. — *Balance sheet, Christmas* 1865).

7. The Corporation of the Sons of the Clergy.
(Die Corporation der Predigersöhne.)

Die Gründung dieses Vereines reicht bis in die Zeit Cromwell's zurück. Im Jahre 1655 hielt der Bischof von Chester in St. Paul's Cathedral eine Predigt, wobei er die Versammlung zur Unterstützung einer am Ende des Gottesdienstes veranstalteten Collecte für die Familien der armen Geistlichkeit aufforderte. Diese Gelegenheitspredigten wurden jährlich fortgesetzt und 1678 durch königl. Vollmacht *the Corporation of the Sons of the Clergy* bestätigt (die Bezeichnung daher rührend, weil die erste Anregung dazu von den Predigersöhnen ausging.) Das Jahresfest derselben wurde, wie Lysons (*History of the three choirs*) angibt, um's Jahr 1709 (Burney sagt 1695, Hawkins 1697) zum ersten Mal mit Musik gefeiert, und die seitherige Collecte auch auf die Probe von den aufzuführenden Musikstücken und auf das, nach der kirchlichen Feier, in Merchant-Taylor's Hall abgehaltene Festessen ausgedehnt. In den ersten Jahren war die Haupt-Musiknummer gewöhnlich Henry Purcell's Te Deum und Jubilate, ursprünglich zur Cäcilienfeier componirt. Im Jahre 1714 wurde auf Befehl der Königin Anna Händel's „Utrechter Te Deum" aufgeführt, welches, 1731 / 1733 wiederholt, so viel Interesse erweckte, dass die Collecte dieser drei Jahre über 2700 Guineen betrug. Später wählte man auch das „Dettinger Te Deum", „Krönungsanthem" und Chöre aus dem „Messias". Die Ouverture zu dem Oratorium „Esther" wurde eine Reihe von Jahren als Eingangsnummer beibehalten. Mit wenig Ausnahmen wurde später jährlich ausser Händel'scher Musik nur ein, für diese Corporation eigens componirtes Anthem von Dr. Boyce und der 100. Psalm aufgeführt.

Im Jahre 1739 vereinigte sich die Corporation der Predigersöhne mit der neugegründeten Society of Musicians in der Art, dass diese für 50 £. die Orchesterausführung bei dem Fest in der Kirche übernahm, welche Summe dann dem Musical-Fund zu Gute kam. Auf die Mitwirkung der einzelnen Mitglieder wurde dabei streng gesehen; wer diese unterliess, wurde aus dem Vereine ausgewiesen (*expelled for non attendance at St. Paul's* — wie dies einigemal das Aufnahm-Buch der Soc. of Musicians ausweist [1]).

In den Jahren 1764 und 1765 fand das Jahresfest der Stiftung für arme Predigersöhne Anfangs Mai statt. Händel's Ouverture zu „Esther", ein Violinconcert von Geminiani, „Te Deum und Jubilate" [von Händel „seit 16 Jahren daselbst nicht aufgeführt", das erwähnte Anthem von Dr. Boyce und zum Schluss Händel's „Krönungsanthem" waren die musikalischen Beigaben. — Die „*Stewards*" (Festordner) sammelten bei dieser Gelegenheit an den Kirchthüren und bei dem

---

[1] Auch wegen Nichtbezahlung des Jahresbeitrages folgte dieselbe Strafe, z. B. Chs. Weichsel, 1761, Ap. 5, *expelled for non payment*.

Feste in Merchant-Taylors-Hall in beiden Jahren im Ganzen über 2014 £.

(Hundert Jahre später, am 15. Mai 1865, wurde die 211. Jahresfeier des Vereins besonders glänzend abgehalten. Der Prinz von Wales stand an der Spitze der Stewards. Die Kirchenchöre von St. Paul's, Westminster Abtei, St. James's und St. George's (Windsor) etc., im Ganzen 250 Stimmen, übernahmen die Ausführung der Chöre von W. Russel, Th. Attwood, John Goss, jetzigem Organisten der St. Paulskirche. Die Wahl aber von Mendelssohn's: „Wie lieblich sind die Boten" bewies, dass man mit dem früheren System gründlich gebrochen hatte. Die Collecten in der Kirche, Festdiner in Merchant Taylor's Hall, etc. beliefen sich gegen 4700 £. An Unterstützungsgelder hatte der Verein im vorhergehenden Jahre 19.000 £ vertheilt, darunter 712 jährliche Pensionen.)

———

B.

ORATORIEN.

Oratorien. zuerst in der Fastenzeit aufgeführt. — Orgelconcerte, zum erstenmal dabei gespielt. — Oratorien, nach Händel's Tod, von Stanley und Smith geleitet. — Oratorien bei billigeren Eintrittspreisen. — Oratorien in den Jahren 1764/65 im Covent-Garden Theater. — Der „Messias", zum Besten des *Foundling-Hospitals*. — Zusammengesetzte Oratorien. — Oratorien im King's Theatre, im kleinen Theater Haymarket, in Spring-, Ranelagh- und Marybone-Gardens. — Das Oratorium „Ruth" und der Violinspieler Giardini.

Einer der wichtigsten Punkte im Musikleben London's während des Aufenthaltes der Familie Mozart bilden die Aufführungen kirchlicher Musik und natürlich obenan Händelscher Oratorien. Hatte er doch kaum die Augen geschlossen, seinen Nachfolgern ein reiches Feld der Ernte hinterlassend. — *Sacred Musick* (kirchliche Musik) war überall zu hören; sie wurde nicht nur in den Kirchen vorgetragen, sondern auch im Theater, in den Concertsälen und selbst in den, mehr der leichteren Unterhaltung gewidmeten öffentlichen Volksgärten, und zwar in jeder Form, vom Oratorium oder Oper im Oratoriumgewande, Anthem herab bis zur Ode und dem Einzelgesange. — Obenan stehen die damals in der Fastenzeit aufgeführten Oratorien.

Die Sitte, Oratorien in der Fastenzeit aufzuführen, wurde

zuerst von Händel im Jahre 1735 eingeführt. Als nämlich Händel's Verbindlichkeiten mit Heidegger, dem Director des Kings Theatre, gelöst waren, verband er sich nach 14jähriger Thätigkeit in jenem Hause mit John Rich, dem Director des Covent-Garden Theaters, und setzte da seine Opernaufführungen fort. Zugleich aber gab er 1735 zum erstenmal in der Fastenzeit seine Oratorien an Mittwoch- und Freitagabenden, da an diesen Tagen in Covent-Garden keine Oper sein durfte; auch vermied er es dadurch, mit der Gegenoper, die sich im Kings Theatre gegen ihn gebildet hatte, zusammenzustossen.

Es war dies zugleich auch das erstemal, dass Händel in London öffentlich Orgelconcerte in den Zwischenabtheilungen von Oratorien vortrug. So brachte er am 5. März Esther, sein erstes englisches Oratorium [1]) „mit neuen Zusätzen", und zwei neue Orgelconcerte zwischen den beiden Abtheilungen. Am 26. März folgte Deborah (zuerst am 17. März 1733 im Kings Theatre aufgeführt) und am 1. April Athalia; beide Oratorien ebenfalls mit Orgelconcerten und

---

[1]) „Esther" war das erste englische Oratorium, welches Händel componirte, und zwar auf Wunsch des Herzogs von Chandos. Händel hielt sich damals (1720) auf dessen prächtiger Villa zu Cannons, neun engl. Meilen nördlich von London, auf, wo er als Nachfolger des Dr. Pepusch des Herzogs Capelle leitete. Die kirchlichen Aufführungen zu Cannons wurden bald so berühmt, dass es in den vornehmen Kreisen Londons Mode wurde, nach der kleinen Capelle Whitechurch zu Cannons zum Gottesdienst zu fahren. Esther wurde das erstemal am 29. August 1720 aufgeführt. Der Herzog zahlte Händel dafür 1000 £. Cannons, der prachtvolle Herzogssitz, der 230.000 £. kostete, verfiel nach und nach und wurde drei Jahre nach dem Tode des Besitzers (1747) um 11.000 £. versteigert. Von der ganzen Pracht blieb nur Whitchurch, jetzt die Pfarrkirche des Dorfes Edgware.

letzteres in London selbst zum erstenmal gegeben. (Händel hatte es zuerst bei einer Universitätsfeierlichkeit zu Oxford am 10. Juli 1733 aufgeführt und schon damals durch sein Orgelspiel Alles in Erstaunen gesetzt.) Als Händel, nach einem wiederholten Besuch der Aachener Bäder im Herbste 1750 [1]), immer leidender wurde und am 4. Mai 1752 bereits zum drittenmal operirt worden war, glaubte er, seine Oratorien nun nicht mehr selbst aufführen zu können, und liess seinen Schüler Christopher S m i t h (siehe Beilage) kommen, der damals in Frankreich reiste. Als man ihm als Ersatzmann den blinden Organisten S t a n l e y (siehe Beilage) vorschlug, sagte er lächelnd: „steht nicht geschrieben, wenn ein Blinder den andern führt, fallen sie Beide in die Grube!?" [2]) — Im Jahre 1753 leitete auch wirklich Smith die Oratorien und Händel spielte nur die Zwischenconcerte [3]), doch nahm er später seinen alten Platz wieder ein. — Gerade in diesen letzten Leidensjahren Händel's stand das Oratorium in voller

---

[1]) *The celebrated Mr. Handel is arrived at his house in Brookstreet, Grosvenor sq., from Aix la Chapelle. (The Penny London Post from Dec. 7to 10., 1750.)*

[2]) Händel vermehrte die Zahl der blinden Organisten, die vor, mit und nach ihm in England lebten, darunter Francis L i n l e y , G r e e n, L o c k h a r t, R a n d l e s (in Wrexham), Thomas G r e n v i l l e (der im Foundling - Hospital die Blinden mit Hülfe des Stanley'schen Apparates unterrichtete), John G a t e s , S a u s o m e (Rotherham), John P u r k i s (geb. 1781, als Knabe der junge Händel genannt).

[3]) Bekannt ist, welch' tiefen Eindruck es machte, als Beard im Oratorium „Samson" die Arie „Tief dunkle Nacht! kein Tag, kein Licht" sang, und man den Mann von Erz dabei erbleichen sah, der dieselbe Arie im vollen Besitz seiner Kräfte und seines Augenlichtes schrieb, und der nun selbst von Nacht umgeben war.

Blüthe, und Händel erntete endlich, nachdem er lange genug gesäet hatte.

Nach dem Tode des Meisters setzten Smith und Stanley die jährlichen Aufführungen in der Fasten fort. Smith dirigirte und Stanley accompagnirte an der Orgel und spielte zwischen den Abtheilungen Concerte.

Bis dahin war der Zutritt zu den Oratorien den weniger Bemittelten durch die höheren Eintrittspreise so gut wie verschlossen. (Ein Platz im Parterre oder einer Loge kostete $\frac{1}{2}$ Guinee, die Gallerien 5. sh. und 3 sh. 6 p.) Im Jahre 1762 versuchte es zum erstenmal eine Gegenpartei unter Dr. Arne im Drury - Lane Theater [1]), die Preise etwas herabzusetzen (7, 5, 3 und 2 sh.). Vom Jahre 1768 angefangen gab man dann auch Oratorien zu den gewöhnlichen Theaterpreisen (*at playhouse prices*).

Die in den Jahren 1764 und 1765 im Covent-Garden-Theater, wie gewöhnlich „auf Befehl Ihrer Majestäten" (*by command of their Majesties*), gegebenen Oratorien waren folgende :

1764	1765
März 7. *l'Allegro ed il Pensieroso*; Dryden's Ode ; Orgelconcert von Stanley (jeden Abend).	Feb. 22. *Judas Maccabäus*, Orgelconcert von Stanley (jeden Abend).
„ 9. *l'Allegro* etc. (dieselben Werke).	„ 27. *Alexander's - Fest*; Krönungsanthem.
„ 14. *Deborah*.	März 1. *Israel in Babylon*, aus Händel'schen

---

[1]) Damals spielte bereits D u p u i s, den Haydn sehr schätzte, Orgelconcerte zwischen den Abtheilungen der Oratorien.

März 16.	*Nabal* [1]), aus ver- schiedenen Werken Händel's zusam- mengestellt.		Werken zusammen gestellt.
		März, 6.	*Samson.*
„ 21.	*Nabal.*	„ 8.	*Judas Maccabäus.*
„ 23.	*Judas Maccabäus.*	„ 13.	*Israel in Aegypten* [3]),
„ 28.	*Samson*, mit dem Originalmarsch [2]).		mit zahlreichen Ver- änderungen u. Zu- sätzen von Händel.
„ 30.	*l'Allegro ed il Pen- sieroso.*	„ 15.	*Solomon.*
		„ 20.	*Samson.*
April, 4.	*Judas Maccabäus.*	„ 22.	*Judas Maccabäus.*
„ 6.	*Deborah.*	„ 27.	*Messias.*
„ 11.	*Messias.*	„ 29.	*Messias.*
„ 13.	*Messias.*		

Parterre und Logis vereinigt, eine halbe Guinee; erste Gallerie 5 sh., zweite Gallerie 3 sh. 6 p. Gallerien um halb fünf Uhr, Parterre und Logen um fünf Uhr geöffnet; Anfang um halb sieben Uhr. *Vivant Rex et Regina.*

So hatte nun die Familie Mozart zum erstenmal Gelegenheit, Händel's Oratorien und namentlich seinen „Messias" zu hören, den bekanntlich Wolfgang im Jahre 1789 selbst bearbeitete.

---

[1]) Der neue Text war von Dr. Morell, das Arrangement von Smith. Morell schrieb zu vielen Händel'schen Oratorien die Worte.

[2]) Samson wurde zuerst am 18. Februar 1743 aufgeführt. Der ursprünglich für dieses Oratorium gesetzte Marsch machte später dem berühmteren Satze aus „Saul" Platz. (Siehe deutsche Händel-Ausgabe von Samson. Leipzig, Breitkopf & Härtel.)

[3]) „Israel in Aegypten" wurde zuerst am 4. April 1739 aufgeführt. Eine Partitur war bis dahin noch nicht im Druck er-

Der „Messias" war seit seinen ersten Aufführungen in Dublin [1]) (13. April 1742) und in London (23. März 1743) bis zum Jahre 1750 in London nur noch sechsmal wiederholt worden; von da an aber mit steigender Theilnahme bis zum Tode Händel's 16mal in seinen Abonnement - Oratorien und für das gleich zu erwähnende Kinderspital 11mal. Der Messias war auch das letzte Oratorium, das Händel am 6. April 1759 selbst an der Orgel begleitete. Acht Tage darauf, Sonnabend den 14. April, war der Meister verschieden [2]). Im fol-

---

schienen. 1765 war eine Ausgabe von Israel angekündigt, wie er in Covent-Garden gegeben wird, die Chöre vollzählig, die Arien aus anderen Werken entlehnt (12 Arien und 14 Recitative aus Händel's Opern mit neu unterlegtem Text).

[1]) Ausführliches über Händel's Aufenthalt in Dublin gibt die Broschüre: „An account of the visit of Handel to Dublin by Horatio Townsend Esq. Barrister-at-law. Dublin, 1852."

[2]) Einen neuen Beleg für die Richtigkeit der Annahme dieses so oft bestrittenen Datums bietet die folgende Stelle eines Briefes aus dem bereits erwähnten Werke „the Autob. and Corr. of M. Granville, Mrs. Delany, edited by Lady Llanoer," vol. III, p. 549:

Mr. Smyth to Bernhard Granville Esq.

London, Ap. 17th, 1759.

Dear Sir!

According to your request to me when you left London, that I would let you know when our good friend departed this life, on Saturday last at 8 o' clock in the morn died the great and good Mr. Handel. He was sensible to the last moment; made a codicil to his will on Tuesday, ordered to be buried privately in Westm. A., and a monument not to exceed 600 £. for him . . . .

Als Dr. Burney 1785 sein Werk An account of the Musical Performances in Westminster Abbey herausgab, fiel es ihm plötzlich ein, den Todestag Händel's von Samstag den 14. April auf den vorhergehenden Tag, Charfreitag, zu verlegen (he ex-

genden Jahre erlebte der Messias in London bis dahin die höchste Zahl von Aufführungen; er wurde siebenmal gegeben. Trotz dieser wachsenden Theilnahme (nur Judas Maccabäus und Samson erfreuten sich bei Händel's Lebzeiten einer gleichen Beliebtheit) erschien gerade dieses Oratorium erst spät im Druck. Eine Einladung zur Subscription (1½ Guinee) zur ersten vollständigen Partitur „mit Händel's nachträglichen Veränderungen" kündigten Randall und Abell (früher Walsh) 'erst am 23. März 1767 an (*Public Advertiser*).

In den Jahren 1764 und 1765 (1. Mai und 2. April)

---

pired on Friday the 13ᵗʰ 1759, and not on Saturday the 14ᵗʰ , as was at first erroneously engraved on his monument). Ueberzeugt, dass auf seinen Ausspruch hin man sich beeilen werde, die Aufschrift des Monumentes umzuändern, liess Burney auch gleich auf die von seinem Neffen ausgeführte und dem Werke beigelegte Zeichnung den neuen Datum beisetzen. Es heisst nun dort wörtlich:

Died on Good Friday, April XIII.

Nachbildungen des Monuments mit diesem Datum gingen auch auf andere Werke über, wie z. B. „Allgem. musik. Zeitung", Leipzig 1799, Taf. II. — Zum Ueberfluss ist noch in neuester Zeit in einem bereits abgeschlossenen Werke über Händel, im Vertrauen auf Burney's Gewissenhaftigkeit, die obige Inschrift, als zur Zeit wirklich bestehend, beibehalten. — Jeder Besucher der Westminster-Abtei kann sich nun aber überzeugen, dass die Inschrift n i e geändert wurde und noch heute wie ursprünglich lautet:

G e o r g e F r e d e r i c k H a n d e l E s q.
born February XXIII, MDCLXXXIV
died April XIV , MDCCLIX.

Wie Fr. Chrysander in seinem Werke über Händel, Bd. I, p. 9 authentisch nachweist, ist der Meister im Jahre 1685 geboren; es steht der Inschrift somit noch immer h i e r i n wenigstens eine Berichtigung bevor.

finden wir die Aufführung des Messias auch erwähnt zum
Besten einer Anstalt „zum Unterhalt und zur Erziehung aus-
gesetzter und hülfloser Kinder" (*Hospital for the Maintenance
and Education of exposed and deserted young children*), gewöhnlich „*Foundling-Hospital*" [1]) genannt. Für diese Anstalt, der
sich Händel überhaupt wahrhaft grossmüthig annahm, hatte
der Messias eine ganz besonders segenbringende Bedeutung.
Die eilf Aufführungen desselben unter Händel, dann acht nach
seinem Tode unter Smith (1760 — 1768) und neun unter
Stanley (bis 1777) ergaben eine Einnahme von nahezu
10.300 £.!

Die beiden oben erwähnten Aufführungen in der Capelle
der Anstalt (wie gewöhnlich um 12 Uhr Vormittags) dirigirte
Smith; zwischen den Abtheilungen spielte Stanley Orgelconcerte, und vor und nach den Aufführungen waren die Schul-
zimmer für Jedermann geöffnet.

Unter den genannten Oratorien in Covent-Garden werden die aus Händel's Werken zusammengestellten auffallen.

Aehnliche Oratorien erschienen nämlich bald nach Händel's Tode von Arnold, Smith, Dr. Arne. So hielten sich einige
Zeit: Nabal, Gideon, The Force of Truth (die Macht
der Wahrheit), Israel in Babylon; Omnipotente, Redemption; besonders Letzteres, 1786 zuerst aufgeführt,
wurde oft gegeben.

Die in den Jahren 1764 und 1765 weiter noch aufgeführten Oratorien, Oden und Serenaden waren folgende:

---

[1]) Foundling-Hospital in Lamb's Conduit Fields, von Thomas Coram gegründet, wurde 1747 im Subscriptionswege erbaut.

Im Kings Theatre, Haymarket: T h e S a c r i f i c e , Musik
von Dr. Arne (Orgelconcert von Arne jun.); H a n n a h von
John Worgan [1]), „Lieblingsschüler Geminiani's", wie ihn ein-
mal Publ. Adv. nennt; I P e l l e g r i n i , l a P a s s i o n e , von
Jomelli (zu einem wohlthätigen Zweck); J u d i t h , von Dr.
Arne. Jedes dieser Oratorien dirigirte G i a r d i n i und spielte
dabei ein Violinconcert. Soli sangen die Damen Mingotti,
Scotti, Young und die Herren Giustinelli, Peretti, Tenducci.

Zum Besten des *Musical Fund* wurde in demselben Theater in beiden Jahren I s r a e l i n B a b y l o n (oder *the force of
truth*) aufgeführt, „aus Händel's Werken eigens für diese Gelegenheit zusammengestellt" (von Smith). Concerte spielten
dabei Paxton (Cello), Pinto (Violin) und 1 7 6 5 Mr. Fisher
(Violin — „mit Genehmigung des Right Hon. Lord Ty-
rawley").

Im kleinen Theater Haymarket: A c i s e G a l a t e a , von
Händel und eine Serenade t h e C h o i c e o f A p o l l o , von
Yates.

Im Saale Spring - Gardens (St. James's): A n t i g o n o ,

— Dr. Burney und Sign. Giardini hatten einige Zeit die Absicht,
mit den Schülern der Anstalt eine Musikschule (*Academy of music*)
zu gründen, der Plan wurde jedoch bald wieder aufgegeben. (Eine
Satyre darauf erschien in Joel Collier's [John Bicknal] „*Musical
travels*".)

[1]) Ein zweites Oratorium „Manasseh" von Worgan wurde
1767 aufgeführt. Dr. John W o r g a n , geb. um 1730 zu London,
folgte Gladwin als Organist in Vauxhall, für das er viele Gesang-
sachen schrieb. Von seinen Oratorien behauptete der Tagswitz,
dass ihr erhabener Styl auch die tiefste Auffassungsgabe zu Schan-
den mache. Seinen „*lessons*" war ein Notabene beigefügt, den
Spieler ersuchend, verschiedene scheinbare Fehler und Verletzun-
gen der Harmonie und Melodie „in Rücksicht ihrer Effecte" zu
entschuldigen. Worgan starb 1790.

nach Metastasio's Oper, in Form eines Oratoriums, Musik von Berg [1]).

Auch in den Musiksälen der bedeutenderen Volksgärten wurde die ernstere Musikgattung gepflegt. So gaben Miss Brent und Sign. Tenducci zu ihrem Benefice im Ranelagh „Samson", die Krönungshymne und einzelne Chöre aus Acis e Galatea, Messias etc. — In Mary-le-bone wurde eine Ode von George Berg und eine Serenade Solomon von Dr. Boyce [2]) aufgeführt.

Eine besondere Erwähnung verdient endlich noch die durch eine Reihe von Jahren wiederholte Aufführung des Oratoriums Ruth, zum Besten des Lock-Hospitals, in der Capelle daselbst, nahe Hyde Park Corner. — Hier sangen Beard, Tenducci, Champness und die Damen Brent, Whright, Young; der Componist selbst, Giardini, dirigirte und spielte Violinconcerte.

Die erste Aufführung dieses Oratoriums fand am 15. April 1763 statt; damals war es angekündigt: Theil I von Avison;

---

[1]) George Berg. Organist, ein Deutscher, ist in den 60ger Jahren wiederholt als Componist für Clavier, Orgel und Gesang genannt. 1763—1765 erscheint er auch unter den Preisgekrönten des Catch-Club.

[2]) Dr. William Boyce, geb. 1710 zu London, ist der Herausgeber des glänzend ausgestatteten Werkes in drei Bänden: „*Cathedral Music being a collection in score of the most valuable and useful Compositions for that service, by the several English Masters of the last two hundred years. The whole selected and carefully revis'd by Dr. William Boyce.*" — Boyce war seit 1736 Organist und Componist der königl. Capelle und wurde 1755 zum *Master of the Kings Band* ernannt. Seine Compositionen für Kirchen- und Kammermusik waren seiner Zeit geschätzt, darunter die oben erwähnte Serenata „Solomon", 12 Sonaten für Clavier, die Operette *„the chaplet"* etc. Er starb 1779.

Theil II von **Giardini**; Theil III von Dr. **Boyce**. Da Letzterer erkrankte, schrieb Avison auch den dritten Theil. Im Jahre 1765 hatte Giardini den letzten und 1768 auch den ersten Theil, also das ganze Werk componirt, welches von da an bis zu Ende des Jahrhunderts fast jährlich zum Besten des obigen Spitals aufgeführt wurde. Es sangen darin fast alle namhaften Sänger und Sängerinnen; u. a. Sign. **Guadagni** (1770), die Schwestern **Linley**, **Abrams** (1773—1780), Sga. **Galli** (1773/74), **Davies** (1774), Sign. **Rauzzini**, (1776), **Tenducci** (1779), Mad. **Mara** (1787), **Banti** (1799).

Das Oratorium Ruth war vorzugsweise seiner gefälligen Melodien wegen beliebt. Der Ausdruck des Erhabenen fehlt ihm gänzlich [1]. Die Harmonie ist mager und eckig, wie denn überhaupt Giardini nicht stark in der Theorie war. Als man Dr. Boyce erzählte, Giardini mache sich anheischig, die Regeln der Composition in zwanzig Lectionen zu lehren, erwiderte er: „Das, was er weiss, kann er auch in zehn Lectionen lehren." Ausführliches über Giardini, der unausgesetzt von 1751 bis 1783 in England lebte und es noch einmal 1789 besuchte, gibt die Beilage.

---

[1] A B C Dario (p. 22) sagt über das Oratorium: „*of his Oratorio we are constrained to speak of it (after those of the immortal Handel) as a pretty Italian lustring compared with English brocade.*"

C.

CONCERTE.

Oeffentliche Concerte wurden in London zuerst von John Banister [1]) in den 70ger Jahren des 17. Jahrhunderts eingeführt. Banister dirigirte das damals aus 24 Violinspielern bestehende Orchester König Charles II. [2]). Die Concerte wurden in Banister's Haus, damals „Musikschule" genannt, gegeben, einem grossen Saale in Whitefryars, nahe Temple Bar. Die sehr verschämten Musiker sassen dabei in einer erhöhten Loge hinter Vorhängen. Rings um den Saal waren nach Art der Ale-houses Sitze und schmale Tischchen angebracht; der Eintrittspreis war 1 Schilling, der Anfang täglich um 4 Uhr (London gaz. 1672). Anzeigen dieser Concerte finden sich bis 1778; ein Jahr später starb Banister.

---

[1]) John Banister, der erste bedeutendere Violinspieler Englands, folgte 1663 Thomas Baltzar als *leader* der Hofmusik. Charles II. sandte Banister nach Frankreich, sich noch mehr zu vervollkommnen. Bei seiner Rückkehr fiel er in Ungnade, weil er behauptete, englische Violinen seien besser als die französischen. Louis Grabu, ein Franzose, wurde sein Nachfolger.

[2]) Unter Henry VIII. (um 1526) bestand die königl. Hofmusik (*the State band*) noch aus 15 Trompeten, 3 Lauten, 3 Stockgeigen (*rebecks*), 3 Tambourins, 1 Harfe, 2 Bratschen, 4 Trommeln, 1 Querpfeife und 10 Posaunen (eigentlich „*sackbuts*").

Diesen Concerten schlossen sich unmittelbar 1678 John Britton's Club- oder Privatconcerte an.

John Britton, der musikalische Kohlenmann, war eine bekannte Persönlichkeit in den Strassen Londons, in denen er seine kleinen Kohlen (*small coals*), feil bot und nebenher Bücher, Musikalien und Instrumente aufkaufte und Abends zu Hause seiner Neigung zur Musik lebte, sein Lieblingsinstrument die Gambe spielte, und selbst Generalbass studirte. Er ging aber noch weiter und arrangirte in seinem Hause in Clerkenwell Concerte, die 36 Jahre lang bis zu seinem Tode wöchentlich an Donnerstagen stattfanden. Der jährliche Subscriptionspreis sammt Kaffee „*at a penny a dish*" war 10 sh. — Eine Treppe an der Aussenseite des Hauses führte in den Musiksaal, der sich über dem Kohlenlager befand. Schmal und niedrig wie der Saal war, wurde er doch von den angesehensten Ständen besucht. Wer von Musikern bekannt werden wollte, fand hier dazu die beste Gelegenheit. Matthew Dubourg [1]), damals ein Knabe, geigte hier, auf einen Stuhl postirt, Corelli wacker drauf los. Dr. Pepusch spielte Clavier und Händel phantasirte auf der kleinen Orgel. Th. Britton wurde das Opfer eines unzeitigen Scherzes. Dem abergläubischen Manne mahnte ein Bauchredner „Thomas Britton, geh' heim, du musst sterben!" Drei Tage darauf am 15. September 1714, war Britton verschieden. Der wunderliche Mann wurde zweimal von J. Woolaston gemalt. Jenes Porträt, welches Sir Hans Sloane kaufte, befindet sich im British Museum.

---

[1]) Matthew Dubourg, geb. 1703, war ein Schüler Geminiani's und wurde 1728 zum *Master of Her Majesty's Band of Music in Ireland* ernannt, nachdem sein Meister diese ihm angebotene Stelle ausgeschlagen hatte. Er trat häufig abwechselnd in Dublin und London auf. In letzterer Stadt starb er 1767.

Beide Porträte erschienen auch im Stich. Ein Verzeichniss der hinterlassenen Bibliothek brachte Hawkins, *Hist. of Music.* Vol. V, p. 76.

Die bedeutenderen Musiker Londons, die Vorliebe des Publicums für die bestehenden Concerte wahrnehmend, vereinigten sich 1680, liessen einen Saal in York Buildings in Villiers street bauen und veranstalteten Concerte unter dem Namen „*Music-Meeting*", deren noch in den 90ger Jahren erwähnt wird. So kündigte die „London Gazette" 1692 für diese Concerte das Auftreten einer italienischen Sängerin an (*the Italian lady, that is lately come over, that is so famous for her singing*). Es war dies Sga. M a r g a r i t a d e l E p i n e, die später Dr. Pepusch heiratete. Ohne Wahl und Ordnung abgehalten, gingen diese Concerte bald darauf ein. (Auch eine versuchte Wiederaufnahme derselben durch Clayton, Hayn und Dienport, die im Jahre 1710 durch Händel's Auftreten ihren Einfluss im Opernhaus verloren hatten, blieb ohne Erfolg.)

Vom Jahre 1793 angefangen erschienen auch öfter Ankündigungen von Privatconcerten, z. B. *Seignor Tosi's Consort of Musik*, jeden Montag im Winter (1693); Nicola M a t t e i; Mrs. C h a m p i o n in Lincoln's-Inn-play-house (1703), *a lesson on the Harpsichord.* Zu gleicher Zeit trat in demselben Jahre auch die später in der Oper bewunderte Mrs. T o f t s auf und sang englische und italienische Lieder. Sie war die e r s t e e n g l i s c h e Sängerin, die auf einer Bühne erschien, und wurde eine Rivalin der Marg. del Epine.

Neben den bereits genannten geschlossenen Vereinen ging es mit den Concerten, von Privatpersonen veranstaltet, nur langsam vorwärts. Einer der bedeutendsten Tonkünstler, Francesco G e m i n i a n i [1]), der seit 1714 in London lebte,

---

[1]) F. G e m i n i a n i, der berühmte Violinspieler, geb. zu Lucca um 1666, gab in England seine besten Werke heraus. spielte aber nur selten öffentlich. Auf seine Veranlassung wurde

spielte nur selten öffentlich; um 1731 gab er im Hickford-Saal Subscript.-Concerte und versuchte später, nach Art der Pariser *Concerts spirituels* [1]) ähnliche Concerte in London einzuführen. In dem genannten Saale waren unter F e s t i n g seit 1739 bis zu dessen Tode, 1754, ebenfalls Subscriptions-Concerte.

Die in den 40ger Jahren, unmittelbar vor Giardini's Auftreten, in Concerten am häufigsten genannten Sänger, Sängerinnen und Instrumentalisten waren: Beard, Lowe, Sga. Frasi, Miss Turner, Mrs. Arne, Clive; die Violinspieler Festing, Clegg, Dubourg, Collet, Brown, Veracini, Carbonelli, Pasquali; Cervetto, Caporale (Cello); Simpson, San Martini und dessen Schüler Th. Vincent (Oboe); Weideman, Ballicourt (Flöte), Miller, Hebden (Fagott); ausser Händel die Organisten Kelway, Stanley, Keeble, Gladwin, Worgan etc.

Concerte in den Jahren 1764 und 1765.

Die Abonnement-Concerte unter Frau Cornelys in Carlisle-House; das erste Concert von Bach und Abel in Spring-Gardens; die Mittwochs-Subscript.-Concerte unter Bach und Abel; zuerst in Carlisle-House, später in Almack's und 1775 endlich in den neu erbauten Hanover-square-rooms. — Die Virtuosen Abel — Barthelemon — Th. Pinto — Baumgarten — Fisher — J. Crosdill — J. Cervetto — Siprutini — Gordon — Cirri — Graziani — Paxton — Tacet — Florio — Vincent — Evans — Parry — Miss Davies — Mrs. Chazal — Sga. Frasi. Der Componist Paradies.

So wie im Jahre 1751 das Concertwesen London's durch das Auftreten Giardini's einen Aufschwung erhielt, sollte 14

Händel zum Hofconcert zugezogen, da Geminiani erklärte, nur dieser wäre fähig, ihn zu begleiten. 1761 besuchte er seinen Schüler Dubourg in Dublin, wo er am 17. September 1762 starb.

[1]) Die *Concerts spirituels* wurden 1725 von Philidor in Paris gegründet und im sogenannten Schweizersaale in den Tuillerien abgehalten.

Jahre später durch die „B a c h - A b e l" C o n c e r t e abermals in dieser Richtung ein Schritt vorwärts geschehen.

Die schon früher erwähnte Frau C o r n e l y s (siehe Beilage) hatte 1762 in Carlisle - House, Soho square , Subscr.-
Concerte arrangirt, die noch 1764 von C o c c h i dirigirt wurden. Die einflussreiche Bedeutung dieser Concerte beginnt
aber erst im folgenden Jahre, wo dieselben zum e r s t e n m a l
unter abwechselnder Direction von J. C. B a c h, Musikmeister
der Königin und deren Kammermusikus C. F. A b e l, angezeigt sind.

B a c h und A b e l gaben bereits 1764, 29. Februar, im
Saale Spring-Gardens, St. James's Park, ein Concert, in dem
eine neue Serenata in zwei Abtheilungen von Bach und mehrere neue Instrumental - Compositionen von Abel aufgeführt
wurden.

Beide vereinigten sich nun mit Frau Cornelys und gaben
in Carlisle-House, Soho sq. 1765, am 23. Januar, das e r s t e
ihrer viel genannten Concerte, die durch eine Reihe von Jahren
für die musikalischen Kreise London's tonangebend wurden.
Jährlich fanden 15 dieser Concerte statt; der Subscriptionspreis war für Herren fünf, für Damen drei Guineen. So lange
die Concerte in Carlisle-House abgehalten wurden, hiessen sie
wohl auch „Soho - square - Concerte"; 1768 — 1773 war das
Local Almack's Saal, 1774 noch einmal Carlisle-House, bis
sie endlich im Jahre 1775 in die von dem Tanzmeister Sign.
G a l l i n i neu erbauten Concertsäle *„Hanover square-rooms"*[1]
genannt, übersiedelten. Das erste Subscript.-Concert in jenem

---

[1] Der Boden, auf dem die Hanover sq.-rooms (jetzt Queen's
Concert-Rooms, Han. sq.) gebaut wurden, hiess einst Mill Field.
Am 28. Januar 1774 kauften John Andrea Gallini , J. C. Bach
und Ch. F. Abel die vordem bestandenen Wirthschaftsgebäude

Mozart und Haydn in London.

Jahre, am 1. Februar, war auch das erste Concert, das überhaupt in diesen, noch heute so oft genannten Sälen stattfand.

Schon damals ertönten hier Haydn's Symphonien; der Violinspieler W. Cramer von Mannheim, eigens dazu von Bach eingeladen, trat hier auf; die Cellisten Crosdill und Cervetto, der Oboist Fischer, der ältere Florio, Flötist, der Clavierspieler Schröter und natürlich Bach und Abel selbst wechselten in Concert-Vorträgen mit Sologesängen, unterstützt von Tenducci, Ansani, Sga. Giorgi (später Mad. Banti), Mrs. Weichsel etc.

Dennoch begann der Stern dieser Unternehmung zu Ende der 70ger Jahre zu bleichen. Neue Concerte tauchten von allen Seiten auf und machten das Publicum in seinen Ansprüchen immer wählerischer. Noch unterstützte die Concerte der eifrige Musikdilettant Lord Abingdon grossmüthig, bis der unerwartete Tod Bach's auch ihr Ende herbeiführte. (Das letzte Concert unter Bach und Abel fand am 9. Mai 1781 statt.)

Wohl setzte Abel die bereits angekündigten Concerte noch in der Saison 1782 allein fort und suchte dieselben so interessant wie möglich zu machen [1]. „Er verspreche", sagt

---

von dem Besitzer, Lord Wenmann. Der Erstgenannte hatte den halben, die beiden Anderen je ein Viertel Antheil. 1776 kaufte Gallini auch deren Antheil und liess die *Assembly Rooms* in der Art herrichten, wie sie bis 1804 bestanden. Zeitgemäss verschönert und erweitert, wurden die Säle im Januar 1862 unter dem jetzigen Eigenthümer R. Cocks eröffnet, und feierte die *Philharmonic Society* darin das Fest ihres 50jährigen Bestehens.

[1] Abel hatte die Fortsetzung der Concerte „zu seinem Vortheil und zu dem der Witwe seines verstorbenen würdigen Freundes J C. Bach" angezeigt. Die Witwe Bach's jedoch lehnte Abel's „edelmüthiges Anerbieten" auf den Rath ihrer Freunde dankend ab.

das Programm, „jeden Abend neue Compositionen aufzuführen und habe zu diesem Zweck mit bedeutenden Unkosten und Mühen die neuesten Werke der besten Meister Europas, wie Haydn, Boccherini, Ditters, Cambini, Stamitz u. A., erworben." Doch die Zeit dieser Concerte war abgelaufen und bereits tauchte ein neues grösseres Unternehmen: die „*professional concerts*" (Concerte der Fachmusiker) auf.

Die italienische Oper wird Gelegenheit geben, über Bach mehr zu hören.

Abel, der letzte Gambenspieler von Bedeutung, lebte 28 Jahre lang in England, als Virtuose, Componist und Lehrer gleich geschätzt. (Ausführliches über ihn siehe Beilage.)

Die Gambe (Kniegeige, ital. *Viola da gamba*, franz. *basse de viole*), wurde gleich dem in Form und Bauart ähnlichen Violoncello mit den Knieen gehalten. Ihre sieben Saiten waren in D, G, c, e, a, d, g, gestimmt. Trotzdem der Ton als roh, näselnd geschildert wird und nur durch die geschickteste Behandlung Interesse zu erwecken vermochte, wurde das Instrument von vielen Künstlern und Dilettanten, unter denen selbst Frauen, namentlich auch in England, als Lieblingsinstrument gepflegt. Händel benutzte das Instrument noch im Orchester neben der Violetta marina, Theorbe, Laute, Cornet etc., wie ja auch J. Seb. Bach für dasselbe Mehreres componirte [1]). Dagegen hasste Henry Purcell die Gambe geradezu

---

[1]) Drei Sonaten für Clavier und Viola da gamba enthält der erste Band der grossartigen Ausgabe Bach'scher Werke (Bach-Gesellschaft zu Leipzig, Breitkopf & Härtel). Ein Concert für 2 Violen, 2 Gamben, Cello und Contrabass ist in der Peter'schen Sammlung erschienen. Dieses Concert, so wie eine Sonate für Clavier und Viola da gamba, wurden 1865 zu Leipzig in den Abendunterhaltungen für Kammermusik aufgeführt (die Gambe durch ein Violoncello ersetzt). — Unter die früheste Musik für

und liess sich, um einen Freund mit dessen Gamben-Vorliebe zu necken, ein scherzhaftes Eulogium darauf schreiben, das er in Form eines dreistimmigen Round in Musik setzte. Um 1730 wurde die Gambe durch das Violoncello aus dem Orchester verdrängt und hielt sich noch gegen 70 Jahre als Soloinstrument.

Mit Abel zugleich trat in den 60ger Jahren in London der Cellist C l a g e t auch als Gambenspieler auf. 1760 / 61 gab eine oft genannte Miss F o r d Concerte, in denen sie Viol da Gamba, Laute, *musical glasses* spielte, dazu selbst componirte Hymnen sang und obendrein die Guitarre tractirte. (In ähnlicher Weise trat in London schon 1723 eine Mrs. Sarah O t t e y als Virtuosin auf der Gambe, Violine und dem Clavier auf.) Unter den besten Gambenspielern, die sich in England hören liessen, war Anton L i d l, ein Deutscher, der auch auf dem Baryton Concerte gab. (Er trat im Jahre 1778 zum erstenmale auf.) Einer der letzten Virtuosen auf der Gambe war D a h m e n, der mit den beiden Leander im Jahre 1799 im King's Theater ein von ihm componirtes Trio für Viol da gamba und zwei Waldhörner spielte.

Unter den Violinspielern, die in den Jahren 1764 und 1765 genannt werden, sind ausser Giardini namentlich noch B a r t h e l e m o n , B a u m g a r t e n , P i n t o und der damals noch jugendliche J. A. F i s h e r zu erwähnen.

B a r t h e l e m o n , den fast alle Biographen erst 1766

Viol da gamba gehört eine 1606 zu London von J o h n Bartlett herausgegebene Sammlung „*A book of ayres with a triplicitie of musicke, where of the first part is for the lute or orpharion, and the viol da gamba and four parts to sing. The 2d is for trebles to sing to the lute and viole; the 3d part is for the lute and voyce, and the viol da gamba.*"

in London auftreten lassen, lebte daselbst 44 Jahre und bildete viele Schüler. Er war der treue Dolmetsch Corelli's. Baumgarten wurde namentlich seiner theoretischen Kenntnisse halber sehr geschätzt. Pinto, einem gebornen Talente, fehlte der Ernst des Studiums; statt dem Bogen schwang er nur zu häufig die Reitpeitsche. Fisher endlich verdient der Erwähnung, namentlich durch seine spätere Heirat mit Sga. Storace.

Ueber jeden der genannten Virtuosen gibt die Beilage Ausführlicheres.

Eine ganze Reihe von Violoncellisten tritt uns nun entgegen, die sich alle in den Jahren 1764 und 1765 hören liessen. London, das bis in die 50ger Jahre von Cellisten nichts Besseres hörte, als die mehr oder weniger rauhe Spielart eines Caporale, Hebden, Abaco, Pasqualini, Cervetto sen., sah nun zu gleicher Zeit zwei jugendliche Talente aufblühen, Crosdill und den jüngern Cervetto, die beide eine Reihe von Jahren eine Zierde der Concerte, Oper und musikalischen Vereine werden sollten.

John Crosdill, ein Engländer von Geburt, spielte 1764, neun Jahre alt, im Concert Siprutini's ein Duo für zwei Celli. Seine spätere Ausbildung verdankte er dem berühmten Cellisten Jean Pierre Duport. Crosdill hatte den Herzog von Rutland zum Gönner und nannte den Lord Viscount Fitzwilliam [1]), einen der Directoren der *Concerts of ancient musick*, seinen intimen Freund. Der sehr beliebte Virtuose wurde

---

[1]) Lord Viscount Fitzwilliam stiftete die bekannte Fitzwilliam-Bibliothek auf der Universität Cambridge. Dieselbe besteht aus einer werthvollen Sammlung M. S. Musik der berühmtesten italienischen Meister. Vincent Novello hat einen Theil davon im Druck veröffentlicht.

1782 Kammermusikus der Königin Charlotte und bald darauf Lehrer des Prinzen von Wales. Crosdill wirkte in den angesehensten musikalischen Vereinen mit und obwohl er in der Lage war, sich zeitlich in's Privatleben zurückziehen zu können, blieb er doch der Kunst ein treuer Anhänger. Er und Cervetto traten häufig zusammen mit einem Duo für zwei Celli auf, welches Abel für die friedlichen Nebenbuhler componirt hatte. Crosdill starb, 70 Jahre alt, im October 1825 und vermachte der *Roy. Society of Musicians*, deren Mitglied er über 50 Jahre war, 1000 £. — Zu seinen Schülern zählte er auch den bei Haydn genannten Robert Lindley [1].

Der erwähnte Cellist James Cervetto trat 1765 mit seinem Vater im Concert des Harfenspielers Parry auf. Sechs Jahre älter als Crosdill, war er seinem Vater schon als Knabe im Spiel überlegen; er hatte nicht das Feuer und die Geläufigkeit Crosdill's; dafür aber war sein Spiel zarter und hatte mehr Ausdruck. Çervetto spielte zum erstenmal öffentlich im Jahre 1760, damals eilf Jahre alt, im Concert der jungen Schmähling, der später als Sängerin berühmten Mara. 72 Jahre lang war Cervetto Mitglied der *Royal Soc. of Musicians*. Er starb im Februar 1837, 88 Jahre alt. Ein noch höheres Alter erreichte dessen Vater [2].

Der Violoncellist Siprutini, mit der Familie Mozart

---

[1] Nach Andern war Cervetto jun. der Lehrer Lindley's.

[2] James Cervetto der Vater, geb. 1682 in Italien, starb 1783 zu London. Er kam 1738 nach England und war einer der ersten, die das Violoncello in Aufschwung brachten, obwohl sein Ton rauh und sein Spiel unbedeutend war. Zu Garrick's Zeiten spielte er im Orchester von Drury-lane Theater, wo er seiner langen Nase wegen die Zielscheibe des Witzes der Gallerie wurde. Der Zuruf *„Play up nosey"* hatte sich noch bis in's Jahr 1837 erhalten.

später näher befreundet, gab am 3. Mai 1764 ein Concert in Hickford's room, wobei er auch, wie wir gesehen, ein Duo mit dem jungen Crosdill spielte. In den 70ger Jahren führte er oft mit Crosdill und Cervetto ein von ihm componirtes Trio für drei Celli auf[1]).

Noch vor Siprutini war am 1. Mai im Concert der Sängerin Sga. Frasi der Çellist G o r d o n, Sohn eines Geistlichen von Norfolk, aufgetreten. Derselbe betheiligte sich später an der Leitung der italienischen Oper.

Am 16. Mai trat ferner im Concert des Violinspielers Marella der aus Italien angekommene Cellist C i r r i zum erstenmal auf.

J. B a p t i s t C i r r i war der Sohn des Capellmeisters Ignaz Cirri an der Cathedrale zu Forli. Fétis gibt in seinem Dictionaire verschiedene Werke von Cirri an, die zu Florenz, Paris, London und Venedig erschienen sind. Derselbe liess sich in London bleibend nieder; noch 1776 ist sein Name mit einem Preis - Canon „nos autem gloria" vom Catch - Club erwähnt.

Wieder einige Tage später, am 22. Mai, trat abermals ein Cellist, Sgn. G r a z i a n i, in einem eigenen Concerte auf, in dem sogar der nun seltener gehörte Giardini ein Violin-concert spielte. Wie wir später sehen werden, hätte auch „Master Mozart" in diesem Concert das erstemal in London auftreten sollen, war aber durch Unwohlsein daran verhindert.

Noch sei endlich des Cellisten P a x t o n erwähnt, der sich im März 1764 im Concert des Componisten Yates hö-ren liess.

---

[1]) In einem Concert des Cellisten H e b d e n (der auch Fagott blies) wurde 1749 u. a. ein Concertstück für fünf Celli, componirt von Sign. dall' Abaco, gespielt.

William P a x t o n gab viele Compositionen für Cello heraus, worüber mehr bei Fétis. In den Jahren 1779 und 1780 erhielt er auch zwei Preise für Canons vom Catch-Club. Als Solospieler ist er noch im Jahre 1786 erwähnt[1]).

Es folgen nun die Flötisten T a c e t und F l o r i o , die Beide wenige Jahre früher in London aufgetreten waren, um es nicht wieder zu verlassen.

Die Flöte („*german flute*", wie sie genannt wurde, so wie das Waldhorn „*french horn*") erfreute sich in England besonderer Beliebtheit. Zahlreiche Soli und Duetten erschienen für dieselbe in den 40ger Jahren von Weidemann (der 1726 nach England kam und daselbst 1782 starb), von William de Fesch, Teleman, Vinci, Lewis, C. A. Granom u. A. In den 50ger Jahren waren Flöten - Virtuosen aus der Capelle des Königs von Preussen zugereist. K o e b i t z und K o t t o w s k i (Schüler von Quanz) führten vorzugsweise Musik ihres Königs auf (Flötenconcerte, ein Pastoral „Charlottenburg Festigliante" etc.).

Joseph T a c e t [2]) , der 1756 zum erstenmal auftrat, hatte viele Fertigkeit auf der Flöte, wenn auch nicht grössere als Florio; Letzterer übertraf ihn aber an Weichheit und Anmuth des Tones. (A B C Dario, p. 45.)

---

[1]) Ein Bruder, Stephen P a x t o n, gewann 1779—1785 fünf Preise im *Catch-Club*. Er starb 1787.

[2]) Eine um 1770 gemachte Verbesserung in der Construction der Flöte fand auch in Deutschland Anklang. Die „Berl. Mus. Zeitung", 1793, sagt darüber: „Der häufigen Klage über die Unzuverlässigkeit der Klappen ist dadurch abgeholfen, dass sie, nach einer in Deutschland noch sehr wenig bekannten Erfindung des Engländers Tacett, ganz ohne Leder verfertigt sind, und das mit Silber ausgefütterte Loch durch einen genau passenden Propfen von Zinn verschlossen wird. — Bei den Flöten nach der neuesten englischen Art werden für den angegebenen Preis durchgehends Tacett'sche Klappen angebracht."

Pietro Grassi Florio, einst Mitglied der Dresdner
Capelle, trat in London im Jahre 1760 das erstemal auf und
wurde später besonders in den „Bach-Abel" Concerten neben
den besten Virtuosen genannt. Seine letzten Lebensjahre
waren traurig. Verstimmt über seines Sohnes Lebensweise,
die viel von sich reden machte (sein Verhältniss mit der Sängerin Mara), überliess er sich ganz seinem Hang zum Trunke
und wurde unfähig, seinen Posten im Orchester der italienischen Oper länger zu versehen. Eine Collecte, für ihn veranstaltet, reichte gerade aus für seine letzten Lebenstage und
ein anständiges Begräbniss. Er starb am 20. Juni 1795.
„*Spirit of Harmony! a long farewell!*" ruft Europ. Magazine
aus (Oct. 1795), den armen Florio besingend, „der so oft Mrs.
Sheridan [1]) zu Händel's Arie *sweet bird* begleitete, und ihr
nun so bald im Tode nachfolgte."

Auch die Oboe war ein beliebtes Instrument. Händel,
der in seinem Orchester den tüchtigen Galliard [2]) hatte, gab
1734 seine berühmten Oboeconcerte heraus, von denen besonders häufig das zweite und vierte gespielt wurde, letzteres
lange unter dem Namen „*Orchestra Concerto*" [3]) bekannt.
Unter den Oboisten der 60ger Jahre sei wenigstens Rich.
Vincent genannt, der durch Jahrzehnte in Concerten, in

---

[1]) Eliza Sheridan, Frau des berühmten Lustspieldichters,
war eine Tochter des Componisten Thomas Linley. Sie trat mit
ihrer Schwester Maria in den 70ger Jahren als Oratoriensängerin
auf und wird sehr gerühmt. Bekannt ist die reizende Erzählung
ihrer romantischen Heirat in Moore's „*life of Sheridan*". Sie
starb den 28. Juni 1792.

[2]) John Ernest Galliard, Oboist, geb. um 1687 zu Zell,
kam im Gefolge des Prinzen Georg von Dänemark nach England. Er starb 1749.

[3]) Wegen der reichen Verwendung des Orchesters öfter auch
„Symphonie" genannt.

Vauxhall und Covent-Garden Theater spielte. Er war im Jahre 1701 geboren und ein Schüler von Giuseppe San Martini, der in London im Jahre 1723 zum erstenmal auftrat.

Thomas Vincent, der Sohn, spielte mit seinem Vater auch bei den Musikfesten zu Worcester und Hereford. 1765 betheiligte sich Vincent nach Giardini an der Leitung der italienischen Oper, war aber nicht glücklicher damit wie seine Vorgänger. Er starb, „der älteste Musiker in den Orchestern von Vauxhall und Covent-Garden", am 10. August 1783, bis zu seinem Ende eine ungewöhnliche Geistesfrische bewahrend. (Gentl. mag. 1783.)

Die Harfenspieler Evans und Parry gaben 1764 und 1765 im kleinen Haymarket Theater Concerte. Evans, der auch auf der *triple-harp* spielte, wird von 1759 bis in die 80ger Jahre häufig genannt. Parry erscheint schon vor dem Jahre 1750 und übernahm somit gewissermassen Powell's Stelle, der unter Händel spielte. 1764 trat Parry mit seinem Sohne auf und spielte Händel's Krönungsanthem und wällische und schottische Lieder mit Variationen, für zwei Harfen bearbeitet. 1765 spielte er eine Harfencomposition von Bach, „*chief musician to Her Majesty*", wie er hier zum erstenmal betitelt wird. Zwei Jahre zuvor trat Parry auch mit seinem Schüler Bromley auf, einem blinden Knaben, der in den 70ger Jahren mit Evans zusammen concertirte. Aber auch Parry war blind, und als in späteren Jahren der seit seiner Kindheit erblindete Organist Randles aus North-Wales seine kleine Tochter, das kaum dreijährige Wunderkind [1]),

---

[1]) Die kleine Bessi (Elize) zeigte schon, 16 Monate alt, Musiksinn, und spielte, zwei Jahre alt, noch ehe sie sprechen konnte, öffentlich ein „entsprechendes" Musikstück auf dem Clavier. Der Vater brachte sie nach London, wo sie sich am Hofe producirte. Sechs Jahre alt, spielte sie Dussek'sche Sonaten.

dem königl. Hof vorführte und der König ihn fragte, wer ihn unterrichtet habe, und jener Parry nannte, rief der König verwundert: „Parry? Ha! der war ja auch blind. Ich erinnere mich seiner sehr wohl; er und sein Sohn spielten mir oft vor etwa dreissig Jahren Händel's Musik auf zwei wällischen Harfen." Parry spielte im Jahre 1767 in einer Reihe von Morgenconcerten zum erstenmal die w ä l l i s c h e Harfe; 1775 trat dann Mr. J o n e s als „Professor der verbesserten wällischen Harfe" auf.

Sehr beliebt war in den 60ger Jahren in London *the musical glasses*, eine in mehreren Reihen zusammengestellte Anzahl Gläser, die je nach der Höhe des Tones mit mehr oder weniger Wasser gefüllt, durch Streichen der Finger am Rande des Glases zum Klingen gebracht wurden. Aehnliches berichtet schon „G. P. Harsdörfer's math. und philos. Erquickstunden", Nürnberg, 1677, 2. Th., p. 147 [1]). So beschränkt diese Spielerei war, traten doch immer wieder Einzelne damit

---

Zwei Jahre später gab sie in Hanover-sq.-room ein Concert, in dem die Catalani sang. Sie spielte später auch Harfe, Orgel, nahm noch Unterricht bei Kalkbrenner und siedelte sich endlich in Liverpool an, wo ihre Spur sich verliert.

[1]) Gefässe durch Füllung mit Wasser abzustimmen und die Töne durch Anschlagen hervorzubringen, war noch früher und in fernen Landen bekannt. So berichtet ein Gesandter des Herzogs von Holstein aus Persien im Jahre 1637: „*While we were busy in eating plantifully of the delicious fruits and preserves that were brought in, we were also diverted with music and dancing; in the first of which Elias Beg, second brother to Seferas Beg, excelled above the rest; for he not only gave us several tunes upon the Tamora, or Persian Lute, but also, by striking with two little sticks upon seven Porcelain cups, full of water, made them accord with the Lute*". (*The London Chronicle, March 1764.*)

auf (in den 60ger Jahren wiederholt Parry d. j., Largeau, Wilkinson, Miss Ford und Lloyd, Schumann und einst sogar Gluck [1]).

Benjamin Franklin benutzte die Idee, stimmte die Gläser statt durch Wasser, durch Schleifen ab und vereinigte sie in passender Form. So schuf er gleichsam ein neues Instrument, dem er in einem Briefe an den Pater Beccaria in Turin (13. Juli 1762) den Namen *„Harmonica"* beilegte [2].

----

[1] Es war zur Zeit, als sich Gluck in London befand und daselbst seine Opern „La Caduta de Giganti'' und „Artamene" aufführte. Das merkwürdige Curiosum von Concertanzeige, wobei sich Gluck sogar als **Erfinder** des genannten Instrumentes nennt, lautet: *„At Mr. Hickfords great Room in Brewer's street on Monday, April 14, Signor Gluck, Composer of the Operas, will exhibit a Concert of Musick by the best performers from the Opera house. Particularly, he will play a Concerto upon twenty-six Drinking Glasses, tuned with Spring-Water, accompanied with the whole Band, being a new instrument of his own Invention; upon which he performs whatever may be done on a Violin or Harpsichord, and therefore hopes to satisfy the Curious, as well as the Lovers of Musick",* etc. (*General Advertiser*, March 31. 1746.) Das Concert war auf den 23. April verschoben und fand im kleinen Haymarket Theater statt. Gluck scheint der Leistungsfähigkeit seines Instrumentes, wie ganz natürlich, zu viel zugemuthet zu haben, denn diesmal hiess es nur: . . . . *upon a new instrument of 26 Glasses, and therefore hopes* etc. . . — H. Walpole schreibt darüber an Horace Mann (28. März 1746): *„the Operas flourish more than in any latter years; the Composer is Gluck, a German: he is to have a benefit, at which he is to play on a set of drinking-glasses, which he modulates with water. I think I have heard you speak of having seen some such thing."*

[2] *„In honour of your musical language, I have borrowed from it the name of this instrument, calling it the Armonica."* (*The Works of Benjamin Franklin*, Boston, 1840, VI, 245.)

Franklin beschenkte mit diesem Instrumente die ihm ver-
wandte Familie Davies, von der damals der Vater und zwei
Töchter, Marianne und Cecilia, jährlich ein Concert gaben.
Miss Davies (wohl die ältere) trat, sieben Jahre alt,
am 30. April 1751 zum erstenmal in einem eigenen Concerte
auf, spielte ein Händel'sches Concert auf dem Clavier, sang
Lieder und blies ein selbstcomponirtes Flötenconcert[1]); später
spielte sie auch auf der Orgel und im Febr. 1762 zum erstenmal öffentlich die von Franklin construirte Harmonica, mit der
sie auch die jüngere Schwester zum Gesang begleitete. 1764
war die Familie aus Dublin zurückgekehrt, wo sie, wie dann
auch in London, mehrere Monate täglich Concerte gaben.
Die Schwestern verliessen England 1768, machten eine Kunstreise nach Paris, Wien [2]), Florenz, und kehrten 1773 nach
London zurück, wo Cecilia, die jüngere „*detto Inglesina*" (wie
sie sich als erste englische Sängerin auf einer fremden
Bühne nannte) in der italienischen Oper auftrat. Marianne,
die ältere, starb 1792 (?) in beschränkten Verhältnissen. Cecilia, die arm und elend am 3. Juli 1836 starb, wirkte noch in

---

[1]) Die unästhetischen Erscheinungen von Flötenspielerinnen
sind zum Glück selten. Gelobt wurde eine Mad. Schindler, die
1783 in Wien Arien sang und die Zwerchflöte blies. Auch eine
Mlle. Lorenzine Mayer aus Palermo, Mitglied der philh. Akademie
zu Verona, liess sich 1830 in Wien als Flötenspielerin mit grossem
Beifall hören. In den Concerten endlich, die das Ehepaar Krähmer
um jene Zeit ebenfalls in Wien veranstaltete, spielte Frau Caroline Krähmer, geb. Schleicher, Violine und blies die Clarinette.
(Zur Geschichte des Concertwesens in Wien, von Dr. Ed. Hanslick. Wien, Oesterr. Revue, IV, 1864.)

[2]) In Wien schrieb Metastasio für die beiden Schwestern
eine Ode für Gesang mit Begleitung der Harmonica. Die Musik
dazu war von Hasse.

den 90ger Jahren, zur Zeit der Anwesenheit Haydn's in London in Oratorien mit.

Wir begegnen nun einem frühen Beispiel weiblicher Musikthätigkeit, einer Frau, die als Virtuosin, Componistin, Sängerin und selbst Orchester-Dirigentin auftrat. Mrs. Chazal gab am 14. Mai 1764 im Saale Spring - Gardens ein grosses Concert in drei Abtheilungen. Ausser Barthelemon, der bei der ersten Violine stand und ein Solo spielte, ruhte alles Uebrige in den Händen dieser starken Frau, die schon 1759 als Miss Gambarini in ihrem Benefice-Concerte sang und Orgel spielte. Diesmal bot sie mehr. Nach einer Ouverture „mit Waldhörnern" folgte eine Friedens-Ode, componirt von Mrs. Chazal, und ein grosses Orgelconcert, gespielt von eben derselben; ein Violinsolo, eine italienische Arie und *lessons* für das Clavier, Alles von Mrs. Chazal; eine Ode „bei Gelegenheit der letzten Thronbesteigung" componirt; abermals ein Orgelconcert und endlich eine Schlusspiece „mit Waldhörnern und Pauken" (*Kettledrums*), das Ganze dirigirt von der Concertgeberin. Zugleich wurde denen, die Mrs. Chazal mit ihrem Besuche beehren wollten, ein Exemplar obiger zwei Oden von ihrer Composition versprochen [1]).

Unter den Sängerinnen, die in den zwei besprochenen Jahren eigene Concerte gaben, sei wenigstens Sga. Frasi erwähnt.

Giulia Frasi trat in London im Jahre 1743 zum

---

[1]) Die Kunst schien sich überhaupt in diesem Hause heimisch gefühlt zu haben. Mrs. Chazal bot in derselben Zeit ihres verstorbenen Vaters Gemäldesammlung mit Werken von Raphael, Tizian, Paul Veronese etc. um 20.000 £. zum Verkauf. Ferner drei „Harpsichords" mit doppelter Claviatur von Raukers, Silberman und Francisco Coston; Violinen von Stainer, Stradivaris etc.

erstenmal im King's Theater in der Oper „Enrico", Musik von Galuppi Buranello auf. (Mit ihr zugleich erschienen zum erstenmal Sga. Galli und Contadini.) Sga. Frasi sang dann häufig in Händel's Oratorien, in den Subscr.-Concerten im Westend und in der City *(Swan and castle concerts)*. Sie hatte eine angenehme Stimme und ihr Vortrag war einfach und natürlich, obwohl etwas kalt. Sie wusste sich die englische Sprache trefflich anzueignen, wählte zu ihren jährlichen Concerten fast immer ein Händel'sches Oratorium, sang viele Jahre (1756 bis 1764) neben Beard bei den Musikfesten der Städte Gloucester, Worcester und Hereford, und wird noch bis in die Mitte der 70ger Jahre genannt. Obwohl sie ein bedeutendes Einkommen hatte, war sie schliesslich doch genöthigt, sich Schulden halber nach Calais zurückzuziehen, fristete ihr Dasein einige Zeit durch die Unterstützung ihrer Freunde in England und starb endlich in der grössten Armuth.

Von den Musikern, die 1764—1765 in London lebten und sich nur mit dem Lehrfach beschäftigten, dürfen Chs. Burney und Paradies nicht vergessen werden. Ersterer, der oft citirte musikalische Schriftsteller, gab erst 1776 den ersten Band seiner *General-History of Music* heraus. Seiner wird bei Haydn ausführlicher gedacht werden. Letzterer wird namentlich als Lehrer der später so ausgezeichneten Sängerin Mara genannt. (Näheres über ihn siehe Beilage.)

Musikfeste in der Provinz.

Es dürfte wohl nicht unpassend sein, hier noch der in den Jahren 1763 — 1765 abgehaltenen Musikfeste zu Worcester, Glocester und Hereford zu erwähnen, Feste, die noch jetzt, wie auch damals vor hundert Jahren, in dreijährigem Turnus im Monat September stattfanden.

Es war im Jahre 1724, dass der Kanzler der Diocese von Hereford, Dr. Bysse, in seiner Predigt zu einer Geldsammlung für die Witwen und Waisen der Geistlichkeit auf rief. Es bildeten sich dann obige Feste daraus, die bis 1753 an zwei und später an drei Tagen stattfanden. Der dritte Tag war für Händel's Messias bestimmt. Derselbe wurde zum erstenmal zu Gloucester im Jahre 1757, Freitag Morgens, in der Hauptkirche aufgeführt und durfte nun bei keinem Feste mehr fehlen. Folgende Oratorien wurden in den drei genannten Städten von 1763—1765 aufgeführt: Zu Gloucester (1763) Athalia, Samson, Messias; zu Worcester (1764) Athalia, Acis e Galatea, Messias; zu Hereford (1765) l'Allegro ed il Pensieroso, Acis e Galatea, Messias. Solosänger waren: Beard, Price, Corfe, Master Norris, Champness, Reinhold; Sga. Frasi, Mrs. Scott, (geb. Isab. Young), Miss Brent. Als Solospieler sind genannt: Vincent und Sohn (Oboe), Weichsel (Clarinet), Miller und Baumgarten (Fagott), Adcock (Trompete), Pinto, Hay, Richards (Violine), Storace (Contrabass). Pinto und Hay waren *leader*, Isaac (Organist der Cathedrale zu Worcester) war *conductor*. Das Orchester (und es wurde dies als etwas Besonderes hervorgehoben) zählte 1763 zu Gloucester 16 Violinen, je 4 Violen und Celli, 2 Contrabässe, je 4 Oboen und Fagott, je 2 Clarinetten und Waldhörner, 3 Trompeten und ein Paar Pauken [1]).

---

[1]) Im Jahre 1865 (5—8. September) wurden beim Musikfeste zu Gloucester (dem 142. Feste der drei Schwesterstädte) u. a. aufgeführt die Oratorien: „Paulus" (1. Th.) und „Elias" von Mendelssohn. „Messias" von Händel, „das letzte Gericht" von Spohr, zwei Chöre von Wesley [Vater und Sohn] etc. etc.

Musik in den Volksgärten.

Die schon Eingangs erwähnten Volksgärten bildeten im vorigen Jahrhundert hervorragende Unterhaltungsorte, nicht etwa für die niedere Classe, sondern für die höchsten Kreise London's. Man begab sich dahin in grosser Toilette; es waren die *Rendez-vous* für die gebildeten Stände. Die mitunter vortrefflich in Kupfer gestochenen Abbildungen jener Orte geben ein treffendes Bild von dem reichen Leben daselbst. Für Vocal- und Instrumentalmusik war stets bestens gesorgt. Vauxhall, Ranelagh, Mary-le-bone hatten ihre eigens erbauten Concert-säle mit einer Orgel, Ranelagh überdies war berühmt durch seine herrliche Rotunda.

Vauxhall-Garten, südlich von Lambeth Palace, an der Themse gelegen, war der älteste und seiner Zeit welt-berühmte Unterhaltungsort London's. Um 1282 baute ein gewisser Fulke de Beauté hier einen Saal, Fulke's Hall, später Fox- und endlich Vauxhall genannt. Die Gärten wurden schon 1661 unter dem Namen *„the new Spring-Gardens"* eröffnet. 1732 liess der damalige Eigenthümer Jonathan Tyers den Ort neu herrichten und am 7. Juni mit einem „Ridotto al fresco" einweihen. Für den eleganten Musiksaal liess Tyers eine Orgel bauen und im Garten Händel's Statue von Rou-biliac verfertigt, aufstellen [1]); die Logen im Saale schmückte

Dr. S. S. Wesley (der Sohn) dirigirte. Soli sangen die Damen Tietjens, Rudersdorff, Louisa Pyne, E. Wilkinson, Julia Elton und die Herren W. H. Cummings, Dr. Gunz, Santley und Lewis Thomas.

[1]) Dies war im Jahre 1738. Die Statue steht nun im Comité-Saal der *Sacred harmonic Society* (Exeter-Hall, Strand). Einen Kupferstich davon lieferte Bartolozzi. Die Statue war Roubiliac's erstes, so wie das Händel-Monument in der West-minster-Abtei sein letztes Werk. Er starb gänzlich verarmt 1762

Hogarth's Meisterhand mit Gemälden aus. Der Garten bot namentlich Abends, von Tausenden von farbigen Lampen beleuchtet, mit seinen Alleen, Pavillons, Grotten, Teichen und Blumenbeeten einen feenhaften Anblick. Ein anschauliches Bild davon liefert der ausgezeichnete Kupferstich von R. Pollard, nach Zeichnung von T. Rowlandson, Aquatinta von F. Inkes, 1785 bei J. A. Smith in London erschienen). Die Musik war anfangs ausschliesslich instrumental. Auch Händel schrieb für diesen Ort; unter seinen M. S. befindet sich ein Tanzstück „a Hornpipe, composed for the concert at Vauxhall 1740. Im Jahre 1745 wurde zum ersten Male auch Gesangsmusik eingeführt. Als Dr. Arne 1744 von Irland zurückkehrte, wurde er als Componist in Vauxhall angestellt und fand hier ein dankbares Publicum für seine Balladen. Seine Frau, geb. Cecilia Young, war zugleich als Sängerin engagirt; John Worgan war Organist und gab Vauxhall songs heraus. Der bis dahin grösste Besuch von 12.000 Personen war am 21. April 1749, als die Probe von Händel's Feuermusik, zur Verherrlichung des Aachener Friedens geschrieben, stattfand. Der Zudrang zu der einzigen Brücke, der damals noch mit Thürmen und Häusern überbauten London-bridge, war bei dieser Gelegenheit so gross, dass die Passage stundenlang gehemmt war und viele Unglücksfälle stattfanden. — Glänzende Tage sah Vauxhall besonders in den 90ger Jahren, wo es auch durch seine Feuerwerke viel von sich reden machte [1]). Diesmal bringt uns eine von Tyers erbaute Fähre

---

in London. (*His effects, after all expences were defrayed, paid only one shilling, six pence in the pound. — Nolleken* II. p. 98.)

[1]) Vauxhall wurde 1841 für 20.000 £. verkauft, kam 1859 zum letztenmal unter den Hammer und ist nun zu Bauplätzen verwendet — die ganze Gegend ein Bild der schweren Arbeit.

an's entgegengesetzte Ufer, wo wir weiter südlich Ranelagh-
Garten, einen ebenso bedeutenden Vergnügungsort, finden.

Ranelagh - Garten, nach dem ehemaligen Besitzer des
Platzes, Graf von Ranelagh, benannt, lag nahe bei Chelsea,
einem freundlichen Dorfe und östlich vom Chelsea-Hospital,
zwei engl. Meilen von der Stadt entfernt. Der Garten, nicht
so gross und schön wie Vauxhall, erstreckte sich bis zur
Themse. Der Ort war besonders besucht wegen seiner prächtigen Rotunde, 185 Fuss im Durchmesser, nach einem Plane
von Lacy, Miteigenthümer des Drury-lane Theaters, erbaut
und am 5. April 1742 eröffnet. Ein nach J. Maurer von J.
Bowles verfertigter Stich zeigt Ranelagh-Garten und Rotunde
im Jahre 1745, im Vordergrunde die Themse. Ranelagh-
Garten, gleichsam eine Art Winter-Vauxhall, war von dem
höchsten Adel besucht. „Lord Chesterfield", schreibt H. Walpole, „ist so davon eingenommen, dass er, wie er sagt, alle
seine Briefe dahin adressiren lässt." Concerte, Bälle, Ridotto's,
Maskeraden und Feuerwerke lösten sich hier ab, worüber
manches in Fielding's „Amelia" zu lesen ist [1]. Nach dem
Beispiel in Vauxhall führte man auch hier Vocalmusik ein
und engagirte die beliebtesten Sänger, wie Beard, Sga. Frasi,
Sg. Tenducci, Miss Brent. Auch blieb es nicht bei Einzelgesän-
gen, sondern es wurden Chöre und ganze Oratorien aufgeführt.
Der gewöhnliche Eintrittspreis war hier wie in Vauxhall ein
Schilling, an besonderen Tagen fünf, „Kaffee und Thee mit
inbegriffen". Die Concerte, im Anfange Morgens abgehalten,
lockten besonders die junge Kaufmannswelt an, die darüber
ihre Dienstpflicht vernachlässigte. Die eingelaufenen Klagen
bewirkten auch richtig, dass die Concerte in die Abendzeit

---

[1] *„You cannot conceive"*, ruft Mrs. Ellison, *„what a sweet
charming, elegant, delicious place it is. Paradise itself can hardly
be equal to it."* (*The history of Amelia, by H. Fielding.*)

verlegt wurden. In der Rotunde werden wir „Master Mozart" als Orgelspieler auftreten sehen [1]).

Noch sei ein dritter, etwas kleinerer Vergnügungsort, Mary-le-bone Garten, hier genannt.

„Marybone", ein Dorf, freundlich gelegen in einiger Entfernung von der Stadt; daselbst sind öffentliche Gärten mit guter Musik, eine Nachahmung von Vauxhall. So führt uns „*the foreigners guide*" 1763 den Ort an [2]).

Auch Marybone hatte seinen, gleich einem Tempel erbauten, Musiksaal mit Orgel und gut besetztem Orchester. Aufführungen von La serva Padrona, Samson, Krönungsanthem etc. wechselten hier mit den gewöhnlichen Concerttagen. Als Solospieler werden Pinto, Barthelemon, Collet jun., Storace[3]) genannt. Georg Berg war Organist, Dr. Arnold führte noch kurz vor der Verbauung des Platzes (1778) Burletta's etc. hier auf. Der beliebte Sänger Tommy Lowe [4]), 1764—65 Pächter von Marylebone, trat jeden Abend auf und beruhigte

---

[1]) Im Jahre 1804 wurden die Gebäude von Ranelagh abgetragen und gegenwärtig ist der ganze Platz nach allen Richtungen hin mit Häusern bebaut. Nur die Namen Ranelagh-Grove - Place - Road - street erinnern noch an die lebensfrohen Zeiten jener Gegend.

[2]) Auch von Mary-le-bone - Garten ist ein ausgezeichneter Kupferstich nach einer Zeichnung von S. Donowell, 1761 veröffentlicht.

[3]) Der Neapolitaner Stephen *Storace* (Sorace war sein eigentlicher Name, das „t" wurde erst in England eingeschaltet) war Contrabassist in der italienischen Oper. Sein Name wird frühestens beim Musikfest zu Gloucester 1757 genannt. 1759 wurde unter ihm Pergolese's „Serva Padrona" im kleinen Haymarket-Theater aufgeführt.

[4]) Der Tenor *Lowe* sang seit 1744 in Vauxhall, Drurylane Theater etc. Er hatte eine schöne Stimme, doch fehlte ihm musikalische Bildung.

das Publicum in seinen Ankündigungen in nicht sehr einla-
dender Weise, dass „eine Wache zu Pferd auf der Strasse und
im Feld aufgestellt sei, um die Stadtbesucher auf dem Hin-
und Herweg zu beschützen".

In Mary-le-bon war es auch, wo, wie der Enkel des
Rev. J. Vountayne [1]) erzählt, Händel mit dessen Grossvater,
einem grossen Musikenthusiasten, eines Abends zusammen der
Musik beiwohnte und letzterer, von Händel befragt, was er
von der eben gehörten Composition halte, antwortete: „Es ist
nicht der Mühe des Anhörens werth, es ist armseliges Zeug"
(it's very poor stuff). „Sie haben Recht, Mr. Fountayne", sagte
Händel, „es ist wirklich armselig, ich dachte selbt so, als ich
es beendet hatte." Der alte Herr wollte sich entschuldigen,
doch Händel beruhigte ihn lächelnd: er hätte gar keine Ursache
sich zu entschuldigen, die Musik, die er in der Eile componirt
habe, sei wirklich schlecht und sein Urtheil eben so richtig
als ehrlich gegeben.

---

[1]) *History of the Parish of Mary - le - bone, by Smith.* 8º.
1833.

D.

OPER.

---

a) Die italienische Oper im King's Theatre, Haymarket.

Der Componist J. C. Bach; seine ersten für London componirten Opern *Orione*
und *Zanaide*; die Impressaria Sga. Mattai, Giardini und Sga. Mingotti; die
Saison 1763—1764; Beginn der Saison 1764—1765; erstes Auftreten des Sopransängers Manzuoli: Sga. Scotti; die Oper *Adriano in Siria* von Bach; *Demofoonte*
von Vento; *il re pastore* von Giardini; Benefice Manzuoli's; der Sopransänger
Sign. Tenducci; die Oper *l'Olimpiade* von Dr. Arne, Schluss der Saison.

Die Vorstellungen der italienischen Oper in London
fanden im vorigen Jahrhundert in dem, im Jahre 1704/5
von Sir John Vanburgh erbauten *King's Theatre* [1]) *Haymarket*
statt, welches an der Stelle des jetzigen *Her Majesty's theatre*
stand. Die Saison dauerte daselbst, wie schon früher erwähnt,
von November bis Juni des nächsten Jahres.

Zwei Männer sind es, welche der Saison 1764 — 1765
ein besonderes Interesse verleihen: Joh. Christian Bach, der

---

[1]) Unter der Königin Anna hiess dieses Opernhaus Queen's-,
unter George III. und IV. King's Theater. Das Gebäude war
140 Fuss tief und 80 Fuss breit. Die Zahl der Logen wurde in
den achtziger Jahren von 36 auf 100 vermehrt. Europ. Magazine, Febr. 1783, enthält einen ausführlichen Plan des inneren
Schauplatzes, mit Namensangabe sämmtlicher Logenabonnenten.

sogenannte Mailänder oder englische Bach, der ein Jahr vor
Mozart's Ankunft seine ersten Triumphe in London gefeiert
hatte, und Sign. Manzuoli, der berühmte Sopransänger.
J. C. Bach, der zweitjüngste Sohn des Altmeisters der
Thomasschule zu Leipzig, Joh. Seb. Bach, wurde von Mai-
land, wo er am Dom als Organist angestellt war, durch die
Impressaria, Sga. Mattei [1]) für die im Herbst beginnende
Saison der italienischen Oper als Componist nach London be-
rufen, eine Stelle, die er bis zu seinem Tode bekleidete.

Wohl hatte Sga. Mattei, einer augenblicklichen Vorliebe
des Publicums für Galuppi's komische Opern Rechnung tra-
gend, die Familie de Amicis [2]) engagirt, doch vergass sie,
wie dies die Berufung Bach's beweist, auch die Opera seria
nicht. Bach kam im Herbste 1763 nach London und wohnte
anfangs im Hause der Siga. Mattei, in Jermyn street, St.
James's. Von den geringen Gesangskräften, die er bei seiner
Ankunft für die Op. seria vorfand, wenig erbaut, weigerte er
sich entschieden, seinen Ruf auf's Spiel zu setzen. Nachdem
er aber Sga. de Amicis in Privatkreisen auch einige ernste
Arien hatte singen hören, erbot er sich um so freudiger, die
Hauptrolle seiner Oper für diese vortreffliche Sängerin zu
schreiben, und so wurde am 19. Februar 1763 Bach's erste

---

[1]) Sga. Columba Mattei, mit Trombetta verheiratet, war
1755 als zweite Sängerin nach London gekommen. Burney nennt
sie *a charming singer, spirited and intelligent actress.* Sie schwang
sich bald zur ersten Sängerin hinauf und wurde dann Impressaria der Oper. Obwohl sie Ende der Saison 1762 die Bühne
als Sängerin nicht mehr betrat, behielt sie doch noch ein Jahr
lang die Zügel der Opernleitung in Händen.

[2]) Anna de Amicis trat am 13. November 1762 in London in der Oper „il tutore e la pupilla" mit dem grössten Erfolge auf.

Oper für England „*Orione ossia Diana vendicata*" mit grossen Chören, in Gegenwart des Hofes und vor einem gedrängt vollen Hause zum erstenmal aufgeführt. Die Oper gefiel ganz ausserordentlich und man konnte besonders nicht genug den Reichthum der Harmonie und die Fülle der Instrumentirung bewundern. Dass Bach dabei auch zum erstenmal für England Clarinetten [1]) in der Oper verwendete, ist oft erwähnt worden. Die Oper wurde dreizehnmal in der Saison gegeben, bis sie am 7. Mai ein zweites Werk von Bach „*Zanaida*", mit grossen Chören, ablöste. Zanaida wurde siebenmal gegeben und die Saison schloss mit dieser Oper am 11. Juni 1763 [2]). Bach wählte London zu seinem bleibenden Wohnsitz; über sein späteres Wirken daselbst siehe Beilage.

Sga. Mattei verliess nun England, und Giardini und Sga. Mingotti [3]) übernahmen nun, obwohl schon früher einmal mit schlechtem Erfolg, zum zweitenmal das gefährliche Wagstück der Opernleitung. Sie führten in der Saison 1763

---

[1]) Zehn Jahre früher wurden in den Concerten Clarinetten und Waldhörner als etwas besonderes erwähnt. (*Between the Acts will be introduced the Clarinets and French Horns*). Die Clarinette, um 1690 oder 1700 von J. Ch. Denner in Nürnberg erfunden, wurde 1724 von Händel in seinem „Tamerlane" benutzt; doch fand sich kein Musiker, der das Instrument zu behandeln verstand. Gossec in Paris wandte sie zuerst 1754 in seinen Symphonien an

[2]) Die bei Kelly angegebenen Daten und Opern in den sechziger Jahren, Anfang und Ende einer Saison (Appendix, II. 395), sind alle unrichtig.

[3]) Regina Mingotti war 1728 zu Neapel geboren, wurde eine Schülerin Porpora's und sang auf den bedeutendsten Bühnen Italiens mit Beifall. Der Münchener Oper gehörte sie von 1760—67 an. Sie starb 1807 zu Neuburg a. D. (Gesch. d. Oper am Hofe zu München. Von Fr. M. Rudhart. Freising. 1863.)

bis 1764 (26. November 1763 bis 16. Juni 1764) sechs
Opern auf: *Cleonice*, *Siroe* (Pasticcio's), *Leucippo* (Musik von
Vento, der von Giardini als Operncomponist engagirt wor-
den war): *Senocrita* (von Perez und Piccini), *Allessandro nell'
Indie* und endlich noch *Enea e Lavinia* (von Giardini) womit
die Saison schloss. — Doch erst der Herbst dieses Jahres
wurde für die italienische Oper vielverheissend. Das Gesangs-
personale bestand nun aus Manzuoli und Tenducci (So-
Sopransängern [1], Ciprandi (Tenor), Micheli und den Damen
Scotti, Cremonini und Miss Polly Young (spätere Mrs.
Barthelemon).

„Wir kommen nun", sagt Burney (*Hist. of mus.* IV. 485),
„zu einer glänzenden Periode in den Annalen des musikalischen Drama's, wenn mit der Ankunft Giov. Manzuoli's die
opera seria eine Beliebtheit erlangte wie selten zuvor, seit
ihrem Bestehen in diesem Lande. Die Erwartungen, die der
Ruf dieses Künstlers erweckte, waren so gross, dass man bei
Eröffnung des Theaters im November nur mit Mühe einen
Platz erhalten konnte." (Doch waren, wie Walpole schreibt,
die Logen leer.) — Die Oper, in der Manzuoli bei Eröffnung
der Saison am 24. November 1764 auftrat, war „Ezio", ein
Pasticcio. Manzuoli's Stimme beschreibt Burney als den
mächtigsten und üppigsten Sopran, der seit Farinelli's Zeit

---

[1] Die bis dahin in London aufgetretenen vorzüglichsten
Sopranisten waren: Valentini Urbani, der erste dieser Sänger,
der England besuchte (1707), Nicolini, Chevalier Niolino Gri-
maldi (1709), Senesino, Francesco Bernardi (1721), Carestini
(1730), Farinelli (1734), Cafarelli, Monticelli (1741), Tenducci (1758), Manzuoli (1764). Die später noch aufgetretenen
vorzüglicheren waren: Rauzzini (1774), Pacchierotti (1779
bis 1792), Rubinelli (1786), Marchesi (1788). Der letzte
Castrat, den London hörte, war Velluti (1825).

auf dieser Bühne gehört wurde; sein Vortrag, obwohl weniger
zum Herzen sprechend wie jener Elisi's (1760 — 61), war
voll Geschmack und Würde. Sein Auftreten war von unge-
heurem Erfolge begleitet, der Beifall ein immenser *„it was a
universel thunder"*. Manzuoli musste alle drei, von Pescetti
in verschiedenen Stylarten geschriebenen Arien wiederholen
und „Alles, mit und ohne Gehör, war bis zum Sterben von
seinem Gesange entzückt" [1]).

Sga. Scotti, ein Mezzo-Sopran, die ebenfalls in „Ezio"
auftrat, wird als eine schöne Frau mit schwacher, aber bieg-
samer Stimme und geschmackvollem Vortrag geschildert.
Public Advertiser, Mai 23., besingt sie sogar nach der Oper
„Soliman" in einem Gedicht. — So wie die Tänze, die an
diesem Abend verdientermassen ausgepfiffen wurden, war
alles Uebrige *„intolerable"* [2]).

---

[1]) *„Manzuoli is ravishing; people with and without ears
are dying for him. (Gilly Williams to George Selwyn. Dec. 12,
1764. — Gilly Williams to G. Selwyn: „Pray tell Lord March,
that I am this moment come from the opera, and the Knowing
ones agree, nothing like Manzuoli has been imported into this country for ages."* (16. Dec. 1764. Walpole, Anm. v. Cunningham.)

[2]) Walpole schreibt über diesen ersten Abend der italienischen Saison: *„It was our first opera, and I went to town to
hear Manzuoli, who did not quite answer my expectation, though
a very fine singer, but his voice has been younger, and wants the
touching tones of Elisi* (Sopransänger). *However the audience was
not so vice, but applauded him immoderately, and encored three of
his songs. The first woman was advertised for a perfect beauty,
with no voice, but her beauty and voice are by no means so une-
qually balanced: she has a pretty little small pipe and only a
pretty little small person, and share of beauty, and does not act
ill. There is Tenducci, a moderate singer, and the reste is intolerable. The dances were not only hissed, as truly they deserved to*

„*Ezio*" wurde in der Saison 21mal gegeben und Manzuoli gefiel in keiner andern Oper so sehr. Am 1. Januar
1765 wurde ein neues Pasticcio „*Berenice*" gegeben, Musik
von Hasse, Galuppi, Ferradini, Bach, Vento, Rezel; auch Abel
lieferte einen Marsch [1]).

Bach, der die vorhergehende Saison geschwiegen hatte,
brachte eine neue Oper „*Adriano in Siria*", welche am 26.
Januar 1765 „*by command of their Majesties*" gegeben wurde.
Der Hof besuchte also abermals diese erste Vorstellung. Die
Erwartungen des Publikums waren auf's Höchste gespannt
und das Theater so überfüllt, dass selbst Damen zu der Bühne
ihre Zuflucht nahmen und der Vorstellung stehend hinter den
Coulissen beiwohnten [2]). Die Oper entsprach jedoch, zur
Freude der Italiener, den grossen Erwartungen durchaus nicht,
obwohl einzelne Gesänge daraus später noch oft in Concerten
gesungen wurden. Nachdem die Oper noch 7mal gegeben
worden war (Burney IV. 486 sagt irrthümlich 2—3mal), folgte
am 2. März „Demofoonte", Musik von Vento [3]), der, wenn er
auch nicht immer neu war, doch stets gefällig und nie ordi-
när schrieb. „Demofoonte" wurde bis zum Schlusse der Saison

---

be but the gallery, à-la-Drury-lane cried out „*off! off!*" the boxes
were empty, for so is the town, to a degree." (Nov. 25, 1764.)

[1]) Pasticcio's, aus den verschiedensten Werken zusammengesetzt, waren seiner Zeit nichts Ungewöhnliches. So wurde 1789
in Wien ein Pasticcio „l'Ape" gegeben, in dem zwölf Componisten vertreten waren.

[2]) „*Our last three Saturdays at the Opera have been prodigious, and a new opera by Bach last night was so crowded, that
there were ladies standing behind the scenes during the whole performance.*" (Walpole, Jan. 27, 1765.)

[3]) Mathias Vento, geb. zu Neapel, war als Componist
nicht unbeliebt. Er schrieb einige Opern (il Bacio, la Vestale,
Sofonisbe), viele Canzonetten und Clavierstücke. Er blieb in Lon-

13mal aufgeführt. Am 7. März gab Manzuoli zu seinem Benefice die schon 1755 aufgeführte Oper „*il re pastore*" von Giardini; diesmal waren nur Manzuoli's Arien neu. Der Andrang zu dieser Vorstellung war ausserordentlich; Gallerien, Parterre und Logen wurden schon um vier Uhr geöffnet. Gentl. Magazine für März 1765 (p. 141) bringt über das Benefice folgende Notiz: „Der italienische Sänger von Haymarket-Theater hatte nach Abzug aller Auslagen bei seinem Benefice eine Einnahme von 1000 Guineen. Rechnet man dazu die 1500 Guineen, welche ihm bereits gesichert sind [Manzuoli hatte sich diese Summe, ehe er Italien verliess, aus Vorsicht bei einem Wechselhaus versichern lassen], ferner die sonstigen Einnahmen während der Saison, so bietet dies einen unwiderleglichen Beweis brittischer Freigebigkeit. Eine patriotische Dame beehrte, wie man hört, den genannten Herrn mit einer 200 Pfundnote für eine einzige Eintrittskarte." Public Advertiser, 9. Mai, widmete Manzuoli noch ein langes Gedicht.

Am 28. März gab der Sopransänger T e n d u c c i, der, gleich Miss Polly Young, abwechselnd im Kings- und Coventgarden - Theater sang, zu seinem Benefice „auf besonderes Verlangen" ein Pasticcio „Antigonus", Worte von Metastasio.

---

don und erscheint hier in den verschiedensten Beziehungen. So dirigirte er und Giardini 1770 in einem Morgenconcerte. 1771 schrieb er die Oper „Artaserse" für die *Harmonic-Society*; 1774 war er und Dr. Arnold als Componisten im Pantheon engagirt. Er hatte ein grosses Einkommen und wurde allgemein für reich gehalten. Bei seinem Tode jedoch war man nicht im Stande, sein Eigenthum an Geld oder Geldeswerth zu ermitteln, und seine Familie sah sich plötzlich an den Bettelstab gebracht. Sacchini veranstaltete für dieselbe im Hickford-Saal im Juni 1777 ein Concert, in dem er selbst, Borghi, Fischer und Rauzzini mitwirkten. Die Grabschrift in der St. James's Kirche, Piccadilly, gibt den 22. November 1776 als Vento's Todestag an. — Er starb, erst 40 Jahre alt.

Obgleich Tenducci eine Stimme von kleinem Umfange hatte, wusste er sich dennoch im getragenen Gesang Geltung zu verschaffen. Er lebte 28 Jahre lang in England, Irland und Schottland. (Weiteres über ihn siehe Beilage.)

Am 27. April wurde „l'Olimpiade", eine neue Oper von Dr. A r n e, gegeben. Man hatte nämlich, um sich unparteiisch zu zeigen und auch englischen Componisten Gelegenheit zu geben, für einen so ausgezeichneten Sänger wie Manzuoli zu schreiben, Dr. Arne mit der Composition von Metastasio's Drama beauftragt. Doch der Erfolg war ein sehr ungünstiger. Arne hatte zu lange für bescheidene Sänger und Zuhörer geschrieben. Dazu fremde Sprache, fremde Sänger, anderes Publikum, anderer Styl, kurz: die Oper erblickte nur zweimal das Lampenlicht.

Das am 14. Mai zum erstenmal gegebene Pasticcio „il Solimano", schloss auch die Saison am 22. Juni ab. Manzuoli kehrte nach Italien zurück und Giardini, zum zweitenmal die Folgen seiner Directionsliebhaberei kostend, überliess die ferneren Sorgen derselben den vereinten Kräften der Herren Crawford, Vincent und Gordon (die zwei letzteren uns schon als Oboist und Cellist bekannt).

b) 1. Die englische Oper in Covent-Garden-Theater [1].

Der Tenor J. Beard; die Oper *Artaxerxes* von Dr. Th. A. Arne; *the beggar's opera*; die Pasticcio's *love in a village* und *the maid of the mill*, letztere von Dr. Arnold; Milton's Masque *Comus*; *Midas*, engl. Burletta; Shakespeare's Macbeth. (mit der Original-Musik): Hymne von Henry Purcell; der Sänger und Componist Chs. Dibdin.

Es war gerade in den 60ger Jahren, dass die englische Oper einen ungewöhnlichen Anlauf genommen hatte. Die in

[1] Covent- eigentlich „Convent"-Garden, ursprünglich der Garten eines Klosters (Convent), zu der Abtei Westminster ge-

dieser Zeit entstandene Oper „Artaxerxes", die Pasticcio's von
Arne und Arnold erlebten unzählige Aufführungen und die
ersten Sänger und Sängerinnen traten noch lange darnach
mit Vorliebe darin auf.

Besonders aber war es Covent - Garden -Theater, wo der
englischen Oper ein neuer Stern aufzugehen schien, seit der
treffliche Sänger B e a r d durch seine Verheirathung mit einer
Tochter des Directors R i c h ein gewichtiges Wort in der Ver-
waltung mitzureden hatte. Er umgab sich mit guten Sängern
und munterte überall durch Wort und That auf. Neben ihm
waren T e n d u c c i und P e r e t t i beschäftigt; letzterer „un
vero musico", wie ihn Kelly nennt, besass eine schöne Contra-
altstimme und ein vorzügliches Portamento. Die Schauspieler
Mattoks, Shuter etc. konnten ebenfalls in der Oper aushelfen;
D i b d i n , der später so fruchtbare Componist, erscheint zugleich als verwendbarer Sänger. Unter den Sängerinnen standen Miss B r e n t (siehe Beil.) und Miss P o l l y Y o u n g (spät.
Mrs. Bartelemon) obenan. In zweiter Linie sind die Damen Hal-
lam. Poitier, Wainwright genannt und im Herbste 1 7 6 5 finden
wir sogar Mrs. W e i c h s e l, Bach's „liebste Schülerin", deren
Tochter, Mrs. Billington, eine der ersten englischen Sängerinnen, Haydn's besonderer Liebling wurde. B e a r d war damals die Seele dieses Theaters und es gebührt sich wohl, ihn,

hörend. — Das Theater wurde 1731 von John R i c h , dem berühmten Harlequin, der vom Theater Lincolns Inn-Fields übersiedelte, auf Grundlage des Patents Davenant erbaut und am
7. December 1732 eröffnet. Die Front nach Bow - street erhielt
das Gebäude erst später; es war ringsum von Privathäusern umgeben. Rich blieb 50 Jahre lang Director. 1759 verkaufte er
sein Privilegium für 40.000 £. an O'Connell Thornton. Nach
seinem Tode (1761) übernahm sein Sohn die Leitung; der Sänger
Beard wurde Theilnehmer; 1767 kam das Theater an Harris.

der in den besprochenen Jahren so viel für seinen Wirkungskreis gethan, eingehender kennen zu lernen.

John Beard wurde als Sängerknabe der k. Capelle
unter Bernhard Gates erzogen und sang unter der Direction
seines Lehrers 1732 die Parthie der Esther in Händel's gleich-
namigem Oratorium. Der damalige Zögling wurde bald darauf
Händel's bester Oratoriensänger. Auf der Bühne machte sich
Beard vier Jahre später durch den Vortrag von J. E. Galliard's
bekannten Jagdliede „*With early horns*" rasch beliebt. Im
Jahre 1739 heirathete er Lady Harriet Herbert, Wittwe des
Colonel Herbert, einzige Tochter des Grafen von Waldegrave.
Diese Heirath machte damals durch die Ungleichheit des Standes viel von sich reden [1]). Die Wittwe hatte jedoch ihre Wahl
nicht zu bereuen: nur der Tod trennte nach 14 Jahren ein
glückliches Paar.

Beard war ein sehr gebildeter Sänger mit einer aus-
drucksvollen, wenn auch weniger einschmeichelnden Tenorstimme. Er war dem feineren Publikum in Convent - Garden
und Ranelagh das, was der weniger musikalisch gebildete,
aber mit angenehmer Stimme begabte Lowe für Drury-lane
und Mary-le-bone war. Durch seine zweite Verheirathung
mit der Tochter des Theaterdirectors John Rich wurde Beard
nach dessen Tode (1761) Miteigenthümer von Convent-Garden,
dem er vom Herbst 1759 angefangen ausschliesslich angehörte.
Hier that er alles, um die Oper zu heben. Arnold, Arne,
Dibdin, wetteiferten unter ihm, sich einen Namen zu machen.
Als Bühnenleiter stand Beard in seltener Ehrenhaftigkeit da

---

[1]) „*Lady Harriet Herbert furnished the tea-tables here with
fresh tattle for the last fortnight. — — Such examples are very
detriment to our whole sex.*" (*Lettres and Works of Lady Mary
Wortley Montagu, edited by Lord Wharncliffe. II. p. 218.*)

und wo er aufkeimendes Talent sah, suchte er es zu unterstützen und aufzumuntern[1]). Er war, wie die Sängerin Mrs.
Crouch noch dreissig Jahre später schrieb, „ein Ehrenmann
im Privatleben und auf der Bühne". — Beard verkaufte nach
wenig Jahren sein Antheilsrecht an Covent-Garden. Sein Gehör
liess nach und er nahm am 23. Mai 1767 als Hawthorn in
„lowe in a village" Abschied von der Bühne[2]), für die er in
dem kurzen Zeitraume von sieben Jahren so viel gethan; doch
sang er noch bis zum Jahre 1776 bei den jährlichen Aufführ-
rungen der Neujahrsoden im St. James's Palast. Als Rousseau im Jahre 1766 London besuchte, gestand er, dass Beard
ihn unter allen Sängern am meisten angesprochen habe. Bis
zu seinem Ende die Reize des Landlebens geniessend, umgeben
von einem Kreise treuer Freunde, verschied der Sänger am
5. Februar 1791 in seinem Landhause in Hampton (Hampton-
Court), nahe bei London (gentl. mag. 1791). Unter seinen
Vermächtnissen bedachte er auch den *Dramatic Fund*.

Die nennenswerthesten Opern in den Jahren 1764—65
waren im Covent-Garden Dr. Arne's „Artaxerxes", „*the
beggar's opera*", die komischen Opern (past.) „*love in a village*" und „*the maid of the mill*". Auch die Musik zu „Comus"
und „Midas", zu Shakespeare's „Macbeth"; Dibdin's Auftreten
als Sänger und Componist verdient der Erwähnung.

Häufig war in den Zwischenacten oder am Schlusse einer
Vorstellung ein Ballet oder Solotanz von Sig. Gallini, Mane-

---

[1]) *Never had there been a period when the theatre was more
honourably and judiciously managed than which it was under the
direction of Beard. He was perfectly an honest man, and his de-
light was to encourage rising merit.* (*C. Dibdin prof. life. 1803.*
p. 27)

[2]) Ein Kupferstich von I. Finlayson, nach einem Gemälde
von Zoffany stellt Beard in obiger Rolle dar.

siere, Miss Wilford, Valois; besonders häufig eine englische Tanzgattung *hornpipe*, *Reel* und *double hornpipe*. Sir John Gallini, dem wir hier begegnen und der auch regelmässig jährlich ein Benefice hatte, war Balletmeister und später zeitweilig technischer Leiter vom King'stheater. Als solcher wird er in den 90ger Jahren häufig in Verbindung mit Haydn erwähnt werden.

Die in den beiden Jahren häufig gegebene Oper „Artaxerxes", nach Metastasio ins Englische übersetzt, war Dr. Arne's bestes Werk und kurz zuvor, am 2. Februar 1762, in Covent-Garden zum erstenmal aufgeführt worden. Nach Smith's „*Fairies*" (1755) war es der erste grössere Versuch, Recitative in der englischen Oper einzuführen. Um dem italienischen Original in Allem getreu zu bleiben, waren sogar (wohl nicht zum Schaden der Oper) die Sopran- und Contraalto-Parthien durch männliche Sänger (Tenducci und Peretti) besetzt, neben denen noch Beard, Mattoks und die Damen Brent und Thomas mitwirkten. Zwei Tage nach der Aufführung dankte Arne in den Zeitungen für die gute Aufnahme der Oper und zeigte deren Wiederholung an. Dies war Alles, was die schweigsamen Blätter jener Zeit darüber berichteten. Und doch hatte die Oper so ungewöhnlich eingeschlagen. Arne selbst erhielt für das Eigenthumsrecht 60 Guineen. (In den 90ger Jahren wurde diese Summe für Particcio's von Storace, Shield, später auch von Braham, mehr wie verzehnfacht.) Trotz dem Mangel an Originalität und dramatischer Kraft erlebte „Artaxerxes" zahllose Aufführungen und die Sänger wählten die Oper vorzugsweise gern zu ihrem Benefice. In der Rolle der Mandane glänzten später selbst Mrs. Billington und Mad. Mara. (Die letzte Aufführung dieser Oper dürfte im December 1825 mit Mad. Vestris gewesen sein. Dem Mangel an Chor und Ensemble war damals durch ein Quartett von Kais und Finale von Bishop abgeholfen.)

Ueber den Componisten Dr. Arne, siehe Beilage.

In den Jahren 1764 und 65 finden wir auch wiederholt die Aufführung der sogenannten O p e r d e s B e t t l e r s (*the beggar's opera*) angekündigt. Am 18. October 1764 besuchte sie sogar der Hof, bei welcher Gelegenheit Beard (Captain Machheath) Shuter, Miss Brent und Miller (Polly und Lucy) sangen.

Diese Oper, eigentlich ein Mischmasch von Farce, Ballade und Oper, die einst von Dr. Arbuthnot im London Journal „ein Prüfstein des brittischen Geschmacks" (*a touchstone to try British taste on*) genannt wurde, steht einzig in ihrer Art da. Die Geschichte derselben ist folgende:

Dr. Swift hatte sich einst gegen den Dichter John G a y geäussert, was für ein drolliges Ding wohl eine Newgate-Burleske abgeben müsste und ob er nicht Lust habe, eine solche zu schreiben. Volk und Regierung harmonirten um jene Zeit schlecht zusammen; immer lauter wurden die Klagen gegen die Minister und den königlichen Hof. Gay, der sich von letzterem immer mehr zurückgesetzt fühlte, schrieb nun wirklich ein Theaterstück, in dem er, die Hauptidee Swift's beibehaltend, in humoristisch satyrischer Weise die Missbräuche und Ungerechtigkeiten der Regierung schonungslos geisselte. Um das Ganze noch anziehender zu machen, verwebte er darin 69 der beliebtesten Volksgesänge, welche Dr. Pepusch instrumentirte und auch eine Ouverture dazu schrieb. Der Dichter reichte nun die Oper zuerst im Theater Drury-lane ein, doch der Director Cibber lehnte sie fast beleidigt ab; auch John Rich, der Director vom Theater Lincolns-Inn-Fields nahm sie nur zögernd an und führte sie in seinem Theater am 29. Jan. 1728 zum erstenmal auf. Der Er-

folg war ein unerhörter. Händel, die italienische Oper, sammt
den Sängerinnen Cuzzoni und Faustina waren vergessen. Man
hatte nur noch Sinn für's Burleske. Dichter und Director
fanden auch ihre Rechnung so rasch dabei, dass der Volks-
witz von ihnen sagte „die Oper habe Gay *rich* (reich) und
Rich *gay* (fröhlich) gemacht" [1].
Nachdem die Oper im ersten Jahr 63mal gegeben worden war, gab ihr Rich einen neuen Reiz, indem er sie von
Kindern (!) darstellen liess. — Ein Gleiches geschah in Dublin, wo eine Tänzerin, Mad. Violante, eine Truppe von Kindern unter zehn Jahren zu diesem Zwecke engagirte [2]. Der
Räuberhauptmann wurde sogar von einem Mädchen dargestellt, wie später (1778—89) auch Frauen (Farrel, Kennedy,
Wells, Miss Fontenelle) in dieser Rolle auftraten. Die Moral
der Oper, in der nur Diebe ihr Wesen treiben und in der

---

[1] Hogarth's Meisterhand hat einige Scenen aus der Oper
gemalt. Die bedeutendere (1790 von Blake grav.) zeigt alle bei
der ersten Vorstellung Beschäftigten, von Walker, dem Ban-
ditenanführer Machheath (*Captain*, wie sich jene Herren damals
nennen liessen) bis zu Miss Lavinia Fenton (eigentlich Bes-
wick, der schönen Polly). Zugleich gibt das Bild einen Theil
des Publicums, das nach damaliger Sitte auch auf der Bühne
sass, darunter Gay, Rich, Lord Gage, Sir Thomas Robinson und
der Herzog von Bolton, der die schöne Polly bald darauf zur
Herzogin erhob (als solche von Hogarth noch besonders gemalt;
grav. von C. Apostool). *The genuine Works of W. Hogarth with
biog. anecd., by J. Nichols and G. Steevens. Lond., Edinb. & Perth
1817.* Hogarth starb am 26. October 1764 in London in seinem
Hause, östl. Seite von Leicester-Fields (später Sabloniere Hotel).

[2] Unter der Kindertruppe in Dublin zeichnete sich damals
besonders Miss Margaret Woffington aus, die später der Liebling von Dublin und von Covent-Garden wurde. Sie starb 1760.
(*An Historical View of the Irish stage. By Rob. Hitchcock.
Dublin, 1788.*)

schliesslich der Held, schon nahe dem Galgen, ohne weitere Bestrafung in die Mitte seiner Sippschaft zurückkehrt, ist herausfordernd widerwärtig. Auf die rohen niedern Volksmassen war ihr Einfluss so verderblich, dass wiederholt durch Schrift und Kanzel dagegen geeifert wurde. So schrieb noch 1773 Sir John Fielding an Garrick, dass jede neue Aufführung die Zahl der Diebsfälle vermehre, daher der Gerichtshof darauf dringe, dass die Oper wenigstens nicht an Samstagen gegeben werde. Auch ins Französische wurde die Oper übersetzt. „*L'Opera du gueux*" wurde im April 1749 im kleinen Haymarket-Theater wiederholt gegeben, wobei die Darsteller um Nachsicht baten, „wenn ihre Aussprache den reinen Accent vermissen lasse, es sei der erste, von Engländern gemachte Versuch der Art". (*Gen. Adv.*) Auch die Travestie bemächtigte sich der Oper; so gab z. B. die Rolle der Polly ein Bassist, der ältere Bannister; in Dublin der sechs Fuss grosse Mr. Owenson (Vater der späteren Lady Morgan), während die kleine hübsche Mrs. Brown den Räuberhauptmann gab. Noch fünfzig Jahre nach ihrem Erscheinen componirte Th. Linley Ouverture und Accompagnement neu dazu. In den 90ger Jahren erschienen sogar die Sängerinnen Storace, Crouch, Billington, ja selbst Mara, in den beliebten Rollen der Lucy und Polly, während Kelly, Incledon u. A. den immer galanten Räuber spielten.

„Machheath war der Gipfel meines Ehrgeizes", gesteht Kelly in seinen Memoiren (I. 333). — Obgleich die Bettler-Oper durch das Wegfallen der natürlich nur in den ersten Jahrzehnten intervenirenden politischen Anspielungen ihren Hauptreiz längst verloren hat, war sie doch noch im Stande 1865, also nach 137 Jahren, mit Louisa Pyne und Mr. Harrison in den Hauptrollen, ein freilich sehr gemischtes Publi-

kum im Astley's Theater (südlicher Theil Londons) wiederholt zu fesseln [1]).

Die beiden schon erwähnten komischen Opern oder besser
pasticcio's „*love in a village*" und „*the maid of the mill*"
enthielten nach den damaligen bescheidenen Anforderungen
eine willkürliche Aneinanderreihung der gerade beliebtesten
Gesänge, denen ein neuer Text untergelegt wurde; seltener
kam ein grösseres Ensemblestück vor[2]). „*Love in a village*"
von Arne zusammengestellt und am 8. December 1762 zum
erstenmal gegeben, enthielt Compositionen von Boyce, Arne,
Howard, Boildon, Festing, Geminiani, Giardini, Paradies, Agus,
Abos, Abel, Galuppi, Händel. (Die darin zu Couplets benutzten
mit passsendem Text versehenen Nummern aus Händel's „Sussanah" waren so beliebt, dass sie noch 1793 in die Zeitschrift
the lady's Magazine aufgenommen wurden).

Einen gleich glücklichen anhaltenden Erfolg hatte Ar-

---

[1]) Der ungeheuere Erfolg dieser Oper rief eine Unmasse
Versuche ähnlicher Art hervor. Gay selbst, der schon 1732 am
4. December starb, hatte einen zweiten Theil „*Polly*" geschrieben,
der aber durchfiel. Nur ein einziges ähnliches Erzeugniss machte
zu jener Zeit Furore „*Hurlothrumbo', the super-natural*" von Johnson, das die Leute mit magischer Kraft in's Theater lockte. In
der bereits erwähnten Autobiographie der Mrs. Delany steht darüber: „*The present opera in disliked, because it is too much studied,
and they love nothing but minuets and ballads, in short the beggars
opera and Hurlotrumbo are only worthy of applause*" (*Mrs. Pen-
darves to Mrs. Anne Granville. Dec. 20. 1729*).

[2]) *The Court Miscellany* vom Jahre 1767, p. 601, gibt ein
Recept zur Verfertigung englischer Opern (*a Recept to make an
English comic opera*). John Johnston, der Musikalienverleger,
kündigte 1768 die Gesänge zu der neuen komischen Oper „Lionel
und Clarissa" also an: „*The English words in the Collection being
with great care adapted to the most pleasing Itatian Airs that
have been sung for these twenty years past.*" (Pub. Adv.)

nold's „*the maid of the mill*" nach Richardson's Novelle
„Pamela" von I. Bickerstaffe [1]) geschrieben. Die erste Aufführung war am 31. Januar 1765. Beard und Miss Brent
sangen die Hauptpartien; auch machte sich hier zum erstenmal der später sehr beliebte Componist D i b d i n als Sänger
bemerkbar. Die Musik war von Arnold aus den beliebtesten
Gesängen geschickt zusammengestellt. Arnold war einer der
thätigsten und begabtesten Musiker London's, der einzige,
der für die Bühne und für das Oratorium mit gleich gutem
Erfolge schrieb. Weiteres über ihn in der Beilage.

In Milton's Masque „Comus" sind unter den Bacchanten
und Geistern B e a r d, die Damen B r e n t, P o l l y Y o u n g und
M i l l e r angeführt. Comus, noch 100 Jahre später (1865) im
Drury-lane-Theater mit Erfolg häufig gegeben, wurde zuerst
1634 zu Ludlow Castle in Shrophire, auf dem Landsitz des
Grafen von Bridgewater, von dessen zwei Söhnen Lord Brack-
ley, Mr. Thomas Egerton, und der Tochter Lady Alice aufgeführt. Dem Gedicht liegt ein kleines Abenteuer zu Grunde,
das den Erwähnten auf der Hinreise zu Ludlow - Castle begegnete.

Henry L a w e s, Mitglied der Privatcapelle Charles I.,
schrieb damals die Musik dazu, von der sich noch einige
Nummern erhalten haben. 1737 fügte Dr. Arne neue Musik
hinzu. Im Jahre 1774 bereits nur als Nachspiel gegeben,
wurde die Maske 1791 unter Sheridan von der Drury - lane-
Gesellschaft, die damals im King's-Theater spielte, mit glän_
zendem Erfolg neu in Scene gesetzt [2]).

---

[1]) Von Isak Bickerstaffe, einem Irländer, der zu den obigen
Opern das Textbuch schrieb, sind noch besonders bekannt geworden: „Thomas and Sally", „Lionel and Clarissa‘‘, „the Padlock."

[2]) 1842 führte Mad. Vestris, damals Directorin, Comus als
Spectakeloper auf. Einige Nummern aus Händel's „l'Allegro"

Midas, eine musikalische Burleske, ebenfalls noch 1865 gegeben, wurde im Februar 1764 zum erstenmal aufgeführt. Fast alle ersten Kräfte des Theaters waren darin beschäftigt.

Unter Shakespeare's Werken, die damals gegeben wurden, ist auch *Macbeth* „mit der Originalmusik" (Soli und Chöre von Matthew Locke), die noch heut zu Tage beibehalten ist, angezeigt. Auch Julie (in Romeo und Julie) wurde in feierlicher Procession und Grabgesang zur Ruhe geleitet.

Als eine seltenere Erscheinung auf der Bühne finden wir auch den Namen Henry Purcell. In einem Schauspiel wurde nämlich (1. Mai 1764) eine Hymne dieses berühmten Componisten eingeschaltet, von Tenducci, Peretti, Mattocks, Miss Poitier, Miller und Polly Young gesungen.

Zum Schlusse sei hier noch des Componisten Charles Dibdin gedacht, der auch als Sänger in den genannten Opern auftrat und von dem nun zum erstenmal (21. Mai 1764) ein Pastoral „the shepherd's artifice" aufgeführt wurde. Dibdin, ein vollkommener Autodidakt, führte ein sehr bewegtes Leben und zeigte sich oft als Dichter, Componist, Sänger und Virtuos in Einer Person. Er schrieb eine Masse Volksgesänge und war lange ausserordentlich beliebt. Die Beilage gibt einen kurzen Auszug nach dem Werke *„the songs of Charles Dibdin, to which is prefixed a Memoir of the Author by G. Hogarth".* *London 1842.*

---

und Dryden's Oper „King Arthur", Musik von H. Purcell, waren eingeschaltet. 1865 erlebte Comus in Covent-Garden abermals zahlreiche Wiederholungen unter E. Falconer und F. B. Chatterton. Unter den Mitwirkenden waren Walter Lacy, Ed. Phelps, Wilbye Cooper, Henry, Drayton, Miss E. Falconer, Augusta Thomson, Mrs. Hermann Vezin, Miss Poole.

b) 2. Die englische Oper in Drury-lane-Teater.

Garrik auf Reisen; seine Rückkunft; die Componisten Mich. Arne. Battishill, Rush und Bates. Die Schauspielerin (frühere Sängerin) Mrs. Cibber.

Das Drury-lane-Theater[1]) war mehr der Schauplatz für Shakespeare's Dramen und schenkte der Oper in den 60ger Jahren nur wenig Aufmerksamkeit. David Garrick, der Eigenthümer, hatte, wie schon erwähnt, 1759 ein Engagement der freilich damals noch wenig bekannten Sängerin Miss Brent etwas übereilt zurückgewiesen. Er war später gezwungen, Miss Wright (später Frau des jüngeren Arne) als schwachen Ersatz für Miss Brent zu engagiren. Voll Verdruss über die augenblicklich geringere Theilnahme des Publicums für Drury-lane und wohl auch leidend, begab sich Garrick mit seiner Frau, der schönen Tänzerin Violetta (geb. Eva Veigel von Wien) auf Reisen und benutzte die Bäder in Padua. Während seiner Abwesenheit pflückten die jugendlichen Schauspieler Will. Powell und Charles Holland[2]) Lorbeeren als Romeo, Hamlet, Macbeth, Lear.

Als Garrick von seiner Reise, die ihm Gesundheit und gute Laune wiedergeben sollte, am 25. April 1765 zurückkam, führte er sogleich eine Menge neue Einrichtungen auf

---

[1]) Drury-lane wurde stets als Hauptsitz des englischen Dramas angesehen. Schon 1616 stand an der Stelle des jetzigen Theaters das kleine Cockpit, auch Phönix genannt. Bald nach der Restauration wurde auf demselben Platze für die Schauspieler des Königs (,,*the Kings servants*") das erste Drury-lane Theater gebaut (oft auch ,,*the Kings house*" genannt) und unter Killigrew am 8. April 1663 eröffnet. Das Gebäude brannte schon 1672 ab, fünfzig Nachbarhäuser zerstörend. Das zweite Drury-lane-Theater wurde von Sir Ch. Wren erbaut und am 26. März 1674 mit einem Prolog von Dryden eröffnet. 1741 wurde es bedeutend erweitert; 1747 übernahm es Garrick und behielt die Direction bis 1776. Sheridon, Thomas King, John Kemble, waren seine Nachfolger.

[2]) Beide starben schon 1769 in noch jugendlichem Alter.

seiner Bühne ein, wie er solche auf dem Continent kennen gelernt hatte. Doch mit der Oper blieb es beim Alten. Mit dem bescheidenen Sängerpersonal Giustinelli, Verron, Reinhold, Champness und den Sängerinnen Cremonini, Vincent, Wright, Clive [1]) wurden in den Jahren 1764 — 65 kaum nennenswerthe sogenannte Opern gegeben, die eben so schnell wieder verschwanden. Darunter: *Alcmena*, Musik von Mich. Arne und Battishill [2]), *the capricious lovers*, *the Royal shepherd* von Rush, *Pharnaces* von Bates. Am längsten hielt sich noch die dramatische Romance *Cymon* von Michael Arne. *The beggar's opera* wurde auch hier aufgeführt. Ein einziger Name, der um diese Zeit auf dieser Bühne auffällt, hat für die Musik dennoch Interesse — Mrs. Cibber, obwohl die einst gefeierte Oratoriensängerin längst schon nur mehr als Schauspielerin und zwar zum letzten Mal vor ihrem nahen Ende auftrat.

Sussanah Maria Cibber [3]), geb. 1715, die Schwester Dr. Arne's, wurde von diesem zur Sängerin ausgebildet, obwohl ihre Stimme, ein Mezzo-Sopran oder vielmehr Contre-Altstimme, nicht kräftig und von geringem Umfang war; auch ihre musikalischen Kenntnisse musste man bescheiden nennen.

---

[1]) Mrs. Clive, geb. Raftor, war eine Schülerin des Dichters und Musikers H. Carey. Sie trat schon 1728 als Schauspielerin, später auch als Sängerin auf. Auch bei Händel's Oratorien ist sie öfters genannt. Sie verliess die Bühne 1769 und starb 1785.

[2]) Jonathan Battishill, geb. 1738, war Organist an zwei Kirchen London's. 1771 erscheint er unter den Preisgekrönten des Catch-Club. Er starb 1801.

[3]) *The Court Miscellany*, 1766. p. 99. — *History of the Stage*. Bath. 1832. vol. V. — *The Cyclopaedia*, A. Rees. 1819. — *The Thespian Dictionary or dramatic Biography*. London, 1805.

Trotzdem wusste sie durch natürlichen Pathos, durch tiefge-
fühlten Vortrag einen mächtigen Eindruck zu machen. Sie
war bereits als Sängerin und Schauspielerin aufgetreten, als
Händel nun auch für ihre Unsterblichkeit sorgte, denn er
schrieb für sie die Arie im Messias „Er ward verschmähet
und verachtet", welche er ihr mit ungewöhnlich viel Geduld selbst einstudirte und womit sie bei der ersten Aufführung des Oratoriums in Dublin einen solchen Eindruck
machte, dass einer der Zuhörer (Dr. Delany) unwillkürlich
ausrief: „Weib! all' deine Sünden seien dir dafür vergeben" !
Die Sängerin hatte nämlich 1734—35 Theophilus Cibber,
einen Schauspieler, geheiratet, der die ehrlose Schwäche
eines Freundes (!) zur Befriedigung seiner Habsucht ausbeu-
tete. Wenn nach Goethe „unreine Lebensverhältnisse für den,
der zufällig hinein geräth, Prüfsteine des Charakters und des
Entschiedensten sind was der Mensch vermag", so hatten hier
drei Menschen die Probe schlecht bestanden. Mrs. Cibber war
genöthigt, einige Zeit der Bühne zu entsagen und mochte
ihr der zeitweilige Aufenthalt in Dublin gerade erwünscht
gekommen sein. Nach ihrer Rückkehr trat sie abwechselnd
in Covent-Garden und Drury-Lane vorzugsweise in Shakespeare's Dramen als Desdemona, Julie, Cordelia auf. (Einigemal sang sie neben Beard auch in *the beggar's opera* die
Polly.) Mrs. Cibber starb am 30. Januar 1766 und ruht in
einem der Klostergänge der Westminster-Abtey. Als man
Garrick ihren Tod meldete, rief er aus: „Dann ist auch mit
ihr die Tragödie verschieden" !

MOZART IN LONDON.

1764.

Leopold Mozart hatte mit seiner Frau und seinen Kindern, Marianne und Wolfgang, Paris am 10. April 1764 verlassen. Auf ihrer Reise nach England hielten sie sich in Calais auf, wo sie beim *Procureur du Roi et de l'Amirauté* zu Tische geladen waren und wo auch Leopold seinen Wagen zurückliess. Zum erstenmale genossen sie in Calais den bezaubernden Anblick des Meeres, das Schauspiel der Ebbe und Fluth, — „wie das Meer ablaufet und wieder zunimmt", wie sich Marianne in ihr Tagebuch notirte. Da im gewöhnlichen Packetboot mit nur 10 — 12 Betten bereits vierzehn Personen für die Fahrt nach Dover eingeschrieben waren, miethete sich Leopold zur grösseren Bequemlichkeit ein eigenes Schiff. Er musste dafür fünf Louisd'or zahlen, doch erleichterte er sich diese Auslage, indem er noch vier Passagiere, von denen jeder einen halben Louis entrichtete, mit in's Schiff nahm. Ausserdem hatte Leopold auch noch zwei Bediente bei sich, von denen der eine, ein ihm von seinen Freunden warm empfohlener Italiener, Namens Porta, den Weg von Paris nach London schon oft gemacht hatte und nun auch alle Reise-angelegenheiten der Familie zur vollen Zufriedenheit besorgte. Die Ueberfahrt war gut. „Wir sind glücklich über den Max-loner - Bach gekommen", schreibt Leopold scherzend (auf Maxglan bei Salzburg anspielend) am 25. April an seinen Freund Hagenauer in Salzburg[1]). Freilich ging es nicht ohne Seekrankheit ab, „und mich hat es am meisten hergenommen", fügt Leopold in diesem ersten Briefe aus London noch bei. Vor Dover wechselten sie mit einem kleineren Schiffe, um sich an's Land setzen zu lassen, wofür Leopold noch weitere sechs Laubthaler zu zahlen hatte, was er besonders hervorhebt. Die Auslagen auf der ganzen Route schienen ihm überhaupt etwas hoch. „Wer zu viel Geld hat", meint er, „darf nur eine Reise von Paris nach London unternehmen, man wird ihm gewiss den Beutel leichter machen." Sie müssen, dem zweiten Lon-doner Briefe vom 28. Mai zufolge, am 23. April in der grossen Weltstadt angekommen sein.

Wenn man von Westminster, jenem Theil von London, der einst eine für sich abgeschlossene Stadt bildete, zu der man von der nördlichen Seite nur durch zwei, erst 1723 ab-gebrochene Thore gelangen konnte, auf der Kingsstreet nach

---

[1]) Im Hause des Kaufmannes Hagenauer wohnte die Mo-zart'sche Familie und Wolfgang wurde daselbst geboren. Die nachfolgenden Briefe Leopold's sind bei Nissen zu finden. Die Autographe existiren nicht mehr. Auch der bei Nissen fehlende hier erwähnte erste Brief aus London ist nur in Abschrift im Mozarteum zu Salzburg erhalten.

Charing-Cross [1]) heraufkommt und in fast gerader Linie an
der rechten Seite des Platzes nordwärts weiter schreitet, hat
man St. Martin's Lane vor sich, einst der Lieblingssitz der
bildenden Künste. Maler und Bildhauer hatten hier und in
der angrenzenden Greek- und Gerrard - Street ihr Standquar-
tier aufgeschlagen, R o u b i l i a c meisselte seinerzeit in Peter's
Court die erste Händel-Statue, die den Vauxhall-Garten zieren
sollte, und sein Atelier wurde dann in eine Zeichen-Akademie
umgewandelt, von den damals lebenden ersten Künstlern Reynolds, Nolekeus, Mortimer u. A. unterstützt. Später sollte
daraus die *Royal Academy* hervorgehen, welcher der König
im alten Somerset-House eine Heimathstätte anwies. Wenn
auch zur Stunde die Poesie in St. Martin's Lane nicht vertreten war, so hatten doch die Dichter in dem wohlbekannten
Buchhändler Harding einen Helfershelfer, und damit auch
Apollo nicht fehle, hielt B e a r d, der brave Sänger und noch
bravere Ehrenmann, in seinem Hause am Eck der Newport-
street die Wacht.

In jenem zur Linken gelegenen Hofraume aber, in Cecil-
Court (Cäcilienhof), der freilich durch seinen Namen etwas

---

[1]) Zur Zeit Edward I. war C h a r i n g ein Weiler von kaum
ein Dutzend Hütten, auf der Landstrasse von Westminster nach
London gelegen. Das später dem Namen beigefügte „ *Cross* "
rührte von einem hölzernen K r e u z her, das Edward I. hier und
an all' den Orten errichten liess, wo die Leiche seiner Gemalin
Eleonore auf dem Wege zur Gruft nach der' Westminster-Abtei
niedergesetzt wurde. Später wurde das Kreuz mit einem stei-
nernen vertauscht; 1647 aber, wo der Fanatismus die Geissel
schwang, zerstört. — Als ein Erinnerungszeichen, wenn auch
nicht genau auf derselben Stelle, wurde 1865, nach dem Muster
der einzig noch vorhandenen ursprünglichen Kreuze zu Northamp-
ton und Waltham, ein ähnliches beim Eingang zur *Charing-Cross-
Station* (Eisenbahnhof) errichtet.

Verlockendes für den Musiker hatte, und wo zehn Jahre früher (1754) der damals neunjährige Godfrey Wm. P a l - s c h a u wohnte, dessen Concertanzeige versicherte, „dass er jedes Musikstück vom Blatt spiele, nicht nur wie es geschrieben, sondern auch mit dem rechten Ausdruck"; hier in diesem schmalen, ärmlichen Hofe, den der Fremde von heutzutage kaum eines Blickes würdigen wird, war Leopold Mozart mit dem Stolz seiner Familie im Hafen eingelaufen und hatte bei einem Friseur, Namens Couzin, eine Wohnung bezogen.

Die fremde Sprache, die eigenthümliche, nach Stand und Würden unterschiedene Tracht der Bevölkerung machte, trotz Paris, das sie so eben erst verlassen hatten, einen eigenthümlichen Eindruck auf die Familie. Sie glaubten sich auf einen Maskenball versetzt. „Nun scheine es mir in London nichts als Masquern zu sehen", schreibt Leopold in obigem Brief an Hagenauer. Doch bequemten sie sich gleich anfangs selbst der englischen Sitten. „Was meinen Sie," fährt Leopold fort, „wie meine Frau und mein Mäd'l in den Englischen Hütten und ich und der grosse Wolfgang in Englischen Kleidern aussehen." —

Seine Empfehlungsbriefe müssen wohl warm für ihn gesprochen haben, denn schon am 27. April hatten beide Kinder die hohe Auszeichnung, vor dem König und der Königin in Buckingham - House [1] Abends von sechs bis neun Uhr spielen zu dürfen.

---

[1] B u c k i n g h a m - H o u s e war 1703 von John Sheffild Herzog von Buckingham, an der Stelle eines früher hier gestandenen kleinen Gebäudes (Arlington-house) gebaut worden. 1720 kaufte es die Krone; seit 1775 gehörte es durch Schenkung ihres Gemals der Königin an, als Ersatz für Somerset-house, das dann abgerissen wurde. Es hiess von nun an „*the Queen's house*" und war der Hauptaufenthalt der Fürstin. 1762 liess es der König,

Sie gefielen ausserordentlich. „Die uns von beiden hohen Personen bezeigte Gnade", schreibt der Vater am 28. Mai, „ist unbeschreiblich. Ihr freundschaftliches Wesen liess uns gar nicht denken, dass es der König und die Königin von England wären. Man hat uns an allen Höfen noch ausserordentlich höflich begegnet; allein, was wir hier erfahren haben, übertrifft alles Andere."

Als die Familie acht Tage darauf im St. James's Park spazieren ging, hatte sie Gelegenheit, zu sehen, welch guten Eindruck sie bei Hofe gemacht hatten. „Der König", schreibt Leopold, „kam mit der Königin gefahren und obwohl wir Alle andere Kleider anhatten, erkannten sie uns, grüssten uns nicht nur, sondern der König öffnete das Fenster, neigte das Haupt heraus und grüsste lächelnd mit Haupt und Händen, besonders unsern „Master Wolfgang."

Der König George III., damals 27 Jahre alt, war seit

---

wie Walpole an George Montague berichtet, mit Allem, was die Schlösser Windsor, Hampton-Court an werthvollen Kunstgegenständen besassen, ausschmücken. Selbst Raphael's berühmte Cartons, gegenwärtig im South-Kensington Museum aufgestellt, wurden 1764 von Hampton-Court nach Buckingham-house gebracht, wo sie bis 1787 blieben, dann nach Windsor, und 1814 wieder nach Hampton-Court zurückwanderten. (*The book of the Cartoons by the Rev. R Cattermore, B. D. London. 1837.*) — Alle Kinder der Königin, mit Ausnahme des Erstgebornen, erblickten in Buckingham-House das Licht der Welt. Die Lage des Hauses vereinigte *Rus in Urbe* die Annehmlichkeiten des Stadt- und Landlebens. Hier begann der König auch im Jahre 1765 seine Bibliothek anzulegen, die später sein Sohn, George IV., beim Neubau des Hauses, des jetzigen Buckingham-Palastes, im Jahre 1825 dem British-Museum zum Geschenk machte (*Presented to the Nation by His Majesty King George IV.*) — ein Geschenk von 80.000 Bänden, im Werthe von 130.000 £.

dem 8. September 1761 mit Charlotte Sophie, Princessin von Mecklenburg - Strelitz, vermählt. Beide liebten und pflegten die Musik. Der König hielt sich gleich seinen Vorgängern ein eigenes Privatorchester, *the Kings Band*, und sein Kirchenchor in der *Royal Chapel* war aus tüchtigen Sängern und Sängerknaben zusammengesetzt. Des Königs besondere Vorliebe für Händel'sche Musik war eine natürliche Folge seiner frühen Bekanntschaft mit diesem Meister; ja, er fühlte eine Art Verpflichtung darin, sich als dessen Beschützer zu zeigen.

Als er nämlich, noch ein Knabe, einst voll Aufmerksamkeit des Meisters Spiel lauschte, fragte ihn Händel, ob er seine Musik liebe und als der kleine Prinz es freudig bejahte, rief Händel, ihm auf die Achsel klopfend: „ein gutes Kind, ein gutes Kind, du wirst meine Musik beschützen, wenn ich todt bin."

Und Händel hatte sich nicht getäuscht. Nach seinem Tode verging kein Jahr, wo nicht seine Werke in steter Abwechslung in der Fastenzeit „auf Befehl des Königs" aufgeführt wurden. Zu den später ins Leben getretenen Concerten für alte Musik aber, *Concerts of ancient music*[1]), die dem Geschmack ihres Protectors freilich nur allzu starr huldigten, fuhr der König, die Königin und meistens alle sechs Princessinnen sammt Gefolge in voller Hofgala. War der Hof

---

[1]) Der König liebte es wohl auch, sich dabei als gründlicher Kenner Händel'scher Musik zu zeigen. So befahl er dem jungen Cramer, der nach seines Vaters Tode zum erstenmal als *leader* fungirte, er solle genau auf ihn (den König) Acht haben, er werde ihm mit der Hand das richtige Zeitmass der einzelnen Nummern angeben. — Ein andermal liess er dem Violinspieler Hay, der sich bei der Aufführung Händel'scher Musik allerlei Freiheiten erlaubte, sagen: „er sei gekommen, Händel zu hören und nicht Mr. Hay's Fiedelei."

in Windsor, fehlte es selten an einem Abendconcert, zu dem
einheimische und fremde gerade anwesende Künstler eingeladen wurden, und nie vergass der König am Schlusse des
Concertes, seinen enorm breiten Stülphut lüftend, seinem Orchester „Dank Ihnen, meine Herren," zuzurufen. Mit Eifer
nahm sich der König auch der bekannten Arnold'schen Herausgabe von Händel's Werken an, von der 40 Bände erschienen,
und die ins Stocken gerieth, als der König den zweiten Anfall jener unheilvollen Krankheit hatte, der er endlich unter-
liegen sollte.

Charlotte, die damals 21jährige Königin, die im Vater-
hause unter der Leitung der Mad. de Grabow, der deutschen
Sappho, wie sie genannt wurde, eine sorgfältige Erziehung
genossen hatte, sang mit leidlicher Stimme und spielte auch
das Clavier „ganz leidlich für eine Königin," wie später Haydn
von ihr äuserte. Schon auf ihrer neuntägigen Seereise an den
Ort ihrer neuen hohen Bestimmung verkürzte sie sich die
Zeit mit Musik und erklärte gleich in den ersten Tagen ihrer
Vermählung, jede Woche einmal die Oper besuchen zu wollen;
ein Entschluss, der den Ruhe liebenden Logenbesitzern übrigens wenig zusagte[1]. Solche Theaterbesuche des Hofes zogen
immer eine Masse Neugieriger nach sich und Unglücksfälle
waren dabei etwas ganz Gewöhnliches. Gleich beim ersten
Besuch des jungen Hofes im September 1761 gab es Todte
und Verwundete.

Von Leopold's Kindern sollte sich zuerst Wolfgang allein
hören lassen und sein Auftreten war zum erstenmal am 9. Mai
im „Publ. Advertiser", dem damaligen verbreitetsten Tagblatt,

---

[1] *The Queen has been at the Opera and says she will go
once a week. This is a fresh disaster to our box, where we have
lived so harmoniously for three years. (Walpole to the Hon. H. S.
Conway. Sept. 25. 1761.)*

angezeigt. Der Violoncellist Sig. Graziani wollte nämlich am 17. Mai in Hickford's Saal in Brewerstreet, golden sq. ein Concert geben und in seiner Ankündigung heisst es : „Concert auf dem Clavier von Master Mozart, einem wahrhaften Wunder der Natur *(a real Prodigy of Nature)*; er ist erst sieben Jahre alt, spielt alles prima vista und componirt zum Erstaunen gut. Er hatte die Ehre, sich vor Ihren Majestäten zu deren grossen Befriedigung hören zu lassen" [1]). Und in einer späteren Ankündigung : „Master Mozart, ein Knabe, sieben Jahre alt und nach Jedermanns Zugeständniss ein Wunder für sein Alter."

Das Concert musste jedoch auf den 22. d. M. verschoben werden, da mehrere der Mitwirkenden in Giardini's Oper „Enea e Lavinia" beschäftigt waren.

Master Mozart wurde unterdessen krank und die Anzeige am 21. und 22. Mai sagt: „Ich [Graziani] hatte die Mitwirkung Mr. Mozard's versprochen, doch da er unpässlich ist, kann ich sein Auftreten nicht versprechen."

Das Concert fand auch wirklich ohne Wolfgang statt, doch konnte er erst am 20. Mai krank geworden sein, da er noch am 19. Mai Abends von 6 — 10 Uhr zum zweitenmale mit seiner Schwester bei Hofe spielte. Bedeutend konnte auch das Unwohlsein nicht gewesen sein, da der Vater in seinem Briefe vom 28. Mai nichts davon erwähnt, ebensowenig von dem beabsichtigten Auftreten Wolfgang's. Dagegen spricht er von dem bevorstehenden Benefice am 5. Juni, bei dem ihm die Unkosten von vierzig Guineen etwas bange machten.

---

[1]) *Concerto on the Harpsichord by Master Mozart, who is a real Prodigy of Nature, he is but Seven years of age, plays any thing at first sight, and composes amazingly well. He has had the Honour of exhibiting before their Majesties greatly to their Satisfaction.*

Einstweilen hatte er für beide Abende bei Hof jedesmal 24 Guineen erhalten. „Es wird schon gut werden, wenn wir nur mit der Hülfe Gottes gesund bleiben und wenn Gott nur unsern unüberwindlichen Wolfgang gesund erhält." Diesmal entzückte Wolfgang noch mehr. Der König hatte ihm Stücke von Wagenseil, Bach, Abel und Händel vorgelegt. „Alles hat er prima vista weggespielt", schreibt der Vater in dem früher erwähnten Brief. „Er hat auf des Königs Orgel so gespielt, dass Alle sein Orgelspiel weit höher als sein Clavierspiel schätzen [1]). Dann hat er der Königin eine Arie, die sie sang, und einem Flautraversisten [Weideman?] ein Solo accompagnirt. Endlich hat er die Violinstimmen der Händel'schen Arien, die von ungefähr da lagen, hergenommen und über den glatten Bass die schönste Melodie gespielt, so dass Alles in das äusserste Erstaunen gerieth. Mit einem Worte: das, was er gewusst hat, als wir Salzburg verliessen, ist ein purer Schatten gegen das, was er jetzt weiss. Es übersteigt alle Einbildungskraft."

Der Anzeige des ersten Concertes der beiden Kinder war am 31. Mai Folgendes beigefügt: „Es wird diese Gele-

---

[1]) Auf der Reise nach München (1763) lernte Wolfgang, der schon früher Orgel gespielt hatte, aber nur auf dem Manual, auch das Pedal behandeln. „In Wasserburg", schreibt sein Vater, „sind wir, um uns zu unterhalten, auf die Orgel gegangen und ich habe dem Wolferl das Pedal erklärt. Er legte gleich *stante pede* Probe ab, rückte den Schemel hinweg, präambulirte stehend unt trat das Pedal dazu, und zwar so, als wenn er es schon viele Monate geübt hätte. Alles gerieth in Erstaunen, und es ist eine neue Gnade Gottes, die Mancher nach vieler Mühe erst erhält." Auch in Versailles vor dem kgl. Hofe hatte Wolfgang durch sein Orgelspiel Alles in Erstaunen gesetzt. (O. Jahn I., p. 42 und 164.)

genheit ergriffen, dem Publikum das grösste Wunder [1]) vor-
zustellen, dessen sich Europa und die Menschheit überhaupt
rühmen kann." Und am 1. Juni: „Jedermann wird Beide
mit Bewunderung hören und besonders einen Knaben von
sieben Jahren, der das Clavier mit solcher Geschicklichkeit
und Vollendung spielt. Es übersteigt alle Einbildungskraft
und es ist schwer zu sagen, was mehr zu bewundern ist, ob
seine Fertigkeit auf dem Clavier und sein fertiges Noten-
lesen oder seine eigenen Compositionen. Sein Vater brachte
ihn nach England, nicht zweifelnd an seinem Erfolge in einem
Lande, wo sein Landsmann Händel während seines Lebens so
besondere Protection genoss."

Man sieht, Leopold Mozart wusste sich in grossen
Städten zu bewegen, wo auch die Kunst gezwungen ist, lauter
zu reden.

Das Concert war in kluger Weise auf Dienstag den
5. Juni festgesetzt, da am vorhergehenden Tage des Königs
Geburtstag gefeiert wurde, was die Gegenwart einer Menge
angesehener Familien, die zum Theil schon die Stadt verlassen hatten, bedingte. Der Tag wurde festlich begangen; der
Adel, die Minister und auswärtigen Gesandten kamen nach
St. James's Palace, den König zu beglückwünschen. Die Königin beschenkte ihren Gemahl mit einem Ring, mit den in
Email von Sykes gemalten und in Brillanten gefassten Portraits der beiden königlichen Kinder. Mittags donnerten die
Geschütze im Hyde-Park und vom Tower; Abends aber war

---

[1]) Wenn Leopold nun wiederholt Wolfgang als „Wunder"
bezeichnet, gebraucht er nur denselben Ausdruck, den 6 Jahre
später ein angesehener Gelehrter zu Verona dem damals 14jäh-
rigen Wolfgang nach dessen Auftreten im Concerte der philh.
Gesellschaft zu Mantua (16. Jan. 1770) beilegte: Wunderwerk
der Natur. (O. Jahn I. 188.)

grosser Hofball [1]). Freudenfeuer, Illuminationen und öffentliche Belustigungen der Städte London, Westminster und den zahlreichen Vorstädten beschlossen den Festtag. Der französische Gesandte, *Comte de Guerchy*, überbot noch den englischen Adel; sein Haus in Soho square [2]), geschmackvoll decorirt, strahlte in einem wahren Flammenmeer. Eine Art Nachfeier veranstaltete das gräfliche Haus Northumberland am 5. Juni. 1500 Personen waren dazu eingeladen und die Gärten des Palastes waren mit 10,000 Lampen erleuchtet. Zwei Musikbanden waren auf der Gallerie und im Garten aufgestellt und vereinigten sich, Lord Granby bei seinem Erscheinen mit Händel's „Seht den Sieger ruhmgekrönt" (Judas Maccabaeus) zu begrüssen, worauf von der Gesellschaft ein allgemeines Huzza-Rufen folgte.

Das Concert selbst, in dem nun beide Wunderkinder in London zum erstenmal auftraten, war im „Public Advertiser", wie nachstehend, angezeigt:

Mit Genehmigung des Hofmarschalls [3]).

Im grossen Saale in Spring-Gardens, nahe St. James's Park, wird heute, den 5. Juni, um zwölf Uhr ein grosses Vo-

---

[1]) Die Minuets, für die Hofbälle componirt von Weideman, Bach, Abel, Kelway, früher auch von Händel, erschienen bei J. Walsh, später bei Randall und Abell.

[2]) Soho square, in frühester Zeit King's square genannt, war im vorigen Jahrhundert von dem höchsten Adel bewohnt.

[3]) Ohne Genehmigung des Lord Chamberlain durfte keine Theatervorstellung und kein Concert abgehalten werden. Dies Gesetz datirt aus dem Jahre 1737, als Walpole von der Bühne herab lächerlich gemacht wurde, demzufolge er im Parlament eine Bill einreichte, die Anzahl der Theater zu verringern und diese Nichts ohne vorherige Erlaubniss der Obrigkeit aufführen zu lassen. Dieser Antrag fand Gegner, unter denen besonders Lord Chesterfield, der die Freiheit der Presse dadurch als gefährdet

cal- und Instrumentalconcert abgehalten zum Vortheile von Miss Mozart, eilf Jahre alt und Master Mozart, sieben Jahre alt, beide Wunder der Natur. Die Gesänge von Sga. Cremonini und Sga. Quilici vorgetragen; erste Violin und Solo — Sig. Barthelemon; Concert für Violoncello — Sig. Cyri [Cirri], Clavier und Orgel — Miss und Master Mozart. Billeten zu einer halben Guinee jedes bei Mr. Mozart (Mr. Couzin, Friseur) im Cecil-Court, St. Martin's Lane.

Dies Concert fand denn wirklich am genannten Tage statt und Vater Mozart durfte alle Ursache haben, mit dem Erfolge desselben zufrieden zu sein. Es waren alle Gesandten und die ersten Familien Englands zugegen und Leopold konnte am 8. Juni nach Salzburg berichten: „Ich hatte wieder einen Schrecken vor mir, nämlich 100 Guineen in Zeit von drei Stunden einzunehmen." Auch seine Sorge wegen allzu grossen Unkosten war umsonst, denn sie beliefen sich nur auf zwanzig Guineen, indem die meisten Musiker keine Bezahlung angenommen hatten. „Nun Gottlob"! ruft er aus, „diese Einnahme ist vorbei." Und weiter berichtet er mit gerechtem Stolz: „Genug ist es, dass mein Mädel eine der geschicktesten Spielerinen in Europa ist, wenn sie gleich nur zwölf Jahre hat; und dass der grossmächtige Wolfgang, kurz zu sagen, Alles in diesem seinem achtjährigen Alter weiss, was man von einem Manne von 40 Jahren fordern kann. Mit Kurzem: wer es nicht sieht und hört, kann es nicht glauben. Sie selbst Alle in Salzburg wissen Nichts davon, denn die Sache ist nun ganz etwas Anderes."

Die pecuniären Verhältnisse der Familie waren um diese Zeit am blühendsten. Am 28. Juni schreibt Leopold: „Ich habe wieder 100 Guineen nach Salzburg zu schicken, die ich

---

schilderte. Schliesslich ging jedoch die Bill durch und erstreckte sich auch auf die Abhaltung von Concerten.

zwar um die Hälfte vermehren könnte, ohne mich zu ent-
blössen."

Er liess nun, „um den Act eines englischen Patrioten
auszuüben, Wolfgang in einem Concert mitwirken, welches
im Saale des Ranelagh-Garten „zum Vortheil einer öffentlichen
nützlichen Wohlthätigkeitsanstalt[1])" gegeben wurde. In der
Concertanzeige (publ. adv., 26. Juni) stand über Wolfgang
Folgendes: „Im Laufe der Abendunterhaltungen wird der berühmte und staunenerregende kürzlich angekommene Master
Mozart, ein Knabe von sieben Jahren, auf dem Clavier und
auf der Orgel eine vorzügliche Auswahl Musikstücke seiner
eigenen Composition vortragen, welche bereits das höchste
Wohlgefallen, Entzücken und Erstaunen bei den grössten
Musikkennern in England und Italien erregten; mit Recht
wird er als der ausserordentlichste Genius geschätzt, der je
erschienen ist" *(the most extraordinary Prodigy, and most
amazing Genius that has appeared in any Age)*.

Das Concert war auf Mittwoch den 27. Juni angesagt,
musste jedoch auf Freitag den 29. Juni verschoben werden,
da ein Diener jenes Spitals ein Packet mit 800 Eintrittskarten
verloren hatte. In diesem Concerte kamen von Händel zwei
Chöre zur Aufführung: „O! den Fluren sei der Preis" (Acis
e Galatea) und „Selig Paar"! (Alexander-Fest). Die Krönungshymne *(Coronation Anthem)* „God save the King" (nicht zu
verwechseln mit der bekannten englischen Volkshymne) machte
den Beschluss.

Wie Leopold am 28. Juni schreibt, beabsichtigte die
Familie nun nach Tunbridge-Wells, einem südöstlich etwa
36 englische Meilen von London entfernten, sehr beliebten

---

[1]) Es war dies wohl das auf der Surrey-Seite von Westminster-bridge zu bauende Lying-in-Hospital (Spital für Wöchnerinnen), zu dem 1765 der Grundstein gelegt wurde.

Badeort zu reisen. Es ist derselbe Ort, wo einst Händel wiederholt Hülfe für seine angegriffene Gesundheit suchte, ehe er
die stärkeren Bäder von Aachen benutzte [1]).

Das Städtchen Tunbridge, fünf englische Meilen vom
Bade entfernt, war ein Lieblingsaufenthalt der vornehmen
Gesellschaftskreise. So erwähnt schon 100 Jahre früher
(August 1663) *Mercurius Publicus* den Besuch des Königs
und der Königin. Der Gebrauch des Bades war bei den meisten
Nebensache; „Unterhaltung und Zerstreuung ists, was Jeder
sucht und auch findet" *(the foreigners guide)*.

Ende Juli musste die Familie jedoch bereits zurückgekehrt sein, ging nun aber Tagen schwerer Prüfung entgegen.

„Der grosse Gott", schreibt Leopold am 3. August, „hat
mich mit einer jähen und schweren Krankheit heimgesucht,
die ich mir durch eine Erkältung bei dem Zuhausegehen aus
dem bei Mylord Thanet [1]) gehaltenen Concert zugezogen habe."

Diese Krankheit hatte Leopold so angegriffen, dass er
genöthigt war, zu seiner Stärkung auf einige Zeit die Stadt zu
verlassen. Am 6. August zog er daher mit seinen Kindern
nach dem freundlichen, am Ufer der Themse gelegenen Chelsea.

Chelsea, in früheren Zeiten Cealchylle, Chelchey und
Chelchith genannt, war ein zwei englische Meilen von London
entfernt gelegenes grosses und wohlbevölkertes Dorf. Es war

---

[1]) In London's Nähe gab es eine Menge ähnlicher Mineral-
quellen, die noch jetzt in ihren Namen fortleben: Lambs Conduit, the Devil's Well, Pancras, Sadler's Well, the Peerlass Pool,
Camber- und Lambeth Well.

[2]) Wohl von jeher eine kunstsinnige Familie. 1732 erschienen „Sechs Cantaten", Text und Musik von H. Carey, dem
Grafen von Thanet gewidmet.

sprichwörtlich durch seine gesunde Lage und die Doctoren
Arbuthnot, Sloane, Mede, Cadogan, Farquar wählten es vorzugsweise zu ihrem Wohnsitze. Und fürwahr, die Abbildung
davon (nach J. Maurer von J. Vivares in Kupfer gestochen)
ist einladend genug. Es breitet sich wie ein lustiges Städtchen
am Rhein längs dem Flusse aus und das grosse k. Hospital
für Seeleute, von Sir Christ. Wren erbaut, und Ranelaghgarten
mit seiner gewaltigen Rotunda blicken stolz auf die vorüber-
eilenden Wellen der Themse. Hier an der Wasserseite hatte
Sir Thomas More sein Haus und führte daselbst, wie uns
Erasmus erzählt, ein echt glückliches Familienleben. Sir T.
More war der Beschützer Holbein's, der zuerst 1526 nach
England kam und drei Jahre in dessen Hause lebte, mit Portrait-
malen beschäftigt. An der altehrwürdigen Kirche mit ihren
verwitterten Grabsteinen wird der Wanderer nicht leicht vor-
übergehen, ohne auf einen Augenblick des Treibens der Welt
zu vergessen und bei jenem Monument, hart an der Strasse,
des Mannes gedenken, der den Grund zu dem später sich
gewaltig ausbreitenden British Museum legte. Sir Hans Sloane
ruht hier, gestorben 1753, im 92. Lebensjahre. Seine von
Rysbrack in Marmor ausgeführte Statue steht nicht weit von
dem Orte im botanischen Garten der Aerzte, ebenfalls ein
Geschenk ihres ehemaligen Präsidenten. Zwei mächtige Ce-
dern in der Mitte des Gartens, im Jahre 1683 gepflanzt,
schauen mit ihren, gleich Adlerflügeln sich ausbreitenden dü-
steren Zweigen ernst in die Gegend, und auf der nahen
Themse gleiten, im regen Verkehr mit der Hauptstadt, mit
Landleuten besetzte Boote eilend vorüber. Eine milde Luft-
strömung versetzt den Besucher weit weg von dem geschäftigen
in Nebel und Rauch eingehüllten London und nur ungern
wird er diesen Ort der behaglichen Ruhe verlassen.

Hier nun hatte sich Leopold mit seinen zwei Kleinodien

im Hause des Dr. Randal in Fivefields-Row (gegenwärtig Lower Ebury street) vom Geräusch der Stadt zurückgezogen. Hier war es auch, wo „Master Mozart" im Alter von acht Jahren seine ersten Symphonien schrieb. Es waren dies die in Köchel's Catalog Nummer 16-18 angegebenen Symphonien, mit denen der kleine Wolfgang in ländlicher Stille während des Vaters Krankheit, wo kein Clavier angerührt werden durfte, sich die Zeit vertrieb, und seiner neben ihm sitzenden Schwester, die ihm dabei mit Copiren behilflich war, in munterem kindlichen Geplauder befahl, ihn daran zu erinnern, „dass er dem Waldhorn ja was Rechtes zu thun gäbe".

Mozart's erste Symphonien haben nur drei Sätze; erst in den in Wien 1767—68 componirten Symphonien ist der Menuett aufgenommen. Otto Jahn sagt darüber (Band I. p. 561).

„Die erste Symphonie vom Jahr 1764 zeigt von melodiöser Erfindung sehr wenig, die Motive haben keinen bestimmten Charakter und von Durchführung kann noch keine Rede sein; merkwürdig aber ist der Sinn, mit welchem der Zuschnitt im Ganzen, die Formen im Allgemeinen aufgefasst und beobachtet sind, so dass gar nichts Ungehöriges sich findet und die Symphonie, wenn gleich nicht bedeutend, doch fix und fertig ist; im Andante finden sich sogar einige harmonische Wendungen, welche von einem mehr als knabenhaften feinen und sicheren Gefühl zeugen. Merkwürdig ist auch der Fortschritt, welcher gleich in den nächsten Versuchen sich offenbart. An Kindern oder Erwachsenen lässt es sich leicht beobachten, dass bei einigem Talent vielversprechende Einfälle, Ansätze und Versuche genug zum Vorschein kommen, dass es aber sehr schwer fällt, ein Ganzes, auch nur von mässigem Umfang und Gehalt abzuschliessen und zu Stande zu bringen; es ist aber gerade der Beweis eines ausserordentlichen, wahrhaft künstlerischen Genies, wenn von Anfang an, wie bei

Mozart, die Kraft sich zeigt, ein Ganzes zur Vollendung zu bringen." —

Die Familie befand sich auch im Monat September noch in Chelsea, wo Leopold nähere Bekanntschaft mit dem bereits erwähnten Violoncellisten Siprutini gemacht hatte.

Siprutini, der Sohn eines holländischen Israeliten, hatte Italien und Spanien durchreist und befand sich seit 1758 in London, wo er am 27. Februar in einem Concert der Miss Davies zum erstenmal auftrat und von dieser Zeit an bis in die Mitte der 70ger Jahre häufig als Solospieler genannt wird.

Während nun Wolfgang seine ersten Versuche in Symphonien niederschrieb, machte der Vater Versuche ganz anderer Art. Eifrig bemühte er sich nämlich, in Siprutini Interesse für seine Kirche zu erwecken und wie es scheint, versprach er sich einigen Erfolg davon. „Ich werde nächstens wieder eine Attaque machen", schreibt er nach Hause, „man muss ganz gelinde darein gehen. Geduld! Vielleicht werde ich noch Missionarius in England."

Leopold war endlich so weit hergestellt, dass die Familie wieder in die Stadt ziehen konnte. Diesmal bezogen sie eine Wohnung bei Mr. Williamson in Thriftstreet, Soho (jetzt Frith street genannt). —

Noch einmal wurde Leopold mit seinen Kindern nach Hofe eingeladen und diesmal sogar an einem besonders wichtigen Tage, dem 25. October, dem vierten Jahrestage der Thronbesteigung des Königs [1]), deren Proclamation am 26. October 1760 zuerst vor Saville House (Leicester Fields) mit den üblichen Feierlichkeiten stattgefunden hatte. Bei Hofe

---

[1]) Leopold erwähnt dessen in seinem Briefe irrthümlich als Krönungstag, welches der 22. September war.

und in der Stadt fanden an diesem Tage dieselben Festlichkeiten statt wie am Geburtsfeste des Königs.

Die nun kommenden Monate waren für die Familie
Mozart nicht günstig, da um diese Zeit der Adel und überhaupt der reichere Theil der Bevölkerung die Stadt mied
und es somit an Concertgelegenheiten fehlte. Leopold musste
seine Casse bedeutend angreifen. „Seit Juli", schreibt er
am 27. November, „bin ich um 170 Guineen geringer geworden. Ueberdies habe ich eine grosse Ausgabe, 6 Sonaten
von unserem Herrn Wolfgang stechen und drucken zu lassen,
die der Königin nach ihrem Verlangen dedicirt werden."

Es waren dies die in Köche'ls Catalog Nr. 10 — 15 angegebenen Sonaten für Clavier und Violin. Die Dedication
ist vom 18. Januar 1765 datirt.

Es ist wohl selbstverständlich, dass bei diesen Werken,
wie dies in der so eben erschienenen Brochure des Dr. Franz
L o r e n z „W. A. Mozart als Claviercomponist" (Breslau 1866),
bei Gelegenheit dieser Sonaten treffend gesagt ist, „in An-
betracht des unreifen Alters, in denen sie geschrieben worden,
wohl Niemand eigentlichen Kunstgenuss suchen — dafür
aber derjenige manches Interessante finden wird, der es liebt,
die Bahn eines Genius von den ersten Flügelschlägen desselben bis zur höchsten Höhe zu verfolgen und der zu seiner
nicht geringen Ueberraschung auch hier unter diesen Kinder-
sonaten gewahren mag, wie einerseits mitten unter Alltäg-
lichem und Unreifem oft plötzlich ein origineller Gedanke,
eine befremdende kühne Wendung hervortritt, andererseits
gewisse Lieblingsmotive Mozarts schon hier wie in zarten
Keimen präformirt erscheinen".

Wie schon erwähnt, war am 24. November 1764 die
Eröffnung der italienischen Oper unter Leitung Giardini's und
Sga. Mingotti und trat am ersten Abend der berühmte Sopran-

sänger Manzuoli zum erstenmale auf. Derselbe wurde mit der Familie Mozart bald befreundet und gewann besonders Wolfgang lieb. Manzuoli, der damals auch Miss Polly Young im Gesang unterrichtete, liess sich die Ausbildung von Wolfgang's zarter aber ausdrucksvoller Stimme eifrigst angelegen sein [1]. Als der Knabe im nächsten Jahr seinen Freund Grimm in Paris wieder besuchte, konnte dieser über den neuen Fortschritt Wolfgang's auch von dieser Seite freudig äussern, er habe den Vortheil Manzuoli zu hören so wohl benutzt, dass er, wenn gleich mit schwacher Stimme, doch mit ebenso viel Gefühl als Geschmack singe.

So urtheilte auch der Engländer B a r r i n g t o n, [2] der bekanntlich die Mozart'sche Familie wiederholt im Juni 1765 besucht hatte, anfangs ungläubig sich Wolfgang näherte, dessen gepriesene Fähigkeiten nach allen Seiten hin auf's scrupulöseste prüfte, dann aber auch seiner gerechten Bewunderung in jenem bekannten Schreiben an die *Royal Society* (Jahn I. 155 — 163) freien Lauf liess. —

---

[1] Fünf Jahre später, im April 1770, begegneten sich Wolfgang und Manzuoli wieder in Florenz. Am 21. April schreibt Ersterer an seine Schwester: „M a n z u o l i steht im Contract mit den Mailändern, bei meiner Oper zu singen. Der hat mir auch desswegen in Florenz vier oder fünf Arien gesungen, auch von mir einige, welche ich in Mailand componiren habe müssen, weil man gar nichts von theatralischen Sachen von mir gehört hatte, um daraus zu sehen, dass ich fähig bin, eine Oper zu schreiben. Manzuoli begehrt 1000 Ducaten." — Im Herbst 1771 sang Manzuoli auch wirklich zu Mailand bei den Vermählungsfeierlichkeiten am Hofe eine von Wolfgang componirte Serenata „Ascanio in Alba." (Vergl. O. Jahn, I. 198, 630, 60.)

[2] B a r r i n g t o n (the Hon. Daines) ein vorzüglicher Rechtsgelehrter und Naturforscher, hatte zu Oxford studirt und bekleidete ansehnliche Staatsämter. 1785 zog er sich in's Privatleben

Das Jahr 1764 neigte sich zu Ende. — Leopold befand sich nun bereits 8 Monate in der grossen Weltstadt. Dreimal hatten Tochter und Sohn bei Hofe gespielt; Beide hatten ein öffentliches Concert mit glänzendem Erfolg gegeben und Wolfgang überdies noch als Organist Staunen erregt. Aber in einer so grossen Stadt, wo das Interesse so vielfach in Anspruch genommen ist, will auch die Aufmerksamkeit fortwährend durch neue sich steigernde künstliche Mittel gereizt sein, wenn nicht Theilnahmlosigkeit eintreten soll. Leopold musste dies nur zu bald erfahren. Wir werden ihn im folgenden Jahre immer ängstlicher die Wunder seiner Kinder anpreisen und alle Mittel versuchen sehen, den möglichsten Vortheil aus seinem ungewöhnlich langen Aufenthalte zu ziehen. Bei Hofe spielten die Kinder nicht mehr; dort hatte man nun an Anderes zu denken. Von Local zu Local sieht sich die Familie getrieben; immer beredter werden die Ankündigungen, immer bescheidener zugleich die Ansprüche, mit denen Leopold das wundergierige Publicum anzulocken sucht. Den ganzen Ge-

---

zurück und starb am 11. März 1800. Seine 1767–1775 erschienenen Aufsätze vereinigte er 1781 in einem Bande „Miscellanies on Various Subjects", London bei I. Nichols. In diesem Werke befindet sich p. 279 ein Abdruck des in den „Philosophical Transactions", Band 60, Jahrg. 1770, aufgenommenen Aufsatzes über „Theoph. W. Mozart, Compositeur et maître de musique agé de 7 ans", nebst einem kleinen Portrait Wolfgang's, gest. v. T. Cook. Das Werk enthält auch die Berichte über die Wunderkinder Charles und Samuel Wesley, Will. Crotch und Earl of Mornington. Viele seiner histor. und naturwissenschaftlichen Aufsätze sind in den Philosophical Transactions der Royal Society, der Archäologia, der Gesellschaft für Alterthumskunde etc. enthalten. Im dritten Bande von „Pennant's British Zoology" befindet sich auch ein Aufsatz über den „Gesang der Vögel." (A new general biogh. Dict. by the Rev. Hugh James Rose, B. D. London 1857.)

winn der ersten Hälfte seines Aufenthaltes sieht er, schnell gewonnen, noch schneller entschwinden. Die Schwierigkeit, eigene Concerte zu geben und auf Einmal grössere Einnahme zu
erzielen, sucht er auf anderem Wege zu ersetzen, indem er
das Publicum einladet, die Kinder in ihrer Wohnung zu hören
und so doch wenigstens tropfenweise das Verlorene wieder
einzubringen. Doch vergebens. Die Neugierde ist befriedigt,
das Interesse vorüber. — Die fast abgelaufene Saison drängte
zum Aufbruch. Noch einmal versucht es die Familie, in dem
für Kunst weniger empfänglichen Theile der Stadt, in der
Altstadt (City), aufzutreten, wo die Kinder in einem bescheidenen Locale sich hören lassen und es nicht verschmähen, dort,
wo die Kunst nicht verstanden wird, selbst zu Kunststückchen
ihre Zuflucht zu nehmen. Doch der Kampf ist von kurzer
Dauer, der Erfolg ein zweifelhafter, denn plötzlich verstummen die Ankündigungen, ohne es auch nur auf ein „letztes
Auftreten" ankommen zu lassen. Die Familie verlässt London. —

Hundert Jahre später drängt sich die Menge in derselben Stadt zu Wolfgang's Schöpfungen — den Namen Mozart
zu verherrlichen, sollten dann Kirche, Concert und Theater
wetteifern.

1 7 6 5.

Ode bei Hof am Neujahrstage. — Die Hofmusik und der köngl. Kirchenchor. — J. C. Bach und Mozart. — Concertanzeige der Kinder Leopold's.
— Das Concert verschoben, findet am 21. Februar im kleinen Haymarket-
Theater statt, alle Ouverturen (Symphonien) von Wolfgang. — Concertanzeige im März. — Das Publicum ist eingeladen, die Kinder in ihrer
Wohnung zu hören. — Ankündigung der Sonaten, der Königin dedicirt. —
Die frühere Concertanzeige wiederholt und das Entrée herabgesetzt. — Leopold beginnt zu klagen. — Das längst angekündigte Concert findet endlich
im Mai in Hickford's Saal statt; alle Ouverturen (Symphonien) von Wolf-
gang; die Kinder spielen vierhändig. — Ein Clavier von Shudy. — Piano-
forte und englische Mechanik, wann zuerst genannt. — Burkhard Shudy. —
Das Interesse an den kleinen Virtuosen nimmt ab. — Unruhen in London.
— Des Königs Krankheit. — Leopold verzögert die Abreise und ladet das
Publicum abermals ein, die Kinder in der Wohnung zu hören. — Die Familie verlässt bereits das Westend der Stadt und wendet sich nach der City.
— Die Kinder spielen in einem kleineren Local zu wiederholt herabgesetztem
Preise. — Die letzte Concerteinladung. — Die Kinder spielen vierhändig
auf Einem Clavier. — Die ersten Compositionen und Productionen der
Art in England. — Die Familie besucht das British Museum. — Wolfgang
componirt den ersten vierstimmigen Chor, seine einzige Composition über
englische Worte. — Der Vater übergibt dem British Museum Wolfgang's Composition und die schon erschienenen Sonaten sammt Familienporträt. — Die
Familie besucht noch die sehenswerthesten Punkte der Stadt und Umgebung. — Abschied von London. — Die Familie bleibt einen Tag in Canterbury. — Abreise von England am 1. August. — Mozart beabsichtigt
später wiederholt. London wieder zu besuchen.

Am 1. Januar 1765 wurde, wie jährlich an diesem Tage
und am Geburtsfeste des Königs um die Mittagsstunde im
grossen Staatssaal (*great Council Chamber*) in St. James's
Palace eine Ode vor dem Könige und der k. Familie aufgeführt. Diesmal war das Gedicht vom Poet Laureat, William,
Whitehead, Esq. und von Dr. Boyce als Director der k. Hof-

musik *(Master of the Kings band of Musicians)* in Musik gesetzt. Die Soli sang B e a r d , der bei diesen Aufführungen
eine Reihe von Jahren, vor und nachher, genannt ist. Nebst
der k. Hofmusik wirkte dabei der Chor der k. Capelle mit.
Die k. Hofmusik *(the Kings band)* wurde bald nach
der Restauration von Charles II. errichtet und war jener in
Frankreich unter Louis XIV. nachgebildet. Sie bestand anfangs aus 24 Musikern; 1661 wurden Violinen eingeführt.
Wie schon früher erwähnt, schickte der König damals den
Musikvorsteher John B a n i s t e r zu seiner Ausbildung nach
Frankreich. Bald nach seiner Rückkehr aber wurde er ent-
lassen, da er behauptete, englische Violinen seien besser als
die französischen. Ihm folgte der Franzose Louis G r a b u s
als „*Master of the Music*". Es gelang diesem auch, die Leistungen des Orchesters zu heben, doch war der Chor schlecht[1]).
Der Musik-Vorsteher hatte die Aufgabe, am Neujahrstage,
an Geburts- und Namensfesten des k. Paares die vom Poet
Laureat gedichtete Ode in Musik zu setzen, so wie auch zu
den Hoffesten die Tanzmusik *(Minuets)* zu schreiben. Auch
andere Componisten (Händel, Weideman, Bach , Abel, Kelway) schrieben zuweilen für diese Gelegenheit. Die Minuets
wurden meist bei Walsh und seinen Nachfolgern Randall und
Abell aufgelegt. Directoren der Hofmusik *(Master of the
Kings band)* waren der Reihenfolge nach: Dr. Nich. S t a g-
g i n s († 1698), E c c l e s († 1735), Dr. Maurice G r e e n
(† 1755), Dr. W. B o y c e († 1779), John S t a n l e y († 1786),
Sir Will. P a r s o n s († 1817), Will. S h i e l d († 1829), Christian K r a m e r († 1834), François C r a m e r († 1844). Der

---

[1]) Pepys Diary (Octob. 1. 1667) sagt über Beide: „*Here
[Whitehall] was a great press of people, but I did not see many
pleased with it, only the instrument musick he had brought by
practise to play very just.*"

gegenwärtige Capellmeister des Privat-Orchesters der Königin (*Queen's private Band*) ist G. F. A n d e r s o n.

Der k. Kirchenchor (*Choir of the Royal Chapel*) bestand, wie noch jetzt, aus den Sängern (*gentlemen*) und Sängerknaben (*children*) mit deren Vorsteher (*master*). Die Sängerknaben wurden unter Cardinal Wolsey eingeführt. Bis zur Regierung Königin Anna durfte der Kirchenchor gelegentlich auch auf der Bühne singen, doch fand dies die Fürstin für unpassend und untersagte es. Die Sängerknaben waren die frühesten Darsteller religiöser Dramen oder Mysterien. Wie schon früher erwähnt, führten sie 1732 Händel's „Esther" in Gegenwart des Meisters im Hause ihres Vorstehers Bernhard Gates auf. Auch bei Haydn in den 90ger Jahren werden wir sie noch in Oratorien mitwirken sehen. Seit der Restauration (1660) zählten die k. Sängerknaben, aus deren Mitte mehrere tüchtige Musiker hervorgingen, folgende Vorsteher: Captain Henry C o o k († 1672), Pelham H u m p h r e y († 1674), Dr. B l o w († 1708), Dr C r o f t († 1727), Bernh. G a t e s (bis 1757, † 1773), Dr. James N a r e s (bis 1780, † 1783), Dr. Edm. A y r t o n († 1808), John Stafford S m i t h, (bis 1818, † 1836), Will. H a w e s († 1846). Der gegenwärtige Lehrer der k. Sängerknaben ist the Rev. Th. H e l m o r e. —

Am 26. Jan. 1765 wurde, wie schon erwähnt, B a c h's opera seria „Adriano in Siria" zum erstenmal aufgeführt. Bach gewann bekanntlich den kleinen Wolfgang lieb und auch dieser fasste eine wahrhafte Zuneigung zu ihm, die er bis an sein Lebensende treu bewahrte. In den Briefen an seinen Vater erwähnt Mozart wiederholt und mit besonderer Vorliebe eine Arie Bach's, die dieser für den berühmten Tenor R a a f f [1]) componirt hatte. Sie wurde noch in späteren

---

[1]) Auf ihrer Rückreise von Wien nach London besuchten **Kelly** und die beiden Storace in München den damals bereits

Jahren oft in Concerten gesungen und gefiel selbst Mozart so sehr, dass er aus Ehrgeiz sich vornahm, auf dieselben Worte eine neue Arie zu versuchen. „Ich habe auch", schreibt er von Mannheim, 28. Februar 1778, „zu einer Uebung die Arie *Non so d'onde viene*, die so schön von Bach componirt ist, gemacht, aus der Ursache, weil ich die von Bach so gut kenne, weil sie mir gefällt und immer im Ohre ist ; denn ich habe versuchen wollen, ob ich nicht ungeachtet diesem allein im Stande bin, eine Arie zu machen, die derselben von Bach gar nicht gleich sieht." Es war dies die für Aloysia W e b e r componirte Arie (Köchel's Catalog Nr 294), mit deutschem Text „Sie schwanden mir" auch bei Breitkopf und Härtel in Leipzig erschienen. Ja, Mozart componirte dieselben Worte ein zweitesmal (18. März 1787) zu Wien für den ausgezeichneten Bassisten F i s c h e r (Köchel's Catalog Nr. 512).

Ein erfreuliches Ereigniss war es für Mozart, der sich damals (1778) in einer unbehaglichen Stimmung zu St. Germain bei Paris befand, als er seinem Freunde Bach zum zweitenmal begegnete. Bach war eingeladen worden, eine Oper für Paris zu schreiben. „Herr Bach von London ist schon 13 Täge hier", schreibt Wolfgang seinem Vater (27. August 1778), „er wird eine französische Opera schreiben ; er ist nur hier die Sänger zu hören, dann geht er nach London, schreibt sie und kommt sie in Scene zu setzen [1]). Seine Freude und meine Freude, als wir uns wiedersahen, können Sie sich leicht vorstellen. Vielleicht ist seine Freude nicht so wahrhaft —

73jährigen Sänger Raaff, der ihnen die oben erwähnte Arie vortrug. *(Though his voice was impaired, he still retained his fine voce di petto and sostenuto notes, and pure style of singing.* Kelly, I. 282.)

[1]) Es war die bei Bach erwähnte Oper „l' Amadis" am 14. December 1779 zum erstenmal aufgeführt.

doch muss man ihm dieses lassen, dass er ein ehrlicher **Mann** ist und den Leuten Gerechtigkeit wiederfahren lässt. Ich liebe ihn (wie Sie wohl wissen) vom ganzen Herzen und habe Hochachtung für ihn, und er — das ist einmal gewiss, dass er mich sowohl zu mir selbst als zu anderen Leuten — nicht übertrieben wie Einige, sondern ernsthaft — wahrhaft gelobt hat." Mozart konnte es dem Capellmeister Vogler nicht vergessen, dass dieser sich gegen ihn geringschätzend über Bach geäussert hatte. „Er ist ein Narr", schreibt Wolfgang am 13. Novemher 1777 seinem Vater, „der sich einbildet, dass nichts Besseres und Vollkommeneres sei als er. Er verachtet die grössten Meister; mir selbst hat er den Bach verachtet." Und von Wien schreibt Wolfgang am 10. April 1782 seinem Vater: „Sie werden wohl schon wissen, dass der Engländer Bach gestorben ist? — Schade für die musikalische Welt"!

Aber noch einen zweiten Freund von der Zeit seines Aufenthaltes in London sah Mozart in Paris wieder, als er sich damals auf dem Gute des Marschalls de Noailles aufhielt. „Tenducci ist auch hier" (schreibt Wolfgang von St. Germain aus) „— der ist der Herzensfreund von Bach — der hat die grösste Freude gehabt mich wieder zu sehen." T e n d u c c i hatte Wolfgang nämlich mit dem Marschall de Noailles bekannt gemacht. „Da" [bei dem Marschall] schreibt Mozart weiter, „ist Tenducci sehr beliebt, — und weil er mich s e h r liebt, so hat er mir wollen diese Bekanntschaft zuwege bringen." Mozart versprach sich von der Empfehlung nicht viel, doch war er einstweilen auch hier fleissig. „Eilen muss ich, (fährt Mozart fort) — „weil ich für Tenducci eine Scena schreibe auf Sonntag — auf Pianoforte, Oboe, Horn und Fagott, lauter Leute vom Marschall, Deutsche, die sehr gut spielen [1]).

---

[1]) Die für Tenducci componirte und verloren gegangene Scena scheint ihren Weg nach England genommen zu haben.

Endlich begegnen wir auch wieder einer Concertanzeige der Kinder Mozarts und zwar am 6., 9. und 12. Februar. „Zum Vortheile von Miss Mozart, 12 Jahre alt, und Master Mozart, 8 Jahre alt, Wunder der Natur *(Prodigies of Nature)*. Freitag den 15. Februar wird im kleinen Haymarket-Theater ein Vocal- und Instrumentalconcert abgehalten. Eintrittskarten zu einer halben Guinee etc. — Leopold versprach sich von diesem Concerte eine Einnahme von 150 Guineen, doch schildert er die Zeit für ungünstig. „Der König", schreibt er am 8. Februar, „hat durch die Zurücksetzung der Einberufung des Parlamentes den Künsten und Wissenschaften grossen Schaden gethan. Niemand macht diesen Winter grosses Geld, als Manzuoli und einige Andere von der Oper."

Das Concert musste auf acht Tage verschoben werden, um Dr. Arne's Oratorium „Judith" Platz zu machen. Der Publ. Advertiser vom 14. Februar meldete darüber: „Kleines Theater Haymarket. Wegen Aufführung von Dr. Arne's Oratorium „Judith" und der hierdurch verursachten Verhinderung

---

Der Engländer Barrington schreibt in seinen „Miscellanies", pag. 288, in einer Nachschrift, dat. 21. Jan. 1780, dass ihm Dr. Burney darüber Folgendes mittheilte: *Mozart being at Paris, in 1778, composed for Tenducci a scene in 14 parts, chiefly obligati; viz. two violins, 2 tenors, one chromatic horn, one oboe, two clarinets, a Pianoforte, a Soprano voice, with two horns, and a base di rinforza. It is a very elaborate and masterly composition, discovering a great practise and facility of writing in many parts. The modulation is likewise learned and recherchée; however, though it is a composition which none but a great master of harmony, and possessed of a consumate Knowledge of the genius of different instruments, could produce; jet neither the melody of the voice part, nor of any one of the instruments, discovers much invention, though the effects of the whole, if well executed, would, doubtless, be masterly and pleasing.*

mehrerer ersten Musiker, sind Master und Miss Mozart genöthigt, ihr Concert, das auf Freitag den 15. angesagt war,
auf Montag den 18. zu verlegen. Sie hoffen, dass der höchste
und hohe Adel es gütigst entschuldige, dass sie ihr Concert
nicht an dem zuerst bestimmten Tage abhalten können. Eintrittskarten zu haben bei Mozart etc. Ein Logenbillet gilt für
zwei Eintrittskarten auf die Gallerien. Um Misshelligkeiten
vorzubeugen, werden die Damen und Herren gebeten, ihre
Dienerschaft Nachmittags zu schicken, um Plätze für sie in
den Logen zu besetzen und ihre Namen den Logenaufsehern
Montag Nachmittags den 18. anzugeben."

Das Concert wurde abermals verschoben und auf Donnerstag den 21. Februar verlegt, „der Anfang Punct 6 Uhr,
welches den höchsten und hohen Adel am Besuche anderer
Assembleen an demselben Abend nicht hindern werde". Am
21. Februar bringt die Anzeige noch den Beisatz „alle Ouverturen [Symphonien] sind von diesem staunenswerthen, nur
8 Jahre alten Componisten".

Dieses Concert am 21. Februar war jedoch, wie Leopold
später (19. März) schrieb, ,wegen der Menge der Plaisirs"
nicht so stark besucht, als er gehofft hatte. Es blieben jedoch
nach Abzug von 27 Guineen für die Unkosten noch 130
Guineen übrig.

Leopold ergeht sich hier in mysteriösen Andeutungen
über gewisse ihm gemachte Anträge, die er aber aus confessio-
nellen Bedenken ablehnen zu müssen glaubte und meinte,
dass dies die Ursache war, „warum man ihn nicht reichlicher
bedacht habe". Er beginnt bereits durch die schwarze Brille
zu sehen und spricht über manche Verhältnisse, die ihm früher nicht aufgefallen, sein Missbehagen aus.

Umsomehr war es Zeit an die Rückreise zu denken; er
beabsichtigte nur noch vorher ein Abschiedsconcert zu geben.

Am 11. März erschien desshalb folgende Anzeige im Public Advertiser: „Auf Verlangen. Zum Benefice von Master Mozart, 8 Jahre alt, und Miss Mozart, 12 Jahre alt, Wunder der Natur, vor ihrer Abreise von England, welche in 6 Wochen stattfinden wird, Concert mit Vocal- und Instrumental-Musik, zu Ende dieses Monats oder Anfang April. Billeten zu einer halben Guinee zu haben bei Mr. Mozart, (Mr. Williamson's) in Thriftstreet, Soho; wo jene Damen und Herren, welche ihn von 12—3 Nachmittags, jeden Tag der Woche, Dienstag und Freitag ausgenommen, mit ihrem Besuche beehren wollen, indem sie eine Karte lösen, zugleich ihre Neugierde befriedigen können, und nicht nur diesen jungen Musikmeister und seine Schwester privatim hören werden, sondern auch seine erstaunliche musikalische Fähigkeit selbst prüfen können, indem sie ihm jedes beliebige Musikstück vorlegen, um es a vista zu spielen oder auch ein Solches ohne Bass, welchen er sogleich ohne Hülfe des Claviers hinzufügen wird. Tag und Ort des Concertes wird 8 Tage zuvor bekannt gemacht werden."

Unterdessen erschien am 20. März die Anzeige der bereits erwähnten 6 Sonaten, welche Wolfgang der Königin dedicirt hatte. Leopold verkaufte sie nach damaligem Brauche selbst und zwar zu 10 Schilling, 6 Pence; zugleich waren auch die Pariser Sonaten für 6 Schilling und eine Abbildung der Familie (von L. C. de Carmontelle) für 4 Schilling 6 Pence angezeigt. Auch bei dieser Gelegenheit war das Publicum eingeladen, die Familie zu besuchen, und bei Abnahme eines Sonatenheftes oder Concertbillets zugleich die Kinder spielen zu hören.

Die Königin übersendete Wolfgang für die Dedication der Sonaten 50 Guineen. „Und doch", schreibt Leopold am

19. März, „werde ich nicht so viel Geld hier gewonnen haben, als es Anfangs das Aussehen hatte".

Man sieht, der Vater nahm sich bereits den unerwartet geringeren pecuniären Erfolg seines Aufenthaltes sehr zu Herzen. Der Monat war nun bereits zu Ende und noch war das versprochene Concert nicht zu Stande gebracht, ja, am 9. April setzte Leopold sogar in der Ankündigung den Eintrittspreis auf 5 Schilling herunter.

Diese Concert-Anzeige im Publ. Adv., 9. April, lautet: „Mr. Mozart, der Vater der berühmten musikalischen Familie, welche in so gerechter Weise die Bewunderung der grössten Musikkenner Europa's erregte, beabsichtigt, indem er England bald zu verlassen gedenkt, um dem Publicum Gelegenheit zu geben, diese jungen Wunder öffentlich und privatim spielen zu hören, vor seiner Abreise am Ende des Monats ein Concert zu geben, welches vorzugsweise von seinem Sohne, einem Knaben von 8 Jahren dirigirt werden wird, alle Ouverturen sind von dessen Composition. Eintrittskarten zu 5 Schilling sind zu haben bei Mr. Mozart etc., wo jene Damen und Herren, welche selbst kommen und Billete oder ein Exemplar der Sonaten, componirt von diesem Knaben und Ihrer Majestät gewidmet (Preis 10 Sh. 6 P.), abnehmen, die Familie jeden Tag der Woche von 12—2 Uhr zu Hause finden und somit Gelegenheit haben, sein Talent einer genaueren Prüfung zu unterziehen etc.... Tag und Ort des Concertes wird zu rechter Zeit angezeigt werden."

Aber ein voller Monat verstrich abermals, bis Leopold im Stande war, den Tag des Concertes festzusetzen. Seine Casse nahm merklich ab: „Wir haben", schreibt er am 18. April, „in dem Jahre, dass wir hier sind, 300 Pfund Sterling ausgegeben"

Endlich am 13. Mai konnte das Concert stattfinden und

dessen Progamm lautete: „Zum Benefice der 13 jährigen Miss
Mozart und Master Mozart, 8 Jahre alt, Wunder der Natur.
In Hickford's grossem Saal in Brewerstreet heute den 13. Mai
Vocal- und Instrumental-Concert; alle Ouverturen von der
Composition des kleinen Knaben (*with all the Overtures of
this little Boy's own Composition*). Die Gesangsnummern von
Sga. Cremonini; Violin-Concert von Mr. Barthelemon; Violon-
cell-Solo von Sig. Cirii; Concert auf dem Clavier von dem
kleinen Componisten und seiner Schwester, beide allein und
dann zusammen."

Die Salzburger Zeitung vom 6. August 1765, enthielt
über das Zusammenspiel der beiden Kinder, nach einem Londoner Bericht vom 5. Juli folgendes: „Es war ganz etwas
Bezauberndes, die 14 Jahre alte Schwester dieses kleinen
Virtuosen (Wolfgang) mit der erstaunlichsten Fertigkeit die
schwersten Sonaten auf dem Flügel abspielen und ihren Bruder auf einem andern Flügel solche aus dem Stegreif accompagniren zu hören. Beide thun Wunder!"

Wahrscheinlich war es in diesem Concert, dass Wolfgang ein Clavier mit zwei Manualen von Burkhard S h u d y
spielte, welches für den König von Preussen gebaut war. Es
kostete nach Angabe Dr. Burney's, der es in Potsdam sah,
200 Guineen. Charnier, Pedal und Einfassung waren von
Silber, die Frontseite von Schildpatt. Durch die Wasserfahrt
nach Hamburg, auf die Elbe und Havel bei Potsdam hatte es
stark gelitten, so dass es ganz unbrauchbar wurde[1]). (Burney,
the pres. st. of mus. in G. II. 145.)

---

[1]) In *Rees's Cyclopaedia* ist über die Claviere von Tshudy
bemerkt: Die Arbeit war sehr sauber und Ton und Aussprache
der Tasten vollkommen und genau, so lange die Instrumente neu
waren. Dauerhafter waren die Instrumente Kirkman's. Snetzler
[ein deutscher Orgelbauer in London], der häufig Orgeln zu den

Die erwähnte Salzburger Zeitung schreibt ferner über dies Clavier: „Man hat es als etwas Ausserordentliches bemerkt, dass Herr Thudy (Shudy) alle die Register in ein Pedal angebracht, so dass sie durch das Treten so nach einander können abgezogen und das Abnehmen und Zunehmen des Tones dadurch nach Belieben kann genommen werden, welches crescendo und decrescendo die Herren Clavieristen sich längst gewünscht."

Zu jener Zeit rührte es sich gewaltig in den Werkstätten der Claviermacher in London. Eine ganze Schaar junger Mechaniker (scherzhaft die 12 Apostel genannt), war vom Festlande herüber gekommen, Arbeit suchend. M e r l i n [1]) aus Frankreich, seit 1760 in London, war nicht müde im Erdenken neuer Erfindungen. Die alten Häuser K i r k m a n [2]) und

---

Clavieren von Tshudy baute, führte als Grund ihrer geringeren Dauerhaftigkeit an, dass sie in sehr heissen Sälen gebaut wurden und darin längere Zeit aufbewahrt blieben, um ihnen einen brillanten Ton zu geben; der Kälte und Feuchtigkeit aber ausgesetzt, musste natürlich das Holz schwellen, die Mechanik stocken etc., dergleichen bei seinem Schwiegersohne und Nachfolger Broadwood nie vorgekommen wäre.

[1]) John Joseph M e r l i n, ein berühmter Mechaniker aus Frankreich. 1774 nahm er ein Patent auf ein „verbessertes Clavier", das von I. C. Bach öffentlich gespielt wurde. Vor und nach ihm stellten in London Rutgerus Plenius (1755), Le Sieur Virbes, Organist aus Paris (1767) und Andere Instrumente der complicirtesten Art, gleich unseren Orchestrions, aus. Merlin starb 1804.

[2]) Jacob K i r k m a n, ein Deutscher, der die Wittwe Tabel's heirathete und Gründer der noch bestehenden bedeutenden Firma „Joseph Kirkman and Son" wurde. Seine „*double Harpsichords*" (zwei Reihen Tastatur, dreisaitiger Bezug, zwei im Einklang, eine in der Octav) wurden bis zu 70 £. verkauft. Kirkman starb um 1778 und hinterliess ein Vermögen von 200.000 £. — Sein Neffe Abraham Kirkman setzte das Geschäft fort.

S h u d y, Nachfolger des Flammänder's T a b e l [1]) in London, waren weit und breit berühmt. Nicht lange und das „P i a n o - f o r t e" wurde genannt. Am 16. Mai 1767 wurde dasselbe zum e r s t e n M a l e öffentlich gespielt und zwar im Covent-Garden-Theater im Benefice der Sängerin Miss Brickler. Nach dem 1. Act der unverwüstlichen *beggar's opera* sang Miss Brickler eine beliebte Arie aus dem Oratorium „Judith" von Arne, von D i b d i n auf einem neuen Instrument, „P i a n o f o r t e" genannt, begleitet. — J. Zumpe[2]) baute um jene Zeit (1766) zuerst sogenannte „*Square's*" (tafelförmige Claviere). Americus B a c k e r s [3]), P o h l m a n, S t o d a r t [4]), B r o a d w o o d brachten das Instrument rasch in Aufnahme und die bald nachfol-

---

[1]) T a b e l, ein Flammänder, war der erste bedeutendere Claviermacher in London. Er hatte zu Antwerpen mit den Nachfolgern Rucker's gearbeitet und lebte in England in den Jahren 1680—1720. Aus seiner Werkstatt gingen Kirkman und Shudi hervor.

[2]) Johann Z u m p e, ein Deutscher. An seinen Instrumenten, anfangs meist „Forte - Piano" genannt, waren zum erstenmal H ä m m e r. Ein solches mit „*cloth-damper and the stops for buffing the notes*", war noch 1809 zu sehen und trug die Jahreszahl 1766; ein zweites von 1768 hatte die Fabrikzahl XXVIII. (*Monthly Mag.* 1809. Part II.) Zumpe wurde sehr wohlhabend und zog sich später nach Deutschland zurück. — Mit ihm gleichzeitig arbeitete P o h l m a n, der u. a. 1772 ein Pianoforte für Gluck baute (in Thalberg's „*Report of the Juries*", Exhibition 1851, beschrieben).

[3]) Americus B a c k e r s, ein Holländer, ein sehr bedeutender Claviermacher, damals in J e r m y n - s t r e e t, St. James's, wohnend. Im Jahre 1771 stellte er im Thatched-house ein von ihm erfundenes „*Original Forte-Piano*" aus. Er starb um 1781.

[4]) Robert S t o d a r t diente eigentlich als Freiwilliger bei den *Royal Horse Guards* und arbeitete nur in seiner freien Zeit bei Broadwood. Er etablirte sich dann selbst, nahm 1777 ein Patent auf ein „*Grand Pianoforte*" (*with an octave swell*) und wurde

gende neue Erfindung der „Englischen Mechanik" durch Americus Backers, später durch J. Broadwood und dessen Arbeiter Rob. Stodart wesentlich verbessert, so wie endlich die „*Grand Pianofortes*" (Flügel) bewirkten eine förmliche Umwälzung in diesem Zweig der Industrie.

Buckhard S h u d i (Tschudi nannte er sich früher), der zweite namhafte Arbeiter Tabel's, war ein Schweizer, aus einer adeligen Familie, dem Schwandner Geschlecht stammend. Er kam als mittelloser Tischlergeselle nach England, trat gleich Kirkman bei Tabel in Arbeit und etablirte sich nach dessen Tode im Jahre 1732 in Nr. 18 Great-Pultney street, Golden Sq. — Von nun an hiess die Firma: „Burkhard Shudi" und das Schild am Hause führt dann auch das Ehrenzeichen der bekannten drei Federn (*Plume of feathers*), denn Shudi wird in den 60er Jahren als „*Harpsichord-Maker to Her Royal Highness the Princess Dowager of Wales*" genannt. Lange Zeit überholte ihn Kirkman, denn Shudi ging bedächtig vorwärts, doch Freund Händel schürte nach und so verbreitete sich auch sein Name immer mehr. Claviere von Kirkman und Shudi fand Burney auf seinen Reisen in Neapel, Rom und Venedig und sie würden von den Italienern besonders bewundert. Shudi der noch 1769 ein Patent auf ein verbessertes Clavier nahm, starb 1773 und sein Geschäft setzte John B r o a d w o o d [1]), der 1769 Shudi's älteste Tochter geheiratet hatte, fort. —

Gründer der Firma „John, William and Matthew Stodart." William Stodart nahm 1795 ein Patent auf einen aufrechtstehenden Flügel (*upright Grand Pfte.*)

[1]) John B r o a d w o o d, ein Schotte, kam, 20 Jahre alt 1751 nach London und trat bei Shudi in Arbeit. Er war der erste Eingeborene, der sich im Clavierbau, bis dahin nur von Deutschen und Flammändern betrieben, auszeichnete; 1783 nahm

Die Sorgen Leopold's nahmen mit jeder neuen Woche zu. Nachdem einmal der Reiz der Neugierde befriedigt war, schien das Interesse an den Productionen der Wunderkinder sichtlich abgenommen zu haben.

Die Kunst litt damals überhaupt in London unter dem Eindrucke trüber Ereignisse. Schon Ende Januar gährte es im Volke und tauchten Zeichen einer hereinbrechenden Revolution auf. So wurden am 29. Januar, dem Jahrestage der Hinrichtung Charles I., in der City Plakate vertheilt mit der Aufschrift „Diesen Tag, Freiheit"! (*this day, liberty*). — „Seit dem 16. Mai", schreibt Horace Walpole an Sir Horace Mann (25. Mai), „hatten wir Ereignisse aller Art. Eine ganze Administration wurde abgesetzt, wieder eingesetzt, aufgehoben, wieder bestätigt — kurz, eine Insurrection — wir standen am Abend eines Bürgerkriegs. Viele tausend Weber erhoben sich wegen einer Bill zu ihren Gunsten, die durch den Herzog von Bedford im Hause der Lords durchgefallen war. Vier Tage lang wanderten sie in der Stadt herum, auf ihren Fahnen eine Petition an den König, das Haus des Lords umstellend, den Herzog von Bedford beschimpfend, verwundend und am Ende sein Haus belagernd, das, sammt seiner Familie, mit knapper Noth vom Untergang gerettet wurde. Es führte zu einer förmlichen Belagerung, doch, indem man Mannschaft zu Fuss und zu Pferd in's Innere warf und einige Regimenter

---

er ein Patent auf ein „verbessertes Pianoforte." Er starb 1812 und ihm folgte im Geschäft James Shudi Broadwood. Wie bedeutend dies Haus sich emporgeschwungen, zeigt die Zahl der bis Ende 1865 verfertigten Instrumente, im Geschäftsbuche der Firma verzeichnet: Squares (tafelförmige Claviere) 64.156; Cottages 28.977; Cabinets 8963; Semi Grands (kurze Flügel) 7579; Grands (Flügel) 20.829; Summa: 130.504 Instrumente.

herbeirief, ward der Tumult endlich beigelegt. Lord Bute, die
Unpopularität seiner Feinde rasch zu seinem Vortheil benutzend, rieth dem König, seinen Ministern ihre Entlassung
anzuzeigen, wodurch er demselben, da kein Ersatz vorgesehen
war, die Alternative liess, die Krone zu Pitt's oder des Herzogs von Bedford, oder am Ende zu beider Füssen nieder-
zulegen" [1]).

Auch bei Hofe sah es lange vorher trübe aus. Bei der
unerwartet hereinbrechenden Krankheit des Königs rief die
Nation, im Falle der Minderjährigkeit seines Nachfolgers, laut
nach Regelung einer Regentschaft. „Ihr erster Wunsch",
schreibt Walpole am 7. April an den Grafen von Hertford,
„wird sein zu hören, wie es dem Könige geht: er kam letzten
Montag auf eine Woche nach Richmond, erschien aber plötzlich Mittwoch's beim *levée* in St. James's; dies war so veranstaltet um den Andrang zu vermeiden. Am Charfreitag war
er in der Capelle. Man sagt, er sähe blass aus, doch es ist
Mode, ihn für gesund auszugeben — ich wünschte, es wäre
wahr."

Es war dies der erste Anfall jener unheilvollen Krankheit, die des Königs Geist Jahrelang vor seinem Lebensende
mit Nacht umgab. Doch erholte sich der König diesmal bald
und *the Gazeteer* brachte schon am 4. Mai ein Gedicht auf

---

[1]) In einem anderen Briefe an den Earl of Hertford (20. Mai
1765) schreibt Walpole: — — *another troops of manufactures
are coming from Manchester; and what is worst of all, there
is such a general spirit of mutiny, and dissatisfaction
in the lower people, that I think we are in danger of a rebellion
in the heart of the capital in a week. In the meantime there is
neither administration, nor government. The King is out of town
and this the crisis in which Mr. Pitt, who could stop every evil,
chooses to be more unreasonable than ever.*

dessen Genesung. Nach einem glücklich entronnenen Mord-
versuch am 2. August 1786 suchte dieselbe Krankheit im
November 1788 zum zweitenmal den König heim. Wohl fühlte
er ihr Nahen einige Zeit vorher und sagte einst nach einem
Abendconcert bei ihm zu Dr. Ayrton, indem er die Hand
auf dessen Schulter legte, in träumerischem Ton: „Ich fürchte,
lieber Doctor, ich werde nicht lange mehr Musik hören; sie
greift meinen Kopf an und es kostet mir einige Anstrengung,
ihr zu lauschen." — Doch auch diesmal überstand er glücklich
den Anfall, bis der böse Feind ihn endlich im Jahre 1810
zum dritten Mal und für immer bis zum Lebensende am 29.
Januar 1820 gefesselt hielt. Wohl kamen dann noch lichte,
aber dann nur um so schauerlichere Momente, in denen er sein
Elend fühlte. In einem solchen fand ihn die Königin einst,
eine Hymne singend und sich dazu am Clavier begleitend.
Als er geendet hatte, kniete er vor der Königin nieder, betete
laut für sie, für die ganze Familie und für seine Nation und
rief Gottes Barmherzigkeit an, dass es ihm gefallen möge, sein
schweres Leiden von ihm abzuwenden; wenn aber nicht, ihm
doch wenigstens Kraft zu geben, es zu ertragen. Ein Strom
von Thränen erleichterte für Augenblicke seine gepresste Brust.
Dann kehrte der böse Feind zurück und der Herrscher über
Millionen irrte wieder, blind und fast taub, unstät durch die
Gemächer seines Palastes, Parlamente anredend, gespenstigen
Hofstaat haltend, bis seine Kraft zusammen brach und er in
dumpfes Brüten verfiel. Doch selbst jetzt noch trat die Musik
als tröstender Engel ihm zur Seite. Dann (wie Prinzessin Elisabeth an Lady Suffolk schreibt) fühlte sich wohl der König
nicht mehr als Bewohner dieser Erde und, seiner Lieblings
melodie, welche die Prinzessin auf dem Clavier spielte, mit
verklärtem Antlitz lauschend, sprach er wie im Traume vor
sich hin. „Ach! ich erinnere mich ihrer sehr wohl, denn

ich hörte sie so gerne, als ich noch auf der Erde war." Er
sprach dann von der Königin und seinen Kindern, hoffend
dass es ihnen gut gehe, denn „er habe sie so sehr geliebt." —
Es ist zu verwundern, dass Leopold, dessen Scharfblick
ihn doch selten täuschte, nicht längst schon London verlassen
hatte, da bei der vorgerückten Jahreszeit an eine Besserung
der Verhältnisse nicht zu denken war. Den Gedanken, ein
selbstständiges Concert zu geben, hatte er bereits aufgegeben
und einstweilen nur wie früher das Publicum eingeladen, die
Kinder in ihrer Wohnung spielen zu hören.

Am 30. May erschien hierüber im Publ. Advertiser folgende Anzeige : „Mr. Mozart, der Vater der bekannten musikalischen Familie, die in so gerechter Weise die Bewunderung
der grössten Musiker Europa's erregt hat, erlaubt sich das
Publicum zu benachrichtigen, dass er seine Abreise von England auf den Anfang des nächsten Monats festgesetzt hat.
Damen und Herren, welche diese jungen Wunder privatim
spielen zu hören wünschen, finden die Familie jeden Tag der
Woche von 1 — 3 zu Hause. Zutritt *(terms)* 5 Schill. jede
Person; auch sind daselbst für 10 Sch. 6 pence die Sonaten
von des Knaben Composition zu haben, welche ihrer Majestät
gewidmet sind und welche der Knabe wiederholt die Ehre
hatte, vor Ihren Majestäten zu spielen."

Doch der bereits erkalteten Neugierde des Publicums
war nichts mehr abzugewinnen. Wir sehen nun die Familie
bereits das fashionable *Westend* verlassen und sich nach der
City wenden, um in einem der Säle niederen Ranges und zu
abermals herabgesetzten Preisen zu spielen.

In der Anzeige vom 8. Juli kündigt Leopold an, dass er
auf den Wunsch mehrerer Damen und Herren seine Abreise
von England auf kurze Zeit verschoben hat, „er benutzt
diese Gelegenheit, dem Publicum anzuzeigen, dass er den

Saal im Gasthof zum Schwan und Reifen *(Swan and Hoop tavern)* in Cornhill gemiethet hat, wo er allen Neugierigen Gelegenheit geben wird, diese zwei jungen Wunder der Natur alle Tage von Morgen den 9. angefangen von 12 — 3 spielen zu hören. Zutritt die Person 2 Sch. 6 pence."

Auch dies scheint keinen besonderen Erfolg gehabt zu haben, denn drei Tage später, am 11. Juli bringt dieselbe Zeitung (Public Advertiser) eine noch ausführlichere, dringendere und verlockendere Anzeige und selbst der schon in Frankfurt angewandte Kunstgriff (30. August 1763), „das Spiel auf verdeckten Tasten", wird bereits hervorgeholt.

Es war die letzte Anzeige — der Name Mozart verschwindet, um erst nach späten Jahren wieder, dann aber als weithin leuchtendes Gestirn zu strahlen. Diese letzte Anzeige im Publ. Adv., 11. Juli lautet vollständig:

„Allen Freunden der Wissenschaften *(To all Lovers of Sciences).* — Das grösste Wunder, dessen Europa oder die Menschheit überhaupt sich rühmen kann, ist ohne Zweifel der kleine deutsche Knabe, Wolfgang Mozart: ein Knabe, der im Alter von 8 Jahren die Bewunderung nicht nur der ausgezeichnetsten Männer überhaupt, sondern auch der grössten Musiker Europa's mit Recht erregt hat. Es ist schwer zu sagen, was mehr zu bewundern ist, seine Ausführung auf dem Clavier und sein prima vista Spielen und Singen oder seine Einfälle, Ideen und Compositionen für alle Instrumente. Der Vater dieses Wunders *(Miracle),* auf den Wunsch mehrerer Damen und Herren veranlasst, seine Abreise von England auf eine sehr kurze Zeit zu verschieben, wird hiermit Gelegenheit geben, diesen kleinen Componisten und seine Schwester, deren beider musikalische Kenntnisse keiner Vertheidigung bedürfen, zu hören. Sie spielen jeden Tag der Woche von 12 — 3 Uhr im grossen Saal zum Schwan und Reifen, Cornhill. Eintritt jede Person 2 Sch. 6 p. Die zwei Kinder werden auch zu vier Händen zugleich auf ein und demselben Clavier spielen und dasselbe mit einem Handtuch bedecken, so dass sie die Tasten nicht sehen können." (*The two Children will play also together with four Hands upon the same Harpsichord, and put upon it a Handkerchief, without seeing the keys.*) —

Wir sehen hier abermals die Kinder vierhändig auf ein und demselben Instrument spielen und es konnten dies nur Wolfgangs eigene Compositionen sein, von denen Leopold in seinem Briefe vom 9. Juli bemerkt: „In London hat Wolfgangerl sein erstes Stück für vier Hände componirt. Es war bis dahin noch nirgends eine vierhändige Sonate gemacht worden."

Und hier war es wirklich „Wolfgangerl", der den Componisten eine neue Gasse öffnete. Burney aber liess sich eine solche Gelegenheit nicht entgehen, wenigstens als der Erste genannt werden zu können, der die neue Compositionsgattung auch im Druck veröffentlichte. Ein 2. Heft von 4 Duetten für Pianoforte oder Clavier von Dr. Burney erschien 1778 bei Brenner, doch war auch J. C. Bach unterdessen nachgefolgt[1]) und gab ein Heft Sonaten, op. 17, heraus, von denen eine für zwei Spieler auf Einem Pianoforte und eine zweite „für zwei Cembali" componirt ist, ebenfalls nach Mozarts Beispiel[2]).

---

[1]) *He [Burney] first wrote lessons for two performers on one instrument, which are very inferior to some since published by Mr. Bach.* (*A B C Dario p. 13.*)

[2]) Die in London zunächst mit Duo's für Ein Clavier Auftretenden waren die Geschwister Elizabeth und Charles Weichsel, Clementi und Dance (1779); Misses Reynolds und Guest, letztere und Master Cramer 1784). Die Schwestern Greatorex spielten 1798 zum erstenmal ein Duo von

Die Zeit drängte zum Abschied; Leopold war bereits von Salzburg aus zur Beschleunigung seiner Abreise gemahnt worden. „Man verlangt, dass ich nach Hause eile"? schreibt er am 9. Juli). „Ich bitte, man wolle mich nur machen lassen, und dasjenige, was ich mit Gott angefangen habe, auch mit dessen Hülfe ausmachen lassen".

Noch in den letzten Tagen ihres Aufenthaltes besuchte die Familie das British Museum, welches wenige Jahre vorher, am 15. Januar 1759, für das Publicum zum erstenmal geöffnet wurde. Dessen Gründer war der früher genannte Sir Hans Sloane in der Art, dass er im Jahre 1753 der Regierung seine grossartigen Sammlungen, welche er auf 50.000 £. schätzte, um die Summe von 20.000 £. unter der Bedingung überliess. dass zu deren Aufbewahrung ein geeignetes Gebäude errichtet werde. Eine Parlamentsacte bestimmte dazu den Ankauf des Montague-Palastes, Bloomsbury, welcher dazumal noch gleichsam in freiem Felde stand und nun für seine neue Bestimmung umgebaut wurde [1]).

Mozart. — Duo's auf zwei Pianoforte spielte Cramer mit Clementi (1784), mit Dance (1785), mit Dussek (1799). — Clavierduo's erschienen ausser den genannten von Th. Smith (1779), von Jos. Dietenhofer (1781, arrangirt nach Haydn'schen Compositionen), Val Nicolai (1784), Giordani. Dr. Holloway, Organist von Grafton Chapel (*a lad of abilities and promising expectation — Europ. Magazin* 1784). — Clavierstücke für drei Hände auf Einem Pianoforte sind (vielleicht die frühesten) 1793 angezeigt: J. W. Hässler, 6 leichte Claviersonaten, wovon zwei mit Begleitung einer Flöte oder Violine und eine für drei Hände auf Einem Clavier. (Berlinische Musik-Zeitung 1793, März 30. Dieselbe Zeitung kündigt (p. 79) an: J. G. (?) Hässler, *grand Sonate pour trois mains pour un Pianoforte ou Clavecin. Riga, chez I. F. Hartknoch,* 16 gr.

[1]) Eine gedrängte aber verlässliche Beschreibung dieses kolossalen Institutes enthält: „*The English Cyclopaedia of Arts and Sciences.*" Conducted by Chs. Knight. Part. VI. p. 367 – 403.

Bei Gelegenheit dieses Besuches wurde Wolfgang aufgefordert, dem Institute eine handschriftliche Composition als
Andenken an seinen Aufenthalt in London zu überlassen.
Wolfgang übergab dem British Museum zu diesem Zwecke
einige Original-Manuscripte, darunter einen Chor für vier
Singstimmen zu den Worten „*God is our Refuge and Strength,
a very present help in trouble*" — Mozart's erster Chor und
der einzige von ihm über englischen Text. Ein Abdruck
desselben ist von mir bereits in der allgem. musikal. Zeitung,
1863 Nr. 51 (Breitkopf & Härtel) veröffentlicht; dessen Facsimile ist dem Buche beigegeben. Auch aus diesen wenigen
Takten wird man wieder sehen, wie es bereits in der Knospe
sich regte und wie der Genius, der noch kurz zuvor in den ersten Symphonien, den ersten Duetten sich versuchte, zugleich
nach allen Seiten und in jeder Form sich zu entwickeln
begann.

Leopold überreichte dem British Museum nebst diesem
Autograf auf Ansuchen auch ein Exemplar der gedruckten
Pariser und Londoner Sonaten von Wolfgang nebst dem
früher erwähnten 1764 von L. Carmintel gest. Familienbild,
über welches alles das Museum unterm 19. Juli den Gebern
eine schriftliche Danksagung ertheilte [1]).

Aber auch sonstiges Sehenswerthes in und um London

---

[1]) Danksagungsschreiben des British Museum an Leopold
Mozart: *Sir! I am ordered by the the Standing Committee
of the Trustees of the British Museum, to signify to You, that
they have received the present of the Musical performances of Your very ingenious son, which You were pleased
lately to make Them, and to retourn You their Thanks for the
same.* M. Maly.
British Museum, Secretary.
July, 19. 1765.

wurde vor der Abreise noch von der Familie besichtigt. So erwähnt Mariannen's Tagebuch nacheinander Westminster-kirche, St. Paulskirche, Royal Exchange, Vauxhall, Tower, Monument, Foundling Hospital, Somerset House, Tempelbar; ferner von der Umgebung die Orte Richmond, Kew, Greenwich und Windsor.

Wahrscheinlich aus der Zeit dieses Londoner Aufenthaltes stammt ein Goldring, den Wolfgang zum Geschenk erhielt und den er später auch häufig getragen hat. Carl Mozart, der 1859 zu Mailand gestorbene jüngere Sohn Wolfgang's, schenkte den Ring, mit einem Begleitschreiben vom 19. November 1856 versehen, dem nun ebenfalls verstorbenen Domcapellmeister Alois Taux zu Salzburg. Rund um die äussere Fläche dieses Ringes, gegenwärtig Eigenthum der Wittwe Taux, sind die Worte: „I LOVE YOU" eingravirt.

Wie Leopold in seinem Briefe aus dem Haag, 19. September 1765, angibt, reiste die Familie am 24. Juli von London ab. Sie blieben dann noch einen Tag in Canterbury und (nach Mariannens Tagebuch) bis zu Ende des Monats auf dem, vier Meilen von Canterbury entfernten Landgut eines reichen Engländers Mr. Manat, burn plas (?). „Dieses war ein sehr schönes Landgut", bemerkt Marianne ausdrücklich.

Am 1. August endlich verliessen sie England, um auf ausdrücklichen Wunsch des holländischen Gesandten nach dem Haag zu reisen, woselbst die Prinzessin von Weilburg, Schwester des Prinzen von Oranien, ein ausserordentliches Verlangen geäussert hatte, die Wunderkinder kennen zu lernen. —

England sollte Mozart nicht wiedersehen. — Wohl hatte er, unzufrieden mit seiner Stellung in Wien, im August 1782

(Jahn, III. p. 178) seinem Vater die Absicht ausgedrückt, nach Paris und von da nach London zu reisen, doch wusste ihn dieser durch Gegenvorstellungen davon abzuhalten, hoffend, dass sich die Dinge für ihn in der Kaiserstadt zum Bessern wenden würden. Der junge, kaum verheirathete Ehemann schwärmte damals nicht wenig für England. Am 19. October desselben Jahres schrieb er seinem Vater auf die Nachricht, dass die Engländer den Angriff der Spanier auf Gibraltar (13. September) zurückgeschlagen: „Ja wohl habe ich und zwar zu meiner grossen Freude (denn Sie wissen wohl, dass ich ein Erz-Engländer bin) Englands Siege gehört!"

Auch im Jahre 1786, angeregt durch seinen Schüler Th. Attwood, seine engl. Freunde Michael Kelly, Nancy und Stephan Storace, tauchte der Gedanke, nach England zu gehen, erneuert in ihm auf und er fragte sogar bei seinem Vater an, ob dieser in der Zeit seiner Abwesenheit Frau und Kinder wohl zu sich nehmen möchte. Doch auch diesmal siegte die väterliche Autorität. (Jahn III. p. 183.)

Und zum dritten Mal trat die Versuchung an ihn heran, als ihn seine engl. Freunde anfangs Februar 1787 verliessen und nach England zurückkehrten. Diesmal aber glaubte er vorsichtiger zu Werke zu gehen; Attwood sollte ihm in London eine sichere Stellung bereiten, indem er ihm eine Subscription für Concerte oder den Auftrag eine Oper zu schreiben verschaffte; dann erst wollte er hingehen und hoffte, dass der Vater ihm für diesen Fall auch die Sorge für die Kinder abnehmen werde, bis es entschieden sei, ob er dauernd dort bleiben oder wieder nach Deutschland zurückkehren würde. Doch war sein Vorhaben nun auch in weiteren Kreisen bekannt geworden und Leopold erfuhr durch die Nachrichten aus Wien, Prag und München, was er bereits durch Kelly und die beiden Storace's, die ihn in Salzburg auf der Durchreise besucht hatten, gewusst oder geahnt haben musste. Diesmal nun wurde das Gerücht von seiner beabsichtigten Reise Veranlassung für den Kaiser, Mozart durch eine angemessene Stellung an Wien zu fesseln: er ernannte ihn laut Decret vom 6. December 1787 zu seinem Kammermusicus. Dies und wiederholtes Abreden des Vaters, der in demselben Jahre (28. Mai) starb, liessen Mozart auch zum dritten Mal sein Vorhaben aufgeben.

Wenige Jahre und fast wäre es dem Violinvirtuosen und Concertunternehmer S a l o m o n, den wir bei Haydn kennen lernen werden, gelungen, Mozarts Wunsch denn doch zur Ausführung zu bringen. Es war im December 1790, als Salomon zu Wien mit Haydn für seine Concerte in London abgeschlossen hatte und nach einigen (wie Salomon sagte) äusserst herzlichen und heiteren Zusammenkünften, beim Abschiedsmahl mit Mozart vorläufige Verabredungen traf, dass er nach Haydn's Rückkehr unter ähnlichen Bedingungen nach London kommen sollte. Beim Abschiede war Mozart bis zu Thränen gerührt, ein leiser Hauch von Todesahnung mochte ihn in diesem Augenblicke berührt haben. Er ergriff Papa Haydn's Hände und sagte tief bewegt: „Wir werden uns wohl das letzte Lebewohl auf dieser Welt sagen!" — —

Kaum ein Jahr verfloss und Mozart war nicht mehr! Als aber Haydn in London am 20. December 1791 dessen Heimgang erfuhr, wollte er den unersetzlichen Verlust kaum glauben und empfand im Voraus die Lücke, wenn ihn seine guten Freunde in Wien wieder umarmen würden. Und bei dem Musikalienverleger Broderip in London in Gegenwart Dr. Burney's um seine Meinung befragt, ob ein Ankauf der von der Witwe Mozart's angekündigten Manuscripte rathsam sei, sagte Haydn voll Eifer: „Kaufen sie dieselben unbedingt.

Er war in Wahrheit ein grosser Musiker. Ich werde oft von meinen Freunden damit geschmeichelt, einiges Genie zu haben; doch er stand weit über mir" [1]).

---

[1]) Dr. Burney bemerkt darüber in Rees Cyclopaedia: *Though this declaration had more of modesty than truth in it yet if Mozarts genius had been granted as many years to expand as that of Haydn, the assertion might perhaps hare been realised in many particulars.* (!)

ANHANG

Die frühesten Aufführungen Mozart'scher Werke in London. — Sein Requiem.
— Die ersten Aufführungen seiner Opern: *La Clemenza di Tito* — *Cosi fan tutte* —
die Zauberflöte — *le nozze di Figaro* — *Don Giovanni* — die Entführung aus dem
Serail — der Schauspieldirector.

Mozart's Werke haben in England spät Eingang gefunden. Hin und wieder erschienen einzelne Sonaten in den 90er Jahren; 1788 zwei Sinfonien op. 8 und 9, ein Clavierquartett und 6 Streichquartette (Haydn gewidmet). Vereinzelte Aufführungen von Sinfonien, damals Ouverturen genannt, erschienen am frühesten in den Bach und Abel-Concerten, in den Concerten von Salomon, der Sängerin Mora, im Pantheon und den *professional concerts* (Concerten der Fachmusiker). Haessler und Hummel spielten 1792 zwei seiner Clavierconcerte; die Miss Greatorex ein Clavierduo (1798); nur sehr selten wird auch ein Streichquartett erwähnt [1]. Die Aufführungen Mozart'scher Gesangsnummern aber bis zu Ende des Jahrhunderts sind zu zählen. So sang Sig. Morelli 1792 die Arie des Figaro *„non più andrai"*.

---

[1] Mozart's Kammermusik findet gegenwärtig in der von Ella gegründeten *Musical Union* und den seit 1859 von Chapel geleiteten *Monday popular*-Concerten, durch die ausgezeichnetsten Künstler vorgeführt, die trefflichste Pflege.

wobei aber Mozart's Name nicht genannt ist; Sig. Viganoni, Cimador, Mad. Dussek sangen 1799 einigemal Duetten[1]). Doch erscheint Mozart's Name in jener Zeit auch einmal, wiewohl ganz versteckt, auf einem Theaterzettel. Am 20. December 1794 wurde nämlich im Drury-lane-Theater zum ersten Male „Cherokee", eine neue Oper in 3 Akten gegeben, Musik von Storace, nebst einigen Nummern von Anfossi, Mozart, Bianchi, Ditters und Sarti.

Mozarts Opern hatten bereits die Runde auf allen grossen Bühnen Europa's gemacht, ehe sie über den Canal drangen. Und doch waren Storace und Kelly und sein Schüler Attwood selbst Zeuge von dem Aufsehen, das seine bis dahin gegebenen Werke gemacht; ja, erstere halfen sie auch persönlich mit verherrlichen. Vergebens bemühte sich Da Ponte, der Dichter des Don Giovanni, bei seiner Anwesenheit in London (1794) eine Aufführung dieser Oper zu erzielen. Man wählte statt dessen die gleichnamige Oper, ein Pasticcio mit Musik von Gazzanigha, Federici, Sarti und Guglielmi. Erst 1806 fand die erste Aufführung von Mozart's „Titus" statt; 1811 folgte „le nozze di Figaro" und erst 1817 „Don Giovanni".

---

[1] Dr. Burney schrieb noch zu Anfang dieses Jahrhunderts in Rees Cyclopaedia: *In England we know nothing of his studies or productions, but from his harpsichord lessons, which frequently came over from Vienna, and in these he seems to have been trying experiments. They were full of new passages, and new effects; but were wild, capricious, and not always pleasing. We were so holly unacquainted with his vocal music till after his decease, though it is manifested that by composing for the voice he first refined his taste, and gave way to his feelings, as in his latter compositons for the pianoforte and other instruments his melody is exquisite, and cherised and enforced by the most judicious accompaniments, equally free from pedentry and caprice.*

All seinen dramatischen Werken aber ging sein „Requiem"
voraus.

Mozart's „Requiem", sein letztes Werk, war auch das
erste seiner grossen Werke, welches in England zum ersten
Mal aufgeführt wurde und zwar im Covent‑Garden‑Theater
Freitag den 20. Februar 1801, am ersten der von Ashley
sen. dirigirten Oratorien-Abende in der Fastenzeit. Dem Re-
quiem voran wurde ein Trauermarsch gespielt, für Corni Ba-
setti, Contrafagott und Pauken. Incledon, Mad. Dussek, Mrs.
Second (geb. Miss Mahon), Miss Tennant, Miss Tyrer, Master
Smith sangen die Soli an jenem Abend. Am Schlusse des
Requiem spielte John Field ein Clavierconcert eigener Com-
position. Händel's „l'Allegro ed il Pensieroso" machte den
Beschluss. (Eine Uebersetzung des Requiem nebst Biografie
Mozart's wurde für 6 p. verkauft.) Man kann aber nicht wohl
sagen, dass Mozart's Meisterwerk damals verstanden wurde,
wenn Parke noch nach fast 30 Jahren es als eine Composi-
tion *of infinite science and dullnes* (!) schilderte , von deren
Eindrücken die Zuhörerschaft durch Incledon's Arie „*haste thee
Nymp*" [l'Allegro] glücklich befreit wurde(!)[1]). (Parke p. 290.)
Auch soll, wie „the Porcupine" (Feb. 21) schreibt, die Auf-

---

[1]) The Morning Post berichtet darüber: *The talents which
have celebrated the name of Mozart, can scarcely be justly appre-
ciated by such a composition as the Requiem. The subject is in
itself of the most mournful complexion, and admits of but little
variety; to be characteristic it must preserve an uniform of solem-
nity, calculated rather to depress than raise the imagination. The
composer of a funeral anthem cannot indulge in those meandrings
of modulation and diversities of expression, which his fancy and
genius may suggest. — — In many of its passages there is a style
of grandeur and sublimity. It is upon the whole a composition
which could only have come from the hand of a master. From
the performers it received ample justice.*

führung sehr mangelhaft gewesen sein. Doch wurde das Werk bald darauf, Mittwoch den 4. März, noch einmal aufgeführt[1]).

„*La Clemenza di Tito*" war die erste der Opern Mozart's, welche London im Jahre 1806 kennen lernte. Die berühmte Sängerin Mrs. Billington, geb. Miss Weichsel, wählte sie zu ihrem Benefice und wie man glaubt, auf Veranlassung des Prinzen von Wales (nachmaligem König Georg IV.), der auch die Partitur aus seiner Bibliothek dazu hergab. Die Sängerin wusste sich auch dieser Auszeichnung würdig zu zeigen, indem sie in der ersten Hauptprobe die ganze Oper aus der Partitur prima vista am Clavier begleitete und zugleich ihre Rolle der Vitellia sang. Die Anzeige der ersten Aufführung lautete: „Donnerstag den 27. März 1806 wird im Kings-Theatre, Haymarket, zum Benefice von Madame Billington eine grosse *opera seria* mit Chören gegeben, betitelt *la Clemenza di Tito*, vollständig componirt von Mozart, das berühmte Werk des grossen Componisten und die einzige seiner Compositionen, die bis jetzt von ihm in diesem Lande zur Aufführung gekommen. Diesem folgt das grosse beliebte Ballet „*la surprise de Diane*" oder der Triumph der Liebe, componirt von Mons. Rossi, Musik von Wölfl. — Daily Advertiser sagte am 28. März über die Aufführung folgendes: „Das Benefice von Mrs. Billington, der Göttin des Gesanges (*the Goddess of Song*), war gestern Abend eben so besucht, als bei fast allen früheren Gelegenheiten, ein Beweis ihrer grossen Beliebtheit. Das Interesse des Abends war Mozarts grosse opera seria „*la Clemenza di Tito*". Braham [der Tenor] musste auf allgemeines Verlangen eine seiner Arien im ersten Act

---

[1]) Im Jahre 1865 wurde das Requiem zweimal (17. und 18. November) in Exeter-Hall von der *Sacred harmonic Society* unter Sig. Costa aufgeführt, wobei, wie gewöhnlich, gegen 700 Personen mitwirkten.

wiederholen und Mrs. Billington wurde lebhaft wie immer ausgezeichnet. Was London an Bildung besitzt, war gegenwärtig." Die Oper wurde am 29. März und noch einigemal in der Saison wiederholt, schien jedoch zu früh gekommen zu sein; ausser den Genannten konnte sich der übrige Theil der Sänger nicht mit der Musik befreunden und fand die Aufgabe sehr lästig. Auch das Publicum zeigte kein besonderes Interesse und so musste Titus bald den bereits eingebürgerten Opern Platz machen und kam erst wieder 1812, am 3. März, zur Aufführung, diesmal mit Catalani [1]) als Vitellia und Tramezzani als Sextus.

Im Jahre 1811, nachdem Mozart schon fast 20 Jahre todt war, kam als zweite Oper von ihm *„Cosi fan tutte“*, im King's-Theatre am 9. Mai zur Aufführung. Sie wurde von Mad. Bertinotti Radicati zu ihrem Benefice gewählt, „um den Wünschen der brittischen musikalischen Welt, eine opera buffa von Mozart zu hören, entgegen zu kommen". Ausser der Beneficiantin wirkten noch Tramezzani, Naldi [2]), Collini etc. mit. Statt Mad. Catalani, die ihre Mitwirkung versagte, sang Mad. Bertinotti die Rolle der *Fiordiligi;* doch waren ihre Kräfte den zwei Hauptarien nicht gewachsen,

---

[1]) — — — *much to her dissatisfaction* (schreibt Edgcumbe, p. 100), *for she detested Mozarts music, which keeps the singer too much under the control of the orchestra, and too strictly confined to time, which she is apt to violate. Yet she first introduced to our stage his Nozze di Figaro, in which she acted the part of Susanna admirably.*

[2]) Naldi, ein musikalisch tüchtig gebildeter Sänger mit schwacher Stimme. Er war früher ein ausgezeichneter Advocat zu Bologna, musste aber Italien aus politischen Rücksichten verlassen. Naldi blieb mehrere Jahre in England, wo er sehr geschätzt wurde. Er starb 1821 zu Paris im Hause Garcia's eines plötzlichen Todes.

welche sie daher durch leichtere ersetzte. Auch die übrigen
Sänger wussten es sich bequem zu machen und so kam das
Publicum um den Genuss, Mozart's Oper vollständig zu hören[1]).
Trotz der Verstümmelung brach sich jedoch *Cosi fan tutte*
Bahn und wurde in der Saison sehr häufig gegeben, ja, deren
Erfolg bewog sogar den Sänger Sig. N a l d i zu seinem Be-
nefice Mozart's „*Il Flauto magico*" zu geben.

Il Flauto magico, „welche Oper", wie der Zettel
sagte, „bisher die enthusiastischste Aufnahme in Wien, Berlin, Amsterdam und Paris gefunden hatte", wurde im King's-
Theatre, am 6. Juni 1811, nebst einem grossen Ballet „*Ilda
mor ed Zulema*" zum ersten Mal aufgeführt. Eine Wiederholung, zum Benefice der Mad. C o l l i n i , folgte erst am 4.
Juli. Die Kräfte der Bühne waren jedoch diesem Werke nicht
gewachsen; es blieb einstweilen bei diesen zwei Vorstellungen.
Doch war nun bereits die Bahn gewonnen für Mozart'sche
Musik, die im Jahre 1812 zum eigentlichen Durchbruch kommen sollte.

Le mariage de Figaro (so war die Oper in der Times
angezeigt) wurde Donnerstag den 18. Juni 1812 im King's-
Theatre zum ersten Mal aufgeführt und zwar (ohne Abzug
der Kosten) zum Besten einer Wohlthätigkeits-Anstalt, des
Schottischen Hospitals, 1665 und 1676 von Charles II. ge-
gründet und 1775 von George III. mit k. Vollmacht bestätigt.
Die Vorstellung fand unter dem Schutze und der besonderen
Direction eines Comités statt, den Herzogen von Clarence und
St. Andrew's als Präsident, den Herzogen von Kent, Sussex,

---

[1]) *Cosi fan tutte* kam am 29. Juli 1823 im engl. Opernhause in einer englischen Bearbeitung zur Aufführung. Am
12. December 1829 wurde die Oper im King's Theater von den
Zöglingen der im Jahre 1822 gegründeten *Royal Academy of
Music* unter C. Potter und C. A. Seymour gegeben.

Cambridge etc. — Sängerinnen waren Mad. Catalani (Susanne), Sig. Bianchi, Pucitta, Luigia und Mrs. Dickons (geb. Miss Poole). Letztere, ein besonderer Liebling in der engl. Oper, sang die Rolle der Gräfin und wurde neben der Catalani vielfach ausgezeichnet. Sänger waren Sig. Naldi, Righi, Miarteni, Di Giovanni und Fischer; letzterer sang den Grafen statt Sig. Tramezzani, der es unter seiner Würde hielt, in einer Opera buffa aufzutreten. Doch liess er sich herbei am Schlusse der Oper das Solo in „God save the king" zu singen. Nach dem ersten Art und am Schluss der Oper wurden Ballete von Didelot gegeben, von Mons. Vestris, Mad. Angiolini, Mons. Bourdin, Mons. und Mad. Didelot getanzt.

Die Oper griff entschieden durch, so wie dieses Jahr auch Titus mit Catalani (Vitellia) und Tramezzani (Sextus). Einen noch glänzenderen Erfolg aber hatte Mozart's „Figaro" im Jahre 1817, wo die Oper am 1. Februar mit Sig. Ambrogetti[1]) (Graf, erstes Auftreten), Mad. Fodor (Gräfin), Mad. Camporese (Susanne), Mad. Pasta[2]) (Page), Sig. Naldi (Figaro) und Angrisani gegeben wurde. Die Leitung der Oper im King's-Theatre befand sich damals in den Händen Ayrton's, der mit ganzer Seele der Kunst ergeben, voll Energie darauf ausging, die grössten Meisterwerke in der möglichsten Vollendung darzustellen und zu

---

[1]) Ambrogetti, obwohl im Gesang weniger bedeutend, glänzte durch sein dramatisches Talent und war während seines mehrjährigen Aufenthaltes in London hoch geachtet. Man sagt, dass er später in den Orden der Trappisten getreten sei.

[2]) Madame Pasta war damals erst 18 Jahre alt und liess ihre künftige Grösse kaum ahnen. Sie ging bald darauf nach Italien und verwendete mehrere Jahre nur zum Studium. Erst 1824 trat sie wieder in London auf; diesmal in Rossini's Opern unter dessen eigener Direction. Die Sängerin entzückte nun Alles.

diesem Zwecke das bereits erwähnte Sängerpersonal vereinigt hatte.

Endlich folgte auch die Krone aller Mozart'schen Opern,
„*Don Giovanni*", deren erste Aufführung im King's-Theatre
Haym. Sonnabend den 12. April 1817 statt fand. Die Be-
setzung war folgende: Don Juan — Sig. Ambrogetti;
Donna Anna — Mad. Camporese; Donna Elvira — Miss
Hughes; Zerline — Mad. Fodor; Leporello — Sig. Naldi;
Pedro — Sig. Angrisani; Masetto — Sig. Crivelli.

Gewaltig war die Wirkung, die Mozart's Musik nun ausübte. Die zurückgehaltenen Fluthen hatten den Damm durch-
brochen und rissen Alles mit sich fort. Die Oper hätte alle
Abende gegeben werden können, das Haus doppelt so gross
sein können, es hätte nicht genügt für die Massen, die herbei-
strömten, sich an dem so lange vorenthaltenen Melodienstrome
zu erfreuen. 23 Abende füllte Don Juan das King's-Theatre,
nur ab und zu von „Figaro", „Titus" und einigen Opern von
Cimaroso, Paer und Paisiello abgelöst [1]).

Um dem ungeheuren Andrang in Haymarket nur einiger-
massen Abfluss zu verschaffen, brachte Covent-Garden am
20. Mai eine von Bishop verübte englische Bearbeitung des
„Don Giovanni" unter dem Titel „*the Libertine*", wobei Sin-
clair, Duruset, Miss Stephens auftraten [2]).

---

[1]) Don Giovanni ist stets eine Lieblingsoper der Engländer
geblieben. Unter den Darstellern des Don Juan sind noch zu
nennen: Nourrit, Lablache (ehe er die Rolle des Leporello übernahm), Tamburini. Vorzügliche Donna Anna's waren Mad. Ronzi
de Bigno, Mlle. Sonntag, Mad. Grisi, Mlle. Sophie Cruvelli,
Frln. Tietjens. Als Zerline glänzten besonders die Damen Fodor,
Malibran, Persiani, Bosio, Adeline Patti. Rubini und Mario
waren treffliche Don Ottavio's; nicht zu vergessen in neuester
Zeit Dr. Schmid als Commendatore.

[2]) Auch die kleinen Theater bemächtigten sich der Oper.
So brachte Royal Circus und Surrey Theater „*Don Giovanni or*

Auch „*le nozze di Figaro*" wurde in ähnlichem Gewande unter dem Titel „*the Marriage of Figaro*" gegeben. Diese Bearbeitungen waren aber solche Verstümmlungen und so überladen mit eingelegten Nummern, dass sie das Original kaum erkennen liessen [1]).

„Die Entführung aus dem Serail" wurde unter dem Titel „*the Seraglio*" am 24. November 1827 in Covent-Garden-Theater in englischer Bearbeitung zum erstenmal aufgeführt. Das Textbuch wurde fast ganz neu geschrieben und war höchst unbedeutend. Die Musik war von Christopher (oder Christian) Kramer, Capellmeister des königl. Musikcorps (für Blasinstrumente), angeblich aus Mangel an guten Sängerkräften grösstentheils gräulich verstümmelt. So wurde z. B. der Ouverture ein langsamer Satz aus der Zauberflöte vorgesetzt, statt der Eingangsarie schrieb Kramer einen „die Oper besser einleitenden Chor"; Pedrillo und Osmin erhielten in dem zum Terzett umgewandelten „Vivat Bachus" noch einen unerwarteten Trinkcollegen; in dem Quartett „ach Belmonte"! musste noch eine fünfte Stimme Platz finden und dgl. mehr [2]).

---

a spectre on Horsebock" (das Gespenst zu Pferde). Die Musik, einige Selections abgerechnet, ausdrücklich componirt von Arne, Blow, Carter (folgt das ganze Alphabet) „und Andern". Der Neumond wird zur Zeit des „Halben Preises voll sein. Das steinerne Pferd wird von einem wirklichen Pony dargestellt. Das verstärkte Orchester wird Mozart's grosse Ouverture aufführen.

[1]) In der englischen Bearbeitung wurde eine neue Figur „Fiorillo" eingeführt, die mit der Handlung nichts zu thun hatte und nur den Zweck hatte, den gesanglichen Theil des Grafen zu übernehmen, da der eigentliche Darsteller dieser Rolle kein Sänger war. (Aehnliches geschah auch in Weber's „Freischütz" mit der Rolle des Caspar.)

[2]) Mozart's „Entführung aus dem Serail" wurde 1866 in italienischer Uebersetzung unter dem Titel „Il Seraglio" in Her

Es erübrigt nun nur noch des Singspieles „der Schauspieldirector" zu erwähnen, welches zum erstenmal (?), aber nur im Concertgewande, in den von August Manns, einem Deutschen, trefflich geleiteten Concerten im Crystallpalaste zu Sydenham aufgeführt wurde. Es war dies im Sommer 1861 und wurden dabei die Ouverture und die ursprünglich für das Singspiel componirten vier Gesangsnummern (2 Arien, Terzett und Rondo Finale) und zwar in italienischer Sprache aufgeführt und später noch dreimal in dieser Gestalt wiederholt.

Majesty's Theatre aufgeführt. Die Mitwirkenden waren: Frln. Tietjens, Sga. Sinico, Dr. Gunz, Sign. Stagno, Hr. Rokitansky und Mr. Foli.

BEILAGEN.

Biographisches.

(Die Namen folgen in alphabetischer Ordnung.)

Abel, Carl Friedrich, war 1725 zu Cöthen geboren und genoss als Thomasschüler in Leipzig J. S. Bach's Unterricht. 1748 trat er in die Hofcapelle zu Dresden ein und blieb daselbst 10 Jahre. In Folge eines Streites mit seinem Director gab er seine Stelle auf und unternahm eine musikalische Reise. In London trat Abel zum erstenmal in seinem Beneficeconcerte am 5. April 1759 im grossen Saale Deanstreet, Soho, auf. Er spielte Concerte auf der Viola da gamba, auf dem Clavier und einem „in London kürzlich erfundenen Instrumente *Pentachord*"; alle Compositionen waren von ihm selbst, auch ein von Eiffert geblasenes Oboeconcert. Nur in den ersten Jahren seines Aufenthaltes in London liess sich Abel noch einigemal auch auf anderen Instrumenten hören: auf dem Waldhorn und auf „neuen, nie zuvor öffentlich gespielten Instrumenten." Nach dem Jahre 1765 aber trat er nur noch als Gambist öffentlich auf. Durch Verwendung des Herzogs von York wurde er als Kammermusikus der Königin Charlotte mit 200 £ Jahresgehalt angestellt. Mit der Ankunft Bach's ist sein Name eng mit diesem verknüpft. Sie wohnten zusammen, gaben jährlich gemeinschaftlich Subscriptions-Concerte und übernahmen die Direction anderer Concerte.

In den Jahren 1783—84 ist Abel's Name nicht genannt. Damals besuchte er, von plötzlichem Heimweh befallen, Deutschland wieder, gab Concerte und nahm seinen Rückweg über Paris, wohin er ohnedies jeden Sommer zu reisen pflegte, der freundlichen Einladung eines reichen Generalpächters folgend, seine vorzüglichen Weine zu kosten. Abel huldigte denselben auch in solchem Grade, dass er sich eine Blutader-sprengung zuzog und längere Zeit nicht auftreten konnte. In den Jahren 1785—87 war Abel für die neu gegründeten *professional*-Concerte und 1785 für die Subscr.-Concerte im Pantheon (Mara und Salomon) als Componist engagirt. Um diese Zeit wurden häufig Compositionen von ihm aufgeführt und er trat auch selbst wiederholt mit seiner Gambe auf. In einem Concert der Sängerin Mrs. Billington (21. Mai 1787) spielte er zum letztenmal öffentlich; einen Monat später, am 20. Juni, verschied er nach vorausgegangenem dreitägigen Schlafe (ein Nichterwachen von einem starken Rausche — wie Reichardt in seinem musikalischen Almanach, Berlin 1796, sagt). Die verschiedenen Zeitschriften widmeten ihm einen ehrenvollen Nachruf. Abel's Compositionen, Symphonien, Quartette, Clavierconcerte und Sonaten wurden seinerzeit zu den bessern gezählt. Ein einziges Mal ist auch eine Gesangs-composition von ihm erwähnt. In dem Pasticcio „Sifare" sang Sig. Guarducci eine Arie, „componirt und auf der Gambe begleitet von Abel" (Gazeteer, 5. März 1767). Als Virtuose zeichnete er sich besonders im Adagio aus, worin er viel Geschmack und Ausdruck zeigte und jüngern Musikern zum Vorbild diente. Sein Instrumeut liebte er über Alles und sprach von demselben nur als vom „König der Instrumente".

Bei der Anzeige von Abel's op. 18, 6 Claviersonaten, der Herzogin Wittwe von Sachsen-Weimar gewidmet, sagt European Magazine (1784, p. 366): *On the viol da gamba he is truly excellent, and no modern has been heard to play an adagio with greater taste and feeling than Mr. Abel.* Selbst solche, die die Gambe nicht liebten, hörten sie von Abel gern. So schreibt Mrs. Delany (life and corr. II. p. 477) über ein Concert bei Hof zu Windsor, October 1779: *the musik, tho' modern, was excellent in its kind and well performed; particularly the first fiddle by Cramer, Abel on the viol da gamba (tho' I don't like the instrument).*

Abel's musikalisches Wissen war bedeutend; er und Baumgarten wurden als musikalische Orakel angesehen. Unter Abel's Schülern in Gesang und Composition waren J.B. Cra-

mer, Graeff, Brigida Georgi (spätere Sga. Banti.) Zu seinen
Freunden zählte Abel u. a. auch den Maler Gainsborough,
der en Portrait des Virtuosen, die Gambe spielend, mit besonderer Sorgfalt ausgeführt hatte. Dieser war jedoch wenig
davon erbaut. Seine jovialische sinnlich geniessende Physiog-
nomie war zum Erschrecken gut getroffen. „Dem fehlt zum
Faun nichts als ein voller Schlauch," rief er unwillig aus,
worauf der Maler erwiderte: „Auch fehlt ihm zur vollkomme-
nen Aehnlichkeit mit Euch nichts, als dass er nicht trinkt."
Abel selbst unterschätzte sein Verdienst gerade nicht: „Es
gibt nur einen Gott und einen Abel," war sein häufiger Ausspruch. —

Arne, Dr. Thomas Augustine, geb. 1710 zu London,
war von seinem Vater, einem wohlhabenden Tapezirer, für den
Richterstand bestimmt und demgemäss in *Eton* erzogen, doch
bekämpfte er mit Ausdauer alle Schwierigkeiten, die Tonkunst,
für die er schwärmte, zu seinem Lebenszweck wählen zu können. Nach seinem ersten Opernversuch mit Addison's „Ro-
samunde" (1733), die Arne für seine Schwester, nachh. Susanna Cibber, schrieb, componirte er im Jahre 1738 die Musik zu Milton's Maske „Comus", welche Arne's Namen zuerst
bekannter machte. Von einem zweijährigen Aufenthalt in Irland zurückgekehrt, wurde er 1744 als Componist in Drury-
lane und Vauxhall angestellt und schrieb hier eine Menge Balladen, Lieder, die durch seine Frau, Mrs. Arne [1]), durch Lowe
und Beard sehr populär wurden. Arne ist der Componist des
„*Rule Britania*" (aus der Maske „Alfred"); „*The soldier tired*"
wurde noch von Mad. Mara häufig gesungen. Unter einer
grossen Anzahl kleinerer Werke für die Bühne wurde beson-

---

[1]) Mrs. Arne, geb. Cecilia Young, eine Schülerin Geminiani's, trat 1732 auf, sang in Händel'schen Oratorien und war
besonders in Vauxhall sehr beliebt. Nach 20jähriger Zurückge-
zogenheit trat sie 1774 in Barthelemon's Beneficeconcert wieder
auf. Bald darauf (1778) war sie Wittwe und zog sich von der
Oeffentlichkeit ganz zurück. Sie starb hochbetagt um 1795.

ders die Posse „Thomas and Sally", eine Burletta „the judgment of Paris" oft gegeben. Gänzlich missfiel dagegen die 1764 aufgeführte Oper „the guardian outwitted", über welche sogar im *new theatr. dict.* eine Elegie erschien. Der Doctor schrieb sich häufig die Texte selbst, die nicht immer die besten waren. Glückte ihm das Wagniss, Artaxerxes mit recitativisch behandeltem Dialog in engl. Sprache zu componiren, so missfiel dagegen gänzlich der gleich darauf gemachte Versuch, eine w i r k l i c h e ital. Oper zu schreiben. „Olympiade" war, wie Burney sagte, „*a total failure*". Die beiden dramatischen Gedichte „Elfrida" und „Caractacus"[1]), nach dem Model der griechischen Tragoedie von W. Mason geschrieben und von Arne in Oratoriumform componirt, müssen dagegen gefallen haben. Elfrida wenigstens wurde 17mal im Jahre 1772 gegeben und auch später oft wiederholt. Im Ganzen aber soll Arne mit seinen Oratorien nicht glücklich gewesen sein. Die Oratorien A b e l (*the sacrifice, or the death of Abel*) E l i z a , J u d i t h , von Barthelemon und Arne jun. im kl. Haym - Theatre im Jahre 1784 abwechselnd mit Händel's Oratorien aufgeführt, wurden schnell vergessen. Dr. Arne starb am 5. März 1778. Wer dessen abschreckend hässliches Portrait gesehen, wird Parke's Meinung „*he was rather an accentric man*", gerne beistimmen. (Das beste und grösste ist nach einem Gemälde von R. Dunkarton 1778 gestochen und herausgegeben von W. Humphrey.)

Arnold, Dr. Samuel, wurde am 10. Aug. 1740 zu London geboren und in der k. Capelle unter Gates und Nares erzogen. Er machte sich zuerst durch die schnell beliebt gewordene Ballade „*if 'tis Joy to wound a lover*" bekannt. Beard engagirte ihn als Componist und der Erfolg seines ersten pasticcio

---

[1]) *A new edition of Caractacus, a dramatic Poem: written on the Model of the Ancient Greek Tragedy; first published in 1759 and now altered for representation at Covent-Garden by W. Mason, M. A., York: publ. by A. Ward, and sold by J. Dodslay in London.*

rechtfertigte seine Wahl. Zum Benefice des Musical Fund wurde 1767 im King's-Theatre sein erstes Oratorium *the Cure of Saul* aufgeführt, 1768 folgte Abimeleck, 1770 *the Resurection* und 1773 *the prodigal son*. Besonders letzteres Werk gefiel sehr und bei dessen Aufführung in Oxford wurde Arnold daselbst (5. Juli 1773) die Doctorswürde ertheilt. Sein letztes Werk *Elisha* (*the woman of shunen*) führte Arnold 1801 mit Salomon und Mad. Mara auf. In den 70er Jahren versuchte er es auch mit Burletta's in Marylebone, das letzte Unternehmen an diesem Orte, der dann 1777 verbaut wurde. Arnold wurde der Reihe nach Organist und Componist an der Royal Chapel, St. James's, Director der *Acad. of anc. music.* Organist an der Westminster Abtei etc. etc. Von seinen zahlreichen Compositionen für die Bühne sind noch hervorzuheben: *Rosamond* (1767), *the Castle of Andalusia* (1783), *Inkle and Yarico* (1787), *the enraged Musician* (1789 — nach Hogarth's bekanntem Kupferstiche), *the Surrender of Calais* (1791), *the Children in the wood* (1793), *Auld Robin Gray* (1794), *the Mountaineers* (1795). Auch schrieb er eine grosse Anzahl Concertstücke, Gesänge, Clariercompositionen, Anthem's, Catsches etc. Erwähnung verdient auch die von ihm unternommene Herausgabe Händel'scher Werke (1785 bis 1797). Er starb am 22. October 1802 in seinem Hause in Duke street, Westminster, und ruht im Kreuzgang der Westminster Abtei in unmittelbarer Nähe Henry Purcell's. Auch die Organisten John Blow, Croft, Greatorex etc. sind daselbst beigesetzt.

„**Bach**, Johann Christian, war 1735 zu Leipzig geboren. Schon im 14. Lebensjahre seines Vaters und dessen Unterrichts beraubt, wendete er sich nach Berlin zu seinem Bruder Emanuel, um sich unter dessen Anleitung in der Musik weiter zu vervollkommnen. Aufgeweckten Geistes und lebensfrohen Sinnes wurde es ihm bald zu eng in Berlin und er ging nach Mailand, wo er sich hauptsächlich auf die Gesangscomposi-

tion legte. Sein eigener Melodienreichthum und die Leichtigkeit, mit welcher er componirte, veranlassten ihn, sich den
Grundsätzen der damals gerade in frischester Blüthe stehenden neapolitanischen Schule anzuschliessen, in deren Weise
er eine Anzahl Werke schrieb, welchen noch lange die grössten Sänger in allen Concerten ihre Lieblingsstücke entnah-
men. Sie zeichnen sich aus durch ungemein gefälligen, einnehmenden, mit lebhafter Instrumentalbegleitung verbunde-
nen Gesang, und seine Clavierwerke, die ihn zum Liebling
der Damen wie überhaupt aller Dilettanten jener Zeit machten, besitzen neben einer gewissen, fast nonchalanten Leichtigkeit und Naivetät sehr viel äussern Glanz" [1]. Mit seinem
Bruder Emanuel, der ihm seine flüchtige Schreibweise wiederholt zum Vorwurf machte, hatte J. Christian manch un-
blutigen Federkrieg. „Ich muss ja wohl stammeln, damit
mich die Kinder verstehen", und „ei, mein Bruder lebt, um
zu componiren und ich componire um zu leben", waren seine
Ausflüchte.

Bald nach seiner Ankunft in London wurde Bach zum
Musikmeister der Königin Charlotte ernannt und widmete ihr
op. 1., 6 Clavier-Concerte. Die Bach-Abel-Concerte wurden
die Vorläufer des *professional* Unternehmens. Nach seiner
1765 gegebenen Oper „Adriano in Siria" folgte 1767 „Ca-
rattaco" mit grossen Chören. Der Herbst desselben Jahres
führte ihm auch seine zukünftige Lebensgefährtin, Cecilia
G r a s s i, zu, welche an der ital. Oper engagirt wurde. Nicht
schön und ohne Leben auf der Bühne, soll sie doch durch eine
ungewöhnlich sympathische süssklingende Stimme und un-
schuldvollen Ausdruck gefesselt haben.

Im Jahre 1770, zu gleicher Zeit, als die gewöhnlichen
Oratorienaufführungen in den Theatern Covent-Garden und
Drury-lane stattfanden, führte Bach im King's-Theatre sein
grosses Oratorium G i o a s R è di G i u d a [2]), Dichtung von

---

[1] J. S. [Joh. Seb.] Bach's Leben, von C. L. Hilgenfeldt,
Leipzig 1850, p. 13.

[2] Die Original-Partitur (gegenwärtig zu Wien in Privat-
besitz) führt den Titel „*Gioas Rè di Giuda* | *Oratorio à 6 Voci
con Cori* | *Composizione* | *del' Sig. B a c h Maestro* | *di sua Maestà la
Regina* | *della gran' Bretagna* | *in Londra.*" Das umfangreiche

Metastasio, auf, das in diesem und dem folgenden Jahre noch
fünfmal repetirt wurde. Es sangen dabei Sig. Guadagni, Tenducci, Siga. Grassi, Savoi, Guglielmi und Mrs. Barthelemon.
(Duport, Lahoussaye und Siga. Lombardini Sirmen [1]) spielten
Concerte in den Zwischenabtheilungen.) Bach selbst scheint
damals sein arg vernachlässigtes Orgelspiel nicht versucht zu
haben, wohl aber im Jahre 1775, in dem sein Name auch
ausserdem bei den Oratorien im King's-Theatre mit *Concertanti* häufig genannt ist. Zu Gluck's Oper „Orfeo" schrieben
Bach und Guglielmo Zusätze; die Oper wird öfters auch als
von Bach componirt unter seine Werke gezählt. — In den
Jahren 1772 und 1774 war Bach in Paris, wo seine Opern

Oratorium zerfällt in zwei grosse Abtheilungen und enthält ausser
der Ouverture und einem Duett, 7 Chöre und 15 grosse Arien,
darunter 6 für Altstimme. (Auch das Musik-Vereins-Archiv zu
Wien besitzt in der Abtheilung „Rudolphinum", einem wahrhaft
fürstlichen Vermächtniss des Erzherzogs Rudolph, eine Abschrift.
Dasselbe Oratorium wurde auch von Cartellieri, Teyber und Lotti
componirt. Antonio Cartellieri, geb. 1772 zu Danzig, war Capellmeister des Fürsten Joseph von Lobkowitz. Sein Oratorium
wurde 1795 vom Tonkünstler-Verein im Burgtheater zu Wien
gegeben. Beethoven spielte dabei sein Clavierconcert op. 15. Es
war dies das erstemal, dass er öffentlich auftrat. (L. van
Beethoven's Leben, v. W. A. Thayer, Berl. 1866). Ant. Teyber,
geb. zu Wien 1756, wurde 1793 in Wien als Hofcompositeur angestellt. Sein Oratorium wurde 1786 von derselben Gesellschaft
aufgeführt. Nach Teyber's Tode, 18. Nov. 1822, kaufte Erzherzog
Rudolph der Wittwe alle Compositionen ihres Mannes ab. Sie
gingen dann in den Besitz des Wiener Musik-Vereines über. —
Das Oratorium von Antonio Lotti, Poesie von Zaccheria Valla-
resso, ist für das Hospital *degl' Incurabili* zu Venedig componirt.
(Oesterr. Blätter für Literatur und Kunst. 1845, Nr. 75.)

[1] Signora Lombardini Sirmen, die berühmte Violinspielerin trat in London zuerst 1771 in den Oratorien in Covent-
Garden mit Violinconcerten eigener Composition auf. Im April
gab sie ein Benefice-Concert, in dem sie auch ein Clavierconcert
vortrug. 1772 spielte sie in einem Concerto spirituale ein Violinconcert von Cirri und am 1. Juni 1773 trat sie im Kings-
Theater auch als Sängerin in Piccini's „buona figliuola" auf.
Bekanntlich hinterliess ihr Lehrer Tartini eine Schrift über Violinspiel in Form eines Briefes an seine Schülerin. (*Lettera del de-
funto Giuseppe Tartini alla Signora Maddalena Lombardini, in-
serviente ad una importante lezione per i Suonatori di Violino*).

Temistocle und Lucio Silla gegeben wurden, von denen, wie Mozart schreibt, die erstere besser gefiel. (Jahn II. p. 524.) 1773 trat in Bach's Clemenza di Scipione Cec. Davies auf; 1778 sang darin Siga. Danzi (spätere Mad. Le Brun). Bach's erneuertes Zusammentreffen mit Mozart in Paris (Aug. 1788) ist bei Mozart erwähnt. Die damals für Paris componirte Oper l'Amadis wurde am 14. December 1779 gegeben. Das darüber bei Grimm erwähnte Urtheil bezeichnet die ganze Schreibweise Bach's [1]).

Der erste Januar 1782 war Bach's Todestag und bereits am 7. Januar kündigten die Zeitungen J. S. Schroeter als seinen Nachfolger (Musikmeister der Königin) an. Die Wittwe Bach's erbte ihres Mannes Schulden (man sagt 4000 £.) Nebst einem Geschenk der Königin und einer kleinen Pension wurde ihr ein Benefice im King's-Theater (27. Mai) zugestanden. Von Bach's Cantaten wurden später mehrere noch öfters gegeben, darunter Amor Vincetore, Rinaldo ed Armida, Endimione, eine Serenata von Metastasio. „Die besten seiner Kammer-Compositionen", schreibt J.F. Reichardt in seinem Mus: Almanach (Berlin 1796), „befanden sich aber leider in den Händen ital. Sänger, für deren Schwäche und Stärke sie geschrieben waren, die oft, für den grösseren Gewinn, durch Hülfe des gewandten Componisten mehr zu scheinen als sie waren, das ausschliessende Eigenthum davon besser bezahlten als Opernunternehmer und die in dem, das Wohlleben über die Massen liebenden Künstler einen nur zu be-

---

[1]) „L'Amadis de Mr. Bach, désiré depuis si long-temps pour renouveller la guerre entre les Gluckistes et les Piccinistes, ou pour les mettre enfin d'accord, a paru pour la première fois ce mardi 14 [Décembre 1779], et n'a point rempli notre attente. Le style de Mr. Bach est d'une harmonie pure et soutenue; son orchestre a de la richesse et de la grace; mais s'il est toujours assez bien il n'est jamais mieux: et l'on ne peut dissimuler que, dans cet ouvrage au moins, l'ensemble de sa composition manque de chaleur et d'effet. Les Gluckistes ont trouvé qu'il n'avait ni l'originalité de Gluck, ni les sublimes elans; les Piccinistes, que son charme n'avait ni le charme, ni la variété de la melodie de Piccini. et les Lullistes et les Ramistes, grands faisseurs de points, ont decidé qu'il nous fallait un pont à l'Opéra, qu'on n'y passerait point le bac. (Corresp. litt. X, p. 236.)

reitwilligen Arbeiter für ihr Interesse fanden." Länger als seine Opern, Gesänge und Clavier-Compositionen erhielten sich aber seine *Concertanti*; eine häufig aufgeführte „Symfonie für zwei Orchester" wurde in den 90er Jahren sogar durch Haydn's Sinfonien nicht verdrängt. —

Barthelemon, F. Hippolite [1]), geboren zu Bordeaux am 27. Juli 1741, diente einige Zeit als Officier in der Armee, in der er wegen seiner vielseitigen Bildung sehr geschätzt war. Der Graf Kelly [2]), ein Freund seines Obersten, war so entzückt von seinem musikalischen Talent, dass er ihn überredete, mit ihm nach England zu gehen. In London angekommen, trat Barthelemon 1764 zuerst im kl. Haymarket-Theatre in den Concerten der Harfenspieler Evans und Parry (8. und 27. März) auf und gab am 30. April in Hickford's Saal sein erstes Benefice-Concert. Bald erhielt Barthelemon auch eine Einladung, bei Hofe zu spielen [3]) und gefiel so sehr, dass die Königin ihn gleich in ihrem nächsten Concerte in Windsor zu hören wünschte, was jedoch der Neid zu vereiteln wusste.

---

[1]) Zum Theil nach dem von Barthelemon's Tochter veröffentlichten *Memoir*, als Vorrede zu der von ihr, mit Hülfe von Dr. Busby, Clementi, Dr. Crotch, S. Wesley, Attwood, Greatorex, besorgten „*Selections from the Oratorio of Jefte in Masfa, composed at Florence in the year 1776 for the Grand Duke of Tuscany by the late F. H. Barthelemon.*" London, publ. by Clementi, Collard & Collard.

[2]) Thomas Earl of Kelly war ein eifriger Musikdilettant. Er studirte einige Zeit mit vielem Erfolg bei dem älteren Stamitz (Johann) in Mannheim. Manches von seinen zum Theil veröffentlichten Compositionen (Symphonien, Quartetten, Concerten) wurde in den Jahren 1763 bis gegen 1780 aufgeführt. Auch für die Bühne schrieb er Mehreres.

[3]) Der damals kaum dreijährige Prinz von Wales, in dessen Kammerconcerten Haydn in den 90ger Jahren so oft dirigirte, war so entzückt über Barthelemon's „*harmonic tones*", dass er zum König sagte: „Papa! Gewiss, Mr. Barthelemon hat eine Flöte in seiner Violine", dabei eifrig bemüht, den Schlupfwinkel der Flöte zu entdecken.

1766 war Barthelemon *leader* im Orchester des King's-Theatre, wo seine erste ital. Oper „P e l o p i d a" so sehr gefiel, dass Garrick ihn aufsuchte und ihn fragte, ob er sich auch getraue, ein Lied mit engl. Text für seine Posse „*a Peep behind the Curtain*" in Musik zu setzen. Garrick schrieb auf seine Bejahung sogleich den Text zum Liede nieder, während ihm Barthelemon über die Schultern sah und zu gleicher Zeit die Melodie aufsetzte. Als nun Garrick ihm sein Papier mit den Worten übergab: „Hier, mein Herr, ist der Text zur Musik", zeigte Barthelemon zugleich seine fertige Arbeit mit den Worten: „und hier, mein Herr, ist die Musik zum Texte". Barthelemon componirte nun auch die im 2. Act eingeschaltete burletta „Orpheus", welche ein zahlreiches Publicum herbeizog [1]. Ganz besonders gefiel auch seine Musik zu Burgoyne's „*The Maid of the Oaks*". Müde der Theaterkabalen schrieb Barthelemon nun nur noch die Musik zu einigen Balleten, darunter „*les petites riens*" [2] von Noverre (1781—1782); „*il convito degli Dei*", zur Zeit von Cherubini's Anwesenheit in London (1785) gegeben; zu „Macbeth", alle drei im King's-Theatre aufgeführt.

Barthelemon hatte 1766 die Sängerin Mary Y o u n g [3]

---

[1] Dennoch zahlte Garrick dem Componisten statt des bedungenen Honorars von 50 £. nur 40, sich damit entschuldigend, „dass ihm die tanzenden Kühe zu viel Auslage verursacht hätten!"

[2] Auch Mozart hatte zu diesem Ballet bei seiner Anwesenheit in Paris (1778) 12 Nummern componirt. Das Ballet wurde oft gegeben, Mozart's Musik aber ging verloren. (O. Jahn II. p. 280.)

[3] Es gab in London z w e i Organisten Namens Y o u n g, Anthony und Charles (Vater und Sohn); ferner einen zweiten Charles, Beamten der Schatzkammer. Beide Charles hatten Töchter, die sich der Kunst widmeten und, bis auf eine, mit Musikern verheirathet waren, was zu steten Verwechselungen führte, die schon bei Hawkins und Burney nicht übereinstimmen und noch jetzt nicht vollständig aufgeklärt scheinen. Eine der letzten Berichtigungen („*Notes and Querries*, 1864, p. 266) stellt in Kürze Folgendes fest: der Organist Chs. Young (Sohn des Organisten John Anthony) hatte drei Töchter (Cecilia, Isabella, Esther) an Dr. Arne, Lampe und Jones verheirathet. Isabella wurde im Juli 1751 Wittwe. Der zweite Charles Young hatte zwei Töchter (Isabella und Mary) an John Scott und Barthelemon verheirathet.

geheiratet, mit der er im Jahre 1776 nach Italien reiste, in Florenz ein kleines Oratorium „Jefte in Masfa" componirte und daselbst mit Sig. Roncaglia und Mrs. Barthelemon mit grossem Beifall aufführte. Auch in Rom wurde dasselbe wiederholt und ein Priesterchor daraus sogar in der Capelle des Pabstes (Pius VI.) aufgeführt, der ihm zwei goldene Medaillen überreichen liess. „Jefte in Masfa" wurde 1779 und 1782 auch in London in Hanover sq. rooms aufgeführt.

Als Violinspieler gefiel Barthelemon namentlich im Adagio [1]; sein Ton war mächtig und voll (*powerful hand and truly vocal Adagio*, sagt Burney) und er wusste nicht selten die Zuhörer durch sein Spiel bis zu Thränen zu rühren. Noch in den 90er Jahren wurde er in Corelli's Soli oft und gerne gehört. Mit Haydn war er sehr befreundet; er starb zu London im Jahre 1808.

Baumgarten [2], Carl Friedr., ein Deutscher und Schüler des Organisten J. P. Kunzen, war Organist in der Savoy-Chapel, trat häufig als Violinspieler auf und veröffentlichte zahlreiche Compositionen, besonders Kammermusik. Vieles schrieb er auch ausdrücklich für den Herzog von Cumberland

---

Isabella (später „the Hon. Mrs. Scott) trat als Schülerin des Mr. Waltz das erstemal am 18. März 1750 in ihrem Beneficeconcert auf. Sie ist von da an häufig in Concerten, Oratorien und in der Oper genannt. Mary (engl. auch „Polly"), welche Barthelemon heirathete, war eine tüchtige Sängerin, die auch Mehreres componirte. Sie starb am 20. Sept. 1799. Deren Tochter Cecilia trat 1778 als Sängerin auf, spielte Clavier und Orgel und gab einige Compositionen heraus.

[1] A B C Dario p. 10, sagt von ihm: „*As a Composer his 'Maid of the Oaks' and some of his Solo concerts entitle him to praise. As a performer his execution and expression are warmly to be applauded. His Adagio stands unrivalled, we may say, has never been approached.*"

[2] Die Annahme, dass es zwei Baumgarten gab, scheint wohl begründet zu sein. Schon 1750 erscheint im Geschäftsbuch der *Society of Musicians* ein Samuel Baumgarten, eben so noch

(Bruder Georg III.), der selbst Violinspieler war und sich auch ein kleines Hausorchester hielt. Baumgarten war eine Reihe von Jahren *leader* des Orchesters im Theater Covent-Garden und schrieb die Musik zu vielen Possen, Pantomimen etc. Haydn und Gyrowetz sprachen von ihm mit viel Achtung und letzterer besonders nennt ihn einen der gründlichsten Contrapunctisten, die er auf seinen Reisen kennen gelernt. (Biog. von Gyrowetz.) Man lobte an ihm, dass er verstehe, nicht nur gelehrt, sondern auch angenehm zu schreiben und Kenner und Laien gleichzeitig zu befriedigen [1]. Als Organist wird seiner Geschicklichkeit im Moduliren und Kenntniss in richtiger Verwendung seines Instrumentes erwähnt. Dagegen wird sein Violinspiel, obwohl sein Ton gut, matt und geistlos genannt [2].

Baumgarten war übrigens vielseitig gebildet, besass viel Verstandesschärfe und betrieb mit Eifer Geschichte, Astronomie und Mathematik. Trotz seiner Kenntnisse brachte er es zu keiner hervorragenden Stellung, „er wusste zu wenig aus sich zu machen und wurde bald vergessen". Als ihn Haydn im Jahre 1791 kennen lernte, hatte er fast seine Muttersprache verlernt. Kurze Zeit darauf, im Herbst 1794, wurde

---

1792, dies müsste denn der Fagottist gewesen sein. In den Zeitungen wird ein Fagottist Baumgarten das erstemal 1752 in einer Concertanzeige genannt. Später erscheint abwechselnd ein Violinspieler und ein Fagottist, ohne durch einen Vornamen unterschieden zu sein. Nie aber werden Beide zugleich genannt. Auch nennt *the Musical Directory* 1794 nur den Violinspieler Carl Friedrich. Die in der ersten Ausgabe Gerber's (Hist. Biogr. Lexicon der Tonkünstler, Leipzig 1790) irrige Angabe eines Fagottisten Baumgarten, von dem 1786 eine Oper „Robin Hood" aufgeführt worden wäre, wird in der 2. Ausgabe (1812) berichtigt. Ueber den Violinisten Baumgarten ist in Schilling's „Universal-Lexicon der Tonkunst" (Stuttgart, 1835) erwähnt, was Burney über ihn an einen deutschen Tonkünstler schrieb: „Die englische Musik darf stolz darauf sein, dass dieser eigentlich deutsche Meister sich ganz nationalisirt hat; Deutschland hat wenig Tüchtigere zu uns herübergeschickt."

[1] „*Pleyel is a most rapid composer; but Baumgarten is the man to mix learning with effect, and therefore to write with captivations that are felt by all.*" (The World, Dec. 20. 1787.)

[2] *His tone on the violin is good, but his manner is languid and spiritless.* (A B C Dario.)

Baumgarten seiner Stellung als *leader* im Theater Covent-Garden enthoben und für ihn M o u n t a i n e engagirt (Oracle, September 1794).

Brent, Miss, war eine Schülerin Dr. Arne's, der für sie die Rolle der Mandane in seiner Oper „Artaxerxes" schrieb. Ihr Name erscheint in den Zeitungen zuerst im Februar 1758 in einem Concert der Miss Davies. Im März 1759 trat sie im Benefice der beiden Arne, Vater und Sohn, in Dr. Arne's „Alfred the Great" im Drury-lane-Theater auf und wurde von Arne schon damals Garrick für seine Bühne empfohlen. Seine Ablehnung musste dieser später bitter bereuen, denn Miss Brent trat noch im Herbst 1759 mit Beard im Covent-Garden-Theater als Polly in *„the beggar's Opera"* mit grösstem Beifall auf; die Oper wurde 37mal, Tag für Tag, gegeben. Drury-lane-Theater aber blieb, wenn Garrick nicht spielte, leer. Miss Brent hatte eine biegsame, sympathische Stimme und lebhaften, natürlichen Vortrag. 1765 sang sie auch in Oratorien beim Musikfest zu Hereford. Im November 1766 ist sie zuerst als Frau des Violinspielers Pinto genannt, mit dem sie in den 70ger Jahren nach Irland und Schottland ging. Als Wittwe kehrte sie 1785 zurück und liess sich bereden, obwohl schon bejahrt, noch einmal im Covent-Garden-Theater aufzutreten. Sie wohnte später in Lambeth (London) und gab sich ganz der Erziehung ihres hoffnungsreichen Stiefenkels G. F. Pinto hin. Die einst so sehr beliebte Sängerin starb am 10. April 1802 in den dürftigsten Umständen. Sie ruht in der Kirche St. Margaret Westm. unter Einem Stein mit ihrem Stiefenkel G. F. Pinto.

Cornelys, Mrs., trat bereits im Januar 1746 in London als Sängerin auf. Als Gluck damals seine Oper „la caduta de Giganti" aufführte, sang darin auch Sga. P o m p e a t i. Im Juli desselben Jahres gab sie auch ein Beneficeconcert, in dem die beliebtesten Arien der in der Saison aufgeführten

italienischen Opern wiederholt wurden. Die Sängerin erscheint
dann zum erstenmal wieder im Jahre 1761 als Mrs. C o r n e l y s.
Sie veranstaltete von dieser Zeit an durch viele Jahre in
Carlisle House, Soho square, Meetings, Bälle, Morgen- und
Abendconcerte. Von Natur energisch und mit viel Weltkennt-
niss begabt, wusste sie ihr Haus zum Mittelpunkt öffentlicher
Unterhaltungen zu machen. Das Jahr 1770 war der Höhe-
punkt ihres Wirkens. Glänzende Gala's, Maskeraden, Concerte
lösten sich ab. Die höchste Aristokratie, alle möglichen Würden-
träger, Lords, Herzoge und Prinzen fanden sich in Carlisle
House ein. Die Maskeraden überboten sich an Pracht; das ganze
Haus strahlte in einem Lichtmeer. Aufzüge jeder Art boten
Gelegenheit, die reichsten Costume's (Perlen- und Juwelen-
schmuck bis zu 100.000 £. Werth) zur Schau zu tragen. Der
Versuch, 1771 sogar mit der ital. Oper zu wetteifern mit sogenannten *Harmonic Meetings*, missglückte jedoch. Im folgenden Jahr kam ein neuer Schlag durch die Eröffnung des
Pantheon und von da an sank der Ort immer tiefer und die
Eigenthümer mit ihm. Mrs. Cornelys zog sich endlich ganz
zurück, versuchte ihr Heil mit der Oeffentlichkeit jedoch 1795
noch einmal und errichtete in Knightsbridge (die Strasse längs
dem Hyde Park auf dem Wege nach Brompton) eine Trink-
anstalt, wobei sie als Verkäuferin von Eselsmilch fungirte!
Zwei Jahre später (1797) endete sie ihre wechselreiche Laufbahn im Gefängniss (Fleet Prison).

Dibdin, Charles, 1745 in der Nähe von Southampton
geboren, wurde von Beard als untergeordneter Sänger in
Covent-Garden aufgenommen, wo er sich bald als Componist
sehr beliebt machte. Er schrieb oder arrangirte u. a. die Musik
zu *Lionell and Clarissa, Padlock, Deserter, Waterman, the
Quaker, Touchstone, the harvest home.* Nachdem er 1787 auf-
gehört hatte, für die Bühne zu schreiben, lieferte er eine Unzahl Gesänge, zu denen er auch selbst die Worte dichtete.
Dieselben verbreiteten sich über ganz England und wurden
besonders seine Seemannslieder populär. Er speculirte nun

nach allen Richtungen, baute 1782 einen Circus (jetzt Surrey-Theater), gab als Novellist eine Zeitschrift „*the Devil*" heraus, machte eine grosse Kunstreise durch England, deren Beschreibung er herausgab, öffnete in den 90ger Jahren „Sans Souci" und „Lyceum-theatre", wo er mit vielem Erfolg „*private theatricals*" aufführte, alles selbst schrieb, spielte und sang. Später verkaufte er zum Theil das Eigenthumsrecht seiner Lieder, öffnete dann selbst einen Musikladen, machte Bankerott und starb endlich am 25. Juli 1814 in bedrängten Verhältnissen in Cambden town, einer Vorstadt London's. Noch 1810 hatte man ihm durch einen Wohlthätigkeitsact (*public dinner*), wobei alle beliebten Sänger sich betheiligten und 640 ℔. eingingen, vergebens aufzuhelfen gesucht.

Fisher, John Abraham, wurde 1744 zu London geboren und im Hause des Lord Tyrawly erzogen, wo er auch von Pinto im Violinspiel unterrichtet wurde. Sein Vortrag zeigte viel Feuer und Fertigkeit. Zum erstenmal erscheint sein Name im Jahre 1765; er trat damals im Concert des Musikal-Fund im King's-Theatre „mit Erlaubniss des Lord Tyrawly" auf. In den 70ger Jahren sind im Covent-Garden-Theater einige Pantomimen genannt, mit Musik von Fisher, darunter the Norwood Gypsies und besonders „Prometheus". (Fisher hatte damals einen kleinen Antheil am Covent-Garden-Theater durch seine erste Frau, eine Tochter Mr. Powell's.) Am 2. Juli 1777 führte er ein Oratorium Providence im Universitäts-Theater zu Oxford auf und am 5. Juli ist er bereits als „Doctor" im *Catalogue of all graduates* daselbst eingetragen. Das Oratorium wurde dann auch 1778 und 1780 zu London in Freemasons-Hall aufgeführt. Auf einer Kunstreise in Russland und Deutschland kam Dr. Fisher im Jahre 1784 auch nach Wien, wo er die Sga. Storace heirathete. Der Graf von Mount Edgcumbe erzählt in seinen *musical Reminiscenses* (pag. 59—60), wie er und Fürst Adam Auersperg die Braut in der Capelle des holländischen Gesandten zum Altare führten und das Hochzeitsdiner bei Sir Robert Keith stattfand. Doch die Ehe war ebenso kurz als disharmonisch. Der Doctor, den Kelly (I. p. 232) *„an inordinate prattler"* und *„a very ugly christian"* nennt, behandelte seine junge Frau in so roher Weise, dass Kaiser Joseph, davon benachrichtigt, sich bewogen fand, ihm eine Luftveränderung anzurathen. Dr. Fisher ging und seine Frau nannte sich wieder Sga. Storace und behielt diesen Namen auch ferner bei. Bald darauf kam der Virtuose nach Dublin und Lady Morgan, damals Miss Owenson, beschreibt uns hier genau seine Person und die Art seines Auftretens[1]). „Ein ausländischer Bedienter in glänzender Livrée mit einem prächtigen carmoisinrothen, reich vergoldeten Violinkasten war gefolgt von dem berühmten Virtuosen, der auf den Fussspitzen einherschritt, in ein braunseidenes Camelotgewand gekleidet, mit scharlachfarbner Einfassung und mit glänzenden Knöpfen besetzt. So hoch war sein gepudertes und parfumirtes Toupée, dass seine kleine Figur dadurch in zwei Hälften erschien. Sein Unterkleid war an den Knieen mit Diamantknöpfen befestigt und die Atmosphäre des Zimmers war erfüllt von Parfume." Dr. Fisher spielte damals in der Rotunda in Dublin und kam im Elternhause der Lady Morgan viel mit G i o r d a n i zusammen, welcher vor Jahren eine italienische Oper in Capel street errichtet hatte, was zur Gründung der *Phisharmonic Society* daselbst Anlass gab. (Dr. Fishers weiterer Lebenslauf ist unbekannt.)

Giardini, Felice oder vielmehr F. de Giardini, wie ihn die engl. Zeitungen vorzugsweise in den Jahren 1751—1760 nennen und wie er selbst seinen Namen in's Aufnahme-Buch der *Society of Musicians* (1755) eingetragen hat, war zu Turin am 12. April 1716 geboren. Als Chorknabe sang er im Dome zu Mailand unter Paladini, von dem er in Clavier, Composition, Gesang und Violine unterrichtet wurde. Letztere behielt

---

[1]) *Lady Morgan's Memoirs: Autobiography, Diaries and correspondence. 2d. ed. London. 1863. p. 80.*

die Oberhand, und von seinem Vater nach Turin zurückberufen, nahm er nun Unterricht von Lorenzo Somis, einem der besten Schüler Corelli's. 12 Jahre alt ging er nach Rom und dann nach Neapel, wo er auf Jomelli's Empfehlung in's Orchester der grossen Oper aufgenommen wurde[1]. Im Jahre 1748 besuchte er Deutschland und soll u. A. in Berlin mit grossem Beifall aufgetreten sein. Sein Name erscheint in den engl. Zeitungen das erste Mal im Jahre 1751 bei einem Concert der Sängerin Cuzzoni. Es war dies am 27. April 1751 im kleinen Theater Haymarket[2]). Der 1. und 2. Theil des Concertes wurde mit einer Ouverture von „Signor de Giardini" eingeleitet; er selbst spielte eine Sonate von Sig. St. Martini und zwei eigene Concerte. (Ausserdem sangen Sig. Guadagni, Siga. Frasi und Siga. Cuzzoni.) Burney, der selbst zugegen war, schildert den Eindruck, den Giardini's Spiel gemacht, als etwas ausserordentliches — „es bildete eine neue Epoche im Concertleben London's. "

Gegen Ende desselben Jahres veranstaltete Giardini in Gemeinschaft mit dem Oboisten Thomas Vincent und später (1755) mit Siga. Frasi 20 Subscriptions-Concerte im grossen Saale in Dean-street, Soho 59. — Es traten darin auch Ogle (Clavier), Pasqualino (Cello), Miller und Baumgarten

---

[1] In dieser Stellung wollte Giardini einst in einer Oper Jomelli's dem Meister eine Probe seines Geschmackes und seiner Geläufigkeit geben, seinen Violinpart mit einer Menge Verzierungen ausschmückend. Ganz unerwartet ertheilte ihm jedoch Jomelli einen fühlbaren Gedenkzettel auf die Wangen — „die beste Lection, die ich je von einem Lehrer erhielt," wie Giardini später versicherte.

[2] Burney, und nach ihm die meisten Biographen nennen den 18. Mai 1750 als erstes Auftreten Giardini's im kleinen Haym. Theater; Cuzzoni sei darauf für immer nach dem Continente abgereist. Jahr, Datum und Ort sind dabei unrichtig. Cuzzoni gab wohl ein Concert an jenem Tage, aber in Hickford's Saal [mit dem einfachen Beisatz „*the vocal part by Sga. Cuzzoni*"]. Sie reiste aber nicht ab, sondern gab noch ein zweites Concert am 23. Mai „auf besonderes Verlangen." Auch sang sie am 26. Mai im Concert der *Mus. Society*; am 27. April, im Concert, in dem Giardini auftrat (*a benefit of Sig. Guadagni for the profit of Sga. Cuzzoni at the new th. Hay.*) und endlich noch am 23. Mai in Hickford-Saal. Sie, die einst die „gold'ne Leier" genannt wurde,

(Fagott) und die Sängerinnen Galli, Francesina und Miss. Sheward auf [1]).

Giardini sah sich gleich in den ersten Jahren von zahlreichen Schülern aus den vornehmsten Häusern umgeben, die er in Gesang und Violin unterrichtete und mit denen er in seinem Hause Vormittags-Concerte veranstaltete. Unter dem Adel zählte er Sir. W. Hamilton, die Herzoge von Gloucester und Dorset zu seinen treuesten Gönnern. Ganz besonders aber war die einflussreiche Mrs. Fox Lane, nachherige Lady Bingley, für ihn eingenommen. Diese gab selbst in ihrem Hause Musik-Soiréen, welche so beliebt waren, dass man es als eine Gunst betrachtete, zu denselben eingeladen zu werden. Ausser Giardini und später der Sängerin Mingotti wirkten meist Mitglieder des Adels dabei mit, am Clavier Mrs. Fox Lane selbst, die Ladies Edgecumbe, Milbank; als Sängerinnen Lady Rockingham, die verwittwete Lady Carlisle, Miss Pelham, Giardini's Schülerinnen. Noch in späteren Jahren nahm Lady Bingley Partei für ihren Schützling [2]) und soll ihn selbst auf dem Sterbebette mit einer Pension von 400 £. bedacht haben. (Parke, Mus. mem. I. p. 52.)

Giardini trat 1755 nach Festing's Tode an die Spitze des Orchesters der ital. Oper, wo er sich sogleich durch feurige und energische Leitung seinem Vorgänger überlegen zeigte. 1756 übernahm er im Verein mit der Sängerin Mingotti auch

kam nun demüthig sich entschuldigend, „dass nur die äusserste Nothwendigkeit sie veranlassen konnte, abermals die Wohlthätigkeit des hohen und höchsten Adels in Anspruch zu nehmen und diese zu bitten, ihr Benefice mit ihrer Gegenwart zu beehren; es sei das letzte und sie gäbe es nur in der Absicht, vor ihrer Abreise ihre Gläubiger zu befriedigen" etc. (Gen. Adv.) Die Sängerin endete ihr Leben schliesslich im Arbeitshause zu Bologna.

[1]) Durch Giardini's Erfolg aufgemuntert, veranstalteten die Nachfolgenden ebenfalls Subsc.-Concerte (12) in demselben Saal: Miss Turner, Sig. Guadagni und anfangs Sga. Frasi (Gesang); Chabran und Fraud (Violin), Cervetto (Cello), Eiffert (Oboe); Miller (Fagott), Butler (Clavier).

[2]) *„Lady Bingley summons the world to Giardini's concert to night, some free spirits escape to Ranelagh."* (*The Hon Mrs. Boscawen to Mrs. Delany.* Ap. 30. 1770. — Autob. of Mrs. Delany, I. 260.)

die Direction der Oper. Ausser den Pasticcio's Cleonice, Siroe, componirte er hier die Opern il re pastore (1755), Rosmira (1757) und später Enea e Lavinia (1763), die jedoch nur mässigen Beifall fanden. Er wusste sich nicht in grösseren Formen zu bewegen, nur einzelne kleinere Arien gelangen ihm, welche dann noch lange in Privatzirkeln beliebt waren. Mit der Leitung der Oper ging es schlecht und Giardini musste sich schon in der nächsten Saison davon mit Verlust zurückziehen.

In den Jahren 1761 und 1762 spielte er regelmässig Violin-Concerte in den Oratorien in Covent-Garden zur Fastenzeit (unter Smith und Stanley).

Noch einmal ergriff Giardini die Zügel der Opern-Direction, zuerst abermals mit Siga. Mingotti (Herbst 1763) und im nächsten Jahr allein, bis er am Schlusse der Saison 1764 bis 1765 sein ganzes Vermögen verschlungen sah und nun ausser seinem jährlichen Benefice auf Privatlectionen, besonders im Gesang, angewiesen war, in denen neben ihm auch Tedeschini, Cochi, Paradies, Vento und Quilici [1]) thätig waren.

1770 bis 1776 war Giardini *leader* [2]) bei den Musikfesten zu Worcester, Gloucester und Hereford, 1774 auch in Leicester. Bei solchen Gelegenheiten war der wohlgestaltete Mann reich gekleidet. Im grünen Sammtrock mit breiten Goldborden und grossen goldenen Knöpfen stand er an der Spitze seiner Untergebenen.

---

[1]) Quilici, Bariton oder Tenor mit mässig guter Stimme, geb. in Italien, kam 1759 nach London zur Oper, sang kurze Zeit in den Oratorien unter Smith und Stanley, gab sich viel mit Unterricht ab und componirte auch (*but from his compositions* „Good Lord deliver us"! — Europ. Mag. 1784).

[2]) *Leader*, der erste Violinspieler, der zugleich das Orchester leitet. Es bestand nämlich damals und noch lange nachher die unbequeme und nachtheilige Doppel-Direction: den *leader* überwachte nämlich mit der Partitur der *Conductor* oder dem Clavier. Als Spohr und Weber in London zuerst nach deutscher Art das Orchester leiteten, machte dies viel Aufsehen. Erst 1846 verschwand der Titel *leader* von den Programmen, und wurden die bei der Violine und anderen Instrumenten vorzüglichsten Spieler mit „*Principal*" bezeichnet. Der *Conductor* übernahm nun wirklich die alleinige Direction.

174

Das Auftreten W. Cramer's 1773 konnte Giardini nicht gleichgültig sein. Das Benehmen Beider aber war höchst uneigennützig; letzterer liess sich sogar, wie A B C Dario p. 22 erzählt, zu einem vortheilhaften Bogenwechsel und stärkeren Saitenbezug bewegen.

Giardini beabsichtigte damals (1773) England zu verlassen und kündigte ein letztes Auftreten an. Statt dessen sehen wir ihn als *leader* im Pantheon von 1774 — 1780 fast ununterbrochen beschäftigt und 1779 ungewöhnlich häufig als Solospieler oder im Trio oder Quartett auftreten; besonders oft spielt er im Verein mit Cramer und Crosdill eines seiner Trio für Violin, Viola und Violoncello.

Im Jahre 1779 wurde im Theater Covent - Garden das (auch von Dr. Arne beabeitete) dramatische Gedicht „Elfrida" von William Mason, Ouverture und sämmtliche Musik von Giardini, aufgeführt. Auch beabsichtigte dieser wieder eine Oper zu schreiben, wozu ihm der erwähnte Dichter W. Mason den Text lieferte. Dieser sandte den ersten Act von „Sappho" vorerst an H. Walpole zur Beurtheilung, der jedoch denselben an und für sich schon so harmonisch fand, dass er ihm, gleich Dryden's Ode, lieber gar nicht componirt wünschte, am wenigsten von Giardini [1]).

Im Herbst 1782 bis Mai 1783 sehen wir Giardini noch einmal im Orchester der italienischen Oper als *leader*. Er

---

[1]) „*The language is so harmonious that I think as I did of Dryden's Ode, that it will be more melodious unset than when adapted. Yet if you can rival Dryden, Giardini cannot paragon Handel. I am, I know, a most poor judge of musical composition, jet may not I ask if Giardini possess either force or simplicity? Your act is classic Athenian: shall it be sub-di-vi-ded into modern Italian? — — I shall send the Act and the letter to Giardini, as you order, though with regret I own: for I doubt his music will not have that majestic greatness and distinctiones that are necessary to let the words be understood. Add that our singers want more to be taught to articulate than to sing. All the women jabber; and bad as his taste was, Beard did more justice to sense than any of our performers; for though he laid a stress on every syllable, yet at least the audience, such as were capable. could suppose the right accents.*" (Walpole to the Rev. William Mason. Jan. 24. 1778.)

verliess sodann England und ging mit Sir W. Hamilton, einem seiner frühesten Schüler, nach Italien.

Im Spiele Giardini's bewunderte man die Grossartigkeit des Ausdrucks, den runden vollen Ton, den er selbst einer gewöhnlichen Geige zu entlocken im Stande war[1]). Giardini wollte nicht blenden durch Kunststücke, er setzte den Ausdruck über alles. Noch in sehr hohem Alter, als er am 22. Mai 1792 das letztemal in London öffentlich in Ranelagh auftrat (er zählte damals 76 Jahre!), wusste er in dieser Richtung Eindruck zu machen. Als damals Jemand gegen den bekannten Dichter Peter Pindar (Dr. Wolcot) äusserte, dass Giardini nichts auf Schwierigkeiten zu halten scheine, antwortete ihm der wunderliche Barde: *„Giardini know what he was about, and preferred the walk of a Gentleman to the skip of a Jack-pudding* [2]) *(morn her.* Mai 25. 1792.)

Als Orchesterleiter wurde Giardini sehr gelobt, er war streng, aber überzeugend; namentlich war er der Erste, der in der italienischen Oper in London die gleiche Streichart bei den Violinspielern einführte. — Von Charakter war er hochfahrend und eigensinnig; er sprach von Wenigen gut und zankte mit seinen besten Freunden. — Seine zahlreichen Compositionen für Kammermusik, Quintette, Quartette, Trio, Duo, Sonaten für Violin und Clavier, Gesänge, italienische Duetten, dreistimmige Catches, Ouverturen etc. sind zu London, Leipzig und Paris erschienen. — Besonders populär war einige Zeit sein italienischer Catch: *„Beviamus tutti tre."*

Giardini war einige Zeit auch *leader* der Privatconcerte des Prinzen von Wales, welche Stelle er sich aber verscherzte.

---

[1]) B e n d a , an den Burney auf seiner Reise durch einen Brief Giardini's empfohlen war, obgleich er diesen seit 20 Jahren nicht gehört hatte, sprach doch noch mit Entzücken von dessen reinen, vollen und weichen Ton, dem edlen Vortrag und der Fantasie in extemporirten Cadenzen. (*The present state, Burney.*) — S. A. Forster, der bekannte Geigenmacher in London, erzählt, der jüngere Cervetto habe sich oft gegen ihn geäussert, dass De Beriot ihn im Ton seiner Geige lebhaft an Giardini erinnert habe.

[2]) Deutsch zu geben etwa: Giardini weiss, was er will und zieht den gesetzten Schritt eines Edelmanns dem tänzelnden Gang eines Dandy vor.

Er hatte nämlich vor seiner Abreise nach Italien dem Prinzen eine Violine als echte Cremoneser um einen hohen Preis verkauft. (Er betrieb dieses Geschäft eifrig und hatte in seiner Wohnung ein förmliches Lager von Streichinstrumenten, das noch 1785 zum Verkauf ausgeboten wurde.)

Bei einer Ausbesserung zeigte sich nun der Name Banks, einer der besten Instrumentenmacher London's. Als Giardini nun später von Italien nach London zurückzukehren beabsichtigte, wendete er sich schriftlich an den Prinzen und zeigte sich bereit, seine frühere Stelle wieder einzunehmen. Die Antwort war, dass seine Stelle längst besetzt sei, doch, wenn er nach Carlton-House (dem Palais des Prinzen) kommen wolle, um die 2. Violine zu spielen, stände es ihm frei. Giardini verstand den Wink und liess sich nicht weiter am Hofe des Prinzen blicken. — Nach einem missglückten Versuche, im Jahre 1789 bei seiner Rückkehr nach London eine Opera buffa im kleinen Haymarket-Theater zu leiten, verliess Giardini 1791 England und wandte sich mit seiner Sängertruppe nach Petersburg und Moskau. Schwach an Kraft und arm an Gütern starb der einst gefeierte Mann in letzterer Stadt am 17. December 1796 im Alter von 80 Jahren.

Paradies, Pietro Domenico, kam 1746 nach London. Am 17. Januar 1747 wurde seine Oper „Phaeton" im King's-Theatre zum erstenmal gegeben und neunmal repetirt. Sechs Arien daraus erschienen bei Walsh, von Sga. Galli später noch öfter in Concerten gesungen. Doch war Paradies in der Oper nicht weiter thätig und sein Name hat sich mehr durch seine Claviercompositionen erhalten, die von Clementi und Cramer fleissig studirt wurden. Als Lehrer war er sehr gesucht; er sorgte auch bei Zeiten in dieser Richtung durch das Auftreten eines Wunderkindes sich einen Namen zu machen. Schon 1749, am 10. April, trat eine Schülerin von ihm, Miss. Cassandra Frederick, ein $5\frac{1}{2}$jähriges Kind in einem eigenen Concerte im kleinen Haymarket-Theater auf. Die Kleine spielte Stücke von Scarlatti und anderen Meistern, auch ein

Concert von Händel. Miss F r e d e r i c a , wie sie später genannt wurde, spielte später auch Orgel und sang in den Subscr.-Concerten in Dean-Street im Jahre 1760 in Händel's Oratorien[1]). Es ist nicht bekannt, ob sie Paradies auch im Gesang unterrichtete. Dafür wird als seine Schülerin die damals 12jährige S c h m ä h l i n g (spätere M a r a) genannt, deren Vater aber sich bewogen fand, den Unterricht seiner Kleinen, kaum begonnen, abzubrechen. Der Name Paradies erscheint in England zum letztenmal in Verbindung mit dem älteren Thomas L i n l e y , den er in Harmonie und Generalbass unterrichtete. (Nach Fétis lebte Paradies noch 1792 zu Venedig.)

Die Familie **Pinto** stammt ursprünglich aus Portugal, von wo sie nach Italien übersiedelte. Der Vater Pinto, ein angesehener, vielseitig gebildeter Neapolitaner, verwandt mit Pinto, dem Grossmeister von Malta, musste aus politischen Rücksichten sein Vaterland verlassen und wandte sich nach England. Hier wurde Thomas geboren und zeigte frühzeitig grosses Musiktalent. Kaum neun Jahre alt, spielte er Corelli's Concerte und leitete das Orchester in Cecilia Hall in Edinburg. Ganz ausserordentlich soll namentlich sein prima vista Spiel gewesen sein. Im Uebermuth drehte er er wohl auch das Notenheft um und las die Noten von unten nach oben. Ganz seinem Talente vertrauend, wurde er jedoch nachlässig, bis ihn Giardini's Auftreten zu eifrigerem Studium aufrüttelte. Vom Jahre 1750 an wird Pinto häufig als Solospieler und *leader* im King's-Theater (nach Giardini), im Drury-lane-Theater, in Concerten und bei den Musikfesten zu Worcester

---

[1]) Miss C a s s a n d r a heiratete später Th. Wynne Esq., einen wohlhabenden Gutsbesitzer in South-Wales. Sie wurde ihrer musikalischen Kenntnisse wegen auch von Händel geschätzt. Auf die musikalische Erziehung ihres talentvollen Neffen Joseph M a z z i n g h i (ihre Schwester hatte Thomas Mazzinghi geheiratet, der sich um 1765 als Kaufmann in London etablirte) hatte sie viel Einfluss. Mazzinghi's Name wird in den 90ger Jahren oft während Haydn's Anwesenheit genannt.

Mozart und Haydn in London.

und Hereford genannt. Nach dem Tode seiner ersten Frau
„Sybilla" einer deutschen Sängerin, heirathete Pinto die sehr
beliebte Sängerin Miss Brent. Nachdem eine, mit Dr. Arnold
gemeinschaftlich unternommene Speculation mit Marybon-
Garden verunglückte, wandte sich Pinto nach Schottland, wo
er zu Ende der 70ger Jahre starb. — (Harmonicon, 1828.)

Smith jun. (John Christian), geb. 1712', studirte eine
Zeitlang bei Händel und Tom Rosy (Thomas Rosingrave).
Sein erstes grösseres Werk „Teraminta", Text von Carey,
wurde 1732 aufgeführt; eine 2. Oper war „Ulysses". Später
folgten noch „*the Enchanter*", „*the tempest*", „*the Fairies*" und
die Oratorien „*Paradies lost*" (1760) und „Rebecca" (1761).
Händel vermachte Smith alle seine M. S. Musik, sein Clavier,
sein 1736 von Denner gemaltes Porträt (nun im Besitz der
Sac. harm. Soc.) und seine Büste von Roubilliac. — Smith
war bei der Prinzessin von Wales Witwe, Mutter Georgs III.,
angestellt, welche ihm eine jährliche Pension von 200 £. aus-
setzte. Nach deren Tode liess der König aus seiner Privat-
schatulle die Pension fortbezahlen. Aus Dankbarkeit verehrte
nun Smith dem König alle Händel'schen Manuscripte, dessen
Clavier und Büste, für sich nur das Bild und die Partituren,
aus denen Händel die Oratorien dirigirte, zurückbehaltend.
So entstand die „Händel-Bibliothek" im Buckingham-
Palast, aus 87 Bänden Autografe Händel's bestehend. Smith
wohnte später in Bath und starb daselbst im Oct. 1795. —
Smith, der Vater (sein eigentlicher Name war „Schmidt"),
aus Anspach in Baiern gebürtig, begleitete Händel aus Zuneigung 1716 nach London und wurde bald dessen Factotum.
Wenige Jahre vor Händel's Tod entzweiten sich Beide einer
Kleinigkeit halber. Smith verliess Händel, der ihm trotzdem
2400 £. testamentarisch vermachte.

Stanley, John, M. B., geb. 1713, verlor, kaum zwei Jahre alt, durch einen unglücklichen Fall das Augenlicht. Obwohl er erst im 7. Lebensjahre den ersten Musikunterricht erhielt, versah er doch 6 Jahre später bereits zwei Organistenstellen und bald darauf (1734) eine dritte, im Inner - Temple. Diese und die von St. Andrew's, Holborn, versah er durch 60 Jahre bis zu seinem Tode. Nach Händel's Tode übernahm er mit J. C. Smith die Aufführung von Oratorien in der Fastenzeit, wobei er stets Orgel-Concerte spielte. Nach Smith's Rücktritt setzte er die Aufführungen mit Linley fort. Nach Dr. Boyce's Tode (1779) wurde Stanley an dessen Stelle zum *Master of his Majesty's Band of Musicians* ernannt, als welcher er auch die Neujahrs-Oden bei Hof in Musik zu setzen hatte. Seine Compositionen für Orgel, Clavier, einige Oratorien etc. sind von wenig Werth und längst verschollen. Ein erstaunliches Gedächtniss machte es ihm möglich, trotz seiner Blindheit alle Oratorien auf der Orgel zu begleiten. Auch erfand er einen mechanischen Apparat, Blinden den theoretischen Theil der Musik zu lehren. Er starb 1786. (Unter den im Stich erschienenen Portraits ist besonders ein grosses Brustbild, nach einem Gemälde von T. Gainsborough, von Mary Ann Scott in Kupfer gestochen und 1781 von Mrs. Ryland herausgegeben, nennenswerth.)

Tenducci, Giustino Ferdinando, geb. zu Siena, trat in London am 11. November 1758 im King's - Theatre in dem Pasticcio „Attalo" auf, doch machte er sich erst im folgenden Jahr in Cocchi's „Ciro riconosciuto" bemerkbar. Obwohl nur Sänger zweiten Ranges, war sein Vortrag, nach Caffarelli gebildet, besonders im Cantabile sehr gefällig. Die Stimme dieses Castraten hatte mässigen Umfang, besass aber viel Wohllaut; man legte ihm wohl auch den Beinamen „il Senesino" bei (pub. Adv. Mai 1759). Er veröffentlichte verschiedene sehr bescheidene Compositionen für Gesang, Clavier und Orchester. 1769 sang er im Covent-Garden-Theatre in einem von ihm zusammengestellten Pasticcio „Amintas". Auch als

Virtuose im Schuldenmachen wusste er sich hervorzuthun und wir finden ihn sogar im Januar 1761 als Gefangenen im Schuldengefängniss, wo er bereits 8 Monate krank und elend zugebracht und nun, in die äusserste Dürftigkeit versetzt, die Wohlthätigkeit des Publicums anflehend, dasselbe zu seinem Benefice - Concerte einladet, das unter Abel's Direction am 28. Januar im grossen Saale in Deanstreet, Soho, stattfindet. Tenducci fuhr vom Gefängniss zum Concertsaal, sang daselbst und fuhr wieder zurück in seinen unfreiwilligen Aufenthalt. Einige Jahre brachte er in Irland und Schottland zu, vervollkommnete sich bedeutend und wurde 1770 an Guadagni's Stelle im King's - Theatre engagirt. Er sang nun auch in Oratorien, beim Musikfest zu Worcester (1770) und neben Miss Harrup und der damals noch sehr jugendlichen Miss Storace in Covent-Garden (1777). Im Jahre 1778 befand sich Tenducci mit Bach in Paris und kam mit Mozart zum zweiten Mal zusammen, der für ihn auch eine Scena componirte. 1785 folgte er Crescentini in der ital. Oper und brachte Gluck's Oper „Orfeo", in der er auch in Dublin neben Mrs. Billington aufgetreten war, wieder in Erinnerung. Seine Stimme war nun bereits im Erlöschen. Noch einmal erscheint er in seinem letzten Benefice-Concert (Mai 1786) in Hanover sq. rooms, von Mad. Mara, Cramer, Fischer, Cervetto unterstützt. Durch die Aufführung einer Anzahl M. S. Compositionen Bach's, im Besitze Tenducci's und eigens für ihn geschrieben, gestaltete sich dies Concert zugleich zu einer Erinnerungsfeier des kurz zuvor verstorbenen Meisters. Tenducci verliess dann England und ging nach Italien. A B C Dario sagt von ihm: *Tenducci an Italian deservedly of the greatest reputation for cantabile singing of any castrato that has appeared in this country. His style is formed on that of Caffarelli, by whom he was instructed. Tho' his notes are few, he has not been exceeded by Egiziello, nor any other of his contemporaries. As a composer his taste is pleasing.*

NAMEN- UND SACH-REGISTER.

Berichtigungen.

Copie eines Autografs von W. A. Mozart.

Das Original befindet sich im British Museum.

Chorus

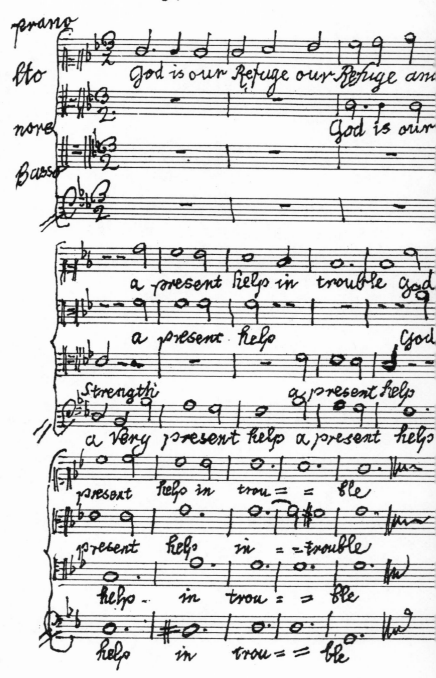

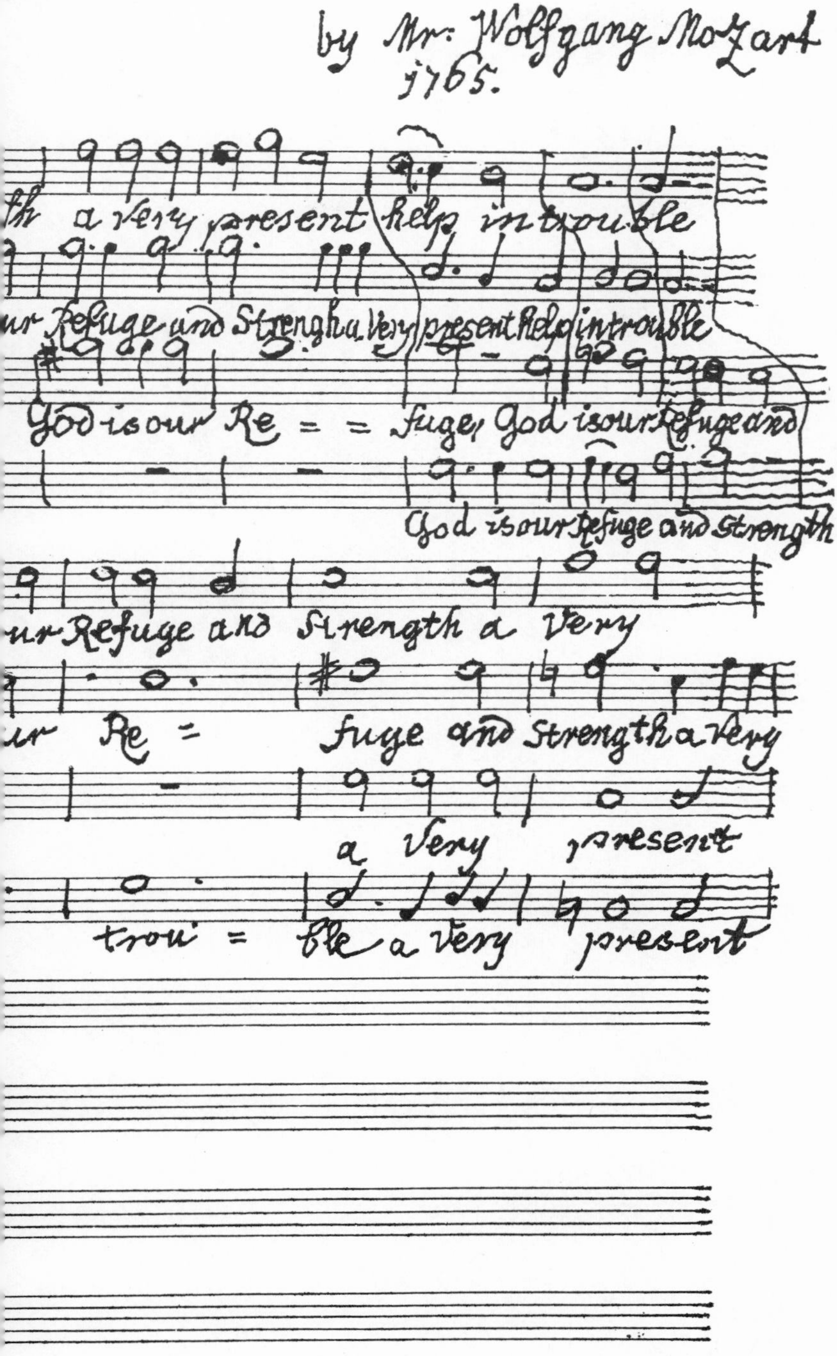
by Mr: Wolfgang Mozart
1765.
th a very present help in trouble
ur Refuge and Strength a very present help in trouble
God is our Re = = fuge, God is our Refuge and
God is our Refuge and Strength
ur Refuge and Strength a Very
ur Re = fuge and Strength a very
a Very present
trou = ble a very present

MOZART UND HAYDN

IN

LONDON.

VON

C. F. POHL.

———

ZWEITE ABTHEILUNG.

HAYDN IN LONDON.

———

WIEN.

DRUCK UND VERLAG VON CARL GEROLD'S SOHN.

1867.

ZWEITE ABTHEILUNG.

HAYDN IN LONDON.

Einen gewaltigen Aufschwung hatte das musikalische Leben London's in den 90ger Jahren des vorigen Jahrhunderts, also kaum dreissig Jahre nach Mozart's Besuch, genommen. Ja, es stand gleichsam auf seinem Höhepunkt zur Zeit der Anwesenheit Haydn's. Die damals ausgezeichnetsten Künstler und Künstlerinnen finden wir hier zu gleicher Zeit in Albion's Hauptstadt vereinigt: die Sängerinnen Mara, Banti, Billington, Morichelli, Corri, Storace; die Sänger Pacchierotti, David, Kelly, Incledon, Morelli, Fischer (Mozart's ersten Osmin), Braham (später Englands ausgezeichnetsten Tenor); ausser Haydn selbst, die Componisten: Martini, Raimondi, Federici, Gyrowetz, die Engländer Storace, Linley und Dr. Arnold; Da Ponte, den Dichter des Don Giovanni, Vestris, ein Mitglied der berühmten Tänzerfamilie, und endlich noch eine ganze Schaar Virtuosen und Virtuosinnen, unter denen Giornovichj, Yaniewicz, Cramer, Viotti, Barthelemon, Giardini, Salomon, den eigentlichen Schöpfer jener Musikperiode, Dussek, Häsler, Dragonetti, Ashe, Ferlendis, Fischer, Bezozzi, Punto, Mad. Krumpholz, Marianne Kirchgässner und die jugendlichen Kräfte Field, Hummel, J. B. Cramer, Bridgetower, G. F. Pinto und Clement.

Das zum erstenmal nach authentischen Quellen aufgenommene Verzeichniss der in London 1750 bis 1795 aufgetretenen Virtuosen (Beil. VII) dürfte namentlich Biographen eine willkommene Zugabe sein; wir finden darin auch sämmtliche, in Mozart's Briefen aus Mannheim und Paris, oft erwähnte Virtuosen und Componisten.

Manchen der gegenwärtig lebenden Tonkünstler London's führt diese Virtuosenliste seine Grossältern vor, die, wie so Viele, nur vorübergehend London zu besuchen gedachten und sich dann bleibend dort niederliessen. Linley und Cramer (Beil. I) sind jene Künstlerfamilien, über welche in den meisten biografischen Werken bis in die neueste Zeit noch Verwechslungen vorkommen.

Die hier nach dem Original benutzten Tagebücher Haydn's aus den Jahren 1791/92, wenn sie auch an sich wenig bedeutendere Notizen boten, gaben doch, namentlich in Verbindung mit den von Hrn. Dr. Th. G. v. Karajan veröffentlichten Briefen Haydn's, interessante Anhaltspunkte über seinen ersten Londoner Besuch und lassen die in Verlust gerathenen Tagebücher während Haydn's zweiten Besuches, obwohl von Dies und Griesinger benutzt, um so mehr bedauern. Auch den ersten Tagebüchern, früher im Besitz des Vice-Hofcapellmeisters Weigl, dessen Taufpathe Haydn war, drohte ein gleiches Schicksal. Nur die ahnungsvolle Anfrage einer Dienerin, ob jene „Bücheln" nicht doch noch zu brauchen seien, retteten sie vor dem bereits über sie verhängten Flammentod.

Welch' zwingenden Eindruck der Aufenthalt in London auf Haydn ausüben musste, dafür sprechen

die reichen Bilder, die uns jene Zeit so mannigfaltig
aufrollt. Haydn's „Schöpfung", über deren erste englische Aufführungen der Anhang spricht, war eine un-
mittelbare Folge jener Tage, in denen man auch den
Adel, angeregt durch das Beispiel von Oben, am
Kunstleben des damaligen London's sich lebhaft betheiligen sieht. Denn, trotz der seinem Sohne ertheilten
väterlichen Warnung Lord Chesterfield's: „Musiciren
stelle den Edelmann in ein sehr verächtliches Licht,
bringe ihn in schlechte Gesellschaft und raube ihm
ein gut Theil Zeit, die besser verwendet werden
könne" — sehen wir doch Herzoge, Prinzen und
Lords dies gefährliche Wagstück unternehmen.

Möchte die gegenwärtige zweite Abtheilung, in
der uns, Mozart ausgenommen, die Personen bereits
bekannter und die Thatsachen in so mancher Hinsicht um vieles näher gerückt sind, dasselbe nach-
sichtsvolle Interesse finden, als ihr Vorgänger „Mozart
in London".

Allen aber, die dem Werke in Wort und That
in der bereitwilligsten Weise förderlich waren, sage
ich hiermit nochmals meinen innigsten Dank.

Wien, 15. April 1867.

C. F. P o h l.

Quellen-Literatur

(zum Theil im Werke selbst bereits angeführt).

———

London Gazette. — *Penny London Post.* — *Daily-, London-, General-* und *Public Advertiser.* — *Rambler.* — *St. Jame's Evening Post.* — *General Evening Post.* — *Spectator* (seit 1765). — *Public Register or freeman's Journal.* — *British Chronicle.* — *World.* — *Monitor.* — *Entertainer.* — *London Chronicle.* — *Public Ledger.* — *the St. James's Chronicle or, British Evening Post.* — *Briton.* — *Gazetteer and new daily Advertiser.* — *Morning Chronicle.* — *Morning Post* (seit 1772). — *Bath Journal.* — *London Courant.* — *Mirror.* — *Morning Herald.* — *Star* (1787, erstes tägl. Abendblatt). — *Times* (seit Januar 1788, eine Fortsetzung d. London Daily Universal Register, das 1785 einging). — *Argus* (seit 1789). — *Observer* (seit 1792). — *London Recorder, or Sunday Gazette* (1791). — *Diary.* — *the Oracle, public Advertiser.* — *the True Briton.* — *Tomahawk.* — *Porcupine.*

The *Gentleman's Magazine:* and Historical Chronicle. London 8. (seit 1731).

European Magazine, and London Review (seit 1782).

The *Royal-St. James's-Westminster Magazine.*

Musikalisches Kunstmagazin, v. J. F. Reichhardt, Berlin 1782.

Notes and Queries: a Medium of inter-communication for literary Men, general Readers etc. (seit 1850).

The *Athenaeum,* a Journal of Literature, Science, and the fine arts. 4. (seit 1840.)

A new general biographical dictionary, by the Rev. Hugh James Rose, B. D.*) 12 vols. L. 1857.

Biographia Dramatica. By Baker, Reed, and Jones. 4 vols. 8. London 1812.

The Cyclopaedia, or Universal Dictionary, by Rees. 39 vols. 4to L. 1819—1820.

Biographie Universelle des Musiciens par M. Fétis. 8 vols. royal 8vo. Paris 1839.

A Dictionary of Musicians. 2 vols. 8. L. 1824.

A General biografical dictionary, by John Gorton. L. 1851.

Complete Encyclopedia of Music. By T. Moore. 8. Boston, 1854.

The Harmonicon, *a periodical*, [edited by the late Mr. W. Ayrton]. 4. L. 1823—1833.

The Musical World, a weekly record of musical science, literature, and intelligence. L. 4. (seit 1836.)

The Quaterly Musical Magazine and Review [edited by R. M. Bacon, of Norwich]. London. 8. 1818—1828.

A B C Dario Musico. Bath. 1780.

A Musical Directory for the year 1794, printed for the Editor, published by R. H. Weshley.

Berliner Musikzeitung, 1793.

A General History of the Science and Practice of Music. By John Hawkins. 5 vols. 4to. Lond. 1776. (Eine neue Aufl. erschien 1853 in 2 Bdn. bei Novello.)

A General History of Music. By Chs. Burney, Mus. Doct. 4 vols. 4. London 1776—1789.

History of the Origin and Progress of the Meeting of the three choirs of Gloucester, Worcester and Hereford. By the Rev. Daniel Lysons M. A., F. R. S., F. S. A. Gloucester 1812.

Memoirs of the Opera. By G. Hogarth. 8. London 1851.

---

*) Die nach englischer Sitte dem Namen nachgesetzten Initialen zeigen den Stand der Betreffenden an. So bedeutet: A. B. Bachelor of Arts (artium baccalaureus), B. D. Doctor of Divinity, F. S A. Fellow of the Society of Antiquaries, F. R. S. Fellow of the Royal Society, F. R. S. L. Fellow of the Royal Society of Literature, L. L. D. Doctor of Laws and Literature. M. A. Master of Arts (Magister artium), M. G. S. Member of the Geological Society, Mus. B. Musices Baccalaureus, Mus. D. Musices Doctor.

Memoirs of the musical Drama. By G. Hogarth. 8. Lond. 1838.
An account of the Musical Celebrations on St. Cecilias day. By
      W. H. Husk. L. 1857.
The Pianoforte, its Origin, Progress etc. By Edw., F. Rim-
      bault LLD. 4. London. 1860.
*A sketch of the rise and progress of Her Majesty's Concerts of
      Ancient Music.* By John Parry B. A. Ld. 1847.
*An account of the Institution and Progress of the Academy of
      Ancient Music.* By a Member [Hawkins]. Pam-
      phlet. 8. London 1770.
A brief account of the Madrigal Society. By Th. Oliphant.
      Esq. London 1835.

Counting Book of the Royal Society of Musicians. M. S. [seit
      dem Bestehen des Vereines 1738]. Im Archiv
      der Gesellschaft.

Concerts of Ancient Music, the Word Books [Text-Bücher].
      London 1776 to 1848.
Programme der öffentl. Concerte in London in den Jahren
      1750—1795 inclusive.
Programme der Salomon-Concerte in den Jahren 1791—
      1792 und 1794.
Programme der professional-Concerte (1783—1793 und
      1799)
*Ankündigungen der in d. Jahren 1764—1765 und 1791
      —1795, incl., aufgeführten Oratorien, und
      ital. u. engl. Opern.*
Memoirs of Dr. Burney. By Mad. d'Arblay. 8. L. 1832, 2vols.
Musical Reminiscenses. By the Earl of Mount Edgcumbe.
      L. 1834. 12.
Reminiscences of the King's Theatre and the royal Drury-Lane.
      By Michael Kelly. 2 vols. L. 1826.
Musical Memoirs. By W. T. Parke. 2 vols. 8. 1830.
Memoirs of Musick. By the Hon. Roger North. Edited by
      Dr. F. Rimbault. L. L. D., F.S A., Ld. 1846, 8.
Memoirs, Journal and Correspondence, of Thomas Moore, edi-
      ted by the Right Hon. Lord John Russell. M. P.
      London 1853, 8 vols.

Memoirs of Mrs. Crouch. By M. J. Young. 2 vols. L. 1806.
Memorie di Lorenzo da Ponte, Nuova-Jorca 1830, in tre vol.
Music and friends. By Gardiner, 3 vols. 8. L. 1838-1853.
Anecdotes of music. By A. Burgh. 12. London 1814.
Concert room ad Orchestra Anecdotes. By Busby Dr. T. 12.
    3 vols. 1825.
Anecdotes of Painting. By H. Walpole, edited by Wornum.
    L. 3 vols. 1849.
W. A. Mozart. Von Otto Jahn. Leipzig. 4 Bde. 1856-1859.
Biografie W. A. Mozart's von G. N. v. Nissen. Leipz. 1828.
Chronolog. - thematisches Verzeichniss sämmtl. Tonwerke W. A.
    Mozart's. Von Dr. L. Ritt. v. Köchel. Leipzig
    1862.
Mozart's Briefe, herausgegeben v. L. Nohl. Salzburg 1865.
J. Haydn in London, in den Jahren 1791 und 1792, von Th.
    G. v. Karajan. 8. Wien 1861.
Biograph. Notizen über J. Haydn, von G. A. Griesinger.
    8. Leipzig 1810.
Biograph. Nachrichten von J. Haydn. Von A. C. Dies. 8.
    Wien 1810 (mit Porträt).
Haydn's Tagebuch in London, in den Jahren 1791 und 1792.
    M. S. Autograph.
Haydn's Correspondenz mit William Forster in den Jahren
    1781—1787. Autograph.
Autobiographie and Correspondence of Mary Grenville (Mrs.
    Delany), edited by Lady Llanoer. 8. Lond.
    1861 and 1862, two series, 6 vols.
George Selwyn and his Contemporaries. with memoirs and notes.
    By J. H. Jesse. 8 L. 1834—1844. 4 vols.
Nollekens and his times, ed. by J. T. Smith. Lond. 1828.
    2 vols.
Diary and Correspondence of S. Pepys, ed. by R. Lord Bray-
    brooke. London. 1854. 4 vols.
The lettres of Horace Walpole, Earl of Oxford. Edited by
    Peter Cunningham, now first chronologically
    arranged in nine volumes by Richard Bentley.
    8. London 1857—1859.

Memoirs of the life of the late George Frederic Handel [Main-
waring]. 8. London 1760.

An account of the life of Handel (Gentleman's Magazine of
April 1760).

The life of Handel. By Victor Schölcher. L. 1857.

G. F. Händel. Von F. Chrysander. Leipz. 2 Bde. 1858
und 1860.

*Anecdotes of George Frederick Handel and John Christopher
Smith.* 4. Lond. 1799. [by the Rev. W. Coxe,
Rector of Bemerton.]

*An account of the musical Performances in Westminster Abbey
and the Pantheon (1784) in Commemoration of
Handel.* By Chs. Burney. Mus. Doc. F. R. S.
4. London 1785.

A history of the four Georges, Kings of England, by Samuel
M. Smucker L. L. D. New York. (London.)
1860.

Life and Times of his late Majesty George IV. (with Anecdotes of distinguished persons of the last 50 years.)
By the Rev. George Croly. 12. New York
1845 [auch London 1830. 8.]

Memoirs of the Reign of George III. By W. Belsham. 5th
edition. L. 1801. 8.

Lives of the Queens of England. By J. Doran. L. 1855. 8.

Memoirs of the Court of G. IV. By the Duke of Buckingham
and Chandos. L. 1859. 2 vols.

Annals of G. III. By W. Green A. B. 8. L. 1808. 2 vols.

Annals of the reign of George the Third. By John Aikin. 8. L.
1816. 2 vols.

The four Georges. By W. M. Thackeray. 8. L. 1861.

George III. his Court. 8. L. 1820, 2 vols.

List of Play Bills of London Theatres.

The Theatrical Register, M. S. 4. (Eine grosse Sammlung
Theaterzettel, Programme zu Concerten u. Oratorien im British Museum).

The Companion to the Playhouse. 2 vols. 8. L. 1764.

Sketch of the History of the English Stage. By Malcolm.

The Thespian Dictionary or Dramatic biography of the present age. L. 8. 1805.

Anecdotes of the Stage. By W. Oxberry. L. 12. 1827.

Their Majesties Servants, Annals of the English Stage, by Dr. Doran. F. S. A. 2 vols. L. 1864.

Some Account of the Rise and Progress of the English Stage. From the Restoration in 1660—1830 by John Genest. In X volumes. Bath 1832.

Candid and Impartial Strictures of the Performers belonging to Drury-Lane, Cov.-Garden and the Haymarket-Theatres. L. 8. 1795.

Maps, Plans, Views, Portraits, Historical and other subjects, contained in Pennant's Account of London. Illustrated by J. Chs. Crowle Esq. and bequeathed by him to the British Museum. 40 vols.

Anecdotes of the Manners and Customs of London during the 18th Century. By P. Malcolm. 2 vols. 8. L. 1811.

The memorials of Westminster, by the Rev. Mackenzie E. C. Walcott M. A., 8. London 1851.

A Handbook for London past and present. By P. Cunningham. 8. L. 1850.

Timbs's Curiosities of London. London. 1855. 8.

Environs of London, being an Historical Account of the Towns, Villages, Hamlets within 12 miles of that Capital, by the Rev. Daniel Lysons A.M., F. A. S. 5 vols. 4. 1792—1795.

The foreigners Guide through the Cities of London and Westminster, London 1763.

An Antiquarian ramble. By J. T. Smith. Ld. 8. 1846. 2 vols.

A book for a rainy day: or, recollections of the events of the last 66 years. By John Thomas Smith, late Keeper of the Prints and Drawings in the Br. Museum. L. 1845.

The History and Antiquities of the College and Halls in the University of Oxford : by Antony Wood M. A. of Merton College, now first published in English from the Original M. S. in the Bodleian library by John Gutch M. À., Chaplain of all souls and corpus Christi College. 2 vols. Oxford 1792.

INHALT.

LONDON IN DEN JAHREN

1791 und 1792.

— — — Die Insel ist voll Lärm,
Voll Tön' und süsser Lieder, die ergötzen,
Und Niemand Schaden thun. Mir summen manchmal
Viel tausend helle Instrument' um's Ohr
— — — — — — — — — — — — —

Wohl passen diese Zeilen aus Shakespeare's „Sturm"
(Act III, Scene 2) auf die Zeit, in der wir uns nun bewegen
werden. Es war gleichsam bis dahin der Culminationspunkt
im Musikleben London's, der eine glänzende Schaar Musiker
vereinigte und im Stande war, nebst Theater, Oratorien, Mu-
sikvereinen, Privatconcerten, noch zu 16 Abonnementscon-
certen ein ausgiebiges Contingent an Virtuosen, Sängern, Componisten und Orchesterdirigenten zu stellen.

London, das sich nun, nach damaligen Begriffen, enorm
vergrössert hatte [1]), sorgte auch für die feineren Kunstgenüsse

---

[1]) Walpole gibt von dem damaligen London folgendes Bild
in einem Briefe an Miss Berry (Ap. 15, 1791): „Though London increases every day, and Mr. Herschel has just discovered a
new square or circus some where by the New Road in the Via
Lactea, where the cows used to be fed, I believe you will think
the town cannot hold all its inhabitants; so prodigious the popu-
lation is augmented. I have twice been going to stop my coach in
Piccadilly (and the same has happened to Lady Aylesburg), thinking there was a mob; and it was only nymphs and swains saun-
tering or trudging. T'other morning, i. e. at two o' clock I went
to see Mrs. Garrick and Miss Hannah More at the Adelphi, and
was stopped five times before I reached Northumberland - house;
for the tides of Coaches, chariots, curricles, phaetons, etc. are
endless. Indeed, the town is so extended, that the breed of chairs

der täglich an Zahl zunehmenden Bevölkerung. Es entstanden
neue Concertsäle, neue Theatergebäude. Für die italienische
Oper wurde das schon bestehende P a n t h e o n umgebaut;
dort sangen Mad. M a r a und Sig. P a c c h i e r o t t i. Die als
Surrogat einer Oper dienenden Concerte Sir John G a l l i n i's,
Vocal- und Instrumentalmusik nebst Tanz, weihten das neu
gebaute grosse Opernhaus, King's Theatre Haymarket, ein.
H a y d n, S a l o m o n, der Tenor Sig. D a v i d waren dabei
beschäftigt. Die englische Oper in dem 1794 von Grund aus
neu aufgebauten Drury-lane Theater hatte unter dem eifrigen
Capellmeister Sig. S t o r a c e über ein vorzügliches Ensemble
zu gebieten. Für die Oper waren hier Sga. S t o r a c e, Mrs.
C r o u c h, B l a n d, J o r d a n, Miss d e C a m p (spätere Mrs.
Kemble), Miss P o o l e (spät. Mrs. Dickons) und der Tenor
K e l l y engagirt. Auch Bannister, Suett, Sedgwick vom Schauspiele wurden dazu verwendet. — Covent-Garden Theater, das
1792 zum grössten Theil umgebaut wurde, hatte freilich nur
zwei hervorragende aber höchst beliebte Mitglieder für die
Oper: Mrs. B i l l i n g t o n und Mr. I n c l e d o n. Die Einnahmen dieser beiden grössten Schauspielhäuser London's
waren damals beträchtlich genug. 200 £. galt für einen sehr
schlechten Abenderlös. Covent - Garden begnügte sich bei
300 £. und die Direction des Drury-lane Theaters (zur Zeit
als die Gesellschaft im Opernhause spielte) nahm in den ersten
Tagen des Jahres 1792 sogar nahe 600 £. an Einem Abend
ein. Der Public Advertiser (11. Jan. 1792) erinnert bei dieser Gelegenheit an die Zeit, als in Drury-lane Theater Holland, Mrs. Yates, Miss Pope, King, Weston vor etwa 150 Zu-

---

*is almost lost; for Hercules and Atlas could not carry any body
from one end of this enormous capital to the other.*" Was würde
wohl Walpole zu dem heutigen London sagen!

schauern spielten, und Mrs. Rich von Covent-Garden mitunter froh war, wenn ihr der Cassier doch wenigstens 3 £. Einnahme ankündigen konnte.

In Hanover square rooms gab **Salomon** „unter den Auspicien Haydn's" 12 Subscript.-Concerte und eben so viele die Fachmusiker (*professional concerts*) unter Wilh. **Cramer**. Die Fastenzeit brachte Oratorien in Covent-Garden, Drury_ lane und King's Theatre; auch eine grosse **Händelfeier** (*Commemmoration of Handel*) in der Westminster-Abtei, die sechste seit 1784, sollte 1791 noch stattfinden. — Da waren ferner in einem neuen Saale in Tottenham street [1]) die vom König besonders protegirten Concerte für alte Musik (*Concerts of ancient Musik*) unter Joah **Bates** und W. **Cramer**; die Concerte der uns schon bekannten *Academy of ancient Musik*, jetzt unter Dr. **Arnold** und **Salomon**; die *Anacreontic-, Madrigal-, Cecilian-* und *Handelian - Societies;* der *Catch-Club, Glee-Club;* die Concerte in den Gärten Vauxhall und Ranelagh. Dazu die häufigen Concerte bei Hof in Buckingham-house [2]) oder zu Windsor, beim Prinzen von Wales in Carlton-house, bei der Herzogin von York in York-house. Endlich noch die an Sonntag-Abenden stattfindenden *Nobility-concerts* (Concerte des Adels), die *ladies-concerts* (Damenconcerte) an Freitag-Abenden; eine Unzahl Privatconcerte

---

[1]) Privatconcerte wurden hier seit 1777 gegeben. Anfangs hiess der Saal „New Rooms", auch „Mr. Pasquali's Room"; später „*the Ancient Music Concert Room.*" Im Jahre 1809 wurde daraus ein Theater: *Queen's-* oder *West London*; seit 1865 *Prince of Wales Theatre* genannt.

[2]) Obwohl Eigenthum und Wohnsitz der Königin und auf den Stadtplänen mit *Queen's - house* bezeichnet, erhielt sich die frühere Benennung im Volksmunde.

einheimischer und fremder Virtuosen nebst den Musikabenden der Reichen im eigenen Hause — kein Wunder, wenn *Morning Chronicle* (Januar 1791) ausruft: „Wir sind mit einer Musik-Ueberschwemmung bedroht, so beunruhigend, dass es schwer fallen wird, deren Wirkung vorzubeugen. Es wird nicht genug sein, unsere Ohren zu verstopfen, wenn wir nicht auch unsere Taschen zugleich wahren." Und einen Monat später schreibt dasselbe Blatt: „Die Gegenwart ist das Zeitalter der Musik. Der Geschmack John Bull's, früher nur dem Materiellen ergeben, scheint sich nun auch auf die Musik verlegt zu haben."

„Wer will sagen," ruft *Gazeteer* schon Ende 1790 nach Aufzählung aller zu erwartenden musikalischen Genüsse, die einen „höchst harmonischen Winter" versprechen, „wer will nun sagen, dass John Bull nicht auch ein Mann von Geschmack ist!" Mit mehr Zurückhaltung sagt *Morning Chronicle* Anfangs 1792 bei ähnlicher Gelegenheit: „Dies wird der Welt wenigstens als Beweis unserer musikalischen B e g e i s t e r u n g dienen; wir wünschen, es möge auch ein Zeugniss unseres musikalischen W i s s e n s und G e s c h m a c k s abgeben."

Als Beweis, dass die Musikwuth sich auch in den niederen Classen der Bevölkerung ausbreite, erwähnt *Morning Chronicle* (Dec. 1791) Concerte auf einem Heuboden, Eintritt drei Pence *(Three-penny-Concerts in a Hay-loft)*; ferner Sonntagsconcerte zu 6 Pence in gewöhnlichen Bierstuben.

Im Hinblick auf die Streitigkeiten der beiden Opernhäuser, des wieder neu erbauten King's Theaters und des nun ebenfalls als „königliches" bezeichneten Pantheon sagt *Morning Chronicle* (Jan. 1791): „Die Musikbegeisterung dauert fort, doch ihre Macht ist gebrochen, indem sie nicht einmal im Stande ist, im eigenen Kreise H a r m o n i e zu Stande zu bringen."

Nach dem im *Morning Chronicle* jede Woche aufgestellten *Mirror of fashion* (Modespiegel) waren in jener Zeit die Abende einer Woche beiläufig wie nachstehend ausgefüllt:

Montag: *professional-concert;* Concert in York-house.

Dienstag: Italienische Oper im Pantheon; Vocal- und Instrumental-Concert und Ballet im King's Theatre, Haymarket; Concert im Buckinghamhouse oder Windsor lodge.

Mittwoch: *Concert of ancient Musik* (auch „des Königs Concert" genannt).

Donnerstag: Concert der *Academy of ancient Musik; Anacreontic Society* (beide jeden zweiten Donnerstag); Concert im Carlton-house beim Prinzen von Wales.

Freitag: Salomon-Concert; *Ladies*-concert; Concert für geistliche Musik in Windsor lodge.

Samstag: Italienische Oper im Pantheon; Concert und Ballet im King's Theatre.

Sonntag: *Nobility*-Concert (Subscript.-Concert des Adels); Concerte bei General Townshend, bei der Herzogin von Gloucester (Gloucester - house), Lady Somer, Mrs. Sturt, musical *soirée* unter Haydn bei Mr. Hare *(musical party under Haydn at Mr. Hare's)* etc. etc.

Rechnet man dazu die Schauspiele und engl. Oper in Covent-Garden und Drury-lane, die vielen kleineren Theater und öffentlichen Musikunterhaltungen, Sans-Souci, Lyceum etc., die brillanten Maskennächte im King's Theatre, Pantheon, Vauxhall und Ranelagh; die zahllosen Privatconcerte und die glänzenden Abendgesellschaften *(Route's)* der vornehmen Welt, wobei Musik selten fehlte, so kann man sich wohl ein Bild machen von dem musikberauschten Treiben

London's zu jener Zeit — einer Zeit, wo der Nachbarstaat
in vollen Flammen stand. Doch Albion's Hauptstadt hielt sich
an die Worte Shakespeare's, der durch Lucentio in „der Wider-
spänstigen Zähmung" (Act III, Sc. 1) daran erinnert, zu
welchem Zwecke uns Musik gegeben:

> „Ist's nicht, des Menschen Seele zu erfrischen
> Nach ernstem Studium und der Arbeit Müh'?"

A.

MUSIKALISCHE VEREINE.

Die erste der in den 60ger Jahren erwähnten Gesellschaften, die *St. Caecilian-Society*, lebte in den 90ger Jahren nur noch in einem unbedeutenden Abzweige fort; die *Castle-Society* war eingegangen. Dafür treten nun neue Vereine auf. Die in den 90ger Jahren noch bestehenden und neu hinzugetretenen Vereine waren der Zeit ihrer Entstehung nach :

1. *Academy of ancient Musik* (Akademie für alte Musik),
2. *Madrigal-Society*,
3. *Noblemen and Gentlemen Catch-Club*,
4. *Anacreontic Society*,
5. *Concerts of ancient Musik* (Concerte für alte Musik),
6. *Professional concerts* (Fachmusiker-Concerte),
7. *Glee-Club*.

Vereine zur Unterstützung ihrer Mitglieder :

8. *Corporation of the Sons of the Clergy* (Corporation der Predigersöhne),
9. *Royal Society of Musicians of great Britain* (k. Tonkünstler-Societät von Grossbritannien),
10. *New musical Fund* (neuer musikalischer Verein),
11. *Choral Fund* (Chor-Verein).

1. Academy of ancient Music.

„Die Akademie für alte Musik" hatte 1783 ihre Statuten neu geregelt und war 1784 nach Freemason's Hall, great Queen street, Lincolns-Inn-Fields, übergesiedelt, wo wir den Verein auch in den 90ger Jahren finden. Subscribenten waren damals meist die reichen Kaufleute der City. Nach Dr. Cooke folgte 1789 Dr. Arnold als *conductor*, der dem Vereine neues Leben gab; als *leader* folgten sich Trudway, David Richards, Barthelemon und endlich (1790) Salomon. Nach der, 1789 im Public Advertiser veröffentlichten Liste war Chor und Orchester etwa 65 Mitglieder stark. Erst seit 1788 war es auch Damen überhaupt gestattet, als Abonnenten an den Concerten Theil zu nehmen. Sie wussten diese Erlaubniss aber auch zu lohnen: ein Kranz von Schönheiten schmückte von nun an Freemason's Hall. „Ich sah kaum je eine grössere Gesellschaft schöner Frauen", versichert Mich. Kelly. In den 90ger Jahren fanden, wie früher in der Wintersaison, acht Concerte, Subsc. zu 5 Guineen, statt. Abwechselnd wählte einer der Directoren der Gesellschaft die aufzuführenden Compositionen, wobei neben älterer Musik auch der Lebenden, Dr. Arnold, Dr. Dupuis, Attwood u. A. gedacht wurde. Byrd's Canon „*non nobis Domine*" bildete noch immer den Schluss jeden Abends. Soli sangen Sga. Storace, Mrs. Crouch, Mad. Mara, Miss Abrams, Hagley, Parke, Miss Leake, eine Schülerin Arnold's; die Herren Kelly, Nield, Sale, Bartleman etc.

---

2. Madrigal-Society.

Diesen geselligen Gesangsverein finden wir in den 90ger Jahren im Gasthaussaal „Crown and Anchor." Unter den Mitgliedern zählten bis dahin u. a.: Th. Aylward, Joah Bates,

Dr. C o o k e, James B a r t l e m a n; später Eingetretene waren
u. A.: Reg. Spofforth, Rev. R. Webb, Th. Vaughan und C.
Evans, Dr. Calcott, Th. Greatorex, Th. Welsh, J. Nield, V.
Novello, J. Turle.

3. Noblemen and Gentlemen Catch Club.

Dieser Verein zählte nun, 30 Jahre nach seiner Gründung, die angesehensten Namen in seinen Reihen. Eine ge-
druckte Liste (*Members of the Catch Club from its first institution with the dates of their respective admissions*) gibt die
Namen aller Mitglieder vom Jahre 1761 bis 1828. Darunter
den Prinzen von Wales und Herzog von Cumberland (1786),
beide besonders eifrige Besucher; die Herzöge von York,
Gloucester und Clarence (1787 — 1789). W e b b e schrieb
für die Erstgenannten seine besten Glee's; für den Prinzen
„*the Mighty Conqueror*" und für den Herzog: „*Glorious
Apollo.*" C a l c o t t, der bei Haydn's Anwesenheit in London
unter ihm Instrumentalmusik studirte, war der eifrigste Componist in Catches und Glee's. In den Jahren 1789 — 1794
nahm er auch die meisten Preise in Beschlag; von 23 Preisen
fielen ihm allein 13 zu; W e b b e erhielt drei, John D a n b y,
Benj. C o o k e, Mus. D., S. W e b b e jun. je einen, Reginald
S p o f f o r t h zwei Preise. Der Catch-Club gab 1791 im Mai
sein jährliches Festdiner, wobei Lord Molyneux als Chair-
man fungirte und wozu auch Damen, aber nur zu dieser Gelegenheit, Zutritt hatten. Der edle Lord verstand es, sein
Amt mit Nachdruck auszuüben, denn „es war in später Stunde,
bis sich die Gesellschaft endlich trennte".

4. Anacreontic - Society.

Dieser musikalische Verein hielt in den 90ger Jahren
seine Zusammenkünfte, mit December beginnend, alle 14 Tage

im Ballsaale „zur Krone und Anker", Strand. Das Comité bestand meist aus Kaufleuten und Banquiers. Nebst Gesangssachen führte die Gesellschaft auch Symphonien und Quartette auf. Auch hier war Dr. Arnold *Conductor* (er hatte schon 1785 dem Vereine eine ausgewählte Sammlung anakreontischer Gesänge dedicirt [1]). Die Concerte begannen um 7 Uhr Abends. Nach dem Vortrag einer Symphonie von Kozeluch, Pleyel, Le Duc, Mozart, Haydn, wobei Cramer als *leader* fungirte, folgte ein Quartett von Pleyel oder Haydn, von Cramer, Mountain, Black und Smith vorgetragen, und einige Solovorträge; dann verfügte sich die Gesellschaft zum Souper in einen Nebensaal, wo an drei Tischen etwa 180 bis 200 Personen Platz nahmen. Nach dem Mahle stimmte Chs. Banister sen., Dignum oder Incledon den anakreontischen Gesang „*To Anacreon in Heaven*" an, dem einzelne Lieder und eine bunte Reihe munterer Catches und Glee's, gesungen von Webbe, Danby, Dignum, Hobbs, Sedgwick, Suett, Incledon folgten. Besonders oft ist dabei das von Letzterem vorgetragene „*the Banks of Tweed*" erwähnt. Während des Soupers war es wohl auch Damen gestattet, von der Musikgallerie aus dem heiteren Treiben zuzusehen, an dem sie, wie es scheint, viel Wohlgefallen fanden, und nur ungern sich daran erinnert sahen, dass es Zeit sei, sich zurückzuziehen, wenn nämlich „die Kraft des Weines anfing, über die Zartheit der Myrthe das Uebergewicht zu erlangen". Den männlichen Theil der Gesellschaft aber wusste Dr. Arnold

---

[1] *Anacreontic songs for 1. 2. 3 & 4 voices, composed and selected by Dr. Arnold and dedicated by permission to the Anacreontic-Society. London printed for J. Bland 45 Holborn 1785.* Darin befinden sich Glee's, Rounds von J. Baildon, Leveridge, Dr. Green, Dr. Boyce, Eccles, Dr. Croft, Dyne, Dr. Hayes, Giardini und Händel.

derart zu fesseln, dass sich die Meisten erst gegen drei Uhr Nachts des heimatlichen Herdes erinnerten; ja, „sie errötheten nicht, wenn ihnen zuweilen selbst die Sonne auf dem Heimweg von ihren Schwelgereien das Geleite gab".

5. Concerts of ancient Music [1]).

Die „Concerte für alte Musik" geben einen schlagenden Beweis, wie auch der glänzendst ausgestattete Verein an falsch verstandener Leitung zu Grunde gehen kann.

Im Jahre 1776. waren mehrere hochgestellte Männer, an ihrer Spitze der Graf von Sandwich, zur Gründung eines musikalischen Vereines zusammengetreten, dessen Zweck ausschliesslich die Aufführung älterer classischer Musik sein sollte. Durch einen Hauptparagraph der Statuten, welcher die Aufführung von Musikstücken n u r 2 0 J a h r e n a c h d e m A bl e b e n d e s C o m p o n i s t e n gestattete, hatte sich der Verein im Vorhinein eine Fessel angelegt, die ihm einst drückend genug werden sollte. Jährlich wurden 12 Concerte zum Subscriptionspreise von 5 Guineen (später sogar 8 Guin.) in dem dazu neu hergerichteten Concertsaale in Tottenham street abgehalten. (1795 wurden die Concerte im grossen Saale im King's Theatre und vom Jahre 1804—1848 in Hanover sq. rooms gegeben.) Der Organist Joah B a t e s war *Conductor* bis 1793, ihm folgte G r e a t o r e x bis 1831; H a y und nach ihm (1780) W. C r a m e r waren *leader*. (Cramer's Sohn François folgte 1800 und trat erst 1844 ab.) Händel's Werke

---

[1]) Folgende Hauptquellen lagen vor: The Harmonicon, 1831, , *Memoirs of the Metropolitain concerts."* — „*A sketch of the rise and progress of Her Majesty's Concerts of Ancient Music"* by *John Parry* B. A. London, 1847. — Die Programme sämmtlicher Concerte vom Jahre 1776 bis 1848.

waren in den Programmen am stärksten vertreten; nur ab
und zu erschienen Purcell, Martini, Leo, Pergolesi, Hasse, Jomelli, Corelli, Geminiani, Palestrina, Astorga.

Im Jahre 1785 erhielten diese Concerte plötzlich einen
erhöhten Glanz durch die Theilnahme des Königs. Georg III.
übernahm das Protectorat des Vereins und wurde regelmässi-
ger Besucher der Concerte, zu denen er mit der Königin und
den Prinzessinnen in vollem Hofstaat auffuhr. Eine königliche
Loge wurde errichtet, von der allein Beifall oder Zeichen zur
Wiederholung einzelner Nummern ausgehen durften; das mitwirkende Privatorchester des Königs und der Chor, die Herren
und Knaben der kgl. Capelle, mussten in ihrer Uniform erscheinen, kurz, des „Königs Concerte", wie sie nun meist genannt wurden, beanspruchten all' die Etiquette, welche die
Gegenwart eines Hofes mit sich bringt.

Die Zahl der Subscribenten, anfangs meist nur aus
Freunden und Verwandten der Directoren bestehend, nahm
nun fortwährend zu. Es gehörte zum guten Ton, den Concerten beizuwohnen, ob man nun Geschmack an alter Musik
oder an Musik überhaupt hatte oder nicht. Der Mittwoch-
Abend gehörte dem König; eine grössere Privatsoirée an
diesem Abend zu geben wäre ein arger Verstoss gegen die
Etiquette gewesen; ja, der Hofmarschall würde es kaum gewagt haben, seine Einwilligung selbst zu einem öffentlichen
Privatconcerte zu geben.

Die vorzüglichsten Solosängerinnen in diesen Concerten
waren bis zu den 90ger Jahren die Damen Harrop (spätere
Mrs. Bates), Cantelo (sp. Mrs. Harrison), Billington, Storace, Poole [1]; ferner an einheimischen Kräften noch die

---

[1] Miss Poole (spätere Mrs. Dickons) war eine Schülerin
Rauzzini's. Sie rechtfertigte die Hoffnungen, die man in den

Sänger Harrison, Nield, Champness, Knyvett,
Sale, Reinbold, zu denen noch die Italiener Rubinelli,
Marchesi, Pacchierotti kamen. Die einzige und bedeutendste deutsche Sängerin aber war die hier zuerst 1785 mitwirkende Mad. Mara.

In den Jahren 1791 — 1795 sangen ausser Mara und
den schon Genannten noch Miss Corri (spät. Mad. Dussek),
Ducrest, Negri, Parke und Banti (letztere 1795);
ferner die Herren Bartleman, Kelly, Bellamy, der
Bassist Fischer (1794), Mozart's erster Osmin, und der
junge Welsh [1]).

Von folgenden Componisten wurden in jener Zeit Com-
positionen aufgeführt: Händel, Hasse, Lampugnani, Boyce,
Avison, Purcell, Pergolese, Sacchini, Jomelli, Perez, Bach,
Graun, Corelli, Geminiani, Marcello, Locke, Gluck, Astorga,
Kent, Martini, de Maio, Vinci.

Die weitere Geschichte dieses Vereines bietet manches
Interessante. Mit dem Verbot von Aufführungen eines Werkes,
bevor der Componist nicht seine 20 Jahre im Grabe gelegen, hatten sich die Directoren einen immer schwerer drü-
ckenden Hemmschuh angelegt. Selbst die kostbare Bibliothek,
die jetzt unbenutzt im Buckingham-Palast aufbewahrt liegt,
wusste man nicht zweckentsprechend auszubeuten. Die aus-

90ger Jahren in sie setzte. 1812 sang sie neben der Catalani
in Mozart's „nozze di Figaro." Später brachte sie mehrere Jahre
in Italien zu, wo sie sehr gefiel. Sie starb zu London am
4. Mai 1833.

[1]) Tom Welsh, geb. zu Wells in Somersetshire, machte
schon als sechsjähriger Sängerknabe bei kirchlichen Aufführungen solches Aufsehen, dass ihn Sheridan für die Oratorien unter
Linley engagirte. Er sang bald darauf auch im Drury-lane
Theater in der Oper, wo er ebenfalls sehr gefiel.

gezeichnetsten Sänger jeder Saison wurden engagirt, aber in den Programmen blieb es beim Alten. Mozart, Haydn und Beethoven waren längst Gemeingut der ganzen musikalischen Welt, nur hier blieben sie ausgeschlossen. Endlich im Jahre 1824, also 33 Jahre nach Mozart's Tode (!), öffnete ihm der Graf von Darnley mit dem Duett „Ah perdona" aus Titus die Pforten. Mehr Rücksicht zeigte man für Beethoven, der doch schon 1833 (also 6 Jahre nach seinem Tode) Eingang fand. Ein Jahr früher, 1832, hatte man, 23 Jahre nach Haydn's Tod, sein „Es werde Licht" (nicht unpassend) als erste Composition von ihm aufgeführt. Mendelssohn's Name erscheint zweimal gleichsam nur verstohlen in diesen Concerten wenn auch nicht durch eine Composition. 1847 spielte er auf der Orgel ein Präludium und Fuge von J. S. Bach (über den Namen Bach) und 1848 spielte Mr. Blagrove eine Chaconne für Violine von Bach „mit hinzugefügter Begleitung von Mendelssohn". Im J. 1840 versuchte man den Concerten neuen Reiz zu verleihen, indem man fürstliche Personen bewog, als Directoren zu fungiren (d. h. die Wahl der aufzuführenden Nummern zu bestimmen). Unter diesen war auch Prinz Albert, dessen sinnig zusammengestellte Concerte wirklich dem Verein neues Leben einzuhauchen schienen. Abermals munterte auch die Gegenwart des Hofes, die Königin an der Spitze, zu reger Theilnahme an. Doch die Tage der Gesellschaft waren gezählt. Der Herzog von Wellington war dazu auserkoren, zu dem achten und letzten Concert der Saison 1848 (7. Juni) den Plan zu entwerfen. Aber der alte Krieger war auf dem Schlachtfelde glücklicher als im Salon: die Schlacht ging verloren. Es war der letzte Abend, und die Concerte „hörten auf zu sein." —

6. Professional - Concerts.
(Concerte der Fachmusiker.)

„Hanover square great concerts" (Grosse Concerte, Hanover sq. rooms) — mit dieser Ueberschrift ladet *Public Advertiser* am 8. Febr. 1783 zur Subscription (sechs Guineen für zwölf Concerte) für die Concerte einer neu gegründeten Gesellschaft ein. — Unter den dazu engagirten Künstlern sind besonders hervorzuheben: C r a m e r als Dirigent, G r a f f als Componist; die Solospieler S a l o m o n, W e i s s, beide P i e l t a i n, F i s c h e r, M a h o n, C e r v e t t o, D u p o r t, B a u m g a r t e n, J. B. C r a m e r, die Schwestern R e y n o l d s, Miss G u e s t und W e i c h s e l (spät. Mrs. Billington). Als Componist und Clavierspieler trat auch Abbé V o g l e r auf. Sänger waren: Sig. B a r t o l i n i, Mr. H a r r i s o n; Sängerinnen: Miss C a n t e l o, Sga. W h e e l e r *„detta Inglesina"*, Miss A b r a m s und die schon erwähnte Miss W e i c h s e l.

Das erste dieser Concerte, Mittwoch den 19. Februar 1783, wurde mit einer Symphonie von H a y d n eröffnet, dessen Name, so lange diese Concerte bestanden, sehr häufig mit Symphonien, Quartetten und Concertanti vertreten ist. Weitere Componisten in diesem Jahre waren: G o s s e c, L e D u c, B a c h (besonders dessen Symphonie für zwei Orch.), S t a m i t z, D i t t e r s, B a u m g a r t e n, K l o f f l e r, T o e s c h i. Graff schrieb namentlich häufig Concertanti (damals vorzugsweise *Concerti grossi* genannt), in denen Cramer und Salomon, letzterer Viola spielend, zusammenwirkten. Nach dem zwölften Concerte (21. Mai), das mit einer Symphonie von D i t t e r s schloss, und in dem S a l o m o n besonders mit einem Violinconcert und Miss W e i c h s e l als Sängerin und Clavierspielerin sich auszeichneten, zählt Publ. Advertiser (23. Mai) die glänzendsten Namen der Zuhörer auf, darunter der Prinz von Wales, Herzog von Cumberland, Graf und Gräfin von

Abingdon, Herzogin von Richmond, Herzog von Dorset, Graf von Mornington etc. und hofft, dass die Concerte, denen eine grosse Zahl *Cognoscenti* und *Amateurs* aus den ersten Zirkeln der angesehensten Familien als Abonnenten beizutreten sich erklärt hätten, auch ferner unter dem Schutze des Prinzen von Wales und der einflussreichen Vermittlung eines edlen Lord [Graf von Abingdon[1])] fortfahren werden zu gedeihen.

Im nächstfolgenden Jahre erschienen als Solospieler u. a. Ramm (Oboe), die beiden Schwarz und Payola (Waldhorn), De Camp und Florio (Flöte) und der berühmte Contrabassist J. Kämpfer. Clementi und sein Schüler J. B. Cramer spielten ein Duo für zwei Claviere, Cervetto ein Violoncello-Concert von Haydn, Cramer, Black und Cervetto ein damals beliebtes oft aufgeführtes Trio für Violine, Viola und Violoncello von Giardini. Salomon, der noch einigemal als Violaspieler in Concertanti aufgetreten war, fehlt von nun an. Cramer blieb Dirigent bis zum Erlöschen dieser Concerte. Graff ist abermals als Componist genannt; das letzte Concert dieses Jahres am 19. Mai schloss mit einer Composition von demselben, einer Ode mit grossem Chor „*being an Address of Neptune, and his attendant Nereids to Brittania, upon the Dominion on the sea,*" ein Text, der auch später von Fischer, Pleyel und Haydn benutzt wurde.

Es erschien nun am 14. Juni im *Morning Herald* eine Ankündigung der vorzüglichsten Musiker London's, dass sie

---

[1] Lord Abingdon war ein eifriger Musikdilettant. Er hatte bereits die Bach-Abel-Concerte kräftig unterstützt. Als es ihm später nicht gelang, Haydn zur Reise nach London zu bewegen, um als Componist und Dirigent der *professional*-Concerte aufzutreten, zog er sich ganz von dem Unternehmen zurück. Mit Haydn kam Lord Abingdon viel zusammen; er starb 1790.

mit **Gallini**, Eigenthümer der Hanover square rooms, ein Uebereinkommen für weitere Concerte getroffen hätten und die Zahl der Subscribenten auf 500 beschränkt sei.

Die, 1785 zum erstenmal betitelten *„professional concerts"* (auch *„Han. sq. great profess. concerts"*) fuhren nun mit vollen Segeln. Es erscheint eine lange Liste von Musikern, die sich dem Verein angeschlossen. **Abel** wird als Componist angestellt und tritt auch wieder häufig mit seinem Instrument, der viol' da gamba, auf. Ferner als Solospieler: die bekannte blinde Clavierspielerin Mar. Ther. **Paradis**, der Violinspieler **Lolli** und die ausgezeichneten Waldhornisten Ignaz und Anton **Böck**. Unter den Sinfonien erscheint auch **Mozart's** Name; eine neue beliebte Ouverture [Sinfonie] „la chasse" von **Haydn** und „die Schlacht" (*the battle*) von **Raimondi**.

Doch das Jahr 1785 schien für diese, so wie für die Concerte im Pantheon, wo Salomon dirigirte, nicht glücklich, die Einnahmen deckten kaum die Kosten.

Im Jahre 1786 wurden die Concerte für immer auf die Montag-Abende verlegt. Nebst **Cramer** (*leader*), **Abel**, erster Componist, ist auch **Clementi** als Componist und Spieler genannt. Es scheint, als habe die Gesellschaft schon damals mit Haydn correspondirt, der ihnen auch einige Compositionen zur Aufführung einsandte [1]). Mrs. **Billington** trat in diesem und den beiden nächstfolgenden Jahren als Sängerin auf; auch Cecilia **Davies** (1787), Sig. **Marchesi** (1789), sind genannt. Am Schlusse der Saison 1789 versicherte *the Gazeteer* (6. Mai) dass die Geschäfte des Vereins glänzend ständen, ja dass sie

---

[1]) *Haydn wishes it prosperity, and has composed some pieces that will be played there, full of all his phrency and fire.* (*Morn. Herald. 1786. Feb. 6.*)

die Blüthezeit der Bach - Abel Concerte noch überträfen. Die Einnahme in diesem Jahre betrug trotz bedeutender Ausgaben (Marchesi erhielt allein 200 Guineen) 2000 Guineen. Im Jahre 1790 waren Mad. Mara, Sgra. Storace, Miss Cantelo und Sig. Marchesi engagirt; der junge Bridgetower trat als Violinspieler auf und Gyrowetz, der bis in die Mitte des Jahres 1792 in London verweilte, war als Instrumentalcomponist engagirt.

Unterdessen hatte das Comité, Graf von Abingdon obenan, vergebens sich bemüht, Haydn zu einer Reise nach London zu bewegen, um in ihren Concerten als Componist aufzutreten. Nach dem Rücktritt des Grafen entschloss sich Haydn um so weniger, der Einladung Folge zu leisten. Was aber ihnen nicht gelang, glückte Salomon, der ebenfalls wiederholt in ähnlicher Weise sich an Haydn gewendet hatte, durch persönliche Einwirkung. Salomon brachte Haydn im Triumph von Wien nach London, wo die Gesellschaft der Fachmusiker, nachdem ein letzter Versuch, Haydn zum Uebertritt zu ihren Concerten zu bereden, misslang, ihm in verletzender Weise den eigenen Schüler Pleyel entgegen stellte. So kämpften *professional*- und Salomon-Haydn-Concerte die Saison 1792, aus der Letztere als Sieger hervorgingen. — Pleyel kam ein zweites Mal nicht wieder nach London und die *professional*-Concerte, die an den, unterdessen neu gegründeten, Vocal-Concerten des Tenoristen Harrison abermals einen Rivalen auftauchen sahen, gingen 1793 an Theilnahmslosigkeit ein.

Die in den Jahren 1791—1793 aufgeführten Compositionen bestanden aus Sinfonien von Haydn, Pleyel, Gyrowetz, Rosetti, Stamitz, Clementi, Bach (für doppeltes Orchester) und Mozart (2 — 3 Mal); in *Concertanti* von Pleyel, Devienne, Mazzinghi, Rawlins jun.; Quartetten und Quintetten von Pleyel, Haydn, Schroeter etc. Als Solospieler traten auf: Cramer,

Weichsel (Bruder der Mrs. Billington), Master Smith, Giornovichj, Mad. Gautherot, Mlle. Larives mit Violin-Concerten; Lindley, Cervetto (Cello); beide Parke (Oboe); Mad. de Musigny und Delaval (Harfe); Pieltain (Waldhorn); Parkinson (Fagott); Dance, J.B. Cramer, Dussek, Miss. Parke (Pianoforte). Als Sänger und Sängerinnen: Pacchierotti, Lazzarini, Nield, Mrs. Billington (die für jede Arie zehn Guineen erhielt), Sgre. Negri, Garelli und Storace.

Noch im letzten Jahre 1793 wurden, um den Concerten neuen Reiz zu verleihen, auch Glee's eingeführt, eigens von R. T. Stevens, Danby, Dr. Callcott, Webbe componirt. Doch die Concerte hatten sich bereits überlebt; Salomon behielt die Oberhand und nahm die nun frei gewordenen Montag-Abende für sich in Beschlag.

Ein schwacher Versuch, die *professional*-Concerte wieder zu erwecken, wurde 1799 gemacht. Noch einmal übernahm Cramer, wenige Monate vor seinem Tode, die Direction. Es wurden sechs Concerte (subsc. 3 Guineen) in Willis's Rooms gegeben. Instrumental-Compositionen von Cherubini, Haydn, Mozart, Gyrowetz, Dittersdorf, Rosetti kamen zur Aufführung; Sgra. Banti, Mrs. Harrison sangen; Lindley, Dragonetti, Dussek, Monzani, Holmes, Leander, Miss Dupre concertirten. Doch die Zeit der *professional* war vorüber — mit dem Jahrhundert gingen auch die so glänzend begonnenen Concerte zu Ende [1]). Ueber Wilhelm Cramer,

---

[1]) Ueber einen letzten missglückten Versuch im Jahre 1816, mit *Professional* - Concerten die 1813 gegründete *Philharmonic-Society* aus dem Felde zu schlagen, sagt „the Harmonicon", 1830, p. 46: *After a short existence these concerts yielded up the ghost, without exciting the least commiseration for their richly — merited fate! —*

der in London 36 Jahre lang eine hervorragende Stellung in
der Musikwelt einnahm, siehe Beilage I.

-----

7. Glee - Club.

Dieser Gesang-Verein wurde am 22. December 1787 von
Dr. A r n o l d und Dr. John W. C a l l c o t t gegründet. Die
Mitglieder kamen vom December an 10 Mal an jedem zweiten
Sonnabend zusammen; das Local war seit 1791 das Gast-
haus Krone und Anker. Unmittelbar nach der Tafel wurde
Byrd's Canon „*Non nobis, Domine*" und Webbe's „*Glorious
Apollo*" gesungen. Richard Clark, der Secretär des Vereins,
veröffentlichte später eine Sammlung der am häufigsten vor-
getragenen Gesänge[1]).

Ausser den genannten Gesellschaften nennt *the Musical
Directory* für das Jahr 1794 noch folgende kleinere Gesang-
vereine, welche wöchentlich zusammen kamen, um Kirchen-
musik zu üben und häufig beim Gottesdienste Gesänge aufführten:

Long-Acre Society (Long Acre, ein Stadttheil London's).

Titchfield Chapel Society (Mary-le-bone)

Handelian Society (Händel-Gesellschaft, Wychstreet).

Surry Chapel Society (Southwark). Die beiden letzteren
vereinigten sich 1791 mit dem später zu nennenden „*Choral
Fund.*" Auch einer:

Cecilian Society geschieht Erwähnung, die gelegentlich
bei Concertaufführungen mitwirkte. —

-----

[1]) Glee-Clubs haben sich unter den verschiedensten Be-
nennungen in London gebildet. Gegenwärtig gibt es einen *City
Glee-Club, English Glee and Opera Union, English and German
Glee Union, Euterpean Glee Union, the Glee Club, Our Glee Society, Quartet Glee Union, Round Catch and Canon Club*.

8. Corporation of the Sons of the Clergy.

Die Corporation der Predigersöhne führte in den 90er Jahren beim Jahresfest ihrer Stiftung in der St. Pauls-Cathedrale fast dieselben bei Mozart (1764—1765) erwähnten Tonstücke auf. Ein Anthem von Dr. Boyce ausgenommen, war Alles von Händel, nämlich: Ouverture zu Esther, Dettinger Te Deum und Jubilate, Hallelujah aus dem „Messias" und Krönungsanthem. Dr. Hayes war *conductor*, Shaw war *leader*. Die Einnahmen in der Kirche und beim Festessen, wobei die höchsten Würdenträger der Stadt und Geistlichkeit zugegen waren, hielt jährlich so ziemlich die Mitte zwischen 800 bis 1000 £.

---

9. Royal-Society of Musicians of great Britain.

Der nunmehr als „königliche Tonkünstler-Societät von Grossbritannien" bestehende Verein stand blühend da. Durch die Fürsorge des Königs waren ihm von dem Erlös der im Jahre 1784 in der Westminster-Abtei abgehaltenen Gedächtnissfeier Händel's 6000 £. zugewiesen worden. Damals, 45 Jahre nach Gründung des Vereins, hatte derselbe, die 6000 £. mitgerechnet, über ein Capital von 22,000 £. in Werthpapieren zu verfügen (ein jährliches Interessen-Einkommen von 678 £.). An Hülfsbedürftige waren bis dahin über 24,814 £. vertheilt worden. Bei der im folgenden Jahre (1785) wiederholten grossen Aufführung in der Westminster-Abtei prangte der Verein zum erstenmal unter dem Namen „*Royal Society of Musicians*", denn der König hatte sich auf die Fürsprache des Lord Sandwich, Graf von Exeter und Herzog von Montagu und auch als Anerkennung der eifrigen Dienste, die der Verein bei dem grossen Händelfeste bewiesen, als Protector an die Spitze desselben gestellt und ertheilte der Gesellschaft am

26. August 1790 die königl. Sanction. Auch verordnete er, dass die *Concerts of ancient Musik*, deren Hauptstütze ja der König war, ausser ihren jährlichen 12 Concerten, noch ein Extra-Concert zum Besten der Tonkünstler-Societät zu geben und zu diesem Zwecke stets den „Messias" aufzuführen hätten. Nach der letzten grossen Händel-Feier in der Westminster-Abtei im Jahre 1791 wurden dann auch in kleinerem Massstabe die Aufführungen in den folgenden Jahren in der Kirche St. Margaret, Westminster, in der Capelle Whitehall und endlich 1798 im grossen Concertsaal des King's Theatre abgehalten. (Die Aufführungen in den Jahren 1791 und 92 sind bei Haydn besprochen.)

Haydn hatte für die Tonkünstler-Societät während seiner Anwesenheit in London einen Marsch (Es-dur) für Blas- und Streichinstrumente componirt, der u. a. im Jahre 1835 in den *Concerts of ancient Music* aufgeführt wurde. Haydn's Autograph, noch im Archiv der Gesellschaft erhalten, trägt die Aufschrift: *Grand March, composed expressly for and presented to the Royal Society of Musicians by Joseph Haydn, Mus. Doc. Oxon.* 1792.

---

10. New Musical-Fund.

Dieser Verein, dem ebenfalls „die Unterstützung hülfsbedürftiger Tonkünstler und deren Wittwen u. Waisen" zu Grunde lag, entstand 1786 ; auch jene Musiker, die ausserhalb London's wohnten, konnten ihm beitreten. Der neue Verein gab im April 1787 im King's Theatre sein erstes Concert unter der Direction der Doctoren Hayes und Miller, und Cramer als *leader*; 200 Mitglieder der Oper und des Orchesters der *professional* Concerte wirkten dabei mit. Im Jahre 1791 gab der Verein am 24. Febr. im Pantheon ein grosses Concert unter der früheren

Leitung und unter dem Protectorat des Prinzen von Wales und Herzogs von York. Ein Orchester von 300 Personen war auf der Bühne aufgestellt. Haydn war mit Sinfonie, Quartett und der Cantate „*Ariana a Naxos*" vertreten. J. B. Cramer und Clement spielten eigene Clavier- und Violinconcerte; Barthelemon (auf Verlangen) ein Solo von Corelli ; Mad. Gautherot und die Herren Griesbach und Sperati trugen ein Trio für 2 Violinen und Violoncello von Viotti vor; Sgra. Storace, Pacchierotti, Nield und Bartleman sangen Soli; Händel'sche Chöre wurden von den Sängerknaben der Royal Chapel und dem Chor der Westminster-Abtei vorgetragen.

Da das Pantheon im Jahre 1792 abgebrannt war, gab der Verein in diesem Jahr sein Concert im kleinen Haymarket-Theater. Von Pleyel, der kurz zuvor bei den *professional* seinen Einzug gehalten hatte, wurde „mit Erlaubniss jenes Vereins" eine seiner Sinfonien aufgeführt. Der junge Smith trat mit einem Violinconcert von Giornovichj zum ersten Mal auf. Ausser Dussek spielten Mahon und Holmes ein Duo für Clarinet und Fagott, Raimondi, Cramer und Sperati ein Trio von Raimondi, Händel war mit der Arie aus Jephta „Leb' wohl du klarer Silberbach" (von Miss Poole gesungen), mit einem Chor aus Saul (von Greatorex mit dem Glockenspiel begleitet) und mit dem Hallelujah aus dem Messias vertreten.

Das Concert im März 1794, im Kings Theater abgehalten, zeigt eine steigende Theilnahme. Das Orchester, 400 Personen stark, war auf der Bühne aufgestellt; die Direction war die frühere; an der Orgel sass der tüchtige Greatorex, über welchen Näheres in der Beil. I. Von Händel wurde u. a. das Krönungsanthem, von Haydn eine Sinfonie aufgeführt; der junge Smart, Schüler J. B. Cramer's, trat zum ersten Mal

als Clavierspieler mit einem Concert von Dussek auf; V i o t t i
und S a l o m o n spielten ein Concertante ; C r a m e r , ein
Schüler Salomon's, dessen Sohn F r a n ç o i s, der brave Violaspieler H i n d m a r s h und S m i t h ein Pleyel'sches Quartett ;
B a r t h e l e m o n endlich „auf besonderes Verlangen" ein Solo
von Corelli.

Unter gleich grossen Verhältnissen war das Concert im
Jahre 1795. Haydn dirigirte am Clavier eine neue Sinfonie;
als Solospieler traten Mad. G i l l b e r g (Violine), der junge
S m a r t (Clavier), L i n d l e y (Cello) und A s h e (Flöte) auf;
ein Pleyel'sches Concertante vereinigte C r a m e r und Sohn,
Smith, L i n g jun., und H. S m a r t; Soli sangen Mr. B a r t-
l e m a n, Mrs. S e c o n d (aus Bath), Sgra. S t o r a c e, Mrs. H a r-
r i s o n. Chöre von Händel, darunter das Dettinger Te Deum,
waren besonders zahlreich vertreten.

---

11. Choral - Fund.

Dieser Gesangsverein wurde im Jahre 1791 zu dem
Zwecke gegründet, um Chorsängern, denen als Solchen kein
Beitritt in irgend einen der früher genannten Vereine gestattet war, in bedrängten Umständen eine rettende Hand zu
sein. Natürlich wurden auch deren Wittwen und Waisen nicht
vergessen und es stand der Beitritt noch obendrein auch jedem
Instrumentalisten ohne Unterschied offen. Nebstbei war aber
damit auch der Zweck verbunden, Mittel zur Pflege des Chor-
gesanges zu gewinnen und eine Bibliothek in dieser Richtung
anzulegen. Die Gründung dieses Vereins, der sich zunächst
auf freiwillige Beiträge, Concerte und Legate stützte, war das
Verdienst Dr. Arnold's.

Die beiden ersten Concerte des *Choral Fund* wurden in Elim Chapel, 105 Fetter-lane, abgehalten und führte sich der, noch heutigen Tags bestehende Verein am 5. December 1791 mit Händel's „Messias" unter der Direction Dr. Arnold's ein. Das zweite Concert war ein gemischtes, meist aus Händel'-schen Werken zusammengestellt.

B.

ORATORIEN.

Zwei und dreissig Jahre waren verflossen, seit Händel von der Erde geschieden. Zeigt auch die Liste der in den 90er Jahren aufgeführten Oratorien eine, gegen früher bescheidnere Zahl vollständig gegebener Werke von ihm, waren doch seine Oratorien, wenn auch zum grösseren Theil nur in Bruchstücken vorgeführt, noch immer im Stande, das Publicum an zwei Orten zu gleicher Zeit anzuziehen. Obendrein fand 1791, bereits zum sechsten Male, eine jener grossartig angelegten Aufführungen in der Westminster-Abtei statt, die einen weithin tragenden Einfluss auf die Verbreitung und Theilnahme an Händels Werken, besonders in den Provinzen, ausübten. Vergebens versuchten neben dem Meister wiederholt Einzelne in derselben Richtung Neues zu bringen; kein einziges Werk der Art hielt sich lange. Am glücklichsten noch war damit Dr. Arnold, dessen *„Prodigal Son"* sich grösserer Beachtung erfreute.

Oratorien wurden im Jahre 1791 in der Fastenzeit im Covent-Garden und Drury-lane Theater aufgeführt. Beide vom 11. März bis 15. April und zu den gewöhnlichen Theaterpreisen (zu 5, 3, 2 u. 1 Sch.). Ueber die Orchesteraufstellung schreibt der Correspondent für die Berl. Mus. Ztg. (6. Juli 1793) : „Das Arrangement des Orchesters ist sehr gut. Ganz vorn ist eine Reihe der Solosänger; hinter diesen, erhöht, die der Chorsänger; sodann wieder unmittelbar hinter ihnen und dem Fortepiano, das das Ganze dirigirt, zur Seite die Violoncellen und Contrabässe, und auf den Seiten folgen dann wieder in einem Amphitheater die übrigen Instrumente, bis hinten zur Orgel, die nur zur Verstärkung der Chöre gebraucht wird."

Im Covent-Garden Theater dirigirten Ashley sen. und Harrison, *leader* war G. Ashley; an der Orgel sassen Greatorex und Knyvett. Unter den Solosängern waren Harrison, Incledon, Sale, die Damen Billington, Crouch, Poole. Meistens zeigen die Programme in 2—3 Abtheilungen eine Auswahl Arien und Chöre *(Selection)* aus verschiedenen Werken Händel's, nebst einigen Nummern von Purcell, Arne, Boyce, Geminiani. Die wenigen vollständig aufgeführten Oratorien waren: „Messias", „l'Allegro ed il Pensieroso", „Acis e Galatea", „Alexander's Fest". Zwischen den einzelnen Abtheilungen wurden Concerte von Weichsel und Clement (Violine), Parke (Oboe), Greatorex (Orgel) vorgetragen. Im Jahre 1792 wurden hier die Aufführungen kirchlicher Musik fast unter denselben Verhältnissen fortgesetzt. Der Besuch in Covent-Garden war ein sehr bedeutender; Drury-lane stand darin bedeutend nach.

(Auch Pantheon hatte Oratorien, mit Mara, Pacchierotti, Kelly und Dr. Arnold als *Conductor*, angezeigt; doch scheint das Gebäude durchaus untauglich zur Aufführung derartiger Musik gewesen zu sein, denn das Unternehmen unterblieb.)

Im Drury-lane Theater konnten nur im ersten Jahre (1791) Oratorien-Aufführungen stattfinden, da im Herbste desselben Jahres das Theater einem Neubau Platz machte. Dr. Arnold und Linley dirigirten hier (über Letzteren siehe Beilage I); S h a w war *leader*; Soli sangen S p e n c e, D i g n u m, B e l l a m y jun., die Damen Cec. D a v i e s (erstes Auftreten in Oratorien), B r o a d h u r s t, H a g l e y; Solospieler waren C l e m e n t (Violine), P a r c k i n s o n (Fagott). Die Chöre waren hier verstärkt durch etwa 50 Mitglieder der *Handelian-* und *Cecilian - Societies*. Ausser den „*Selections*" (mit wenig Ausnahme meist Händel'sche Compositionen) wurden vollständig gegeben: „Messias", „Israel", „Acis e Galatea" „Judas Maccabaeus". Unter dem Titel „Redemption" wurde auch ein Oratorium aufgeführt, das aus verschiedenen Werken Händel's von Dr. Arnold zusammengesetzt war.

Ausser den Oratorien in Covent-Garden im Jahre 1792, waren vom 24. Februar bis 30. März im King's Theater sechs Aufführungen geistlicher Musik unter der Direction L i n l e y' s (S h a w war *leader*). Solo sangen K e l l y, I n c l e d o n, M o-r e l l i, Master W e l s h, D i g n u m, S e d g w i c k und die Damen C r o u c h, B a r c l a y (Schülerin Linley's), B l a n d, H a g l a y. Ausser den vollständig gegebenen Oratorien Messias, Acis e Galatea, Judas Maccabaeus und Arnold's „Redemption" bestand auch hier der Rest aus „*Selections*". Als Solospieler trat der junge B r i d g e t o w e r mit Violin-Concerten wiederholt auf. Es ist dies derselbe Virtuose, für den Beethoven in Wien im Jahre 1803 die bekannte „Kreuzer-Sonate" op. 47 componirte und sie auch am 17. Mai 1803 mit ihm in dessen Concert spielte. (Thayer „Chr. Verz. d. W. Beeth., p. 55", Ries in seinen „Notizen", p. 82, berichtet Weiteres darüber.)

George B r i d g e t o w e r war der Sohn eines afrikanischen Prinzen, der geisteskrank wurde. Der Prinz von Wales nahm sich des Sohnes an und liess ihn von Barthelemon unterrichten. Der junge Künstler trat bereits im Februar 1790 im Drury-lane Theater auf, wo er zwischen den Abtheilungen des „Messias" ein Concert spielte. Am 2. Juni darauf gab er und

Clement (beide damals in gleichem Alter) ein Benefice - Concert unter der Protection des Prinzen von Wales. Nach seinem
Aufenthalt in Wien im Jahre 1803, wo der Künstler zwei
Concerte am 17. und 24. Mai gab, scheint er spurlos verschwunden zu sein.

Die Oratorien-Aufführungen der *Royal Society of Musicians* in der Westminster - Abtei und in der Kirche St. Margaret, Westminster, sind bei Haydn erwähnt.

C.

CONCERTE.

1. Künstler - Concerte. — 2. Concerte in den Volksgärten. — 3. Concerte bei Hof. — 4. Concerte des Adels (*Nobility-* und *Ladies* - Concerte). — 5. Concerte (Musikfeste) in den Provinzen.

1. Künstler - Concerte.

Vorwort. — Die Sängerinnen Abrams, Corri; die Sänger Sale, Harrison: die Violinspieler Giornovichj, W. Cramer, Clement, Yaniewicz. — Napier (Viola). — Parke, Fischer (Oboe). — Mad. Krumpholz (Harfe). — Die Clavierspieler Hässler, Dussek, Hummel. — Die Componisten Pleyel, Raimondi, Gyrowetz. — Miss Wainwright (Componistin). — Die Wunderkinder Master und Miss Hoffmann.

Wenn man die Concert-Programme der 90ger Jahre überblickt, lernt man erst kennen, welche Bedeutung der Name Haydn für die englische Hauptstadt hatte. Mit seinen Werken längst vertraut, steigerte sich die Vorliebe für dieselben durch seine persönliche Anwesenheit nur noch mehr; ein Concert war nicht vollständig, wenn nicht Haydn's Name dabei genannt war. Natürlich spielten seine Sinfonien dabei eine Hauptrolle. Diese waren in aller erdenklichen Form angezeigt: Ouverture, grosse Ouv., beliebte Ouv., auch *the favourite new grand overture* **M. S.**; seltener wurde der eigentliche Name „Sinfonie" gebraucht. Oefters ist auch unter der einfachen Bezeichnung „*overture*" nur ein erster oder letzter Satz einer Sinfonie zu verstehen, wie dies auch bei dem „*finale*" oder „*full piece*" zu nehmen ist. Unter „Grosse Ouverture" ist aber stets die vollständige Sinfonie gemeint. Ueber die Concerte und Concertgeber selbst sei nachfolgend das Nöthige erwähnt.

Unter den Sängerinnen und Sängern sind u. A. die Namen Mad. S i s l e y, M a r a, Miss A b r a m s, C o r r i, die Herren S a l e, K n y v e t t, H a r r i s o n. Ueber die beiden Ersten findet sich bei Haydn Gelegenheit zur Besprechung.

Miss A b r a m s (Eliza), die in ihrem Concerte (20. März 1792) ein Pianoforte-Concert von Yaniewicz vortrug, hatte auch zwei Schwestern, Theodosia und Flora, die häufig als Sängerinnen auftraten. Der Graf von Mount Edgcumbe, der mit ihnen besonders befreundet war, nennt Miss T h e o d o s i a's Stimme den schönsten Contraalt, den er je gehört (*Mus. Rem.* p. 151). Diese oder ihre Schwester, eine Schülerin Dr. Arne's, trat im Jan. 1776 im Druny-lane Theater zuerst in Arne's „*May day*" (Maitag) oder die kleine Zigeunerin (*the little gipsy*) auf, anfangs aber nicht mit Namen genannt („*a young lady*" sagte der Theaterzettel). Miss F l o r a wird 1778— 1781 als Violinspielerin wiederholt genannt. *Mus. Directory* 1794 erwähnt auch eines W i l l i a m Abrams (Violine und Viola), der in der *Academy of ancient Musik* mitwirkte, also eine ganze musikalische Familie. Haydn dirigirte wiederholt in den Concerten der Sängerin (1794—95).

Miss C o r r i 's Concerte in den Jahren 1791 und 92 (15. Juni und 29. März) gehören zu den hervorragenderen. Salomon dirigirte und die kaum 16—17jährige Künstlerin trat als Klavier- und Harfenspielerin und Sängerin auf. Sie war nebst drei Brüdern die einzige Tochter des neapolit.

Componisten Domenico C o r r i, der 1774 nach London kam und eine Oper ohne besonderen Erfolg aufführte. Auch dessen Frau, Sgra. Corri, war musikalisch, sang 1775 im King's Theater in den Oratorien und gab auch ein eigenes Concert unter Bach und Abel, das zweite überhaupt in den damals neugebauten *Hannover square rooms.*

Miss C o r r i wurde 1775 zu Edinburg geboren; ihr Talent für Musik entwickelte sich so schnell, dass sie schon als vierjähriges Kind öffentlich Clavier spielte. Als die Familie 1788 von Schottland nach London übersiedelte, erregte die junge Tochter bald als Sängerin, dann als Clavier- und Harfenspielerin bedeutendes Aufsehen. Im Jahre 1793 gab sie zum erstenmal im Vereine mit dem Clavierspieler Dussek, ihrem nunmehrigen Gemal, ein Concert und wirkte nun bei allen grösseren Musik-Unternehmungen in London und den Provinzen mit; auch sang sie eine Zeitlang in der italienischen Oper. Im Jahre 1812 verheirathete sie sich, nach Dussek's Tode, mit Mr. Moralt und errichtete in Paddington eine Musikschule. Ihre einzige Tochter Olivia, geb. 1799, erbte das musikalische Talent der Eltern und trat schon im achten Jahre öffentlich als Clavierspielerin auf.

In dem für den 1. Mai 1792 angekündigten Concerte des geachteten Bassisten John S a l e, Mitglied mehrerer Kirchenchöre, wurden die Catches und Glees vorgetragen, welchen an demselben Tage von dem *Noblemen- and Gentlemen Catch-Club* Preise zuerkannt worden waren (Catch von W e b b e, Canon und zwei Glees von J. W. C a l l c o t t, B. M.). Ferner der noch jetzt häufig öffentlich gesungene und stets gerne gehörte fünfstimmige Glee „*Now is the Month of Maying*", von M o r l e y, und endlich noch spielten die „Masters L i n d l e y" ein Duo für Violine und Cello. *Musical Directory* (1794) erwähnt dreier Lindley's (Violin, Viola und Cello); doch ist nur der Cellist R o b e r t von Bedeutung.

Robert L i n d l e y , geb. 1776 zu Rotherhane in York-
shire, war seit 1794 bis kurz vor seinem Tode Orchestermitglied der italienischen Oper im King's Theater. Sein Ton war
weich, rein und voll. Ein Bericht aus London in der Berl.
Musik-Zeitung (1793) sagt: „Lindley spielt das Violoncello
so schön, rein und sicher wie Hausmann [in Berlin], hat aber
nicht so viel Feuer." Lindley trat sehr häufig als Solospieler
auf; mit Dragonetti zusammen spielte er besonders oft ein
Duo für Contrabass und Cello von Corelli; beide Künstler
waren unzertrennlich. Lindley's letztes Auftreten war am
20. Mai 1850 im Concert der *Philharmonic Society* (Trio von
Corelli mit Lucas und Howell); er starb am 13. Juni 1855.

Die Concerte des Tenoristen H a r r i s o n (im Mai 1791
und 1792) waren besonders anziehend. Das Orchester war
aus Mitgliedern der Oper, der *professional-* und *Ancient-Musik-*
Concerte zusammengestellt; C r a m e r und das zweitemal
R a i m o n d i dirigirten. Hier sang Mad. M a r a und spielten
K n y v e t t und D a n c e (Pianoforte), C r a m e r und R a i-
m o n d i (Violine), und wurden die beliebtesten Glees von
Webbe, Callcott, Stevens, J. S. Smith und Corfe vorgetragen.

S a m u e l H a r r i s o n , ein beliebter, besonders in Oratorien beschäftigter Tenor mit süsser Stimme, die aber eben
nur immer süss blieb *(but always sweet)*, hatte sich, die Ca-
lamität, in der sich die Oper durch den Brand des Pantheon
befand, benutzend, mit dem Sänger Knyvett verbunden und
gab nun in Willis's Rooms eine Anzahl „Vocal - Concerte"
(das erste am 11. Febr. 1792), in denen vorzugsweise Glee's,
Rounds und Catches vorgetragen wurden. Harrison, seine
Frau (geb. Cantelo, eine beliebte Sängerin), der Bassist Bartleman und die beiden Knyvett's waren anfangs die Haupt-
stützen. Das Unternehmen fand Anklang und hielt sich mit
abwechselndem Glücke bis zum Jahre 1821.

Harrison war 1760 zu Belper, Derbyshire, geboren und wurde 1776 bei Gründung der *Ancient - Musik* Concerte als Sängerknabe aufgenommen. Er trat dann auch neben Miss Davies in einer „*Society of sacred Music*" (1776—1777) auf. Seit 1785 war er erster Tenor in obigem Verein, wurde aber 1790 durch Kelly ersetzt. Harrison's Stimme war, wie schon gesagt, weich und er sang mit Geschmack, doch fehlte ihm Energie im Ausdruck, wodurch sein Vortrag bald ermüdete. Er starb am 25. Juni 1812.

Unter den Instrumentalisten seien zunächst die Violinspieler Giornovichj, Cramer, Clement, Yaniewicz, sowie der Violaspieler Napier genannt.

Giornovichj [1] Giovanni Mane, geboren zu Palermo, oder wie Gyrowetz angibt, in den Gewässern von Ragusa, ein Lieblingsschüler Lolli's, gab seine Concerte am 4. Mai 1791 und 29. März 1792. Dieser berühmte Virtuose trat in den 90ger Jahren sehr häufig in London auf, öfters auch als Orchesterdirigent. Kelly, der ihn und Yaniewicz in Wien gehört hatte, rühmt seinen mächtigen Ton, geschmackvollen Vortrag und seine bedeutende Geläufigkeit. Im März 1802 spielte er im Opernhaus in Berlin zwei seiner Concerte, in denen man eben so die Schönheit und Neuheit der Ideen, als die Fertigkeit, Kraft und ungemeine Feinheit in dem Spiel eines mehr als 60jährigen Mannes bewunderte (mus. Taschenbuch auf das Jahr 1805). Dittersdorf sagte von ihm zu Kaiser Josef: „er zieht einen schönen Ton aus seinem Instrumente, hat eine reine Scala, spielt sein Allegro mit Präcision, singt vortrefflich im Adagio und, was das schönste ist: er spielt

---

[1] Giornovichj — der Name nach der eigenhändigen Unterschrift desselben in Clement's Stammbuch. Auch ist der Name öfters mit Jarnowik angegeben.

degagirt, ohne zu grimassiren. Mit einem Wort: er spielt für die Kunst und für das Herz." (Ditt. Lebensbesch. p. 234.) Giornovichj war übrigens von Natur stolz und leidenschaftlich und vertrug sich schwer mit seiner Umgebung. So verliess er den Dienst des Kronprinzen von Preussen, wo er mit dem älteren Duport haderte; so war es in Paris, das er *à la sourdine* verlassen musste. Selbst am Hofe zu London machte er (wie wenigstens Parke, I, p. 196, angibt) in seiner Leidenschaft nicht viel Umstände. Bei einem Concert nämlich im Palais des Herzogs von York, wobei der ganze Hof zugegen war, wurde Giornovichj, den der König noch nicht gehört hatte, eingeladen zu spielen. Als der Virtuose aber beim Eintritt in den Saal Salomon erblickte, den er tödtlich hasste, verliess er augenblicklich das Palais.

Ein heftiger Streit, den später Giornovichj mit J. B. Cramer hatte, liess es ihm vorziehen, auch London plötzlich zu verlassen. Er starb 1804 zu Petersburg.

Der Berl. Mus. Zeitung wurde 1793, 6. Juli, aus London berichtet: „Giornovichi's reizende Spielart ist bekannt; sie wird beständig gefallen, Kennern und Liebhabern, den Letztern vielleicht am meisten. Seine Leichtigkeit und Ründung im Vortrage ist das Schönste, was man hören kann, wenn es auch seine Ritornelle nicht sind." Ferner bei Gelegenheit seines Todes (Nov. 1804), der ihn beim Billardspiele traf: „Er hatte einen vollkommen reinen und klaren, wiewohl nicht starken Ton, eine ganz reine Intonation und grosse Leichtigkeit im Bogen und in seinem ganzen Vortrage. Die vollkommene *Aisance*, mit der er alles, was er spielte, vortrug, setzte auch den Zuhörer in die angenehmste Stimmung. Da er selbst es fühlte, dass er seinem Vortrag im Adagio keine Wärme zu geben vermochte, wählte er lieber die Romanze. Interessant wusste er sich immer zu erhalten. Er war von heftiger, fast wüthender Gemüthsart und dem Spiele stark ergeben." —

In dem Concert des Violinspielers W. Cramer (April 1792), den wir bereits näher kennen gelernt haben, finden wir alle Cramer's vereinigt. Der Vater spielte ein Concert von Geminiani op. 3; mit dem zweiten Sohne François ein Concertante für zwei Violinen von Pleyel und mit diesem, mit Lindley und dem jüngeren Sohne Charles, der erst $7\frac{1}{2}$ Jahr alt war, ein Quartett, ebenfalls von Pleyel. Der älteste Sohn, J. B. Cramer, spielte ein Pianoforteconcert.

François Cramer, geb. 1772 zu Schwetzingen, konnte, durch körperliche Schwäche gehemmt, erst spät an seine musikalische Ausbildung denken. Nach dem Tode seines Vaters folgte er diesem auf ausdrücklichen Wunsch des Königs als *leader* der *Ancient-Music* Concerte. Als Mitglied der *Philharmonic Society* etc. nahm er eine achtbare Stellung ein und war auch als Privatmann sehr geschätzt. 1834 folgte er nach Christian Kramer's Tode diesem als *Master of the Kings Band*. Er starb 1848.

Charles Cramer war der älteste Sohn Wilhelm Cramer's aus dessen zweiter Ehe. Er zeigte viel musikalische Anlagen und trat im April 1798 im Benefice seines Vaters auch als Clavierspieler mit einem Concert von Dussek auf. Kaum zwei Monate nach seines Vaters Tode starb auch er am 30. November 1799.

John Baptist Cramer, der Componist der allbekannten Clavieretuden, geb. am 24. Februar 1771 zu Mannheim, folgte, kaum 4 Jahre alt, mit seiner Mutter dem Vater nach London, wo er im Clavierspiel nach einander die Lehrer Bensor, Schroeter und Clementi erhielt; in der Theorie unterrichtete ihn Abel. Zum erstenmal trat er öffentlich im Jahre 1781 im jährl. Benefice seines Vaters auf und von da an in

allen bedeutenderen Concerten. Von einer Reise nach dem
Continent kam er im November 1791 von Berlin zurück und
wir werden ihn von da an öfter bei Haydn begegnen. Er war
ein besonderer Liebling desselben und widmete ihm auch
drei Sonaten, op. 22.

In älteren Jahren liebte es Cramer, der jüngeren Generation gegenüber, die Tage zu preisen, wo die Werke Beethoven's noch ein unverständliches Buch für manche Zuhörer
bildeten. Beethoven war seine Abneigung gar wohl bekannt.
Als dieser im Jahre 1818 nach London zu reisen beabsichtigte,
schrieb er an Ferd. Ries daselbst: „Grüssen Sie mir Neate [1]).
Smart, Cramer, obschon ich höre, dass er ein Contra-
Subject von Ihnen und mir ist; unterdessen verstehe ich schon
ein wenig die Kunst, dergleichen zu behandeln, und in London werden wir doch trotz dem eine angenehme Harmonie her-
vorbringen." (Ries, p. 145.)

Als L i s z t England besuchte und man den Veteran und
den „jungen Löwen" zu einem musikalischen Turnier zu-
sammenbrachte, soll Cramer, der zuerst auf dem Platze erschienen war, mit keiner besonders hohen Meinung von Liszt
gesprochen haben. Als nun dieser kam, wurde er von allen,
Cramer ganz besonders, bestürmt zu spielen. „Nun ja", sagte
Liszt, „ich werde spielen und zwar ein Duett mit Ihnen"
(Cramer). Beide nahmen Platz und schöner wurde Hummels
As-dur-Sonate wohl selten gespielt — Cramer den Discant,
Liszt die Basspartie übernehmend, bescheiden sich der Spielweise Cramer's anschmiegend und unterordnend. Als sie geendet hatten, musste Liszt allein spielen und dies that er —
eine Cramer'sche Etude auf die andere folgte, eine die andere

---

[1]) Der Tonkünstler Charles N e a t e, geb. 1784 zu London,
hatte Beethoven in Wien besucht.

an genialer Ausführung übertreffend. — J. B. Cramer starb, 87 Jahre alt, zu London am 16. April 1858.

Franz Clement, derselbe geniale Künstler, für den Beethoven im J. 1806 sein Violinconcert, op. 61, componirte, und welches dieser am 23. Dec. zum erstenmal öffentlich spielte, erscheint hier als kaum eilfjähriger Knabe [1]). Seine Concerte in beiden Jahren (8. und 10. Juni 1791 und 92) waren brillant. Haydn und Salomon dirigirten selbst (wir werden bei Haydn darüber Näheres hören). Er machte musikalische Ausflüge nach Bath, Berwick, Manchester, Matlock, Northwich, Newark, Lincoln. In Oxford spielte er zur Zeit, als Haydn dort mit der Doctorswürde ausgezeichnet wurde; in London im Concert des *New musical Fund* (Feb. 1791); in den Concerten der Anacreontic Society, den Oratorien-Aufführungen im Drurylane Theater (1791), überall zeigte er sich als Virtuose und Componist. Im k. Schlosse Windsor spielte er zweimal vor dem König, jedesmal reich beschenkt. Mit dem ihm ebenbürtigen, in gleichem Alter stehenden Bridgetower hatte Clement, wie schon erwähnt, gemeinschaftlich am 2. Juni 1790 ein Concert unter der Protection des Prinzen von Wales gegeben, in dem beide ein Violin-Duett von Deveaux spielten; ferner im Verein mit Ware und Attwood ein Pleyel'sches Quartett. Clement spielte ein von ihm selbst componirtes Concert und auch die aufgeführte Ouverture (Sinfonie?) war von ihm. Der junge Künstler hatte sich damals ein Stammbuch angelegt, welches nun die kais. Hofbibliothek zu Wien besitzt. Aus den Huldigungszeilen der berühmten Personen, unter denen W. Cramer, Clementi, Mad. Mara, Arnold, Haesler,

---

[1]) Clement's Geburtsjahr wird sehr verschieden angegeben. Das richtige Datum ist der 17. Nov. 1780. Sein erstes öffentliches Auftreten war am 27. März 1789 im k. k. Nationaltheater zu Wien.

Haydn, Salomon, Abt Vogler, denen sich später in Wien namentlich Beethoven zugesellte, lässt sich entnehmen, wie ganz ausserordentlich der Kleine durch sein Spiel entzückt haben muss.

Yaniewicz, der letzte der vier erwähnten Violinspieler, trat in London zum erstenmal am 9. Febr. 1792 im Benefice des Gyrowetz auf und gab dann im Mai ein eigenes Concert. Früher schon hatte er, Ende Januar, im Privatzirkel bei Corri vor den dazu eingeladenen Künstlern und Musikfreunden sich hören lassen und man lobte sein solides, warm empfundenes Spiel; besonders auch hob man seine Geschicklichkeit im Octavenspiel hervor, eine Fertigkeit, mit der zuerst La Motte in England glänzte. Er war auch ein vortrefflicher Orchesterdirigent.

Felix Yaniewicz war zu Wilna geboren und machte zuerst am Hofe des Königs Stanislaus Aufsehen durch sein musikalisches Talent. Nach längeren Reisen glaubte er in Paris eine zweite Heimath gefunden zu haben, verlor aber in der Revolutionszeit all' seine Habe. Er nahm dann in England seinen bleibenden Wohnsitz, und auch seine beiden Töchter Felicia und Pauline zeichneten sich daselbst später im Clavier und Gesang aus.

Der Violaspieler Napier gab am 8. Juni 1791 sein jährliches Benefice - Concert, in welchem Giornovichj, Harrington (Schüler Lebrun's), Dussek, Sgra. Storace und Sig. David, also die besten Kräfte, mitwirkten. Der Concertgeber selbst spielte jedoch nur in einem Concertante mit; Giornovichj dirigirte.

Die Oboisten Parke und Fischer traten in einer Reihe von Jahren als Solospieler in London auf. Ersterer gab jährlich ein Benefice, in dem diesmal auch Miss Parke als Sängerin und Clavierspielerin mitwirkte.

Die Brüder P a r k e hatten beide als Oboisten einen ausgebreiteten Wirkungskreis. Der ältere, J o h n , geb. 1745 zu London, Schüler von Simpson und Baumgarten, kam 1768 in's Orchester im King's Theatre und folgte 1770 Fischer als Oboist in Vauxhall; 1783 nahm ihn der Prinz von Wales in seine Privatcapelle in Carlton-house auf. Er starb im August 1819.

Der jüngere, W i l l i a m T h o m a s, geb. 1762 zu London, von seinem Bruder und Baumgarten unterrichtet, kam 1776 als Violaspieler ins Drury-lane Theater und Vauxhall-Orchester, wurde aber 1784 als Oboist im Covent - Garden Theater engagirt und blieb dort 40 Jahre. Er spielte in den meisten grösseren musikalischen Vereinen, bei Hofe und den Musikfesten in den Provinzen. Parke blies die Oboe nicht ganz so schön als Harrington, hatte aber einen volleren Ton. Von ihm erschienen 1830 die oft citirten „*Musical Memoirs*" in zwei Bänden, welche, wenn auch im hohen Alter geschrieben, die zahlreichen Gedächtnissfehler und Unrichtigkeiten aller Art kaum entschuldigen lassen. Während die eigene Persönlichkeit und eine Menge kindischer Anekdoten sich breit machen, hört man über hervorragende Personen so viel wie nichts. Haydn und Salomon werden in aller Eile abgethan. Letzteren lässt Parke sogar 1795 seine Concerte mit Haydn in Hanover sq. fortsetzen (!) und verliert ihn dann ganz aus den Augen. Wie Parke über Mozarts Requiem aburtheilte, haben wir schon früher geschen. Nach alle dem war der Tadel, den die *Musical Memoirs* gleich beim Erscheinen im Harmonicon (1831, p. 62) erfuhren, zwar scharf, doch nur zu gerecht. Parke starb den 2. August 1829.

M i s s P a r k e, die Tochter des älteren Parke und von diesem in Musik unterrichtet, trat 1781 als 8jähriges Kind mit einem Pianoforteconcert von Schroeter auf und wurde später häufig als Clavierspielerin und auch als Sängerin lobend erwähnt. Sie starb 1822.

J. C. Fischer, einer der bedeutendsten Oboebläser jener Zeit, gab 1792 (23. Mai) ein Concert, in dem er besonders auch als Componist auftrat. Das Orchester der *professional* Concerte unter Cramer, ein grosser Chor, Bartleman, Lindley und die Damen Billington, Poole und Krumpholz unterstützten den Concertgeber. Von grösseren Compositionen wurden aufgeführt: *„God save great George our King"* (neu modulirt) für 4 Solostimmen, Chor und Harfenbegleitung; ferner: *„the invocation of Neptun"* nach der Uebersetzung von Seldon's berühmten *„Mare Clausum"*, Solo, Quartett und Chor. Möglich dass diese Aufführung Lord Abingdon die Idee gab, Haydn damit zu einem Oratorium anzuregen, das er auch wirklich zu componiren angefangen hatte. (Pleyel benutzte später denselben Text.) Fischer brachte die grösste Zeit seines Lebens in England zu. Nachdem er noch einmal, von Sehnsucht getrieben, sein deutsches Vaterland besucht hatte, verliess er London nicht mehr. Weiteres über ihn siehe Beilage I.

Unter den Harfenspielerinnen Delaval, Musigny und Krumpholz ist nur letztere erwähnenswerth.

Mad. Krumpholz, geb. Meyer aus Metz in Frankreich, war die Gattin des ausgezeichneten Harfenvirtuosen und Componisten J. B. Krumpholz, der drei Jahre in der Capelle des Fürsten Eszterhazy gedient und damals eine Zeitlang bei Haydn Composition studirt hatte. Die Gattin übertraf ihren Mann noch bedeutend als Virtuosin auf ihrem Instrumente. Die Ehe war keine glückliche. Heimlich verliess die Frau mit einem jungen Manne Paris und flüchtete nach London, wo sie im Juni 1788 ihr erstes Concert gab, im folgenden Jahre in den Oratorien im Drury-lane Theater unter Linley und Dr.

Arnold auftrat und von da an jahrelang in den ersten Concerten London's glänzte.

Als Clavierspieler gaben H a e s s l e r , D u s s e k und H u m m e l eigene Concerte. Ersteren werden wir bei Haydn kennen lernen.

D u s s e k, der wohlbekannte Clavierspieler und Componist, gab im April 1792 in Hanover sq. rooms ein Concert, in dem auch die damals 17jährige Miss C o r r i sang, die noch in demselben Jahre seine Frau werden sollte. D u s s e k spielte ein Clavier-Concert und mit Mad. K r u m p h o l z ein Concert für Clavier und Harfe; H a y d n war mit Sinfonie und Quartett vertreten; *leader* war S a l o m o n.

J o h a n n L u d w i g D u s s e k trat, von Paris kommend, in London zum erstenmal im Concert Salomon's am 2. März 1790 auf und wirkte von da an bis zu Ende der 90er Jahre in allen grossen Concerten; namentlich ist sein Militärconcert häufig genannt. Im Sommer 1791 machte Dussek in Gemeinschaft mit Domenico Corri, seinem nachmaligen Schwiegervater, einen musikalischen Ausflug nach Schottland. Später errichteten Beide eine Musikalienhandlung, die jedoch ein schlechtes Ende nahm; Dussek musste um's Jahr 1800 eiligst London verlassen, um sich vor seinen Gläubigern zu retten. Der Dichter Da Ponte, der mit Beiden in eine Art Handelsgesellschaft getreten war, büsste ebenfalls dabei 1000 Guineen ein. (Mem. di L. da Ponte.) Dussek hatte auch seine Schwester V e r o n i c a nach London kommen lassen, die 1799 zum erstenmal daselbst als Clavierspielerin auftrat. Veronica war an F. Cianchettini von Rom verheiratet. Beider Sohn P i o zeigte als Kind ein eminentes musikalisches Talent. Im fünften Jahre spielte er im King's Theatre in London eine Sonate auf dem Pianoforte und improvisirte über gegebene Thema's. Sein Vater reiste mit ihm in Holland, Frankreich, Deutschland und

man nannte den nun 6jährigen Knaben nur den „englischen" Mozart. Doch es fehlte der „Salzburg'sche" Vater — von dem Knaben sprach Niemand mehr.

Der damals noch nicht 14jährige Joh. Nep. H u m m e l *(Master Hummel from Vienna)* gab am 5. Mai 1792 in Hanover square rooms sein erstes Concert und zwar zu einer damals ganz ungewöhnlichen Zeit, um Ein Uhr. S a l o m o n dirigirte; Miss C o r r i sang ein englisches, von Hummel componirtes Lied, Damun (wohl J. A. Dahmen) spielte ein Violinconcert von Pleyel. H u m m e l selbst führte sich, in dankbarer Erinnerung seines grossen Meisters, mit einem Pianoforteconcert von M o z a r t ein; dann spielte er eine neue von ihm componirte Sonate. Hummel befand sich schon 1791 in London und spielte in Privatkreisen seine bei Preston in London gerade erschienenen ersten Werke, von denen op. 1, Varationen über „*the Plough-boy*", ein deutsches Lied, und *la bella Catherina* enthielt. (3 Sonaten, op. 3, waren der Königin gewidmet.) In jenem Jahre wohnte er auch mit seinem jugendlichen Collegen B r i d g e t o w e r, an der Seite des Hauptdirigenten Joah B a t e s, der grossartigen Aufführung des „Messias" in der Westminster-Abtei bei.

Hummel's Jugendleben bis zu jener Zeit finden wir von ihm selbst in einem Briefe aus Weimar, dat. 22. Mai 1826, an Herrn Jos. Sonnleithner, k. k. Hofagent und n. ö. Regierungsrath in Wien, in folgenden Zeilen geschildert: „Ich bin 1778 den 14. Nov. zu Pressburg geboren. Die Entwicklung meines Talentes wurde anfangs durch meinen Vater, der ein guter Musiker war, geweckt, und von meinem 7. bis zum 9. Jahr durch Mozart's Unterricht befördert. Nun reiste mein Vater mit mir durch Deutschland, Dänemark, Holland, Schottland und England. Die Aufmunterung, die mir überall zu Theil wurde, verbunden mit eigenem Fleiss und Trieb zur

Sache, spornten mein Talent an; — und was das Clavier betrifft, so war ich seit Mozart's Untericht mir selbst überlassen
und mein eigener Führer geworden. Meine ersten Compositions-
Versuche stammen von meinem 11. und 12. Jahre her, und
obwohl sie das Gepräge des damaligen Geschmackes und
meiner Kindheit an sich tragen, so verriethen sie dennoch
Charakter, Ordnung und Sinn für Harmonie, ohne damals
noch Unterricht in der Composition erhalten zu haben. Als
ich 15 Jahre alt war, kehrte ich 1793 nach Wien zurück:
studirte den Contrapunct bei Albrechtsberger und genoss
späterhin Salieri's Unterricht in der Gesangscomposition, in
den ästhetischen Ansichten und der musikalischen Philosophie
überhaupt." (Autograph im Archiv des Musik-Vereins zu
Wien.)

Wir kommen nun zu den Concerten der Componisten
P l e y e l , R a i m o n d i und G y r o w e t z.

I g n a z P l e y e l , damals neben Franz Xaver R i c h t e r
Capellmeister am Dome zu Strassburg, war von der Direction
der *professional* - Concerte nach London berufen worden, um
an ihrer Spitze dem Salomon-Haydn-Unternehmen entgegen
gestellt zu werden. Wie wir bei Haydn sehen werden, zeigten
sich Meister und Schüler (Haydn und Pleyel) versöhnlicher
als man erwartet hatte und der Kampf wurde von ihnen
wenigstens mit Ehren zu Ende gefochten. Pleyel schrieb (oder
brachte vielmehr bereits fertig mit) drei Sinfonien, eine Anzahl *Concertante* etc. Seinen Gewinn bei diesem Aufenthalt
berechnete man auf 1200 £.

In seinem Beneficeconcert, am 14. Mai 1792, wurden
natürlich meist nur seine eigenen Compositionen aufgeführt;
Miss C o r r i, Sgra. N e g r i, Sig. S i m o n i sangen ; Y a n i e -
w i c z spielte ein Violinsolo; D u s s e k und Mad. K r u m p h o l z
spielten ein Duo für Clavier und Harfe. Von Pleyel selbst wur-

den zwei Sinfonien, Finale und ein Concertante für 2 Violinen, Cello, Viola, Oboe, Fagott und Flöte (Cramer, Borghi, Blake, Parke, Parkinson, Florio) aufgeführt.

Ueber Pleyel's Compositionen schrieb Mozart im Jahre 1784 (24. April) von Wien aus an seinen Vater: „Dann sind dermalen Quartetten heraus von einem gewissen P l e y e l; dieser ist ein Scolar von J o s e p h H a y d n. Wenn Sie selbige noch nicht kennen, so suchen Sie sie zu bekommen; es ist der Mühe werth. Sie sind sehr gut geschrieben, und sehr angenehm; Sie werden auch gleich seinen Meister herauskennen. Gut — und glücklich für die Musik, wenn Pleyel seiner Zeit im Stande ist, uns Haydn zu remplaciren." (Biog. Mozart's von Nissen, p. 481, Nohl, Bfe. Mozart's p. 423.)

Am 1. Juni 1791 gab der Componist und Violinspieler R a i m o n d i in Hannover sq. rooms sein Beneficeconcert, in dem er seine „Schlacht"-Sinfonie aufführte. Er selbst spielte ein Violinconcert und mit D a h m e n ein Duo für 2 Violinen — Alles eigene Compositionen. Mad. M a r a und Sig. P a c - c h i e r o t t i sangen; eine Sinfonie von Haydn und 2 Glee's von Lord Mornington und Webbe bildeten ein reiches Programm.

Die Nachrichten über Raimondi sind sehr lückenhaft. Angeblich zu Neapel geboren, ein Schüler Barbella's, nahm Raimondi seinen bleibenden Aufenthalt um 1760 in Amsterdam, wo Sinfonien, Trio's etc. von ihm erschienen. „Er scheint sich vor dem Jahre 1780 von Amsterdam entfernt zu haben und man weiss nicht, was nach dieser Zeit aus ihm geworden ist" (berichtet Fétis). Weiters heisst es im *dict. of Musicians* (1824): „Um 1791 verliess Raimondi Holland, ging nach Paris und liess dort eine komische Oper „die Stumme" aufführen. Später kam er nach London, wo er als ausgezeichneter Orchesterleiter bis um's Jahr 1800 wirkte.

I g n a z i o R a i m o n d i befand sich zu Anfang der 80er

Jahre in London und es wurden besonders in den *professional-* Concerten häufig seine Sinfonien aufgeführt. Unter diesen war besonders die oben erwähnte Schlachtsinfonie (*the fav. musical Battle*), zuerst im zwölften *professional*-Concert 1785 aufgeführt, sehr beliebt. Diese wurde nebst erklärendem Text nun auch in seinem Beneficeconcert und noch zu Ende der 90er Jahre unter seiner Direction wiederholt gegeben. Im Jahre 1800 gab Raimondi zwölf Subsc.-Concerte in Willi's rooms, wo er selbst noch als Violinvirtuos auftrat und Sinfonien von Haydn und Mozart aufführte. (Times, April 1800.) Er starb am 14. Januar 1813 in seinem Hause in Great Portland street. (Gentl. mag. 1813.)

Bei G y r o w e t z, dem dritten der erwähnten Componisten, sehen wir schon aus seinen Concertprogrammen, welche bedeutende Stellung er trotz Haydn's Anwesenheit in London musste eingenommen haben.

A d a l b e r t G y r o w e t z war gegen Ende October 1789 nach London gekommen. Er hatte zuvor in Paris, wo längst seine zu Rom componirten ersten sechs Quartette ohne sein Wissen bei Imbault erschienen waren und wo er auch jetzt mehrere seiner, unter Haydn's Namen gedruckten Sinfonien mit grossem Beifall aufführen hörte, eine ausgezeichnete Aufnahme gefunden. Kaum im Gasthof in London angekommen, traf er mit dem Violinspieler G i o r n o v i c h j zusammen. Der, wie Gyrowetz sagt, „etwas finstere aber gutmüthige Ragusaner", der ihn einst in Wien gebeten, das Accompagnement und allenfalls auch die Ritornelle zu seinen Concerten auszuarbeiten, zeigte sich nun dafür auch Gyrowetz sehr gefällig. Noch am Tage seiner Ankunft stellte er ihn dem Prinzen von Wales vor, bei dem gerade Nachmittags Kammerconcert war und wobei diesmal auch einige franz. Emigranten, darunter der alte Herzog von Orleans, zugegen waren. Gyrowetz, von

dem ein Quartett aufgeführt wurde, fand beim Prinzen die
freundlichste Aufnahme. Auch später noch, nach Ablauf der
Saison 1791, lud ihn der Prinz auf seine Besitzung in Brighton, wo Gyrowetz mehrere Wochen zubrachte und den Prinzen,
der allein oder auch mit Sgra. Storace zusammen sang, am
Clavier begleitete. Nebenher nahm er aber auch an allen Ver-
gnügungen des Landlebens Theil, und diese mögen damals,
wo der Prinz von Lebenslust überschäumte, wohl lustig genug
gewesen sein.

Ebenso gab dem jungen Componisten der Herzog von
Cumberland alle möglichen Beweise von Wohlwollen, rief ihn
im Theater in seine Loge oder liess ihn, wenn er ihm auf der
Strasse begegnete, in seinem Wagen Platz nehmen.

Gyrowetz wurde bald mit Einladungen und Aufmerksam-
keiten überhäuft. Er sass wiederholt beim Lord-Major-Feste
im Mansion House neben Lord Cardignan und Fox, welch' Letzterer oft mit ihm über Musik sprach; er machte Bekanntschaft
mit Sheridan, der damals einen prächtigen Landaufenthalt in
Hampstead Heath hatte, wohin auch Gyrowetz sich vor der
Sommerhitze geflüchtet hatte und, was das Wichtigste für ihn
sein musste, er bekam von allen Seiten Aufträge zu Compositionen. Die Musikalienverleger kamen, die *professional*-Con-
certe führten seine Werke auf und Salomon engagirte ihn
neben Haydn, ebenfalls als Componisten, für seine Concerte
und führte schon im März 1790 eine Sinfonie von ihm auf.

Als aber Haydn kam, war es ein freudiges Wiedersehen.
Der damals 28jährige Gyrowetz blickte zu dem doppelt so
alten Meister mit Verehrung auf und fühlte sich glücklich,
ihm auch mit Wort und That Beweise seiner Liebe geben zu
können.

So vereinigte sich fast Alles, Gyrowetz den Aufenthalt
in London nicht bereuen zu lassen. Nur der für ihn besonders
ehrenvolle Auftrag, eine Oper für Pantheon zu schreiben,

worin Mad. Mara und Sig. Pacchierotti hätten auftreten sollen, fiel unglücklich aus : durch den Brand dieses Theaters kam die Oper, von der bereits Proben stattgefunden hatten, nicht zu Stande und die Partitur ging obendrein in Rauch und Flammen auf.

In seinem Beneficeconcerte in Hannover sq. rooms, am 9. Febr. 1792, führte Gyrowetz vier neue Compositionen auf: eine Ouverture, zwei Sinfonien und ein *Concertante* für Violin, Viola und Cello, von Salomon, Hindmarsh und Menel gespielt. Salomon selbst dirigirte, Sig. Lazzarini und Mrs. Billington sangen und der bereits erwähnte Violinspieler Felix Yaniewicz trat hier, wie schon früher erwähnt, zum erstenmal in London öffentlich auf. Gyrowetz hatte, wie er selbst versicherte, eine sehr gute Einnahme, musste aber bald darauf wegen erneuerter Kränklichkeit auf Veränderung des Klima's denken und zog der Heimath entgegen, von der er sieben Jahre getrennt war [1]).

Wie in den 60ger Jahren bei Mozart, zeigt sich uns

---

[1]) 52 Jahre später, am 5. December 1844, gab Gyrowetz im Musikvereins-Saale zu Wien sein letztes Concert, in dem seine Ouverture zu Mirina, einer seiner Knabenchöre und seine ergötzliche „Dorfschule" von dem unvergesslichen Bassisten Staudigl (mit den Sängerknaben) vorgetragen wurde. Aber der Mann, dessen Name ein halbes Jahrhundert früher, noch ehe er „Agnes Sorel" und den „Augenarzt" geschrieben hatte, in allen Concerten genannt wurde, bot nun ein trauriges Bild eines vergänglichen Künstlerruhmes. Noch werden sich Manche des greisen Mannes erinnern, der im Jahre 1847 den Triumphen der Jenny Lind im Theater a. d. Wien mit dem lebhaftesten Interesse beiwohnte. Damals, 84 Jahre alt, componirte er noch seine 19. Messe. Bald darauf, am 22. März 1850, starb Gyrowetz im Alter von 87 Jahren. (Sein Porträt, ein kleiner, netter Kupferstich von J. G. Mansfeld, erschien 1792 zu Wien.)

auch jetzt wieder die seltene Erscheinung einer Dame als Componistin. Eine Miss Harriet Wainewright gab im Januar 1792 in Han. square rooms ein Concert, in dem unter Cramer's Direction eine grössere Composition „Comola" (die Worte nach Ossian) mit Recitativen, Arien, Duetten und Chören aufgeführt wurde. Wie *Morning Post* sagt, zeigte die Composition Anlage für Gesangsmusik, wenn auch die Orchesterbehandlung Manches zu wünschen übrig liess. Miss Corri *(the fascinating)* sang die Soli und entzückte das meist aus Musikliebhabern bestehende Publicum durch Stimme und Vortrag.

Es würde dem Concertbilde London's in der besprochenen Zeit etwas fehlen, wenn nicht wieder auch ein „Wunderkind" dabei wäre.

Master und Miss Hoffmann helfen diesmal solchem Mangel ab. Auch in den Jahren 1794—1795 werden wir ein ähnliches Beispiel meist gefährlicher Frühreife finden.

In den Assembly Rooms, Turnham green, gab das erwähnte Geschwisterpaar im Juni 1792 ein Benefice-Concert. Miss Hoffmann, sechs Jahre alt, hatte vordem die Ehre, vor den Majestäten in Windsor sich hören zu lassen, nachdem sie im Mai in dem grossen Concerte des Choral-Fund zum erstenmal öffentlich aufgetreten war. Diesmal spielte sie ein Concert auf dem Flügel *(Grand Pianoforte)* und eine Sonate auf der Pedalharfe. Endlich noch auf dem Flügel „die Schlacht von Prag", begleitet von ihrem Bruder, Master Hoffmann, der die Pauke *(Kettle drum)* schlug. Letzterer spielte ausserdem noch allein eine Sonatine auf dem Flügel. Dieser Künstler zählte damals drei und ein halbes Jahr! —

2. Concerte in den Volksgärten.

Die Gärten Vauxhall und Ranelagh hatten nun mehr Zulauf denn je. Besonders aber waren jetzt die Maskeraden [1] und grossen Gala's berühmt. Im Juni 1791 zählte man bei einem solchen Feste gegen 4000 Personen, und „es war 9 Uhr Morgens, als die Letzten den Heimweg antraten".

In Vauxhall dirigirte Pieltain ein wohlbesetztes Orchester und führte an jedem Abend Sinfonien auf. Der ältere Parke, Pieltain selbst u. A. spielten Concerte; die Gesänge waren meist von Hook.

James Hook, geb. zu Norwich, war fast 50 Jahre lang Organist in Vauxhall und schrieb eine grosse Anzahl Gesänge, Sonaten etc. Auch ein Lehrbuch für Pianoforte „Guida di Musica", ein Oratorium „the Ascension" und die Musik zu vielen Theaterstücken werden genannt. Nach Giardini's Ausspruch gälte für Hook's Musik, was A B C Dario über Giordani sagt: „*This modest gentleman's productions are the foundling hospital of stolen, defaced music.*" Als nämlich „*the Artist's Room*" im Strand (später *English Opera House*, jetzt *Lyceum*) eröffnet wurde, dirigirte Giardini eine Ode von Hook.

------

[1] Maskeraden wurden in England schon 1512—1513 unter Henry VIII. eingeführt. Heidegger, technischer Director des King's Theater, gab 1717—1718 glänzende Feste der Art, damals „Bälle" genannt, die besonders von Hof und Adel begünstigt wurden. Sie arteten um 1723 dermassen aus, dass in den Kirchen dagegen gepredigt wurde. Eine Zeitlang waren sie verboten, um dann nur um so massloser wieder aufzutauchen. Hogarth's „Heirath nach der Mode" (4. Blatt aus dessen „Familientragödie") bezieht sich auf diese Bälle. Die Maskeraden der Mrs. Cornelys in Carlisle-house, im Ranelagh-, im Vauxhall-Garten, im Pantheon waren glänzend (eine Eintrittskarte zu letzterem, im Jahre 1783, zur Feier der Grossjährigkeit des Prinzen von Wales, kostete drei Guineen).

Um seine Meinung befragt, was er davon halte, sagte Giardini mit ernster Miene, dass es die beste Musik sei, die er je gehört hätte. „Aber," sagte man ihm, „es ist ja Alles gestohlen!"— „Eben deswegen ist sie gut", erwiederte der unerschütterliche Alte.

In der Ranelagh-Rotunda war G. Ashley *leader*; J. und C. Ashley, Mahon, Clement spielten Soli für Orgel, Cello, Clarinett und Violine; Sig. Torizzani, Mrs. Pieltain, Sgra. Negri sangen; Sinfonien von Haydn, Pleyel, Bach; Concerte von Geminiani, Corelli, Avison und Ouverturen von Martini und Händel wechselten mannigfaltig ab. An manchen Abenden wurden nur Catches und Glee's, besonders von Mornington, Dr. Harington, Morley, Purcell, Stevens, Eccles, Arne, Cooke, Webbe, Este und Smith aufgeführt.

Ranelagh sah in den 90ger Jahren die letzten glänzenden Tage. Dort gab sich die fashionable Welt nach der Oper und dem Schauspiel, nach *Routs* und Bällen *Rendez-vous*. Die Feuerwerke unter Ashley waren berühmt und schlossen an Festtagen mit Darstellung des feuerspeienden Aetna. — Zu Ehren des Königs oder irgend eines Prinzen vom Hofe fanden Maskeraden statt, den Carneval von Venedig darstellend, und etwa mit einer Ode, mit Musik von Giordani, eingeleitet. Solche Feste begannen um 10 Uhr. Um 1 Uhr wurde Souper mit Champagner, Burgunder, Claret etc. servirt. Häufig fand die Morgensonne die Fröhlichsten der Menge noch beisammen. Der Prinz von Wales, die Herzoge von York, Clarence fehlten selten und mengten sich unmaskirt unter die Menge. „Seit den Tagen der Mrs. Cornely's [der früher genannten Dame von Carlisle-house] hat man solche Fröhlichkeit und Prachtentfaltung nicht erlebt" — versicherten die Zeitungen häufig, um den Grad der Festlichkeit zu bezeichnen. Die Eintrittskarte an solch' einem Abend kostete zwei Guineen.

3. Concerte bei Hof.

Hof und Adel wirkten damals durch ihr Beispiel nicht wenig anregend auf das Concertleben. Nach der Genesung des Königs schien sich die Zahl der Concerte in Buckingham-house und Windsor zu verdoppeln. In Windsor - Castle wurden sie abwechselnd in den Gemächern des Königs oder der Königin abgehalten; zuweilen auch zur Geburtsfeier eines der Prinzen oder Prinzessinnen, und dann bestimmte der König selbst und die zwei ältesten Prinzessinnen das Programm. Meist war nur die k. Familie nebst Einigen vom Hofstaat anwesend, oder es wurde bei grösseren Concerten auch der Adel der Umgegend eingeladen. Dann wurde fast nur kirchliche Musik von Händel, Purcell aufgeführt; Dr. Aylward dirigirte am Clavier.

Der Prinz von Wales wohnte selten diesen Hofconcerten bei; dafür hielt er seine eigenen Concerte in Carlton - house. Hier waren alle ersten Künstler zu finden und ganz besonders zu Anfang des Jahres 1795 bis in die ersten Monate der Verheiratung des Prinzen entlud sich über Carlton - house ein wahrer Concertregen; Haydn allein wohnte sechsundzwanzig derselben bei. Doch während Küche und Keller und die Auserwählten des Prinzen ungeheuere Summen verschlangen, schienen allein die Musiker nur auf die Ehre angewiesen zu sein, ihre Zeit dem Dienste des Prinzen opfern zu dürfen. — Auch bei den Concerten des für Musik weniger empfänglichen Herzogs von York war sein Bruder, der Prinz, häufig zu finden. Hier war besonders die eben erst (Herbst 1791) verheiratete Herzogin von York, eine Prinzessin von Preussen, die selbst musikalisch war und häufig bei den Musik-Aufführungen mitwirkte, die Seele des Ganzen.

Dem Beispiele von Oben folgte der Adel, der zu damaliger Zeit, ähnlich jenem von Prag und Wien, die regste Theilnahme für die Musik entwickelte.

4. Concerte des Adels.

Nobility- und *Ladies-*Concerte.

Die *Nobility* - Subscriptions-Concerte, gewöhnlich sieben in jeder Saison, vereinigten Alles, was an Reichthum und Schönheit in der Weltstadt hervorragte. Diese Concerte des Adels wurden abwechselnd in den vornehmsten Häusern abgehalten und jeder Lord und Graf machte sich eine Ehre daraus, einen Abend den *Landlord* (Hauswirth) zu spielen. Klein konnten die Säle nicht gewesen sein, denn sie vereinigten oft über 400 Personen. Cramer stand an der Spitze des Orchesters der *professional-*Concerte; Mazzinghi dirigirte am Clavier; Mad. Mara, Mrs. Billington, Sgra. Storace, Bartleman, Lazzarini, Pacchierotti, der junge Welsh sangen; Monzani, Fischer, Parke, J. B. Cramer spielten Concerte. Paisiello, Pleyel, Bianchi, Haydn, Martini, Händel, Bach versorgten die Programme. Auch hier wurde Haydn lange vor seinem Besuche in London gepflegt; sein *Stabat mater* wurde schon 1784 in diesen Concerten aufgeführt. Noch vor dieser Zeit war Clementi, ehe er nach Paris reiste, für ebendieselben engagirt.

Das Merkwürdigste an den *Nobility* - Concerten aber war, dass sie an Sonntag-Abenden abgehalten wurden, was man nach den jetzt bestehenden englischen Ansichten hierin kaum für möglich halten wird. Der Correspondent für *Morning Chronicle* (Februar 1791) spricht ganz entzückt von diesen Sonntagsfreuden (*the gay world are enraptured with the arrangements made for this sunday's treat*). Es musste jedoch zu Sonntags-Concerten die Genehmigung des Erzbischofs von Canterbury eingeholt werden. Auch fehlte es nicht an Stimmen, die dagegen als eine Verletzung der öffentlichen Sittlichkeit predigten. (*The Sunday concerts are among the breaches of the public decency which ougt to be prohibited. Publ. Adv.*)

Es blieb übrigens nicht beim einfachen Concerte, das
häufig spät nach Mitternacht endigte, sondern es folgte dann
ein glänzendes Souper für die Gäste, bei dem der Herr des
Hauses alle Tugenden eines freigebigen Landlord zu entfalten bemüht war. Die am häufigsten genannten Häuser, in
denen diese Concerte in den 90ger Jahren abgehalten wurden, waren : Lord Hampden, Graf v. Cholmondeley, the Hon.
Mrs. Tollemache, Mrs. Cussans, Herzogin von Queensberry,
Graf von Chesterfield. Aber auch eine Menge anderer Häuser
des höheren und niederen Adels fanden nur Sonntags Zeit für
ihre Concerte. General Townshend, die Herzogin von Gloucester, Lady Somer und viele Andere unterhielten jeden Sonntag Abend ihre Gäste mit Musik [1]). Ebenso reichten die andern Tage der Woche kaum aus für den musikalischen Haus-
bedarf. Dazu kamen noch an Freitag-Abenden die in besonderem Ansehen stehenden *Ladies*-Concerte, die ebenfalls
eine auserlesene Gesellschaft vereinigten. Auch diese hielten
ihren Musikabend abwechselnd in den angesehensten Häusern,
unter denen Graf von Exeter, Lord Vernon, Lady Somer,
Mrs. Smith Burges genannt sind. Harrison, Pacchierotti, Miss Abrams sangen hier, Letztere war gleichsam
die Vorsteherin; der vortreffliche Cellist Crosdill fungirte
als *manager*.

5. Concerte in den Provinzen.

Zur Sommerzeit war der ganze Schwarm von Sängern,
Sängerinnen und Hauptinstrumentalisten auf der Reise in den

---

[1]) Die nachfolgenden Namen solcher Häuser, die fast alle
an Sonntag-Abenden ihre Concerte hielten, geben zugleich eine
Uebersicht der vornehmeren Kreise, die damals mehr oder minder die Tonkunst pflegten: Lady Somer, Lady Young, Mrs. Sturt,

Provinzen. Die Musikfeste, in den 60ger Jahren nur auf die Städte Hereford, Worcester und Gloucester beschränkt, dehnten sich nun auch auf die übrigen Provinzhauptstädte aus. Mad. M a r a sang bei dem grossen Musikfeste zu York und Newcastle - upon - Tyne ; Sgra. S t o r a c e zu Hereford, Miss P o o l e zu Canterbury. In Hereford wurden ausser dem Alexanderfest auch die Musiknummern der letzten grossen Musikfeier in der Westminster - Abtei gegeben, die „Abtei-Musik", wie solche *„Selections"* genannt wurden.

Das Musikfest zu York (1791) war das bedeutendste. Ausser zwei grossen *„Selections"* aus Händel's Werken wurde der „Messias" zum erstenmal in der Kathedrale aufgeführt. Mad. Mara, Mrs. Crouch, Mrs. Hudson, die Herren Harrison, Kelly, Meredith (Bass) waren die Solosänger. Es war an einem dieser Concerttage, als während der Aufführung des vierten Chores aus Händel's Israel „Er sandte Hagel herab; Feu'r in dem Hagelsturm rauscht im Donner auf das Land" , zu gleicher Zeit ein Orkan über die Stadt losbrach. In die markigen Textesworte und die wuchtigen Accorde der Händel'schen Musik mischten sich die Donnerschläge des Himmels, und die schnell sich folgenden Blitze liessen die Versammlung wie in einem Flammenmeer erscheinen — der Eindruck war ein erschütternder.

Mrs. Harey, Earl of Beaulieu, Mrs. Smith Burges, Lady A. Lindsey, Duchess of Bolton, Mrs. Montague, Mrs. R. und A. Walpole, Lady Dudley, Lady Ward, Mrs. Piozzi, Duchess of Guilford, Lady Ducie, Lady Plymouth; die Ladies Langham, Glynn, Blackwood, Anstruther, G. Collins, G. Calthorp, Hume, Mrs. Wyndham, Mr. Hare, Countess of Essex, Princess Castelcicala etc. etc.

D.

O P E R.

---

a) Die italienische Oper im Pantheon [1]), später
im kleinen Haymarket-Theater.

Während des Wiederaufbaues des abgebrannten King's
Theaters benutzte das sonst nur zu Concert-Aufführungen bestimmte Pantheon die Gelegenheit, sich als italienisches Opernhaus hinaufzuschwingen. Es wurde rasch umgebaut und hatte
bereits Mitte December 1790 das Prädicat „königliches"
Theater erwirkt. Das Comité, aus dem Herzog von Bedford,

---

[1]) Das sogenannte Pantheon wurde am 27. Januar 1772
für Concerte, Bälle, Maskeraden eröffnet. Es umfasste vierzehn
grössere reich decorirte Säle nebst einer Rotunda mit doppelter
Säulenreihe. Jährlich wurden zwölf Concerte zum Subscriptionspreis von 6 Guineen gegeben (Erfrischungen waren frei). Fast
alle bedeutenderen Künstler, Componisten, Virtuosen, Sänger und
Sängerinnen, in London ansässig oder einige Zeit dort als Gäste
verweilend, traten hier auf. 1784 wurden die in der Westminster-
Abtei abgehaltenen grossen Händel-Concerte auf einen Tag hierher verlegt. (Europ. Mag., Mai 1784, gibt sogar eine Abbildung
des damaligen Schauplatzes.) Das Gebäude brannte 1792 ab,
wurde 1795 wieder aufgebaut und zu Concerten, Vorlesungen
Ausstellungen etc. verwendet. 1832 wurde das Eigenthum verkauft und 1835 zu dem noch jetzt bestehenden Bazar umgewandelt.

Lord Salisbury und Mr. Will. Sheldon bestehend, war sehr
rührig und kündigte noch in demselben Monat eine Liste
der engagirten Mitglieder an. Als Componisten waren M a z -
z i n g h i und P a i s i e l l o engagirt, später auch G y r o w e t z ;
Mazzinghi leitete am Clavier. Paisiello kam zwar nicht,
schickte jedoch die Oper „la locanda" ein ; C r a m e r war
auch hier *leader* ; B o r g h i fungirte als *manager*. Das Gesangs-
personale für die opera seria bestand aus Sig. Gasparo P a c -
c h i e r o t t i [1] (erstem Sopran), L a z z a r i n i (Tenor) und
Mad. M a r a ; für die opera buffa waren engagirt: Sgra. C a s -
s e n t i n i (bald darauf mit Borghi verheiratet), L i p p a r i n i,
Lorenzo C i p r i a n i, und Giovanni M o r e l l i (Bass). Das
Ballet bestand aus Mons. D a u v e r b a l, D i d e l o t, V i g a n o,
Mad. T h e o d o r e, V i g a n o etc. Das Orchester war das der
professional-Concerte, über das bei dieser Gelegenheit im *Mor-*
ning Chronicle nicht viel rühmendes gesagt wird [2].

---

[1] Gasparo P a c c h i e r o t t i war in London zuerst im Jahre
1778 in dem Pasticcio „Demofoonte" aufgetreten und hatte bei
wiederholten Besuchen hier Gold und Lorbeeren geerntet. Bekannt ist der Eindruck, den dieser ausserordentliche Sänger einst
auf das Orchester in Rom ausübte, das, von seinem Gesange ergriffen, zu accompagniren vergass. „Was thut ihr denn?" fragte
der Künstler fast unwillig, worauf der Capellmeister entschuldigend antwortete: „Herr, wir weinen!" So versicherte auch in
England die ausgezeichnete Sängerin Mrs. Sheridan, geb. Linley,
dass sie der Gesang des Künstlers stets zu Thränen rühre. Es
war diesmal die letzte Saison, in der Pacchierotti in London auftrat. Seine Stimme hatte schon sehr gelitten und der Sänger
war nur mehr der Schatten von ehedem. Er verlebte den Rest
seiner Tage auf seiner Besitzung in Padua.

[2] *The Orchestra of the Pantheon is composed of the Pro-*
fessional Band; but never was the exertion of that admirable
Band so s t i f l e d and d r o w n e d as in the well into which they
have been thrust. (Morning Chronicle Feb. 19, 1791.)

Das Theater wurde am 17. Februar 1791 mit der opera seria „Armida" von Sacchini eröffnet [1]). Mara und Pacchirotti sangen. An diesem ersten Abend zeigte es sich sogleich, dass das Haus, welches ohnedies nur mässig gross war (besonders die Bühne), den Haupterfordernissen eines Operngebäudes nicht entsprach: man hörte schlecht. *Morning Chronicle* sagt darüber: *The Pantheon has only two defects: as a music-room, nothing can be heard; as a place of fashionable resort, nobody can be seen.* Schon der zweite Abend, an dem nun auch der Hof erschien, sah trotzdem wenig Publicum. Beim Eintritt der Majestäten blieb alles still, bis „zum erstenmal in einem Opernhause und von diesem Orchester" die Nationalhymne *„God save the King"* angestimmt wurde. Die noch gegebenen Opern waren: „Idalide" von Sarti, „la bella Pescatrice" von Guglielmi, „la Locanda" und „la Molinara" von Paisiello. Die Vorstellungen schlossen am 19. Juli und liessen ein klägliches Deficit in der Theaterkasse zurück.

Am 17. December wurde das Theater wieder eröffnet. Die Oper „la Pastorella nobile" von Guglielmi sah noch zwei- bis dreimal leere Bänke, bis in der Nacht vom 13. auf den 14. Januar 1792 das Opernhaus ein Raub der Flammen wurde.

Das Opernpersonal nahm nun seine Zuflucht zum kleinen Haymarket-Theater und gab nebst den genannten komischen Opern noch „le trame deluse" von Cimarosa, und „la discordia conjugali" von Paisiello, mit Mühe sich bis zum Schluss der Saison fortschleppend. Nichtsdestoweniger war die letzte

---

[1]) Walpole schreibt darüber an Miss Agnes Berry (Feb. 18, 1791): *The Pantheon has opened, and is small, they say, but pretty and simple; all the rest is ill conducted, and from the singers to the scene shifters imperfect; the dances are long and bad, and the whole performance so dilatory and tedious, that it lasted from 8—12$\frac{1}{2}$.*

Vorstellung „la bella pescatrice" am 9. Juni so überfüllt, dass
der Adel, der alten Sitte gemäss, selbst die Bühne in Beschlag
nahm *(the stage overflowed with Nobility)*.

Ueber die grosse Sängerin M a r a , die in England fast
zwanzig Jahre lebte und daselbst ihren Ruf als Oratoriensängerin gründete, theilt die Beilage I dasjenige mit, was vorzugsweise auf ihren Aufenthalt in England Bezug hat.

b) Die englische Oper in Covent-Garden Theater [1]).

In den 60ger Jahren, zur Zeit der Anwesenheit Mozart's
in London, wurde die englische Oper vorzugsweise in Covent-
Garden gepflegt; Drury-lane stand dagegen ganz unbedeutend da. In den 90ger Jahren hatten nun beide Theater die
Rollen gewechselt. Drury-lane hatte Ersterem den Rang abgelaufen.

Covent-Garden Theater hatte nun ausser Mrs. B i l l i n g-
t o n und Mr. I n c l e d o n nur über ein mittelmässiges Per-

---

[1]) Covent-Garden Theater wurde 1792 bedeutend vergrössert.
Am 20. September 1808 brannte das Theater ab, wobei viele
Menschen ihr Leben einbüssten und ein Theil der angrenzenden
Häuser das Loos des Theaters theilte. Dabei ging auch die grosse
Orgel zu Grunde, die Händel testamentarisch dem damaligen
Eigenthümer Rich vermacht hatte. Das neu aufgebaute Theater
wurde am 18. September 1809 unter Harris eröffnet. Die erhöh-
ten Preise gaben Anlass zu viel Tumult. Die sogenannten O. P.
(Old prices) Riots wiederholten sich an 77 Abenden, bis endlich
die Direction nachgab. 1817 nahm hier J. Kemble , 1840 sein
Bruder Chs. Kemble Abschied vom Publicum. 1847 wurde das
Innere ganz neu hergerichtet und das Theater am 6. April als
Royal Italian Opera House eröffnet. Im Jahre 1856 brannte das
Gebäude total nieder. Das dritte und gegenwärtige Covent-Garden Theater wurde am 15. Mai 1858 mit Meyerbeer's „Hugenotten"
eröffnet.

sonal zu verfügen; nichtsdestoweniger kamen zahlreiche musikalische Werke, freilich von sehr verschiedenem Werthe, zur Aufführung. Der populäre Componist S h i e l d ist besonders häufig vertreten. Gerne gehört wurden „*the Crusade*" (der Kreuzzug), ein Pasticcio, in dem Shield von Cimarosa, Gluck, Martini und Dr. Arne borgte; „*the Woodman*", „*Flitch of Bacon*", „*Poor soldier*", „*Oscar and Malvina*", grosses Ballet mit Arien, Chören und schottischen Volksliedern, besonders aber die Oper „*Rosina*" wurde häufig gegeben. Auch die bei Mozart erwähnten „Comus", „Artaxerxes" von Dr. Arne, „*love in a village*" und natürlich auch „*the beggar's opera*" füllten noch immer das Haus. Letztere war in den Hauptrollen durch Mrs. Billington und Mr. Incledon besetzt. Mrs. B i l l i n g t o n war nach zweijähriger Abwesenheit zum erstenmal wieder am 1. Nov. 1791 als Clara in Sheridan's vielbeliebter „Duenna", Musik von Th. Linley, aufgetreten. In ihrem Benefice „*Lionel and Clarissa*" (22. Mai 1792) trat sie auch wieder einmal als Virtuosin auf und spielte ein Clavierconcert. Auch brachte sie am 28. Febr. 1792 zum erstenmal in Covent Garden Gluck's „*Orpheus ed Eurydice*" zur Aufführung, in dem sie als junge kaum 16jährige Frau in Dublin ihren ersten theatralischen Versuch gewagt hatte. Freilich war es nicht die ganze Oper, sondern Gluck erschien in Gemeinschaft von Sacchini, Bach, Händel, Mazzinghi, Reeve; auch schrieb Gyrowetz eine neue Ouverture dazu. Der Text war ursprünglich von Francis Gentleman ins Englische übersetzt worden, doch, wie *European Magazine* [1]) (vol. 21. 1792, p. 218) sagt: „ernste Opern schienen dem Geschmack des

---

[1]) *The Music and performance were entitled to applause but a serious opera does not seem to agree with the taste of the public. It has, therefore, since been reduced to an afterpiece.*

Publicums nicht zuzusagen" und so wurde die Oper bald zu einem „Nachspiel" umgewandelt

Von Dr. Arnold wurden in jener Zeit die folgenden Opern gegeben : „*Inkle and Yarico*", „*Castle of Andalusia*", „*the Mountaineers*" (die Bergbewohner), „*Fontainebleau.*" Der Componist Charles D i b d i n erscheint mit „*the Deserter*", „*Lionel and Clarissa*", „*the Padlock*" (das Vorlegschloss). — Auch die Musik zur Pantomime „*Blue Beard*" (Blaubart) von B a u m g a r t e n ist nennenswerth. „Blue Beard" und „the Duenna" wurden am 28. Dec. 1791 auf h. Befehl gegeben, wobei der ganze Hof in vollem Staat erschien und die junge Herzogin von York zum erstenmal ein engl. Theater besuchte. „*God save the King*", in jener Zeit doppelt bedeutungsvoll, ertönte beim Erscheinen und Weggehen des Hofes. Endlich sei noch Garrick's O d e a n S h a k e s p e a r e, mit Musik von Dr. A r n e, erwähnt, welche zuerst bei Gelegenheit der Erinnerungsfeier des grossen Dichters im Jahre 1769 in dessen Geburtsort *Stratford-upon-Avon* aufgeführt wurde.

Mit „*the beggar's Opera*", zum Besten des *Theatrical-Fund* [1]) gegeben, wurde dieses Theater am 2. Juli 1792 geschlossen, um einer gänzlichen Umgestaltung im Innern entgegen zu gehen. So werden wir es erweitert und verschönert in den Jahren 1794 — 1795 wieder betreten.

Ueber die zwei in jener Zeit hervorragenden Mitglieder dieses Theaters, Mr. I n c l e d o n und Mrs. B i l l i n g t o n, enthält die Beilage I Ausführlicheres.

---

[1]) Der *Theatrical Fund* zur Unterstützung unverschuldet verarmter Schauspieler wurde zuerst 1762 durch den Schauspieler Hull angeregt und sogleich von Beard und Mrs. Rich von Covent-Garden unterstützt. Als Garrick von seiner Reise zurückkam, schloss auch er sich dem Unternehmen an. 1776 wurde der Fond durch Parlamentsacte sanctionirt. Seitdem wurden jährlich Vorstellungen zur Unterstützung des Vereins gegeben.

c) Die englische Oper im Drury-lane Theater.

Viel bedeutender war, wie schon erwähnt, in den 90ger Jahren Drury-lane Theater. Eine glückliche Vereinigung von Kräften, unter denen Sgra. Storace, Mrs. Crouch und Bland, Miss Hagley und Goodall, die Herren Kelly, Bannister, Suett, Dignum etc. nebst einem intelligenten und vorwärts strebenden Capellmeister Stephen Storace an der Spitze, der, in Italien gebildet, nun sich bemühte, das Gelernte für die Heimathbühne nutzbar zu machen, liess für die engl. Bühne von Neuem erspriessliches hoffen. Doch England hatte stets Unglück mit seinen wirklichen musikalischen Talenten: wo ein solches sich zeigte, liess auch der Tod nicht lange auf sich warten. Mit wenig Ausnahme starben sie Alle jung, von denen mit Recht Grösseres zu hoffen war. Henry Purcell (1658—1695), Pelham Humphrey (1647—1674), Orlando Gibbons (1583—1625), Thomas Linley (1754—1778) und bald nun auch Storace.

Ueber diesen, mit der Geschichte des Drury-lane Theaters in jener Zeit so eng verknüpften Componisten siehe die Beilage I.

Am ersten Januar 1791 wurde im Drury-lane Theater „*The siege of Belgrad*", ein Pasticcio von Storace, zum erstenmal gegeben und bis Ende der Saison noch fünfzigmal wiederholt. Storace hatte dazu, nebst Eigenem, noch Musik von Martini, Salieri und Paisiello entlehnt. Die Handlung schrieb James Cobb nach dem Italienischen „*la cosa rara*", ursprünglich dem Spanischen entlehnt. Das Eigenthumsrecht verkaufte Storace für 500 £. (*Gazeteer*, 5. Febr. 1791; — Parke meint sogar das Doppelte).

In dem zweiactigen Singspiel „*No song no supper*" hatte Storace meistens seine Wiener Compositionen benutzt. Dasselbe bewies eine seltene Lebensfähigkeit, indem es noch

1864 — 1865 im kgl. Theater Haymarket die jetzigen ver-
wöhnten Ohren zu unterhalten vermochte. Ganz besonders
gefiel in dem harmlosen Singspiel in den 90ger Jahren Mrs.
Bland.

Ueber keine der gleichzeitigen Sängerinnen, besonders in
der komischen Oper, sind die Berichte so übereinstimmend
voll Lob als über Mrs. Bland, „die kleine Bühnen-Syrene",
wie sie Kitchiner [1]) nennt; „*the delightful warbler*", wie
Kelly schwärmt. Und doch war ihre kurze und dicke Gestalt
nichts weniger als günstig für die Bühne. Ihr Gang verrieth
starke Neigung zum Watscheln; dazu war sie kurzsichtig und
pockennarbig. Dennoch — „wenn sie sang, war sie ein Engel!" ruft der Sänger H. Philipps [2]) und preist ihre reinen
Silbertöne und die natürliche Einfalt ihres Vortrags. Kelly
rühmte sie Haydn und Pleyel an und versichert, dass nach
seiner Ueberzeugung kein gerechter Kunstrichter im Styl und
Geschmak ihres Vortrages irgend etwas Tadelnswerthes finden
könne. Und Beide, Meister und Schüler, gingen hin sie zu
hören und gaben Kelly Recht. Sie konnte sich den wahren
Liebling der Stadt nennen *(a great and deserved favorite of
the town)* und, „obwohl sie nur eine Sängerin zweiten Ranges
war, zeigte doch keine der gleichzeitigen engl. Sängerinnen
so reinen italienischen Geschmack und keine kam ihr im Recitativ und deutlicher Aussprache gleich" [3]).

---

[1]) *Observations on Vocal music, by Will. Kitchiner. M. D.
London 1821.*

[2]) *Musical and Personal Recollections during half a century, by Henry Philipps. 8⁰. London 1864. 2 vols.*

[3]) Edgcumbe p. 113. Ferner heisst es noch von Mrs. Bland:
*She pleases you with her singing perhaps more than a much finer
vocal performer. Her person low and heavy; she in our opinion,
possesses very considerable merit, not only in her musical powers,
but in those of her acting. (Candid and imp. str on the pfrs. belonging to Cov. G. etc.)*

Mrs. Bland war, wie *the Tomahawk* (1795 p. 65) angiebt, die Tochter eines herumziehenden israelitischen Musi-
kanten Namens Romani. Sie sang um 1775 im Concertsaal in Mary-le-bone kleine italienische Lieder, wobei sie
auf einen Tisch gestellt und, ihres kleinen Wuchses wegen,
von da an Miss Romanzini genannt wurde. Mit andern
jugendlichen *Acteurs* tummelte sie sich 1782 im königlichen
Circus (jetzt Surrey-Theater) herum, damals von Chs. Dibdin
und Hughes für Burletta's, Pantomimen und Kunstreiterei
erbaut. Eine Zeitlang in Dublin angestellt, fand sie schliesslich im Drury-lane Theater das passende Feld für ihr niedliches Talent. Ende October 1790 heirathete sie Mr. Bland,
den Bruder der Schauspielerin Mrs. Dora Jordan, trennte sich
aber schon nach einem Jahre von ihm. *The True Briton*
(März 1796) widerlegte das Gerücht, als beabsichtige *little
Bland* nach Amerika zu gehen „sie kenne zu gut den Unterschied zwischen Guineen und Dollars, um eine solche Reise
zu riskiren." —

Ein ebenfalls häufig aufgeführtes Pasticcio war ferner:
„*the Haunted tower*" (der unheimliche Thurm); die Musik von
Storace zum Theil neu componirt, zum Theil aus den Werken
von Purcell, Paisiello, Martini, Pleyel zusammengestellt.

Unter den Schauspielen dieser Bühne finden wir auch
Shakespeare's „Sturm", bearbeitet von Dryden, mit Musik
von Purcell, Dr. Arne, die neuen Arien und Chöre von Th.
Linley jun. [1]). Auch ein pantomimisches Ballet „Don Juan"
(*the libertine destroyed*), mit Palmer in der Titelrolle, wird oft
genannt. Ein Feuerregen und eine Ansicht der Hölle wussten
das Ballet besonders anziehend zu machen.

---

[1]) Thomas Linley, der älteste Sohn des Componisten
Linley, war 1756 zu Bath geboren und zeichnete sich schon als

Am 4. Juni 1791 wurde im alten, seit 1674 bestehenden Drury-lane Theater zum letztenmal gespielt. Nach dem Singspiel „*No song, no supper*" verkündigte der Schauspieler Palmer dem Publicum den bevorstehenden Tod der alten 117jährigen Dame Drury-lane, beifügend, dass die Gesellschaft während des Neubaues ihre Vorstellungen im King's Theater, Haymarket, fortsetzen werde.

Während die Gesellschaft nach Haymarket übersiedelt, sei Einiges über die noch nicht besprochenen, damals wichtigeren Mitglieder dieser Bühne, Kelly, Mrs. Crouch und Sgra. Storace mitgetheilt.

Der Irländer Michael Kelly (geb. 1762 zu Dublin), dessen „*Reminiscences of the King's Theatre* etc., Lond. 1826", nach seinen Aufzeichnungen von Theodore Hook[1]) geschrieben, häufig citirt werden, gibt darin seine eigene Lebensbeschreibung, seine Sängerfahrt in Italien, wo er unter Aprile studirte und viel mit den beiden Storace's verkehrte; sein Wirken in Wien, wo er mit Haydn und Mozart befreundet

---

Kind im Violinspielen aus. Er studirte zwei Jahre bei Nardini in Italien und lernte hier Wolfgang Mozart kennen. Die beiden in gleichem Alter stehenden Kunstjünger schlossen damals innige Freundschaft. Als Linley 1773 nach England zurückkehrte, trat er in den Oratorien im Drury-lane Theater mit Violinconcerten auf. Im April gab er ein Benefice-Concert im King's Theater, wobei auch seine beiden Schwestern als Sängerinnen mitwirkten. Zu seines Vaters Oper „the Duenna", zu Shakespeare's „Sturm" schrieb er mehrere Musiknummern; auch ein kleines Oratorium „*the song of Moses*", wurde damals von ihm aufgeführt. Während eines Besuches bei seinem Gönner, dem Herzoge von Ancaster, auf dessen Gut zu Grimstorpe, Lincolnshire, ertrank Linley bei einer Wasserfahrt am 7. August 1778, erst 22 Jahre alt.

[1]) Theodore Edward Hook, ein Sohn des früher genannten Componisten James Hook.

wurde und besonders mit Letzterem viel zusammenkam. Kelly trat in Wien bei der ersten Aufführung von Mozart's *„le nozze di Figaro"* am 1. Mai 1786 als Basilio auf und gedenkt noch in seinen alten Tagen mit feurigen Worten der begeisterten Aufnahme dieser Oper (Kelly, I, 259—261).

In Mozart's Hause konnte man ihn häufig mit dem Meister beim Billard finden; er fehlte nicht an den Sonntag-Abenden, wenn Mozart bei sich Musik hatte, und er durfte sich rühmen, der Erste gewesen zu sein, der Mozart's gerade fertig componirtes Duo *„Crudel perchè"* (Graf Almaviva und Susanne) am Clavier mit ihm zusammen sang. Als Kelly Wien verliess und von Mozart Abschied nahm, gab ihm dieser einen Empfehlungsbrief an seinen Vater in Salzburg und Beide reichten sich unter Thränen zum letztenmal die Hand — auf Nimmerwiedersehen!

Kelly trat in London im Drury-lane Theater zum erstenmal am 20. April 1787 in Lionel and Clarissa auf und war später im King's Theater als Sänger und Regisseur fast 30 Jahre thätig. Nach seiner eigenen Angabe brachte er von 1797—1821 an 62 Theaterstücke zur Aufführung, zu denen er die Musik geschrieben. Seine Kenntnisse in Harmonie waren übrigens bescheiden; er brachte es nur zu leichten Entwürfen und überliess Anderen die Ausarbeitung. Wohl fühlte er selbst das Mangelhafte seines Wissens und nahm einigemal Anläufe dem abzuhelfen; doch Mozart in Wien und Dr. Arnold in London riethen ihm ab und hielten ihm das ominöse „zu spät" entgegen. Auch mochte er es wohl in seinen Werken nicht allzu genau nehmen; so nannte ihn Thomas Moore mehr einen *„imposer"* als *„composer"*, und als er sich eine Zeitlang auch mit Weinverkauf befasste, rieth ihm Sheridan zu der Aufschrift über seine Thüre: *„composer of wines, and importer of music."*

Kelly sang auch in Oratorien, in den Concerten *of an-*

cient-Music etc. — Die Berichte der Zeitungen zusammen-
gefasst, war Kelly ein verwendbarer Sänger mit einer mittelmässig guten Tenorstimme [1]). Seine mehr weibischen Ge-
sichtszüge liessen wenig Ausdruck zu, doch war er ein guter
Schauspieler. Gleich nach seiner Ankunft in London wurde
er mit der Sängerin Mrs. Crouch sehr befreundet, die sich bald
darauf von ihrem Manne trennte. Sie bewohnten fortan Ein
Haus und machten alle Kunstausflüge gemeinschaftlich. Kelly
starb den 9. October 1826. (Parke II, p. 126, lässt ihn zehn
Jahre früher sterben.)

Wie im Leben unzertrennlich, so möge auch hier vorübergehend einiges über die letztgenannte Sängerin folgen.

Mrs. C r o u c h, Anne Mary, geb. Miss Philipps, betrat,
17 Jahre alt, zum erstenmale die Bühne in „*the Lord of the
Manor*", Musik von W. Jackson (aus Exeter). Von Linley im
Gesang unterrichtet, wurde sie bald eine Zierde des Drury-
lane Theaters. Sie hatte eine äusserst sympathische Stimme
und ihr gutes Spiel war noch von einem schönen Aeusseren
unterstützt. Im Vortrag der Recitative wurde sie selbst mit-

---

[1]) Wie die Urtheile zu allen Zeiten auseinandergehen, zeigen nachfolgende Notizen über Kelly. Während *the Tomahawk
or Censor general* (1795, Nr. 4) Kelly's Stimme und Vortrag lobt
(*his shake is good, his voice is bold and his cadences are more masterly than any male performer on the English stage*) spricht ein
anderes Blatt (*Candid and imp. Strict.* 1795) Kelly's Stimme
jeden Wohllaut ab: *His voice is dreadfully wanting in sweetness
and melody of tone and may altogether be considered deficient of
almost every necessary requisite that constitutes a good one.* Edgcumbe (p. 74) endlich, der Kelly besonders als Regisseur lobt,
nennt ihn keinen üblen Sänger, der sich nur zu sehr in derben
englischen Manieren gefallen habe (*yet he had retained, or re-
gained, so much of the English vulgarity of manner, that he was
never greatly liked at this theatre [King's Th].*

unter der Mara gleichgestellt [1]). Bei ihren musikalischen
Abenden, die meist die beliebtesten Bühnen-Mitglieder vereinigten, wechselten Arien, Catches, Glees in bunter Reihe, in
welche wohl auch der häufig anwesende Prinz von Wales mit
einstimmte. Mrs. Crouch sang häufig auch in Oratorien in
London und bei den Musikfesten in den Provinzen. Sie starb
im 43. Lebensjahre am 2. October 1805 zu Brighton, wo ihr
Kelly auf dem alten Friedhof daselbst ein schönes Grabmal
errichten liess.

Hatte die eben genannte Künstlerin nur für die vater-
ländische Bühne gelebt, bietet uns das Leben der zuletzt genannten Anna Selina S t o r a c e, wie Beilage I zeigt, ein um
so bewegteres Bild.

d) Die englische Oper von Drury-lane im King's
Theater.

Im Herbste 1791 finden wir die Mitglieder der Drury-
lane Bühne während des Baues ihres neuen Hauses im ebenfalls neu erbauten King's Theater, von G a l l i n i bereits am
26. März 1791 mit gemischtem Concert eröffnet, wie wir
bei Haydn sehen werden. Am 22. September 1791 hielt nun
die D r u r y - H a y m a r k e t C o m p a n y , wie sie nun meist
genannt wurde, unter der Regie Kemble's ihren Einzug. Ein
Vorspiel „ *Poor old Drury* “ von J. Cobb konnte vor Lärm
kaum zu Ende gespielt werden, da das Publicum sich über
Unbequemlichkeiten aller Art, die bei der Eile, womit das

---

[1]) *Mrs. Crouch appearance could only be surpassed by the
enchantment of her voice. In the Recitative Mara never produced
an effect more electric!* (Morn. Post, Jan. 3. 1792). Mrs. Crouch
trat damals in „Cymon“ im King's Theater auf.

Theater eingerichtet wurde, nicht zu vermeiden waren, laut beklagte. Auch die erhöhten Eintrittspreise (ein Sitz in den Logen 6 statt 5 Shill. etc.), bei den bedeutenderen Ausgaben des grösseren Hauses ganz gerechtfertigt, wollten nicht gefallen. Doch Kemble, der kluge Regisseur, wusste sich mit dem Publicum zu verständigen und die Schluss-Scene des Abends: der Berg Parnass mit allen Gottheiten und Musen, mit Musik von Storace, versöhnte Alles.

Im November begegnen wir hier den zwei schon früher gegebenen allerliebsten Werken von Dittersdorf und Gretry : „der Doctor und Apotheker" und „Richard von Löwenherz". Nach der damaligen barbarischen Sitte der Bearbeitung aber sanken beide zu blossen Pasticcio's herab. Die noch immer in ihrer Art einzig dastehende englische Oper „Artaxerxes" von Dr. Arne wurde in demselben Monate in Covent-Garden und King'sTheater zugleich, in letzterem viermal gegeben, um Mad. Mara Gelegenheit zu geben, vor ihrer Abreise nach dem Continent vom Publicum Abschied nehmen zu können, worüber mehr bei Haydn.

Am letzten Tag des Jahres wurde auf Kelly's Vorschlag Dav. Garrick's „Cymon" mit Musik von Arne, Storace und Anderen neu in Scene gesetzt. Dieses grosse Spectakelstück, von dem Sheridan behauptete, es würde der Casse keinen Sixpence mehr eintragen, wurde nach Angabe Kelly's, der eine grosse Spectakeloper ähnlicher Art in Neapel gesehen, mit allem Pomp ausgestattet und erlebte eine Menge Wiederholungen. Es schloss mit einem Festzug von hundert Rittern aller Länder und Darstellung eines grossartigen Turnieres. (In Cymon trat auch als Cupido zum erstenmal der kleine, später so berühmt gewordene Edmund Kean auf.) Am 4. Januar 1792 wohnte der ganze Hof der Vorstellung des Cymon bei. Es war das erstémal, dass der König das neu erbaute Opernhaus besuchte, in dem er nun mit ungeheuchelter Freude und den Klängen des „*God save the King*" beim Kommen und Gehen begrüsst wurde [1]). Auch diesmal kostete der Besuch des Königs, wie fast immer bei solchen Gelegenheiten, Einigen, die bei dem Gedränge zusammengetreten oder erdrückt wurden, das Leben.

Die neue hier gegebene Oper „Dido", in der Mara, Kelly und Mrs. Crouch sangen, ist bei Haydn erwähnt.

Wir nehmen nun von der Drury-Haymarket Gesellschaft Abschied, um sie 1794 abermals in einem anderen Locale, dem kleinen Haymarket Theater, und endlich im eigenen neu erbauten Hause Drury-lane wieder zu begrüssen.

Von den Unterhaltungsorten dritten Ranges wäre noch *Sans - Soucy* im Strand zu nennen. Daselbst wurde an drei Abenden der Woche ein Zwischending von Concert und Theater mit eingelegten Gesängen aufgeführt. .Der Unternehmer dieser „*Private Theatricals*", auch *nature in nubibus* genannt,

---

[1]) In jener Zeit der Aufregung im Nachbarstaate wurde die Nationalhymne bei jeder nur passenden Gelegenheit angestimmt. Es fehlte jedoch auch nicht an Gegenparteien, die gelegentlich das revolutionäre „*ça ira*" vorzogen. Eines Abends, während Minister Fox in der königl. Loge sich mit der Herzogin von York unterhielt, bekämpften sich die Parteien eine geraume Zeit vergebens mit dem Rufe nach „*God save the King*" und „*ça ira*". Ein andermal verlangten im Haymarket Theater Parterre und Gallerie mit Ungestüm ‚ça ira", während die Schauspieler den zweiten Act des „Macbeth" ruhig weiter spielten, ohne natürlich gehört zu werden. Am Schlusse erreichte es die stärkere Partei, dass der ganze Act noch einmal gespielt wurde.

war der uns schon bekannte Componist D i b d i n , der sich
hier als Schriftsteller, Vorleser, Sänger und Accompagneur in
Einer Person producirte. — Auch im L y c e u m Theater, damals noch ein unbedeutendes Gebäude, gab Dibdin mit vielem
Erfolg eine Reihe von Vorstellungen mit Gesängen nach einem
neuen Plane unter dem drolligen Titel: „ *Wags and Oddities*"
(Schalkheiten und Sonderbarkeiten). —

SALOMON.

Ehe wir zu Haydn selbst übergehen, sei jenes Mannes eingehender gedacht, der gleichsam der Schöpfer einer Musikperiode London's wurde, in der sich, wie in einem Brennpunkte, Vergangenheit und Zukunft in den berühmtesten und einflussreichsten Künstlern die Hände reichten. Salomon's Name wird mit der Musikgeschichte jener Tage unzertrennlich sein und es ist nur gerecht, was Rochlitz, den Salomon im Jahre 1790 in Leizig auf seiner Rückreise besuchte, von ihm sagt: „Unter allen blos ausführenden Tonkünstlern der Zeitgenossen hat Keiner für seine Kunst im Allgemeinen so weit ausgreifend, entscheidend und wohlthätig gewirkt, als eben Er" [1]).

Johann Peter Salomon, Sohn von Philipp Adolph Salomon und Anna Francisca Oberleuter, wurde zu Bonn im Jahre 1745 geboren (getauft in S. Remigius am 2. Febr. [2]). Salomon der Sohn muss wohl frühzeitig als Violinspieler Tüch-

---

[1]) Rochlitz, für Freunde der Tonkunst, Leipzig, 1830, III. 187.

[2]) Die Notizen, Salomon's Jugendzeit betreffend, sind nach A. W. Thayer's „Ludw. v. Beethoven's Leben". Auch der Güte des Hrn. H. Deiter's in Bonn verdanke ich dabei mehrere Ergänzungen.

tiges geleistet haben, denn schon im Jahre 1758 wurde er als besoldetes Mitglied der Capelle des Kurfürsten Clement August angestellt. Dessen Nachfolger Maximilian Friedrich stellte ihm 1765, wahrscheinlich zu einer beabsichtigten Kunstreise, ein Zeugniss aus, „dass er treu und fleissig gedient und sich so aufgeführt habe, dass selbiger verdiene, jedem nach Standesgebühr recommandirt zu werden".

Nach Salomon's Abgang wurde dessen, wie es scheint, als Musiker wenig bedeutende Vater, wohl mehr zu seiner Unterstützung, als Violinspieler in die Capelle aufgenommen. (Er starb am 2. August 1780.) Mit ihm zugleich enthält der Hofkalender von 1766 zum erstenmal dessen Tochter A n n a M a r i a als Sängerin. Diese, wie später auch ihre Schwester A n n a J a c o b i n a, trat neben dem Hofcapell-Tenoristen Johann van Beethoven unter der Direction des Vaters, des 1733 zuerst als Bass-Sänger angestellten Ludwig van Beethoven (Grossvater des nachmaligen grossen Tondichters), auf dem kurfürstlichen Hoftheater häufig in Opern auf. — Das Haus, in dem die Familie Salomon wohnte, Bonngasse Nr. 515, war dasselbe, in welchem Beethoven am 16. December 1770 geboren wurde. Die Salomon's bewohnten den zweiten Stock des Hauses und das jung vermählte Ehepaar Beethoven den rückwärtigen Theil des Gebäudes. (Doch zogen sie schon 1774 aus der Bonngasse weg.) — Wie später erwähnt, erinnerte sich Beethoven Salomon's aus seiner Kindheit sehr gut. Es war dies wohl in jener Zeit, in der Salomon von Deutschland oder England aus einen Abstecher nach seiner Vaterstadt machte. So verspricht er in einem Briefe (dat. 8. Jan. 1790) [1] an seinen Schwager Geiger in Bonn, seine

---

[1] Die Copie ist im Besitze des Herrn A. W. Thayer, der sie mir gütigst mittheilte.

Mutter und die Freunde ganz gewiss im Sommer zu besuchen, wie er ja auch auf der Heimreise nach London im December 1790 mit Haydn in Bonn wirklich eintraf.

Als Salomon 1765 Bonn verlassen, concertirte er zunächst in Frankfurt und Berlin mit grossem Beifall. In Berlin hörte ihn Prinz Heinrich von Preussen, Bruder Friedrich's II., und ernannte ihn zu seinem Concertmeister. Dieser Prinz unterhielt in Rheinsberg ausser seiner Capelle auch eine kleine französische Oper, für die nun Salomon mehrere Operetten schrieb [1]).

Schon damals stand Salomon für Haydn's Compositionen ein und wagte es zuerst offen, gegen die gealterte Quanz-Graun'sche und die Kirnberger'sche Partei Opposition zu machen. — Da entlässt plötzlich Prinz Heinrich, den Angriffen des Alters anheimfallend, seine Capelle. Salomon wendet sich nun direct nach Paris, wo er mit grossem Beifall auftrat. Sein Aufenthalt jedoch war von kurzer Dauer; die Nähe London's lockte ihn an, und wir sehen ihn am 23. März 1781 im Covent-Garden Theater zum erstenmal öffentlich in England auftreten. An diesem Abend wurde Mason's [2]) Gedicht „Elfrida", in Form eines Oratoriums, mit Musik von

---

[1]) Im Jahre 1863 wurden in London in einer Auction bei Puttik und Simpson einige Partituren dieser französischen Opern (Autographe von Salomon) verkauft: *„les Recruteurs", Comedie Lyrique en un acte, representée à Rheinsberg 1771; „la Reine de Golconde"; „le sejour du bonheur", Comedie; „Titus" an opera, comp. à Rheinsberg 1774.*

[2]) William M a s o n, geb. 1725, studirte zu Cambridge. Durch sein Drama „Elfrida" (1752), dem bald „Caractacus" folgte, machte er bedeutendes Aufsehen. Er trat 1754 in den geistlichen Stand und lebte fortan zu York. Hier schrieb er: *Essays, Historical and Critical, on English Music.* York 1795. Mason starb 1797.

Dr. Arne, dann Collin's „*Ode on the Passions*" mit Soli und Chören von Dr. Arnold, unter dessen Direction aufgeführt. Salomon fungirte als *leader* des Orchesters und spielte ein Concertstück eigener Composition. *Morning Herald* berichtet darüber : „Wenn man auch seine Art zu spielen nicht graziös nennen konnte, so war Ton und Ausführung doch der Art, dass man vorher sehen konnte, es werde ihm an einem grossen Kreis Bewunderer nicht fehlen."

Salomon spielte rasch hintereinander in den Concerten der Virtuosen Snow, Kammell, Miss Guest aus Bath und im Benefice des Sängers Ansani. In letzterem zeigte er sich auch als Quartettspiele∙ und dirigirte Leo's „Miserere", wobei Rauzzini, Tenducci, Ansani, die Damen Barthelemon und Weichsel die Soli sangen.

Erscheint Salomon's Name 1782 nur spärlich, so finden wir ihn um so thätiger im nächstfolgenden Jahre, in dem er namentlich als Solospieler in den grossen Concerten der Fachmusiker in Hanover squ. rooms erwähnt wird. Er trat zweimal mit Violinconcerten auf und gefiel besonders am letzten Abend, an dem er, wie *Publ. Advertiser* berichtet, „ein im reichsten Styl componirtes Concert spielte und darin eben so viel Geschmack als Zartheit und Vollendung in der Ausführung entfaltete". Doch sehen wir ihn auch als Violaspieler neben Cramer eine gewissermassen untergeordnete Stellung einnehmen. So spielte er Viola in einem Quintett von Bach; in einem Concert für Pianoforte, Violin und Viola von Vogler (Vogler, Cramer, Salomon) und zwei Concertanten von Baumgarten und Graff. Es scheinen schon damals Zerwürfnisse Salomon's mit den Fachmusikern stattgefunden zu haben, denn schon im nächstfolgenden Jahre (1784) fehlt sein Name bei den zum erstenmal *professional* benannten Concerten und er erscheint auch von da an in diesen Concerten nicht wieder.

Noch trat Salomon im Jahre 1783 im Concert der *Society of Musicians* in einem Concertante auf und spielte ein Concert eigener Composition, in das er „mit unnachahmlicher Grazie" das schottische Volkslied „*Anne*" verwebt hatte. Dieses Concert musste er auch, nebst einem Concertante von Abel in dem ersten der neun Subscriptions-Concerte in Freemason's Hall [1]) auf Verlangen repetiren. In einem Concerte in Hanover squ. rooms, zum Besten des Spitals für Wöchnerinnen, wobei unter Mitwirkung des Orchesters der „grossen Mittwoch - Concerte" *(professional)* eine Gelegenheits Cantate von V o g l e r aufgeführt wurde, spielte Salomon ebenfalls Viola in einem *Concerto grosso* für Orgel, Oboe und Viola (Vogler, Fischer, Salomon), comp. von Vogler; auch begleitete Salomon eine Arie Harrison's mit der Viola.

Zum erstenmal sehen wir Salomon auch in diesem Jahre mit Cramer gemeinschaftlich dirigiren. Der Componist J. Fr. K l o e f f l e r gab nämlich in Almack's Saal ein Concert und zeigte „eine ganz neue Art Instrumental - Composition" an: „die Schlacht", aufgeführt von zwei Orchestern, 50—60 Personen stark, und unter der gegenseitigen Direction der Obengenannten. Ein ausführliches Programm wurde zugleich gratis ausgegeben. (Also ein frühes Beispiel von Programm-Musik.[2])

---

[1]) Freemason's Hall (Freimaurer - Saal) war das erste mit dem Freimaurerzeichen geschmückte Gebäude in London. Das Haus wurde in Great queen street, Lincoln-Inn Fields, im Jahre 1775 gebaut und am 23. Mai 1776 eröffnet. Jährlich fand dann eine Stiftungsfeier mit Concert (unter Dr. Arnold) und Ball statt. Auch zu Privatconcerten wurde der Saal häufig benutzt.

[2]) Dieselbe Composition wurde vom Componisten 1782 auch in Berlin aufgeführt. Joh. Fried. R e i c h a r d t's „Musikalisches Kunstmagazin", Berlin, 1782, p. 52, gibt das ausführliche Programm. Es heisst darüber: „Hr. K l ö f l e r führte hier am 18.

Vergebens sucht man Salomon's Namen bei den 1784 stattfindenden grossen Musikaufführungen in der Westminster-Abtei. Auch in den folgenden Jahren wirkte er dabei nicht mit [1]). Ausser der Betheiligung bei einigen Privatconcerten (Parke, Miss Reynolds) eröffnete sich ihm aber nun ein bedeutender Wirkungskreis im Pantheon, wo Mad. M a r a in England zum erstenmal auftrat. Salomon dirigirte hier alle Concerte und trat an jedem Abend als Solospieler auf.

Noch häufiger ist er 1785 beschäftigt. Als Dirigent und Virtuose ist er genannt im Concert des Violinspielers Antonio L o l l i (der darin fünfmal auftrat und auch eine Sinfonie im „russischen Styl" aufführen liess); in den Concerten der blinden Clavierspielerin P a r a d i s, der Sängerin A b r a m s, der Sänger Mr. H a r r i s o n und R e i n h o l d und des jungen

---

November d. J. ein Instrumental-Tonstück auf, welches eine Bataille vorstellen sollte. Das Orchester war in zwei Chöre vertheilt, zwischen welchen sich die Zuhörer befanden, zu deren nothwendigen Beihülfe folgende Z e r g l i e d e r u n g gedruckt ausgegeben wurde: „1. der Prologus zur Schlacht besteht in einem Allegro, Andante und Presto; 2. der Eingang oder die ernsthafte und schreckbare Musik vor dem Marsch beider Armeen; 3. Zwei verschiedene Märsche, bei welchen Artillerie- und Musquetenfeuer abwechseln etc. Unter den 28 Nummern erscheint noch ein Kriegsrath mit einem Recitativ; der Trapp der Pferde; das schreckliche Geschrey der Cavallerie; das Geräusch der Waffen; unordentlicher Lärm der Armee; Klagen und Seufzen der Verwundeten; Siegesfeier, endlich Nr. 28 ein dreymal wiederholtes sehr lebhaftes Allegro macht den völligen Beschluss." — In ähnlicher Weise wurde 1796 in Wien „Werther", ein Roman, von Pugnani in Musik gesetzt, aufgeführt.

[1]) Rochlitz (Für Freunde der Tonkunst, I. 90) lässt irrthümlich diese grossen Händelfeste durch Cramer und Salomon gründen. Näheres darüber bei Haydn.

C r o t c h [1]). Im Concerte des Letzteren, dem „berühmten musikalischen Kind" (*the celebrated musical child*), spielte Salomon mit demselben ein Violinduett; Crotch selber spielte ein neues Orgelconcert eigener Composition. In seinem Benefice führte Salomon auch drei Compositionen von Reichardt auf, die zuvor bei Hofe und im Pantheon gegeben wurden : Introduction, Recitativ, Aria (Mara) und Chor, Theil eines Oratoriums; eine neue Ouverture und ein Hymnus mit Soli und fünf Chornummern. Die Hauptthätigkeit Salomon's aber erstreckte sich in diesem Jahre auf die zwölf Subsc. - Concerte im Pantheon, wo er als Dirigent, A b e l als Componist und Mad. M a r a als erste Sängerin engagirt waren. Man fand jetzt wiederum, dass, wenn er auch im Tone nicht gross sei, er doch im pathetischen Ausdruck von Niemand übertroffen werde. „Wessen Violinspiel", sagt *Morning Chronicle*, „nähert sich

---

[1]) William C r o t c h , geb. zu Norwich am 5. Juli 1775, zeigte in den ersten Kinderjahren ein ganz aussergewöhnliches Musiktalent und berechtigte zu den grössten Hoffnungen, die aber unerfüllt blieben. Ausführliches über den früh entwickelten Musiksinn des kaum dreijährigen Knaben gibt Burney im 69. Band der *Philosophical Transactions* (part. I. 1779) unter dem Titel: *Account of an infant musician.* Auch D. Barrington in seinen „Miscellanies", IV. p. 311, bringt viel Interessantes darüber. — Kaum drei Jahre, sieben Monate alt, wurde Crotch schon im Bilde, an der Orgel sitzend, in ganzer Figur (Schattenriss), verewigt. Im fünften Lebensjahre liess er sich auch wirklich in einem Beneficeconcert im Pantheon auf der Orgel hören. — Einseitige Unterrichtsmethode soll dies ungewöhnliche Talent untergraben haben. Ludwig Berger, der den gereiften Mann in London hörte, lobte sein reines Clavierspiel und seine Geschicklichkeit, im strengen Satz zu extemporiren. Crotch lebte als Organist und Professor in Oxford, wo er auch die Doctorwürde empfing. Er starb am 20. December 1847.

mehr der menschlichen Stimme? Alles in Allem, Salomon ist
ein Manierist, doch er besitzt viel Originalität — er fühlt
warm — er ist ein Genius!"

Der pecuniäre Erfolg dieser Concerte war jedoch kein
glänzender; Mad. Mara musste das letzte auf ihre eigene
Rechnung *(on her own account)* geben.

Im Sommer dieses Jahres war Salomon auch als *leader*
beim Musikfeste zu Worcester engagirt (Hauptdirigent war
Isaak). Ebenso bei den Musik - Aufführungen während der
Universitätsfeier zu Oxford (mit Dr. Hayes als *Conductor*).

Im Jahre 1786 schlug Salomon bereits sein Lager in
Hanover squ. Rooms auf und kündigte vier Subsc.-Concerte
an, die so grossen Anklang fanden, dass er noch zwei zu-
geben musste. Dazu waren engagirt: Mad. Mara, beide
Abrams, Miss Channu und der Tenor Harrison. Als
Solospieler traten auf: Mara (Cello), Gräff (Flöte),
Schwartz (Fagott), Miss Parke (Clavier), Joh. Palsa
und Carl Türrschmied. Letztere, zwei berühmte Waldhornisten, hatten Instrumente aus Silber verfertigt. — Salomon eröffnete seine Concerte mit einer Sinfonie von Mozart,
„eine grosse Composition und mit viel Geist und Effect ausgeführt". Abwechselnd spielte Salomon Solo, einmal auch ein
Duo für Violine und Cello mit Mara, dem Cellisten. Nach dem
ersten Abend heisst es über ihn im *General-Advertiser:* „Salomon spielte ein Violinconcert mit so viel Energie, Präcision
und Ausdruck, dass er die volle Macht seines Instrumentes
entwickelte und in gerechter Weise mit Beifall überschüttet
wurde." Von Haydn wurde nebst einigen Sinfonien auch
ein Concertante für 2 Violinen, Viola, Cello und 2 Waldhörner aufgeführt. — Noch spielte Salomon in den Concerten
des Sängers Harrison, des blinden Flötenspielers Dulon j.
[Quintett von Benda] und in einem Unterstützungsconcert für
das Westminster Lying-in-Hospital.

Die nächstfolgenden Jahre bis 1791 wagte es Salomon nicht, mit eigenen Subsc.-Concerten den *professional* entgegen zu treten. In diese Zeit fällt bereits seine Correspondenz mit Haydn, den er vergebens wiederholt zu einem Engagement für ein grösseres Unternehmen zu bewegen suchte, ein Unternehmen, das ihm um so mehr am Herzen liegen musste, da bereits die Direction der *professional* - Concerte ähnliche Schritte, aber ebenfalls vergebens, gethan hatte. Salomon begnügte sich damit, ausser seinem jährlichen Benefice-Concert abwechselnd als *leader* und Solospieler in anderen Concerten mitzuwirken. So war er 1787 *leader* der sechs Subscript.-Concerte, welche Mad. Mara diesmal in Hanover square rooms gab und wobei Clementi als Componist engagirt war; auch im Concert der Sängerin Miss Harwood ist er als Solospieler genannt. — 1788 war er ein zweites Mal als *leader* bei der Universitätsfeier zu Oxford engagirt. In diesem Jahre aber sehen wir ihn unerwartet noch einmal mit den *professional* in Berührung kommen. Das Orchester derselben unter Cramer wirkte nämlich im Benefice der Mrs. Billington mit; Cramer spielte ein Violinconcert, Salomon aber ein Quartett mit Borghi, Blake und Smith.

Im Jahre 1789 wurde Salomon als *leader* für die *Academy of ancient Music* engagirt. Der früher erwähnte Brief spricht auch von einem musikalischen Ausflug nach Dublin in demselben Jahr (1789), so wie nach Winchester zu einem musikalischen Meeting, wobei Salomon beinahe alle Jahre seit seinem Aufenthalt in England dirigirte. Im Jahre 1789 wurde ferner im Concert des *New Musical-Fund* ein grosser Chor von Salomon aufgeführt, zur Feier der Genesung des Königs componirt und dann in Salomon's eigenem Benefice-Concerte repetirt.

Salomon wohnte im Jahre 1790 bereits in Nr. 18, Great

Pultney-street, wo er ein Jahr später den endlich doch nach-
giebiger gewordenen Haydn einführen sollte. Sein Benefice-
Concert in Freemason's Hall gestaltete er diesmal so interessant wie möglich. Vier Mitglieder der Pariser *Concerts spirituels*, die Instrumentalisten L e f e v r e, P e r r e t, B u c k und
D u v e r n o i s traten darin zum erstenmal in England auf;
auch D u s s e k und G y r o w e t z , zu jener Zeit in der Blüthe
ihres Ruhmes, waren engagirt. Er selbst spielte in diesem Jahr
nur noch im Concert der Violinspielerin Madame G a u t h e r o t
mit ihr selbst ein Concertante für zwei Violinen von Davaux.

Die Jahre 1791 bis 1795 bilden natürlich die Haupt-
epoche seines künstlerischen Wirkens in London; sie sind der
Glanzpunkt in Salomon's Lebensgeschichte und vereinigen
seinen Namen auf ewige Zeiten mit dem des Vaters der Sinfonie und des Quartetts.

Im Jahre 1796 nahm Salomon seine Concerte wieder
auf und fand ausser Mad. Mara einen neuen Anziehungspunkt
in dem jugendlichen Tenor B r a h a m, der unter andern auch
Haydn's „*Recollection*", mit Orchesterbegleitung von Rauzzini,
sang. Salomon, nun im Besitz der zwölf Manuscript-Sinfonien
Haydn's, die dieser für ihn geschrieben, führte sie der Reihe
nach wieder auf und sie bilden auch in den nächstfolgenden
Jahren die Hauptnummern dieser so wie überhaupt aller in
jener Zeit gegebenen Concerte Die Militär- *(the great military movement)* und die Sinfonie „mit dem Paukenschlag" (*the
surprise* — die Ueberraschung) wurden besonders häufig gegeben.

Von J. F. Hugo Freiherrn von D a l b e r g, der sich
damals (1796) in London befand, führte Salomon u. a. Pope's
Cantate „*the dying Christian*" (der sterbende Christ) auf.
Salomon's hoffnungsvoller Schüler, der junge Violinspieler
P i n t o, liess sich in den Jahren 1796—1800 häufig hören;

einmal spielte er auch ein Duo für Violin und Viola mit seinem Meister. Dieser sah im Geiste einen neuen Mozart in ihm entstehen; doch der Schüler und die an ihn geknüpften Hoffnungen gingen noch vor Salomon zu Grabe.

Im Jahre 1800, am 21. April, führte Salomon im King's Theater Haydn's „Schöpfung" auf, worüber im Anhang bei Haydn Ausführlicheres. Haydn componirte um diese Zeit für Salomon mehrere Quartette, in denen er vorzugsweise bei der ersten Violine auf Salomon's Spielweise Rücksicht nahm. Es waren dies die letzten Compositionen, die Haydn nach England sandte.

Salomon und Haydn blieben überhaupt die besten Freunde. Noch 1799, als Haydn von einem jungen, verdienstvollen Mann, H. v. Sonnleithner, der nach London reiste, um einen Empfehlungsbrief an einen „redlichen kenntnissvollen Mann" daselbst ersucht wurde, wusste ihm Haydn keinen Würdigeren, als „seinen liebsten Freund" (wie er Salomon in seinem Briefe wiederholt nannte [1]). —

Die letzten Lebensjahre Salomon's zeigen ihn, wenn auch nicht mehr so häufig, noch immer als Solospieler und *leader* thätig. Sein öffentliches Wirken lässt sich am besten mit dem Aufblühen der *Philharmonic Society* abschliessen, zu deren Gründung im Jahre 1813 er redlich das Seinige beitrug. Noch einmal begegnen wir ihm hier im Concertsaal, diesmal in Argyll Rooms (dem früheren Gebäude, das 1830 abbrannte) bei dem ersten Concert der genannten Gesellschaft am 8. März 1813. Salomon spielte mit Cudmore, Sherrington, Lindley und C. Ashley ein Quintett von Boccherini und öffnete als *leader* (Clementi am Clavier) mit Cherubini's Anacreon-

---

[1] Das Autograph dieses Briefes befindet sich im Musikvereins-Archiv zu Wien.

Ouverture und zwei Sinfonien von Beethoven und Haydn die Laufbahn einer Gesellschaft, in der später M e n d e l s s o h n eine so hervorragende Rolle spielte und in deren Concerten seitdem die glänzendsten Namen der Kunstwelt bis in die neueste Zeit vertreten sind.

Noch in seinen letzten Tagen beschäftigte sich Salomon mit seinem Freunde A y r t o n mit einem Plan zur Gründung einer Musik-Akademie. Eine Pension von 200 Pf. St., die ihm der Prinz von Wales als Entschädigung für zahllose, nicht honorirte Dienstbezeigungen in Carlton - House zugedacht hatte, wurde von Lord Liverpool, als *Lord of the Treasury*, „aus Staatsrücksichten" nicht genehmigt.

Nach längerer Krankheit, in Folge eines Sturzes vom Pferde, verschied Salomon am 28. Nov. 1815 in seinem Hause in Newman street und wurde Anfangs December im Kreuzgang der Westminster-Abtei beigesetzt.

Salomon nahm als Concertspieler immerhin eine hervorragende Stellung ein; sein eigentliches Feld jedoch war das Quartett, in dem er sich ganz besonders als intelligenter Musiker zeigte [1]). Seine Violine, eine Stradivari, war früher im Besitz Corelli's, dessen Name auch das Instrument zierte.

Salomon bewegte sich vorzugsweise in den angesehensten Kreisen, wozu ihn seine vielseitige Bildung berechtigte. Man pflegte ihn geizig, habgierig zu nennen, während eher

---

[1]) Der öfter erwähnte Correspondent für die Berliner Musikzeitung schreibt 1793, 29. Juni, nachdem er über Viotti sich voll Lob geäussert: „S a l o m o n gibt dem Letzteren im Spielen wohl wenig und vielleicht gar nichts nach; daraus folgt, dass sich alles, was ich vorhin von Viotti sagte, auch von Salomon versteht; nur in Ansehung der Composition der Violinconcerte muss Salomon dem Viotti den Platz lassen. Wo sich Salomon am vortheilhaftesten zeigt, das ist, wenn er Haydn'sche Musik oder Duetten und Doppelconcerte mit Viotti spielt."

seine sorglose Freigebigkeit nur allzu oft missbraucht wurde und ein langjähriger treuer Diener ihn wiederholt an seine eigene Person erinnern musste.

Das nach Hardy von Facius gestochene Porträt Salomon's, nach einem Orginalgemälde im Besitz von J. Bland, erschien in der Kunsthandlung des Letzteren (London, 45 Holborn). Ein von Lansdale gemaltes Porträt schenkte Salomon kurz vor seinem Ende dem Museum seiner Vaterstadt.

Kein Stein bezeichnet seine Ruhestätte. Dafür ward ihm das schönste Denkmal von edelster Hand. Bei der Kunde seines Todes schrieb Beethoven von Wien aus am 28. Febr. 1816 an seinen Schüler Ferdinand Ries in London: „Salomon's Tod schmerzt mich sehr, da er ein edler Mensch war, dessen ich mich von meiner Kindheit erinnere." [1]

[1] Biograph. Notizen über L. v. Beethoven, von Dr. F. G. Wegeler und F. Ries. Coblenz 1838.

HAYDN IN LONDON.

Mit dem Interesse, mit dem man dem Augenblick entgegensieht, wo man einen Mann von Angesicht zu Angesicht kennen lernen soll, dessen künstlerisches Ich man längst in seinen Werken hat verehren lernen: so mögen die Musikfreunde London's der Ankunft Haydn's entgegen gesehen haben.

Haydn war ihnen längst kein Fremder; er selbst hatte sich die Wege, die er nun betreten sollte, durch seine eigenen Werke gebahnt. Sein Name war schon jahrelang jedem Concertprogramm die beste Empfehlung, und Künstler und Musikalien-Verleger fanden mit seinen Compositionen ihre Rechnung.

Wir müssen in beiden Beziehungen weit zurückgreifen, wenn wir der ersten Erwähnung Haydn's in englischen Zeitungen begegnen wollen.

Quartette von Haydn, zu Amsterdam gedruckt, sind bereits im Juli 1765 als vorräthig angekündigt von R. Bremner, die früheste Anzeige der Art in englischen Zeitungen [1]). Die-

---

[1]) In Frankreich erschienen Haydn'sche Quartette im Jahre 1764 in der von Vénier herausgegebenen Sammlung: *Symphonies périodiques pour deux violons, alto et basse* (No. 14 *di varii autori*). Sinfonia, nach damaligem Begriff, bedeutete bekanntlich jedes Musikstück, in dem wenigstens drei Instrumente concertirend beschäftigt waren. 1763 erschienen in derselben Sammlung die ersten Quartette von J. C. Bach, Jomelli, Stamitz und Boccherini. Haydn's op. 1, 2, 3, 18 Quartette umfassend, erschienen

selbe Musikhandlung kündigte dann 1772 sechs Sonaten für
Clavier mit Violin und Violoncello als op. 3 an, ferner Quartette op. 1, 2, 5 und Violin-Trio's op. 4; diesen folgten in kurzen Zwischenräumen, meist bei Longman und Broderip aufgelegt, *lessons* für Clavier (op. 14, 17), Caprices (op. 60),
zwei Hefte leichter Clavierstücke (op. 44, 57), Sonaten (op. 40,
43, 58). 1784 erschien ein Concert, mit Hinweglassung der
Begleitung eingerichtet von Diettenhofer [1]). Giordani [2]) und
Andere arrangirten seine Sinfonien, darunter die zuerst in den
Bach-Abel Concerten aufgeführten, von denen eine in D-dur
(*the celebrated overture*) besonders oft genannt wird [3]). Am

bis zum Jahre 1769 der Reihe nach bei Vénier, Lachevardière,
Leduc. (E. Sauzay, *Origine de la musique de Quatuor*, Paris
1861).

[1]) Joseph Diettenhofer, geb. um 1743 zu Wien, Schüler
von J. A. Steffan und G. Chr. Wagenseil, liess sich nach längerem
Aufenthalt in Deutschland und Frankreich als Musiklehrer in
London nieder. (*European Magazin* 1784, p. 134.) 1781 erschien
von ihm op. 1, sechs Sonaten für Clavier und Violin, Lady Hume
dedicirt.

[2]) Giuseppe Giordani lebte lange in England und sein
Name erscheint daselbst in der zweiten Hälfte des vorigen Jahr-
hunderts häufig. Eine Zeitlang wirkte er in Dublin als Componist,
Gesanglehrer und Dirigent der italienischen Oper. Um 1780
wurde vieles von ihm im Pantheon aufgeführt. King's Theater
führte auch einige Opern von ihm auf, z. B. „Il Baccio" (1782).
A B C Dario nennt die bescheidenen Producte seiner Feder „ein
Findelhaus gestohlener, verunstalteter Musik."

[3]) Dieselbe Sinfonie 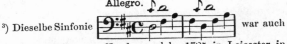 war auch

die erste Composition von Haydn, welche 1785 in Leicester in
den dortigen Subscript.-Concerten aufgeführt wurde (*Music and
friends.* p. 67). 1784 wurden in Bristol in einem Concert sogar
drei Sinfonien von Haydn aufgeführt. (*Bristol Journal, July 24*).

1. Januar 1788 kündigten Longman und Broderip in der an diesem Tage zum erstenmal erschienenen *Times* [1]) drei Sinfonien für grosses Orchester, op. 51, von Haydn an, Sr. königl. Hoheit dem P r i n z e n v o n W a l e s dedicirt.

Im August 1781 war Haydn durch Vermittlung des General Chs. Jerningham, damals engl. Gesandter in Wien, mit William Forster (der zweite dieser Familie), berühmten Geigenmacher des Prinzen von Wales und Herzog von Cumberland, wegen Verkauf von M. S. Compositionen in Unterhandlung getreten. Der Nachkomme Forster's „Simon Andrew F o r s t e r" (der vierte dieser Familie) besitzt noch eine Anzahl Originalbriefe und Compositionen von Haydn (Sinfonien, Quartetten, Trio's, Sonaten) aus den Jahren 1781—1788, deren Durchsicht er mir zu gegenwärtigem Zweck gütigst gestattete. Haydn sandte seine Compositionen nicht in Partitur, sondern in einzelnen Stimmen, auf schmale Quartblätter, eng und mit äusserster Sorgfalt geschrieben. Das Porto der einzelnen Sendungen kostete dafür 15 Schillinge bis über 2 Pf. Sterling.

Aus den Briefen und Rechnungen erfahren wir auch, wann und zu welchen Preisen Haydn seine ersten Compositionen nach London verkaufte. Die früheste Bescheinigung über erhaltene Manuscripte trägt das Datum 22. August 1781. Eine 1786 ausgefertigte Quittung bestätigt den Empfang von 70 Pf. St. für folgende, vom Mai 1784 bis Oct. 1785 übersandte Compositionen: *Six Trios pour deux flûtes traversières et Violoncello, 8 Simphonies, six Sonates pour le Clavecin, avec l'accompagnement d'un Violon.*

---

[1]) *The Times, or daily Universel Register, printed logographically* 3d. Es war eine Fortsetzung des am 13. Januar 1785 eingegangenen „*London Daily Universel Register*" (*The fourth Estate*, *by F. Knight Hunt. 1850*).

In einem Briefe, dat. Estoras, d. 8. April 1787 (Beilage II.) bietet Haydn folgende Werke an: 6 „prächtige" Sinfonien, ein grosses Clavierconcert, 3 kleine Clavier-Divertimenten mit Violin und Bass für Anfänger, eine Sonate für's Clavier allein. Auch 3 „ganz neue niedliche *Notturni"* mit einer Violin obligat „aber gar nicht schwer", Flöte, Violoncello, 2 Violinen Ripieno, 2 Waldhörner, Viola und Contrabass.

Einige Monate später (8. August) zeigt Haydn an, dass 6 Quartette und 6 Sinfonien bereit liegen, die noch nicht aus seiner Hand gekommen. Im Fall der Annahme verlangt er dafür ein Honorar von 25 Guineen *(je vous donne toutes les douze pièces pour vingt-cinq guinés).* — Unterm 20. Sept. 1787 ersucht Haydn ihm für 6 geschickte Quartette, dem Uebereinkommen gemäss *(en régard au contrat)* 20 Guineen so bald als möglich zu schicken *(sitôt quil sera possible).*

Das geringste Honorar erhielt Haydn für seine aus 7 Sonaten nebst Introduction und Finale bestehende Composition über die letzten Worte des Erlösers am Kreuz „durch Instrumentalmusik dergestalt ausgedrückt, dass es den Unerfahrensten den tiefsten Eindruck in seine Seele erweckt". (Brief vom 8. April 1787.) — Haydn überliess es diesmal Forster, das Honorar für sein Werk selbst zu bestimmen und wiederholte dies auch bei Uebersendung desselben am 28. Juni. *(Je laisse à votre disposition de m'envoyer ce que vous jugerez que j'ai mérite.)* Forster jedoch, fürchtend, dass sich dies Werk schwerer verkaufen würde, zahlte nur 5 Guineen Honorar, welches jedoch Haydn (Brief vom 7. Sept. 1787) wenigstens zu verdoppeln ersuchte. *(Vous verrez vous même, que pour une telle musique comme les Septs Paroles j'ai plus mérité; vous pourrez bien encore me donner au moins cinq guiné.)* Das Werk kündigten dann Longman und Broderip in der *Times* am 1. Januar 1788 in Form von Quartetten an *(A Set of Quartetts for 2 Violins, Tenor and Violoncello, expression of the Passion of our Saviour,* op. 48, 8 s.).

Im Jahre 1788 ging Haydn mit den Preisen für seine Werke schon höher hinauf, da er von anderer Seite glänzende Anerbieten erhielt. „So viel," schreibt er am 28. Febr. 1788, „werden Sie von selbst einsehen, dass wer von mir 6 neue Stücke für sich allein besitzen will, mehr als 20 Guineen spendiren muss. Ich habe in der That unlängst mit Jemand ein Contract geschlossen, so mir für jedesmalige 6 Stück 100 und mehr guinée bezahlt." (Beilage II a.)

In demselben Brief sehen wir auch, dass mitunter Zwistigkeiten vorfielen. So finden wir Haydn bemüht, seinen „allerliebsten" Mons. Forster, der mit Longman seinethalben Verdriesslichkeiten hatte, freundlich zu stimmen. „Ich werde Sie ein andermal dafür contentiren," schreibt er ihm. „Es ist nicht meine Schuld, sondern der Wucher des Herrn Artaria. So viel versichere ich Sie, dass weder Artaria noch Longman von oder durch mich etwas erhalten sollen. Ich bin zu ehrlich und rechtschaffen, als dass ich Sie kränken oder Ihnen schädlich sein solle."

Haydn scheint schon damals oder bald darauf, und gewiss nur aus Versehen, eine der bereits an Forster für 70 £. abgetretenen Compositionen später ein zweites Mal verkauft zu haben. Er wurde desshalb bei seiner Anwesenheit in London vor Gericht geladen und musste das gesetzliche Strafgeld erlegen. Der Schleier über diese Angelegenheit lässt nur Andeutungen zu, doch beweist die nachträgliche Notiz, die dem Document vom Jahre 1786 beigefügt ist, womit Haydn durch seine Unterschrift Forster als den rechtmässigen Eigenthümer der aufgezählten Compositionen erklärt, dass Haydn wirklich wegen dieser Angelegenheit vor Gericht erschienen war:

„D. Forster ag'. Longman & an'.

„This paper writing was shewn to Jos. Haydn at the time of his exam", in this Court before

Ja. Eyre." [1])

Aus den ersten der bereits erwähnten Briefe erfahren wir auch mit Bestimmtheit, dass Haydn schon zu Ende 1787 beabsichtigte London zu besuchen, dass er mit Cramer (also den *professional*) in Unterhandlung stand und dass ihm Forster für den Fall seines Kommens bereits eine Wohnung offerirt hatte. Da aber von Cramer keine Antwort eintraf, beabsichtigte Haydn den kommenden Winter in Neapel zuzubringen. Am 8. April 1787 schreibt Haydn desshalb an Forster:

„Ich verhoffe Sie zu Ende dieses Jahres selbst zu sehen, da ich aber bis jetzt von Herrn Cramer noch keine Andwort erhalten, werde ich mich für diesen Winter nach Neapel engagiren, unterdessen sage ich vielen Dank für das mir offerirte Quartier."

Im Juni war noch nichts entschieden, denn Haydn spricht unterm 28. Juni 1787 wiederholt die Hoffnung aus Mr. Forster im kommenden Winter zu sehen. (*J'espére que j'aurais peut-être la satisfaction de vous voir cet hiver.*)

W. Forster und sein Sohn veröffentlichten im Ganzen 129 Compositionen von Haydn, nämlich 82 Sinfonien, darunter die Abschieds-Sinfonie, Laudon (in D.), *la Chasse*, die Concertante, *la Reine de France*, Roxelane, die Kinder-Sinfonie und die in Oxford aufgeführte Sinfonie (in G). Ferner 24 Quartette (op. 33, 44, 65, 72, 74); 6 Violin-Solo's, Duett für Violin und Cello, 6 Trio's für Flöte, Violin und Cello; 9 Sonaten für Clavier mit Violin und Cello. — Nur

---

[1]) *The History of the Violin, by Will. Sandy's* F. S. A. *and Simon Andrew Forster. London 1864*, p. 306.

beim Verkauf der Passionsmusik hatte Forster nachweislich beträchtlichen Schaden, den der grosse Absatz der übrigen Compositionen aber reichlich ersetzte [1]).

Von Gesangscompositionen kündigte der Verleger J. Bland (45. Holborn) 1784 Haydn's „*Stabat mater*" an, welches damals bereits in den Subsc. Concerten des Adels gesungen wurde [2]).

Dieser frühesten Erwähnung aufgeführter Gesangsmusik

---

[1]) Um wenigstens Ein deutsches Urtheil über Haydn's Instrumental-Compositionen aus den 80ger Jahren wiederzugeben, sei hier eine Recension aus dem „Musikalischen Kunstmagazin" von J. F. Reichhardt, Berlin 1782, p. 205, mitgetheilt. Ueber sechs Sinfonien, op. 18, und sechs Quartette, op. 19, beide 1782 in Amsterdam und Berlin bei Hummel erschienen, heisst es : „Diese beiden Werke sind voll der originällsten Laune, des lebhaftesten, angenehmsten Witzes. Es hat wohl nie ein Componist so viel Einheit und Mannigfaltigkeit mit so viel Annehmlichkeit und Popularität verbunden, als Haydn: und wenig angenehme und populäre Componisten haben auch zugleich einen so guten Satz wie Haydn ihn die meiste Zeit hat. Es ist äusserst interessant, Haydn's Arbeiten in ihrer Folge mit kritischem Auge zu betrachten. Gleich seine ersten Arbeiten, die vor einigen zwanzig Jahren unter uns bekannt wurden, zeigten von seiner eigenen gutmüthigen Laune : es war da aber meistens mehr jugendlicher Muthwille und oft ausgelassene Lustigkeit, mit oberflächlicher harmonischer Bearbeitung; nach und nach wurde die Laune männlicher und die Arbeit gedachter, bis durch erhöhte und gefestete Gefühle auch reiferes Studium der Kunst, und vor allem des Effectthuenden, der reife originälle Mann und bestimmte Künstler sich nun in allen seinen Werken darstellt. Wenn wir auch nur einen Haydn und einen C. Ph. E. Bach hätten, so könnten wir Deutsche schon kühn behaupten, dass wir eine eigene Manier haben, und unsere Instrumentalmusik die interessanteste von allen ist."

[2]) *The celebrated Stabat mater, as performed at the Nobility's concerts, comp. by Haydn, publ. by Bland, one guinee.*

von Haydn folgt 1786 (16. Dec.) eine Ballade „*William*",
in den Subscriptions-Concerten in Freemason's Hall, von Sgra.
S e s t i n i gesungen.

Zwölf engl. Canzonetten mit Clavierbegleitung, op. 59,
erschienen 1790 bei Longman und Broderip, während Corri
und Dussek, Musikalienverleger der Königin, erst 1794 „sechs
engl. Original-Canzonetten" mit Clavierbegleitung von Dr.
Haydn ankündigen, die auch in seiner Wohnung zu haben
waren.

Den Concerten von Bach und Abel, wo zuerst Haydn'sche
Sinfonien aufgeführt wurden, folgten 1773 P u n t o und E i c h-
n e r in ihren Concerten im kleinen Haymarket Theater (*to
conclude with a full Piece of Mr. Haydn, with four french
Horns*); ferner 1779 L i d e l, Virtuose auf dem Bariton (*a
new favourite overture by Haydn*).

Von da an bringen fast alle grossen und kleinen Concerte Haydn's Namen. Das erste *professional*-Concert (damals
zwar noch nicht unter dieser Benennung) brachte als erste
Nummer eine Sinfonie von Haydn, später ein Cello-Concert
von Haydn, gespielt von C e r v e t t o.

Bei Mad. M a r a's erstem Auftreten in London im Pan-
theon (1784) wurde unter Salomons Leitung eine Sinfonie
von Haydn aufgeführt „dessen Name allein ein hinlänglicher
Bürge ist für dessen Werth"(*whose name is alone a sufficient
proof of its merit*). Mara selbst zeigte in all ihren späteren
Subsc.-Concerten im Pantheon und den jährlichen Benefice-
Concerten, meist von Salomon dirigirt, ihre Vorliebe für
Haydn. 1785 brachten die *professional*-Concerte die „neue
Favorit-Ouverture *la chasse*" von Haydn, die gleich darauf im
Concert des Oboisten F i s c h e r repetirt wurde. Dabei kam
auch die Abschieds-Sinfonie das erstemal in London zur Auf-
führung. (*Sinfonia, in which the Performers one after the
other retreat, and leave only two Violins to conclude.*)

Selbst auf den Theaterzetteln erscheint Haydn's Name wiederholt, so 1789 in Covent-Garden in einer Oper „der Prophet", in zwei Acten zusammengezogen, die Musik von Haydn, Purcell, Pleyel, Anfossi, Cimarosa, Gretry, Giordani, Sacchini; zum Theil auch neu componirt von Shield nebst einer neuen Ouverture von Salieri. (Mrs. Billington war die erste Sängerin.) Ferner während Haydn's Anwesenheit in London im Nov. 1794 in Covent-Garden eine Spectakel-Pantomime „Hercules und Omphale", die Musik theils von Shield, theils zusammengetragen *(compiled)* aus den Werken von Haydn etc. Auch schrieb Haydn 1795 zu einem Spectakel-Schauspiel (mit Musik von Salomon) die Ouverture, und endlich erscheint sein Name in dem letzten Werk von Storace „Mahmoud", die Musik grösstentheils von Storace mit einigen Nummern von Paisiello, Haydn, Sarti.

Somit fehlte nur noch das Oratorium und hier sorgte Dr. Arnold, der im Febr. 1789, in den zur Fastenzeit in Drury-lane gegebenen Oratorien, Haydn in guter Gesellschaft vorführte. Es war das Oratorium „*Triumph of truth*" (Triumph der Wahrheit), die Musik aus den Werken von Händel, Purcell, Dr. Arne, Haydn, Corelli, Jomelli, Sacchini, von Dr. Arnold zusammengestellt.

Zu all' diesem kamen noch, nebst den unzähligen Anpreisungen der Tagesblätter, ausführliche Aufsätze Haydn betreffend, wie z. B. in Dr. Burney's „*General History of Music*", Band IV. Vor ihm brachte schon 1784 gleich der erste Jahrgang des „*European Magazine*" eine Lebensbeschreibung Haydn's „*the celebrated composer*", sammt Kupferstich von J. Newton, nach dem Originalgemälde von J. S. Mansfeld. —

Haydn, in Bild und Schrift und in seinen eigenen Tönen verherrlicht: war es zu verwundern, dass man den Mann endlich auch persönlich kennen lernen wollte und dass die Parteien sich um seinen Besitz stritten?

„Haydn, dessen Name einem Thurm an Stärke gleicht (*whose name is a tower of strength*) und zu dem die Liebhaber der Instrumentalmusik als zu ihrem Gott der Wissenschaft aufblicken" (*to whom the amateurs of the instrumental music look up as the God of the science*) — mit diesen Worten konnte man endlich am 30. December 1790 seine bevorstehende Ankunft verkündigen.

Doch es ist Zeit, den Meister nun selbst einzuführen. Folgen wir dem nach Wien eilenden Salomon, nach Wien, der alten, damals noch von Gräben und Wällen umgebenen Kaiserstadt. Dort wollen wir den Meister beim Schreibtisch überraschen, um ihn bald darauf von Salomon, dem endlichen Sieger, nach dem Norden entführt zu sehen.

1 7 9 1.

———

„Ich bin Salomon aus London und komme Sie abzuholen", mit diesen kategorischen Worten trat der unternehmende Weltmann Salomon in die stille Wohnung unseres bescheidenen Papa Haydn, damals in Wien auf der sogenannten Wasserkunst-Bastei wohnend. Haydn, nach dem schon einige Jahre zuvor Salomon, so wie das Comité der *professional*-Concerte vergebens ihre Netze ausgeworfen hatten, sollte nun einem persönlichen Angriff umsonst widerstehen. Salomon, der längst mit den *professional* nicht harmonirte, war alles daran gelegen, jetzt wo Lord Abingdon, müde der andauernden Unterstützung, erst der Bach-Abel-, dann der *professional*-Concerte, von weiterer Betheiligung an Concertunternehmungen zurückgetreten war, Haydn für sich zu gewinnen. Brieflich hatte auch er, wie gesagt, nichts ausgerichtet, Haydn hielt zu seinem Fürsten, Nicolaus Josef Eszterházy von Galantha, und wollte ihn selbst nicht zeitweise verlassen. Da, mit wohl verzeihlicher Befriedigung hört Salomon, der im Auftrag Gallini's auf einer Reise Sänger für die nächste ital. Saison in London engagirt hatte und nun über Leipzig und Cöln auf der Heimkehr begriffen war, die Nachricht vom Tode des Fürsten [1]. „Nach Wien" war nun die Losung — wenige Tage und Haydn ist gewonnen. Ja, mehr noch, auch Mozart's späterer Betheiligung an seinem Unternehmen hoffte sich Salomon versichert zu haben. Doch hierin sollte er bitter enttäuscht werden, denn Mozart's ahnungsvolle Worte zu Haydn, „wir werden uns wohl das letzte Lebewohl in diesem Leben sagen", mit denen er thränenfeuchten Auges von Beiden Abschied nahm, sollten nur zu bald in Erfüllung gehen.

Die Bedingungen, unter welchen Haydn die Reise unternahm, sind wiederholt besprochen worden: Er musste sechs neue Sinfonien componiren und dieselben persönlich dirigiren;

---

[1] Fürst Nicolaus Joseph Eszterházy von Galantha verschied, 76 Jahre alt, am 28. September 1790.

dafür erhielt er 300 Pf. St.; ferner 200 Pf. St. für das Verlagsrecht (*copyright*) und endlich noch ein garantirtes Beneficeconcert zu 200 Pf. St.

Und nun finden wir von dem abgeschlossenen Pact die erste Anzeige am 29. December 1790 im *Morning Chronicle*:

Wien, Mittwoch den 8. Dec. 1790.

Haydn's Ankunft.

„Herr Salomon, der nach Wien reiste, um den berühmten Herrn Haydn, Capellmeister Sr. Hoh. des Prinzen Eszterházy, für England zu engagiren, benachrichtigt den hohen und höchsten Adel verehrungsvoll, dass er in der That ein Uebereinkommen mit diesem Herrn unterzeichnet hat, in Folge dessen Beide in wenigen Tagen sich auf die Reise begeben werden und hoffen vor Ende des Monats in London zu sein. Herr Salomon wird alsdann die Ehre haben, den Freunden der Musik einen Plan zu Subscriptions-Concerten vorzulegen und hofft derselbe deren Zustimmung und Unterstützung zu erhalten."

Wie der Gemahl der Sängerin Mara, John Baptista Mara, im *St. James Chronicle* (30. Dec. 1790 — 1. Januar 1791) unter der Aufschrift „*To the Musical World*" (an die musikalische Welt) berichtet, hatte Salomon vorstehende Ankündigung zuerst an Mara zur Veröffentlichung geschickt.

Haydn und Salomon hatten Wien am 15. Dec. 1790 verlassen. Ihre Reise ging über München, Bonn, Brüssel, Calais, wo sie Freitag den 31. December Abends ankamen [1]).

Am Neujahrstage, Morgens 7 Uhr, wurde die Fahrt über den Canal angetreten und währte volle 9 Stunden. Um 5 Uhr Nachmittags waren Beide in Dover und „gestern" [Sonntag den 2. Jannuar 1791], berichtet nun *Morning Chro-*

---

[1]) Ausführlicheres über diese Reise, siehe „v. Karajan, Haydn in London, p. 22 und 23".

nicle, „ist in London der berühmte Herr Haydn, Compositeur aus Wien, von Salomon begleitet, bei Mr. Bland in Holborn angekommen". Dieselbe Zeitung fügt noch bei, dass das Publicum den Besuch Haydn's ʼganz besonders Mr. Bland zu verdanken habe, wodurch, ist nicht gesagt (*and we understand the public is indebted to Mr. Bland as being the chief instrument of Mr. Haydn's coming to England*).

Bei Mr. Bland, dem Musikalienverleger in Nr. 45 Holborn, vis-à-vis Chancery Lane in der City, soll nun Haydn die erste Nacht in London zugebracht haben, während Salomon für Herrichtung der nöthigen Zimmer in dem Hause, wo er selbst wohnte, Sorge trug. Hier in Nr. 18 *Great Pulteney street, golden square* (etwas östlich von der jetzigen *Regent-street* [1]) und mit derselben parallel laufend) fand denn Haydn „ein niedliches, bequemes, aber auch theueres Logement"; der Hausherr, ein ital. Koch, sorgte zugleich für die leiblichen Bedürfnisse. So sehen wir Haydn, der in Estoras die Ruhe und Stille des Landlebens genoss und in Wien von seiner Wohnung auf blühende Kastanienalleen und ein freundliches Blumengärtchen sah, nun mitten im betäubenden Geräusch einer Weltstadt, in einer ziemlich engen und damals geräuschvollen Gasse, mit der Aussicht auf eine nichts weniger als architektonisch verzierte finstere Häuserreihe. An den wenigen Tagen, die ihm frei blieben, hielt Haydn mit Salomon zusammen um 4 Uhr Mittagtisch, der Morgen wurde den nothwendigsten Visiten geopfert. Unter den ersten derselben waren die Gesandten von Oesterreich und von Neapel, Graf von Stadion und Prinz von Castelcicala, an welch' letzteren Haydn ein Empfehlungsschreiben vom König von Neapel

---

[1]) *Regent street*, die erweiterte ehemalige *Great Swallow street*, existirt erst seit 1813.

hatte. Beide Gesandte fuhren kurz darauf bei Haydn zum Gegenbesuch vor. Mit dem ersten Diner aber bei dem neapolit. Prinzen begann für Haydn eine Reihe von Einladungen, denen der Meister bald einen Damm entgegen setzen musste, um Herr seiner Zeit zu bleiben und seinen eingegangenen Verpflichtungen nachkommen zu können.

Unter den Männern, welche kennen zu lernen Haydn ein besonderes Interesse haben musste, gehörte namentlich der schon bei Mozart erwähnte, nun besonders als musikalischer Schriftsteller geschätzte Dr. Burney. Die beiden Männer hatten schon seit mehreren Jahren schriftlichen Verkehr, der auch nach Haydn's zweiter Abreise von London fortgesetzt wurde. (Beilage III. bringt einen wenig bekannten Brief Dr. Burney's an Haydn vom Jahre 1799.)

Salomon fuhr mit Haydn nach Chelsea hinaus, wo Dr. Burney als Organist von Chelsea College wohnte. In seinem Tagebuch erwähnte dieser der Ankunft Haydn's „als ein segenbringendes Ereigniss für die Musikfreunde, das sie Salomon zu danken hätten"; auch feierte er dasselbe durch ein Gedicht (siehe Beilage IV.), welches er dann in dem Journal „*the Monthly Review*" aufnahm [1]. Näheres über Burney enthält Beilage I.

Haydn sah sich bei seiner Ankunft von den vorzüglichsten Künstlern, die damals in London waren, umringt. Sie

---

[1] Burney, der damals die Musik betreffenden Artikel in jenes Blatt lieferte, sagt noch bei dieser Gelegenheit über Haydn: *His compositions, long before his arrival in this country, had been distinguished by an attention, which we do not remember to have been bestowed on any other instrumental music before; but at the concerts in Hanover square, were he has presided, his presence seems to have awaked such a degree of enthusiasm in the audience as almost amounts to frency. (The Monthly Review or Literary Journal. London 1791, vol. V. p. 223.)*

Alle kamen, ihm ihre Hochachtung zu bezeigen ; viele kannte er auch schon von Wien aus. Giornovichi, Dussek, Clementi, Storace, Kelly, Attwood, Baumgarten, Cramer, Crosdill, Cervetto lösten sich in ihren Besuchen ab. Allen voran aber eilte G y r o w e t z, dem hochverehrten Freunde die Hand zu drücken und auch Haydn war glücklich, in der fremden grossen Stadt einen Bekannten gefunden zu haben, auf dessen Freundschaft und Aufrichtigkeit er in allen Fällen rechnen konnte.

Es war natürlich, dass Haydn's Ankunft Vielen unbequem sein musste und dass er von Andern nicht gleich gewürdigt wurde. Hier half Gyrowetz überall mit Wort und That nach. Als er wiederholt sah, dass Haydn's Erscheinen wohl auch befremdete und Viele äusserten, sie hörten wohl seine Sinfonien gerne, fänden aber keinen Gefallen daran, einen alten Mann kennen zu lernen, da wusste Gyrowetz angesehene, tonangebende Häuser zu gewinnen, welche Festmahle veranstalteten, bei denen Alles vereinigt war, was in der Kunst Namen hatte, und hier war Haydn der Mittelpunkt der Unterhaltung. Er selbst gewann durch sein freundliches einfaches Wesen die Herzen Aller und als er sich, dazu aufgefordert, nach Tisch an's Clavier setzte und heitere deutsche Lieder sang, hatte er auch die Widerspenstigsten für sich gewonnen und Alle bemühten sich nun für den Ruhm des Meisters in ihren Kreisen zu wirken.

Donnerstag den 6. Januar war in Freemasons-Hall Concert der *Academy of ancient Music* unter Dr. Arnold's Direction; dasselbe war als das 2. Meeting der 63. Wintersaison angekündigt (es scheint demnach, dass dieser Verein, der 1710 gegründet war, erst 1728 regelmässige Concerte veranstaltete). Diesmal sangen K e l l y, Sgra. S t o r a c e und Miss A b r a m s. „Wir sahen mit Vergnügen", sagt *Morn. Chro-*

nicle, „dass dieses Concert sich wieder verjüngt hat und nun selbst noch grössere Reize als früher entfaltet". — Es war dies das erste grössere Concert seit Haydn's Ankunft, in dem auch sein Freund Salomon als *leader* fungirte. Dennoch erwähnt keine Zeitung seiner Anwesenheit. Dagegen schreibt Haydn am 8. Januar, dass er Tags zuvor zu einem grossen Liebhaber-Concert geladen war, zu dem er aber erst spät eintraf und dann mit allen Zeichen der Hochachtung empfangen wurde. Auch hätte man ihn nach dem Concert in einen Nebensaal geführt, wo ihm an einer Tafel von 200 Gedecken der Ehrenplatz angewiesen wurde. Von Einladungen ermüdet, blieb Haydn nicht lange, doch entliess man ihn nur, nachdem er „die harmonische Gesundheit in Burgunderwein allen Anwesenden zugetrunken, welche es erwiederten." Da, wie gesagt, keine Zeitung Haydn's erwähnt, bleibt es dahingestellt, in wie fern hier eine Verwechslung mit dem nächstfolgenden Concerte stattgefunden.

Mittwoch den 12. Januar besuchte nämlich der Meister das 6. Meeting der *Anacreontic-Society* im Krone- und Anker-Gasthaus, Strand. *The Gazeteer* sagt darüber: „Das Concert, von Cramer geleitet, bot eine Auswahl der besten Meister und die Ausführung war wundervoll. Vor Beginn des *Grand Finale* [Schluss-Sinfonie] trat der berühmte Herr Haydn in den Saal und wurde von den Söhnen der Harmonie mit allen Zeichen der Achtung und Aufmerksamkeit begrüsst. Das Orchester spielte eine seiner besten Ouverturen [Sinfonien], über deren Ausführung er sich ausserordentlich lobend äusserte. Nach Beendigung derselben zog er sich unter den Beifallsbezeigungen der ganzen Versammlung zurück. Im Verlauf des Abends spielte Parke ein Oboe-Solo und der jüngere Cramer [J. B.] und Master Hummel zeigten ihre erstaunliche Fertigkeit auf dem Pianoforte. Ein kleiner Kranz von Damen hatte auf der Gallerie Platz genommen, von wo aus man den Saal überblicken kann und sie schienen so befriedigt von der Orchesteraufführung, dass sie nach dem Souper zurückkehrten, *„Anacreon in Heaven"* und seinen gastlichen Geweihten Gesellschaft leistend, bis *„sigh no more, ladies"* [fünfstimmiger Glee von R. J. S. Stevens] in zarter Weise an den Rückzug erinnerte, den die Mässigung stets der mitternächtlichen Schaar auferlegt. Weder Dignum noch Sedgewick waren da, doch Incledon, Bernard, Cook, Hooke etc. liehen ihre Kräfte, den Abgang zu decken und es war nahe zwei Uhr, als die Versammlung auseinanderging."

Die Zeitungen wissen nun fast täglich etwas über Haydn zu sagen, fangen aber auch bereits an, sich ihm gegenüber in zwei Lager zu theilen. Schon am 7. Januar sagte *Morning Chronicle*: „Kaum ist Haydn's Ankunft öffentlich angekündigt, so haben auch schon gewisse langohrige *(long-eared)* Kritiker entdeckt, dass seine Kräfte im Abnehmen sind und dass von ihm nichts zu erwarten steht, seinen Leistungen früherer Jahre gleichkommend." Eine Woche später (13. Jan.) sagt dasselbe Blatt: „Bei seiner Ankunft entdeckte man, dass er schon an Kraft verloren habe. Schade, dass die Entdeckung nicht das Verdienst der Neuheit für sich hat. Was konnte Geringeres von seiner Anwesenheit erwartet werden? Horace erwähnt einiger römischer Kritiker, die nach denselben Grundsätzen urtheilten.

> — *Nisi quae terris remota*
> — *fastidit, et odit*
> — *absens amabitur idem.*

Ueber seine von Andern verstümmelten Geisteskinder, denen Haydn in London häufig begegnete, heisst es ferner im *Morn. Chronicle* (14. Jan.): „Seit seiner Ankunft in diesem Lande entdeckte Haydn die Trümmer mehrerer seiner frühe-

ren Concerte, die zuerst aufgegriffen und dann von einigen
unserer O r i g i n a l-Componisten in unmenschlicher Weise ausgeraubt und verstümmelt wurden. Eine Jury von Liebhabern
sass über den Leichen zu Gericht und ihr Urtheil lautete:
Vorsätzlicher Mord, Thäter unbekannt.‟

Festliches Geläute aller Glocken ertönte Dienstag den
18. Januar zur Geburtsfeier der Königin [1]). Wie gewöhnlich
an diesem Tage wurden um Ein Uhr im Park und im Tower
die Kanonen abgefeuert und sämmtliche Schiffe in der Themse
hatten die Festflagge aufgezogen. Ein Viertel nach Eins fuhr
der König, die Königin, die *Princess Royal* und die Princessi-
nen Augusta und Elisabeth in vollem Hofstaat von Buckingham-house nach St. James's Palast, wo ein *Drawing-room* abgehalten wurde, bei dem der Prinz von Wales, die Herzoge
von York, Clarence und Gloucester zugegen waren. Der
Werth der Diamanten, mit denen der Erstere bei dieser
Gelegenheit geschmückt war, wurde auf 80.000 Pf. St. geschätzt [2]). — Abends war grosser Hofball in St. James's

---

[1]) Der eigentliche Geburtstag der Königin war im Mai. Die
jährliche Feier wurde auf den Januar verlegt, um der Saison,
die damals viel früher begann, mehr Glanz zu verleihen.

[2]) Der Prinz liebte es, bei feierlichen Gelegenheiten reich
geschmückt zu erscheinen. Bei einer Parlamentseröffnung durch
den König trug der Prinz einst Militäruniform mit Diamanten-
Epauletts. Als Major Doyle (der später zum General ernannte
Sir John Doyle war lange Zeit Privatsecretär des Prinzen) spät
zum Diner beim Prinzen erschien, der damals im Pavillon in
Brighton wohnte, fragte ihn der Prinz vor seinen Freunden, ob
er den Festzug gesehen habe? Doyle bejahte es und sagte, dass
er mitten unter der Volksmenge gewesen sei, die des Prinzen
Gefolge lebhaft bewundert hätte. „Und sagten sie sonst nichts?‟
fragte der Prinz, dessen zerrüttete Vermögensumstände damals
lebhaft besprochen wurden. — „Ja‟, antwortete Doyle, „ein

Palast. „Bei dem Mangel einer Oper im King's Theater", sagt
St. James's Chronicle, „kam das Publicum diesmal um den
Genuss der gewohnten Augenweide. Früher war es nämlich
gebräuchlich, dass die bei Hofe Geladenen auf ihrem Wege
dahin zuerst im Opernhause kurze Zeit verweilten und John
Bull hatte dann Gelegenheit, seine Augen in Schönheit, Putz
und Diamanten schwelgen zu lassen".

Das genannte Journal sagt weiter: „Ein bemerkenswerther Umstand ereignete sich diesmal auf dem Balle: Herr
H a y d n, der berühmte Componist, obgleich noch nicht bei
Hofe eingeführt, erhielt doch von der ganzen k. Familie still-
schweigende Zeichen der Aufmerksamkeit. Herr Haydn trat
in den Saal, von Sir John Gallini, Mr. Wills und Mr. Salomon begleitet. Der Prinz von Wales bemerkte Haydn zuerst
und indem er ihm eine Verbeugung machte, richteten sich die
Augen der ganzen Gesellschaft auf den Componisten und Jedermann bezeigte ihm seinen Respect."

Um Haydn's Ruhe schien es geschehen. Schon den
Abend nach dem Hofball sehen wir ihn neben S a l o m o n,
dem Violinspieler G i o r n o v i c h j und dem ital. Tenorsänger
D a v i d an einem Hofconcert in Carlton-house, dem Palais des
Prinzen von Wales, selbstthätig Theil nehmen. „Solch einer
Vereinigung von Künstlern zu einem Kammerconcert wird
kaum eine andere Stadt sich rühmen können", ruft *Morning*

Bursche sagte, auf die Epaulettes deutend: Tom, was für aus-
nehmend feine Dinger der Prinz da auf seinen Achseln trägt!
— „Oh!" erwiderte der Andere, „fein genug, und fein wie sie
sind, werden wir deren Last bald auf unsern eigenen Achseln
zu tragen haben." — Der Prinz stutzte einen Augenblick, sah
Doyle fest an und sagte dann lachend: „Ah! ich weiss, woher
dieser Einfall kommt, Schelm! das kann nur von Dir kommen.
Hier ist Wein — greif zu!" —

Chronicle aus. — Haydn hatte seine liebe Noth, sich an das geräuschvolle Leben der Weltstadt zu gewöhnen. Schon jetzt, wie er vertraulich dem ihm sehr befreundeten Wiener Hause von Genzinger [1]) schreibt, wünscht er auf einige Zeit nach Wien fliehen zu können, „dan der Lärm auf denen gassen von dem allgemeinen verschiedenen Verkaufs-volk ist unausstehlich". Trotzdem führte er seinen Vorsatz, ein Zimmer weit vor der Stadt zu miethen, nicht aus, sondern überliess sich nach wie vor italienischer Pflege.

Mittwoch den 2. Februar war im grossen Saale in Tottenham street das erste der *Ancient - Music* Concerte (*their Majesties concert*). Der König, die Königin sammt Prinzessinnen fehlten natürlich nicht. Das Programm, ein getreues Bild von dem Geiste, in dem diese Concerte geleitet wurden, war, dem Textbuch nach, folgendes:

A b t h e i l u n g I.

Ouverture zu „Acis e Galatea"	Händel.
Chor „Oh! den Fluren sei der Preis" (Acis e Galatea)	Händel.
Arie „Tief dunkle Nacht!" (Samson), gesungen von Mr. Kelly	Händel.
Chor „O erstgeschaffener Strahl" (Samson) . . .	Händel.
Arie „*Strange reverse*" (Alexander Balus), gesungen v. Sgra. Storace	Händel.
Chor „O Vater, dess allweise Macht" (Judas Maccabäus)	Händel.
Arie „*Rende sereno il ciglio*" (Sosarmes), ges. von Mad. Mara	Händel.
Violinconcert No. 7	Corelli.
Arie „Dort wo du weilst" (Semele), gesungen v. Mr. Nield	Händel.
Chor „Gürt' um dein Schwert" (Saul)	Händel.

---

[1]) Peter Leopold v. Genzinger, ein treu ergebener Freund Haydn's, war ein damals in Wien als „Damen-Doctor" allgemein bekannter und sehr gesuchter Arzt.

Abtheilung II.

Ouverture zu der Oper „Alcina" . . . . Händel.
Arie „*When warlike*" (Occasional Oratorio), ges. v.
    Mr. Kelly . . . . Händel.
Arie „*Se mai senti*", ges. von Sgra. Storace . . Jomelli.
Te Deum, erster Satz . . . . Graun.
Arie „*Descend, kind pity*" (Theodora), gesungen v.
    Mr. Nield . . . . Händel.
Orgelconcert No. 5 . . . . Händel.
Arie „*Il mio cor*" aus „Alcina" . . . . Händel.
Chor „Ehret in seiner Herrlichkeit" (Samson) . . Händel.

Der Herzog von Leeds, einer der Directoren, hatte diesmal die Musiknummern bestimmt und sich dabei, wenn es ihm
auch nicht vom Herzen kam [1]), nach dem Geschmack des
Königs gerichtet. — Händel war demgemäss der Hausgott
des Abends. In dieser Beziehung klagen die Zeitungen beim
zweiten Concert (9. Febr.), zu dem der Graf von Sandwich,
„ der Vater der Gesellschaft ", die aufzuführenden Stücke
wählte: die Directoren möchten doch den König zu mehr
Abwechslung in den Programmen bewegen ; auch sei mancher Componist bereits lange genug todt, um in einer Nische
als „alter Meister" Platz zu finden [2]). —

Mad. Mara „der Pfeiler des Gesanges" (*the pillar of
the vocal department*) sang übrigens beide Arien unvergleichlich schön; Kelly bot nur einen ungenügenden Ersatz für den

---

[1]) — *but the Duke will bend to the prevailing sentiment of
the place, and Handel will be the Household God.* (*Morning Chronicle, Feb. 1.*)

[2]) — *and surely our own Dr. Arne has now been long
enough dead to be exalted into a niche as an ancient Master.*
(*Morn. Chr. Feb. 10.*)

1790 ausgetretenen Harrison. Bei dem Umstande, dass die
Musiker eine Probe von Nummern hatten, die sie ohnedies
im Dunkeln zu spielen im Stande gewesen wären, war die
Aufführung correct, fast peinlich correct. „Das Abhalten von
Proben", sagt *Morning Chronicle*, „ist indessen von Vortheil,
es gibt den Subscribenten ein doppeltes Concert für ihr
Geld. Ob es aber bei einem, unter königl. Schutze stehenden
Concert passend ist, das Personal so unnöthig und ohne Ent-
schädigung zu ermüden, wagen wir nicht zu untersuchen."

Es war Haydn's sehnlichster Wunsch, in diesen Concerten eine seiner Compositionen aufgeführt zu sehen; doch
die Direction machte, kraft ihrer Statuten, von einem Lebenden nichts aufzuführen, selbst mit Haydn keine Ausnahme.
Erst 41 Jahre später (!), nachdem der Meister die gesetzliche
Zahl von Todesjahren hinter sich hatte, öffneten sich ihm die
Pforten dieser gewissenhaften Gesellschaft.

Vorübergehend sei hier auch das erste in der Saison gegebene Sonntags - Subscript.-Concert des Adels erwähnt,
am 20. Februar im Hause des Grafen Cholmondely gegeben.
Eine glänzende Gesellschaft fand sich ein; Mara und Pacchierotti sangen und Pleyel's Name war durch Trio, Quartett und Quintett vertreten.

Unterdessen war bereits am 15. Januar in den Zeitungen
die erste ausführlichere Ankündigung von zwölf Concerten Salomon's, Subscriptions-Preis zu 5 Guineen, erschienen. Das
erste Concert sollte Freitag den 11. Februar stattfinden und
sofort jeden folgenden Freitag. Haydn hatte für jeden Abend
ein neues Musikstück zu liefern und die Aufführung desselben
am Clavier zu leiten. Am 26. Januar erschien auch die Liste
der zu diesen Concerten engagirten Sänger : Sig. David,
Sgra. Cappelletti, die Misses Abrams und Sgra. Storace

(später auch Sig. T a j a n a); ferner die Solo-Instrumentalisten: S a l o m o n, D u s s e k; M e n e l (Cello), H a r r i n g t o n (Oboe), G r a f f (Flöte), H o l m e s (Fagott), Mad. K r u m p h o l z (Harfe). Das Concert wurde auf den 25. Februar verschoben, da es Sig. David und Sgra. Cappelletti nicht gestattet wurde, vor Eröffnung der Oper an einem anderen Orte zu singen. Aber auch am 25. war das Hinderniss noch nicht beseitigt, da sich die Eröffnung der italienischen Oper in die Länge zog, ja überhaupt zweifelhaft wurde. Salomon musste sein erstes Concert abermals verschieben und wir sehen ihn nun bemüht, dem Publicum die äusserst unangenehme Lage, in der er sich befand, zu schildern. Die Directoren der Oper hätten Sig. David endlich doch die Erlaubniss ertheilt, in Salomon's Concert noch vor Eröffnung der Oper zu singen und nur darauf hin habe sich Salomon berechtigt gefühlt, den Tag seines Concertes festzusetzen. Die Directoren sähen sich aber nun gezwungen, den Wünschen der höheren Classe ihrer Subscribenten nachzugeben, welche Sig. David's erstes Auftreten nur in der Oper gestatten wollen. Unter diesen Umständen habe es Salomon für seine Pflicht gehalten, lieber sein Concert zu verschieben, als seine Subscribenten durch das Nichterscheinen Sig. David's zu verstimmen. (*Morning Chronicle.*) — Das Concert war nunmehr auf Freitag den 11. März festgesetzt.

Es lässt sich leicht denken, dass Salomon's unangenehme Lage seinen Feinden, den *professional*, nur Schadenfreude erwecken konnte. Ihr Hass gegen ihn und Haydn wurde dadurch sicher nicht gemildert. Im Gegentheil hofften sie daraus Nutzen zu ziehen und etwa Letzteren doch noch seinem Freunde abspänstig zu machen. Wenn nun auch ihre Waffen nicht die ehrlichsten waren, so konnte man es ihnen wohl auch nicht verdenken, wenn sie sich ihrer Haut zu wehren suchten. Sie fingen die Sache jedoch schlecht an, und indem sie auf schamlose Weise den Meister verunglimpften, bewirkten sie dadurch nur, dass sich die Freunde Haydn's um so enger um ihn schaarten.

Der erste Anfall geschah am 5. Februar im *Gazeteer*, der unter der Aufschrift „*Music*" Folgendes bringt: Die neun Wundertage Haydn's fangen an abzublassen. Er wurde in der *Anacreontic Society* und anderen musikalischen Vereinen „ausgestellt" (*„exhibited"*) zum grossen Erstaunen John Bull's, der einen zweiten „Cramer" oder „Clementi" zu hören erwartete. Doch die Wahrheit ist, dieser wunderbare „Componist" ist doch nur ein sehr geringer „Spieler", und wenn er auch geeignet sein mag, am Clavier zu „präsidiren", haben wir ihn doch nie als *leader* eines Concertes rühmen hören. Sein Schüler Pleyel, vielleicht von weniger Wissen, dessen Werke aber voll Lieblichkeit und Eleganz sind und häufiger „Melodie" in seinen „Harmonien" bieten, ist ein darum weit populärerer Componist. Wie Hr. Haydn und sein Bundesgenosse Salomon bei Bildung ihres Orchesters die Talente der Mad. Mara übersehen konnten, vermag nur der sprichwörtliche „Geiz" der Deutschen zu erklären. —

Zwei Tage darauf war das erste *professional*-Concert!

So liefen die Fachmusiker, während Salomon durch den leidigen Streit der Opernhäuser King's Theater und Pantheon die Hände gebunden waren, dem Gegner auf volle Monatslänge den Rang ab. Schon Montag den 7. Februar konnten sie ihr erstes Concert abhalten. An der Spitze der Subscribenten standen der Prinz von Wales und Herzog von York, Letzterer ein Ersatz für den verstorbenen Herzog von Cumberland. Haydn, den die Fachmusiker übrigens mit einer für all' ihre Concerte gültigen Freikarte beehrt hatten, sah sich gleich im Programm des ersten Abends seinem einstigen Schüler und späteren Gegner an die Seite gestellt und beschloss

überdiess das Concert mit einer Sinfonie, „wodurch er", wie
Morn. Chronicle am 9. Febr. versicherte, „Gelegenheit hatte,
sich von dem guten Geschmack und der Liberalität der *professional* überzeugen zu können". Haydn aber machte seiner-
seits Diesen das Compliment, „dass er bei keiner Gelegenheit
sein M. S. Concerto [Sinf.] so ausgezeichnet habe vorführen
hören".

Hier das Programm des Concertes:

A b t h e i l u n g I.

Neue Sinfonie (M. S.)	Pleyel.
Quartett (C r a m e r, B o r g h i B l a k e, S m i t h)	Haydn.
Gesang, vorgetragen von Sig. P a c c h i e r o t t i.	
Sonate für Pianoforte, vorgetr v. Mr. D a n c e.	
Gesang, vorgetr. v. Mrs. B i l l i n g t o n.	
Concert für die Violine (C r a m e r)	Cramer.

A b t h e i l u n g II.

Concertante für Cello, Flöte, Violine (S m i t h, Florio, Cramer)	Mazzinghi.
Gesang, vorgetr. v. Mrs. B i l l i n g t o n.	
Concert für Oboe, von Mr. P a r k e.	
Gesang, vorgetr. v. Sig. P a c c h i e r o t t i.	
Grosse Ouverture, M. S. [Sinfonie]	Haydn.

Der 17. Februar vereinigte Freund und Feind unter den
Musikern zu einem friedlichen Wettstreit bei „Christie", wo
des verstorbenen Herzogs von Cumberland musikalische Instrumente und Bibliothek unter den Hammer kamen. Der
Herzog besass unter andern eine damals 121 Jahre alte „Stai-
ner-Violine", die stets von den Musikfreunden mit Bewunderung und Neid betrachtet wurde. Der glückliche Käufer war
nun Mr. Bradyll, den die Freunde bis auf 130 Guineen hinauf-
trieben. Eine zweite Violine, Viola und Violoncello von demselben Instrumentenmacher fanden für 138 Guineen ihren

Herrn. Ein Mr. Condell kaufte die Lieblingsviola des Herzogs für 50 Guineen. Alle ersten Musikgrössen, „von Cramer bis herab zu Capitän Armstrong", waren bei dem Kampfe betheiligt.

Der Herzog von Cumberland, Bruder des Königs Georg III., war am 18. September 1790 gestorben. Er war bei den Musikern besonders beliebt durch den regen Antheil, den er an ihrem Wirken nahm. Er fehlte selten bei den Aufführungen der *professional*-Concerte und spielte auch selbst Viola bei seinen Kammer-Concerten in Cumberland-Haus oder beim Prinzen von Wales. Zeitweise hielt er eine kleine Capelle in Windsor, die ihm in seiner ländlichen Wohnung im grossen Park von Windsor-Castle jeden Abend Kammer-Musik spielen musste. S h i e l d, W a t e r h o u s e, B l a k e, P a r k e und B a u m g a r t e n waren dabei beschäftigt, und Letzterer, des Herzogs Liebling, musste zu diesen Musikabenden vorzugsweise eigene Compositionen liefern.

Haydn besuchte Freitag den 18. Februar eines der *Ladies*-Concerte (Damen-Concerte), diesmal bei Mrs. B l a i r, Portland Place, abgehalten [1]). Signor P a c c h i e r o t t i sang Haydn's Cantate „*Ariana a Naxos*" und Haydn begleitete selbst am Clavier. Es ist dies dieselbe Cantate, die Haydn in einem Briefe an Marianne (Maria Anna Sabina), Frau des früher erwähnten Arztes Peter Leopold von Genzinger, wiederholt erwähnt. — So schreibt er aus Estoras am 14. März 1790: „dass meine liebe Ariana im Schottenhof [2]) Beifall

---

[1]) *The ladies concert was last night at Mrs. Blair's in Portland Place, and that superb street, as usual.*
„*Outglared the moon with artificial light*". (*MorningChr.*)

[2]) Frau v. Genzinger wohnte damals zu Wien im Schottenhof, einem umfangreichen noch jetzt bestehenden Gebäude, an

findet, ist für mich entzückend". Und aus London am 17. September 1791: „Singt meine gute Freyle Pepi [Fräulein Josephine] bisweilen die arme Ariadne?"

Die „arme Ariadne" machte in London viel Glück; Jedermann sprach von ihr und, von Sig. Pacchierotti wiederholt öffentlich gesungen, wurde sie das „musikalische desideratum" für den Winter [1]).

Noch vor Beginn der Salomon-Concerte sollte Haydn einige seiner Compositionen abermals in einem grossen Concert aufführen hören.

Der junge Verein *New musical Fund* gab, wie schon erwähnt, am 24. Febr. sein diesjähriges Concert im Pantheon mit einem 300 Personen starken Orchester. Von Haydn wurde eine grosse Sinfonie und ein Quartett (S a l o m o n, M o u n t a i n, H i n d m a r s h und M e n e l) aufgeführt. Sig. P a c c h i e r o t t i sang auch hier „die in den *Ladies*-Concerten mit so grossem Beifall aufgenommene Cantate, die auch jetzt

---

die Kirche „unserer lieben Frau zu den Schotten" angebaut und Eigenthum des gleichgenannten Benedictiner-Stiftes.

[1]) *Morning Chronicle* (23. Febr.) sagt darüber: „*The Musical World is at this moment enraptured with a Composition which Haydn has brought forth, and which has produced effects bordering on all that Poets used to seign of the ancient lyre. Nothing is talked of — nothing sought after but Haydn's Cantata — or, as it is called in the Italian School — his Scena. This Scena was first brought out at the Ladie's Concert on Friday night [18. Febr.] which, as we have said, was at Mrs. Blair's, in Portland Place. It is written for the Harpsicord or Harp only, without any other accompaniment, and it was performed by Haydn himself, and sung by Pacchierotti. It abounds with such variety of dramatic modulations — and is so exquisitely captivating in its larmoyant passages, that it touches and dissolved the audience. They speak of it with raptourous recollection, and Haydn's Cantata will accordingly be the musical d e s i d e r a t u m for the winter*".

wieder den tiefsten Eindruck machte — nie, in seiner glänzendsten Zeit hatte Pacchierotti einen grösseren Erfolg" [1]).

Das erste Salomon-Haydn-Concert wurde endlich zur Gewissheit; diesmal blieb es beim 11. März und Sig. David sang, obgleich das King's Theater noch immer nicht eröffnet war. Hanover square rooms, „der Sitz des Musikreiches" *(the Seat of the Empire of Music)*, sollte nun nach Bach-Abel, neben den *professional*-Concerten noch eine dritte einflussreiche Künstlervereinigung begrüssen. Haydn präsidirte am Clavier, Salomon stand als *leader* dem Orchester vor. Das Programm dieses ersten Abends lautete vollständig:

A b t h e i l u n g I.

Ouverture [Sinfonie] . . . . Rosetti.
Gesang, vorgetr. v. Sig. Tajana.
Oboeconcert, vorgetr. v. Mr. Harrington.
Gesang, vorgetr. v. Sgra. Storace.
Violinconcert, vorgetr. v. Mad. Gautherot.
Recitativ und **Arie**, vorgetr. v. Sig. David.

A b t h e i l u n g II.

Neue grosse Ouverture [Sinfonie] . . . . Haydn.
Recit. und **Arie**, vorgetr. v. Sgra. Storace.
Concertante für Pedalharfe und Pianoforte, vor
    getragen v. Mad. Krumpholz und Mr.
    Dussek . . . . Dussek.
Rondo, vorgetr. v. Sig. David. . . . . Andreozzi.
Finale (*full piece*) . . . . Kozeluch.

So viel und nicht weniger hatte der „sprichwörtliche deutsche Geiz" *(the proverbial „avarice" of Germany)* für

---

[1]) — — *the modulation is so deep and scientific, so varied and agitating — that the company was thrown into extasies. Every fibre was touched by the captivating energies of the passion, and Pacchierotti never, in his most brilliant age, was more successful.* (Morn. Chron. Feb. 20.)

diesen Abend zusammengestellt. Wie man sieht, wurde erst die zweite Abtheilung mit Haydn's Sinfonie eröffnet, was Haydn sich für alle Concerte ausbedungen hatte; doch wurde später öfters auch die erste Abtheilung mit einer schon bekannten Sinfonie von ihm eingeleitet.

Der Erfolg dieses Concertes war glänzend und sicherte das ganze Unternehmen. „Nie vielleicht", sagt *Morning Chronicle* , „hatten wir einen reicheren musikalischen Genuss. Freilich ist es nicht zu verwundern, dass Haydn den für Musik empfänglichen Herzen ein Gegenstand der Verehrung, ja Anbetung sein muss; denn gleich unserm Shakespeare bewegt und regiert er die Leidenschaften nach seinem Willen. Seine neueste grosse Ouverture [Sinfonie] wurde von allen Kennern als eine wundervolle Composition erklärt" etc. „Wir freuten uns", fährt das Blatt fort, „das erste Concert so zahlreich besucht zu sehen, denn es steigert unsere Hoffnung, dass das erste musikalische Genie des Zeitalters sich durch unsern freigebigen Willkomm veranlasst sehen dürfte, seinen Wohnsitz in England zu nehmen."

Die erwähnte Sinfonie war die zweite der später unter dem Titel „Salomon-Sinfonien" bekannt gewordenen Sammlung (Siehe Beilage VI). Diesmal wurde von dieser Sinfonie in D-dur das Adagio repetirt, „ein damals seltener Fall", wie Haydn erwähnt; die Zeitungsberichte heben jedoch besonders den ersten Satz hervor [1]).

Dass die Sinfonie mit bewunderungswürdiger Correctheit *(with admirable correctness)* aufgeführt wurde, lässt sich leicht denken. Auch der Tenor Sig. David gefiel sehr *(never surely was there heard a tenor of such richness and beauty)*.

---

[1]) — *but the first movement in particular rises in grandeur of subject, and in the rich variety of air and passion, beyond and even of his own productions.*

Die Stärke des Salomon'schen Orchesters selbst wird uns, die wir durch Riesenbesetzungen verwöhnt sind, freilich ein Lächeln abgewinnen. Es bestand aus 12—16 Violinen, 4 Bratschen, 3 Cello, 4 Contrabässen, Flöte, Oboe, Fagott, Hörner, Trompeten und Pauken, im Ganzen etwa 40 Personen. So berichtet ein Londoner Brief, dat. 18. März 1793, an die Berl. Mus. Ztg., und fügt noch bei: „Der Saal hat eine gewölbte Decke. Die Musik nimmt sich darin vortrefflich aus. Das Orchester ist *en* Amphitheater geordnet. Salomon war immer ein guter Anführer, jetzt kann man sagen, dass er ein vortrefflicher ist." — Das Orchester war noch zu jener Zeit am entgegengesetzten Ende des Saales, wo sich nun die Logen befinden. Die akustischen Vorzüge dieses Saales wurden mit Recht allzeit gerühmt.

Welcher Reichthum an musikalischen Kräften und welche Vorliebe für bessere Musik gerade zu jener Zeit in London zu finden war, beweist der Umstand, dass an dem ersten Salomon-Abend zugleich auch die zur Fastenzeit üblichen Oratorien-Aufführungen in den beiden grossen Theatern Covent-Garden und Drury-lane ihren Anfang nahmen.

Das zweite Salomon-Concert am 18. März fiel noch glänzender aus und wurde mit der Anwesenheit des Prinzen von Wales beehrt, „der gerade zur rechten Zeit kam, am Triumphe Haydn's Theil zu nehmen". (*Morn. Chr.*) Diesmal wurde auch der Freund in Wien nicht vergessen: eine Sinfonie von Mozart eröffnete das Concert und ein Haydn'sches Quartett, von Salomon, Damen, Hindmarsh und Menel gespielt, beschloss die erste Abtheilung. In der zweiten Abtheilung wurde „auf besonderes Verlangen" die im ersten Concert aufgeführte Sinfonie von Haydn repetirt, Graeff spielte ein Flötenconcert und Joh. Kuchler aus der Hofcapelle zu Bonn, auch als Componist geschätzt [1]), trat mit einem Concert für Fagott zum erstenmal in London auf; Sig. D a v i d und Sgra. S t o r a c e sangen Soli, dann zusammen ein Duett von Paisiello und, um der Gefahr bei Zeiten fest in's Auge zu sehen, schloss Pleyel mit einem Sinfoniesatz (*full piece*) den Reigen.

Das dritte Concert am 25. März eröffnete eine Sinfonie von C l e m e n t i; P l e y e l folgte mit einem Quintett; S a l o-m o n spielte ein eigenes Violinconcert; eine neue Manuscript-Sinfonie von H a y d n (Nr. 4 der Beilage VI), von der nach Haydn's Tagebuch das erste und letzte Allegro repetirt wurden (*„encort"*, wie Haydn sich notirte), „gab erneuerten Beweis von der Fruchtbarkeit dieses grossen Genius in der Instrumentalcomposition" *(Gazeteer)*. Ein anderes Blatt rühmt an der Sinfonie besonders, „dass kein Instrument vor dem andern bevorzugt wird — jedes findet Gelegenheit, seine Vorzüge geltend zu machen" [2]). Ebenso wurde eine von Haydn componirte neue Cantate, von Sgra. S t o r a c e gesungen, bewundert; D u s s e k spielte ein neues Pianoforteconcert und den Beschluss machte die Sinfonie *la chasse* von dem „fruchtbaren Componisten F. A. H o f f m e i s t e r in Wien".

Haydn hatte unterdessen sein Beneficeconcert auf den 7. April angesagt; aber auch er musste es, gleich Salomon, eingetretener Hindernisse halber auf weitere fünf Wochen verschieben.

---

[1]) In Bonn wurde von ihm die Oper „Ajalia" in der Saison 1782—1783 aufgeführt. (A. W. Thayer's „Beethoven", p. 73.)

[2]) *Every instrument is respected by his Muse, and he gives to each its due proportion of efficace. He does not elevate one, and make all the rest contributory as a mere accompaniment; but the subject is taken up by turns, with masterly art, and every performer has the means of displaying his talent. (Morn. Chronicle,* March. 19.)

Das neue Opernhaus (King's Theater)
und die gemischten Abendunterhaltungen daselbst unter der
Benennung „Musik und Tanz".

An der Stelle des am 17. Juni 1789 abgebrannten
Opernhauses erhob sich schon im folgenden Jahre nach dem
Plane des Architekten Novosielski ein neues glänzendes Gebäude [1]). Sir John G a l l i n i, *Manager* der Oper, sich auf
den Wiederbeginn der italienischen Oper vorbereitend, hatte
bereits im Herbst den gewandten S a l o m o n nach dem Continent gesandt, für die zu eröffnende Saison Kräfte zu sammeln. Das neue, im Januar 1791 angekündigte, Opern-Perso-
nal war folgendes: Componisten — Sig. Giuseppe H a y d n
und Sig. F e d e r i c i; Sänger — D a v i d [2]) (erster Tenor),
T a j a n a, D o r e l l i, A l b e r t a r e l l i, C a p p e l l e t t i; Sängerinnen — Sgra. Rosa L o p s (von München, eine Schülerin
der Sgra. Minghotti), Mad. P p l u m, Sgre. C a p p e l l e t t i,
M a r i a, S e s t i n i, M a f f e i („Bella, ma poco musica", sagt
von Letzterer Haydn's Tagebuch). Ballet — V e s t r i s,

---

[1]) Das neue Theater, wie es noch jetzt, obwohl vielfach
verändert, besteht, überragte das alte Gebäude bedeutend an
Grösse. Es hatte 327 Fuss Tiefe und 180 Fuss Breite, wurde aber
1816—1817 noch mehr erweitert. Kelly (II, 18) lobt es in aku-
stischer Hinsicht als das beste von allen Theatern, in denen er
gesungen, selbst S. Carlo (das frühere) in Neapel nicht ausgenommen.

[2]) Giacomo D a v i d, eigentlich Davide, geb. 1750 zu Pre-
sezzo, einem Bergamaskischen Dorfe, war schon 1770 als ausgezeichneter Tenor in Italien gefeiert. Stärke, Umfang und Ge-
wandtheit des Organs nebst einer gründlichen musikalischen Bildung machten ihn rasch zum Liebling jeder Bühne. Er sang zum
letztenmal 1811 zu Genua, starb aber erst am 31. Dec. 1830 zu
Bergamo.

Victor, Casali, Mad. Hilligsberg, Dorival, Mojon. *Leader* des Orchesters — Salomon; Poet — Badini.

Alles war vorbereitet, es fehlte nur noch eine Kleinigkeit zur Eröffnung der ital. Saison — die Erlaubniss des Hofmarschalls. Und hier stockte die ganze Maschine, da der Hof selbst im Streite lag [1]). Der Sohn (Prinz von Wales) trat für das neue Haus in Haymarket in die Schranken, der Vater (König Georg III.) hielt am Pantheon fest, dem er einmal sein „*fiat*" gegeben und nun dabei blieb, behauptend: zwei italienische Opern seien für die Stadt zu viel. Die Kämpfe hierüber pflanzten sich in den Familien, in den Zeitungen, an öffentlichen Orten fort und wurden immer heftiger. Carlton-house, das Palais des Prinzen, sah Sitzung auf Sitzung halten, die tonangebenden Häupter beider Parteien, der Prinz von Wales, dessen Bruder der Herzog von York, der Herzog von Bedford, die Grafen von Buckingham und Cholmondely, überboten sich an Rathschlägen, aber umsonst. Alle Hoffnung auf eine Verständigung der beiden Häuser aufgebend, beschloss nun (wie die Times berichtet) Haymarket, es darauf ankommen zu lassen. Eine erste Probe der Oper „Il Pirro" wurde am 23. Februar 1791 abgehalten und der Prinz von Wales selbst war unter den Gästen; man versprach sich von der Oper alles Gute; David entzückte die Zuhörer und

---

[1]) *The Rival theater [King's Th.] is said to be magnificent and lofty, but it is doubtful whether it will be suffered to come to light: in short, the contest will grow politics; „Dieu et mon droit" (the King) supporting the Pantheon, and „Ich Dien" the Prince of Wales countenancing the Haymarket. It is unlucky that the amplest receptable is to hold the minority!* (Walpole to Miss Agnes Bury, Feb. 18. 1791.)

in Sgra. L o p s fand man eine tüchtige Sängerin, wenn ihr auch Jugend und Schönheit abgingen [1]).

Pantheon hatte unterdessen am 17. Februar geöffnet. Abermals vergingen zwei Wochen. Eine Hauptprobe im Costüm und voller Beleuchtung wurde nun auf den 10. März angesetzt und auch wirklich abgehalten. Das Haus war zum Brechen voll von eingeladenen Gästen; selbst die Bühne war so überfüllt, dass es V e s t r i s [2]) unmöglich wurde, in dem Ballet „Orpheus ed Eurydice" seine Kunst nach Wunsch zu entfalten. Da endlich erschien ein dictatorisches *Veto* des Hofmarschalls, jeden weiteren Opernversuch zu unterlassen. Es blieb nun dem *Manager* des Theaters, Sir John G a l l i n i, nichts übrig, als einstweilen ohne Verletzung obrigkeitlicher Gewalt in der, ihm gesetzlich zustehenden Form von „ Abendunterhaltungen mit Musik und Tanz " die Ansprüche der Abonnenten nach Kräften zu befriedigen und den Verlust des Theatereigenthümers Mr. Taylor so viel wie möglich zu decken.

---

[1]) Morn. Chronicle nennt sie „*a good and finished singer*; *she has every accomplishment but youth and beauty*". Diese Sängerin wurde von ihrer Lehrerin Sgra. Minghotti selbst nach London begleitet. Sie trat nur ein einziges Mal, am Abend des ersten Concertes auf. Sgra. Minghotti, so alt sie war, liess sich damals noch einigemal in Privatkreisen hören.

[2]) Die berühmte Tänzerfamilie V e s t r i s stammte aus Florenz. Ihr Gründer war Gaetan „*le beau Vestris*", der 1748 in der Académie zu Paris debutirte. 50 Jahre später tanzte er noch, wie Castil Blaze versichert „*avec autant de grâce que de noblesse*". Gaetan hatte drei Brüder. die den Ruf ihres Namens über alle Bühnen Europa's verbreiteten. Auf seinen Sohn *Auguste* war Gaetan stolz : „*Auguste* ist ein besserer Tänzer denn ich", pflegte er zu sagen, „er hat einen Gaetan Vestris zum Vater, ein Vortheil, der mir nicht vergönnt war".

Samstag den 26. März wurde endlich das King's Theater eröffnet; der Theaterzettel an diesem Abend lautete:

Abtheilung I.

Eine Auswahl Musikstücke ernster Gattung von verschiedenen Componisten, besonders von Paisiello; die Soli gesungen von Sig. David, Sig. Tajana und Mad. Lops.

Tanz-Divertissement von Messrs. Vestris, Victor, Vermilly, Mlles. Hillisberg, Mojon und Dorival.

Abtheilung II.

Eine Auswahl Musikstücke heiterer Gattung von verschiedenen Componisten, besonders von Paisiello; die Soli gesungen von Mr. Albertarelli. Sig. David, Mad. Cappelletti (erstes Auftreten) und Mad. Sestini.

Historisches Ballet „Orpheus ed Eurydice". Musikdirigent Sig. Federici; *leader* Salomon; Balletmeister Mons. Vestris sen.

Anfang 7½ Uhr; Logen und Parterre 10 s. 6 p.; Gallerie 5 s.

An den späteren Abenden (wöchentlich zweimal, Dienstag und Sonnabend) wurden zuweilen Sinfonien von Haydn aufgeführt; ferner Duetten, Terzetten, Quartetten, Sextetten von Tarchi, Paisiello, Haydn, Philidor, Federici. Haydn war besonders häufig vertreten, auch durch Chöre und namentlich durch ein 7stimmiges Gesangsstück (*Italian Catch*) von den besten Sängern, David an der Spitze, gesungen und nach der ersten Aufführung (2. Juni) an fast jedem der folgenden Abende repetirt.

Am 19. Mai war eine neue Art Concert mit Tanz und „lebenden Bildern" *(animated pictures)* angezeigt. An diesem Abend, dem Benefice Badini's, wurde ein Jagdlied, mit Chor, das Solo gesungen von Sgra. Albertarelli, componirt von P h i l i d o r und eine Jagdsinfonie *(a Hunting sinfonie)* von H a y d n aufgeführt; von Letzterem auch eine für Sig. D a v i d componirte Cantate, von Haydn selbst begleitet. Ferner eine neue Sinfonie „im tragischen Styl" nebst einer neuen Cantate, von David gesungen, beide componirt von F e d e- r i c i; H u m m e l und C l e m e n t spielten Concerte. Catches und Glee's, von englischen Sängern gesungen und das Ballet „Orpheus ed Eurydice" machten den Beschluss. Die Eintritts- karten waren von dem bekannten Graveur B a r t o l o z z i ge- stochen.

Am 9. Juli schlossen diese eigenthümlichen Ersatzabende für eine Oper und bei der vorgerückten Jahreszeit und den anderwärtigen Verpflichtungen der Künster konnte den Sub- scribenten nicht einmal die schuldige Anzahl Vorstellungen geboten werden; doch suchte man sie wenigstens durch Extra- Eintrittskarten zu entschädigen.

Für Haydn aber hatte das fehlgeschlagene Opernunter- nehmen das Unangenehme, dass seine fast vollendete Oper „Orfeo" [1]) nicht zur Aufführung kommen konnte. Zur Zeit, als er daran am fleissigsten arbeitete, wohnte er in *Lisson Grove* im nördlichen Theile London's, zwischen Edgware Road und dem heutigen Regents - Park [2]), wo der junge J. B. Cramer häufig sein Gast war. Ein Glück war es für Haydn, dass er sich schon in Wien, auf den Rath eines vorsorglichen Freundes, seine Forderungen in Vorhinein gedeckt hatte. Orfeo aber

---

[1]) „*Orfeo ed Euridice*" erschien später bei Breitkopf und Härtel in Leipzig. Die unvollendete Oper enthält 11 Nummern, sechs Arien (zwei für Euridice, Sopran; eine für Creonte, Bass; drei für Orfeo, Tenor) ein Duett (Orfeo und Euridice) und vier Chöre. Ouverture und Finale fehlen.

[2]) Regents Park wurde erst 1813 angelegt.

verliess unvollendet London mit ihm. Als Ersatz sandte
Haydn später seine schon 1783 componirte Oper „Armida"
ein, von der sich das Autograf in der Bibliothek der
Sacred harmonic Society zu London befindet. (Catalogs-
Nummer 1553.) Doch die Verhältnisse hatten sich unterdessen
geändert und der neue Director des Opernhauses fand sich
nicht weiter bewogen, die Oper aufzuführen.

Ueber den schon bei Mozart erwähnten Theaterverwalter
und früheren Tänzer und Balletmeister G a l l i n i siehe Beil. I.

Die grösseren Instrumentalwerke in den nächsten vier S a -
l o m o n - Concerten im Monat April waren ausser Haydn von
Gyrowetz, Pichl, Kozeluch, Rosetti, Pleyel; ferner auch eine
neue Manuscript-Sinfonie von Joseph D e m a c c h i, von dem
verschiedene Instrumental-Compositionen zu Lyon und Paris
erschienen sind. Den zweiten Theil des Concertes leitete noch
immer eine Sinfonie von Haydn ein. Im fünften Concert
wurde von ihm ein neues Manuscript-Divertiment für 2 Violinen, 2 Violen, Oboe, Flöte, 2 Hörner, Violoncello und Contrabass aufgeführt. Dies Concert gewann noch an Interesse
durch das erste Auftreten der Sängerin Sgra. Therese N e g r i.
— Im sechsten Concert kam ein neues Quartett von Haydn
zur Aufführung und wurde die Sinfonie vom ersten Abend
zum drittenmal „auf besonderes Verlangen" repetirt — „mit
jeder neuen Aufführung an Beliebtheit zunehmend".

Zum erstenmal trat in diesem Concert auch Miss C o r r i
auf, „die mit einer sehr angenehmen und geschmeidigen
Stimme begabt, unter der Leitung ihres Vaters sich nach den
besten ital. Sängern, besonders Marchesi, gebildet hatte"; der
junge B r i d g e t o w e r trug ein Violinconcert vor und beim
Spiele D u s s e k's wird auch „der ergreifenden Einfachheit

des verstorbenen lebhaft beklagten S c h r o e t e r" in ehrenvoller Weise gedacht.

Die Salomon-Concerte standen nun in voller Blüthe.
Haydn war der erkorene Liebling und die Zeitungen glaubten
bereits Entschlüsse in ihm reifen zu sehen, von denen er
selbst am wenigsten wusste. „Die musikalische Welt", schreibt
Gazeteer am 18. April, „wird mit Vergnügen hören, dass
der berühmte Haydn beschlossen hat, den Sitz seines Reiches
in unserer Metropolis aufzuschlagen. Die glänzenden Erfolge
der Salomon-Concerte unter dem Schutze Haydn's und seine
Aufnahme in allen Privatgesellschaften haben ihn mit hoher
Meinung von dem Geschmack und der Freigebigkeit der englischen Nation erfüllt."

Jedenfalls hatte sich Haydn über den Erfolg seines
ohnedies mit 200 Pf. St. garantirten Benefice-Concertes, das
nun am 16. Mai stattfand, nicht zu beklagen, denn es brachte
ihm eine Einnahme von 350 Pf. St. (der Eintrittspreis war
der gewöhnliche, das Billet eine halbe Guinee), wobei Salomon auch noch die Auslagen für's Orchester zu tragen hatte.
Salomon soll anfangs versucht haben, dieselben auf die
Schultern Haydn's zu wälzen, der sich aber auf seinen Contract berief.

Programm von Haydn's erstem Benefice-Concert in Hanover square rooms:

Abtheilung I.

Neue grosse Sinfonie . . . . Haydn.
Arie, gesungen von Sgra. St o r a c e.
Concertante für zwei Bassethörner, vorgetragen
    von den Herren Vincent S p r i n g e r und
    D w o r z a c k.
Neue Arie, mit obligater Begleitung von Oboe u.
    Fagott, vorgetr. v. Sig. D a v i d . . . Haydn.
Violinconcert, vorgetr. v. Sig. G i o r n o v i c h j.

130

Abtheilung II.

Die neue grosse Sinfonie, im ersten Salomon-Con-
certe aufgeführt (auf besonderes Verlangen) Haydn.
Cantata, vorgetr. v. Sig. Pacchierotti . . Haydn.
Concertante für Pianoforte und Pedalharfe, vor-
getragen von Mr. Dussek und Madame
Krumpholz . . . . Dussek.
Duetto, vorgetr. v. Sig. David u. Sig. Pacchie-
rotti.
Finale . . . . Haydn.

Am 30. Mai sollte das engl. Publicum auch Haydn's
„Sieben Worte des Erlösers am Kreuze" (Passione instrumentale) kennen lernen.

Ueber die Entstehung dieser Composition schreibt ein
„intimer Freund Haydn's" im Morning Chronicle, Mai 28 u.
a. folgendes: Im Jahre 1770 beschloss man zu Cadix in der
dortigen Cathedrale die Trauerfeierlichkeit des Charfreitags
in der würdigsten Weise zu begehen. Der Bischof zu Cadix
schrieb deshalb an Haydn, dessen Ruf schon damals aus
Oesterreich nach Andalusien gedrungen war, und ersuchte
ihn, einige ernste Musikstücke zu schreiben, um sie dem
Gottesdienst und der Predigt, die der Bischof selbst halten
würde, einzuschalten, doch dürften die Compositionen nicht
mehr als zehn Minuten Zeit in Anspruch nehmen. Haydn, der
sich zu diesem Zwecke durch die dahin gehörigen Bibelstellen
vorzubereiten begann, schrieb an den Bischof, dass er
wünsche, im Sinne der Worte des Heilands am Kreuze
sieben Musikstücke zu componiren, wozu ihm natürlich der
Zeitraum von nur zehn Minuten nicht genügen könne. Der
Bischof konnte der Bitte wohl nicht in schönerer Weise
willfahren als dadurch, dass er sich erbot, für seine eigene
Predigt nur zehn Minuten zu beanspruchen, die ganze übrige
Zeit Haydn zur Verfügung stellend.

Diese Composition, eine eigene Art Empfindungsmalerei [1]), wurde „auf Verlangen mehrerer hochgestellten Musikfreunde" in einem grossen Concerte unter Haydn's persönlicher Direction aufgeführt. Das aus drei Abtheilungen bestehende Concert, zuerst für's King's Theater angezeigt, wurde dann eingetretener Hindernisse halber in Hanover sq. rooms abgehalten. In der ersten und dritten Abtheilung kam eine Sinfonie von Haydn und in der zweiten Abtheilung die *Passione instrumentale* zur Aufführung. D a v i d, S a l o m o n, Sgra. N e g r i und die unermüdliche Mad. K r u m p h o l z waren die Mitwirkenden in diesem ausserordentlichen Concert, das an der, in jenen Tagen in der Westminster-Abtei abgehaltenen Händelfeier einen gefährlichen Nebenbuhler hatte.

Grosse musikalische Erinnerungsfeier an Händel
in der Westminster-Abtei
am 23., 26., 28. Mai und 1. Juni.

Bedeutungsvoll war es für Haydn, Zeuge zu sein der letzten im vorigen Jahrhundert abgehaltenen grossartigen Händel-Feier in der altehrwürdigen Westminster-Abtei. Die in manchen Nummern breiter angelegte „Schöpfung" sollte später gleichsam als Nachhall jener Tage beweisen, wie sehr der Meister selbst noch in hohem Alter bemüht war, grossen Vorbildern nachzustreben.

Es war nicht das erstemal, dass sich die musikalischen Kräfte der Hauptstadt vereinigten, das Andenken des Ora-

---

[1]) In ähnlicher Weise erschien in Mailand „*le Redempteur sur la Croix, Sonates caractéristiques pour deux Violons, Alto, Violoncello et Contrebasse, composée par le Comte César de Castelbarco*" oeuv. 14.

torien-Fürsten zu feiern und damit zugleich in seinem Sinne ein Werk der Wohlthätigkeit auszuführen. Um die Feier recht zu verstehen, müssen wir einige Jahre zurückgehen auf den Ursprung derselben.

Bei einer geselligen Zusammenkunft zu Anfang des Jahres 1783 besprachen sich Lord Viscount Fitzwilliam, Sir Watkin William Wynne und John Bates, der Dirigent der *Ancient-Music* Concerte, über Mittel und Wege, die verschiedenen Musikkräfte der Stadt jährlich an bestimmten Tagen zu einem Ganzen zu vereinigen und auf diese Weise die grössten Meisterwerke in einer, ihrer würdigen Art zur Aufführung zu bringen.

Eine bessere Gelegenheit, ein so grosses Unternehmen ins Werk zu setzen, konnte ihnen wohl nicht werden, als das nächstfolgende Jahr 1784 bot. Bis dahin waren es (wie man angab) 100 Jahre, dass Händel geboren wurde[1]) und ein Vierteljahrhundert schloss sich in demselben Jahre ab, seit der Meister heimgegangen war. Wiege und Grab! — was war natürlicher, als eine Erinnerung an den grössten Meister, der je in England gelebt, zur Devise des beabsichtigten Musikfestes zu erheben.

Die Directoren der *Ancient-Music* Concerte gingen rasch auf die grosse Idee ein; der König versprach seine Protection; die Aufführung in der Westminster-Abtei, dem Ort, wo die irdischen Ueberreste Händel's ruhen, wurde gestattet und

---

[1]) Dass Händel 1685 geboren wurde, bewies 1785 der Uebersetzer von Burney's „*Commemmoration of Handel*". nach dem Kirchenbuch der lieben Frauenkirche zu Halle. (Burney's Nachricht von G. F. Händel's Lebensumständen und der für ihn zu London 1784 angestellten Gedächtnissfeier. Uebersetzt von J. J. Eschenburg. Berl. 1785. Siehe auch „G. F. Händel" von F. Chrysander, Leipzig 1858, I. p. 11.)

so sehen wir bereits Mittwoch den 26. Mai 1784 unter feier-
lichem Orgelklang das erste Fest der Art unter dem Titel
„Commemmoration of Handel" (später auch *„Grand musical
festival"* genannt) verwirklicht.

Der Ort selbst war wie geschaffen für den Ernst der
Feier: als Concertsaal der gothische Meisterbau mit seinen
hochaufstrebenden Pfeilern; ein Musikkörper von etwa 530
bis 540 Personen (damals noch als etwas ausserordentliches
geltend) auf einer Emporbühne terrassenförmig sich um die
Orgel schaarend; als Hintergrund die hohen Kirchenfenster
mit ihren herrlichen Glasmalereien ; dazu eine Versammlung
von Zuhörern, bei denen Glanz, Reichthum und Schönheit
sich gegenseitig zu überbieten schienen — kein Wunder, dass
der, gleich den Directoren mit der Festmedaille geschmückte
König, als er an der Seite der Königin und aller Prinzessinnen
in die königl. Loge trat, wie festgebannt von dem zauber-
haften Anblick sich ganz der Gewalt des Augenblicks überliess. Galt es doch seinen Liebling zu feiern: „Du wirst
meine Musik beschützen, wenn ich todt bin", diese Worte des
Meisters an den „Knaben" gerichtet, hatte auch der „Mann"
nicht vergessen.

So mächtig war der Eindruck dieser ungewöhnlichen
Aufführungen und so gross war der Andrang zu denselben,
dass den beabsichtigten drei Concerten, von denen eines im
Pantheon statt fand, noch zwei weitere folgen mussten. Hier
war es auch, wo die Sängerin M a r a , die vorher im Pantheon
in England zum erstenmal aufgetreten war, ihre eigentlichen
Lorbeeren pflückte. Mit dem Vortrag der Arie aus dem Messias „ich weiss dass mein Erlöser lebt", war ihr Ruf für
immer gesichert.

Die Einnahme dieser fünf Aufführungen (26. Mai bis
5. Juni) betrug 12.736 Pf. St., wovon nach Abzug der

Kosten 1000 Pf. St. an das Westminster-Hospital [1]) und 6000 Pf. St. an den *Musical Fund* abgegeben wurden. Als Anerkennung der erspriesslichen Dienste aber, die bei dieser Gelegenheit von den Mitgliedern dieses Vereins geleistet wurden, ertheilte ihnen der König das Recht, sich von nun an *„Royal Society of Musicians"* nennen zu dürfen; zugleich stellte sich der König selbst als Protector an die Spitze derselben.

Die Feier wurde nun in den Jahren 1785, 1786, 1787, 1790 und 1791 repetirt und zwar mit immer wachsender Zunahme des Musikkörpers, 1791 bereits die Zahl 1000 übersteigend [2]).

Schon bei der ersten Aufführung dachte man darauf, durch mächtiger wirkende Instrumente als die bis dahin gewöhnlichen, die Orchestereffecte zu verstärken. Neue Instrumente wurden erfunden, frühere längst vergessene aus ihrer Ruhe aufgeschreckt, so z. B. das *„double bassoon"*, ein 16füssiges Contra-Fagott, welches bei Gelegenheit der Krönungsfeier im Jahre 1727 der Instrumentenmacher

---

[1]) Westminster Hospital war die erste Londoner Armenanstalt der Art, durch freiwillige Beiträge 1719 gegründet. Mr. Henry Hoare stand als Hauptbeförderer an der Spitze einer Gesellschaft , *for relieving the sick and needy at the Public Infirmary in Westminster"*. *The Memorials of Westminster: by the Rev. Mackenzie E. C. Walcott M. A. of Exeter College, Oxford. Curate of St. James, Westminster. London 1851, p.* 87.

[2]) Bei Eröffnung des Krystallpalastes zu Sydenham im Jahre 1854 war ein Musikkörper von 1635 Personen vereinigt. Bei der Vorfeier zum Händelfest (1857) stieg die Zahl auf 2500 und bei der 100jährigen Händelfeier selbst (1859), sowie bei den Wiederholungen (1862 und 1865) zählte man bereits 4000 Ausführende. — Bei den drei Aufführungen im Jahre 1859 waren 81.311 Zuhörer zugegen.

Stainsby gebaut hatte, um es bei Aufführung der Händel'schen Anthems zu verwenden. Vergebens bemühte sich damals J. F. Lampe, den man zu dieser Auszeichnung erkoren hatte, das Rieseninstrument zu bewältigen; dessen Zeit war noch nicht gekommen und sollte erst 57 Jahre später in Mr. Ashley von der Garde seinen Ueberwinder finden. Der König selbst bestellte u. a. 1789 einen aussergewöhnlich grossen Contrabass *(large double Bass)* bei Forster. Ferner gab es noch aus Kupfer verfertigte Pauken, die eine Octav tiefer gestimmt waren *(doublebase Kettle drums)*, dreierlei Posaunen *(Sacbuts)* und Bass-Trompeten *(bass trumpets)*. Kein Wunder, dass nicht Jedermann's Nerven solchen Mächten gewachsen waren und eben das nur für Lärm nahmen, was Kraft bezeichnen sollte [1]). Diese Instrumente gingen später förmlich auf Gastrollen: „Grosse Pauken und Contrafagott, beim Musikfest in der Westminster-Abtei benutzt" *(double drums and double bassoons used in Westminster-Abbey)*, lautete dann ihre Empfehlung [2]).

Die im Jahre 1791 abgehaltene Händelfeier in der Westminster-Abtei, die sechste und zugleich die letzte in jenem Jahrhundert, wurde am 23., 26., 28. Mai und 1. Juni abgehalten „auf Befehl und unter dem Schutze Ihrer Majestäten" *(by command and under the patronage of their Majesties)*. Wie schon erwähnt, betrug die Zahl der Mitwirken-

---

[1]) *The sight was really very fine, and the performance magnificent; but the chorus and kettle-drums for four hours were so thunderfull, that they gave me the head-ache, to which I am not at all subject.* (Walpole to Sir H. Mann. May 29. 1786.)

[2]) *Mr. Ashbridge is engaged [Oxford] with his admired double drums as used at the late Celebrity in Westm. Abbey.* (*Public.Adv. 1785, June*). — *Covent-Garden, Oratorio's „the double drums and sackbuts used at W. A."* (*the gazeteer 1796, March.*)

den diesmal über 1000 Personen. Der Erlös war bestimmt für die *Royal Society of Musicians*, für die Söhne verarmter Geistlichkeit *(sons of the Clergy)* und das Middlesex-Hospital. Eine Eintrittskarte kostete eine Guinee. Folgende Solosänger hatten ihre unentgeltliche Mitwirkung zugesagt: Mad. M a r a (?), Mrs. C r o u c h. Sgra. S t o r a c e; die Herren P a c c h i e - r o t t i, D a v i d, K e l l y, S a v i l l e, S a l e, N i e l d, K n y - v e t, C h a m p n e s s, M a t h e w s, R e n o l d s o n, G o s s, B e l l a m i jun.

Unter den Instrumentalisten sind folgende besonders hervorgehoben: C r a m e r, M a r a, S a r j a n t, A s h l e y und Söhne, B a u m g a r t e n, J. und W. P a r k e, H o l m e s, H o g g, L y o n, P a r k i n s o n, F l o r i o, P o t t e r, F o s t e r, D a n c e, B l a k e, M o u n t a i n, S o d e r i n i, B o y c e der Sohn, Contrabassist der italienischen Oper, der hier den früher erwähnten von F o r s t e r gebauten Riesencontrabass (large double Bass) spielte, K o t z w a r a [1]), G r i e s b a c h, H o w a r d, F r a n k, L e f f l e r, S c o l a, W a t e r h o u s e, R a w l i n g s, N a p i e r, W a g n e r, S h i e l d, M i l l e r, N e i b o u r, P a - t r i a, K e l l n e r, C a n t e l o, die beiden L e a n d e r und A s h b r i d g e.

Die Mode des Tages sollte auch hier ein Wort mit zu reden haben. Noch 1790 hatte man ausdrücklich angekün-

---

[1]) Franz K o t z w a r a, geb. zu Prag, Componist und Virtuose, war in Irland, als er 1790 von Sir J. Gallini für's Orchester im King's Theater als Violaspieler engagirt wurde. Er starb in London am 2. September 1791 eines ungewöhnlichen Todes. Er besuchte in Vine street, St. Martin's, ein übel berüchtigtes Haus, liess sich von einem Weibe einen Strick kaufen und ersuchte sie, ihn damit aufzuhängen, für welche Bemühung er ihr eine Guinee einhändigte. Das Weib willfahrte dem Wunsche des damals Irren und Kotzwara war bald darauf eine Leiche (*the St. James's Chronicle, Sept. 1791*).

digt, es würden keine Damen mit Hüten zugelassen werden und man ersuche und erwarte besonders auch, dass sie ohne Federschmuck und mit sehr schmalen Reifen erscheinen würden [1]). Dennoch klagte ein Besucher des Festes diesmal, dass die herrschende Damentoilette sehr lästig fiel, besonders der hohe Kopfputz, obwohl befohlen war, „dass keine Haube von grösserem Umfange als dem vom Hofmarschall bestimmten Muster zugelassen würde". Doch die Damen liessen sich im Aufputz ihrer Reize nicht stören und viele, die sich aus Vorsorge schon am Vorabend des Festes ihren Kopfputz ordnen liessen, opferten lieber die Nachtruhe, damit sie ja am Morgen zeitlich auf ihren Plätzen in der Kirche erscheinen konnten.

Grossartig wie bei den früheren Aufführungen war auch diesmal der Anblick des Ganzen: die Königs-Loge mit den Majestäten und sechs königl. Prinzessinnen, alle in voller Hofgala; der Zuschauerraum ein Gewoge von Pracht und Schönheit; das vielköpfige Orchester um die Orgel amphitheatralisch aufgebaut. An der Orgel selbst aber sass, wie in früheren Jahren, Joah B a t e s als Dirigent des Ganzen; ihm zur Rechten und Linken die im scharlachfarbenen Festanzug gekleideten Kunstjünger H u m m e l und B r i d g e t o w e r, dem Meister beim Registriren der Orgel behilflich.

Drohend ragten aus dem gewaltigen Musikkörper die nun schon unentbehrlich gewordenen Rieseninstrumente hervor; die Trompeter hatten ihren glänzenden Instrumenten reich in Gold und Silber gestickte Banner angeheftet — alles badete sich in Glanz, jeder schien bestrebt nach Kräften zur Verherrlichung der Feier beizutragen — nur Eine fehlte und ihr Wegbleiben war der einzige Missklang des Festes. Die

---

[1]) *No ladies will be admitted with hats, and they are particularly requested to come without feathers and very small hoops, if any (the gazeteer 1790, May 26).*

Sängerin Mara war schon in der Probe am 19. Mai nicht erschienen. Desshalb in den Zeitungen angegriffen, erwiderte sie, dass sie bereits am 22. April dem Comité erklärt habe, sie fühle sich nach schwerer Krankheit nicht stark genug bei ihren anderweitigen Verpflichtungen auch noch die anstrengende Mitwirkung dieser Concerte auf sich zu nehmen. — So trat denn in der Probe Sgra. Storace für sie ein und erhielt, wie *Morning Chronicle* versichert, grossen Applaus (*gained great applause* — in einer Kirche!). Desgleichen Sgr. David, „der sich in dem, obwohl für ihn fremden Styl Händel'scher Musik doch bald zurecht fand und all seine grossen Vorzüge zu entfalten wusste".

Das Programm der vier grossen Musikaufführungen, sämmtliche Nummern von Händel, war folgendes:

Erster Tag, Montag den 23. Mai:
Abtheilung I.
Krönungsanthem aus „Zadock der Priester".
Ouverture zum Oratorium „Esther".
Zwei Arien aus dem Oratorium „Saul".
Duett und Chor aus dem Oratorium „Judas Maccabäus".
Chöre aus den Oratorien „Deborah und „Saul".
Abtheilung II.
Das erste grosse Orgelconcert.
Israel in Aegypten, erster Theil.
Abtheilung III.
Israel in Aegypten, zweiter Theil.

Zweiter Tag, Donnerstag den 26. Mai:
Abtheilung I.
Ouverture und Trauermarsch aus „Saul".
Traueranthem.
„*Glory be to the father*" (Jubilate).
Abtheilung II.
Fünftes grosses Orgelconcert.

Arien aus den „Anthems".
Arien aus den Oratorien „Joseph" und „Jephtha".
Duett und **Chor** aus „Judas Maccabäus".
Chöre aus „Saul", „Athalia" und den „Anthems".
A b t h e i l u n g III.
Zweites **Oboeconcert.**
Arien und **Chöre** aus „Jephtha".
Arie aus „Joshua".
Krönungsanthem, Soli und **Chor** „Mein Herz denkt und dichtet".

D r i t t e r T a g , Sonnabend den 28. Mai:
A b t h e i l u n g I.
Ouverture zum „Occasional"-Oratorium.
Arien aus „Jephtha" und „Saul".
Chöre aus „Judas Maccabäus" und „Samson".
A b t h e i l u n g II.
Ouverture zum Oratorium .,Joseph".
Israel in Aegypten, erster Theil.
A b t h e i l u n g III.
Dasselbe , zweiter Theil.

V i e r t e r T a g , Mittwoch den 1. Juni:
Der Messias , Oratorium.

Wie ergreifend Händel's Musik auf Haydn wirkte, der
sie hier zum erstenmal in ihrer vollen Pracht sich entfalten
hörte, ist bekannt. Schon der grossartige Anblick des Ganzen,
gehoben von der Heiligkeit des Ortes, musste das Gemüth
feierlicher stimmen und als nun die gewaltigen Tonwogen des
„Hallelujah" daherbrausten und die ganze Versammlung, der
König wie der Niedrigste, sich erhob, der Macht des menschlichen Geistes, der hier das Lob des Allerhöchsten sang, den
ungeheuchelten Tribut der Bewunderung zollend, blieb wohl
kein Auge trocken. Auch Haydn, der nahe der königlichen

Loge stand, weinte wie ein Kind — „Er ist der Meister von uns Allen", rief er überwältigt aus. —

In den noch übrigen Salomon - Concerten erscheint Haydn's Name ausser den Sinfonien wiederholt mit einem Quartett, einem Concertino für verschiedene Instrumente und einer Cantate, gesungen von Sgra. Storace. Clementi und Haesler sind mit Manuscript-Ouverturen genannt und nebst Salomon tritt zum erstenmal als Violinvirtuose der schon erwähnte J. Demacchi im zehnten Concerte auf.

Im zwölften und letzten Concert am 3. Juni gab Salomon seinen Subscribenten Gelegenheit, ihre Theilnahme einer, den Gräueln der französischen Revolution entflohenen Dame aus angesehener Familie zu bezeigen. Madame de Sisley, die als Sängerin auftrat, war die Tochter eines, durch die Revolution zu Grunde gerichteten Unter-Intendanten von Paris und verwandt mit dem Intendanten Bertien, dem unglücklichen Opfer vom 14. Juli 1789. Durch die rauhe Hand des Schicksals um Alles gebracht, sah sich die Dame gezwungen, ihre unter besseren Umständen erworbenen Kenntnisse nun zum Lebensunterhalt zu verwerthen. Sie war besonders musikalisch gebildet und hatte, mit einer umfangreichen, biegsamen Stimme begabt, unter Piozzi, Piccini und Sacchini ihre Gesangsstudien vollendet, die ihr nun, nebst ihrer äusserst einnehmenden Erscheinung, ein unfehlbarer Bittsteller werden sollten, denn bald regnete es Gedichte auf die „aristokratische Syrene" in London und Bath und überall wo sie auftrat. —

So war denn mit dem letzten der Salomon-Haydn-Concerte der erste Feldzug siegreich bestanden. Salomon hatte mehr geboten, als er versprochen; für Gesang und Spiel war das Interesse durch Auftreten neuer Namen stets wach gehalten und zahlreicher Zuspruch des Publicum's war der Lohn. Salomon konnte schon jetzt, indem er den Subscribenten seiner Concerte für ihre Theilnahme dankte, denselben eine Fortsetzung im folgenden Jahre „unter dem Beistand Haydn's" (*with the assistance of Mr. Haydn*) versprechen.

Bevor wir nun Vater Haydn nach Oxford zu neuen Ehrenbezeigungen geleiten, sei noch das am 10. Juni abgehaltene Beneficeconcert des zehnjährigen Violinspielers Clement erwähnt, in dem unter Haydn's Direction eine neue M. S. Sinfonie aufgeführt und „*la Passione stromentale*" repetirt wurde. Ueberhaupt war das Programm reich ausgestattet: Sgra. Negri, Sgra. Storace und Sig. David sangen; Clement selbst spielte ein Concert eigener Composition; an der Spitze des Orchesters stand Salomon.

Dass Haydn damals das Concert persönlich unterstützte, dankte ihm Clement 17 Jahre später in würdigster Weise, als er am 27. März 1808 im letzten Concert der adeligen Gesellschaft im Universitätssaale zu Wien an der ersten Violine stand, um Haydn's grösstes Werk, seine „Schöpfung" mit zu verherrlichen — die letzten Töne, die der damals 76jährige Greis im Concertsaal hören sollte. —

Die Oxford-Feierlichkeit
am 6., 7. und 8. Juli.

An der Universität zu Oxford [1]) wurde alljährlich für die Gründer und Unterstützer derselben eine von Lord Crewe eingeführte Gedächtnissfeier vor dem Schlusse des akademischen

---

[1]) Hauptquelle: „*The History and Antiquities of the College and Halls in the University of Oxford: by Antony Wood. M. A. of Merton College, now first published in English from the Original M. S. in the Bodleian library by John Gutch M. A. Chaplain of all souls and corpus Christi College, 2 vols. Oxford. 1792.*

Cursus (*Trinity terms*) abgehalten. Alle drei Jahre erhöhte dabei noch eine grössere musikalische Aufführung den Glanz und Reiz dieses Festes der Wissenschaft.

Der gesangliche Theil war bei diesen Gelegenheiten durch Zuziehung von Chören aus London, Windsor, Litchfield, Worcester und anderen Orten verstärkt. — Das Orchester war mit den besten Virtuosen der Hauptstadt besetzt und mit hohen Summen waren die zur Zeit berühmtesten Sänger und Sängerinnen engagirt, mit denen man aber auch wohl eben desshalb bei ihrem Auftreten in um so ungezwungenerer Weise verfahren zu können glaubte.

Die preisgekrönten Werke wurden gewöhnlich am zweiten Festtage öffentlich vorgetragen und dabei die neuen Würden ertheilt.

Dies geschah in dem sogenannten Universitäts- oder *Sheldonian*-Theater. Dieses Gebäude, eine Schöpfung des Erzbischofes Sheldon, wurde 1664 — 1669 von Sir Christopher Wren nach dem Muster des Theaters Marcellus zu Rom erbaut und kann gegen 4000 Personen fassen.

Um die Doctorswürde in der Musik zu erlangen, gehörten nicht eben aussergewöhnliche Kenntnisse dazu. Was aber nicht fehlen durfte, war eine bei dieser Gelegenheit zu erlegende Summe von 100 Guineen. (*This degree is not much sought after now-a-days*, sagt schon Hawkins in seiner *History of Music*).

Seltener wurde die Doctorswürde in der Musik „*honoris causa*" ertheilt. Kurz vor Haydn, am 15. October 1789, beehrte man damit Fried. Hartmann Graff, Capellmeister zu Augsburg [1]. Nach Einigen wäre es Dieser gewesen, der bei

---

[1] Friedrich Hartmann Graff (Graf, auch Graaf angegeben), geb. 1727 zu Rudolstadt, war als Componist und Virtuose geachtet. Er kam als Orchesterdirector nach Hamburg, wo er auch

Gründung der *professional* - Concerte (siehe pag. 15) sich als Componist sehr thätig gezeigt hatte; nach Andern wäre dies J. G. G r a e f f gewesen.

Dass man diesmal Haydn einer Auszeichnung würdigen wollte, „die nicht einmal Händel widerfuhr", ist nicht wörtlich zu nehmen. Händel war 1733 ausdrücklich von dem Vicekanzler Dr. Holmes nach Oxford eingeladen worden, bei dem öffentlichen Actus (*public act*) einige seiner Werke aufzuführen, bei welcher Gelegenheit man auch beabsichtigte, ihm den Doctorgrad zu verleihen [1]). Ueber die Art und Weise,

---

eine Freimaurerloge errichtete. Später lebte er als Musikdirector in Augsburg. Besonders beliebt waren seine Compositionen für die Flöte; die beiden Oratorien „der verlorene Sohn" und „die Sündfluth" genossen besonderen Rufes. Ersteres wurde 1780 von dem Tonkünstler-Verein zu Wien aufgeführt. Graff starb 1795. Seine Ernennung zum Doctor der Musik lautet : G r a f f **Fredericus Hartmannus Arm. Rei Musicae in Ecclesiis Augustae Vindelicorum Praefectus, et e Societate Academiae Musicae Stockholmensis Regiae cr. Mus. Doc.** Oct. 15, 1789. (A Catalogue of all Grad. p. 156.)

[1]) Schon Mattheson erwähnt dessen in seiner Ehrenpforte p. 101. — Chrysander gibt in seinem „Händel" (II, p. 305) die hierauf bezügliche Notiz aus dem Journal *the Bee* (Juni 20. 1733, II, 749—750): „Grosse Vorbereitungen werden gemacht für Hrn. Händel's Reise nach Oxford, um dort den Grad eines Doctors der Musik zu empfangen, eine Ehre, welche diese Universität bei dem bevorstehenden Actus ihm zu erzeigen beabsichtigt" etc. — Es gab aber auch eine engherzige scheelsüchtige Partei, die diese Auszeichnung und jede höhere Würdigung der Musik verdammte und in gemeinster Weise daran erinnern zu müssen glaubte, dass das Universitäts-Theater eine andere Bestimmung habe „*than to be prostitued to a company of squeezing, bawling outlandish singsters, let the agreement be, what it would*". (*Reliquiae Hearniana: the Remains of T. Hearne M. A. of St. Edmund's Hall; being Extracts of his M. S. Diaries, collected by P. Bliss. Oxford 1856.*)

wie Händel diese Auszeichnung von sich abgelehnt, ist nichts
Bestimmtes bekannt geworden; es ist jedoch anzunehmen,
dass er von dem Gedanken nicht eben sehr erbaut sein mochte,
mit Dr. Greene und Consorten sich dadurch gleichsam auf eine
Stufe gestellt zu sehen. Aeusserungen, die er hierüber gemacht haben soll, sind oft erwähnt worden.

Auch Haydn, der ungewöhnlichen Auszeichnungen sicher
nicht nachjagende Haydn, wäre wohl schwerlich je auf den
Gedanken gekommen, seine Kunstgenossen durch diese Würde
überragen zu wollen. Sein Freund Dr. Burney jedoch war
anderer Meinung und that, gewiss in der redlichsten Absicht,
alles Mögliche, seinen Liebling auch in dieser Weise verherrlicht zu sehen.

Haydn hatte die Festlichkeiten zu Oxford in einem Briefe
an Marianne von Genzinger beschrieben und dem damals
nach Wien reisenden schon früher erwähnten Tonkünstler
Diettenhofer mitgegeben. Leider ist dieser Brief verloren
gegangen. Eine Erwähnung davon macht Haydn in einem
Briefe vom 20. Decemb., in welchem er aber das Datum des
verloren gegangenen Briefes irrthümlich mit 3. Juli (also v o r
der Festlichkeit) angibt. (Siehe „Haydn in London" von Th.
v. Karajan, 24. Brief pag. 101). —

Wir begleiten nun Vater Haydn nach der altberühmten
Universitätsstadt. Sein Freund Salomon, der dort zweimal bei
den Festlichkeiten im Jahre 1785 und 1788 als *leader* des
Orchesters fungirte, mag ihm wohl im Voraus viel von den
Herrlichkeiten jenes uralten Musensitzes erzählt haben: von
seinen neunzehn Collegien und Hallen, unter denen *University
College* als „Halle" von König Alfred gegründet, bis in's Jahr
872 zurückreicht; von *Christ-Church-College*, das seine Grün-
dung Cardinal Wolsey verdankt; von der berühmten, von Sir
Thomas Bodley gegründeten, *Bodleian*'schen Bibliothek und

ihrer jüngeren Schwester, der *Radcliffe*-Bibliothek (von dem ausgezeichneten Arzt Radcliffe mit einer Summe von 40.000 Pfd. Sterl. erbaut und am 13. April 1749 eröffnet). Wohl mag Haydn auch die Höhe dieses der Wissenschaft gewidmeten Domes erstiegen haben, um sich an der entzückenden Aussicht auf die Stadt und ihre Umgebung zu erfreuen — denn der Anblick von dort herab ist wundervoll: das Auge schweift von Collegium zu Collegium mit ihrem ernsten alterthümlichen Aeusseren; freundlich einladend blickt das saftige Grün der sorgfältig gepflegten Gärten, dem traulichen Ruheplätzchen eines jeden Schulgebäudes, von allen Seiten herauf. Stolz ragt der Thurm der St. Mary-Kirche zwischen den Gebäuden hervor und der Anblick der High-street

„*the Stream-like windings of that glorious street*"

wer könnte den wohl je vergessen, selbst wenn er die noch stolzere Schöne, die High-street in Edinburgh damit vergleicht!

Die Universitäts-Festlichkeiten wurden diesmal unter dem Grafen von Guilford, seit 1772 als Lord North Kanzler der Universität, abgehalten. Ueber die drei grossen, dabei aufgeführten Concerte werden uns die Londoner Tageszeitungen *Morning Chronicle, Publ. Advertiser* und *St. James's Chronicle* nun die nöthige Auskunft geben.

Es waren zu diesen Festtagen von London die hervorragendsten Künstler der Saison engagirt worden: die Sängerinnen S t o r a c e und C r o u c h; die Sänger D a v i d, K e l l y, B e l l a m y, M a t t h e w s, W e b b, G o r e, O b l a r, W a l t o n, der junge M u t l o w (von Oxford); ferner die besten Sänger der königl. Capelle von Windsor, der Kirchenchöre von Worcester, Oxford etc. Das Orchester bestand aus Mitgliedern der italienischen Oper, der *professional*-Concerte und den Musikern aus Oxford selbst. Namentlich aufgezählt sind: Cramer, Dance, Blake, Parkinson, Patria, Sperati, Sikes, Inchbald, Holmes,

Attwood und Söhne, Mahon, Oliver, Lowe, die beiden Leander, Laveneu, Frising, Sarjant, Smart, King, Dorion und Sohn, Watts, die beiden Valentine, Worth, Nicolai und viele Andere. Cramer war *leader*, Dr. Hayes, Professor zu Oxford, war Hauptdirigent. Die musikalische Feier begann am 6. Juli im Universitäts- oder Sheldonian-Theater vor einer zahlreichen und eleganten Zuhörerschaft.

Programm des e r s t e n Concertes, Mittwoch den 6. Juli.

Abtheilung I.

Ouverture zum Pastorale „Acis e Galatea" . . .	Händel.
Chor „Oh! den Fluren sei der Preis" (Acis e Galatea)	Händel.
Arie „Tief dunkle Nacht!" (Mr. Kelly) aus *Samson*	Händel.
Quartett (Cramer, Dance, Blake, Sperati)	Pleyel.
Arie (Sgra. Storace)	Sarti.

Abtheilung II.

Sinfonie	Haydn.
Arie „Sein starker Arm" (Sig. David) aus *Jephtha*	Händel.
Violinconcert (Mr. Cramer).	Cramer.
Arie „Herz! der Liebe süsser Born" (Sgra. Storace) aus *Acis e Galatea*	Händel.
Arie „*Jehovah crownd*" (Master Mutlow) aus dem Oratorium *Esther*.	Händel.

Abtheilung III.

Sinfonie für zwei Orchester	J. C. Bach.
Arie (Sig. David)	Federici.
Chor aus *Israel in Aegypten*	Händel.

Vor Anfang der zweiten Abtheilung erschien H a y d n an der Hand Dr. H a y e s's und wurde mit der „seinem grossen und ungewöhnlichen Talente gebührenden Achtung und Aufmerksamkeit empfangen". Es hätte eine für diese Feier von ihm eigens bestimmte Sinfonie, eine seiner Lieblings-Compositionen aufgeführt werden sollen, da er aber zu spät in Oxford ankam, um noch eine Probe abzuhalten, wurde eine schon bekannte Sinfonie von ihm aufgeführt; er selbst sass dabei an der Orgel. Die Sängerin Mrs. Crouch, ebenfalls engagirt, musste auf der Reise nach Oxford in Henley lebensgefährlich krank zurückbleiben; an ihrer Stelle sang der junge Mutlow. — Unter den Zuhörern befanden sich auch die beiden Doctoren Ayrton und Dupuis, deren Brust die Medaille der Händelfeier schmückte, welche der König den Unterdirectoren Cooke, Arnold, Ayrton, Dupuis, Parsons, Jones und Aylward gestattete, zu allen Zeiten tragen zu dürfen „als Auszeichnung für die beim Feste geleisteten Dienste“.

Donnerstag den 7. Juli wurde Morgens die Jahresversammlung der Directoren des Radcliffe-Krankenhauses abgehalten. Die Mitglieder erschienen beim Gottesdienste in der Kirche St. Peter's-in-the-East, wo ein Te Deum und Jubilate, der 100. Psalm und ein von Dr. Hayes für diese Gelegenheit componirtes Anthem vorgetragen wurden; Dr. Hayes dirigirte.

Programm des zweiten Concertes, Donnerstag den 7. Juli, Abends 7 Uhr:

Abtheilung I.

Ouverture zum Oratorium „Samson“ . . . . . . Händel.
Arie „So much beauty“ (Master Mutlow) aus Esther Händel.
Violoncello-Concert (Mr. Sperati).
Arie „Quel desir che amor un dì“ (Sgra. Storace) Storace.
Chor „Ein heller Jubelschrei schallt laut im Kreis“
aus dem Alexanderfest . . . . Händel.

Abtheilung II.

Sinfonie, M. S., eigens für dieses Concert bestimmt Haydn.
Arie „Wild schwoll im Sturm empörter Wuth“
(Sig. David) aus Saul . . . . Händel.
Violinconcert (Master Clement) . . . . Clement.
Arie „Donna chi vuol vedere“ (Mr. Kelly) . . . Mengozzi.
Arie „From silent shades and the Elysium Groves“
(Sgra. Storace) aus Bess of Bedlam . . H. Purcell.

Chor „Er sandte Hagel herab" aus *Israel in Aegypten*   Händel.
Glee, gesungen von Kelly, Webb und Bellamy.

Abtheilung III.

Arie „*Whither my love*" (Sgra. Storace).
Concertante (Cramer, Dance, Patria, Sperati)   Pleyel.
Arie (Sig. David). . . . .   Sarti.
Arie „Kommt, all' ihr Seraphine in Flammenreih'n"
     (Sgra. Storace) aus *Samson* . . . . . .   Händel.
Schlusschor „Laut stimme ein du ganze Himmels-
     schaar" aus *Samson* . . . .   Händel.

Die für dieses Concert von Haydn selbst gewählte Sinfonie von ihm (später unter dem Buchstaben Q erschienen),

Adagio con delicatezza.

von der noch Morgens eine Probe abgehalten wurde, fand unter Haydn's Leitung bei Laien und Kennern eine enthusiastische Aufnahme. Haydn selbst drückte Cramer seine Anerkennung für die gelungene Leistung des Orchesters aus. [1]) Ganz besonders gefiel auch des jungen Clement's Violinspiel und Sgr. David musste seine Arie aus „Saul" wiederholen. Man beabsichtigte eigentlich, die zweite Abtheilung zu kürzen, doch die Studenten (*gentlemen of the Square Cap*) wollten nichts davon wissen und verlangten das Programm vollständig ausgeführt.

Freitag den 8. Juli, Vormittags, fand der eigentliche öffentliche *Actus* statt und wurden die preisgekrönten Werke

---

[1]) — — *a more wonderful composition never was heard. The applause given to Haydn, who conducted this admirable effort of his genius, was enthusiastic; but the merit of the work, in the opinion of all the Musicians present, exceeded all praise. (Morn. Chr. July 11.)*

in dem gedrängt vollen Sheldonian-Theater vorgetragen, zuvor aber die neu verliehenen Würden verlesen, unter denen der Doctor-Grad für Haydn (*voluntarily and liberally conferred on Haydn*). Hierauf hielt Mr. Crowe, der öffentliche Redner, in lateinischer Sprache die übliche Gedächtnissrede auf die Gründer und Unterstützer der Universität. Einige in lateinischer Sprache gehaltenen Reden und Gedichte wechselten mit Aufführung kleinerer Orchestersätze und das Ganze schloss mit einem englischen Gedicht über den Ursprung der Britten und einen Aufsatz über Nationalvorurtheile und ihre guten und bösen Seiten.

An demselben Tage fand Abends der letzte musikalische Theil des Festes statt, zu dem der Andrang besonders stark war. Haydn, nun bereits im Doctorkleide, schwarzseidenem Mantel und viereckiger Mütze mit Quasten, wurde bei seinem Erscheinen stürmisch empfangen und als er nun den Saum seines Mantels mit seiner Rechten ergriff und in die Höhe hielt, rief dieser stumme Ausdruck seines Dankes für die ihm verliehene Ehre allgemeines und lautes Beifallklatschen hervor. [1]) Auch Dr. Hayes, der Dirigent, wurde mit Beifall besonders ausgezeichnet und die verschiedenen Solisten, angeregt durch die Aufmunterung die sie erhielten, spielten und sangen mit verdoppeltem Eifer.

Programm des dritten Concertes, Freitag den 8. Juli Abends:

----

[1]) *They were in excellent humour; and when Haydn appeared, and, grateful for the applause he received, seized hold of, and displayed the gown he wore as a mark of the honour that had in the morning been conferred on him, the silent emphasis with which he thus expressed his feelings, met with an unanimous and loud clapping. (Publ. Adv. July 12.)*

A b t h e i l u n g I.

Ouverture zum Oratorium *Esther*	Händel.
Arie „Warum liegt Juda's Gott im Schlaf?" (Mr. Kelly) aus *Samson*	Händel.
Duett „Der Herr ist der starke Held", aus *Israel in Aegypten*	Händel.
Cantate (Sgra. Storace) von Haydn begleitet .	Haydn.
Recitativ „Search round the world" (Mr. Kelly) und **Chor** „May no rash intruder" aus dem Oratorium *Solomon*	Händel.

A b t h e i l u n g II.

Concertante (neu)	Pleyel.
Arie „Der Held, von süssem Liebeslied berückt" (Sig. David) aus dem *Alexanderfest* . . .	Händel.
Violinconcert (Cramer)	Cramer.
Arie „Tröstet, tröstet Zion!" (Sig. David), *Messias*	Händel.
Chor „Denn die Herrlichkeit Gottes" aus *Messias*	Händel.

A b t h e i l u n g III.

Sinfonie	Haydn.
Arie „With lovely suite" (Sigra. Storace) aus dem Singspiel „No song no supper"	Storace.
Arie „Pensa che in campo" (Sig. David) . . .	Paisiello.
Krönungsanthem	Händel.

Wahrhaft überraschend war an diesem Abend der Anblick der festlich gekleideten Versammlung, über 2000 Personen stark und zum grössern Theil der elegantesten Damenwelt angehörend. Repetirt wurde diesmal der wundervolle Schluss-Chor der ersten Abtheilung aus „Solomon" „May no rash intruder", einer der schönsten und eigenthümlichsten Chöre Händels; ferner die Arie aus dem „Alexanderfest", die Sgr. David mit so viel Ausdruck und Leidenschaft sang, dass besonders die jungen Herren im schwarzen Studentenkleide *(black gown)* ganz entzückt waren. Auch Sgra. Storace musste die Arie ihres Bruders wiederholen. Dr. Hayes leitete auch dieses Concert. Da die Auslagen des Festes durch die Einnahme der zwei ersten Concerte bereits gedeckt waren, kam dem Dirigenten der Erlös des dritten Tages, 500 Pf. St., als „wohl erworbener Gewinn" zu Gute (*a well-earned profit*).

Haydn aber, nunmehr D o c t o r H a y d n, notirte sich in sein Tagebuch: „Ich musste für das Ausläuten zu Oxford wegen der Doctorswürde anderthalb Guineen und für den Mantel eine halbe Guinee zahlen; die Reise kostete sechs Guineen."

Im Universitätsbuche von Oxford „*Catalogue of all graduates*" ist Haydn's Ernennung also eingetragen:

„*Haydn (Joseph, Composer to his Serene Highness the Prince of Eszterhazy) cr. D. Mus. July 8. 1791.*"

Für „Ehren-Grade" werden keine Diplome ausgefertigt, dieselben werden einfach im Register als ein „*Act of Convocation*" verzeichnet. Der Auszug aus dem Register *of the House of Convocation*, Haydn betreffend, lautet:

Die Veneris octavo die mensis Julii anno Dom. 1791 causa Convocationis erat, ut ... grata celebraretur publicorum Benefactorum Commemoratio, ... et ut alia negotia academica peragentur..... Proponente ... Domino Vice Cancellario placuit venerabili coetui ut celeberrimus et in re musica peritissimus vir Josephus Haydn ad Gradum Doctoris in Musica honoris causa admitteretur. [1])

Dr. Haydn sandte der Universität später aus Artigkeit die hier folgende Composition, seiner Ernennung zum Doctor hiermit selbst ein beredtes Beglaubigungs-Siegel aufdrückend.

---

[1]) Ich verdanke diesen Auszug der Güte des John Griffiths M. A. Esq., Custos des Universitäts-Archivs zu Oxford.

Canon cancricans a tre.   J. Haydn.

* Rückwärts zu lesen.

Es muss wohl auffallen, dass bei der ganzen Oxford-Feierlichkeit der Name Salomon gar nicht erscheint, nicht als Solospieler, nicht als *leader*. Im Gegentheil finden wir statt seiner den Gegner Cramer mit seinem Orchester, den Fachmusikern, welche hier also wirklich Gelegenheit hatten, einmal auch unter Haydn's Direction zu spielen. Uebrigens waren Haydn und Salomon nach wie vor gute Freunde und Beide zeigten am 16. August im *Morning Chronicle* aufs bestimmteste an, „dass sie ihre Concerte nach demselben Plan, der ihnen im verflossenen Winter so viel Berühmtheit verschaffte, fortsetzen werden." Es hiess sogar, Salomon habe von Gallini damals die Hanover sq. rooms gekauft, doch berichtigte dies *the Gazeteer* am 2. September dahin, dass Salomon dieselben auf sieben Jahre nur gemiethet habe.

In Haydn's Tagebuch sind um diese Zeit zwei kurze Ausflüge aufgezeichnet, die, ohne Angabe des Datums, und da Haydn, wie später erwähnt, seit dem 4. August sich auf dem Lande befand, kaum anders unterzubringen sind, als in die ersten Tage dieses Monats. „Im Monat August" (schreibt Haydn) „speiste ich zu Mittag in einem ostindischen Kauffahrteischiffe mit sechs Canonen. ich wurde herrlich bewirthet." Ferner: „Eben in diesem Monath fuhr ich mit Mr. Fraser von der *Westminster-Bridge* auf der Themse bis *Richmond*, allwo wir auf einer Insel speisten, wür waren 24 Personen: nebst einer Feldmusic."

Unterdessen langte bei Haydn ganz unerwartet eine Zurückberufung nach Hause von seinem Fürsten ein, um für bevorstehende Festlichkeiten zu Eszterház eine Oper zu schreiben. Diesem konnte nun Haydn natürlich nicht willfahren, selbst auf die Gefahr gänzlicher Entlassung aus den Diensten des Fürsten. Obwohl nun dieser über Haydn's abschlägige Antwort ungehalten war, empfing er ihn nach seiner Rückkunft doch nur mit dem einzigen Vorwurfe: „Haydn! Sie hätten mir vierzig Tausend Gulden ersparen können!"

Seine Klage und Befürchtung über eine desshalb mögliche Ungnade bei seinem Fürsten spricht Haydn in einem Brief an Marianne aus: „ich erwarte nun leyder meine entlassung; hofe aber anbey, dass mir gott die gnade geben wird, durch meinen Fleiss diesen Schaden in etwas zu ersetzen."

Dieser Brief trägt das Datum vom 17. Sept. 1791. Haydn
befand sich damals seit dem 4. August 12 Meilen von London auf dem Landgut des Banquiers *Brassy,* in London No. 71
Lombard-street, City, wohnend. Die Tochter des Hauses
war eine Schülerin Haydn's und der Meister war nun eingeladen, das erquickende Still-Leben eines englischen Landauf-
enthaltes kennen zu lernen.

Haydn blieb daselbst fünf Wochen , wie sein Tagebuch
sagt, hinzufügend: „ich wurde sehr gut bewirthet." Dass
er sich überhaupt dort sehr wohl befand, dürfen wir ihm auf's
Wort glauben, wenn er in obigem Brief an Marianne weiter
schreibt, „indem ich auf den land in einer der schönsten ge-
genden bei einem Bankier lebe, dessen Hertz samt der Familie dem v. Gennzingerischen Hauss gleichet, und allwo ich
wie in einer Clausur lebe. ich bin dabey, Gott sei ewig ge-
dankt, bis auf die gewöhnliche Rhevmatische zustände gesund,
arbeithe fleissig und gedenke jeden fruh morgen, wenn ich
alleine mit meiner Englischen grammer in den wald spaziere,
an meinen schöpfer, an meine Familie, und an alle meine
hinterlassene freunde, worunter ich die Ihrige am Höchsten
schätze."

In Haydn's Tagebuch findet sich über diesen Besuch
noch folgendes: „NB. H. Brassy fluchte einstens, dass es
ihm zu gut auf dieser Weld gienge." In späteren Jahren
hat er sich hierüber gegen den Landschaftsmaler Albert
Christoph D i e s ausführlicher geäussert. Haydn wurde nämlich veranlasst, über seine früheren Lebensverhältnisse zu
reden. In traulichem Gespräch erging er sich über die
drückende Noth, die harten Entbehrungen seiner Jugend
und welche Anstrengungen es ihn gekostet habe, sich herauf-
zuarbeiten. Der Banquier hört ihm mit steigender Unruhe
zu, springt plötzlich auf und fordert Pistolen. „Ich will

mich erschiessen", ruft er aus, „ich bin nie unglücklich gewesen; Kummer, Elend und Noth kenne ich nicht und kann davon nicht aus Erfahrung sprechen. Jetzt erst sehe ich, dass ich nicht glücklich bin; ich kann nichts als Fressen und Saufen, kenne nur den Ueberfluss und davor ekelt mir!"

Gegen Ende September musste Haydn wieder nach London zurückgekehrt sein; das Geschäftsbuch des ihm in derselben Strasse schräg gegenüberliegenden Hauses J. Broadwood weist nach, dass Haydn sich damals, am 26. September, zum erstenmal eines Instrumentes dieser ausgezeichneten Clavierfabrik bediente. [1]

Haydn ging nun bewegten Tagen entgegen. Während die „Fachmusiker" alle Segel aufspannten, um die Salomon-Haydn-Concerte zu überflügeln, hatte man, wie Haydn am 13. Oct. schreibt, auch in Wien sich bemüht, sein Thun und Treiben und sein Ausbleiben zu verdächtigen. Ein Brief Haydn's vom 13. October enthält darüber folgendes: „Herr v. *Kees* [2] schreibt mir unter andern, dass er gerne meine umstände hier in London wissen möge, indem man verschiedenes in wienn von mir spricht. ich ware von jugend auf dem Neyde ausgesetzt, wundere mich demnach nicht, wenn man auch dermahlen mein weniges Talent ganz zu unterdrücken sucht; allein der Obere ist meine Stütze. — — Dass ich auch in London eine menge Neyder hab, ist ganz gewiss, und ich kenne Sie beynahe alle. die meisten davon sind wellsche. allein Sie können mir nicht nahe kommen, weil mein Credit bei dem Volk schon vor viellen Jahren festgesetzt war."

---

[1] Unter den im Jahre 1791 im Geschäftsbuch des Hauses eingetragenen Namen befinden sich Dussek J. L., 26. März; Hummel J. N., 13. Juni; Haydn Joseph, 26. Sept.

[2] Bernhard Ritter von Kees, Vice-Präsident des nied. öst. Appellations-Gerichtes, ein damals wohl bekannter Musikfreund in Wien.

Die Unternehmer der *professional*-Concerte machten nun wiederholt vergebliche Versuche, Haydn auf ihre Seite zu bringen; doch je mehr sie ihm Gewinn boten, desto fester hielt Haydn an seinem gegebenen Worte. „Ich will dem Gallini und Salomon nicht wortbrüchig werden, oder ihnen durch schmutzige Gewinnsucht Schaden zufügen. Da sie meinetwegen so viel unternommen und so grosse Auslagen bestritten haben, ist es billig, ihnen auch den Gewinn zu vergönnen." Damit abgefertigt, räumten die Versucher das Feld und liessen nun gröberes Geschütz spielen.

Ein Zeitungsartikel benachrichtigte plötzlich die Welt, dass unser Meister doch schon viel zu schwach und unfähig sei, Neues hervorzubringen; dass er sich längst ausgeschrieben habe und aus Mangel an Geist gezwungen sei, sich zu wiederholen. Man sei deswegen mit seinem berühmten Schüler, Herrn Pleyel, in Verbindung getreten, der bald nach London kommen und daselbst für die *professional*-Concerte componiren werde.

Das war es also! Meister und Schüler wollte man verfeinden und aus ihrem Nebenbuhler-Kampfe und dem nicht zu vermeidenden ärgerlichen Scandal schnöden Gewinn ziehen!

Ignaz Pleyel, der um 1770 bei seinem Landsmanne Haydn eine Zeitlang Unterricht genossen hatte, jetzt Capellmeister am Münster zu Strassburg, sollte nun, 34 Jahre alt, in der vollen Manneskraft, dem 25 Jahre ältern Meister gegenüber gestellt werden. Es lässt sich leicht vorstellen, welche Mittel man gebrauchte, den vielleicht arglosen Pleyel in die Falle zu locken und dass man ihm sicher keine Zeit liess, über die wahre Lage der Dinge Erkundigungen einzuziehen. Er sagte wirklich zu und die verschiedenen Parteien sahen nun seiner Ankunft, die noch vor Ablauf des Jahres stattfinden sollte, mit einer wahren Aufregung entgegen.

Sonnabend den 5. November finden wir Haydn als Gast bei dem Feste, welches die Stadt der alten Sitte gemäss dem neu ernannten Lord-Major, damals John Hopkins Esq., zu Ehren gab. Ueber dieses Fest gibt Haydn in seinem Tagebuch folgende ungewöhnlich ausführliche Beschreibung: „Den 5ten 9$\underline{\underline{ber}}$ [Nov.] war ich Gast zu Mittag bey dem Fest des *Lord-Major*. An der ersten Tafel Nr. 1 speiste der neue Lord-*Major* sammt seiner Frau, dann der *Lord Chancellor*, die beede *Sheriffs*, *Duc of Leeds*, Minister Pitt und die übrigen Richtern ersten Ranges. Nr. 2 speisste ich mit Mr. Silvester, der grösste Advokat und erste Staatsrath in London. Es waren in diesem Saal (*Guildhall* [1]) genannt) 16 Tafeln nebst noch andern in Nebenzimmern; es speissten ohngefähr in allem gegen 1200 Personen, alles in grösster Pracht. Die Speissen waren sehr niedlich und gut gekocht; Wein von vielen Sorten im Ueberfluss. Man ging um 6 Uhr zu Tafel und um 8 Uhr stund man auf. Man begleitete den *Lord-Major* sowohl vor als nach der Tafel in der Rangordnung und viel Ceremonien, mit Vortragung des Schwerdtes und einer Art goldenen Krone unter Trompeten begleitet mit einer Harmoniemusik. Nach der Tafel reterirt sich in ein schon bestimmtes Extra-Zimmer die ganze hohe Gesellschaft von Nr. 1 um allda Caffee und Thee zu trinken; wir andern Gäste aber werden in ein anderes Nebenzimmer gebracht. Um 9 Uhr erhebt sich Nr. 1 in einen kleinen Saal, allwo der Ball anfängt; in diesem Saal ist für die hohe *Nobless* ein *à parte* erhabener Orth, allwo der *Lord-Major* mit seiner Frau gleichsam auf einem Throne sitzt. Alsdann fangen sie rangmässig an zu tanzen, aber nur ein

---

[1]) Guildhall fasst 6—7000 Personen. Hier wurden die Inaugurations-Diners des Lord-Major seit 1501 abgehalten.

Paar, so wie bei Hof am 6. Januar [? 4. Juni] als am Geburtstag des Königs. In diesem kleinen Saale sind beiderseits erhabene Bänke, allwo meistens das schöne Geschlecht die Oberhand hat. Man tanzt in diesem Saale nichts anderes als Menuets; ich konnte aber hier nicht länger als eine Viertelstunde verbleiben: erstens, weil die Hitze wegen so vielen Menschen in einem so engen Raume zu gross war und zweitens wegen der schlechten Tanzmusik, indem nur zwei Violin- und ein Violoncellospieler das ganze Orchester ausmachten. Die Menuets waren mehr Polnisch als nach unser und der italienischen Arth. Ich ging von da in einen andern Saal, welcher mehr einer unterirdischen Höhle gleichte. Da wurde englisch getanzt; die Musik war da etwas besser, weil eine Trommel mitspielte welche das Ueble von den Geigern deckte. ¹) Ich ginge weiter in den grossen Saal allwo wir speiseten, da war die Music zahlreicher und etwas leydendlicher. Man tanzte englisch aber nur an dem erhabenen Orth, allwo der Lord-Major sammt den 4 ersten Nr. speisste. Die übrigen Tafeln waren aber alle neuerdings besetzt mit Mannsbildern, welche wie gewöhnlich die ganze Nacht hindurch wacker zechten. Das wunderbarste aber ist dass der eine Theil forttanzt ohne einen Ton von der Musik zu hören, weil bald an diesem bald an jenem Tisch theils Lieder gebrüllt, theils Gesundheiten unter den tollsten

---

¹) Als bei einer Schauspielprobe in Covent-Garden (1824) die Procession des Lord-Major-Festes dargestellt wurde und die Trompeter an der Spitze des Zuges entsetzlich falsch bliesen, rief der Regisseur dem Anführer zu: „Ihre Trompeter blasen falsch, das kann's unmöglich thun". — „Herr", erwiderte der Haupttrompeter, „wir blasen absichtlich falsch, um der Scene gerecht zu werden, denn wer hörte am Lord-Major-Feste je rein blasen?"

Aufschreien und Schwenkung der Gläser : „Hurra, Hurra!" gesoffen werden. Der Saal und alle die übrigen Zimmer sind mit Lampen beleuchtet, welches einen unangenehmen Geruch von sich giebt, besonders in dem kleinen Tanz- saal. Remarcable ist, dass der Lord-Major an der Tafel kein Messer von Nöthen hat, indem ein Vorschneider, so mitten in der Tafel vor seiner steht, mit einem Extraein- schnitt ihm alles vorschneidet".

„Hinter dem *Lord-Major* ist ein anderer Mann, der alle die Gesundheiten nach der Etiquette aus vollem Halse heraus- schreit; nach jedem Aufschrei kommt Trompeten und Pauken. Keine Gesundheit wurde mehr applaudirt als des Mr. Pitt seine. Uebrigens aber ist keine Ordnung. Dieses Diner hat Tausend 6 hundert Pf. gekostet; die Hälfte davon muss der *L. Major*, die andere Hälfte die zwei Sheriffs zahlen. Der *Lord-Major* wird alle Jahre neu erwählt; er hat um seinen Anzug einen grossen weiten und langen schwarzen Mantel in Gestalt wie Domino von Atlas an, welcher streiffweise be- sonders um die Aermel mit goldnen Spizzen reich besetzt ist. Er hat eine grosse goldene Kette im Vergleich wie unser *Toison*-Orden um den Hals; seine Frau desgleichen und sie ist Mylady und bleibt es beständig. Das ganze Ceremoniel ist sehenswürdig, besonders der Zug auf der Themse von Guildhall nach Westminster."

Auch am 9. November war Haydn in Mansion-House bei dem sogenannten „*Farewell dinner*" (Abschiedsdiner) zu Tisch geladen, welches, wie gewöhnlich, auf Kosten des ab- tretenden Lord-Major (damals *the Right Hon.* John Boydell) und seines Nachfolgers stattfand.

Haydn scheint gleich nach dem Feste von London ab- gereist zu sein, um auf dem Lande, 100 Meilen von London, bei einem Lord als Gast zu wohnen. Da er schon am 17. November wieder in London war, konnte der Aufenthalt jedoch nur von kurzer Dauer gewesen sein, obwohl sein Tagebuch von vierzehn Tagen spricht.

Nachdem das alte Drury-lane Theater am 4. Juni geschlossen worden war, um einem Neubau Platz zu machen, spielten die Mitglieder, wie früher erwähnt, im King's Theater. Die „Drury-Haymarket"-Gesellschaft eröffnete das King's Theater am 22. September. Im November trat daselbst Mad. Mara ausnahmsweise viermal auf, um vor ihrer Abreise nach Italien vom Publicum Abschied nehmen zu können. Sie sang am 17., 19., 21. und 22. November als Mandane in Dr. Arne's Oper „Artaxerxes". [1]) (Die übrigen Mitwirkenden waren Mrs. Crouch, Mrs. Bland, Mr. Kelly und Dignum.) An einem dieser Abende besuchte auch Haydn die Oper und sein Tagebuch zeigt, dass Mad. Mara sehr gefiel. „Sie erwarb sich neüerdings allgemeine Raserei an Applaus, man zahlte ihr für jedesmal 100 Pf. St." — Beim zweiten Auftreten sang sie eine Arie aus „Idalide" mit Harfenbegleitung, wozu ihr Peter Pindar (John Wolcot) neue Worte gedichtet hatte. Sie musste die Arie nicht nur wiederholen, sondern man wollte sie auch noch ein drittesmal hören. Mad. Mara und Mrs. Billington vergleichend, sagt *the Gazeteer* (21. Nov.) bei dieser Gelegenheit: „In der Ausführung schwieriger Passagen ist beider Geschicklichkeit gleich, doch weiss sie (Mara) ihre Mittel ansprechender zu verwenden. Schwerlich wird man sagen können, dass irgend eine Stimme melodischer sei als die der Mrs. Billington; dennoch besteht ein Theil von Mara's Ueberlegenheit in der grösseren Lieblichkeit und Klarheit

---

[1]) Zu gleicher Zeit wurde die Oper auch in Covent-Garden mit Mrs. Billington und Mr. Incledon gegeben. 1796 trat Mad. Mara in derselben Rolle in Covent-Garden zum erstenmal auf.

ihrer Stimme bei gehaltenen Tönen." Am 23. Nov. dankte
die Sängerin im *Morning Chronicle* öffentlich für die gross-
müthige Protection und Theilnahme, die man ihr in England
bezeigt und Peter Pindar widmete ihr am 25. Nov. noch
einen Nachruf: *„Impromptu* an Mad. Mara bei ihrer Abreise
von England." Die Einnahme dieser vier Abende betrug
2200 Pf. St. (*Gazeteer,* 24. Nov.)

Am 23. November kam Haydn einer Einladung nach,
ein M a r i o n e t t e n-T h e a t e r „Fantoccini" (*Théâtre des varie-
tés amusantes*) in Saville - row zu besuchen. Es mochte ihn
dies Schauspiel wohl schon desshalb interessiren, da er selbst
in den Jahren 1773 — 1778 mehrere Marionetten - Opern
für das fürstl. Eszterházy'sche Theater componirt hatte.

In London war diese Art Puppenkomödien von jeher
sehr beliebt. Ihr Dasein reicht bis in's 15. Jahrhundert [1]).
Die wohlbekannte Figur des Punch wurde von hier aus
gegen Ende des 17. Jahrhunderts so populär, dass sie
sogar Addison zu einer Verherrlichung in einem lateini-
schen Gedicht „Machinae gesticulantes" anregte. Ein gewisser Powell errichtete 1713 unter den Arcaden in Covent-
Garden, der St. Paulskirche gegenüber, ein Punch-Theater,
auf dem allerlei Stücke nach beliebten Volkserzählungen,
z. B. *the children in the wood, Robin Hood, Mother Ghose*
aufgeführt wurden. Die Figuren hatten bewegliche Glieder,
die mit einen Draht von oben durch die leitende Hand des
Puppenspielers dirigirt wurden. Nach und nach wagten sich
diese Theater höher hinauf und führten sogar ganze Shakespeare'sche Stücke auf. Selbst die Oper wurde in diesen
Wirkungskreis mit einbezogen.

[1]) *The sports and pastimes of the people of England by J.
Strutt. London 1830.* — Flögel, Geschichte des Grotesk-Ko-
mischen. Neu bearbeitet von Dr. F. W. Ebeling. Leipzig, 1862.

Unter dem Namen „Fantoccini" sind derartige Unterhaltungen 1770 in Hickford's Saal, 1776 in Maryle-bone, 1780 in Piccadilly angezeigt. Die angesehensten Personen interessirten sich dafür; so sah man am zweiten Eröffnungstage des oben genannten Theaters (12. Febr. 1791) u. a. den Prinzen von Wales, Herzog von Gloucester, Lord Barrymore [1]). Letzterer, der Eigenthümer des kleinen Theaters, hatte dasselbe sehr geschmackvoll herrichten lassen; die Figuren auf der Bühne wurden zur Musik mit viel Geschicklichkeit dirigirt.

Und die Musik war nicht die schlechteste; so wurde z. B. aufgeführt: „*Ninetta à la cour*" (Text von Mons. Favre), Musik von Pergolese, Jomelli; „*la serva Padrona*" von Pergolese; „*il gran Convitato di Pietra*" oder die Einladung der Statue zu Loyola. In den Jahren 1791 und 1792 kamen auch Sinfonien und Ouverturen von Haydn, Stamitz, Clementi, Gretry und Gesangscompositionen von Paisiello, Piccini, Giordani, Anfossi zur Aufführung. Der Komödienzettel an jenem Abend, als Haydn das Theater besuchte, lautete:

Fantoccini.

Tanz und Musik.

Ouverture von Haydn.

Harlequin als Diener, Comedie in 1 Act.

Ouverture von Piccini.

Zum 5. mal die beliebte Oper:

„*la buona figliuola.*"

Musik von Piccini, Giordani, Sarti etc.

---

[1]) Der edle Lord wird von Haydn auch noch besonders erwähnt. „Lord Burrymore", sagt Haydn's Tagebuch, „gab anfangs May 1792 einen Ball, so 5000 Guineen gekostet. Er bezahlte für 1000 Stück Pfirsich 1000 Guineen; 2000 Körbchen *gooseberry* [Stachelbeeren] das Körbchen zu 5 s."

Spanischer *Fandango.*
Concertante von Pleyel.
„*Les petites riens*", Comedie in 1 Act.
Musik von Sacchini und Paisiello.
Pas de deux à-la-mode (de Vestris et Hilligsberg).
Leader — Mountain; erster Oboist — Patria.
Anfang um 8 Uhr. Eintrittspreise: Loge 5 s., Parterre 3 s.

Haydn schrieb über die Aufführung in sein Tagebuch:
„Die Figuren werden gut dirigirt; die Sänger waren schlecht,
das Orchester aber ziemlich gut."

Mittwoch den 23. November, Abends 7 Uhr wurde im
Palais der Königin, im Buckingham-House, die Vermählung
des Herzogs von York (Frederic), zweitem Sohne des Königs, mit Friederike Charlotte Ulricke, der ältesten Tochter
des Königs Friedrich Wilhelm III. von Preussen, durch den
Erzbischof von Canterbury vollzogen. Das fürstliche Paar
war schon zu Berlin getraut worden, musste aber dem Lan-
desgesetz gemäss die Ceremonie der Vermählung auf englischem Boden wiederholen.

Mirabeau schildert den Herzog, als dieser zum Besuch
seiner Tante an den braunschweigischen Hof kam, folgender-
massen: *Le duc de York est puissant chasseur, puissant
buveur, et puissant homme en cordialité pour les femmes
mariées, et libre comme un Seigneur Anglais.*

Obwohl nicht selbst musikalisch, hatte der Herzog doch
um 1783, angeregt durch die Officiere der *Coldstream*-Garde,
deren Commandant er war, die Hand zur Verbesserung der
Militärmusik geboten. Diese bestand bis dahin für ein Garde-
regiment nur aus 8 Spielern für je zwei Oboen, Clarinet,
Horn und Fagott. Der Herzog liess nun in Deutschland eine
Truppe von 24 Mann anwerben und die Zahl der Instrumente
durch Flöte, Trompete, Posaune und Serpent vervollständigen.

Auch drei Neger mit Tamburin und türkischen Schellen wurden beigegeben. Von ihrem Capellmeister Eley wohl einstudiert, wusste nun diese Bande das Publicum täglich nach St. James's Park zu locken und gab dem Prinzen von Wales Veranlassung, nach ihrem Muster seine berühmte Capelle für Blasinstrumente, von Kramer dirigirt, zu errichten.

Die damals 17jährige Herzogin [1]) (sie war am 1. Nov. 1774 geboren) ging keinem beneidenswerthen Loose entgegen. Für Musik interessirte sie sich sehr, sang und spielte auch selbst ganz artig. Schon am 21. November, erst zwei Tage in London, war bereits Concert in York-house, wobei die Solisten der beiden Musik-Banden des Prinzen von Wales und des Herzogs von York sich producirten. Nachdem diese sich entfernt hatten, spielte der Prinz ein Solo auf dem Violoncello und die junge Herzogin ein Clavier-Concert von Geminiani; der Prinz hatte dazu eigens das Instrument von Carlton-House, seinem Palais, nach York-house bringen lassen. So wurde bis Nachts Ein Uhr musicirt, worauf das Souper folgte. In einem späteren Concert, am 6. December, dirigirte Attwood, nunmehr Kammermusikus der Herzogin.

Schloss Oatlands.

Haydn erhielt durch den Prinzen von Wales eine Einladung, seinen Bruder, den Herzog von York, am 24. Nov. auf dessen Landaufenthalt, Schloss Oatlands, zu besuchen.

---

[1]) Walpole schreibt über die Prinzessin, die ihn 1793 auf seinem Gute Strawberry Hill besuchte: „*she is not near so small as I had expected; her face is very agreeable and lively; and she is so good-houmoured and so gracious, and so natural, that I do not believe Lady Mary Coke* [jüngste Tochter des Herzogs von

Das junge Ehepaar wohnte nämlich, während ihre Stadtwoh-
nung, Melbourne-House, eingerichtet wurde, auf jenem Gute,
welches der Herzog nicht lange zuvor vom Herzog von Newcastle um 47.000 Pf. St. angekauft hatte.

Oatlands, ungefähr 21 engl. Meilen von London,
nahe *Weybridge* in der Grafschaft Surrey, nun mit der südwestlichen Eisenbahn von London aus in anderthalb Stunden
zu erreichen, war einst berühmt wegen seines Schlosses und
Parkes. Beide sind verschwunden. Das ursprünglich von Henry
VIII. erbaute Schloss wurde im Bürgerkrieg zerstört ; auch
das zweite, zu Anfang des vorigen Jahrhunderts vom Grafen
von Lincoln erbaute Gebäude, nun vom Herzog von York
bewohnt, wurde 1794 ein Raub der Flammen. Auf den
Trümmern desselben erhebt sich gegenwärtig das *„Oatlands
Park Hotel"*, von dem aus der Blick mit Wohlgefallen über
die üppig grünen Hügel von Buckinghamshire und Sussek
schweift. Der Park mit seinen altehrwürdigen Bäumen musste
Schritt für Schritt der Speculation weichen; Haus um Haus
verdrängte den noch übrigen Rest der einstigen waldigen
Gänge. Nur Eins hat sich erhalten: die wunderliche Grotte
mit ihrem Bad, mit ihren geheimnissvollen Gängen und Gemächern, von Tausend und Tausenden von Korallen, Spath,
Muscheln und Stalaktiten bedeckt — das Resultat einer hoch-
sinnigen Verwendung von 40.000 Pf. Sterling! — Claremont-
Park, St. Georges's Hill sind freundliche Punkte in der Nähe
von Oatlands, denen aber auch in neuester Zeit der Ernst
nicht fehlen sollte, denn in dem schmucken Städtchen Wey-

Argyle, an Lord Coke verheirathet] *would have made a quarter
so pleasing a duchess of York. — To morrow* [Sept. 26. 1793]
*I shall go to Oatlands with my thanks for the honour ; and there,
probably, will end my connexions with courts , begun with George I,
great-great-great-grandfather to the Duchess of York!*

bridge, hart an Oatlands anstossend, ruht in der kleinen und
anspruchslosen röm. katholischen Privatcapelle der Miss Taylor, fern vom Prunk und Geräusch der Welt, in fremdem
Lande ein entthronter König, Louis Philipp, zwei edle Her-
zoginnen (von Orleans und Nemours) und nun auch (seit
März 1866) die einstige Königin der Franzosen, Marie
Amélie [1]).

Haydn blieb in Oatlands zwei Tage und genoss wie sein
Tagebuch sagt, „viele Gnaden und Ehrenbezeugungen, sowohl vom *Prince of Wales* als auch von der Herzogin".
Schloss, Garten und Grotte, die er weiterhin beschreibt,
kennen wir schon; dafür lässt uns ein Brief an Marianne (dat.
vom 20. Dec. 1791) Haydn am Clavier zwischen dem Prinzen
und der Herzogin belauschen. „Sie ist die liebenswürdigste
Dame von der Weld", schreibt Haydn, „besitzt sehr viel
Verstand, spielt das Clavier und singt sehr artig. ich musste
2 Tag da bleiben, weil Sie den ersten Tag wegen einer kleinen unbässlichkeit zur Music nicht komen konte. Sie bliebe
aber am 2. Tag von 10 uhr abends, allwo die Music anfinge,
bis 2 uhr nach Mitternacht beständig neben mir, es wurde
nichts als Haydnische Music gespielt. ich Diregirte die Sinfonien am Clavier. die liebe kleine sass neben meiner an der
linken Hand, und humste alle stücke auswändig mit, weil Sie
solche so oft in Berlin hörte. der Printz v. *Wallys* sass an
meiner rechten Seite und spielte das Violoncello so zimlich
gut mit. ich muste auch Singen. der Printz von *Wallys* läst
mich nun abmahlen, und das Portrait wird in seim Cabinet
aufgemacht. Printz von Wallys ist das schönste Mannsbild

---

[1]) Ausführlicheres über diesen Ort gibt die Brochure „*the
chronicles of Oatlands and its Neighbourhood. A lecture by Henry
Gay Hewlett (J. S. Virtue). London 1862, printed for the benefit
of the Oatland's Schools*".

auf gottes Erdboden, liebt die *Music* ausserordentlich, hat sehr viel gefühl, aber wenig geld. *Nota bene* unter uns. mich vergnügt aber mehr seine güte als das Interesse. Der Herzog v. york liesse mich am dritten Tag, da ieh keine Post Pferde haben konte, durch seinen Zug 2 Posten weit führen."

Auch am 29. Nov. war nach einem grossen Diner Concert in Oatlands, wozu die adeligen Familien der Umgebung eingeladen waren. Der Prinz von Wales hatte zu diesen Musikaufführungen seine Militärbande vom 10. Regiment beordert, um das Orchester zu verstärken. Anfang December kehrte diese dann wieder nach Brighton zurück. —

Das von Haydn erwähnte Porträt ist von John H o p p- n e r, R. A. gemalt und wurde von G. S. F a c i u s in Kupfer gestochen, erschien aber in London erst 1807. Das Gemälde befindet sich nun im Schlosse zu Hampton-Court bei London [1]).

Man erzählt, dass Haydn eines Tags, bereits im Begriff auszugehen, um Hoppner zu besuchen, ängstlich sich vor dem Spiegel musterte und verdriesslich sich äusserte : „Ich sehe heute nicht gut aus, ich werde nicht zu Hrn. Hoppner gehen."

Im Jahre 1791 erschien in London Haydn's Porträt in Kupfer gestochen von S c h i a v o n e t t i (nach Guttenbrunn [2]) und von B a r t o l o z z i (nach A. M. Ott). Ein von H. H a r d y gemaltes und in Kupfer gestochenes Porträt Haydn's erschien

---

[1]) *The Ante-room No. 920 „Haydn, the composer". (Catalogue of the Paintings at Hampton-Court.)*

[2]) Lorenz Guttenbrun, geb. zu Dresden, kam um 1789 nach London. Sein Name erscheint bis 1792, wo er nach Petersburg ging, jährlich im Catalog der Royal Academy. (*Anecd. of Painting*, p. 224, und „*a general Dictionary of Painters by M. Pilkington*". London 1852.)

1792 [1]). (Hardy malte in demselben Jahre auch Salomon und Pleyel.) —

Kaum vom Lande zurückgekommen, sitzt Haydn bereits wieder im Wagen; diesmal ging es nordwärts. „Den 30ten [Nov.] war ich 3 Tage auf dem Lande, 100 Meilen von London bei S i r P a t r i k B l a k." Haydn passirte auf seiner Fahrt die Universitätsstadt Cambridge, besah die einzelnen Collegien, die k. Capelle und konnte sich besonders an letzterer nicht satt sehen. Ein späteres Blatt im Tagebuch enthält die wohl auf den erwähnten Besuch sich beziehenden Zeilen:

„*Que l'amitié soit aussi solide.*"
NB. Lady Blake from Langham.

Am 10. Dec. wurde im Covent-Garden Theater eine komische Oper „*the Woodman*" mit Musik von William S h i e l d aufgeführt. Diese Oper, am 26. Febr. desselben Jahres zum erstenmal gegeben, hatte sehr gefallen; Shield verkaufte das Eigenthumsrecht für 350 Pf. St. — Mrs. B i l l i n g t o n, die kurz zuvor am 7. December im *Morning Chronicle* in einem Gedicht war gefeiert worden, trat als *Emily* in dieser Oper zum erstenmal auf und entfaltete den ganzen Zauber ihrer Stimme; die Beifallsbezeigungen waren laut und zahlreich. Die Sängerin mochte jedoch an diesem Abend wohl etwas beklommen aufgetreten sein. Haydn schreibt auch: „Sie sang an diesem Abend etwas furchtsam doch sehr gut." Es war nämlich bekannt geworden, dass in Bälde Memoiren über das Privatleben der Sängerin erscheinen würden, von denen man sich schon jetzt die wunderlichsten Dinge erzählte.

---

[1]) Hier sei auch ein jetzt wenig bekanntes Porträt, Haydn in jüngeren Jahren darstellend, erwähnt. Dasselbe ist von Zitterer gemalt und von J. Neidl gestochen. Verlag von Artaria in Wien.

Diese „*Memoires of Mrs. Billington*" [1]), mit Original-briefen an ihre Mutter, eine erbärmliche, schamlose Bücher-speculation, erschienen auch wirklich bald darauf und erregten ausserordentliches Aufsehen. Eine Entgegnung (*An Answer to the Mem. of Mrs. B.)* fiel schwach genug aus. *Monthly Review* (1792, vol. VII p. 468) spricht ein Verdammungs-urtheil über die Broschure aus, die über eine Angelegenheit handle, „von der man leider annehmen müsse, dass sie wahr sei".

Haydn schrieb später darüber in sein Tagebuch: „Heute den 14. Jan. 1792 wurde das Leben der Mad. Billington im Druck herausgegeben; es ist dasselbe bis zur Unverschämt-heit an den Tag gelegt. Der Herausgeber soll ihre eigenhän-dige Briefe erhalten haben und solche Ihr um 10 Guineen angebothen haben zurückzugeben, widrigenfalls er willens sei, solche öffentlich im Druck heraus zu geben. Sie wollte aber nicht die 10 G. spendiren und forderte ihre Briefe gerichtlich. Sie wurde aber abgewiesen, worauf sie neuerdings appellirte aber vergebens, indem Ihr Gegner ohnerachtet derselbe Ihr 500 Pf. anboth, heute ihre Thaten heraus gab, man konnte aber bis 3 Uhr Nachmittags keines mehr bekommen."

Uebrigens nahm Haydn die Sängerin trotzdem in Schutz. „Man will sagen, dass ihr Charakter sehr fehlerhaft sei, dessenungeachtet aber ist Sie ein grosses Genie und alle die Weiber sind ihr gehässig, weil sie schön ist."

So war auch Kelly nicht weniger begeistert von der Sängerin; er nannte sie „einen Engel an Schönheit und die heilige Cäcilia des Gesanges." (*I thought her an angel in beauty, and the Saint Cecilia of song.*)

---

[1]) *Memoirs of Mrs. Billington, printed for James Ridgway. London, Yorkstreet, St. James's sq 1792.*

Haydn schreibt diesmal Weiteres über die Vorstellung am 10. December: „Der erste Tenor . . . . . [Incledon?] hat eine gute Stimme und ziemlich gute Manier nur dass er das Falset übertrieben gebraucht. Er machte einen Triller im hohen C und ging bis ins g. Das Orchester ist schläfrig."

Als dessen *leader* finden wir den schon erwähnten B a u m g a r t e n; das damalige Theater nennt Haydn finster und schmutzig. „Der gemeine Pöbel in den Gallerien ist durchaus in allen Theatern sehr impertinent und giebt mit rohem Ungestüm den Ton an und macht Repetiren und nicht Repetiren nach Ihrem Tobsinn. Parterre und alle Logen haben manchmahl sehr viel zu klatschen um etwas Gutes repetiren zu machen. Es war eben heute Abends der Fall mit dem Duett im 3. Act, welches sehr schön war und es gienge fast eine Viertelstunde mit *pro* und *contra* vorüber, bis endlich das Parterre und die Logen überwunden und man das Duo repetirte. Die beyden *performers* [Schauspieler] stunden ganz ängstlich auf der Bühne, bald giengen Sie zurück, bald wieder vorwärts."

Das erwähnte Duett „*together let us range the field's*" war aus Moore's Serenata „Solomon", componirt von Dr. B o y c e, in die Oper von Shield eingelegt. (Mrs. Crouch, Mem. II. 128.) Der Componist der Oper, W. Shield, war damals gerade auf der Rückreise von Italien nach London begriffen, wo er am 4. Jan. 1792 eintraf. Haydn wurde mit ihm näher bekannt und sie reisten auch einmal zusammen nach T a p l o w.

W i l l i a m S h i e l d, geb. 1749 zu Swalwell in der Grafschaft Durham, hatte als Musiker keine eigentliche Schule durchgemacht. Er war Violaspieler und wurde als solcher Giardini von Borghi und Fischer empfohlen, der ihn ins Orchester der ital. Oper aufnahm. Als Componist machte er sich

zuerst durch die Oper „*the Flitch of Bacon*" (1778) bekannt,
der dann nebst vielen Balladen, Glee's etc. eine Reihe Werke
für die Bühne folgten, von denen besonders *Rosina, Robin
Hood, the poor Soldier, Fontainbleau, Marian, the Woodman,
Netley Abbey, Oscar and Malvina* etc. durch die Einfachheit
und Natürlichkeit der Composition sich grosser Beliebtheit
erfreuten. Shield wird nach Dr. Arne als einer der besten
englischen Componisten genannt. Seine theoretischen Werke
„*Introduction to Harmony*" und „*Rudiments of Thorough
Bass*" waren seiner Zeit sehr geschätzt und sind noch jetzt
gesucht. Shield folgte 1817 Sir W. Parsons als Vorsteher des
k. Orchesters (*Master of the Kings Band*) und starb am
25. Jan. 1829.

Am 14. December speiste Haydn bei einem gewissen
Mr. S h a w, der es sich angelegen sein liess, dem Meister bei
dessen Besuche durch ganz besondere Auszeichnungen seine
Verehrung zu bezeigen. Haydn gedenkt dieses Besuches auch
in seinem Tagebuch mit einigen Zeilen. „Den 14ten 10<u>ber</u>
[December] speiste ich das erstemahl bei Mr. Shaw. die
Mis<u>trs</u> ist das schönste Weib, so ich jemahls gesehen. NB.
Ihr Gemahl wünschte von mir ein Denkmahl, ich gab Ihm
eine Tabacksdose, so ich eben ganz neu um 1 Guinée kaufte,
er gab mir die Seine; in etwelchen Tagen komme ich zu Ihm,
und sehe, dass er über meine Dose einen Sarg von Silber
hatte machen lassen, auf den obern Deckel ist sehr schön
gravirt die Harfe Apollinis und rings um dieselbe folgende
Worte: *Ex dono celeberrimi Josephi Haydn*. NB. Die Mis<u>trs</u>
gab mir zum Gedächtniss eine Stecknadl." Ein Band, das
Mrs. Shaw bei Haydn's Besuch getragen und worauf sein
Name in Gold gestickt war, bewahrte Haydn noch in späten
Jahren unter seinen besten Kostbarkeiten.

Die bösen Herbstnebel sollten die ungewohnte Lebensweise Haydn's nicht ungestraft lassen. Ein Rheumatismus und zwar ein „Englischer", wie Haydn mit Nachdruck betont, war über ihn gekommen, so dass er „bisweilen hellaut schreien musste". Da er ihm jedoch, der Sitte gemäss, sein Opfer brachte, indem er sich „von unten bis oben mit Flanell einwickelte", hoffte er „denselben bald zu verlieren".

Während Haydn so dem bösen Feinde zu trotzen suchte, empfängt er die erste Nachricht vom Tode seines Wiener Freundes:

„Mozard starb den 5ten 10$\frac{ber}{}$ [Dec.] 1791."

Bedurfte diese kurze Notiz in Haydn's Tagebuch noch weiterer Worte?

Aber im Briefe an Marianne macht er seinem Schmerze Luft und ruft, sich und den dahingeschiedenen Freund wie ein echter Meister ehrend:

„Die Nachwelt bekommt nicht in hundert Jahren wieder ein solches Talent!" —

Der 23. December war für die Musiker London's ein wichtiger Tag. „Pleyel, der berühmte Componist, war in London angekommen. Die musikalische Welt gerieth durch diese interessante Begebenheit in Bewegung und eine Deputation Musiker beeilte sich, ihm im Namen Aller ihre Achtung zu bezeigen."

Pleyel war wirklich am genannten Tage angekommen und — zog in dieselbe Strasse, in der Haydn wohnte, schräg gegenüber von dessen Wohnung, No. 25, *Great Pultney street*, *Golden square*. Ganz lakonisch, das drohende Gewölk lächelnd zertheilend, enthält Haydn's Tagebuch hier nur die Worte:

„d. 23ten 10$\frac{ber}{}$ [Dec.] kam Pleyel nach London.

d. 24ten speisete ich bei Ihm."

Es war demnach der Vorabend der Weihnachts-Festtage, der ersten, die Vater Haydn im fremden Lande, fern von der lieben Heimath, feiern sollte. Er hatte nun Gelegenheit, die englischen Gebräuche an diesen Tagen kennen zu lernen : die Wohnungen ausgeschmückt mit Stechpalme (*holly*) und Mistel (*mistletoe*); die Tafel reich besetzt mit Roastbeef (*baron of beef*) und Eberskopf (*boar's head*), Plumpudding und Pastete (*mince pie*), Sherry, Portwein und Claret. — Wie im Zauberbilde erscheint uns der Meister und sein ehemaliger Schüler, während des Mahles wohl vergangener Tage gedenkend. In ihr eifriges Gespräch mischt sich das trauliche Knistern des Kaminfeuers, vor dem *Puss*, die schwarze Hauskatze, gleich einer Kugel zusammengeballt, Platz genommen. Ueber dem Kamine aber und seinem, mit Statuetten, Schalen, Muscheln und allerlei wunderlichen Nippesfiguren geschmückten Marmorgesimse drohen am breitrahmigen Spiegel bereits eine Anzahl Einladungskarten zu Concerten , Abendgesellschaften (*routs*), Diner's, die sich der interessanten Beute möglichst schnell versichern zu wollen scheinen.

Und wie am Weihnachtsfeste, so waren unsere beiden Landsleute auch am Sylvesterabend zusammen. „Den 31ten 10^ber [Dec.] war ich mit Pleyel im Pantheon Theater", notirte sich Haydn in's Tagebuch. Es wurde an jenem Abend unter der Direction des Sig. M a z z i n g h i die Oper *„la Pastorella nobile"* von Pietro G u g l i e l m i gegeben, in der Sigra. C a s e n t i n i die Hauptrolle sang. (Ausserdem Sigre. Lazzarini und Calvesi, Sig. Cipriani und Lipparini.) „Die Oper gefiel nicht, wie auch das Ballet, ohnerachtet die grosse Hilligsberg tanzte", schreibt Haydn.

Das Jahr war zu Ende! — Haydn und Pleyel mögen wohl beim Scheiden an diesem Abend die ganze Schwere der ihnen aufgebürdeten Verpflichtung doppelt gefühlt haben. Täuschungen, wenn auch vorübergehend, sollten auch Ihnen nicht erspart bleiben. Einstweilen aber hatte die Kabale keine

Macht über sie. In seinem ersten Brief im neuen Jahre, am 17. Jan. 1792, konnte Haydn darüber an Marianne schreiben: „Pleyel zeigte sich bey seiner ankunft gegen mich so bescheiden, dass Er neuerdings meine liebe gewann. wir sind sehr oft zusammen und das macht Ihm Ehre, und Er weis seinen Vatter zu schätzen. wir werden unsern Ruhm gleich theillen und jeder vergnügt nach Hause gehen."

Mit diesem freundlichen Bilde wollen wir das Jahr beschliessen.

1 7 9 2.

———

Das Jahr 1792 fing in mancher Hinsicht sehr bewegt an. Gleich seinen Einzug begrüsste ein Feuerbrand. Das Pantheon, erst kurze Zeit zuvor zum Opernhaus umgeschaffen, der Zankapfel zweier sich heftig bekämpfenden Parteien, lag in der Nacht vom 13. auf den 14. Januar in Schutt und Asche begraben. Noch am 7. Januar wurde *„la Pastorella nobile"* von Guglielmi gegeben, und dieselbe Oper war auf den 14. Januar bereits angekündigt. Unterdessen wurde auch die Oper „Semiramis", welche G y r o w e t z im Auftrage für das Pantheon geschrieben, bereits einstudirt und die Proben um so eifriger betrieben, als der König seinen Besuch ansagen liess. Die Decorationsmaler waren in voller Thätigkeit und trockneten zur Beschleunigung Wald und Meere am Feuer in dem dazu angebauten Saale — und hier trat die Katastrophe ein. Der Schaden war bedeutend; der Bau kostete ursprünglich 350.000 £.; das Umgestalten in ein Opernhaus abermals 50.000 £. — Lord Bedford ersetzte den am schwersten Betroffenen ihren Schaden, den Musikern ihre Instrumente, und selbst Gyrowetz erhielt das ausbedungene Honorar von 300 £. für seine Oper; die Partitur selbst aber theilte das Schicksal des Theaters. Den Mitgliedern der Oper blieb nun nichts übrig, als ihre Vorstellungen im kleinen Haymarket-Theater in bescheidenem Massstabe fortzusetzen.

Die blutige Geissel des Bürgerkrieges in Frankreich schwebte in jenen Tagen immer drohender über jenem Lande und die ihr glücklich Entronnenen kamen in stets grösseren Schaaren über den Canal. Kinder, Greise, Frauen in Männertracht, Priester, Beamte eilten in bunten Gruppen zu Pferd und zu Wagen oder auch zu Fuss auf der Strasse von Dover, Hastings, Eastbourne, Brighton der Hauptstadt zu, die Mildthätigkeit derselben in Anspruch nehmend. Manche zarte Hand musste zur ungewohnten rauhen Arbeit greifen; das früher nur zum Vergnügen Erlernte diente nun als willkommener Broterwerb. Die musikalisch Gebildeten bequemten sich zum Unterrichtgeben, wirkten in Concerten mit oder veranstalteten solche auch selbst. So waren gegen Ende des Jahres 1794 zwölf Subscriptions - Concerte der „*Society of French Emigrants*" in den Assembly rooms, Brewer street, unter dem Protectorat des Prinzen von Wales angezeigt. Als

Dirigent war Sig. Feretti genannt, ein italienischer Componist, von dem das Programm eine Cantate „L'isola Fortunata" anführte. Ferner waren noch genannt: Barthelemon als *Leader*; Mlle. Gerardi, Soldain und Mr. Nardini mit italienischen, französischen und englischen Gesängen, Mad. de Beaurepaire (Piano), Mr. de Beaurepaire (Flöte), Daubilly (Cello).

Kampf auf allen Seiten! Auch die Zeitungen öffneten ihre Spalten, je nach ihrer Farbe, beim bevorstehenden Feldzug der Parteien Salomon - Haydn und Pleyel - *professional,* oder stellten sich besänftigend zwischen Beide. So schreibt *Public Advertiser :* „Haydn und Pleyel sind diese Saison auf einander gehetzt und Beider Parteien sind heftige Gegner. Doch da beide Componisten Talente ersten Ranges sind *(men of first-rate talents)*, so ist zu hoffen, dass sie die kleinlichen Ansichten ihrer respectiven Bewunderer nicht theilen werden."

Aber auch persönliche Gehässigkeit mischte sich in's Spiel und sandte aus dem Versteck ihre übrigens ungefährlichen Pfeile. So erschienen im Privatverkauf: „*deux Trios en different style , par un amateur d'Amsterdam*" — ein Versuch, deutsche Musik der italienischen gegenüber lächerlich zu machen. Das erste Trio, die deutsche Musik bezeichnend, suchte dieselbe durch grosse Schwierigkeiten und schwerfällige, mit Verzierungen überladene Melodien darzustellen, während das zweite Trio, die italienische Musik bezeichnend, nur einfache, leicht ausführbare Melodien enthielt. — Eine Vignette als Titelblatt sucht den beabsichtigten Witz noch deutlicher zu machen. Man sieht eine weibliche Figur, die Wage der Gerechtigkeit haltend. In der einen Wagschale liegen drei ganze Noten, in der andern eine Menge kleiner Noten, mit Blumen bedeckt. Die Schwere der drei ganzen Noten hat ihre Schale weit herabgezogen; von oben herab

ergiesst sich über sie ein Lichtstrahl; unter ihr eilt ein Zug
Liebender, von Violinen und Flötenmusik begleitet, einer heiteren Landschaft zu. Die Schale mit den kleinen Noten aber
ist unterdessen eingehüllt in dickes Gewölk und unter ihr arbeitet sich eine Musikbande, die nach der Kopfbedeckung zu
schliessen eine deutsche vorstellen soll, an Fagott, Horn und
Posaune weidlich ab. Auf einem Baume brüstet sich ein Pfau,
ein Bär schlägt den Tact und in der Ferne zeigt sich ein Chor
von Fröschen. — Als den Urheber der Satyre bezeichnete man
allgemein G i a r d i n i. *Morning Chronicle* sagte darüber, „dass
selbst Haydn, der Shakespeare der Musik, den Ernst und das
Treffende des Scherzes zugestehen müsste." — Diesem fügt
das Blatt noch bei: „Es missfällt uns durchaus nicht, diesen
Zug von Humor zu sehen, denn es muss zugestanden werden,
dass die Deutschen in ihrer Instrumentalmusik ausgeartet sind.
Wir wünschten indessen, dass die Italiener bei all' ihrer Verehrung für Einfachheit, sich befleissigen möchten, hie und da
auch neu zu erscheinen. Ihre Melodien wären, wenn mehr originell, desshalb nicht schlechter. Auch würde es sehr den Reiz
erhöhen, wenn ihre Gesänge gelegentlich sich nicht einander
gar so ähnlich sehen möchten."

Unterdessen rüsteten sich beide Hauptparteien zum
Kampfe. Die *Professional*, an ihrer Spitze P l e y e l, kündigten
ihr erstes Concert auf den 13. Februar an. „Der berühmte
Pleyel", hiess es, „würde zwölf neue Compositionen liefern,
eine für jeden Abend, und würde dieselben auch selbst am
Clavier dirigiren."

Dies konnte ihm auch nicht schwer fallen, denn er war
ja mit einem wohlgefüllten Koffer längst fertiger Compositionen
in London angekommen. Es galt nun, der Gegenpartei nicht
nachzustehen, und somit kündigten Salomon - Haydn an, dass
Letzterer ebenfalls an jedem Concertabende ein neues Werk

liefern würde. „Um also worth zu halten", schreibt Haydn am 2. März an Marianne, „und um den armen Salomon zu unterstüzen, muss ich das Sacrifice seyn und stets arbeithen. ich fühle es aber auch in der That. meine Augen leyden am meisten, und hab viele schlaflose nächte. mit der hilfe Gottes werd ich aber alles überwinden." In ähnlicher Weise klagte Haydn schon früher am 17. Januar: „mein geist ist in der That müde. nur der Beystand des Himmels kan das ersetzen, das meinen Kräften mangelt. ich bitte Ihn täglich darum, denn ohne Seinen beystand bin ich ein armer Tropf!"

Freilich war das nicht mehr das ruhige Leben von Esterház, wo der Arbeit die besten Stunden konnten gewidmet werden. Jetzt hiess es Besuche machen, Besuche empfangen und dazu kamen noch die besonders lästigen Einladungen zu Privatsoireen. Ueber diese klagte Haydn namentlich: „Wenn Euer gnaden sehet", schreibt er in dem zuletzt erwähnten Briefe, „wie ich hier in London Seccirt werde in allen den privat Musicken beyzuwohnen, wobey ich sehr viel zeit verliehre, und die menge der arbeith, so man mir aufbürdet, wurden Sie, gnädige Frau, mit mir und über mich das gröste Mittleyd haben. ich schriebe zeit lebens nie in Einem Jahr nicht so viel als im gegenwärtig verflossenen, bin aber auch fast ganz erschöpft, und mir wird es wohl thun, nach meiner nach hausskunft ein wenig ausrasten zu können." — Doch reifte nichts desto weniger eine Arbeit nach der andern und die uns bekannten Sinfonien zeigen sicher nichts von Ermüdung. Auch von Wien liess sich der Meister Succurs nachschicken; lagen doch noch so manche fertige Compositionen in seinem Pulte oder andere, wenn auch bereits veröffentlichte, waren doch für London noch neu. Manche Arbeiten kamen bei dieser Geleg nheit nochmals unter die Feile, wie Haydn sagt, „um sie für die Engländer umzuändern", in Wahrheit aber genügten sie ihm oft selbst nicht und er änderte manches selbst noch nach der öffentlichen Aufführung.

So konnte er beherzt dem von ihm als „blutig harmonisch" bezeichneten Krieg entgegen gehen; war doch, wie er selbst schreibt, „sein Credit zu fest gebaut".

Nebenbei reiften auch noch kleinere Arbeiten, die er wohl mehr zu seiner Erholung schrieb, die ihm aber, je mehr er sich damit beschäftigte, immer lieber werden sollten. Für's Erste galt es im Augenblick obendrein, damit einen Act der Wohlthätigkeit auszuüben. Ein englischer Musikalienhändler nämlich, W. N a p i e r , wohnhaft 49 Great Queen street, Lincoln-Inn-Fields, der eine zahlreiche Familie hatte, befand sich in den misslichsten Vermögensumständen und war nahe daran, in's Schuldengefängniss wandern zu müssen. Für ihn nun bearbeitete Haydn eine Anzahl schottischer Lieder in modernem harmonischen Gewande, mit Vor- und Nachspiel und Begleitung von Clavier, Violin und Cello. Die Lieder fanden so raschen Absatz, dass Napier sein Glück damit machte. Er zahlte Haydn nachträglich 50 Guineen für die erste Sammlung und konnte diese Summe sogar für die zweite Sammlung verdoppeln. Diese, mit einem Titelblatt von B a r t o l o z z i gestochen (nach einer Zeichnung von Hamilton), kündigte Napier bereits im November desselben Jahres zum Subscr.-Preis von einer Guinee an. *Morning Chronicle* schreibt darüber (Jan. 31): H a y d n . Nichts vielleicht ist ein sprechenderer Beweis von dieses grossen Meisters erhabenem Genius, als die Leichtigkeit, mit der er die nun zum Druck vorbereiteten seltsamen, doch natürlichen und ergreifenden schottischen Lieder aufgefasst hat; das richtige Verständniss, mit dem er in ihren Geist eingedrungen und die Natürlichkeit, mit der er sie in Harmonie gekleidet, als seien gleichsam Melodie und Harmonie zugleich entstanden. Dies Werk ist ein schlagendes und bleibendes Beispiel, wie wenig es für Haydn's Kunst bedarf, musikalische Schwierigkeiten zu überwinden.

Auch für Thompson in Edinburg bearbeitete Haydn dann in ähnlicher Weise schottische Lieder und er wurde ordentlich stolz auf diese Arbeit, von der er sagte: „*Mi vanto di questo lavoro, e per ciò mi lusingo di vivere in Scozia molti anni doppo la mia morte*". (*The Westminster Review*. 1825 III. p. 115.)

Haydn bearbeitete später auch Walliser und irische Melodien und war so eingenommen von diesen Arbeiten, dass er sie, wie bekannt, unter Glas und Rahmen als Zimmerzierde aufhing. — Der Titel der Originalausgabe lautet: *A select Collection of Original Welsh Airs, adapted for the voice, united to characteristic English Poetry, never before published. With introductory and concluding Symphonies and Accompaniments for the Pianoforte or Harp, Violin and Violoncello. Composed chiefly by Joseph Haydn. vol. I., II., III. Printed by Preston 97 Strand, London 1809, 1811, 1817.* — Davon enthält der erste Band 20 Melodien von Haydn, der zweite 17 und der dritte 4. Die übrigen sind von Kozeluch und Beethoven [1]. —

Sir John Gallini, noch immer die leitende Hand des King's Theater unter dessen Eigenthümer Mr. Taylor, hatte schon im August 1791 öffentlich erklärt, er werde für den Fall, dass er die Bewilligung zur Aufführung von Opern bis zum Anfang des Jahres 1792 nicht erlangt haben würde, Concerte mit Ballet arrangiren. Unterdessen war die Drury-lane-Gesellschaft während des Neubaues ihres Theaters in's King's Theater übersiedelt. Gallini begnügte sich daher mit

---

[1] Siehe „Chronol. Verz. der Werke L. v. Beethoven's" von A. W. Thayer. Berlin, 1865. p. 103.

den in London vorhandenen Kräften, die im Jahre 1791 gegebenen Concerte mit Tanzdivertissements in kleinerem Massstab nach Hanover square rooms zu verlegen, wo er ja selbst Hausherr war und wo dazu eine Bühne errichtet wurde, so eingerichtet, dass sie in wenig Stunden konnte auseinander genommen werden. Daselbst fanden nun zum Subscr. Preis von 5 Guineen an 12 Samstag-Abenden „Unterhaltungen mit Gesang und Tanz" im Opernstyle, unter dem Titel: „*New entertainment of Music and dancing*" statt und, wie es scheint, stand in der Liste der Tänzer der „Chevalier Gallini" selbst, „um der Welt zu zeigen, dass er trotz Alter und Titel noch immer bereit sei, seine bekannten Vorzüge als Tänzer geltend zu machen". — Als Sänger waren engagirt: Sig. Albertarelli, Sig. Morelli, Sgra. Negri, Mad. de Sisley, Miss Williams; Sig. Morelli und Sgra. Negri traten vom abgebrannten Pantheon über. Natürlich durften nur einzelne Arien und mehrstimmige Sätze aus Opern vorgetragen werden, wobei die Sänger nur im Concertanzug erscheinen durften. Mr. Federici war Dirigent. Auch Instrumentalsoli fehlten nicht; so nennen die wenig vorhandenen Programme Hindmarsh (Violine) und Harrington (Oboe). Die erste Vorstellung war Samstag den 4. Febr. und die genannten Sänger wurden in Solo's, einem Duett und Quartett von Paisiello viel applaudirt. Der Tanz war „*an elegant bagatelle*".

Das einzig Interessante bei diesem Unternehmen ist die Entdeckung, dass von Mozart wirklich damals etwas in London gesungen wurde und dass die Nummer, das erste und einzigemal in jener Zeit sogar näher bezeichnet ist, wenn auch noch immer ohne Namens-Angabe des Componisten. Es war dies die Arie aus *le nozze di Figaro* „*non più andrai*", gesungen von Morelli[1]), der, „obwohl immer aus-

---

[1]) Sig. Morelli, ein vortrefflicher Bass-Buffosänger, trat

gezeichnet, diesmal schöner denn je sang" (*but Morelli in* *„non più andrai"* *though always excellent, was finer than we* *ever heard him — Morning Chronicle).* —

Die *professional*-Concerte liefen dem Feinde richtig den Vorrang ab. Montag den 13. Febr. gaben sie ihr erstes Concert, wie immer in Hanover square rooms. Das Comité hatte für die Saison Mrs. B i l l i n g t o n, Sgra. N e g r i und Sig. L a z z a r i n i und die vorzüglichsten Instrumentalisten als Solospieler engagirt und „nichts war gespart worden, um die Concerte der bisher genossenen grossmüthigen Gönnerschaft würdig zu machen". Haydn gegenüber zeigte das Comité feinen Tact. Man erwies ihm öffentlich alle Aufmerksamkeit; er war wie früher zu den Concerten als Gast geladen und gleich das erste Programm zierte an der Spitze sein Name, der auch fast in keinem der übrigen Concerte fehlte.

Das Programm des ersten Concertes unter P l e y e l lautete:

A b t h e i l u n g I.

Ouverture [Sinfonie] . . . . Haydn.
Gesang, vorgetr. v. Sig. L a z z a r i n i.
Violinconcert, vorgetr. v. Mr. C r a m e r . . . Cramer.

1787 zugleich mit Sgra. Storace in „Gli Schiavi per amore" von Paisiello auf. Morelli war früher Läufer bei Lord Cowper in Florenz gewesen; dieser, von seiner schönen Stimme entzückt, liess ihn im Gesang ausbilden. Zwei Jahre darauf sass er als bereits berühmter Sänger an der Tafel des Lord zu Gast. Morelli's Stimme war ein wohlklingender Bass; er sang mit Geschmack und war besonders auch guter Acteur. In London war er jahrelang Liebling des Publicums. Als Naldi 1806 nach London kam, hatte Morelli seine Rolle ausgespielt. Er versuchte es nun mit einem anderen Spiel — der Lotterie; wodurch er schnell und sicher an den Bettelstab kam. Mitleidig nahm sich Naldi seiner an und sorgte für seinen nöthigen Unterhalt, so weit es das regellose Leben Morelli's zuliess, dem er endlich erlag.

Gesang, vorgetr. v. Mrs. Billington.

Grosse Sinfonie (für dieses Concert componirt) . Pleyel.

Abtheilung II.

Violoncello-Concert, vorgetr. v. Mr. Lindley.

Gesang, vorgetragen von Sigra. Negri.

Concert für Pedalharfe, von Mad. de Musigny.

Duett, vorgetr. v. Sig. Lazzarini und Mrs. Billington.

Sinfonie . . . . Mozart.

Haydn war trotz allem Vorgefallenen ein fleissiger Besucher dieser Concerte und liess es nicht an Anerkennung fehlen. Aber auch das Publicum liess sich nicht von ihm abwendig machen. „Die Hrn. Professionisten", schreibt Haydn, „suchten mir eine brille auf die Nase zu setzen, weil ich nicht zu Ihrem Concert überginge; allein das Publicum ist gerecht. ich erhielte voriges Jahr grossen beyfall, gegenwärtig aber noch mehr, man critisirt sehr Pleyels Kühnheit, unterdessen liebe ich Ihn dennoch, ich bin jederzeit in seinem Concert, und bin der erste, so Ihm applaudirt."

Pleyel aber scheint bald inne geworden zu sein, dass er den Herren Fachmusikern für den Augenblick unentbehrlich war und drang, wie wenigstens Parke (I. p. 151) wissen will, seinen Contract verletzend, auf Erhöhung seines Honorars, obgleich dasselbe, 1000 Pf. St. betragend, die Casse der *professional* bereits beträchtlich genug erleichterte. —

Doch es ist Zeit, dass wir auf Salomon denken. Dieser hatte Haydn unter den früheren Bedingungen engagirt, mit Ausnahme des Verlagrechts der 6 Sinfonien, für das Salomon nun die erhöhte Summe von 300 Pf. St. zahlte. An Künstlern waren diesmal einstweilen engagirt: Sig. Calcagni, erster Sopransänger des Königs von Schweden; Sig. Albertarelli,

Mr. Nield, Sig. Simoni, erster Tenor der ital. Oper in Paris; ferner Mad. Mara und Miss Corri. Als Solospieler traten ausser Salomon selbst auf: Felix Yaniewicz (Violin), Menel, Shram, Damen (Cello), Dussek, Haesler (Pianoforte), Graeff, Ashe (Flöte), Harrington (Oboe), Hartmann (Clarinet), Holmes (Fagott), die Damen Krumpholz und Delavalle (Harfe). Das erste, auf den 17. Febr. angekündigte Concert erlitt diesmal keine Verschiebung. An der Spitze des Programms prangte Pleyel's Name, eine artige Erwiederung der Aufmerksamkeit gegen Haydn beim ersten *professional*--Concert.

Erstes Salomon-Concert, Freitag d. 17. Febr. 1792.

Abtheilung I.

Ouverture [Sinfonie] . . . . Pleyel.
Gesang, vorgetr. v. Nield.
Oboeconcert, vorgetr. v. Mr. Harrington.
Gesang, vorgetr. v. Calcagni (erstes Auftreten).
Concert für Pedalharfe, vorgetr. v. Mad. Delavalle.
Gesang, vorgetr. v. Miss Corri.

Abtheilung II.

Neue grosse Ouverture [Sinfonie] . . . . . Haydn.
Gesang, vorgetr. v. Sig. Calcagni.
Violinconcert, vorgetr. v. Mr. Yaniewicz . . Yaniewicz.
Duett, gesungen v. Miss Corri und Mr. Nield .
Finale . . . . Gyrowetz.

Die neue Sinfonie war dieselbe, die Haydn beabsichtigte seiner Freundin Marianne zu widmen. Er bedauerte in seinem Briefe vom 2. März, sie ihr jetzt noch nicht übermachen zu können, da er willens sei, das letzte Stück von derselben abzuändern und zu verschönern, weil solches in Rücksicht der ersten Stücke zu schwach sei. „Ich wurde dessen", schreibt er weiter, „sowohl von mir selbst als auch von dem Publico überzeugt; da ich dieselbe vergangenen Freytag zum erstenmahl producirte; Sie machte aber ungeacht dessen den Tiefesten Eindruck auf die Hörer."

Nach Haydn's Tagebuch war es die Sinfonie in D (wohl Nr. 6 der Beilage VI) von der er erwähnt: „In dem 1. Conc. wurde von der neuen Sinf. in D. das Adagio repetirt. Im 2. Conc. wurde d. Chor u. d. obige Sinf. repetirt, es wurde das erste Allegro und d. Adagio repetirt". Haydn irrt also in seinem Briefe, indem die Sinfonie an dem von ihm erwähnten Freitag, also den 24. Febr., bereits zum zweitenmal aufgeführt wurde. Sie musste dann abermals im 8. und 12. Concert „auf Verlangen" repetirt werden. Auch der weiter unten näher bezeichnete Chor wurde erst im zweiten Concert zum erstenmal gesungen. Von der im Programm erwähnten Harfenspielerin sagt Haydn's Tagebuch: „Mad. Delavalle eine Schülerin von Mad. Krumpholz spielt etwas weniger denn diese; spielt auch Clavier. Ihre Schwägerin [Mad. Gautherot?] spielt sehr artig die Violine." Yaniewicz und Miss Corri traten in diesem wie auch in den folgenden Concerten mit grösstem Beifall auf.

Im zweiten Concert, am 24. Febr., wurde eine Sinfonie von Clementi und ein neues Manuscript-Quartett von Gyrowetz durch Salomon, Damen, Hindmarsh, und Menel aufgeführt. Der berühmte Flötist André Ashe, ein Irländer, trat zum erstenmal in London auf und erregte wie überall, viel Bewunderung. Später übernahm er nach Rauzzini's Tode die Direction der Concerte in Bath. In diesem Concert wurde denn auch zum erstenmal der früher erwähnte Chor aufgeführt, den Haydn als ersten Versuch über englische Text·worte componirt hatte.

„Der Sturm" (*the storm*) wurde hier als Chor mit Quartett-Solo und Orchesterbegleitung mit grösstem Beifall aufgeführt. Miss C o r r i und P o o l e und die Herren N i e l d und B e l l a m y sangen die Soli. Haydn, „der unvergleichliche (*matchless*) Haydn", sagt *Morn. Chronicle*, „lieferte eine wundervolle Composition, in der er die mächtigsten Eigenschaften seiner Kunst, Kraft und Milde, zu vereinigen wusste". Den Text zu diesem Chor, der auch im fünften Concert am 16. März repetirt wurde, war von dem unter dem Namen Peter P i n d a r bekannten englischen Dichter John W o l c o t [1]). Dieser Chor wurde auch bald in Wien bekannt und Marianne sandte Haydn am 5. April einen darauf bezüglichen Zeitungsartikel. „Ich muss es gestehen", schreibt ihr Haydn am 24. April, „dass ich mit diesem kleinen Stück Chor, als die Erste Probe in Englischer sprache, mir vielen Credit in der Sing *Music* bey denen Engländern erworben habe. nur schade, dass ich nicht mehr dergleichen Stücke wehrend meines Hier seyns habe verfertigen können, indem man in unserm Concert Tage keine Singer Knaben haben konnte, zumahlen dieselbe schon ein Jahr zu vor in anderwärtigen Accademien, deren sehr viele sind, engagirt waren."

In jedem der ersten sechs Salomon-Concerte führte nun Haydn, wenn auch nicht immer eine neue Sinfonie, doch ein neues Concertante, Quartett oder eine Cantate auf; ab und zu wurden die Sinfonien der vorjährigen Saison repetirt.

---

[1]) Diese Composition erschien bald darauf auch im Verlag von Breitkopf und Härtel in Leipzig. Der Originaltext lautet:

Hark! the wild uproar of the winds, and hark:
Hell's Genius roams the regions of the dark;
And thund'ring swells the horrors of the main.
From cloud to cloud the Moon affrighted flies,
Now darken'd, and now flashing through her skies —
Alas! bless'd calm, return, return again.

Im dritten und vierten Concert wurde die Sinfonie in B (Beilage VI, Nr. 4) aufgeführt, von der jedesmal das erste und letzte Allegro zur Wiederholung verlangt wurde. Im vierten Concert spielten Salomon, Menel, Harrington und Holmes ein neues Manuscript-Concertante für Violin, Cello, Oboe und Fagott von Haydn. Dasselbe wurde auf Verlangen auch im fünften Concert aufgeführt. An diesem Abend war Haydn im Programm besonders reich vertreten: Sinfonie, Quartett, Recitativ und Arie (Sig. Calcagni), Cantate (Miss Corri) und Chor „der Sturm", also sechs Nummern. J. W. Haesler spielte in diesem Concert ein neues Pianoforte-concert eigener Composition.

Im sechsten Concert am 23. März, wurde eine Sinfonie (G-dur) später unter der Benennung „mit dem Paukenschlag" bekannt (Beilage VI, Nr. 3) zum erstenmal aufgeführt und gefiel ausserordentlich. (Die Engländer gaben ihr die Bezeichnung „the surprise" die Ueberraschung.) „Der zweite Satz ist eine der glücklichsten Erfindungen dieses grossen Meisters" (schreibt the Oracle). „The surprise" mag nicht unpassend mit dem Zustand einer schönen Schäferin verglichen werden, die durch das Plätschern eines fernen Wasserfalls eingelullt, von dem unerwarteten Schuss einer Flinte erschreckt, vom Schlummer auffährt. Die obligate Flöte war reizend".

Griesinger (p. 55) widerlegt die Meinung, als habe Haydn beabsichtigt, die gleich der schönen Schäferin in Schlaf eingelullten Engländerinnen zu wecken. Auch Haydn verneint dies und sagte: „es war mir nur daran gelegen, das Publicum durch etwas Neues zu überraschen. Das erste Allegro meiner Sinfonie wurde schon mit unzähligen Bravo's aufgenommen, aber der Enthusiasmus erreichte bei dem Andante mit dem Paukenschlag den höchsten Grad. *Ancora! ancora!*

schallte es von allen Seiten und Pleyel selbst machte mir
über meinen Einfall sein Kompliment." — Etwas Schelmerei
war aber, wie es scheint, doch dabei im Spiel. Gyrowetz erzählt nämlich in seiner Selbst-Biographie, pag. 59, dass er
einst Haydn besuchte, als dieser gerade das fragliche Andante
componirt hatte. Haydn war über seinen Einfall selbst so
erfreut, dass er Gyrowetz das Andante gleich auf seinem vier-
eckigen Clavier vorspielte und dabei, seines Erfolges gewiss,
schelmisch lächelnd ausrief: „Da werden die Weiber aufschreien"!¹)

Und so kam es. Die Sinfonie aber, „*the favourite grand
overture*", wie sie noch lange nachher genannt wurde, blieb
bis auf den heutigen Tag ein Liebling jener zwölf Salomon-
Sinfonien.

Haydn hatte endlich von Wien eine, von Marianne
brieflich oft und sehnsüchtig begehrte, schon fertige Sinfonie
(Es-dur) erhalten, auf die er viel Gewicht legte. Schon am
8. Januar 1791, also wenig Tage nach seiner Ankunft in
London, hatte Haydn um Zusendung derselben gebeten. Ein
ganzes Jahr verstrich darüber. Haydn wiederholte (17. Jan.
1792) seine Bitte in dringenden Worten: „nun, meine Englische, gnädige Frau, möchte ich auch ein wenig zanken mit
Sie. wie oft widerhollte ich meine Bitte, mir die Sinfonie Ex
E mol [Es-dur], wovon ich das Thema [des Allegro] einst
beyschriebe, auf klein Post Papier per postam anhero zu
schücken. ich seufze schon lang darnach, und wan ich dieselbe bis Ende künftigen Monathes nicht erhalte, verliehre
ich 20 guinees." Und weiterhin: „gütigste, meine allerbeste

---

¹) Bekannt ist auch Haydn's launiger Einfall, wie er, die
zehn Gebote in Musik setzend, beim vierten Gebot zu den Worten
„du sollst nicht stehlen" selbst einen Gedanken aus Martini's
Compositionen entlehnte.

Frau von Gennzinger, nehmen Sie die sache über sich, ich bitte nochmahlen, Sie thun an mir das gröste werk der barmherzigkeit, ich werde Ihnen die ursach davon bey meiner ankunft selbst Erklären, und alsdan Tausentmahl Ihre schönen Hände mit Ehrfurcht küssen, und zugleich meine schuld mit dankbarkeit ersetzen." Endlich nach abermaligem Bitten langt die Ersehnte in doppelter Abschrift an und Haydn beeilt sich, für die „schleunige" Uebersendung seinen Dank abzustatten: „Gestern Abends", schreibt er am 2. März 1792, „erhielt ich Dero werthes schreiben samt der anverlangten Sinfonie: Küsse Euer gnaden gehorsamst die Hände für die so schleinige und sorgfältige übersendung. ich hatte zwar dieselbige 6 Tage bevor von Brüssel durch Hrn. v. Keess erhalten; allein mir war die Partitur um so viel angenehmer, weil ich vieles davon für die Engländer abändern muss."

Nach Haydn's obiger Angabe war es die hier bezeichnete Sinfonie:

Andante mit Variationen (B-dur), Menuett (un poco Allegretto) Finale Vivace.

Haydn glaubte also für die Aufführung in London vieles daran abändern zu müssen, wobei man aber nicht übersehen darf, von welchem Einfluss auch bis dahin die letzten Sinfonien Mozarts (Es, g-moll, Jupiter) auf Haydn gewesen sein müssen. So gab es für ihn, selbst in vorgerücktem Alter, keinen Stillstand in der Kunst, immer suchte er noch zu lernen

und erkannte freudig das Gute an, wo er es fand. Er war
aber jetzt schon fast zu viel angestrengt. „Kein Tag, ja gar
kein Tag bin ich ohne arbeith, und ich werde meinem lieben
gott danken, wenn ich wie eher desto lieber werde London
verlassen können." So klagt Haydn am 2. März und ebenso
einen Monat später, am 24. April: „ich mus aber bekennen,
dass ich wegen so vieler arbeith ganz ermüdet und erschöpft
bin, und sehe mit heissem wunsch meiner Ruhe entgegen,
welche sich dan gar bald meiner erbarmen wird."

Am 17. März musste sich Haydn sogar zur Ader lassen,
wie sein Tagebuch zeigt. Unter solchen Umständen konnte
es ihm nur erwünscht sein, dass Salomon seine Concerte
wegen verspäteter Ankunft der Mad. Mara verschieben musste.
An Concerten, denen Haydn gezwungen war als Gast beizuwohnen, oder in denen er auch selbst dirigirte, war kein
Mangel. So am 20. März das Benefice-Concert der Schwestern
Abrams, wobei Haydn als Dirigent und Salomon als *leader*
Theil nahmen. Das Programm dieses Concertes war sehr
reichhaltig: Sinfonie von Gyrowetz, zwei Sinfonien von
Haydn; Quartett von Haydn (Salomon, Damen, W.
Abrams, Menel), Quartett von Raimondi (Salomon, Raimondi, Menel, Graeff); Clavierconcert von Yaniewicz, gespielt von Miss E. Abrams; Harfenconcert von Mad. Delavalle; Arien, gesungen von Calcagni und Bartleman;
Duett von Sarti, Terzett von Cimarosa, beide gesungen
von den Schwestern Abrams. Auch dem Concert der Miss
Corri am 26. März wohnte Haydn bei; sein Tagebuch bezeichnet es irrthümlich als ein Concert von Barthelemon, das
erst am 28. Mai war. Haydn erwähnt dabei eines Geistlichen,
der, als er das Andante:

aus der Sinfonie:

hörte, „in die tiefste Melancolie versunk, weil ihm Nachts zuvor von diesem Andante träumte, mit dem Beysatz, dass dieses Stück ihm den Tod ankündige. Er verliess augenblicklich die Gesellschaft und legte sich zu Bett". — „Heute den 25. April", ergänzt Haydn, „erfuhr ich durch Herrn Barthelemon, dass dieser evangelische Geistliche gestorben sei."

Im Monat April besuchte Haydn, wohl dazu aufgefordert, den durch die Erfindung complicirter Instrumente berühmten Charles Clagget. Haydn's öffentliches Zeugniss war nur eine Vermehrung der Anerkennung, die dem unermüdlichen Manne von den ausgezeichnetsten Künstlern bereits zu Theil geworden war. Instrumente von Clagget werden noch heutzutage zuweilen bei Versteigerungen zum Verkaufe ausgeboten [1]).

---

[1]) Haydn's Zeugniss lautete: „*To Mr. Clagget, musical Museum, Greek street, Soho. — Sir! I called at your house, during your absence, and examined your improvements on the Pianoforte, and Harpsichords, and I found you had made them perfect instruments. I therefore, in justice to your invention, cannot forbear giving you my full approbation, as by this meant you have rendered one of the finest instruments ever invented, perfect, and therefore the fittest to conduct any musical performance, and to accompany the human voice. I wish you to make this known through such channels as may appear to be most advantageous to you. I am etc. Josephus Haydn*. (The morning Herald, April 27. 1792.)

Die drei Salomon-Concerte dieses Monats (das 7., 8. und 9.) geben lautes Zeugniss vom Fleisse Haydn's. Schon vom 5. Concert angefangen wurde auch die erste Abtheilung mit seinem Namen eingeleitet, und nebst einer neuen Sinfonie in der zweiten Abtheilung war öfters auch das Finale von ihm. Dazu kam noch im 8. Concert ein neues T r i o für Clavier, Violine und Violoncell, von H u m m e l, S a l o m o n und M e - n e l gespielt, und im 9. Concert ein D i v e r t i m e n t o für Violine, 2 Violen, Oboe, Flöte, 2 Hörner und Cello. Im 7. Concert trat Sig. S i m o n i vom „Théâtre de Monsieur" zu Paris auf, ein Tenor mit voller reicher Stimme, und endlich erschien auch im 9. Concert am 27. April Mad. M a r a.

Wenige Tage darauf gab Haydn in London sein z w e i - t e s Benefice-Concert. Das Programm lautete :

Hanover square rooms.

Zum Vortheile des Dr. Haydn.

Donnerstag 3. Mai 1792.

Grosses Vocal- und Instrumental-Concert.

A b t h e i l u n g I.

Grosse M. S. **Ouverture** [Sinf].	Haydn.
Arie, vorgetr. v. Sig. C a l c a g n i.	
Concertante für Violine, Cello, Oboe, Fagott (Salomon, Menel, Harrington, Holmes) . .	Haydn.
Cantate, vorgetr. v. Miss C o r r i	Haydn.
Violinconcert, vorgetr. v. Sig. Y a n i e w i c z . .	Yaniewiecz.

A b t h e i l u n g II.

Grosse M. S. **Ouverture** [Sinf.]	Haydn.
Gesang, vorgetr. v. Sig. S i m o n i.	
Concert für Pedalharfe, vorgetr. v. Mad. K r u m p - h o l z.	
Gesang, vorgetr. v. Mad. M a r a.	
Finale, „das Erdbeben"	Haydn.

Eintrittskarten 10 s. 6 p. Anfang: Abends 8 Uhr.

Am folgenden Abend, 4. Mai, war das 10. Salomon-Concert, abermals mit vier Nummern von Haydn; das 11. Concert (11. Mai) brachte von ihm ein neues **Divertimento** für 2 Violinen, Oboe, Flöte, 2 Violen, 2 Hörner, Violoncello und Contrabass (Salomon, Damen, Harrington, Ashe, Hindmarsh, Pollak, Pieltain, Leander, Menel und Dressler); Haesler spielte abermals ein neues Pianoforte-Concert. Das 12. Concert endlich hatte wieder vier Orchesternummern von Haydn, darunter ein neues Notturno für je 2 Violinen, Flöten, Violen, Hörner, und für Cello und Bass. Mad. Mara sang in jedem der letzten Concerte, die so viel Zuspruch hatten, dass sie Salomon veranlassten, „seinen Freunden und dem Publicum im Allgemeinen ein Extra-Concert zu bieten, um jene Compositionen, welche in der Saison am meisten ansprachen, noch einmal hören zu können".

Dieses für den 26. Mai angesagte Concert konnte aber erst am 6. Juni stattfinden; Salomon gab unterdessen am 21. Mai sein jährliches Benefice-Concert. In dem Extraconcert am 6. Juni trat Salomon selbst noch einmal als Solospieler auf; Mara sang „*From Rosy Bowers*" von Purcell, und Haydn war Anfang, Mitte und Ende des Programms mit drei Sinfonien, welche mit lautester Bewunderung aufgenommen wurden (*received with an extacy of admiration*). „So schloss Salomon die Saison mit dem grössten Eclat", schreibt *Morning Herald*.

Haydn aber stand in vollem Glanze da, geliebt, geachtet und überall gesucht. Sein Name war die Stütze jedes Concertgebers; Maler und Kupferstecher verewigten ihre Kunst durch sein Bild. Eben jetzt kündigte J. Bland, der Musikalienhändler in Holborn, wieder einen neuen (den schon erwähnten) Kupferstich an: Haydn (*a capital Print of Mr. Haydn*) „nach dem jetzt in der k. Akademie [1]) aufgestellten

---

[1]) Im Mai 1791 waren daselbst die Porträte der Sängerin

Porträt, Gemälde und Stich von H a r d y". (Auch Salomon
und Pleyel, nach Gemälden desselben Meisters, waren in
gleicher Grösse zur Veröffentlichung vorbereitet.) —

Dienstag den 22. Mai sehen wir Haydn im Ranelagh-
Garten. An diesem Tage war Alles, was London an hervorragenden Musikern und Musikfreunden besass, versammelt,
um dem l e t z t e n Auftreten eines Mannes beizuwohnen, der
einst in England als Violinspieler eine grosse Rolle gespielt
hatte. Es war G i a r d i n i. Sein Oratorium „Ruth" wurde
aufgeführt und der Veteran spielte zwischen den Abtheilungen ein Violinconcert. Wenn Giardini's Geburtsjahr mit 1716
richtig angegeben ist, musste der Mann damals also bereits
76 Jahre zählen, was an das Auftreten des berühmten G e m i ·
n i a n i erinnert [1]). Giardini war 1789 aus Italien zurückgekehrt und hatte eine Gesangschülerin, Sgra. L a u r e n t i, und
deren ganze Familie mitgebracht. Er versuchte es nun mit
der *Opera buffa* im kleinen Haymarkettheater, fand aber
keinen Anklang. Die Verhältnisse hatten sich gewaltig geändert. Giardini war bereits ein Fremder geworden; seine alten
Compositionen, die er neu auflegte, fanden keine Abnehmer
und nur einige Quartette, die er um diese Zeit componirte,

Mara, der Virtuosinnen Gautherot, Krumpholz, der Schauspielerin Esten und des Componisten Dr. Arnold ausgestellt. (*Morning Chronicle*, May 3. 1791.)

[1]) Noch im März 1760 hörte Mrs. Delany den hochbejahr-
ten Virtuosen in einem Concert spielen „*most wonderfully well
for a man of 86 years of age and one of his fingers hurt*". Doch
die Menge zuckte die Achseln: „Armer alter Mann! hörten Sie
je solche Fermate? gar keinen Triller!" Die hohen Herrschaften
waren so ungeduldig, zu ihren Abendgesellschaften zu kommen,
dass sie einen Boten an Geminiani sandten mit der Bitte: das
Concert zu kürzen. (*The Autob. and Cor. of M. Granville [Mrs.
Delany]*).

erweckten noch einiges Interesse. Er selbst aber musste die erste Violine dabei andern Händen überlassen. In seinem Oratorium sangen diesmal die Damen C r o u c h, P a r k e, P o o l e, B l a n d, die Herren K e l l y, N i e l d, B a r t l e m a n und der junge W e l s h. Es waren über 500 Personen zugegen und bemühte sich besonders der hohe Adel dem ehemaligen Liebling die alte Theilnahme zu bezeigen. Die Herzogin von York, in Begleitung der Familie ihres Onkels, des Herzogs von Gloucester, war gekommen und dieser selbst, so wie der Herzog von Dorset, zahlten jeder ihre Eintrittskarte mit 100 Pf. St. — Trotzdem deckte der Erlös kaum die Kosten. „Dies", ruft Harmonicon noch 1827, „war das Loos eines Mannes, der einst in demselben Lande fast vergöttert wurde!" Giardini aber bot zum letztenmal seine ganze Kraft auf, mit dem zu glänzen, worin er von jeher gross dastand — Ausdruck und Ton. Auch jetzt noch gab es Augenblicke, wo der Vortrag an frühere Tage erinnerte; um so peinlicher aber wirkte der Eindruck im Ganzen.

Der fehlgeschlagene Versuch Haydn's, Giardini näher kennen zu leruen, ist bekannt. „Ich mag den deutschen Hund nicht kennen lernen", war die wenig aufmunternde Abfertigung des alten grillenhaften Mannes. „Giardini spielte wie ein Schwein", hiess es als Echo darauf in Haydn's Tagebuch, nachdem er ihn im Ranelagh gehört hatte.

Wir kommen nun zu zwei Concerten, in denen Haydn abermals am Clavier dirigirte: die Concerte von B a r t h e l e - m o n und H a e s l e r am 28. und 30. Mai.

F. Hippolite B a r t h e l e m o n, den wir bei Mozart kennen gelernt haben, trat nun viel seltener vor das Publicum. Er war nämlich erst kurz zuvor in die Lage gekommen, unabhängiger zu leben. Statt der früheren Energie aber verfiel er nun in nutzlose Grübeleien. Religiösen Uebungen sich hingebend, lebte er zurückgezogen in seiner Klause, Nr. 8, Kennington Place, Vauxhall und dort war es, wo ihn Haydn oft besuchte und ihn in seinem bewegten Gemüthszustand als treuer Freund und Tröster mit hingebender Herzlichkeit aufrichtete. Sie wurden Herzensbrüder *(brothers in affection)*. Haydn aber that es wohl, nach dem geräuschvollen Alltagsleben hier ein ruhiges Plätzchen zu finden. Der Reiz der traulichen Zusammenkünfte wurde häufig noch erhöht durch die Gegenwart der liebenswürdigen Hausfrau M a r y , die wir bei Mozart als Polly Y o u n g kennen lernten, und ihrer Tochter C ä c i l i a, einer Schülerin Schroeter's, Componistin, Orgel- und Clavierspielerin.

Barthelemon hatte, wie bei Mozart erwähnt, in Italien ein kleines, in bescheidener, gefälliger Form angelegtes Oratorium *„Jefte in Masfa"* componirt, welches er zu Rom und Florenz und später auch in London aufgeführt hatte. „Ach, mein theurer Freund", rief Haydn gutmüthig, als ihm Barthelemon die Partitur desselben zeigte, „hätten Sie dies in Deutschland componirt, Sie wären damit unsterblich ge worden!"

Barthelemon's letzte Lebenszeit war höchst traurig; er starb gelähmt an Körper und Seele. „Wir haben unsern Corelli verloren!" rief sein Freund Salomon, der ihm in seiner Krankheit treu zur Seite stand, bei dessen Tode am 23. Juli 1808, „Niemand ist nun da, jene erhabenen Soli zu spielen!"

In Barthelemon's Concert wurde eine Sinfonie von Haydn aufgeführt; der junge B r i d g e t o w e r spielte ein Violinconcert von Viotti; Mrs. B a r t h e l e m o n sang Arien von Sacchini und Händel. S a l o m o n , B a r t h e l e m o n, H i n d m a r s h und Chr. S h r a m spielten ein Quartett und Barthelemon selbst „auf besonderes Verlangen" eine Sonate von Arcangelo C o r e l l i.

In dem Concerte Haesler's am 30 Mai wurden zwei Sinfonien von Haydn aufgeführt; dieser dirigirte selbst, Salomon war *leader*. Haesler spielte zwei Pianoforteconcerte; eins von ihm selbst componirt und eines von Mozart. Auch wurde von Haesler eine neue Cantate mit englischem Text (Soli, Duett und Chor) aufgeführt. Joh. Wilh. Haesler (auch Hässler, er selbst aber hielt sich an die erstere Schreibart) galt damals für einen der ausgezeichnetsten Clavierspieler und Organisten. Im April 1789 hatte er einen musikalischen Wettstreit mit dem damals in Dresden anwesenden Mozart; doch erschien er diesem gerade als kein sehr gefährlicher Gegner. Es spricht für beide Theile, dass Haesler in seinem Concerte in London ein Clavierconcert von Mozart spielte, dessen Compositionen ausser einigen Sinfonien und Quartetten, die hin und wieder gegeben wurden, damals noch in England so viel wie gar nicht bekannt waren. Er zeigte damit seine Achtung vor Mozart, so wie er ihm selbst gegenüber unverholen seine Anerkennung in der herzlichsten Weise bezeigt haben soll. (Vergleiche O. Jahn IV., 470—471; auch III. 501.) In einem Schreiben aus London an die „musikalische Correspondenz der teutschen Filarmonischen Gesellschaft" (Speier, 1791, p. 214) ist erwähnt, dass Haesler ferner in einem Hofconcert spielte und am 25. Mai sich in der deutschen Kirche *(Savoy Chapel)* vor einem geladenen Zuhörerkreis mit der grössten Anerkennung auf der Orgel hören liess. Ausser einer Fuge von Händel spielte er Alles ex tempore. Haesler, 1747 in Erfurt geboren, Sohn eines Mützenfabrikanten, hat seine früheren Schicksale in dem originellen Lebenslauf beschrieben, welcher vor dem ersten Heft seiner sechs leichten Sonaten (Erfurt 1786) steht [1]). In England fühlte sich Haesler nicht heimisch, ob-

---

[1]) Die Sonaten Haesler's lassen auf den ersten Blick die

wohl er sehr geschätzt wurde. Schon im November 1792 schrieb er an die Seinigen in Erfurt: „die Menschen sind hier gar zu kalt, ich gehe nach Russland." Er ging denn auch bald darauf nach Petersburg [1]) und von da nach Moskau, wo er, allgemein geachtet, 1822 starb. (Allg. mus. Ztg. 1865, Nr. 31.)

Grosse musikalische Aufführung in der Kirche St. Margaret, Westminster.

Zum Vortheile der *Royal Society of Musicians.*

Donnerstag den 31. Mai 1792.

Der Abstand dieser, obwohl immerhin noch bedeutenden Aufführung, im Vergleich zu jener in der Westminster-Abtei, war auffallend genug. „Man macht eine Kritik darüber", wie solide, tüchtige Feder erkennen. Ein zweiter Theil, sechs leichte Sonaten, war 1787, ein dritter Theil, Lord Ancram gewidmet, 1788 erschienen; alle drei in Erfurt. — Ein vierter Theil ist 1793 in der Berl. Musik-Zeitung angezeigt, zugleich auch dessen 48 kleine Orgelstücke, theils zu Choralvorspielen beim öffentlichen Gottesdienst, theils zur Privatübung für angehende Orgelspieler und Schulmeister auf dem Lande bestimmt. Ueber die vier Sammlungen leichter Sonaten schreibt die genannte Zeitung (p. 48): In allen Claviersachen von diesem Künstler, besonders den älteren, sind unverkennbare Spuren von grossem Talent, feurigem kühnen Geist und von einem meisterhaften Spieler, der sein Instrument durchaus kennt und die Schätze einer glücklichen Phantasie in gute Vereinigung mit den Kunstregeln zu bringen weiss.

[1]) Bereits im April 1793 meldet die Berl. Musik-Ztg. aus Berlin, dass der berühmte Clavierspieler und Organist aus Erfurt, Haessler, jetzt vom Grossfürsten von Russland mit 1 00 Rubel als Clavicembalist engagirt wurde. Mit demselben Gehalt auch der bekannte blinde Flötenspieler Dulon.

Haydn sich ins Tagebuch notirte. Für Aufführungen in so grossem Massstabe wie jene der „Abtei-Musik" ist der Zwischenraum von einem Jahr zu kurz; sie verlieren, wie alles Uebertriebene, nur zu bald an Interesse und der eigentliche Hauptzweck, die Unterstützung Hülfsbedürftiger, wird durch allzuhäufige Ausnutzung der Mildthätigkeit ein immer gewagterer. Schon die letzte grosse musikalische Feier im Jahre 1791 zeigte ein bedeutendes Minus in der Einnahme, wenn dies auch nicht, wie *Morning Chronicle* (12. Juli 1791) daraus folgert, eine Abnahme der Begeisterung *(rage)* für Händel beweist.

Freilich wurden auch Stimmen laut, die es mit Recht tadelten, dass man ausschliesslich n u r H ä n d e l huldige, man solle doch auch die Lebenden berücksichtigen. (Gazeteer, 16. Mai 1791.) Einstweilen blieb es jedoch bei Händel und sein „Messias" wurde, wenn auch in kleinerem Massstabe, dafür selbstverständlich mit ungleich grösserer Vollendung, auf Befehl des Königs in der Kirche St. Margaret [1]), nahe der

---

[1]) Als Organisten waren an dieser Kirche der Reihe nach angestellt: John E g g b s t o n e, John P a r s o n s (1616), John H i l t o n (1628, veröffentlichte 1652 „*Catch, that catch can*", eine Sammlung mehrstimmiger Gesänge), Bernhard S c h m i d t (1676) ein Deutscher. Er hatte ein Salair von 20 £. jährlich, nebst einer Wohnung in Whitehall „des Orgelbauers Werkhaus" genannt; denn Schmidt war berühmt als Orgelbauer und wohl bekannt als „Vater Schmidt". Er war der Nebenbuhler von Renatus Harris, mit dem er um die Wette eine für Temple Church (City) bestimmte Orgel baute. Die Orgeln zu Winchester, Eton, St. George's in Windsor, St. Paul's, Whitehall sind alle von ihm. Die nächstfolgenden Organisten sind: Henry T u r n e r (1708), John I l l h a m oder Isham, Edward P u r c e l l (1726, ein Sohn von Henry Purcell), James B u t l e r (1740, starb zu Rom), Will. R o c k jun. (1774), Michael R o c k (1802), John Bernhard S a l e (1809, später Musiklehrer der Königin Victoria). — (*The Memorials of*

Westminster-Abtei, am 31. Mai aufgeführt. In dieser Kirche
waren bis 1784 jährlich Oratorien zum Besten des nahe gelegenen *Westminster-Hospital* gegeben worden; jetzt war die
Einnahme ausschliesslich für den Fond der Tonkünstler-Ge-
sellschaft vom König anbefohlen, der auch selbst der Aufführung beiwohnte und 100 Pf. St. beisteuerte. Ferner verordnete der König, dass das Orchester und der Chor der
Ancient-music-Concerte sich dabei unentgeldlich zu betheiligen
habe. Den Directoren dieser Concerte aber, die in dieser Angelegenheit ohne Wissen des Königs erklärt hatten, dass es
mit den grossen Aufführungen in der Westminster-Abtei überhaupt ein Ende habe, wurde bedeutet, dass sie sich jeder
weiteren Betheiligung an der Aufführung in der St. Margaret's
Kirche zu enthalten hätten [1]. Hauptdirigent war desshalb
auch nicht Joah Bates, sondern Dr. Arnold; Cramer war
leader und an der Orgel, neu für diese Gelegenheit von Avery
gebaut, sass Dr. Dupuis [2]. Chor und Orchester waren nahezu

Westminster: by the Rev. Mackenzie E. C. Walcott, M. A. London
1851, p. 128.)

[1] Der bekannte Dichter Peter Pindar (Dr. Wolcot) schrieb
bei dieser Gelegenheit: „ *Tears of St. Margaret* " und *,,Odes of
Condolence to the directors.*"

[2] Thomas Saunders Dupuis, der, wie früher erwähnt,
bereits 1762 Orgelconcerte bei den Oratorien - Aufführungen in
Drury-lane spielte, war 1733 in England geboren, aber französischer Abkunft. Als Sängerknabe des königl. Kirchenchors studirte er unter Gates und Travers. Nach dem Tode Dr. Boyce's
im Jahre 1779 wurde er Organist und Componist an der *Royal
Chapel,* 1790 (26. Juni) verlieh ihm die Universität zu Oxford
die Doctorswürde. Er starb am 17. Juli 1796 und ruht im Kloster-
gang der Westminster-Abtei. Dupuis's Orgelspiel, besonders sein
freies Phantasiren wird sehr gelobt, · es war stets der Würde des
Instrumentes angemessen. „Ein grosser Orgelspieler", bemerkt
Haydn in seinem Tagebuch. — Der nun 90jährige Sir G. Smart

300 Personen stark. Die Eintrittskarte zu einer Guinee galt für Probe und Aufführung. — Diesmal aber sang Mad. M a r a wirklich und bewährte ihren alten Ruhm; neben ihr sangen Mrs. Harrison (früher Miss Cantelo), Sgra. Corri, Miss Poole; ferner die Herren Kelly, Sale, Bellamy jun., Gore, Knyvett, Webbe, Champness, der junge Welsh und der Bassist Bartleman. Letzterer begann hier zuerst den Grund zu seiner späteren Beliebtheit als gediegener Oratoriensänger zu legen [1]. — Der König mit der Königin, den Prinzessinnen und Prinzen (nur der Prinz von Wales fehlte) wohnten der Aufführung in der gedrängt vollen Kirche bei. Auf den Wink des Königs wurden die drei Chöre „Denn uns ist ein Kind geboren", das „Hallelujah" und „Würdig ist das Lamm" repetirt.

„Am 1ten Juni 1792 war M a r a's Benefice. Man machte 2 von meinen Sinfonien und ich accompagnirte ganz allein mit dem Pianoforte eine sehr *difficult* englische *Aria* v. Purcell. Die Compagnie war sehr klein." So weit Haydn's Tagebuch über dieses Concert, in welchem auch eins seiner Quartette von Salomon, Damen, Hindmarsh und Menel

---

erinnert sich noch jetzt (1866) einmal Haydn beobachtet zu haben, wie er in der kgl. Capelle St. James's voll Aufmerksamkeit dem Orgelspiel Dupuis's zuhörte und ihm dann beim Austritt aus der Capelle um den Hals fiel und küsste — ein Mann den andern küssen! dies hatte Smart bis dahin noch nicht erlebt, und er fuhr erschrocken zurück.

[1] Der Bassist James Bartleman, geb. 1769 zu London, war gleich Harrison einer der geachtetsten damaligen Concert- und Oratoriensänger, doch wusste er in späteren Jahren nicht mit der Zeit vorwärts zu schreiten. Er starb am 15. April 1821. Der Verkauf seiner werthvollen Musikalien-Sammlung währte neun Tage.

aufgeführt wurde; S a l o m o n spielte ein Violinconcert und
Mad. M a r a sang eine Arie aus „Idalide" mit Harfenbegleitung von M e y e r jun. Die von Haydn erwähnte Arie war
Purcell's „*From Rosy Bowers*".
Zwei Tage darauf, Sonntag den 3. Juni, speiste Haydn
mit dem Ehepaar M a r a, mit K e l l y und Sgra. S t o r a c e
bei dem Bruder der Letzteren, Sig. S t o r a c e. „*Sapienti
pauca*", wie Haydn dieser Notiz beifügt.
„Heute den 4. Juni" (sagt Haydn's Tagebuch weiter)
„war ich in Vauxhall, allwo der Geburtstag des Königs gefeiert wurde. Es brannten über 30 tausend Lampen; waren
aber wegen der grossen Kälte sehr wenig Menschen da. — —
Die Musik ist so ziemlich gut. Am 2ten dieses war ein mas-
kirter Ball; die Impresa nahm an diessem Abend 3000 Guineen ein."
So können wir hier Haydn durch sein Tagebuch Schritt
für Schritt folgen. „Am 12ten Juni", führt er fort, „war ich
in Mara's benefice im grossen Haymarket Theater. Man spielte
„Dido", Musik von S a r t i. NB. Es war nur das Terzett, et-
welche Recit. u. eine kleine Arie v. Sarti's Composition, das
Übrige war von sechs andern verschiedenen Meistern. Die
prima donna sang eine alte Arie v. S a c c h i n i." Das erwähnte Benefice wurde übrigens schon am 11. Juni von der
„Drury-Haymarket-Gesellschaft" im Kingstheater aufgeführt.
„*Dido*", Königin von Carthago, nach Metastasio's „*Didone
abbandonata*" war eine Oper oder richtiger ein Pasticcio von
S t o r a c e, der dazu Salieri, Paer, Sacchini, Sarti, Gior-
daniello, Cimarosa, Schuster, Andreozzi ausborgte. An diesem
Abend sangen auch Mrs. C r o u c h und K e l l y. Die Oper
wurde kurz zuvor, am 23. Mai, zum erstenmal gegeben und
war ausdrücklich geschrieben, um Mad. Mara Gelegenheit zu
geben, in einer neuen Rolle auf der englischen Opernbühne

zu glänzen. Es war übrigens das schwächste Werk Storace's, woran hauptsächlich die langen Recitative Schuld trugen. Vielleicht wollte er, Dr. Arne zum Trotz, eine zweite Oper „Artaxerxes" versuchen; doch diese stand schon damals, wie *Morning Chronicle* sagt, als ein vereinzeltes Beispiel von Erfolg da (*a solitary instance of success*) [1]. Donnerstag den 14. Juni fuhr Haydn nach dem königl. Schlosse W i n d s o r, wo er besonders von der Schlosskirche entzückt war. „Die Aussicht von der Terrasse aber ist göttlich", schloss er seine Beschreibung dieses königlichen Aufenthaltes. Von Windsor aus besuchte Haydn an demselben Tage das Pferderennen zu A s c o t - H e a t h, acht engl. Meilen von Windsor und er muss an dem für ihn neuen Schauspiel ungewöhnliches Interesse genommen haben, denn eine emsige Beschreibung desselben füllt fast drei Seiten seines Tagebuches aus.

Diesmal machte Haydn in Windsor Station. Sein Tagebuch führt uns nun zu dem berühmten Astronomen H e r - s c h e l. „Den 15. Juni ging ich von Windsor nach — — [Slough] zu Dr. H e r s c h e l, allwo ich den grossen Telescop sahe. Dieser ist 40 Fuss lang und 5 Fuss im Durchschnitt; d. Maschine ist sehr gross, aber so künstlich, dass ein einziger Mann die ganze Maschine mit leichter Mühe in Bewegung

---

[1] Edgcumbe sagt bei dieser Gelegenheit: „Obgleich gute Musik und brav ausgeführt, hatte die Oper doch keinen Erfolg. Dies ist nicht zu verwundern, denn die *opera seria* sagt unserer Bühne nicht zu und unsere Sprache taugt nicht für Recitative. Keine Oper reussirte je, mit Ausnahme Dr. Arne's „Artaxerxes", welche aber gleich anfangs durch einige italienische Sänger, Tenducci als Arbaces, unterstützt wurde.' (Der zweite ital. Sänger war Peretti, Contralto.)

setzen kann. Es sind noch 2 kleinere, wovon einer 22 Fuss hat und welcher sechstausendmal vergrössert. Der König liess 2 für sich machen, wovon jeder 12 Schuh; er gab ihm 1000 Guineen dafür. Dr. Herschel war in seinen jüngeren Jahren in preuss. Diensten als Oboist im 7jährigen Krieg; desertirte mit seinem Bruder, kam nach England, nährte sich viele Jahre mit der Musik, wurde Organist zu Bath, verlegte sich aber anbey mehr auf die Astronomie. Nachdem er sich die nöthigen Instrumente anschuf, verliess er Bath, miethete un-weit Windsor ein Zimmer, studierte Tag und Nacht. Seine Inhaberin [Mrs. Mary Pitt] wurde Wittwe; Sie verliebte sich und Sie heurathete Ihn und gab ihm ein Heurathsgut von 100.000 f. ; nebst diesem hat er vom König zeitlebens 500 Pf. Sein Weib von 45 Jahren gebar dieses Jahr 1792 einen Sohn. Er liess vor 10 Jahren Seine Schwester[1]) zu sich kommen, welche Ihm in seinen Beobachtungen die möglich-sten Dienste leistet. Er sitzt manchmal in d. grössten Kälte 5 bis 6 Stunden unter freiem Himmel."

So weit Haydn. Das Folgende ist aus den in der An-merkung erwähnten Büchern und Zeitungen etc. zusammen-gestellt[2]).

William Herschel, geb. den 15. Nov. 1738, war der zweite Sohn eines Musikers zu Hannover und erhielt nebst vier seiner Brüder vom Vater eine vielseitige, wiewohl vor-zugsweise musikalische Erziehung. Vierzehn Jahre alt wurde er der Musikbande des hannov. Garderegiments zugetheilt.

---

[1]) Caroline Herschel starb, 98 Jahre alt, zu Hannover am 9. Januar 1848.

[2]) *The Gallery of Portraits*, V. p. 105—110 (mit Porträt). — *Cyclopaedia*, Ch. Knight, London 1856. — *Harmonicon*, 1827, p. 5. — *Europ. Magazine*, 1785, Febr. (mit Porträt). — *Publ. Adv.* — *Gazeteer* etc.

Mit diesem Regiment soll er in Begleitung seines Vaters und Bruders 1758—1759 nach England gekommen sein. (Der Name Herschel, erscheint in engl. Zeitungen zuerst 1760, 15. Febr. in einem Concert des Chs. Barbandt[1]) — (Solo *upon the tenor* [Viola], Mr. Herschell). Von Ort zu Ort, Newcastle, Leeds etc. sein Glück versuchend, erscheint Herschel 1760 auch in Durham, wo er als Oboist in Auftrag des Lord Darlington eine Musikbande der Landwehr bildete. Hier wurde Dr. Miller, Organist von Doncaster, auf Herschel's Talent aufmerksam und erwirkte, dass er den Dienst verlassen durfte. Bald darauf erhielt er eine Organistenstelle in Halifax und verbesserte noch seine Lage, als er 1766 in Bath als Organist an der Octagon-Chapel angestellt wurde. Hier fing er an, sein Augenmerk auf Astronomie zu werfen und da er nicht im Stande war, sich ein Telescop anzuschaffen, begann er selbst sich eines zu bauen. Die vielleicht früheste Schrift von ihm erschien 1779 in „*the Ladies Diary*". Es war eine von Peter Puzzlem ausgeschriebene Preisfrage: Wenn Länge, Spannung und Gewicht einer Saite gegeben ist, wie viele Schwingungen werden in einer gegebenen Zeit entstehen, wenn ein kleines bestimmtes Gewicht in der Mitte befestigt ist und mit der Saite zugleich mitschwingt? — Eine Reihe von Aufsätzen von ihm enthalten die *Philosophical Transactions* in den Jahren 1782—1818. Im Jahre 1780—1781 kündigte er die Entdeckung eines vermutheten Cometen an,

---

[1]) Charles Barbandt, von deutschen Eltern abstammend, Organist in London, führte in den Jahren 1753—1763 im kleinen Haymarket Theater wiederholt Oratorien in seinen Subsc.-Concerten auf; u. a. „*the Universal Prayer*", Text von Pope, „David and Jonathan"; ferner Sinfonien und Concerte, wobei die Verwendung der Clarinetten ausdrücklich erwähnt ist. Auch als Virtuose auf dem Clavier, der Orgel, Oboe liess er sich hören. Als Schüler von ihm wird S. Webbe genannt.

der sich bald darauf als ein neuer Planet [Uranus] erwies. Herschel's Ruhm wuchs nun schnell. Der König Georg III. ernannte ihn zu seinem Privat-Astronomen mit 400 Pf. St. jährlichem Gehalt. Aus Dankbarkeit versetzte Herschel den König unter die Sterne, indem er seinem neuen Planeten den Namen *„Georgium sidus"* gab. Herschel liess sich zuerst in D a t c h e t und später in S l o u g h, in der Nähe von Windsor nieder, wo seine Wohnung bald ein Wallfahrtsort für die gebildete Welt wurde. Sein Riesenteleskop begann er 1785 zu bauen und er datirte dessen Vollendung von dem Tage an, wo er damit den sechsten Satelliten des Uranus entdeckte, am 28. Aug. 1789. Dieses Teleskop kostete 10.000 £. — Herschel erhielt von der Universität zu Oxford die Doctorwürde und wurde 1816 zum Ritter des Guelphen-Ordens ernannt. Sir William Herschel starb zu Slough 1822 im 84. Lebensjahre [1]).

Beilage V. gibt ein Gedicht Herschel's, welches in der ersten Nummer des *Star and Evening Advertiser*, dem e r s t e n englischen Tags-Abendblatt, 3. Mai 1788 enthalten ist — vielleicht das einzige und wohl längst vergessene Gedicht dieses grossen Astronomen.

Die schon im Frühjahr von Haydn so sehnsüchtig herbeigewünschte Abreise rückte nahe, „es war nun wirklich Zeit den Koffer repariren zu lassen". Abschiedsbesuche nach allen Richtungen waren noch zu überwinden, Einkäufe für das eigene Haus und für die Freunde zu besorgen. Mitten hinein in diese Zeit der frohen Hast sollte aber Haydn auch noch Gelegenheit haben, dem chirurgischen Messer gegenüber seine

---

[1]) Von Jacob Herschel erschienen 1769 bei R. Bremner sechs Trio's für zwei Violinen und Cello, dem König dedicirt. Er starb 1792, 58 Jahre alt. Ein Herschel, Violoncellist, wird in den 90ger Jahren in den Concerten zu Bath genannt.

Standhaftigkeit zu erproben. Er litt nämlich an einem Nasen-
polypen , wegen dem er früher wiederholt umsonst Hilfe
suchte. Hier nun hatte er die beste Gelegenheit, von dem
schlimmen Feinde befreit zu werden. Er war nämlich mit
J o h n H u n t e r [1]) befreundet, der damals in Leicester square
wohnte. „J. Hunter, der grösste und berühmteste Chirurg
London's", wie ihn Haydn in seinem Tagebuch nennt. Dieser
hatte ihm wiederholt seine Dienste in Betreff seines Uebels
angetragen, doch Haydn verschob die Einwilligung zu einer
Operation von Woche zu Woche. Da sieht Hunter seinen
Freund bereits Anstalten zur Abreise treffen und besorgt,
einen so „interessanten Fall" zu versäumen, ladet er Haydn
ein, zu ihm zu kommen „dringender Ursachen halber". „Ich
ging hin", erzählt Haydn. „Nach den ersten Complimenten
traten einige baumstarke Kerls ins Zimmer, packen mich und
wollen mich auf einen Stuhl setzen. Ich schrie, schlug blaue
Flecken und trat so lange mit den Füssen, bis ich mich be-
freite und Herrn Hunter, der schon mit seinen Instrumenten
zur Operation in Bereitschaft stand, begreiflich machte, dass
ich mich durchaus nicht wolle operiren lassen. Er wunderte
sich über meinen Eigensinn und mir schien, er bedaure mich,
dass ich nicht so glücklich sein wollte, seine Geschicklichkeit
zu experimentiren. Ich entschuldigte mich mich mit Zeit-
mangel wegen meiner bevorstehenden Abreise und nahm von

---

[1]) John H u n t e r , geb. 1728 in der Pfarrei Kilbride in
Lanarkshire, folgte seinem ebenfalls berühmten Bruder William
1748 nach London. Er wurde Wundarzt am St. George's Hospital, General-Chirurg der Armee und starb am 16. October 1793.
Sein Museum, von der Regierung für 15.000 £. gekauft, befindet
sich nun im *College of Surgeons* in Lincoln's-Inn-Fields. Hunter
war ein scharfer Denker. Lavater, als er sein Porträt sah, rief:
, dieser Mann denkt für sich selbst."

ihm Abschied". Hunter aber starb ein Jahr darauf, am
16. October 1793, und Haydn nahm seinen Feind mit ins
Grab. —

Hunter's Bekanntschaft mit Haydn hat aber auch noch
ein anderes Interesse.

Schon in den 80ger Jahren waren englische Balladen
erschienen, von W. S h i e l d, Dr. A r n o l d nach Haydn'schen
Compositionen zusammengesetzt und englischen Texten (W.
Pearce, Peter Pindar etc.) angepasst [1]). Haydn wurde nun
durch die Musikverlagshandlung C o r r i und D u s s e k direct
aufgefordert, „englische Original-Canzonetten" zu schreiben.
Zu diesen nun lieferte ihm die Frau des berühmten Chirurgen,
Mrs. A n n e H u n t e r (Schwester des Sir Everard Home, Bart.)
den Text. Die aus einer Sammlung von 12 Canzonetten noch
heutigen Tages am beliebtesten sind: *„the Mermaid song"*
(Seejungfernlied) *„My mother bids me bind my hair"* (Stets
sagt die Mutter, putze dich). *„Spirit song"* (Geistergesang)
und *„Recollection"* (Erinnerung). Von diesen ist der „Geistergesang" (*Hark! what I tell to thee*), für eine Altstimme,
ein besonders dankbares, gehaltvolles Lied, zu dem Thomas
M o o r e auch neue Worte schrieb [2]). Die Worte zu der ein-

[1]) *Twelve Ballads, composed by the celebrated Haydn, of
Vienna; adapted to English Words with an acc. for the Harpsichord or Piano Forte by Will. Shield. — Twelve English Ballads,
the music the undoubted composition of Haydn, the words selected
and adapted to his works by Dr. Arnold.*

[2]) *It was at this period-about the second year, I think, of
my college course, — that I wrote a short masque with songs,
which we performed before a small party of friends in our front
drawing-room. The song sung by the spirit I had adapted to the
air of Haydn's Spirit song, in his Canzonets.* (Memoirs, Journal
and Correspondence, of Thomas Moore, edited by the Right Hon.
Lord John Russell, M. P. London, 1853, 8 vols; vol. I. p. 39.)

fachen Canzonette „*My mother bids me*" sind ursprünglich auf die Melodie eines Pleyel'schen Andante aus einer seiner Sonaten geschrieben. Haydn versetzte die Verse und fing mit dem zweiten an, wodurch freilich der Sinn entstellt ist. Die Canzonette sollte eigentlich beginnen mit „*'Tis sad to think* *the days are gone*" [1]).

Charity School's Anniversary.
(Jahresversammlung der Armenschulen.)

Nachträglich müssen wir auch einer, in seiner Art einzig dastehenden, Feierlichkeit gedenken, die damals in London stattfand und noch heutzutage jedes Jahr gewöhnlich am ersten Donnerstag im Monat Juni abgehalten wird, nämlich „die jährliche Versammlung der Armenschulen" (*Anniversary Meeting of the Charity Children*) in der St. Pauls-Cathedrale abgehalten.

Diese Vereinigung aller Armenschulen reicht bis zum Jahre 1705 zurück. Bis 1737 wurde der Gottesdienst dabei in der Kirche St. Sepulchre abgehalten, bis 1782 in Christ Church, Newgate-street. In den 60ger Jahren, wo die Feier im Mai stattfand, war die Ordnung folgende: Der Präsident, die *Trustees* (Curatoren) und die *Stewards* (Verwalter, Aufseher) zogen von zwei Seiten, von Gresham College und Covent-Garden, mit den Armenschulen der Städte London und Westminster in zwei Processionen nach Christ Church, wo ein Bischof (von Bristol, Chester etc.) die Predigt hielt. Erst 1767 ist ausdrücklich erwähnt, dass dabei ein Anthem, componirt von Kiley und auf der Orgel begleitet von Selby, Organist von St. Sepulchre, von den Kindern gesungen wurde,

---

[1]) *Quaterly Musical Magazine and Review III. 1821, p. 155.* — *Notes and Querries 1858, 2d. Ser. No. 120, p. 313.*

wobei die ganze Versammlung dreimal mit einstimmte. Nach der Kirchenfeier war für die Vorsteher Festdiner in King's-Arms-Tavern, Cornhill. Im Jahre 1782 war die Feier zum erstenmal in der St. Paul's Cathedrale. Seit dieser Zeit vereinigten sich dazu abwechselnd 4—6000 Kinder, deren Gesang jedoch zum Theil durch einen ansehnlich verstärkten Chor unterstützt wird, wie z. B. im Jahre 1865 ausser dem Kirchenchor der Cathedrale selbst noch von Mitgliedern der St. George's Chapel (Windsor), Temple Church, Westminster Abbey, Chapel Royal St. James's.

Es ist leicht begreiflich, dass dieses von jeher als unvergleichlich geschilderte Schauspiel auf Haydn einen mächtigen Eindruck gemacht haben muss. Besonders war Haydn durch den nachfolgenden Gesang, den er sich in der Oberstimme in sein Tagebuch notirte, tief ergriffen. „Keine Musik rührte mich Zeitlebens so heftig, als diese andachtsvolle und unschuldige," fügte er den Noten bei. Dieser, eine Reihe von Jahren wiederholte, Hymnus war von John J o n e s, dem damaligen Organisten an der St. Pauls-Cathedrale, componirt. Die Unisonostellen wurden vom Kirchenchor, das Uebrige in der Oberstimme *unisono* von den Kindern gesungen [1]).

---

[1]) Erst vor mehreren Jahren wurde dieser Hymnus durch eine Composition von Dr. Crotch und 1865 zum erstenmal durch ein Te Deum (unisono), componirt von dem verdienstvollen jetzigen Organisten von St. Paul, Dr. John Goss, ersetzt. Im genannten Jahre wurde ferner bei dieser Feier der 100. Psalm, ein Psalm von Dr. Croft, Jubilate Deo von Dr. Boyce, Krönungsanthem und Halleluja von Händel (in welchem die Kinder theilweise mitsingen) und endlich noch, ein erfreuliches Zeichen des Fortschrittes, Mendelssohn's „Wachet auf" aus dem Oratorium „Paulus" aufgeführt. 6000 Kinder waren zugegen und ausserdem 10.000 Personen in der Kirche versammelt.

Hymnus. **John Jones.**

Ferner wurde bei dieser Gelegenheit eine ungleich bedeutendere Composition, der 100 Psalm (*the Old Hundredth
Psalm*) gesungen, der noch heutigen Tags seine grossartige
Wirkung nicht verfehlt. Dieser Choral nach den Worten des
100. Psalm: „Jauchzt dem Herrn, alle Welt!" (*All people that
on earth do well*) ist componirt von Claudio Goudimel[1]),
Capellmeister zu Lyon im 16. Jahrhundert.

---

[1]) Goudimel Claudio wird als der Lehrer Palestrina's genannt. Goudimel befand sich damals (um 1540) zu Rom, wo er
eine Musikschule errichtet hatte, in die auch Pierluigi (Palestrina) als Schüler eintrat. Sowohl Franzosen als Niederländer
betrachten Goudimel als ihren Landsmann; er war nämlich in
der *Franche-Comté* geboren, die damals und noch später eine bur-
gundische Provinz war, wesshalb Burney über ihn die Bemerkung
macht: „Wenn Goudimel auch dem französischen Boden nicht
seine Geburt zu danken hatte, so ist er doch unleugbar diesem
Lande seinen Tod schuldig." Goudimel fiel als ein Opfer der
Bartholomäusnacht (24. August 1572) zu Lyon. Von Goudimel's
vielstimmigen Compositionen befindet sich ein Theil in der Kirche

Choral.   **Claude Goudimel.**

Wie in den 90ger Jahren die Zeitungen dieser Feier als etwas Aussergewöhnliches gedenken [1]), so gibt ein halbes Jahrhundert später u. a. B e r l i o z eine interessante Beschrei-

---

des Vatican, im Kloster dell' Oratorio zu S. Maria in Vallicella und andern Kirchen.

[1]) *The most sublime, as well as the most generally pleasing sight that can be exhibited. (The St. James's Chronicle, from June 5 to 7, 1794)* Eine ähnliche eigenthümliche Aeusserung soll George II. gemacht haben, als er noch *Prince of Wales* war: „*the charity children were one of the finest sights he ever saw in his life.*"

bung davon im *Journal de Debats* (Juni 1851), später aufgenommen in seinen „Orchester-Abenden" (deutsch von Richard Pohl, Bd. II, p. 11—19), nur irrt Berlioz, wenn er das
Jahresfest der Armenschulen König Georg III. im Jahre 1764
gründen lässt. Berlioz, Duprez und Cramer wohnten
1851 der kirchlichen Feier bei. „Niemals", sagt Berlioz,
„habe ich Duprez in einem ähnlichen Zustande erblickt: er
stammelte, weinte, phantasirte." Berlioz selber aber, der, um
das Bild des Ganzen besser übersehen zu können, im Chor-
hemde sich den Bass-Sängern beigesellt hatte, war so überwältigt von der Grossartigkeit des Eindruckes, den dies Gewoge von Tausenden von Kinderstimmen hervorrief, dass er
sich mehr wie einmal „gleich Agamemnon mit seiner Toga"
das Gesicht mit seinem Musikhefte decken musste. — Beim
Hinausgehen aus der Kirche begegnete er dem alten J. B.
Cramer, der ihm, in seinem Entzücken ganz vergessend,
dass er das Französische vollkommen gut sprach, begeistert
zurief: *Cosa stupenda! stupenda! la gloria dell' Inghilterra!* —

_____

Bevor wir Haydn von London abreisen lassen, muss
noch einer zarten Angelegenheit gedacht werden, wobei wir
Haydn zugleich als Clavierlehrer kennen lernen.

Es muss hier vorausgeschickt werden, was Rochlitz
(f. Freunde d. Tonk., I. 97), Haydn's Lectionengeben betreffend, erzählt: Eine der allerhöchsten Personen sandte Salomon zu Haydn mit dem Verlangen, ihr Clavierstunde zu geben.
Haydn sah den Freund gross an: „Ich? Ich bin ja gar kein
Clavierspieler. Und Stunden geben?" — „„Ich beschwöre
Sie"", versetzte Salomon, der örtlichen Dinge vollkommen
kundig, — „„lehnen Sie es nicht ab, sonst wird's ruchbar,
und dann ist's mit unserem ganzen Unternehmen, ja mit Ihrer

gesammten hiesigen Existenz, am Ende. Verlangen Sie zur Entschädigung, was Sie irgend wollen und stecken Sie das Geld in die Tasche. Fahren Sie zur gesetzten Stunde hin und seien Sie ganz gewiss, es wird ohnehin nichts daraus und soll nur so heissen."" Haydn folgte. Das erstemal befahl man ihn einzuführen, sprach eine Viertelstunde mit ihm auf's Gnädigste und entliess ihn. Die sämmtlichen übrigen Stunden liess man ihn im Vorzimmer zubringen, wo sich Haydn gar nicht übel befand, indem fast jeder der Anwesenden sich beeiferte, ihn zu unterhalten. Bei seiner Abreise erhielt er, ausser der ausbedungenen reichen Entschädigung, noch ein schönes Geschenk für die als Claviermeister treu geleisteten Dienste. —

Sollte es wirklich Häuser gegeben haben, in denen Haydn als Lehrer auf's Vorzimmer angewiesen war, fanden sich dagegen auch solche, in denen man weniger grausam verfuhr und dem Meister Thüren und Herzen öffnete.

Ein solches Haus war jenes der Witwe des im besten Andenken stehenden Clavierlehrers und Componisten J. S. Schroeter. Derselbe war 1772 nach London gekommen und hatte im Mai sein erstes Concert gegeben, in dem auch seine beiden jüngern Geschwister auftraten. Schroeter blieb in London, heirathete eine Dame aus angesehener Familie und zog sich bald von der Oeffentlichkeit zurück. Beilage I gibt über seinen Aufenthalt in London die wenig bekannten näheren Mittheilungen.

Mistress Schroeter, welche im Hause Nr. 6, James street, Buckingham gate [1]), nahe dem Buckingham Palais wohnte,

---

[1]) Das Haus ist nun durch Erweiterung der Strasse (Stafford Road) längs des Seitenflügels des Buckingham Palais verschwunden. An der Stelle der ehemaligen Häusergruppe Nr. 1-6 in James street befindet sich jetzt *the office of the dutchy of Cornwall (Council of his R. H. the Prince of Wales)*.

Witwe seit November 1788, scheint plötzlich entdeckt zu haben, dass sie doch noch nicht genug Geläufigkeit auf dem Clavier besitze und dass Herr Haydn ohne Frage der passende Lehrer sei, ihrem Mangel hierin abzuhelfen. Sie nahm auch wirklich Unterricht bei Haydn und wurde ihm mehr und mehr mit herzlicher Hochachtung zugethan. Da auch Haydn, wie er später offen bekannte, ihre aufrichtige Hingebung wohl zu schätzen wusste, gestaltete sich gar bald ein inniges Verhältniss, welches nur bedauern lässt, dass es nicht zum gewünschten Ziele führen konnte.

Wenn Haydn noch in den letzten Lebensjahren bei besonders guter Laune war, zeigte er theilnehmenden Freunden mit gerechtem Stolz wohl auch seine sorgfältig bewahrten Kleinodien. Es waren Diplome, Medaillen, Gedichte, Zuschriften von musikalischen Vereinen, hochgestellten und ausgezeichneten Personen. Dabei lagen aber auch eine Anzahl Briefe von obiger Frauenhand und wie viel Werth Haydn auf dieselben legte, zeigt sein Tagebuch aus London, in dem er deren einundzwanzig zerstreut unter die übrigen Notizen eigenhändig copirt hatte — gewiss eine ebenso nützliche als gefährliche Uebung im englischen Briefstyl. Das früheste Datum, 29. Juni 1791, zeigt uns einstweilen nur eine kurze Notiz, Lectionen betreffend, in der gewöhnlichen, noch heutzutage gebräuchlichen Form:

Mrs. Schroeter empfiehlt sich Mr. Haydn und benachrichtigt ihn, dass sie so eben zur Stadt zurückgekehrt ist und sehr erfreut sein wird ihn zu sehen, wenn immer es ihm am bequemsten ist, um ihr eine Lection zu geben [1]).

James street Buckingham gate.

Mittwoch, den 29. Juni 1791.

---

[1]) *Mrs. Schroeter presents her compliments to Mr. Haydn, and informs him, she is just returned to town, and will be very*

Leider ist hier in der Correspondenz eine Unterbrechung von sieben Monaten, nach welcher Zeit uns Haydn bereits als Gegenstand zärtlicher Aufmerksamkeit entgegentritt, deren Wärmegrad wir in den nachfolgenden Briefen sich von Woche zu Woche steigern sehen.

Gleich im ersten nächsten Schreiben vom 8. Februar 1792 verpflichtet uns Mrs. Schroeter, ihr zu danken, dass sie Haydn ermahnt, auf seine Gesundheit bedacht zu sein und sich nicht durch zu viele Arbeit zu übermüden. *(I beg my D: [Dear], you will take great care of your health and do not fatigue yourself with too much application to business.)* Zugleich zeigt sie Haydn in wenig Worten, wie werth er ihr bereits geworden: „Meine Gedanken und besten Wünsche sind fortwährend mit Ihnen und ich verbleibe stets mit der äussersten Aufrichtigkeit Ihre . . . "

Wahrhaft rührend spricht sich schon einen Monat später (7. März) die zunehmende Anhänglichkeit im folgenden Briefe in jeder Zeile aus: „Mein Theurer (My D.) Ich war sehr betrübt, letztenAbend so rasch von Ihnen scheiden zu müssen ; unsere Unterhaltung war besonders anziehend und ich hatte Ihnen noch tausend liebevolle Dinge zu sagen. Mein Herz war und ist voll von Zärtlichkeit für Sie (*My heart was and is full of tenderness for you*), doch keine Sprache kann nur halb die Liebe und Zuneigung ausdrücken , die ich für Sie fühle. Sie sind mir theurer mit jedem Tag meines Lebens (*You are dearer to me every day of my life*). Es ist mir sehr leid, dass ich gestern so einfältig und albern war *(dull and stupid);* wahrhaftig mein Bester, nur mein Unwohlsein war Schuld an meiner Albernheit. Ich

---

happy to see him whenever it is convenient to him to give her a lesson. James str. Buckingham Gate. Wednesday June 29th 1791.

danke Ihnen 1000 mal für Ihre Besorgnisse wegen meiner.
Ich bin wahrhaft gerührt von Ihrer Güte und versichere Sie
mein Theurer, wenn irgend etwas sich ereignet hätte mich zu
betrüben, so würde ich Ihnen mein Herz eröffnet haben. Ich
folge Ihnen mit dem vollkommensten Vertrauen. O! wie ernstlich wünsche ich Sie zu sehen. Ich hoffe Sie werden morgen
zu mir kommen, ich werde glücklich sein Sie zu sehen, zu
jeder Zeit, des Morgens und des Abends. Gott segne Sie, mein
Lieber (my love); meine Gedanken und besten Wünsche begleiten Sie stets und ich bin immer mit der aufrichtigsten und
unverändertsten Achtung, mein Theurer, Ihre wahrhaft Er-
gebene . . . . "
Mein Theuerster (*My Dearest*).
Ich kann nicht glücklich sein bis
ich Sie sehe. Wenn Sie können,
bitte, sagen Sie, wann Sie kommen werden.
    Am 8. April verlangt Mrs. Schroeter zwölf Eintritts-
karten zum Beneficeconcert Haydn's, „dass der beste Erfolg
Sie begleite, mein ewig th. H., diesen Abend und immer, ist
der aufrichtige und herzliche Wunsch Ihrer unveränderten
und wahrhaft geneigten . . . . " Und am 12. April: „. . . . .
meine Gedanken waren beständig bei Ihnen und wahrhaftig, mein theures Leben, Worte können nicht zur Hälfte
die Zärtlichkeit und Zuneigung ausdrücken, die ich für
Sie fühle. Sie schienen diesen Morgen etwas verdriesslich.
O, könnte ich doch jede Sorge von Ihnen entfernen. Seien
Sie versichert, mein Th., ich nehme mit der vollkommensten
Sympathie Antheil an all Ihren Unternehmungen und meine
Achtung zu Ihnen nimmt mit jedem Tage zu. —"
    Am 19. April hört Mrs. Schroeter, dass Haydn nicht
wohl sei und dass er wieder fünf Stunden unausgesetzt bei

der Arbeit gesessen. „Wahrhaftig mein theures Leben, ich fürchte es wird Ihnen schaden. Warum sollten Sie, der schon so viele w u n d e r v o l l e und e n t z ü c k e n d e Compositionen geschaffen hat, sich noch durch solch übermässigen Fleiss ermüden; ich zittere für Ihre Gesundheit. Lassen Sie mich so viel über Sie gewinnen, mein v i e l g e l i e b t e r (*my muchloved*) H., nicht so lange u n a u s g e s e t z t bei Ihrer Arbeit zu verweilen. Mein theures Leben, wenn Sie wüssten, wie so kostbar mir Ihre Wohlfahrt ist, ich schmeichle mir, Sie würden sich bemühen, um meinetwillen sowohl als um Ihrer selbstwillen, dafür besorgt zu sein...." —

Am 24. April, ehe Mrs. Schroeter auf einige Tage auf's Land geht, kann sie London nicht verlassen, ohne Haydn vorher zu versichern, dass ihre Gedanken, b e s t e n W ü n s c h e und die zärtlichste Zuneigung unausgesetzt ihn begleiten werden, bis sie sich wiedersehen. Zugleich sendet sie die Copie eines Marsches und bedauert, dass die Noten nicht besser geschrieben; wenn er es verlange, wolle sie ihm das t h e u r e Original sogleich senden. „Wenn mein H. mir öfter Gelegenheit geben würde, Musik zu schreiben, ich hoffe, ich würde mich verbessern und ich w e i s s, die Beschäftigung würde mich erfreuen."

Am 2. Mai verlangt Mrs. Schroeter weitere sechs Billeten zu seinem „reizenden" Concert. „Je mehr die Zeit desselben heranrückt, desto mehr fühle ich mich für Ihren Erfolg interessirt und wünsche herzlich, dass alles zu Ihrer Satisfaction ausfalle. Ich hoffe Sie Samstag beim Mittagessen zu sehen, mein th. L. und unterdessen begleiten Sie meine Gedanken, meine besten Wünsche und zärtliche Gesinnung unausgesetzt." — Tags darauf, am 3. Mai, schreibt sie noch um Mitternacht nach dem Beneficeconcert Haydn's, und dankt für das grosse Vergnügen, das seine u n v e r g l e i c h l i c h e (*incomparable*) Musik ihr bereitet hat.

Auch am 17. Mai, Nachts nach dem Concert des Violinspielers Yaniewicz, wobei Mehreres von Haydn aufgeführt wurde, kann Mrs. Schroeter nicht die Augen schliessen, ohne vorher dem Meister für den Genuss des Abends zu danken: „wo Ihre süssen Compositionen und Ihre ausgezeichnete Ausführung sich vereinigen, muss es ein bezauberndes Concert werden. Doch abgesehen davon, das Vergnügen, Sie zu sehen, giebt mir stets unbegrenzte Satisfaction".

Die Einladungen zum Mittagtisch, gewöhnlich Dienstag und Samstags, werden nun immer dringender und öfter mit der Bitte begleitet, zeitlicher als die übrigen Gäste zu kommen, um ungestörter seine Gesellschaft geniessen zu können (and I particularly wish for the pleasure of your company my dr. Love before our other friends come).

Am 6. Juni, wo bereits auf eine baldige Trennung gedacht werden musste, versichert Mrs. Schroeter Haydn, dass unter all' seinen zahlreichen Verehrern nicht Einer mit grösserer Aufmerksamkeit seinen Werken lauschen könne; keiner könne eine höhere Verehrung für sein herrlichstes Talent haben. „In Wahrheit, mein Theuerster, keine Zunge vermag, den Dank auszudrücken, den ich fühle für das unbegrenzte Vergnügen, das Ihre Musik mir verschafft. Empfangen Sie denn meinen tiefsten Dank dafür und lassen Sie mich mit herzlicher Zuneigung versichern, dass ich das Glück Ihrer Bekanntschaft als eine der höchsten Segnungen meines Lebens betrachte; es wird mein aufrichtigstes Bestreben sein, dasselbe zu erhalten, zu pflegen und mehr und mehr zu verdienen." —

Ei! Ei! Vater Haydn! Was würde die Frau Doctorin Haydn, geborne Keller, diese ohnedies eifersüchtige, sanften Regungen wenig empfängliche Ehegattin sagen, wenn sie

diese Zeilen zufällig in die Hand bekäme — es wäre um
dein Augenlicht geschehen! Kein Wunder, wenn sie deine
Zurückkunft betrieb; sie musste eine Ahnung von der Gefahr
haben, die ihr drohte.

Und nun gar noch die letzten Briefe mit Zeilen, die
kaum noch eine Steigerung der Zuneigung zulassen, wie z.
B. Sonntag Abend den 10. Juni: „. . . . ich bin wahrhaftig
voll Sehnsucht und Ungeduld Sie zu sehen und ich wünsche
Ihre Gesellschaft so viel als nur möglich zu geniessen. Mein
theuerster H., ich fühle für S i e die t i e f s t e und z ä r t-
l i c h s t e Z u n e i g u n g, deren das m e n s c h l i c h e H e r z
fähig ist." (*I feel for y o u the f o n d e s t and t e n d e r e s t
affection the h u m a n h e a r t is capable of.*) —

Noch in einem der letzten Briefe, 16. Juni, versichert
Mrs. Schroeter, dass nun, wo die Abreise so nahe bevorsteht,
ihr jeder Moment in Haydn's Gesellschaft um so k o s t b a r e r
wird (*Every moment of your company is m o r e and m o r e p r e-
c i o u s to me now your d e p a r t u r e is so near*). Gott segne
Sie, mein theuerstes Leben; nochmals wiederhole ich, kommen
Sie s o b a l d als m ö g l i c h. Ich verbleibe ewig mit der un-
verletzlichsten Anhänglichkeit, mein theuerster und geliebte-
ster H$\underline{\text{n}}$, Ihre etc. (*I ever am with the most i n v i o l a b l e
a t t a c h m e n t my d$\underline{\text{t}}$ [dearest] and most beloved H$\underline{\text{n}}$*

most faithfully and

most affectionally

Saturday,   *yours*

June 16$\underline{\text{th}}$ 792.   R. S.

Und Haydn? Gar keine Zeile von ihm?

Leider nicht. — Aber noch vierzehn Jahre später
hören wir von dem damals 74jährigen Greise, dass ihm die
Witwe keineswegs gleichgültig gewesen. Und dem Maler
Albert Christoph D i e s, der Haydn's Biographie zu schreiben

beabsichtigte, bemerkte er, indem dieser auf die erwähnten Briefe aufmerksam wurde, mit dem ihm eigenen schalkhaften Lächeln: „Briefe von einer englischen Witwe in London, die mich liebte; aber sie war, ob sie gleich schon sechzig Jahre zählte, noch eine schöne und liebenswürdige Frau, die ich, wenn ich damals ledig gewesen wäre, sehr leicht geheirathet hätte."

Während nun von einer Seite die zärtlichste Zuneigung sich bemühte, Haydn ein Herz voll Hingebung zu öffnen, bewies sich zu gleicher Zeit dessen Gattin in ihrer Weise nicht minder aufrichtig gegen ihn.

Sie hatte in einer Vorstadt W i e n's, im Bezirk Windmühle (nun mit Gumpendorf vereinigt), in der kleinen Steingasse Nr. 73 (jetzt Nr. 19), ein hübsches kleines Häuschen ohne Stockwerk nebst Gärtchen gesehen, welches ihr, da es überdies um einen billigen Preis zu kaufen war, sehr wohl gefiel. Sie schrieb daher an ihren Gemahl in London und wünschte, er möchte ihr den Gefallen erweisen und ihr 2000 Gulden übersenden; sie wolle damit das Haus kaufen, um es einst als „W i t w e n s i t z" bewohnen zu können [1].

---

[1] Haydn's Haus befindet sich in der freundlichen und sehr ruhig gelegenen, nun nach ihm benannten „H a y d n G a s s e", Vorstadt Gumpendorf. In dem freundlichen Gärtchen, auf dem Haydn's Blick von seinem Arbeitszimmer (jenem äusserst bescheidenen Dachstübchen im Hofe, rechts vom Eingang) wohl oft geruht haben mag, ist von dem Eigenthümer des Hauses auf einem Postament Haydn's Büste aus Sandstein aufgestellt „zum Andenken Haydn's gewidmet von A. Reymann sen. 1854." Den Eingang des Hauses ziert seit dem Jahre 1840 eine Marmorplatte mit der Aufschrift:

„ZUM HAYDN."

Haydn aber, der sonst so gute Haydn, schickte diesmal seiner Gattin das Geld nicht, sondern kam selber. „Ich besah mir das Häuschen“, erzählt der liebenswürdige Greis im Jahre 1806, „mir gefiel die einsam stille Lage desselben; ich kaufte es und liess während meiner zweiten Reise nach London ein Stockwerk darauf bauen. Meine Frau starb ungefähr sieben bis acht Jahre nachher [1800] und — nun bewohne ich es selber als Witwer.“ —

HAYDN IN LONDON.

———

ZWEITER BESUCH
1794 — 1795.

ORATORIEN, CONCERTE UND OPER

in den Jahren 1794 und 1795.

A.

ORATORIEN.

Die Aufführungen von Oratorien wurden im Jahre 1793 im Covent-Garden Theater unter Ashley als Dirigent und mit Mad. Mara, Mrs. Crouch, Kelly und Bartleman fortgesetzt, hatten aber einen bedeutenden Gegner in den, nun unter dem Titel „professional-Oratorios" im King's Theater unter Dr. Arnold und Linley, ebenfalls zu den gewöhnlichen Theaterpreisen veranstalteten Aufführungen geistlicher Musik. Unter den Solosängern erscheint hier auch „Master Humel", nicht zu verwechseln mit dem Clavierspieler J. N. Hummel.

Covent-Garden strengte nun im Jahre 1794 ganz besonders alle Kräfte an, dem neu erstandenen Gegner Drurylane die Spitze zu bieten. Ashley [1]) dirigirte und sein

---

[1]) Der Name Ashley war fünfmal vertreten. Der Vater ist als Unternehmer und Dirigent der Oratorien-Aufführungen

Name erscheint ausserdem noch viermal durch seine Söhne vertreten (Cello, Violine, Orgel u. Pauke). Sänger und Sängerinnen waren: Mad. M a r a, Mrs. S t u a r t, Miss B r u m a n und P a r k e; I n c l e d o n, F l o r i o, L i n t o n, B a r t l e m a n, H i l l (von *Winchester*) und Master H u m e l; als Solospieler sind G. A s h l e y (Violin) und C. W e s l e y [1]) (Orgel) genannt. Vollständig

---

genannt; dessen Söhne waren G. C. Ashley (Violin), John James (Orgelspieler und Gesanglehrer), Charles (Cello), Richard (Viola und Pauke). Der Violinspieler war ein Schüler Giardini's und Barthelemon's. Dieser wird besonders gerühmt. Die „Master Ashley's" gaben schon 1785 ein Concert, in dem die vier Söhne ein Quartett spielten. Von da an erscheint die Familie in Concerten und Oratorien in London und bei den Musikfesten in den Provinzen. Der Vater blies bei dieser Gelegenheit Contrafagott (*double bassoon*). — Bei der ersten Aufführung des Requiems von Mozart in London (20. Febr. 1801) waren alle fünf Ashley's beschäftigt; Ashley sen. dirigirte. Der älteste Sohn G. C. Ashley starb zu London (Pimlico) am 21. August 1818.

[1]) Abermals ein Wunderkind! Barrington gibt in seinen „Miscellanies" (p. 291) einen ausführlichen Bericht von dem erstaunend früh entwickelten Tonsinn der Brüder Wesley. die später als tüchtige Organisten oft genannt werden. C h a r l e s, der Aeltere, war am 11. December 1757 zu Bristol geboren, S a m u e l, der Jüngere, am 24. Febr. 1766; Letzterer starb um's Jahr 1815. Von ihm wurde u. a. 1799 „zwischen dem 1. und 2. Theil von Acis e Galatea" eine Ode an St. Cäcilie aufgeführt; Samuel selbst spielte das dritte Orgelconcert (*Times*). Von Samuel Wesley ist besonders die doppelchörige Motette „In exitu Israel", Psalm 114, bekannt geworden. Von Charles Wesley erschienen schon 1788 sechs Quartette für Streichinstrumente, Dr. Boyce gewidmet. (*Publ. Adv.*) — Die musikalischen Anlagen, die diese Brüder, Neffen des berühmten Stifters der Methodisten, John Wesley, wie auch der früher genannte Will. Crotch, so ausserordentlich frühzeitig (im dritten Lebensjahre) entwickelten, stehen so ganz ausser allem Verhältniss mit dem, was die angestaunten Wunderkinder

aufgeführte Oratorien waren aber nur drei: „Alexanderfest",
„ l'Allegro ed il Pensieroso " und „der Messias". — Diese
Aufführungen wurden in wenig veränderter Weise auch im
Jahre 1795 fortgesetzt, Mara sang aber nicht. —
Drury-lane[1]) begann seine Thätigkeit mit Ora-
torien-Aufführungen und wurde am 12. März 1794 unter der
Direction von Linley und Storace eröffnet. Solosänger wa-
ren hier: die Damen Sgra. Storace, Mrs. Crouch, Miss
Mason (erstes Auftreten), Miss Leake (Schülerin Arnold's)
Mrs. Bland; die Herren Harrison, Meredith (von Liver-
pool, erstes Auftreten), Kelly, Dignum, Master Welsh. Als
Solospieler sind Parke (Oboe), Ashe (Flöte) und der Vio-
linspieler Giornovichj genannt. Die Bühne, auf der das
Orchester aufgestellt war, stellte das Innere einer gothischen

---

später leisteten, dass nur die verfehlteste Lehrmethode ein solches
Resultat gewaltsam herbeiführen konnte. Um so bemerkenswerther
ist, was ABCDario über beide Wesley's schon 1780 sagt: *The
characteristic feature of the father may be plainly traced in the
performance of the sons, who, though they are certainly not un-
instructed in the rules of music, seem to write more from the mis-
taken inspiration of the newlight, and the inflammatory suggesti ns
of over-headed devotion, than a careful attention to the principles
of the science.*

[1]) Das dritte Drury-lane Theater wurde vom Architekten
Holland erbaut. Es war so geräumig, dass über 3600 Zuschauer
darin Platz hatten. Die höchste Einnahme an einem Abend war
auf 826 £. berechnet. Es war, wie eine Schauspielerin (Mrs.
Jordan) sich äusserte, eine Wildniss (*a wilderness*), für Künstler
und Publicum gleich unbequem. Man war auch bald genöthigt,
auf Abänderungen zu denken. Ganz ausgebaut wurde es aber
nie; es brannte schon 1809 ab. Das vierte noch jetzt bestehende
Drury-lane Theater wurde von Wyatt nach dem Plane des Theaters zu Bordeaux gebaut und am 12. October 1812 mit einem
Prologe von Lord Byron eröffnet.

Kirche dar; Chor und Orchester waren bedeutend verstärkt; der Zuspruch des Publicums ausserordentlich. Die aufgeführten Werke waren: der „Messias" (dreimal), „Acis e Galatea", „l'Allegro ed il Pensieroso" und die gewöhnlichen „*Selections*". Das Programm der Letzteren enthielt oft nicht weniger als 35 Nummern [1])!

Die Tonkünstler - Societät (*Royal Society of Musicians*) führte in diesen beiden Jahren wieder den „Messias" in der Kirche St. Margaret, Westminster, auf. Dirigent war Dr. Arnold; Dupuis sass an der Orgel, Cramer war *leader*. 1794 sangen die Soli: Sgra. Storace, Miss Leake und Parke; Harrison, Kelly, Sig. Rovedino [2]), Fischer (der berühmte deutsche Bassist), Master Welsh, Sale, Webbe (von Oxford), Page, Gore und Bellamy jun.

Nebst den Oratorien in Covent-Garden im Jahre 1795 wurde auch im King's Theater geistliche Musik aufgeführt worüber Weiteres bei Haydn.

---

[1]) Die Aufführung von 12 bereits angekündigten Oratorien in dem, unterdessen neu aufgebauten Pantheon, musste unterbleiben, da der Hofmarschall dazu seine Einwilligung nicht gab. Sie wurden dann in Covent-Garden abgehalten. Auch die beabsichtigten Spirituel-Concerte mussten unterbleiben.

[2]) Sig. Carlo Rovedino trat bereits 1778 als Bass-Sänger in der italienischen Oper in London auf und blieb von da an eine lange Reihe von Jahren in der ernsten und komischen Oper ein verwendbares Mitglied. Er starb am 6. Oct. 1822, 71 Jahre alt, und wurde auf dem Friedhofe von Chelsea, New Church, begraben. Eine seiner Töchter heirathete den Bruder der Mrs. Billington, Chs. Weichsel, *leader* des Orchesters der ital. Oper.

B.

CONCERTE.

Gesangsconcerte. — Der Bassist Fischer. — Smart jun. und Th. Taylor. — John Field. — Mad. Mara's Concert. — Der Tenor Braham. — Grosses Concert im King's Theater. — *Readings and music* im Lyceum. — Der junge Pinto. — Cramer, Yaniewicz, Viotti, Giornovichj. — Die Virtuosinnen Grandjean, Ducrest, Gautherot, Lareve. — Concert zum Besten verarmter Weber. — Der Contrabassist Dragonetti. — Der fünfjährige Jul. Baux.

Die Zahl der Concerte in den Jahren 1794 und 1795 war eine mässige. Die mehr auf Vocalmusik berechneten Concerte lassen sich, obwohl immerhin bedeutend genug, leicht zusammen fassen. Die damals beliebten engl. Sänger : Bannister, Sedgwick, Dignum, Sale, Bellamy jun., Harrison und Knyvett gaben eigene Concerte, meist von Dr. Arnold dirigirt; Cramer oder Salomon waren *leader*, an der Orgel sass Knyvett, am Clavier Greatorex. Die Vocal-Concerte von Harrison und Knyvett in Willis's Rooms waren 1794 bereits erweitert (zehn Subscr.-Concerte zu vier Guineen).

Der Bassist Fischer gab am 2. Juni in Hanover sq. rooms ein grosses Concert. Von Haydn wurden aufgeführt : zwei Sinfonien und Finale (darunter die Militär-Sinfonie) ; ferner ein Quartett für Flöte und Streichinstrumente, und ein

Manuscript-Concertante für Violin, Cello, Oboe, Fagott (S a - lo m o n, D a h m e n jun., H a r r i n g t o n, M a c k i n t o s h); D u s s e k spielte ein Concert und Fischer selbst sang eine Arie (Scena, Romanze) und mit Miss Parke ein Duett; S a l o - m o n war *leader.* Fischer ist derselbe, für den Mozart die Rolle des Osmin componirte. Mozart schrieb über ihn am 26. September 1781 an seinen Vater: „Da wir die Rolle des Osmin Hrn. Fischer zugedacht haben, welcher gewiss eine vortreffliche Basstimme hat, obwohl der Erzbischof zu mir gesagt, er singe zu tief für einen Bassisten, und ich ihm aber betheuerte, er würde nächstens höher singen, so muss man so einen benutzen, besonders da er das hiesige Publicum ganz für sich hat."

L u d w i g F i s c h e r, geb. zu Mainz 1745, wurde in Mannheim von dem Tenoristen R a a f f zum Sänger gebildet und dann in Mannheim, München, Wien und Berlin engagirt. Er hatte eine klangvolle, umfangreiche Stimme, eine für einen Bassisten seltene Kehlenfertigkeit und war zugleich auch ein tüchtiger Schauspieler. Mit Mozart war er sehr befreundet; dieser schrieb für ihn die Arie „non so, d'onde viene" (Köchel, Mozart-Catalog p. 406). In London trat Fischer, wie wir gesehen haben, auch in den Concerten für alte Musik auf. Er starb 1825 zu Berlin.

Auch an jugendlichen Talenten fehlte es wieder nicht. Der junge S m a r t trat mit einem Clavierconcert, T a y l o r, ein Schüler Giornovichj's, mit einem Violinconcert seines Meisters auf. Thomas T a y l o r (wenn dieser gemeint ist), war um 1787 zu Chester geboren, also damals etwa 7 Jahre alt. — Der 10jährige F i e l d („Master Field"), Clementi's Schüler, wird zum e r s t e n m a l genannt; er spielte wiederholt Clavierconcerte von Dussek und Clementi.

J o h n F i e l d, der junge Irländer, der nachherige

Schöpfer der Nocturnen, befand sich in London erst kurze Zeit. Bis zum Jahre 1802, wo er England verliess, trat er wiederholt auf, 1799 bereits auch mit eigenen Concertstücken im Benefice des jungen Pinto und im Concert des *New musical Fund.* Nach einer Abwesenheit von 30 Jahren aus Russland zurückgekehrt, trat er in der Saison 1832 in der *Philharmonic Society* auf und spielte sein Es-dur-Concert. Er besuchte dann noch Frankreich, Italien und kehrte über Wien in höchst leidendem Zustand nach Moskau zurück, das er nicht mehr verlassen sollte; er starb am 11. Jan. 1837.

Ein Concert der Mad. Mara war 1794 angekündigt, verschoben und fand endlich krankheitshalber gar nicht statt; doch gab die Sängerin am 24. März 1795 in Hanover sq. rooms ein grosses Concert, zu dem sie „den hohen und höchsten Adel und das Publicum im Allgemeinen einlud und hoffte, dass sie sich auch diesmal der ihr bisher bewiesenen Gunst werde zu erfreuen haben, welche zu verdienen, ihr stetes Bestreben sein werde" [1]. In diesem interessanten Concert fungirte Yaniewicz als *leader;* Clementi dirigirte am Clavier; das Programm war folgendes:

Abtheilung I.

Grosse **Sinfonie** (M. S.) . . . . Mozart.
Gesangstück, vorgetr. v. Mr. Braham.
Quartett . . . . Haydn.
Arie, gesungen von Mad. Mara . . . . Andreozzi.

---

[1] Die ehelichen Zwistigkeiten der beiden Mara's wurden in den Journalen noch immer besprochen. So erschien im November 1794 Folgendes im Tagblatt „the Oracle": *Salomon is preparing for his excellent concert and Mara for his excellent consort. Both have the same object too — the acquisition of money. This grand elixir will gild the pill of matrimonial quarrel, and string the fiddle by which Viotti's wonders are performed.*

Concert für Flöte, vorgetr. v. Mr. A s h e . . . Ashe.
Arie, ges. v. Mad. M a r a . . . . Nasolini.
Abtheilung II.
Neue grosse Ouverture [Sinfonie] M. S. . . . Clementi.
Gesangstück, vorgetr. v. Mr. B r a h a m.
Violinconcert, vorgetr. v. Mr. Y a n i e w i c z . . Yaniewicz.
Arie, ges. von Mad. M a r a . . . . Anfossi.
Finale (*full piece*). . . . . Haydn.

Trotz der Reichhaltigkeit dieses Programms blieb der
Saal leer. „Sie [Mara] hatte nicht mehr als 60 Personen. Man
sagte, dass sie niemals besser sang als damals." So berichtet
Griesinger (p. 51) aus dem nicht mehr existirenden Tagebuch über Haydn's zweiten Aufenthalt in London [1]).

Das interessanteste in diesem Concert ist aber das Auftreten des Tenoristen B r a h a m, der wohl eigens dazu von
Bath gekommen war, wo er damals bei R a u z z i n i studierte
und in dessen Concerten sang.

John B r a h a m (sein eigentlicher Name war A b r a-
h a m) , wurde um 1774 zu London von israelitischen Eltern
geboren. Nachdem er unter dem vielseitig gebildeten Sänger
L e o n i [2]) seine ersten musikalischen Studien gemacht, trat
er zuerst Ende December 1787, und Abend für Abend im
Anfang des nächsten Jahres in dem unter Palmer stehenden

---

[1]) Haydn's Tagebuch (Gries. 51) sagt weiter: „Sie [Mad.
Mara] gab hierauf ein zweites Concert unter dem Namen des
Flötenspielers Ash. Das Haus war ziemlich voll; ich sass am
Clavier." Von diesem zweiten Concert ist nichts in den Zeitungen
erwähnt.

[2]) L e o n i, ein Israelite, war als Tenorsänger in Concerten,
Oratorien und auf der Bühne sehr geschätzt. Wohl die früheste
Erwähnung von ihm geschieht 1761, in welchem Jahre er am
10. April im Drury-lane Theater ein Benefice hatte und in den
Zwischenacten des Schauspiels sang (*singing by Master Leoni*).

kleinen *Royalty-Theatre*, Well street, nahe Goodman's field's, in einem Pasticcio mit Arne's *„the soldier tir'd"* auf. Am 2. Juni 1788 sang Braham zum erstenmal in Covent-Garden im Benefice Leoni's in der Burleske *„Poor Vulkan."* Da er bald darauf mutirte, musste er sich mit Clavierlectionen weiter helfen; doch kehrte die Stimme schöner denn je zurück und so ging er auf Anrathen und Empfehlung des Flötisten Ashe nach Bath zu R a u z z i n i. Von Storace engagirt, trat der jugendliche Tenor am 30. April 1796 im Drury-lane Theater zum erstenmal auf; auch sang er nun neben der Mara in Salomon's Concerten. 1797 zeigte er sich hier auch einmal als Clavierspieler; mit Miss D i o t spielte er nämlich eine Sonate zu vier Händen. Damals sang er auch mit Sgra. Storace auf Verlangen das beliebte, nur für zwei Singstimmen ohne alle Begleitung componirte Duett *„Ally Croakez."* Zu seiner weiteren Ausbildung ging Braham nun nach Italien und sang u. a. in Venedig an jenem Abend, als C i m a r o s a's letzte, von M a y e r vollendete Oper „Artemisia", aufgeführt werden sollte. Die Oper wurde nicht zu Ende gespielt, denn das Publicum liess aus Achtung für seinen Liebling Cimarosa nach den zwei von ihm componirten Acten den Vorhang fallen. Als Braham aus Italien zurückkehrte, war seine Stellung bedeutend genug; in Dublin erhielt er beispielsweise für 15

Er wurde später als Sänger in der Synagoge (Duke's place, Covent-Garden) angestellt und machte durch seine schöne Stimme und seinen geschmackvollen Vortrag viel Aufsehen. 1774 sang er in den Subsc.-Concerten im Pantheon und wurde dann im Covent-Garden Theater angestellt, wo er in der englischen Oper auftrat. Dass er aber auch in Oratorien und sogar im Messias sang, konnten ihm seine besorgten Glaubensgenossen nicht verzeihen und er sah sich desshalb seines Amtes als Vorsänger enthoben. Um 1790 ging er nach Jamaica.

Abende 2000 Guineen. Wie bereits bei Mozart erwähnt, trat er 1806 als Sextus in Mozart's „Titus" auf [1]).

Im King's Theater wurde am 15. Mai 1794 auf ganz besonderes Verlangen ein grosses Concert veranstaltet, wobei die Mitglieder der ital. Oper mitwirkten. Die erste Abtheilung bildete eine Anzahl einzelner Nummern aus verschiedenen Werken Händel's nebst Violin- und Violincell-Solo's von G i- o r n o v i c h j und L i n d l e y , wobei auch eine, für den neuen grossen Opernconcertsaal vom k. Orgelbauer G r e e n verfertigte Orgel zum erstenmal von G r e a t o r e x gespielt wurde. Der Hauptzweck des Concertes aber war die Aufführung des grossen *Te Deum* mit Doppel-Chören von P a i- s i e l l o , welches dieser im Sommer 1791 zur Feier des von Wien nach Neapel zurückgekehrten Königs beider Sicilien componirt hatte. Wie ausdrücklich bemerkt, gab es von der Partitur dieses *Te Deum* nur zwei Abschriften, die sich im Besitz des Königs von Neapel und des Prinzen von Wales befanden; Letzterer hatte denn auch deren Benutzung für diese Gelegenheit gestattet. Die Soli waren vortrefflich besetzt: H a r r i s o n , R o v e d i n o , R o s e l l i und Sgra. B a n t i.

In diesem Jahr fanden auch im „Neuen Lyceum", Hanover square, eine Anzahl Abendunterhaltungen neuer Art statt: *Readings and music* (Vorlesungen mit Vocal- und Instrumentalvorträgen abwechselnd) [2]). Die Vorlesungen wurden in ital., franz. und englischer Sprache gehalten. R a i-

---

[1]) Ein natürlicher Sohn Braham's und der Sängerin Storace, the Reverend Spencer Braham, lebt noch gegenwärtig als Domherr der Cathedrale zu Canterbury.

[2]) Auch in Freemasons Hall, Great Queenstreet, fanden ähnliche Abendunterhaltungen (*Reading and Music*) statt, wobei Incledon, Fawcett etc. Gesänge vortrugen.

m o n d i war *leader* des Orchesters, C l e m e n t i dirigirte
am Clavier. Auch hier leitete meist eine Sinfonie von Haydn
die Abtheilungen ein. Abermals tritt eine Clavierspielerin,
Miss M'A r t h u r, auf und hier ist auch der jugendliche
Enkel des bei Mozart erwähnten Th. Pinto, G e o r g e F r e-
d e r i c P i n t o, der ein Violinconcert von Giornovichj spielte,
zum erstenmal erwähnt. Pinto's Mutter war eine Tochter des
Violinspielers Thomas Pinto aus dessen erster Ehe mit einer
deutschen Pastorstochter, Sibille Gronaman. Nach Pinto's
Tode verliess seine Tochter Schottland und verheirathete sich
in London mit einem gewissen S a u t e r s. Ihr Sohn George
Frederic hätte also diesen Namen zu führen gehabt, den er
aber, um die Erinnerung an die musikalische Familie Pinto
wach zu halten, und da er nun selbst in die Fussstapfen seines
Grossvaters trat, mit letzterem vertauschte.

George Frederic P i n t o war am 25. Sept. 1786 zu
Lambeth (südwestl. Theil London's) geboren und zeigte frühzeitig ein entschiedenes Musiktalent. Seine Grossmutter, die
bei Mozart erwähnte Mrs. Pinto, geb. B r e n t, lebte nun ganz
für den hübschen und aufgeweckten Knaben, der seine ersten
Lehrer bald überholte und nun in Salomon einen wahrhaft
väterlichen Freund fand. Unter seiner Leitung machte er erstaunliche Fortschritte, trat in London, Bath, Oxforl, Cambridge, Winchester auf und ging dann, 15 Jahre alt, mit
Salomon nach Schottland, wo der Enkel einer dort so wohl
bekannten musikalischen Familie viel Aufsehen machte. Eine
zweite Reise führte ihn nach Paris. Wie er schon als Knabe
mit Geschmack zu singen verstand, machte er nebst der Vio·
line nun auch auf dem Clavier rasche Fortschritte und liess
bereits einige Compositionen, u. a. eine Sonate, seinem
Freunde John Field gewidmet, erscheinen. Im Jahre 1805
zog er sich in Birmingham, wo er in einem Concert auftrat,

eine Erkältung zu, der sein durch ungeregeltes Leben ohnedies geschwächter Körper bald erliegen sollte. Noch war er als Dirigent und Solospieler in den grossen Concerten zu Oxford engagirt, konnte jedoch nur ein einzigesmal auftreten und starb, eine geknickte, kaum entfaltete Blume, in *little Chelsea* (London) am 23. März 1806. Ein und derselbe Stein in der Kirche St. Margaret, Westminster, deckt seine und seiner Grossmutter Gebeine. Seine sonstigen Fähigkeiten un-gerechnet, zeigte Pinto als Violinspieler nicht nur ein eminentes Talent in brillanter Fertigkeit, sondern wusste mit einem vollen, üppigen Ton den Zuhörer so recht ins Herz zu treffen. Salomon aber, der fein gebildete Menschenkenner, versicherte dass Pinto, wenn er länger gelebt hätte und im Stande gewesen wäre, sein zügelloses Leben zu dämmen, in das ihn nach aller Aussage besonders Mad. Dussek hineinzog, die Welt in ihm einen z w e i t e n M o z a r t gewonnen hätte. (Harmoni-con 1828, p. 215.)

Im Monat Mai 1794 lösten sich fünf Violinspieler: C r a m e r, Y a n i e w i c z, V i o t t i, G i o r n o v i c h j und S a-l o m o n mit eigenen Concerten ab. — C r a m e r gab sein Concert diesmal im neuen Opernsaal, *New Subscription Room*, King's Theater. Sgra. B a n t i sang, G r e a t o r e x spielte die neue von Green erbaute Orgel, H a y d n war mit zwei Sinfonien, Händel mit einigen Chören vertreten. C r a m e r spielte ein Concert von M a r t i n i und auch der kleine C h a r l e s C r a m e r concertirte unter der Aufsicht seines Vaters. Jeder der genannten übrigen Violinspieler hatte ein reich bedachtes Programm, von Sgra. B a n t i, D u c r e s t, Sgr. M o r e l l i und Andern unterstützt. In G i o r n o v i c h j's Concert am 30. Mai wurde auch ein C o n c e r t a n t e für Flöte, Oboe, Horn und

Fagott, componirt von D e v i e n n e [1]), von M o n z a n i, B e-
z o z z i [2]), P i e l t a i n und H o l m e s aufgeführt.
J. B. V i o t t i zeigte sich in seinem Concert am 23. Mai
auch einmal als V i o l a s p i e l e r.
Die mehrerwähnte Berl. Mus. Ztg. sagt gleichzeitig in
einem Bericht aus London, indem sie von Salomon und Viotti
spricht: „Er [Viotti] ist wahrscheinlich jetzt der grösste Vio-
linist in Europa. Ein starker, voller Ton, unbeschreibliche
Fertigkeit, Reinigkeit, Präcision, Schatten und Licht mit der
reizendsten Einfachheit verbunden, machen die Charakteristik
seiner Spielart aus, und die Composition seiner Concerte
übertrifft alle mir bekannten Violinconcerte. Seine Themata
sind prachtvoll und edel, mit Verstand durchgeführt, geschmackvoll mit kleinen und grossen Massen verwebt, und
gewähren bei den Wiederholungen dem Hörer jedesmal
neues Vergnügen. Seine Harmonie ist reich ohne Ueberla-
dung, der Rhythmus ist richtig und nicht steif, der Satz
rein und der Gebrauch der Blasinstrumente von grossem
Effect. Mit einem Worte: Viotti's Compositionen, sowie sein
Vortrag, sind gleich hinreissend." Vergleiche p. 84, Note 1.

---

[1]) François D e v i e n n e, geb. 1759 zu Joinville, war 1788
im Orchester des *Théâtre de Monsieur* zu Paris angestellt. Vertraut mit fast allen Instrumenten, that er besonders viel zur Ver-
vollkommnung der Harmoniemusik. Ueber seine Opern, Sinfonien,
Concerte etc., deren er eine erstaunliche Menge schrieb, siehe
Fétis „*Biographie des Musiciens*".
[2]) Die Berl. Musik-Ztg. (1793, Juni 29) sagt über ihn in
einem Bericht aus London: Bezozzi, Hoboist aus Paris, Bruder
des verstorbenen Dresdner Bezozzi, bläst in seinem 68. Jahre
noch mit so viel Feuer, schönem Vortrag und grosser Präcision,
dass ich ihm meine Bewunderung nicht versagen kann. Sein
Ton ist ein unvergleichlich schöner und wahrer Hoboeton; nur
in der Höhe ist er etwas stark.

Als Concertspielerinnen traten Mad. G r a n d j e a n,
D u c r e s t, D e l a v a l l e, G a u t h e r o t und L a r e v e auf.
Mad. D u c r e s t liess sich in ihrem Concert im Opern-
saal als Sängerin und Clavierspielerin hören. Hier wurden
auch die Ouverturen zur „Jagd Heinrich's IV." und zu
„Demophon" von V o g l e r aufgeführt; ferner als Chor
„*God save the King*", mit Variationen auf dem Pianoforte
begleitet von Mad. Ducrest.

Mad. D e l a v a l l e gab ein, vorzugsweise durch D a m e n
ausgeführtes Concert in Hanover sq. rooms. Sie selbst spielte
ein Solo für die Pedalharfe und eine Sonate für Clavier und
Violin, begleitet von S a l o m o n. Die Damen Mad. G a u t h e-
r o t und Miss L a r e v e spielten ein Concertante für zwei
Violinen und Mad. D u c r e s t liess sich als Sängerin
hören.

Den, nun wieder häufiger auftretenden B a r t h e l e m o n
sehen wir abermals als Dolmetscher C o r e l l i's in einem
grossen Concerte mitwirken. Es war dies eine, unter dem
Protectorat des Prinzen von Wales gegebene Wohlthätigkeits-
Akademie zum Besten verarmter Weber in Spitalfields (einem
Stadttheile London's). C l e m e n t i dirigirte am Clavier, sein
zehnjähriger Schüler F i e l d spielte eine Sonate; der jugendliche G. B r i d g e t o w e r, als Schüler Barthelemon's genannt,
spielte ein Violinconcert von Viotti; F. A t t w o o d ein Violon-
celloconcert von R e i c h a r d t; Mad. M a r a sang und die im
Jahre 1791 gestiftete *Choral-Society* konnte nun bereits mit
einem Chor von Händel auch zum Wohle Anderer mitwirken.

Der ausgezeichnete Contrabassist D r a g o n e t t i gab
1795 sein erstes Beneficeconcert in London. Derselbe war
zunächst auf Veranlassung der Sängerin B a n t i nach England gekommen, wo er sogleich im Orchester der ital. Oper
und für die im dortigen neuen Saale zum erstenmal gegebenen

sogenannten „Opern-Concerte" angestellt wurde. Sein erstes
Auftreten als Orchestermitglied war am 20. Dec. 1794 in
der Oper „*Zenobia in Palmira*", Musik von Anfossi. In
seinem Concerte spielte Dragonetti ein Capriccio und Concertone und wurde von Sgra. Banti, der Harfenspielerin Mdlle.
le Fourneur, von Viotti und den ausgezeichneten Or-
chestermitgliedern Harrington, Monzani, Holmes und
den beiden Leander [1]) unterstützt; die letztern spielten ein
Concertante von dem früher erwähnten Devienne. Dragonetti hatte sich bald nach seiner Ankunft mit Haydn besonders befreundet und es ist daher Ausführlicheres über ihn
selbst bei Haydn (1795) nachgetragen.

Um das kräftige Mannesalter und die zarte Jugend hart
zusammenzustellen, sei hier wie früher die Reihe der Concerte
abermals mit einem Wunderkinde [2]) geschlossen, das diesmal
doch wenigstens fünf Jahre zählte. Master Julien Baux trat

---

[1]) Die Gebrüder Leander, ausgezeichnete Waldhornisten,
traten das erstemal in London am 16. April 1781 auf und spielten Duette für zwei Waldhörner. Sie waren damals erst 10 und
11 Jahre alt. Ihre Namen sind später häufig in Concerten genannt.

[2]) Noch zu Ende des vorigen Jahrhunderts (1799) erschien
ein ähnliches frühreifes Talent „Master Parker (*the wonderful
child*) das Wunderkind", das sich, 4½ Jahr alt, auf dem Clavier
mit Compositionen von Haydn und Nicolai hören liess und obendrein Dryden's „Alexanderfest" deklamirte. Wie misstrauisch
man jedoch solche Erscheinungen betrachtete, zeigt folgende Notiz
aus dem *Morning Chronicle* (Febr. 4. 1785) bei Gelegenheit des
Auftretens J. B. Cramer's: „*The young Wesley's (non passibus
aequis) do not figure at any of the three chief concerts — — —
Young Crotch, a yet greate phenomenon in musik, is also not pro-
gressive! In the department of musik, more than any where else
nature seems fond of sporting early prodigies! but she cannot hold
it* — E. G. *the Mozarts, the Tomasino [Thomas Linley], the in-
stances above-mentioned [Cramer]*". -- (Wolfgang Mozart hatte

das erstemal im Lyceum, Strand, im April 1794 mit einem Violinconcert von Giornovichj auf. Der kleine Künstler gab dann unter der Protection des Herzogs und der Herzogin von York im Mai ein eigenes Concert und spielte ferner auch im kleinen Haymarket-Theater. Sein Programm hatte er sich gut bestellt: Haydn, Mozart und Stamitz waren mit Sinfonien vertreten; Letzterer mit einer Jagdsinfonie, „in Paris, Wien und Neapel mit grösstem Beifall gegeben". Der unternehmende Concertgeber spielte Concerte von Giornovichj und Viotti. Auch dieses frühreife Talent ist verschollen.

---

damals bereits Idomeneo, die Entführung aus dem Serail geschrieben, der Sinfonien, Concerte, Quartette etc. nicht zu gedenken.)

C.

O P E R.

a) Die italienische Oper im King's Theater.
1794 — 1795.

Nach schweren und langen Kämpfen war es der ital.
Oper endlich doch im Januar 1793 gelungen, an ihrer ursprünglichen Stätte im Lande in einem neuen, das frühere an Schönheit und Räumlichkeit weit übertreffenden Gebäude ihren
Thron aufzuschlagen. Für die Saison 1794—1795, die am
6. Dec. mit der Oper „l'amore contrastato, or la Molinarella"
Musik von Paisiello, eröffnet wurde, war Mad. Banti für
die opera seria engagirt. Ihr gegenüber herrschte in der opera
buffa Sgra. Morichelli. Beide waren die Abgöttinnen
des Theaters und zugleich der Schrecken der Intendanz,
Capellmeister und Dichter. Sgra. Morichelli, eine noble
Erscheinung, in Gesang und Spiel gleich gut, war voll List
und Verschlagenheit, dabei von grosser Geistesbildung. Mad.
Banti, damals nicht mehr jung, auch nicht schön, aber im
Besitz einer wundervoll schönen, mächtigen Stimme, war dagegen ungebildet, frech und selbst dem Trunk ergeben [1]. In
zweiter und dritter Linie standen die Sängerinnen Negri,

---

[1] *Memorie di Lorenzo da Ponte, Nuova-Jorca. 1830, in tre
volumi,* II. p. 31.

Pastorelli, Colombati, Anna Casentini (nun an Borghi verheiratet); ferner die Sopranisten Neri (unbedeutend) und Roselli (der letzte Castrat, der im vorigen Jahrhundert in London auftrat), der Tenor Brida, Rovedino, Braghetti, Torizziani, Gorelli, Morelli und aushilfsweise auch Kelly vom Drury-lane Theater. Director war Vincenz Federici, der auf den Willen und die Handlungen des Theatereigenthümers Will. Taylor unumschränkte Gewalt ausübte. Cramer war *leader*; Viotti war *Acting Manager* und sein Engagement wurde als eine besonders gute Vorbedeutung für das Gedeihen der Oper betrachtet. Die Chöre standen unter Dr. Arnold. Bianchi und Martini[1] „il melifluo", wie ihn Da Ponte nennt, waren als Componisten mit der Verpflichtung engagirt, ihre eigenen Werke am Clavier an den ersten drei Abenden jeder neuen Oper zu dirigiren. Poet war der Dichter Da Ponte.

Da Ponte, der Dichter von Mozart's Don Giovanni, geb. am 10. März 1749 in Ceneda, einem Städtchen in Venetianischen, gest. am 17. August 1838 zu New-York, war schon in der vorhergehenden Saison nach London gekommen, konnte aber neben Badini, der damals dem Theaterdirector Taylor unentbehrlich war, keine Stelle als Theaterdichter finden. Er wandte sich dann nach Holland, wo er in Amsterdam und im Haag eben im Begriff war eine ital. Oper zu eröffnen, als die Niederlage der Engländer bei Dünkirchen (Aug. 1793) alles vereitelte. Da Ponte, in die bitterste Noth

---

[1] Vincent Martini, *lo Spagnuolo* genannt, geb. 1754 zu Valencia, war Organist in Alicante, lebte dann in Madrid, ging 1781 nach Italien, 1784 nach Wien und 1788 als Director der Oper nach Petersburg. Mozart sagte von ihm: „Vieles in seinen Sachen ist wirklich sehr hübsch, aber in zehn Jahren wird kein Mensch mehr Notiz davon nehmen." (Rochlitz, A. M. Ztg. I. p. 116.)

versetzt, klagte seine Noth dem Freunde Casanova, und, um ihn um so sicherer zu rühren, in Versen. Dieser aber antwortete in vollkommener Prosa: „wenn Cicero an seine Freunde schrieb, sprach er nicht von Geschäften." Ganz unerwartet wurde dem Dichter nun von Taylor angetragen, Badini's Stelle als Theaterdichter mit 200 Pf. St. Gehalt zu übernehmen. Da Ponte wurde jedoch anfangs von Taylor wenig beachtet; erst als Gazaniga's Don Giovanni dem gehofften Erfolg nicht entsprach, gab er ihm Gelegenheit für die Oper thätig zu sein. Nebenbei wurde er nach und nach Schatzmeister, Einkäufer, Geschäftsmann, Zahlmeister und Günstling des Taylor, für den er später 30mal wegen Schulden arretirt wurde. Er hatte Vollmacht, Martini in Petersburg als Componist für die Oper zu engagiren und befand sich in der wenig beneidenswerthen Lage, zu gleicher Zeit einen Operntext für die Rivalinnen Banti und Morichelli zu schreiben. Für den Componisten Bianchi, den Günstling der Banti, schrieb er „Semiramide"; für Martini aber, der ihm schon in Wien die Operntexte „il burbero di buon cuore" und „una cosa rara" zu danken hatte, schrieb er „la scuola de maritati" und „l'isola di piacere", die aber beide, wie Da Ponte sagt, nicht gefielen. (*Memorie di Lorenzo da Ponte*).

Kein Wunder, dass Da Ponte alles Mögliche versuchte, Mozart's „Don Giovanni" zur Aufführung zu bringen. Die Oper „Don Giovanni" wurde auch am 1. März 1794 gegeben, es war aber jene von Gazaniga, [1]) nebst Zugaben von·

---

[1]) Von Giuseppe Gazaniga, neapolitanischem Capellmeister, wurde u. a. schon im Jahre 1772 zu Wien ein Singspiel in drei Aufzügen „la Locanda" aufgeführt. (Genaue Nachrichten von beiden k. k. Schaubühnen in Wien. 1773 v. J. H. F. Müller.) Die Manuscr.-Partitur der oben genannten Oper (wahrscheinlich zum grössten Theil Autograf des Componisten) befindet sich im Musik-

Federici, Sarti und Guglielmi. Es geschah dies auf den Vorschlag Federici's. Sgra. Therese Negri trat in dieser Oper zum erstenmal auf; ferner sangen Rovedino, Braghetti, Torizziani, Morelli, Sgra. Colombati, Pastorelli, Demira. Die Tänze waren von Mr. Noverre arrangirt; ein über 100 Personen starker Leichenzug in altspanischem Costume bewegte sich im Lauf des Abends über die Bühne, hatte aber bei dem Andrang ungebetener Leidtragenden kaum Platz, sich hinter der Scene zu formiren; es musste daher bei der zweiten Aufführung an das alte Verbot, das Niemand ausser den Beschäftigten die Bühne zu betreten habe, eindringlich erinnert werden.

vereins-Archiv zu Wien. Die, früher zweiactige, Oper ist hier in Einen Act zusammengezogen. Offenbar war die vorhandene Partitur ursprünglich der 2. Act *(Atto secondo* steht noch, aber durchstrichen, am Kopf des Titels). Diesem ehemals zweiten Theil wurden dann drei Nummern vorangesetzt; einige Arien haben nur die nothdürftige Bassbegleitung; mehrere Nummern (Chor, Duett, Arie) fehlen gänzlich. Der Titel lautet: *Il convitato di Pietra* | *Atto solo* | *del* | *Sgr̲ Giuseppe Gazaniga* [so ist der Name angegeben]. | *In S. Moisè* 1787 [Theater S. Mosè in Venedig]. Ein erstes Finale fehlt, das zweite Finale bildet den Schluss der Oper. (Ein zweites Exemplar [M. S.] aus der Verlassenschaft des verstorbenen Professor Edward Taylor wurde im December 1863 in einer Auction bei Puttick & Simpson in London verkauft.) Merkwürdig ist an einigen Stellen die gleiche Auffassung der beiden Componisten Gazaniga und Mozart. Nach Dr. L. v. Sonnleithner (Recensionen 1860 Nr. 38) wurde die Oper nach der ersten Aufführung in Venedig, dann in Bergamo und Rom (1788), Mailand (1789), Paris (1791) gegeben. In Rom wurde sie vier Wochen lang jeden Abend aufgeführt; Niemand konnte leben, schreibt Göthe an Zelter, der Don Juan nicht hatte in der Hölle braten und den Gouverneur, als seligen Geist, nicht hatte gegen Himmel fahren sehen.

Sgra. B a n t i trat erst Ende April in Bianchi's Oper
„Semiramide, or la vendetta di Nino" auf und rechtfertigte
den grossen Ruf, der ihr vorangegangen war. Zu ihrem Benefice am 24. Mai gab sie ausser der Oper Semiramide auch
„la Serva Padrona" als komisches Nachspiel in zwei Acten,
Musik von P a i s i e l l o. Sgra. B a n t i und Sig. M o r e l l i
waren die dabei Beschäftigten. Zwischen beiden Opern spielten S p e r a t i, M o u n t a i n, H a r r i n g t o n und C r a m e r
ein Pleyel'sches Concertante für Cello, Viola, Oboe und
Violin. Zur Feier des Sieges über die französische Flotte durch
Lord Howe war am 23. Juni 1794 eine grosse Galavor-
stellung nach Art der italienischen Feste in S. Carlo in Neapel. Auch hier wurde „la serva Padrona" aufgeführt; G i o r-
n o v i c h j spielte ein Violinconcert. Eine Cantate „la Vittoria" mit Solo und Chor, von P a i s i e l l o, in der Sgra. Banti
bereits in Neapel als Göttin des Sieges geglänzt hatte, wurde
dem Zweck des Festes angepasst; Noverre sorgte für ein alle-
gorisches Ballet und Sgra. Banti begeisterte mit dem engl.
Volkslied „Rule Britannia" das ohnedies festlich gestimmte
Publicum. Ein glänzender *Ridotto* in Gala, [1]) womit der neu
errichtete Concertsaal im King's Theater (das jetzige Bijou-
theater) eröffnet wurde, beschloss den Abend. — Die weite-

---

[1]) Ridotto's wurden in England im Jahre 1722 eingeführt.
Man nannte damals, wie früher erwähnt, die Maskeraden „Bälle",
und wenn denselben ein Concert vorherging „Ridotto". So wurde
im genannten Jahre im King's Theater ein Ridotto abgehalten,
eröffnet durch 24 Gesangs-Vorträge von Senesino, Baldasare, Mrs.
Anastasia Robinson, Salvai. Dann begab sich das Publicum über
eine Brücke vom Parterre zur Bühne, wo ein Herzogspaar den
Ball eröffnete. (*Freeholden's Journal*, Feb. 14. 1822.) Vergleiche
pag. 50, Note 1.

ren noch nicht genannten Opern waren: *il burbero di buon cuore, l'isola del piacere,* das Intermezzo *la scuola de Maritati, le nozze de Contadini spagnuoli* (Martini) *il capriccio drammatico, il Matrimonio segreto* (Cimarosa); *la Frascatana* (Paisiello), *le nozze di Dorina* (Sarti); *I contadini bizarri* (Sarti und Paisiello); *la bella pescatrice* (Guglielmi). Für Sgra. Banti schrieb Bianchi als Einlage in die Oper *Semiramide* eine neue Arie, begleitet mit Englisch-Horn, Violoncello, Waldhorn und Fagott (Ferlendis, ein Günstling der Sängerin Banti, Lindley, Leander, Holmes). Das Wichtigste dieser Saison wur aber Gluck's „A l c e s t e", welche am 30. April zum Benefice der Sgra. Banti zum erstenmal in London gegeben wurde und diesmal war Gluck's Musik vollständig beibehalten. Sgra. B a n t i, Sig. B r i d a, R o v e d i n o und K e l l y waren in der Oper beschäftigt. Der Erfolg war glänzend und zahlreiche Wiederholungen folgten. Kelly, damals eigentlich unter Sheridan in Drury-lane engagirt, hatte die Oper in Wien bei Gluck selbst einstudirt. Banti's Alceste war, wie Kelly versichert, in Gesang und Spiel ein „*chefd'oeuvre*".

B r i g i d a G i o r g i, nach ihrer Vermählung mit dem Tänzer Banti, G i o r g i B a n t i genannt, war die Tochter eines armen venezianischen Gondoliere. Die Natur hatte sie durch eine mächtige, umfangreiche und ausdrucksvolle Stimme gleichsam zur dramatischen Sängerin gestempelt. Ihre Jugendjahre waren nicht die glänzendsten. Nach langem Umherirren sollte erst in Paris ein Wendepunkt in ihrem Leben eintreten. Der Opernunternehmer De Vismes hörte sie dort in einem Kaffeehause singen und dies entschied für ihre Zukunft. Nicht lange darauf, im Jahre 1778, sang sie in London in den Subscriptions-Concerten im Pantheon, wo sie nach der berühmten A g u i z a r i auftrat. Sie war hier für drei Jahre engagirt, unter der Bedingung, dass von ihrer Gage jährlich 100 Pf. St. zu ihrer noch sehr nothwendigen Ausbildung verwendet würden. Aber die ungestüme Sängerin war als Schülerin schwer zu zügeln. Sie wurde auch nie musikalisch tüchtig gebildet; über alle Mängel musste ihr angebornes Talent hinüber helfen. Kein Lehrer hielt es lange mit ihr aus: Sacchini, Piozzi und Abel schreckten vor der Aufgabe zurück, den Eigensinn der Sängerin zu brechen. Endlich siegte doch der höhere Genius in ihr und Wien, Florenz, Mailand, Venedig, Neapel lernten in ihr die grosse Sängerin schätzen. Ausser der schon erwähnten Alceste brachte Sgra. Banti 1796 (7. April) zu ihrem Benefice auch Gluck's *„Iphigenia in Tauride"* in London zum erstenmal zur Aufführung [1]. Banti blieb bis zum Jahre 1802 in London und Mrs. Billington, nun von Italien zurückgekehrt, nahm dann ihre Stelle ein. Noch sangen beide Sängerinnen zugleich in der Oper „Merope" von Portogallo, zum Benefice der Banti, wobei das Theater und selbst die Bühne überfüllt war. Bald darauf, im Jahre 1806, verschied diese bedeutende Sängerin, kaum 50 Jahre alt, — im Arbeitshause zu Bologna. —

b) Die englische Oper im Covent-Garden Theater.

Ueber die Oper in den Jahren 1794 — 1795 ist hier wenig zu sagen. Baumgarten, der bereits als *leader* nicht mehr die nöthige Energie zeigte, war seines Postens enthoben und durch Mountain ersetzt (siehe „Mozart in London",

---

[1] Dieses Benefice soll der Sängerin, wie Parke erzählt, 1000 £. eingetragen haben. — Mad. Banti erhielt damals für jedes Auftreten in einem Concerte 35 Guineen — der höchste Preis, den bis dahin eine Sängerin zu fordern wagte (*the true Briton, March* 21. 1796).

pag. 167 [1]). Mrs. Billington fehlte und war durch Miss Poole und Stuart ersetzt. Incledon war noch immer der Liebling der grossen Masse; zuweilen sang er auch in Zwischenscenen seine beliebten Matrosenlieder im Costume. Der Componist Shield führte abermals zwei neue Werke auf: *„the travellers in Switzerland"* und *„Nettley Abbey"*; letztere ein Pasticcio mit Musik von Shield, Paisiello, Baumgarten und Dr. Arne. Beide wurden sehr oft gegeben. Auch Arnold's *„the maid of the mill"* und Arne's *„love in a village"* waren noch immer anziehend genug. Ausserdem sind genannt: *Castle of Andalusia*, *Robin Hood*, *Comus*, *beggar's Opera*, *Fontainebleau*, etc. — Ein grosses Spectakelstück *„Windsor Castle"* ist später bei Haydn erwähnt. Haydn's Name erscheint auch einmal, wie schon 1789, auf einem englischen Theaterzettel, nämlich in der grossen Spectakel - Pantomime „Hercules und Omphale", Musik von Shield mit theilweiser Benutzung der Werke von Haydn, Mazzinghi, Gluck, Gretry, Baumgarten, Eley und einer Ouverture für zwei Orchester von Will. Reeve, einem damals beliebten Componisten kleinerer Singspiele. —

c) Die englische Oper (Drury-lane Gesellschaft) anfangs im kleinen Haymarket Theater, dann im neu erbauten Drury-lane Theater.

Nachdem im King's Theater endlich doch eine italienische Oper zu Stande gekommen war, blieb den Mitgliedern vom Drury-lane Theater nichts übrig, als abermals umzu-

---

[1]) Man entliess ihn auf die schonendste Weise. Ein an Baumgarten gerichteter Brief sagt: dass der Theater-Director Harris beabsichtige, sein Orchester neu zu organisiren; obwohl er nun von Baumgarten's Eifer und Kenntnissen die höchste Meinung habe, befürchte er doch, dass das neue Arrangement für

siedeln, diesmal in's kleine Haymarket Theater. Hier finden wir nun wieder die alten Bekannten; neu hinzugekommen war Miss L e a k e , eine Schülerin Dr. Arnold's (*a bewitching little syren and a very pretty actress*). Die kleine hübsche Syrene trat das erstemal als Rosetta in *„love in a village"* auf. Auch der junge W e l s h , der fleissige Oratoriensänger , wird nun häufig bei dieser Gesellschaft genannt. S t o r a c e hatte unterdessen abermals drei Singspiele (Pasticcio's) gebracht: *„the Pirates"* , *„the price or 2, 5, 3, 8"* und *„My grandmother"*. Alle drei brachten Glück. Noch wären zu erwähnen: Arnold's *„the children in the Wood"* (die Kinder im Walde); *Rosina*, *„the Padlock"* (das Vorlegschloss), beide von Shield ; alles oft und gern gehörte Singspiele.

Der 3. Februar 1794 sollte für dies kleine Theater ein denkwürdiger Abend werden. Der Besuch des Hofes war angesagt und es wurden auf dessen Befehl drei Singspiele von Storace gegeben, nämlich *„the Price"*, *„my grandmother"* und *„No song no supper."* Wie immer beim Theaterbesuch des Hofes war auch diesmal das Publicum in Masse herbeigeströmt. Es entstand ein solches Gedränge am Eingang zum Parterre, dass 10—15 Todte und über 20 Personen mit gebrochenen Gliedern vom Platz weggetragen wurden. Wie es möglich war, dies dem König bis zum Schluss der Vorstellung zu verheimlichen — wie das Publicum im Stande sein konnte, sich nach solcher Scene vier Stunden lang mit Possen zu unterhalten (!) — wie vollends die Sänger fähig waren , an diesem Abend aufzutreten, ist wohl schwer zu begreifen [1]).

---

ihn zu anstrengend sein dürfte (*the Oracle*, Sept. 19, 1794). — Ueber Baumgarten's letzte Lebensjahre ist nichts bekannt geworden.

[1]) Kelly, II, p. 62, sagt darüber: *the news of this fatal accident was, very judiciously* (!), *kept from their Majesties until*

Das neu erbaute Drury-lane Theater war, wie wir gesehen, am 12. März 1794 mit Oratorien eröffnet worden. Der
erste Theaterabend, Montag den 21. April, brachte Shakespeare's „Macbeth." Es traten darin auf: K e m b l e (Macbeth), John P a l m e r (Macduff), Chs. K e m b l e (Malcolm)
sein erstes Auftreten in London, Chs. B a n n i s t e r (Hecate),
Mrs. S i d d o n s [1]) (Lady Macbeth). Die Soli und Chöre von
Matthew L o c k e waren unter Kelly's Leitung einstudirt.
Ein Epilogue von George Colman d. j., gesprochen von Miss
F a r r e n [2]), setzte dem Publicum die Vorzüge eines eisernen
Vorhanges und eines Wasser-Reservoirs bei Feuersgefahr aus-
einander. (Das Theater brannte trotzdem 14 Jahre später ab.)
Nach Erhebung der eisernen Courtine erblickte man Shake-
speare's Statue, über der ein Maulbeerbaum seine Zweige aus-
breitete (eine Anspielung auf des Dichters Garten in dessen
Geburtsstadt Stratford am Avon).

Ueber die Oper ist wenig mehr zu sagen. Neu waren
„the adopted child" (das Pflegekind), ein kleines Singspiel von
A t t w o o d, von Master W e l s h zu seinem Benefice gegeben;
„Lodoiska" und *„the Cherokee"*. Lodoiska wurde damals in
Paris im *Théâtre des Italiens*, mit Musik von K r e u t z e r und
im *Théâtre Feydeau*, mit Musik von C h e r u b i n i, gegeben.

---

*after the performance was over, when they evinced the deepest
sorrow and regret at the event.*

[1]) Diese durch Talent und Schönheit ausgezeichnete Schauspielerin (geborne Sarah Kemble) trat besonders in Shakespeare's
Dramen auf (Lady Macbeth, Desdemona, Hermione etc.) Sie starb,
76 Jahre alt, am 8. Juni 1831.

[2]) Miss F a r r e n war in der komischen Oper und im Lust-
spiele sehr beliebt. Sie verliess bald darauf (1797) die Bühne.
(*When she left the stage, genteel comedy became extinct,* sagt von
ihr Edgcumbe). Sie starb als Gräfin von Derby.

John K e m b l e übersetzte Lodoiska in's Englische und S t o-
r a c e schuf aus der Musik beider Componisten, nebst Andr e oz zi und auch Eigenem, ein Pasticcio, das sehr oft gegeben wurde; ebenso „the Cherokee" mit Musik von S t o-
r a c e, A n f o s s i, M o z a r t, B i a n c h i, D i t t e r s und
S a r t i. Dieses Pasticcio hat insofern Interesse, als es, wie
schon bei Mozart erwähnt, das e r s t e und e i n z i g e Mal ist,
dass Mozart's Name im vorigen Jahrhundert auf einem englischen Theaterzettel erscheint. — (Mozart in London p. 143.)

1 7 9 4.

Haydn entschliesst sich zur zweiten Reise nach London. — Abschied vom Fürsten Anton Eszterházy. — Haydn verlässt Wien. — Haydn auf der Reise. — Ankunft in London. — Haydn bezieht eine neue Wohnung. — Ankündigung der Salomon - Concerte. — Das erste Concert verschoben. — Das vierte Concert; Fiorillo. — Das fünfte und sechste Concert. — Mlle. Kirchgässner. — Haydn als Paukenschläger und der junge Smart. — Das siebente, achte und neunte Concert. — Haydn dirigirt im Concert der beiden Abrams. — Die drei letzten Salomon-Concerte. — Benefice Salomon's. — Benefice Haydn's am 2. Mai. — Haydn dirigirt im Concert der Miss Parke. — Haydn erhält die Nachricht, dass Fürst Nicolaus Eszterházy seine Capelle, mi· Haydn an der Spitze, wieder errichten will. — Haydn besucht das kleine Haymarket Theater. — Die Ruinen der Abtei Waverley. — Ausflug Haydn's nach Bath. — Der Sänger Rauzzini. — Musikleben in Bath. — Die Clavierspielerin Miles. — Haydn componirt einen Canon auf die Grabschrift eines Hundes. — Abschied von Bath. — Haydn im Covent-Garden Theater; Shakespeare's Hamlet. — Ausflug mit Shield nach Taplow. — Ausflug mit Lord Abingdon nach Presten. — Besuch bei Joah Bates, Dirigent der *Ancient - Music*-Concerte. — Mrs. Bates, geb. Harrop. — Haydn als Humorist. Jacob's Traum.

Nur zögernd ertheilte Fürst Anton Eszterházy seinem lieben Capellmeister Haydn die Erlaubniss, eine zweite Reise nach England zu unternehmen. Hatte er doch Ruhm in Fülle geerntet; warum sich neuerdings den Angriffen seiner Neider aussetzen und seinem vorgerückten Alter die Unbequemlichkeiten einer so weiten Reise zum zweitenmal aufbürden?! — So dachte der Fürst und suchte Haydn von seinem Vorhaben abzubringen. Doch dieser blieb standhaft. Zudem hatte er ja auch mit Salomon bereits abgeschlossen und sich verbindlich gemacht, weitere sechs Sinfonien für seine Concerte zu schreiben. Auch Haydn's eingegangene Verbindlichkeiten mit den ersten Musikalien-Verlegern Londons konnten nur an Ort und Stelle erledigt werden.

Der Fürst gab endlich nach und, wie bei der ersten Reise der Abschied von Mozart ein Letzter werden sollte, so schied Haydn auch diesmal von seinem Fürsten — auf Nimmerwiedersehen. Kurze Zeit nach Haydn's Ankunft in London erhielt er die Nachricht vom Tode des Fürsten Paul Anton. Sein Nachfolger war Fürst Nicolaus und somit waren drei regierende Fürsten Eszterházy, alle drei Haydn voll Liebe zugethan, mit seinem Namen auf ewige Zeiten unzertrennlich verbunden.

Haydn verliess am 19. Januar 1794 Wien [1]) und reiste diesmal sehr rasch. Bekannt ist, wie er im Städtchen Schärding den etwas lückenhaften Schulkenntnissen der Grenzbeamten, die ihn nach seinem Stande fragten, gutmüthig nachhalf. „Ein Tonkünstler?" wiederholten die Herren, „was ist das?" — „Nun, ein Hafner" (Thonkünstler, Töpfer), versicherte Einer. „Allerdings", bekräftigte Haydn, „und dieser [Haydn's Bedienter] ist mein Geselle." (Griesinger 47.)

In Wiesbaden machte Haydn in dem Gasthof, wo er abstieg, die Bekanntschaft mehrerer preussischen Officiere, die sich gerade an seiner Sinfonie mit dem Paukenschlag erfreuten. Haydn gab sich ihnen als den Componisten der-

---

[1]) Wie nachfolgender Zeitungsartikel zeigt, soll Haydn anfangs die Absicht gehabt haben, Beethoven, seinen damaligen Schüler, mit nach London zu nehmen. Die Berl. Musik - Ztg. (26. October 1793) lässt sich hierüber aus Bonn schreiben: „Im November vorigen Jahres reiste Lud. van Beethoven, zweiter Hoforganist und unstreitig jetzt einer der ersten Clavierspieler, auf Kosten unseres Churfürsten nach Wien zu Haydn, um sich unter dessen Leitung in der Setzkunst mehr zu vervollkommnen. Haydn wollte ihn bei seiner zweiten Reise nach London mitnehmen; noch ist aber aus dieser Reise nichts geworden."

selben zu erkennen. „Unmöglich!" Haydn? und ein schon so bejahrter Mann? und hier das Feuer in der Musik — Unmöglich! — Doch Haydn hielt den Ungläubigen den Namenszug ihres Königs [1]) entgegen und verlebte nun in ihrem Kreise einen unerwartet heiteren Abend. (Dies 148.) Haydn's Ankunft in London erfolgte am 4. Febr. 1794, Salomon's erstes Concert aber war auf den 3. Febr. angezeigt. — Kein Wunder, dass es mit der Reise Eile hatte. — Salomon kündigte auch richtig in der *Times* am 3. Febr. an, dass er wegen verspäteter Ankunft Dr. Haydn's und Mr. Fischer's [Basssänger] sich genöthigt sehe, sein erstes Concert auf acht Tage, den 10. Febr., zu verschieben [2]).

Haydn bezog diesmal nicht seine frühere Wohnung. Wir finden ihn nun in einem etwas südlicheren Stadttheil, ganz nahe dem damaligen Carlton-house und zwar Nr. 1, *Bury street, St. James's.* Das Haus bildet ein Eckhaus in die King- und Burystreet und es befindet sich gegenwärtig im untern Geschoss ein Kaufmannsgewölbe (*Oil, Italian and Grocery Warehouse. William S. Hughes*). Schräg gegenüber in die Kingstreet steht St. James-Theater. Diese, ungleich freundlicher gelegene Wohnung dürfte Haydn wohl der besorgten Aufmerksamkeit seiner verehrten Freundin Mrs. Schroeter zu verdanken gehabt haben, die ihn dadurch zugleich auch mehr in ihrer Nähe hatte. Ein kurzer und freundlicher Spaziergang von kaum zehn Minuten, durch St. James's-Palast und durch *The Mall*, einer breiten Allee längs St. James's Park, führte ihn nach dem Buckingham-Palais

---

[1]) Es war ein Empfangschreiben Friedrich Wilhelm's II über sechs Quartette von Haydn, dat. Potsdam 21. April 1787. (Dies p. 71.)

[2]) Parke, der das erste Concert dennoch am 3. Febr. abhalten lässt, ist auch hier zu berichtigen.

und dicht dabei zur Wohnung der Mrs. Schroeter. Um so
mehr ist es zu bedauern, dass alle Anhaltspunkte fehlen,
Haydn's Besuche hier weiter verfolgen zu können. Nur ein
einzigesmal heisst es, dass Haydn, als er London für immer
verliess, die Partituren seiner letzten sechs Sinfonien „in
den Händen einer Dame zurückliess", womit wohl Mrs.
Schroeter gemeint sein dürfte.

Salomon gab nun seine 12 Concerte an den M o n t a g-
Abenden, früher durch die *professional* - Concerte besetzt.
Der Subscriptionspreis war der gewöhnliche, fünf Guineen.
Es ist diesmal in der Ankündigung nicht ausdrücklich gesagt, dass Haydn für j e d e n Abend eine neue Composition
liefern würde. Nichtsdestoweniger wurden aber doch öfter
selbst zwei Sinfonien von ihm, eine neue und eine ältere,
an Einem Abend aufgeführt, die er alle wie früher selbst
am Piano dirigirte. Für die Gesangsnummern waren diesmal hauptsächlich Mad. M a r a und der Basssänger F i s c h e r
von der Berliner Oper engagirt; ausser diesen beiden sangen
aber auch Mad. D u c r e s t, Miss P a r k e, Mrs. H i n d-
m a r s h, Mr. N i e l d und F l o r i o. Mad. Mara's Auftreten
wurde diesmal besonders kostbar, denn, durch Unwohlsein
verhindert, sang sie erst im fünften Concert; ebenso musste
sie auch an den zwei letzten Abenden ersetzt werden. Nebst
Salomon spielte auch V i o t t i Violinconcerte; ausser H a r t-
m a n n (Clarinet) waren die übrigen Tonkünstler dieselben
wie früher: D u s s e k, H a r r i n g t o n, A s h e, die Damen
K r u m p h o l z und D e l a v a l. Das Quartett war meist durch
S a l o m o n, D a m e n, F i o r i l l o und D a m e n jun. besetzt.
Ausser den Haydn'schen Sinfonien kamen auch einige von
Kozeluch, Reichard, Pichl, Gyrowetz und Pleyel zur Auf-
führung.

Wie schon erwähnt, wurde das erste Concert vom 3.
auf den 10. Februar verlegt. Leider waren die Programme

der drei ersten Concerte nicht aufzufinden; wir müssen daher gleich mit dem vierten Concert (3. März) beginnen.

Dieses vierte Salomon-Concert bietet eine ungewöhnliche Musterkarte von Namen. Nebst Sinfonien von Kozeluch und Haydn, Concertvorträgen von Harrington (Oboe), Dussek und Viotti sind auch Mad. Ducrest und Mr. Fischer mit Gesangsnummern genannt. Erstere sang eine Arie von Zingarelli und eine Cavatine von Sarti; Fischer eine Arie von Righini und beide zusammen ein Duett von Ferrari. Dieses einzigemal ist auch als Finale eine Chaconne von Fiorillo angeführt. Fiorillo — ebenfalls ein Name, der gleich einer Sternschnuppe hier plötzlich auftaucht, um ebenso schnell wieder ins Dunkel der Vergessenheit zurückzufallen. Und doch reiste er einst als Virtuose und Componist in aller Herren Länder und seine zahlreichen Sinfonien, Concerte, Trio's, Quartetten, Quintetten, Violin-Etuden wurden in Paris, London, Berlin und Leipzig wiederholt aufgelegt.

Federico Fiorillo, der dritte Sohn des etwa von 1762—1780 zu Cassel angestellten Hofcapellmeisters Ignazio Fiorillo, war zu Braunschweig 1753 geboren, concertirte als Mandoline- und Violinvirtuose und nachdem er in den 80ger Jahren noch in den *Concerts spirituels* zu Paris aufgetreten, erscheint er plötzlich nun als bescheidener Bratschist, der vierte im Bunde, neben Salomon im Quartett. Später ging er nach Amsterdam. Von seinen zahlreichen, im leichten Pleyel'schen Styl gehaltenen Compositionen, haben sich nur seine Violin-Etuden bis auf den heutigen Tag erhalten [1]).

----

[1]) Erst in jüngster Zeit erschienen neu aufgelegt bei Bartholf Senff in Leipzig: Fiorillo, Etude in 36 Capricen für Violine. Herausgegeben und revidirt von Ferd. David. Eingeführt im Conservatorium der Musik zu Leipzig. — Ein Auto-

Das fünfte und sechste Concert von Salomon leitete mit Sinfonien von R e i c h a r d t und P i c h l ein. Ein neues Quartett von H a y d n, „bereits im zweiten Concert aufgeführt", musste repetirt werden; ebenso eine neue, schon im vierten Concert aufgeführte Sinfonie. A s h e (Flöte), V i - o t t i, D a m e n jun. (Cello) spielten Soli; ein Mr. F l o r i o trat als Sänger auf und M a r a, F l o r i o und F i s c h e r sangen ein Terzett — eine seltene Erscheinung in diesen Concerten. Haydn's Name blieb bei seinem zweiten Aufenthalt un- angetastet. *The Oracle* (10. März) versicherte nach dem fünften Concert, „dass Haydn erst jüngst, ein zweiter Virgil, *vires acquirit eundo,* eine Sinfonie geschrieben habe, welche die Kenner für sein bestes Werk erklärten". Dasselbe Blatt schreibt nach dem sechsten Concert: „von Haydn, der nie fehlen darf, wurde eine frühere Sinfonie aufgeführt; der zweite Satz wurde wie gewöhnlich repetirt — in Anmuth und Kunst, was kommt dem gleich *(for Grace and Science, what is like it?)."*

In diesem sechsten Concerte trat zum erstenmal auch die blinde Harmonicaspielerin Marianne K i r c h g ä s s n e r mit einem Quintett auf. Ihr Spiel, voll Ausdruck und Gefühl sprach sehr an.

Marianne K i r c h g ä s s n e r, geb. 1770 zu Waghäusel bei Rastatt, Grossherzogthum Baden, verlor in frühester Kindheit das Augenlicht. Als Virtuosin auf der Glasharmo- nica machte sie viele Reisen. Als sie Mozart in Wien hörte, schrieb er für sie (23. Mai 1791) ein Adagio und Rondo für Harmonica, Flöte, Oboe, Viola und Cello, später als Clavier-

---

graf von Fiorillo: *sinfonia concertante,* vollst. Partitur für vier Streichinstrumente, zwei Flöten, Oboen und Hörner, componirt 1786 zu Paris, befindet sich im Musikvereins-Archiv zu Wien.

quintett umgearbeitet (v. Köchel, Moz.-Catalog Nr. 617). In London benutzte Marianne ein ihr verordnetes Augenwasser mit so viel Erfolg, dass sie nach 30jähriger Blindheit wenigstens Farben und grössere Gegenstände zu unterscheiden vermochte. Sie starb am 9. Dec. 1808 in Schaffhausen. J. W. Tomaschek in Prag schrieb zu ihrem Andenken ein Tonstück: „Fantasie für die Harmonica, am Grabe der Kirchgässner" (Prag, 1809).

Vorübergehend sei hier einer Scene aus jener Zeit gedacht, die uns den wohl einzigen noch lebenden Zeugen jener Salomon-Concerte vorführt: G. Smart. Der nun (1866) 90jährige Organist der Königin, Sir George Smart, war bei Salomon als Violinspieler engagirt. Eines Tages fehlte es bei einer Probe an einem Paukenschläger. Haydn, am Clavier dirigirend, fragt: „Ist Niemand da, der die Pauke schlagen kann?" — „Ich kann es", erwiederte rasch der junge Smart, der nie einen Paukenschlägel in der Hand gehabt hatte und überzeugt war, es genüge ein blosses Dreinschlagen im richtigen Tacte. Nach dem ersten Satz der Sinfonie geht Haydn zu Smart, lobt ihn, meint aber, Die in Deutschland gebrauchten den Schlägel in der Art, dass sie nicht die Vibration hemmten. Zugleich nimmt Haydn den Schlägel und zeigt dem erstaunten Orchester ein neues ungeahntes Talent ihres Führers. „Sehr wohl", bemerkt der unerschrockene junge Smart, „wenn Sie es so lieber haben, wir können dies auch in England."

Haydn also ein Paukenschläger! — Um dies recht zu verstehen, müssen wir uns einen Augenblick um 56 Jahre zurückversetzen und zwar nach dem Städtchen Hainburg an der Pressburger Poststrasse, am Ufer der Donau. Hier lebte ein weitläufig verwandter Vetter Haydn's, der biedere Regenschori Frank. Dessen braver Paukenschläger nun erwies der

Welt durch einen rechtzeitigen Tod die Gefälligkeit, den Regenschori zuerst auf die musikalische Ader des kaum sechsjährigen Joseph aufmerksam zu machen. Frank in Verlegenheit, eine Prozession ohne Paukenschläger abhalten zu müssen, warf sein Auge auf Joseph, zeigt ihm die nöthigen Handgriffe und sieht nun beruhigter dem Gang der Dinge entgegen. Joseph, als er sich allein befand, nimmt einen kleinen Korb, der kurz zuvor noch beim Brodbacken verwendet wurde; er spannt ein Tuch über den Krater desselben, stellt das neu erfundene Instrument auf einen Sessel und fängt nun an unbarmherzig drauf los zu schlagen, unbekümmert um die Wolken Mehl's, die sich um ihn zusammen ziehen und das immer stärker drohende Ächzen seines Opfers. Wohl gab es in der ersten Hitze einen Verweis des Herrn Vetters als dieser dazu kam, aber der Paukenschläger war fertig und die Prozession konnte ohne Anstand vor sich gehen (nach Dies p. 15).

Die nachfolgenden wenig bekannten Daten über den genannten k. Hoforganisten, der später mit Beethoven, C. M. v. Weber und Mendelssohn-Bartholdy in Berührung kam, sind ein Auszug aus dem Werke: *„Photographic Portraits of Men of Eminence in Literature, science and art with Biographies and Memoirs"*. *London, Lovell Reeve & C. Nr. IX. Febr. 1864.*

S m a r t, Sir George Thomas, wurde am 10. Mai 1776 zu London geboren und machte als Sängerknabe der k. Capelle St. James's seine musikalischen Studien unter Dr. Ayrton und später unter Dr. Arnold (Westminster-Abtei). Dr. Dupuis war sein Lehrer im Orgelspiel und ernannte ihn dann zu seinem Substituten; Cramer unterrichtete ihn im Clavier. 1811 dirigirte er in Dublin eine Reihe Concerte und dort wurde ihm durch einflussreiche Verwendung vom Herzog von Richmond, damals Vicekönig von Irland, die

Ritterwürde ertheilt. 1822 wurde er zum Organisten, und 1833 zum Componisten der k. Capelle St. James's ernannt, wie später auch durch den Herzog von Sussex, Grossmeister der Freimaurerlogen, zum Organisten dieses Ordens. In keiner dieser Eigenschaften leistete er Bedeutendes. Um so mehr that er sich als Dirigent hervor. Seit 1813 dirigirte er 13 Jahre lang die Oratorien in Covent-Garden und Drurylane. In Letzterem führte er 1814 Beethoven's „Christus am Oelberg" in England zum erstenmal auf. Von 1816—1844 dirigirte er in 49 Concerten der *Philharmonic Society*. In dieser Zeit leitete er auch die Musikfeste von 25 Provinz-Hauptstädten. Am 21. März 1825 führte er in London zum erstenmal Beethoven's n e u n t e Sinfonie auf, die der Meister im Auftrag der *Philh. Society* geschrieben hatte. Smart besuchte ihn dann selbst in Wien. — Auf der Rückreise nach London kam er in Berlin mit Mendelssohn zusammen und bewog ihn, England zu besuchen. 1836 führte Smart dessen „Paulus" in Liverpool auf. — C. M. v. Weber, den Smart bereits in Dresden in Angelegenheit des „Oberon" besucht hatte, wohnte dann in London im Hause Smart's, wo er seine Oper vollendete und bald nach deren Aufführung daselbst am 5. Juni 1826 starb. Smart lies sich namentlich das Studium Händel'scher Werke angelegen sein, wozu er zuerst durch den Umgang mit Joah Bates angeregt wurde. Er erfreute sich auch in dieser Richtung jahrelang einer Reihe hervorragender Gesangsschüler [1]).

Das siebente, achte und neunte Concert Salomon's wurde mit Sinfonien von Gyrowetz, Pleyel und Reichardt eingeleitet. Ein neues M. S. Quartett von Haydn wurde von S a- l o m o n, D a m e n, F i o r i l l o und D a m e n jun. im siebenten

---

[1]) Sir George Th. S m a r t ist unterdessen, am 23. Februar 1867, 91 Jahre alt, gestorben.

und achten Concert aufgeführt. Die zweite Abtheilung brachte
Sinfonien von Haydn; Viotti wird zweimal mit Violinconcerten genannt; ein Concertante für zwei Violinen und Viola
comp. von Gyrowetz, gespielt von Salomon, Damen und
Hindmarsh, gefiel sehr; Hartmann und Parkinson
trugen ein Concert für Clarinet und Fagott vor und Marianne
Kirchgässner trat noch einmal im neunten Concert mit
einer Sonate für die Harmonica auf. Mad. Mara und Fischer sangen in jedem Concert zweimal; auch Mrs. Hindmarsh ist einmal mit einer Arie genannt.

In einem Benefice-Concert der Misses Abrams sehen
wir, wie früher, Haydn und Salomon an der Spitze des Orchesters und natürlich auch eine Sinfonie und ein Quartett
des Ersteren im Programm. Auch eine neue Harfenspielerin,
Mad. Grandjean, tritt hier zum erstenmal öffentlich auf.

Die drei letzten Salomon-Concerte tragen an der Spitze
der beiden Abtheilungen Haydn's Namen mit Sinfonien; im
zehnten und eilften Concert ist, eine besondere Seltenheit, ein
„Quintett" von Haydn für zwei Violinen, zwei Viola's und
Violoncello angezeigt. Dasselbe erschien 1799 als op. 88 in
Wien bei Joseph Eder, Kunst- und Musikalien-Verleger, zur
goldenen Krone, am Graben. (Wiener Zeitung, 16. Februar
1799.) Am zehnten Abend traten die Waldhornisten W. Dahmen und Zoncada mit einem Doppelconcert auf. Im zwölften und letzten Concerte endlich, Montag den 12. Mai, trat
Mr. Bertini mit einem Pianoforte-Concert auf. Es war dies
der Vater oder Bruder des, der musikalischen Jugend durch
seine Etuden wohlbekannten H. Bertini. Nach Fétis war
August Bertini, der Bruder des Letzteren, 1793 von Paris nach
London gekommen, um, damals 13 Jahre alt, einige Zeit bei
Clementi zu studiren. Wahrscheinlich kam er in Begleitung
seines Vaters, eines tüchtigen Musikers, der dann mehrere

Jahre sich in London aufhielt, denn Henry Bertini wurde
hier 1798, am 28. October, geboren. Salomon und Viotti
spielten an diesem zwölften Abend ein Violinduett, und Anfang, Mitte und Ende des Programms zierte Haydn's Name,
darunter die Militär-Sinfonie „the military, — with the military
movement." (Beilage VI, Nr. 12.)

Salomon, der nun im Hause der Hanover square rooms
selbst wohnte, gab am 28. Mai 1794 noch ein Beneficeconcert, in dem zwei Sinfonien von Haydn (eine davon abermals
die Militärsinfonie) aufgeführt wurden; Salomon spielte zweimal und Miss Parke und die Herren Nield und Fischer
sangen. Als *leader* des Orchesters ist diesmal Viotti genannt, ein Beweis, in welch' gutem Einvernehmen die beiden
Künstler damals zu einander standen. —

Haydn's Benefice-Concert in Hanover squ. rooms, Freitag den 2. Mai 1794, wie früher um 8 Uhr Abends, hatte
folgendes Programm:

Abtheilung I.

Grosse Sinfonie, M. S. . . . . Haydn.
Arie, gesungen von Mr. Fischer.
Pianoforte-Concert, vorgetr. v. Mr. Dusseck . Dusseck.
Scena, ges. v. Miss Parke.

Abtheilung II.

Grosse Sinfonie, M. S. (Militär-Sinf.) . . . . Haydn.
Scena, ges. v. Mr. Fischer.
Violinconcert, gespielt v. Sig. Viotti . . . Viotti.
Arie, vorgetr. v. Miss Parke.
Finale . . . . Haydn.

Eintrittskarten zu einer halben Guinee zu haben bei Dr.
Haydn, Nr. 1, Bury street St. James's; Messrs. Longman and Broderip, Cheapside and Haymarket; Bland, 45 Holborn; Mr. Williams, Hanover sq. rooms.

In einem Concert der Miss P a r k e, mit Cramer als *leader* des Orchesters, dirigirte Haydn am Piano. Nur selten geschah es bis jetzt, dass diese beiden Männer in einem und demselben Concerte als Mitwirkende zugleich thätig waren. — Haydn erhielt in den Sommermonaten im Namen des damals in Italien sich aufhaltenden Fürsten Nicolaus Eszterházy die Nachricht, der Fürst wünsche seine ganze Capelle, Haydn als Capellmeister an ihrer Spitze, wieder errichtet zu sehen. Es bedurfte nur dieser einfachen Erklärung, Haydn's Entschluss sogleich zu bestimmen. Waren ihm doch die Fürsten Eszterházy von jeher gütige und treue Gönner gewesen, und Haydn denselben von Herzen zugethan. An ein etwaiges „Aufschlagen seines Reiches" in England war nun nicht mehr zu denken, auch wenn dasselbe ihm noch glänzendere Versuchungen entgegen gestellt hätte. Haydn schlug ein und wurde wieder, nach Erfüllung seiner eingegangenen Verpflichtungen in London, was er früher gewesen: der treue Diener seines Herrn. —

Ende Juli befand sich Haydn in London selbst und besuchte am 28. Juli (sein Tagebuch gibt irrthümlich den 29. an) das kleine Haymarket Theater. Es wurde „*the Mountaineers*" (die Bergbewohner) und „*Auld Robin Gray*", ein Pastorale, beide mit Musik von **Dr. A r n o l d**, gegeben. Haydn scheint nicht besonders von jenem Abend erbaut gewesen zu sein. „Man macht da so elendes Gezeug als in Sadler's Well [1]);

---

[1]) Sadler's Wells, eines der ältesten kleineren Theater Londons, sei hier wenigstens mit einem historischen Schaustück erwähnt. Im Juni 1795 wurde daselbst „*the Fall of Rizzio*" aufgeführt, bearbeitet „nach den merkwürdigen Umständen, die den Tod dieses unglücklichen Italieners, dem vertrauten Secretär der Königin von Schottland, herbeiführten". Die Musik war nach den Compositionen David Rizzio's von R e e v e instrumentirt.

ein Kerl schrie eine Arie so fürchterlich und mit so extremen Grimassen, dass ich am ganzen Leibe zu schwitzen anfing. NB. Er musste die Arie wiederholen. *O che bestie!"*

Die Abtei Waverley.

In der Grafschaft Surrey, drei engl. Meilen südöstlich von Farnham (westlich von Tunbridge) befinden sich die an den Ufern des Flusses Wey reizend gelegenen Ruinen der Abtei Waverley. Dieselbe war von William Giffard, Bischof von Winchester, im Jahre 1128 gegründet und war die erste Stätte, welche die Mönche des, 1098 gestifteten und nach seinem Stammkloster *Citeaux,* unweit Dijon im Bisthum Chalons benannten, Cisterzienser-Ordens in England bewohnten. Gleich den meisten dieser Klöster war sie der heiligen Jungfrau Maria geweiht. Der Gründer selbst wurde hier im Jahre 1280 auch beigesetzt. Das Kloster war zuerst von einem Abt und zwölf Mönchen bewohnt, die von einem fremden Aufenthalt, Elemosina genannt, kamen. Es wurde dann wieder aufgelöst und an den Schatzmeister Sir William Fitzwilliams, späteren Grafen von Southampton, verliehen. Nach dessen Tode wechselte die Abtei noch mehrmals ihren Besitzer und wurde kurz nach 1533 ganz aufgelöst. Die noch bestehenden Ruinen liegen in einzelne Theile getrennt, zerstreut umher und lassen die Schönheit des einstigen Baues kaum mehr ahnen [1]).

Hier finden wir Haydn am 26. August 1794, als er einer Einladung des Sir Charles Rich, eines „ziemlich guten Violoncellospielers", wie ihn Haydn nennt, folgte und beim Anblick der Ruinen des einst dem Dienste seiner eigenen Religion geweihten Klosters unwillkürlich seiner Glau-

---

[1]) *The Antiquities of England and Wales, by Francis Grose Esq.* F. A. S. London 1775.

bensfreudigkeit Worte verlieh: „Ich muss gestehen", schrieb er in sein Tagebuch, „dass, so oft ich diese schöne Wildniss betrachtete, mein Herz beklemmt wurde, wenn ich daran dachte, dass alles dieses einst unter meiner Religion stand."

B a t h.

Etwa in den Monat September ist auch ein Ausflug Haydn's nach dem glänzenden Badeort B a t h, in der Grafschaft Somerset und wenige Meilen von Bristol entfernt, zu setzen. Dort lebte der Sänger R a u z z i n i , ein im Privat- und Kunstleben gleich geachteter Künstler.

R a u z z i n i Venanzio, ein Römer von Geburt, wurde besonders in Wien und München seiner Zeit gefeiert. Er besass eine ungewöhnlich sanfte Sopranstimme, war tüchtig musikalisch gebildet, dabei ein guter Schauspieler und von höchst einnehmendem Aeusseren. Der Componist N a u m a n n , in dessen Oper „Armida" Rauzzini in Padua sang, schrieb von ihm : „Ich habe einen Sänger, welcher meiner Musik Ehre macht, ein gewisser Rauzzini; ich weiss keinen bessern, denn er hat alle guten Qualitäten, singt wie ein Engel und ist ein vortrefflicher Acteur." In London trat Rauzzini zuerst im Jahre 1774 auf. Er componirte auch mehrere Opern, Quartette, Sonaten; ferner ein Requiem, welches 1801 im kleinen Haymarket Theater unter Dr. Arnold und Salomon aufgeführt wurde [1]. Rauzzini war besonders auch ein vorzüglicher Gesangslehrer. Sgra. S t o r a c e, der Tenor B r a h a m, Miss P o o l e (spätere Mrs. Dickens), eine kurze Zeit I n c l e - d o n, zählten zu seinen Schülern. In den Jahren 1778 und

---

[1] A B C Dario, p. 39, sagt von ihm (NB. vor dem Jahre 1780) : „*Sig. R a u z z i n i is an A t - a l l in composition. Songs, duos, trios, quartettos, and operas, flow from his pen, equally good ; but how can we praise his accompanied recitatives? — his harpsichord lessons!*"

1779 hatte er mit dem berühmten, von Selbstbewusstsein übersprudelnden Violinspieler L a m o t t e Subscript.-Concerte in London veranstaltet, in denen Miss H a r r o p, die vortreffliche Oratoriensängerin, Sig. R o v e d i n o, die Instrumentalisten F i s c h e r, C e r v e t t o, S t a m i t z, D e c a m p, B a u m g a r t e n und C l e m e n t i mitwirkten. R a u z z i n i wählte zum Schauplatz seiner späteren Thätigkeit den Badeort Bath, wo er in den, seit 1771 neu erbauten Assembly Rooms eine Reihe der gediegensten Concerte jährlich veranstaltete — Concerte, in denen aufzutreten die Künstler als eine Auszeichnung betrachteten. Rauzzini starb, allgemein betrauert, zu Bath 1810.

Das freundliche Bath, wo die Musik besonders treu gepflegt wurde und das als Geburtsort so mancher Sänger und Musiker genannt wird, verdient es wohl, dass wir uns bei dieser Gelegenheit etwas genauer dort umsehen.

„Abendgesellschaften aller Art (*Routes*, *Card Parties*) mit Musik und Tanz sind jetzt in voller Blüthe", lässt sich *Morning Post* im Januar 1792 aus Bath schreiben. Privat- und öffentliche Concerte lösten sich ab; in der Kirche St. James's wurde unter Rauzzini zum Besten der Armen Händel'sche Musik aufgeführt, wobei N i e l d, Master W e l s h, Mad. S i s l e y und Mrs. S e c o n d sangen und wer an Instrumenten und Musikalien etwas bedurfte, fand in beiden die reichste Auswahl bei Linter, Nr. 3, Abbey Church-Yard. In Bath begegnen wir um jene Zeit die genannte Madame S i s l e y, die am 4. Januar 1792 ein Benefice-Concert der bessern Art gab. Bertoni, Tarchi, Haydn, Händel, Viotti, Rauzzini werden im Programm genannt. Die treffliche Clavierspielerin Mrs. M i l e s (geb. G u e s t), Mrs. S e c o n d, Master W e l s h, H o l m e s, alles Bekannte von London her, wirkten mit und Mad. Sisley selbst zeigte sich als Sängerin, Clavierspielerin und mit einer Claviersonate selbst als Componistin. Auch

Master Welsh, der oft genannte jugendliche Sänger, in Bath
gar wohl bekannt durch seinen vortrefflichen Kirchengesang,
gab ein ähnliches Concert. Bath hatte auch seinen „Catch-
Club" im Gasthaus zum weissen Löwen (am Damenabend
aber waren die Concerte in der Stadthalle). So viel zeigt uns
das *Bath Journal.* Ein zufällig erhaltenes Programm jenes
Clubs sagt Weiteres, was aufgeführt wurde. Es bringt mei-
stens mehrstimmige Gesänge und Volkslieder, Catches und
Glees, componirt oder harmonisirt von Dr. Harington (aus
Bath), Brooks, Corfe, Danby, Webbe, Field (von Letzterem harmonisirt „*thou soft flowing Avon*"). — In Rauzzini's
Concerten sind als Solisten genannt: Brooks (Violine),
Herschell (Cello), Ashley (Oboe), Mahon (Clarinet),
Ashe (Flöte), Holmes (Fagott), Wilkins (Orgel), Mrs.
Miles (Piano). Bath war für die Künstler London's einer
der beliebtesten Orte zu Concertausflügen. Mara war wie-
derholt dort; Giornovichj und Yaniewicz finden wir
gerade jetzt ebenfalls dort. Einige Programme jener Concerte
sind noch in der grossen Sammlung Theaterzettel im British
Museum erhalten. Schon diese Programme, sorgfältig zusammengestellt und ungemein zierlich gedruckt, machen einen
guten Eindruck. Ein einziger Abend (21. Jan. 1795) bringt
die Namen Mara, Braham, Yaniewicz, Ashe und Mrs.
Miles. Mara sang an diesem Abend drei Arien: von Händel,
Anfossi und dem zu Neapel 1754 geborenen Theater- und
Kirchencomponisten L. Caruso[1]). Braham, der sich
gerade in diesen Concerten die Sängersporen verdiente, sang
eine Händel'sche Arie und eine Canzonette „*Recollection*" (*the
season comes when first we met, but you return no more*) von
Haydn, von dem auch zwei Sinfonien aufgeführt wurden.

---

[1]) Luigi Caruso war Capellmeister an der Cathedrale zu
Perugia und schrieb ausser einer Anzahl Messen, Oratorien etc.
über fünfzig Opern für die meisten grösseren Städte Italiens.

Die erwähnte Clavierspielerin Mrs. Miles, die auch ein eigenes Concert gab, war längst eine gern gesehene Erscheinung in den Concerten London's. Als Miss Jane Mary Guest hatte sie schon 12 Jahre früher in London Subscr.- Concerte in Willis's Rooms gegeben und dabei auch einmal (1784) mit „Master Cramer" ein Duo für Pianoforte gespielt. Auch erschienen von ihr damals sechs Sonaten, der Königin gewidmet. Sie trat zuerst, noch nicht sechs Jahre alt, in Bath, ihrer Vaterstadt auf, wo besonders Rauzzini auf ihre musikalische Ausbildung grossen Einfluss hatte. Nach London kam sie gerade noch recht, um sich eine der letzten Schülerinnen J. C. Bach's nennen zu können. Ihr Spiel soll besonders voll Empfindung gewesen sein. Sie unterrichtete später die Prinzessin Charlotte, einzige Tochter des Prinzen von Wales, nachmaligen König Georg IV.

Auf die freundliche Einladung Rauzzini's sehen wir nun Haydn in Begleitung Dr. Burney's nach dem Westen England's eilen, um mit dem Aufenthalt in Bath drei weitere frohe Tage in sein Tagebuch verzeichnen zu können. Diesmal glückt es uns sogar, den Meister die Feder zur Hand nehmen zu sehen, um uns ein bleibendes Andenken an seinen dortigen Aufenthalt zu hinterlassen. Rauzzini hatte nämlich bei seinem Hause, „Pyramide" genannt, einen Garten und hier zeigte er Haydn ein einfaches Denkmal zu Ehren „seines besten Freundes", den ihm der Tod entrissen. Die Inschrift klagte in wenig Worten sein Leid. Dem sie galt, er war kein Mensch, und doch beschämte er diesen in der Treue:

„*Turk was a faithful dog, and not a man.*"

Haydn konnte die Klage seines Wirthes nicht besser achten, als durch eine musikalische Wiedergabe derselben. Heimlich verewigte er die Worte in einem vierstimmigen Canon, den er Rauzzini beim Abschied überreichte und den dieser nun der Inschrift auf dem Denkmal beifügen liess:

276

Canon a quatro.

J. Haydn.

Turk was a faith-ful dog, a faith-ful

Man. Turk was a faith-ful dog, a

Man. Turk was a faith-ful dog, and not and

Turk Turk was a

dog, and not a man, and not a

faith-ful dog, and not a man, and not a

not a man, and not a man, Turk, Turk,

faith - ful dog, a faithful

Noch kurz vor der Abreise Haydn's aus Bath überreichte ihm ein dort wohnender französischer Emigrant einen
Lorbeerkranz, begleitet von einigen wohlgemeinten Versen.

Anfangs October finden wir Haydn wieder in London.
Montag den 13. Oct. besuchte er das Covent-Garden Theater.
Es wurde Shakespeare's „Hamlet" aufgeführt. Im fünften
Act wurde ein Trauergesang nach Shakespear'schen Worten,
von Shield in Musik gesetzt, gesungen. Nach der Vorstellung des Hamlet wurde eine Pantomime „Harlequin and
Faustus" gegeben. Der „liebenswürdige" *(amiable)* Haydn
„as a genius second to no one" befand sich in einer Seiten-
loge *(the Oracle,* Oct. 14).

Etwa um diese Zeit dürfte ein schon bei dem Componisten W. Shield erwähnter Ausflug Haydn's nach Taplow einzuschalten sein. Shield, der ihn begleitete, versicherte,
„er habe dabei mehr gelernt als durch jahrelanges Studiren".

Am 14. November fuhr Haydn mit Lord Abingdon nach
Preston, 26 Meilen von London entfernt, zum Baron von
Aston. „Er und seine Gemahlin lieben die Musik", versi-
chert uns Haydn's Tagebuch (Griesinger p. 50).

„Den 15. December war ich bei Mr. Bates, der das
Ancient-Concert mit der Orgel dirigirt und ziemlich gut spielt.
Seine Gattin hat eine sehr angenehme, biegsame Stimme,
intonirt sehr richtig und ihre Aussprache ist deutlich. Sie
hat die Singart von Pacchierotti, aber einen etwas zu
geschwinden Triller." So berichtet uns Haydn's Tagebuch.
(Griesinger p. 48.)

Joah Bates, um 1740 zu Halifax geboren, war früher
Secretär des Lord Sandwich, der ihm den Dirigentenposten

in den *Ancient-Music*-Concerten verschaffte. Bates, ein grosser
Verehrer Händel's, dirigirte auch die grossen Musikaufführungen in der Westminster-Abtei nnd als Belohnung für seinen
Eifer dabei wurde er auf den Wunsch des Königs zum Zoll-
amtscommissär und zum Director des Greenwich - Hospitals
ernannt. Er starb am 8. Juni 1799. (*Gentl. Mag.*)

Mrs. Bates, geb. Harrop, war, gleich Miss Linley, in
den 70ger Jahren eine ausgezeichnete Oratoriensängerin, die
Zierde jeder Aufführung Händel'scher Werke. Sie starb 1811.
(J. Crosse p. 25.)

Zum Schlusse dieses Jahres sei an eine Anekdote erinnert, die uns Haydn als Humorist zeigt. Haydn war in
London im Hause eines Fräulein J., einer tüchtigen Clavierspielerin, mit einem deutschen Musikdilettanten bekannt geworden. Dieser hatte die Gewohnheit, immer mit seiner Fertigkeit auf der Violine in den höchsten Lagen glänzen zu
wollen. Um ihn von solch halsbrecherischer Arbeit zu heilen,
schrieb Haydn eine anscheinend leichte Sonate, Jakob's
Traum betitelt, für Clavier und Violine, worin die Letztere
unmerklich in immer höhere Positionen hinaufgetrieben
wurde. Diese Composition schickte Haydn versiegelt und ohne
Namensunterschrift versehen an das Fräulein, welche, selbst
nichts ahnend von der Absicht des unbekannten Componisten,
unsern Dilettanten harmlos einlud, ihr dieselbe zu begleiten.
Es dauerte nicht lange, so flogen die Passagen in der dritten
Position hin und her. Der Dilettant schwelgte. „Sehr gut geschrieben", murmelte er, „man sieht, der Componist kennt
die Stärke des Instrumentes." Das ging so eine Weile fort.
Anstatt aber endlich in möglichere Regionen herabzusteigen,
ging es noch höher hinauf zur fünften und sechsten und endlich gar zur siebenten Position. Die Finger, immer zusammen
gedrängter, liefen gleich Ameisen durcheinander. Herum-

krabbelnd, die Passagen überstürzend, bereits den Angst-
schweiss auf der Stirne, verwandelte sich das anfängliche Lob
in bittere Verwünschungen. „Ist das auch erhört?!", brach
das Ungewitter los, „so etwas zusammen zu schmieren! Der
Mensch versteht ja gar nicht für die Violine zu schreiben. — —"
Es war die Himmelsleiter, die Jacob im Traume sah
und auf welcher Haydn sein Opfer unbarmherzig auf und
nieder steigen liess. (Nach Dies p. 152.)

1 7 9 5.

Salomon kündigt an, dass seine Subscriptions - Concerte in diesem Jahre nicht stattfinden. — Haydn speist bei Dr. Parsons. — Concert beim Herzog von York; der ganze Hof zugegen; nur Haydn'sche Musik aufgeführt. — Haydn und König Georg III. — Concert bei der Königin; König und Königin reden Haydn zu, nach England zu übersiedeln. — Der erste Besuch des Königs in Carlton-house beim Prinzen von Wales. — Die „Opern - Concerte" im King's Theater. — Oratorien in der Fastenzeit im King's Theater; Compositionen von Haydn werden dabei aufgeführt. — Vorgebliches Benefice-Concert der Mad. Mara. — Haydn über die Oper „Acis e Galatea", Musik von Bianchi. — Concert zum Besten armer Freimaurer-Waisen. — „Windsor - Castle", ein Spectakelstück, Musik von Salomon, Ouverture von Haydn. — Der Prinz von Wales. — Des Prinzen Privatcapelle in Brighton. — Ankunft der Prinzessin Caroline von Braunschweig, Braut des Prinzen von Wales. — Die Vermählungsfeierlichkeit in St. James's Chapel. — Concerte beim Prinzen von Wales. — Concert des *New musical Fund*, zur Unterstützung verarmter Musiker. — Haydn's letztes Benefice-Concert. — Der Oboist Ferlendis. — Concerte von Cramer und Dussek; Haydn dirigirt. — Der Contrabassist Dragonetti. — Noch zwei „Opern-Concerte". — Bruchstück eines Oratoriums in englischer Sprache, Musik von Haydn (Autograph im British Museum). — Clementi verehrt Haydn einen Becher zum Andenken. — Haydn erhält eine Silberplatte, zum Dank für seine Mitwirkung an einem musikalischen Kirchenwerk. — Verzeichniss der Werke, die Haydn in London geschrieben. — Haydn's Abreise. — Schluss.

Anhang: „Die Schöpfung" von Haydn, das erstemal in England aufgeführt.

Am 16. Januar 1795 erschien in dem Tagblatt „the Oracle" eine Ankündigung, worin Salomon dem hohen und höchsten Adel für die Theilnahme dankt, die derselbe seinen Concerten bisher bewiesen. Nur mit aufrichtigem Bedauern sähe er sich genöthigt, deren Fortsetzung zu unterbrechen[1]. Bei der gegenwärtigen Lage der Zustände auf dem Continent sei es ihm unmöglich gewesen, sich vorzügliche Sänger zu

---

[1] Parke (I, p. 196) lässt trotzdem die Salomon - Concerte (*aided by Haydn*) am 27. Februar beginnen!

verschaffen. Herr Salomon sei jedoch so glücklich, mit seinem Plane: „Eine National-Schule für Musik" (*National School of music*) zu errichten und zu befördern, einen freundlichen Anklang zu finden.

Als Musiker von Fach wünsche er dem neuen Concertunternehmen an der Oper das beste Gedeihen. Er hoffe, dass seine Bemühungen nicht ganz nutzlos gewesen seien, indem sie die Veranlassung zur Entstehung eines Institutes gegeben hätten, welches so vielversprechend für seine Kunst sei. Salomon sei Dr. Haydn viel zu sehr verpflichtet, um nicht diese Gelegenheit zu benutzen, ihm seine öffentliche Anerkennung auszusprechen für die Vortheile, die er seinem unvergleichlichen Genius zu verdanken habe und welche, wie er glücklich sei sagen zu können, nicht ohne Einfluss auf das öffentliche Interesse geblieben seien. Herrn Viotti und allen anderen Künstlern, welche ihn mit ihrer Unterstützung beehrt hätten, sage er seinen besten Dank und er sei erfreut zu sehen, dass Alle, gleich beseelt von der Liebe zu ihrer Kunst, voll Eifer dem neuen Unternehmen beigetreten seien. —

So war denn an die Stelle der Salomon-Haydn-Concerte ein neues Unternehmen in Aussicht gestellt, das durch eine Vereinigung der ausgezeichnetsten Kunstkräfte alles bis dahin Bestandene verdunkeln sollte. —

Am 21. Januar speiste Haydn, nebst den beiden Doctoren Dupuis und Arnold, bei Dr. Parsons.

Von William Parsons als Musiker ist nicht viel zu sagen. Er erhielt 1786 nach Stanley's Tode die Stelle eines Dirigenten des k. Orchesters (*Master of the King's Band*), damals zum nicht geringen Verdruss Dr. Burney's, der selbst auf diesen Posten speculirte. Im Jahre 1790 holte sich

Parsons in Oxford die Doctorwürde und 1795 in Irland den Ritterschlag. Sir W. Parsons starb 1817.

Bei diesem Doctoren-Diner nun entstand ein Streit, wer von den drei Engländern bei der bevorstehenden Vermählung des Prinzen von Wales den musikalischen Theil der kirchlichen Feier zu dirigiren habe. (Dupuis und Arnold waren Beide Hoforganisten.) Gezwungen, darüber seine Meinung zu äussern, sagte Haydn: „Der minderjährige [jüngere] Organist solle die Orgel spielen, der andere solle seinen ihm untergeordneten Singchor und Dr. Parsons das Orchester dirigiren, und weil der Sänger immer den Vorzug vor dem Instrumentalisten habe, solle der ältere Organist mit seinem Chor rechts, Dr. Parsons aber links stehen."

Damit nun schienen die Herren nicht einverstanden, worauf Haydn den Klügeren zeigte und sich zurückzog. „Ich verliess die Gispeln [Provinzialausdruck für Thoren] und ging nach Hause." (Haydn's Tagebuch, Gries. 49.)

Zur näheren Verständigung sei hier erwähnt, dass die Herren bereits am 10. Januar eine Probe abgehalten hatten, wo ihnen mögen Bedenken gekommen sein, ihrer gegenseitigen Stellung nichts zu vergeben. Wir werden später sehen, dass sie sich schliesslich doch Haydn's Ausspruch fügten.

Sonntag den 1. Febr. besuchte das Königspaar, die k. Prinzessinnen, der Prinz von Wales, die Herzoge von Clarence und Gloucester den Herzog und die Herzogin von York in ihrer Wohnung in York-House, Piccadilly. Die Zeitungen erwähnen nicht, dass auch Concert an diesem Abend war, doch sagt Haydn's Tagebuch, dass nur Compositionen von ihm aufgeführt wurden. Salomon war *leader* des Orchesters, Haydn sass am Clavier. Der Prinz von Wales stellte ihn dem Könige vor. Dieser, sonst nur für Händel'sche Musik eingenommen, zeigte viel Interesse an der Musik dieses

Abends. „Dr. Haydn", sagte er zu diesem, „Sie haben viel
geschrieben." — „Ja, Sire! mehr als gut ist", antwortete
Haydn. „Gewiss nicht", entgegnete der König, „die Welt
widerspricht dem." — Der König stellte Haydn nun der
Königin vor und bat ihn, doch einige deutsche Lieder zu
singen. „Er sei ja sonst ein guter Sänger gewesen." —
„Meine Stimme, Ew. Majestät, ist jetzt nur noch so gross",
sagte Haydn, indem er auf die Spitze seines kleinen Fingers
deutete. Der König lachte herzlich. Haydn aber setzte sich
zum Clavier und sang sein Lied „Ich bin der Verliebteste."

Auch zu den Concerten bei der Königin in Buckingham-
house war Haydn wiederholt eingeladen und wurde von der
Königin sogar mit einem Händel'schen Manuscript-Oratorium
in deutscher Sprache „der Erlöser am Kreuze" beschenkt.
Der Hof wünschte Haydn an England zu fesseln. „Ich räume
Ihnen des Sommers eine Wohnung in Windsor ein", sagte
die Königin, „und dann", setzte sie, schalkhaft lächelnd gegen den König gewendet, hinzu „machen wir zuweilen
tête-à-tête Musik." — „O! auf Haydn eifre ich nicht", versetzte der König, „der ist ein guter ehrlicher Deutscher." —
„Und diesen Ruf zu bewahren", antwortete Haydn rasch,
„ist mein grösster Stolz." — Und auf wiederholtes Zureden,
in England zu bleiben, gestand Haydn offen, dass ihn Dankbarkeit an seinen Fürsten fessle und er sich auch nicht für
immer von seinem Vaterlande trennen wolle. Selbst seine
Frau schützte er vor, die der König sich erbot, ihm nachkommen zu lassen. „Oh! die fährt nicht über die Donau, noch
weniger über's Meer", erwiederte Haydn voll Ueberzeugung.

Haydn blieb unerbittlich und glaubte, dass dies der
Grund war, warum der Hof sich weiterhin nicht mehr für
ihn interessirte. Nur die Herzogin von York machte eine
Ausnahme und bewies dies bei seinem letzten Beneficecon-

cert — hatte sie doch Haydn's Musik von Jugend auf schätzen gelernt.

Dienstag den 3. Februar empfing der Prinz von Wales seine königlichen Eltern und alle Mitglieder des Hofes in seinem Palais als Gäste. Es war das erstemal, dass der König in Carlton-house erschien; die Zeitungen „*the Oracle*" und „*St. James's Chronicle*" berichten darüber folgendes: Gegen fünf Uhr kamen der Herzog und die Herzogin von York, die Herzoge von Clarence und von Gloucester, Prinzessin Sophia, der Statthalter Prinz von Oranien mit Familie und der höchste Adel nach Carlton-house zum Diner. Um acht Uhr erschien der König, die Königin und die Prinzessinnen, um den Thee einzunehmen. Im Musiksaal wurde alsdann ein Concert unter H a y d n's und S a l o m o n's Direction aufgeführt. V i o t t i spielte ein Violinconcert; im Uebrigen wurde fast nur Haydn'sche Musik aufgeführt. Um 11 Uhr setzte man sich in mehreren Sälen zum glänzenden Souper und um ein Uhr verliessen die Majestäten das Haus. Der Prinz, mit einer Fackel in der Hand, begleitete den König selbst bis zum Wagen; die Königin führte der Herzog von York. Während sie durch die grosse Halle schritten, spielte die Musikbande des Garderegiments das französische Lied „*Ou peut on être mieux q'au sein de sa famille*". Ein Theil der Gäste aber, darunter der Marquis Townsend, Graf Cholmondely hielten es nicht für schicklich, den Majestäten so knapp auf den Fersen zu folgen und blieben bis fünf Uhr. Lady Jersey machte die Honneurs des Hauses.

O p e r n - C o n c e r t e
im grossen neuen Concertsaal des King's Theaters.

Das neue von Salomon bereits angedeutete Unternehmen trat nun wirklich ins Leben. Die zum erstenmal sogenannten

„Opera-concerts" wurden an den Montag-Abenden alle 14
Tage abgehalten. Der Subscriptionspreis für neun Concerte
betrug vier Guineen. Das Programm vereinigte geradezu Alles
was damals London an bedeutenden Sängern, Virtuosen und
Componisten aufzuweisen hatte. Componisten waren: Dr.
Haydn, Martini, Bianchi, Clementi, von denen für
jedes Concert wenigstens zwei neue Compositionen versprochen wurden. Sänger und Sängerinnen: Mad. Banti und
Morichelli, Sgr. Brida (Tenor), Bonfanti, Rovedino,
Negri (Sopransänger) und Morelli, also fast alle Haupt-
kräfte der ital. Oper. Unter den Instrumentalisten ist Salomon obenan erwähnt; ferner Dussek, Ashe, Holmes,
Harrington, Viotti, Shram, Lindley, Dragonetti.
An der Orgel Dr. Arnold, Organist der k. Capelle, der
auch die Chöre dirigirte; am Clavier Dr. Haydn und Mr.
Federici; *leader* des Orchesters war Cramer; das Ganze
unter Direction Viotti's, von dem ebenfalls neue Compositionen versprochen wurden. Das Orchester war, die Solospieler
abgerechnet, 60 Personen stark.

Welch' ausgezeichnete Kräfte waren hier vereinigt! Es
war fürwahr das glänzendste Concertunternehmen, das überhaupt bis dahin in London zu Stande gekommen war. Das
Programm des ersten Concertes, Montag den 2. Februar,
war folgendes:

Abtheilung I.

Grosse M. S. **Ouverture** [Sinf.]	Haydn.
Duett, ges. v. Sig. Rovedino und Sig. Morelli	Cimarosa.
Concert für Fagott, vorgetr. v. Mr. Holmes . .	Devienne.
Gesang, vorgetr. v. Mad. Morichelli . . .	Gazaniga.
Pianoforte-Concert, vorgetr. v. Dussek . . .	Dussek.
Quartett (M. S.), ges. von Mad. Morichelli,	
Mr. Kelly, Sig. Rovedino und Morelli	Martini.

Abtheilung II.

Neue grosse Ouverture [Sinf.], eigens für dieses
Concert geschrieben . . . . Haydn.

Gesang, vorgetragen von Sigra. N e g r i , aus der
Oper „Castòre e Polluce" . . . . . Bianchi.

Neues **Violinconcert,** vorgetr. v. Mr. V i o t t i . Viotti.

Gesang, vorgetr. v. Mad. B a n t i , aus „Scipione
Africano" . . . . Bianchi.

Finale (*full piece*).

Anfang des Concertes um 8 Uhr Abends.

Wir können hier die Programme der nächstfolgenden
Concerte bis zum vierten inclusive rasch durchgehen. (Leider
sind über die weiteren Concerte keine Programme zu finden,
da gerade hier die Tagszeitungen unvollständig erhalten sind.)
Haydn eröffnete jedesmal die zweite Abtheilung mit einer
Sinfonie (im dritten die Militär-, im vierten Concert eine
neue Sinfonie). Im zweiten Concert spielten S a l o m o n und
V i o t t i ein Violin-Concertante, componirt von Viotti; D r a -
g o n e t t i spielte ein Concertone für Contrabass; C l e m e n t i
lieferte eine neue Sinfonie. Im dritten und vierten Concert
sind Ouverturen von R e i c h a r d t , V o g l e r (Demophon),
G l u c k (Iphigenia) angezeigt. V i o t t i spielte mit seinem
Schüler L i b o n ein Concertante für zwei Violinen, comp. von
Viotti; M o z a r t und H a y d n sind durch Sig. M o r e l l i und
Mad. M o r i c h e l l i vertreten und eine Mrs. G u i l b e r g (oder
Gillberg) tritt hier zum erstenmal in London öffentlich als
Violinspielerin mit einem Concert von E c k auf. —
Zwei weitere Opern-Concerte fanden im Monat Mai statt.

Zur Fastenzeit wurden in diesem Jahre neben den Oratorien im Covent-Garden Theater auch im King's Theater
an sechs Freitag-Abenden Concerte mit vorwiegend kirch-

licher Musik abgehalten, und zwar die ersten auf der Opernbühne selbst, die folgenden im neuen grossen Concertsaale „*the King's Concert Room* ", wie er später genannt wurde. Dr. A r n o l d leitete auch hier das Ganze an der Orgel; am Clavier sass F e d e r i c i ; an der Spitze des Orchesters stand C r a m e r als *leader*. Als Solosänger sind genannt: Madame B a n t i, Miss L e a k e, Sig. B r i d a, Sig. R o v e d i n o und Mr. H a r r i s o n. Der Musikkörper war im Ganzen gegen 200 Personen stark. Eintrittspreise waren eine halbe Guinee und 5 Schillinge. Am ersten Abend, 20. Februar, wurde ein Oratorium „Debora e Sisara" aufgeführt, Musik von G u g - l i e l m i, ausdrücklich für Mad. Banti componirt, zur Zeit als sie im Theater San Carlo in Neapel sang. Auch diesmal wirkte Mad. Banti mit. Nach der ersten Abtheilung folgte eine Manuscript-Sinfonie von Haydn. Die folgenden Abende bringen ausser Paisiello, Giordani, Prati, Corelli (achtes Violinconcert) zahlreiche Nummern von Händel. Haydn aber blieb es auch hier vorbehalten, den zweiten Theil der Concerte mit einer Sinfonie zu eröffnen. Hierauf scheint sich die von Griesinger (p. 57) in irriger Weise angegebene Notiz zu beziehen, als habe man in den „Concerten für alte Musik" Haydn zu lieb eine Ausnahme gemacht, indem man etwas von ihm (als von einem Lebenden) aufführte. Uebrigens war der Besuch, wenigstens an den ersten Abenden, schwach. „Der Vorhang erhob sich letzten Freitag [27. Februar] vor einer bettelhaften Anzahl leerer Logen" (sagt *Oracle* am 2. März).

Ueber ein zweites Benefice-Concert der Sängerin M a r a, welches sie unter dem Namen des Flötisten A s h e gegeben haben soll und wobei Haydn am Clavier dirigirte (Gries. 51), ist, wie schon erwähnt, nichts zu finden.

Haydn's Tagebuch (Gries. 51) erzählt uns über seinen Besuch der Oper im King's Theater : „Den 28. März 1795 sah ich die Oper „Acis e Galatèa" von Bianchi. Die Musik ist sehr reich an Blasinstrumenten; doch mich däucht, wenn es weniger wären, man die Hauptmelodien besser verstehen würde. Die Oper ist zu lang, besonders da Sgra. Banti dieselbe allein souteniren muss, denn Brida, ein guter Junge mit einer schönen Stimme aber sehr wenig musikalisch; Rovedino und d. gute Braghetti und d. elende zweite Donna verdienen und hatten auch nicht den mindesten Beifall. Das Orchester ist dieses Jahr reicher an Personal, aber eben so mechanisch und indiscret im Accompagnement und eben so schlecht placirt als es vorher war. Kurz, es war das 3. mal, dass diese Oper aufgeführt wurde und alles war unzufrieden."

Diese Oper „mit Chören" wurde am 21. März zum erstenmal gegeben. Sie wurde, wie Da Ponte erzählt, schon früher in Venedig aufgeführt, in London aber für neu ausgegeben. Sgra. Banti und Sig. Bianchi hatten Taylor damit hintergangen. Trotz aller Mühe, die Oper durchzusetzen, gefiel sie aber nicht.

Für den 30. März wurde Haydn von Dr. Arnold zu einem grossen Concert eingeladen. „Es hätte sollen eine grosse Symphonie unter meiner Direction gespielt werden; da man aber keine Probe hatte machen wollen, schlug ich es ab und erschien nicht." (Gries. 51.)

Es war dies ein grosses Vocal- und Instrumental-Concert im grossen Freimaurersaale, für den Bau eines Schulhauses und zur Unterstützung von 100 Waisenkindern, Töchter verarmter Freimaurer. Arnold und Dupuis dirigirten, Cramer war *leader*. Zahlreiche Solospieler sind genannt; eine grosse Ouverture [Sinf.] von Dr. Haydn „unter dessen eigener Direction" war wenigstens angezeigt.

Am 6. April wurde im Theater Covent-Garden zum ersten Mal „Windsor Castle " ein Spectakelschauspiel aufgeführt. Die Musik, die Salomon dazu geschrieben [1]), war ganz „passabel", wie Haydn's Tagebuch (Gries. 52) sagt, der aber von seiner eigenen Ouverture keine Erwähnung macht. *The Oracle* sagt darüber: „Die Musik ist sehr schön und der erste Satz der Ouverture zeigte den Styl und die Fantasie Haydn's in Tönen, wie sie keinem andern Genius zu Gebote stehen." Haydn schreibt ferner: „Die Decorationen, Kleidungen, Veränderungen, Menge der Menschen sind übertrieben. Alle Götter des Himmels und der Hölle und Alles was lebt auf der Erde findet sich dabei ein." — Und so war es auch, denn der Theaterzettel hat kaum Raum, alle die erscheinenden Gottheiten aufzuzählen. Der erste Act schloss mit einem Chor wällischer Barden, auf der Harfe begleitet von J o n e s. Scenerie, Maschinerie, Decorationen, Costume waren nach Angabe Noverre's verfertigt. Doch schenkte man auch der Musik, wie oben gezeigt, einige Aufmerksamkeit. Am 20. April besuchte der ganze Hof Covent-Garden, um das Spectakelstück mitanzusehen. Der, nun vermählte, Prinz von Wales erschien dabei an der Seite seiner jungen Frau, die hier zum ersten Mal ein englisches Theater betrat.

D e r P r i n z v o n W a l e s.

Prinz G e o r g F r i e d r i c h A u g u s t, geboren den 12. August 1762, des Königs Georg III. ältester Sohn, der, kaum drei Jahre alt, schon eine Deputation zu empfangen verstand [2]), erbte von seinen Eltern deren Liebe zur Musik.

---

[1]) Die Original-Partitur wurde 1863 auf einer Auction bei Puttick & Simpson in London verkauft.

[2]) Es war eine Deputation der *Society of Ancient Britons,* deren Ergebenheits-Adresse der dreijährige Prinz also erwiederte: „*I thank you for this mark of your duty to the King und wish prosperity to the charity.*" (*Gentl. mag. 1765,* p. 142.)

Der Prinz übte auf die Musiker, die er um sich versammelte,
durch das Interesse, das er an ihren Leistungen nahm, einen
wohlthätigen Einfluss, der noch dadurch anregender wurde,
dass er selbst als eifriger Dilettant sich ihren Leistungen anschloss [1]). Als er 1783 in dem früher von seinem Grossvater
bewohnten Carlton-house [2]) seine Residenz aufschlug, wurde
auch die Tonmuse nicht vergessen und ihr ein eigener glänzender Saal eingeräumt, in dem nun der Prinz zahlreiche
Kammerconcerte veranstaltete. Hier spielten Giardini, Salomon, Cramer, Fischer, Crosdill, die beiden Parke, Shield,
Blake, Dance, Schroeter und später Attwood, Giornovichj,
Viotti etc. Der Prinz selbst, ein eifriger Violoncellspieler und
Schüler Crosdill's, wirkte im Orchester mit, die Herzoge von
Gloucester und Cumberland spielten Violine und Viola. Den
Morgenconcerten wohnten zuweilen einer der Brüder des
Prinzen oder einige seiner intimsten Freunde bei; die Abendconcerte waren in grösserem Style, doch wurde nur Instrumentalmusik aufgeführt. Zur Zeit der Krankheit des Königs,
im Jahre 1788, schwieg die Musik ganz, um dann desto ge-
bietender aufzutreten; besonders war dies im Jahre 1795
der Fall, wo wir auch Haydn häufig in Carlton-house begegnen. Mit dem Honorar der Künstler war es freilich
übel bestellt; Manche gingen ganz leer aus, wie z. B. der

[1]) Manche bahnten sich später durch ihre Musikkenntniss
beim Prinzen eine unerwartet höhere Stellung im Leben, wie z. B.
Capitän Bloomfield von der Artillerie in Brighton. Vom Oberst
Slade, auf die Nachfrage des Prinzen, ob er ihm einen Violoncellisten zur Begleitung verschaffen könne, demselben vorge-
schlagen, gewann er seine Gunst und stieg von Stufe zu Stufe —
Sir Benjamin und endlich Lord Bloomfield. (*History of Bright-
elmston by J. A. Erredge, Brighton,* 1862.)

[2]) Carlton-House. das vornehmlich Zeuge der stürmisch
verlebten Jugend des Prinzen war, stand in der eleganten Strasse

jüngere Parke und Salomon [1]); andere erhielten nur einen Theil ihrer Forderung. Am einfachsten und naivsten verfuhr der Oboist G r i e s b a c h, der dem Prinzen seine Rechnung für die Mitwirkung bei einigen Privat - Concerten durch die Post *(two penny-post)* einsandte und richtig auch sogleich befriedigt wurde.

Bei den unter M a z z i n g h i 's Leitung abgehaltenen

Pall Mall. Es wurde 1709 von Henry Boyle, Lord Carlton, erbaut, gelangte dann in den Besitz der Herzogin Witwe Lady Burlington, von der es Friedrich Prince of Wales, Vater George's III., im Jahre 1732 kaufte. Als es 1783 dem Prinzen, nachherigen George IV., als Wohnung angewiesen wurde, liess er es durch den Architekten H o l l a n d prachtvoll herrichten. Ueberall entfaltete sich eine Pracht und Eleganz, die Zeugniss vom Geschmack ihres neuen Besitzers ablegten. Besonders reich war der kleine Musiksaal ausgestattet. Walpole schreibt darüber: (Sept. 1785): *„The jewel of all is a small music-room, that opens into a green recess and winding walk of the garden. In all the fairy tales you have been, you never was in so pretty a scene. Madam: I forgot to tell you how admirably all the carving, stucco, and ornaments are executed; but whence the money is to come I conceive not — all the tin mines in Cornwall would not pay a quarter.*" Hier wurde am 7. Januar 1796 die Prinzessin Charl. Auguste geboren, die einzige Tochter des nachherigen George IV. und am 2. Mai 1816 fand daselbst ihre Vermählung mit Leopold, dem nachherigen König der Belgier, statt. Carlton House wurde 1827 abgerissen und an der Stelle des ehemaligen reizenden Gartens erhebt sich nun die Yorksäule und *Carlton Terrace*, welche zum Green Park führt. Die korinthischen Säulen wurden beim Bau der *National Gallery* verwendet.

[1]) Auch später noch sollte Beethoven Aehnliches kennen lernen. Er hatte dem nunmehrigen (1816) Prinz Regent seine „Schlacht bei Vittoria" dedicirt. In einem Briefe an Ries beklagte sich Beethoven, dass ihm nicht einmal die Copiaturkosten vergütet worden seien; selbst einen schriftlichen Dank sei man ihm schuldig geblieben. (Ries p. 140.)

„Sonntagsconcerten des Adels" war der Prinz häufig neben Crosdill am Violoncello zu sehen, oder er besuchte zu gleichem Zweck diesen selbst, der in einer unabhängigen Stellung lebend, seine Freunde oft zu musikalischen Unterhaltungen um sich versammelte. Der *Nobleman and Gentlemen Catch Club* wählte den Prinzen 1786 zu seinem Mitglied, denn der Prinz hatte auch eine Vorliebe zum Singen. So finden wir ihn bei seinem Onkel, dem Herzog von Cumberland in dessen Wohnung im grossen Park zu Windsor, wo dieser regelmässig Hausconcerte gab, nach dem Diner gelegentlich seine schöne Bassstimme in einem Glee aus Shield's *„the Flitch of Bacon"* mit Shield und Parke vereinigen. Oder er besuchte die Sängerin Mrs. C r o u c h, eine seiner bevorzugten Lieblinge, in ihrer neuen Wohnung in Pall Mall, wo Kelly die hohe Gesellschaft unterhielt und der Prinz sich dann beim Vortrag von Catches und Glee's den Andern anschloss. Zu Kelly hatte der Prinz eine besondere Neigung und sandte ihm stets zu seinem jährlichen Benefice 100 Pfd. Sterling. K e l l y widmete später dem nunmehrigen König Georg IV. seine 1826 veröffentlichten *„Reminiscenses of the King's theatre and the Royal Drury-Lane Th."* 2 Bde. — Auch L i n d l e y und D i b d i n erfreuten sich seiner besonderen Gunst.

Wie wir schon gesehen, zeichnete er Mrs. B i l l i n g - t o n dadurch aus, dass er ihr aus seiner Bibliothek die Partitur von Mozart's „Titus" zu ihrem Benefice anvertraute; er war also im Besitz dieses Werkes, noch ehe dasselbe oder irgend eine Oper von Mozart in London aufgeführt worden war. —

Thomas A t t w o o d , dessen Vater im Dienste des Prinzen von Wales stand, hatte Letzterem viel zu danken. Er sandte ihn zu seiner Ausbildung sogar nach Italien und

nach Wien zu Mozart und bereitete ihm nach seiner Rückkunft eine ehrenvolle Stellung [1]).

Nach seiner Verheirathung zeigte sich der Prinz selten
noch als ausübender Musiker. Nur seine, in Brighton sta-

---

[1]) Thomas Attwood, 1767 zu London geboren, studirte
als Chorknabe der Chapel royal unter Dr. Nares und seinem
Nachfolger Dr. Ayrton. Sein erstes Amt war die Organistenstelle von St. George the Martyr, Queen sq. — Der Prinz von
Wales sandte ihn, wie oben erwähnt, 1783 nach Italien und
liess ihn einige Zeit bei Mozart in Wien studiren. Das Musik-
vereins - Archiv daselbst bewahrt noch ein Autograph von ihm
aus jener Zeit. einen Canon für vier Singstimmen über die Worte
„Holy, Holy Lord God of Hosts". Mozart gewann ihn sehr lieb
und versprach sich viel von seinem Talent. Kelly erzählt in
seinen „Reminiscences" (I. pag. 228) eine ehrenvolle Aeusserung
Mozart's: „Attwood ist ein junger Mann, für den ich aufrichtige
Zuneigung und Achtung habe; er weiss sich mit grosser Schick-
lichkeit zu benehmen und ich freue mich sehr, Ihnen sagen zu
können, dass er von meinem Styl mehr annimmt, denn irgend
einer meiner Schüler, die ich je gehabt. Ich sage voraus dass
aus ihm ein tüchtiger Musiker werden wird." — Attwood verliess
Wien mit den beiden Storace's und Kelly im Februar 1787 und
spielte zwei Jahre darauf bereits als Mitglied der Capelle des
Prinzen von Wales öffentlich ein Clavierconcert. 1791 (17. Dec.)
meldet ihn Morning Chronicle als Musikmeister der Herzogin von
York. 1795 wurde er in derselben Eigenschaft bei der Prinzessin
von Wales angestellt. Zugleich wurde er nach Jones's Tode Organist an der Cathedrale St. Pauls und als Dr Dupuis ein Jahr
darauf starb, wurde er auch zum Componisten der Chapel royal
ernannt. Ausser mehreren Clavier- und Gesangs-Compositionen
werden von seinen Opern namentlich genannt: the prisoner, the
Mariners, the adopted child, the Smugglers, the Castle of Sorento.
Als sein bestes Werk gilt ein Krönungsanthem, welches bei der
Krönung George IV. in der Westminster-Abtei aufgeführt wurde.
Attwood starb am 24. März 1838.

tionirte, aus Musikern für Blasinstrumente bestehende Privatcapelle interessirte ihn noch. Dieselbe stand seiner Zeit als un-
erreicht da. Es waren 42 Mann, den Namen nach, wie es
scheint, fast lauter Deutsche. Schmidt, Eisert, Distin, Hardy,
André, Weitzig, Albrecht, Schroeder, Rehu waren eben so viele
Virtuosen auf ihren Instrumenten. Christian K r a m e r [1]) (schon
bei Mozart erwähnt), ein Hanoveraner und Schüler W i n t e r's,
war ihr Capellmeister und er wusste seinen Leuten die Meisterwerke aller Musikheroen im wahren Sinne des Wortes
„mundgerecht" zu machen. Mozart, Haydn, Beethoven, Boil-
dieu, Cherubini, Rossini waren in trefflichen Arrangements zu
hören. Was man nur von einer solchen Musikbande in Beob-
achtung von Licht und Schatten, vollen Ton, Zartheit, Kraft
und Feuer verlangen konnte, war hier zu finden. Die Erhal-
tung dieser Capelle kostete jährlich 6 bis 7000 £. Nachdem
der Prinz als König Georg IV. den Thron bestiegen und nicht
mehr in Brighton wohnte, wurde die Capelle nach Windsor
versetzt und nach dem Tode des Königs ganz aufgelöst, wo
dann die meisten älteren Musiker nach dem ihnen lieb gewordenen Brighton zurückkehrten.

In B r i g h t o n, oder Brightelmstone, wie es früher genannt wurde, hatte sich der Prinz im Jahre 1784 ein länd-
liches Wohnhaus errichtet. Es erging ihm dabei wie den
Meisten, die sich auf Bauten einlassen: Dimensionen und Auslagen wachsen mit dem Bau um die Wette [2]). Das erste Haus

---

[1]) Christian (Christoph?) K r a m e r, ein Deutscher, war
ein theoretisch und praktisch gründlich gebildeter Musiker. Er
folgte William Shield als *Master of the King's Band* und starb
1834.

[2]) Walpole räth jedem Baulustigen, nicht eher den ersten
Stein zu legen *„until he has settled his children, burried his wife,
and hoarded three times the amount of the estimate"*.

war eine einfache Villa oder Cottage im Felde, rings mit einem Zaun umgeben, der dem Auge noch den erfrischenden Anblick des Meeres erlaubte. Doch Freunde kamen, ihre Zahl wuchs, die Villa erweiterte sich mehr und mehr und endlich entstand jener wunderliche Bau „*Pavillion*" genannt, an dem jeder Fremde noch heutzutage kopfschüttelnd vorübergeht. Dort verlebte der Prinz seine glücklichsten Stunden; nicht nur dass er daselbst ungestört seiner Herzensneigung nach leben konnte, sondern er vereinigte auch einen Kreis der berühmtesten Männer jeden Standes um sich: Fox, Sheridan, Erskin, Hare, Fitzpatrick, Curran, Ponsonby und so viele Andere gingen aus und ein und Witz und frohe Laune schlugen dort ihr Lager auf. —

Vermählung des Prinzen von Wales mit der Prinzessin Caroline von Braunschweig.

Im Lauf des vorhergegangenen Winters war durch die Vermittlung des Königs, dem die heimliche Verbindung seines Sohnes mit Mrs. Fitzherbert längst ein Dorn im Auge war, ein Heirathsvertrag mit diesem und der Prinzessin Caroline Amalia Elisabeth von Braunschweig zu Stande gekommen. Nur der Drang seiner Gläubiger und das positive Versprechen, dass seine, nun bereits zur enormen Höhe von 642.890 Pf. Sterling angewachsene Schuldenlast geordnet werden sollte, bewog endlich den Prinzen, eine Ehe einzugehen, die eine der unglücklichsten werden sollte, die je ein Fürstenpaar vollzogen.

Montag den 6. April kam die Prinzessin, begleitet von Lord Malmesbury, Gräfin Jersey etc. im St. James's Palast an und noch denselben Abend war feierlicher Empfang und darauf Concert bei der Königin in Buckingham-house.

Mittwoch den 8. April fand die Vermählung der Prinzessin mit dem einstigen Thronerben von England in der k. Capelle in St. James's Palais statt. Die Capelle war mit karmoisinrothen Seidenstoffen behangen und fünf grosse Kronleuchter warfen ein Meer von Licht auf die glänzendste Versammlung. Für Chor und Orchester waren zwei Gallerien oberhalb des Altars nach Angabe Dr. Arnold's errichtet. Eine Probe der aufzuführenden Musik war schon am 10. Januar abgehalten worden. Das Anthem „*Sing unto God*", bekannt unter der Bezeichnung „*the Wedding Anthem*" (das Hochzeits-Anthem) war dasselbe, welches Händel zu der am 27. April 1736 stattgefundenen Vermählung des Prinzen von Wales, Vater Georg III., componirt hatte. Das Orchester bestand aus des Königs Privatcapelle und dem Kirchenchor der k. Capelle. Dr. Parsons als Dirigent der k. Capelle, an deren Spitze Cramer als *leader* stand, hatte die Hauptleitung. Arnold und Dupuis als Componisten der königl. Capelle überwachten den Chor, Dupuis spielte zugleich die Orgel. Die Soli sangen Nield, Corfe, Hudson, Bellamy, Gore, Knyvett, Sale und zwei Knaben der k. Capelle. Soli im Orchester spielten Crosdill (Cello), Shield (Viola), Parke (Oboe) und Sarjeant (Trompete). Eine halbe Stunde nach acht Uhr setzte sich der Festzug, angeführt von 16 Stabstrompetern in ihrem alterthümlichen Costume, unter den feierlichen Klängen des „*God save the King*" aus den Staatszimmern des Palastes zur Capelle in Bewegung. Der Eintritt der Braut, des Prinzen und des Königspaares wurde mit Händel's Ouverture zu „Esther" begrüsst. Der Prinz nahm an der rechten Seite des Königs Platz, die Braut an der linken Seite der Königin. Der Erzbischof von Canterbury Dr. Moore, unterstützt vom Bischof von London, vollzog die feierliche Handlung. Fest und bestimmt sprach die Braut das verhängnissvolle Jawort aus.

„Nicht ganz so verständlich" der Prinz das Seine. (Die unerhörte Scene ist bekannt.) Gleich dem unheilverkündenden Rollen des Donners am wolkenumzogenen Firmament, so rauschten gewaltig am Schlusse der Feier die mächtigen Accorde Händel's daher, als drohten sie das ganze Schauspiel zu verschlingen.

Die Feierlichkeit war beendet. — Das neuvermählte Paar fuhr, von dem lauten Zuruf der hin und her wogenden Menge begrüsst, die kurze, glänzend beleuchtete Strecke nach Carlton-house „der Wohnung späterer Grösse und Glückseligkeit" —!!

Fünf und zwanzig Jahre später, und dieselbe Fürstin steht, wenige tausend Schritte von da entfernt, am Tage der Königskrönung, an den Gittern der altehrwürdigen Westminster-Abtei rüttelnd, von der gaffenden Menge verlacht, verhöhnt, vergebens Einlass bittend, befehlend: „Ich bin eure Königin! lasst mich hinein — ich habe ein Recht dazu!" — —

Freitag den 10. April war Concert (*Musical Party*) in Carlton-house zur Unterhaltung der Prinzessin. Haydn und Salomon, nebst einigen Mitgliedern vom Hofstaat der Prinzessin, waren zugegen. „Die Prinzessin, die die Musik ganz besonders liebt, spielte mit einnehmender Leutseligkeit (*with engaging affability*) ein Concert auf dem Pianoforte." So berichtet *St. James's Chronicle*, und Haydn's Tagebuch (Griesinger p. 50, Dies p. 156) ergänzt: „Es wurde eine alte Symphonie von mir gegeben, welche ich am Clavier accompagnirte, nachher ein Quartett; hierauf musste ich deutsche und englische Lieder singen. Die Prinzessin sang auch mit mir; sie spielte ein Concert auf dem Pianoforte ziemlich gut."

Auch am 15., 17. und 19. April war Concert beim Prinzen. Haydn dirigirte überhaupt daselbst 26 Concerte, wobei das Orchester oft Stundenlang warten musste, bis der Prinz seine Tafel aufgehoben hatte. Da Haydn nie eine Entschädigung für diese Abende erhielt, so schickte er, als die Schuldenangelegenheit des Prinzen geregelt wurde, von Wien aus eine Rechnung von 100 Guineen ein, die auch ohne weiteren Anstand berichtigt wurde.

Am 30. April ward in dem grossen Concert des *New musical Fund* im King's Theater eine neue Manuscript-Sinfonie von Haydn aufgeführt. Haydn selbst sass am Clavier. (Siehe pag. 24.)

Haydn's letztes Beneficeconcert in London fand am 4. Mai [1]) 1795 im grossen Opernsaale statt. Das Programm war folgendes:

Abtheilung I.

M. S. **Ouverture** [Sinf.] . . . . Haydn.
Gesang, vorgetr. v. Sig. Rovedino.
Oboeconcert, vorgetr. v. Sig. Ferlendis aus Ve-
nedig, sein erstes Auftreten in London . Ferlendis.
Duett, vorgetr. von Mad. Morichelli und Sig.
Morelli . . . . Haydn.
Neue **Ouverture** [Sinfonie] . . . . Haydn.

Abtheilung II.

Militär-Sinfonie . . . . Haydn.
Gesang, vorgetr. v. Mad. Morichelli.
Violinconcert, vorgetr. v. Mr. Viotti . . . Viotti.
Scena nuova, vorgetr. v. Mad. Banti . . . Haydn.
Finale.

Aus Haydn's Tagebuch (Gries. 53) ersehen wir, wie will-kürlich mit der Bezeichnung „Ouverture" verfahren wurde.

---

[1]) Dies, p. 156, nennt irrthümlich den 4. März.

Die zuerst genannte sogenannte Ouverture war nur der erste Theil der Militärsinfonie; den Rest brachte die zweite Abtheilung [1]). Die „neue Ouverture" am Schlusse der ersten Abtheilung war die in D - dur „die 12. und letzte der englischen", wie Haydn näher angibt. Es zeigt dies, dass die Sinfonien nicht in der Reihenfolge ihrer Entstehung veröffentlicht wurden. In manchen Ausgaben ist die erwähnte Sinfonie (D-dur) als die 11. gesetzt, so wie die Es-dur Sinfonie (Haydn's Liebling, gewöhnlich als die 10. bezeichnet) als die letzte aufgenommen ist. — Ueber Mad. Banti's Gesang war Haydn durchaus nicht entzückt. „*She sang very scanty*" (sie sang sehr mittelmässig) lautet seine Notiz im Tagebuch. Der genannte Oboist Gius. Ferlendis war mit Dragonetti nach London gekommen. Er war 1773 in der Capelle des Erzbischofs von Salzburg angestellt und hatte sich dort auf dem „englischen Horn" besonders vervollkommt. Mozart schrieb für ihn in Salzburg ein Concert für Oboe, das später der Oboist Ramm, dem es Mozart in Mannheim geschenkt hatte, daselbst fünfmal öffentlich vortrug, wo es vielen Lärm machte. „Es ist auch jetzt des Hrn. Ramm sein „*Cheval de bataille*", schreibt Mozart von Mannheim aus an seinen Vater (14. Febr. 1778).

Haydn war mit dem Erfolg dieses letzten Beneficeconcertes sehr zufrieden. „Der Saal war voll auserlesener Gesellschaft", sagt uns sein Tagebuch, und später: „die ganze Gesellschaft war äusserst vergnügt und auch ich. Ich nahm

---

[1]) Die Unsitte: die Theile einer Sinfonie zu trennen, bestand auch in Deutschland noch lange nachher. So wurden z. B. 1839 zu Wien die beiden ersten Sätze der grossen Sinfonie in C-dur von Franz Schubert getrennt aufgeführt; zwischen Allegro und Andante sang Frln. Tuczek eine Arie aus Donizetti's „Lucia" (!). („Zur Geschichte der Concerte" von Dr. E. Hanslick.)

diesen Abend viertausend Gulden ein. So etwas kann man nur in England machen" [1]).

Noch sind zwei Concerte zu erwähnen, in denen Haydn am Clavier dirigirte. Im Concerte Cramer's im grossen Opernsaal (1. Mai) wurde eine grosse Manuscript - Sinfonie von Haydn aufgeführt; ferner eine Ouverture von Gluck. Cramer spielte ein Violinconcert von Martini und mit Lindley ein Duo für Violin und Cello von Stamitz. Cramer's jüngerer Sohn Charles spielte ein Violin- und der ältere, J. B. Cramer, ein Clavierconcert.

Im Concert der Mad. Dussek (29. Mai) ebenfalls im Opernsaal, wurden unter Haydn's Leitung zwei seiner Sinfonien aufgeführt. Giornovichj, der auch das Orchester anführte, spielte ein neues Concertstück; Mrs. N. Corri „vom Edinburg-Concert" trat hier zum erstenmal als Sängerin auf : Mad. Dussek sang eine Arie und spielte ein Concert für Pedalharfe, beide componirt von Dussek. Von demselben wurde auch „der grosse Marsch aus Alceste" als Glee (für mehrstimmigen Gesang) arrangirt, aufgeführt. Damals tauchte nämlich die Mode auf, Compositionen aller Art, selbst Ouverturen, Sätze aus Quartetten, für drei, vier und mehr Stimmen zu arrangiren. Diese „*harmonized airs*" fanden bald ihren Weg sogar in die sonst so vornehm gehaltenen *Ancient Musik*-Concerte [2]).

Dragonetti.

Wie schon erwähnt, fand in diesem Monat (8. Mai) auch das erste Beneficeconcert des Contrabassisten Dragonetti statt.

---

[1]) Bei der Aufführung der „Schöpfung" in Wien betrug Haydn's Einnahme 9000 fl.

[2]) Im Concert des *New musical Fund* wurde Dr. Arne

Domenico Dragonetti „il Patriarca dei Contra-
bassi", wie er auf seinem im Kunsthandel erschienenen Porträt genannt wird, wurde zu Venedig im Jahre 1763 geboren.
Schon als Knabe entwickelte er eine solche Fertigkeit auf
dem Contrabass, dass er, kaum 13 Jahre alt, mit seinem Instrument im Orchester der Opera buffa, und ein Jahr später, bei
der Opera seria im Theater *San Benedetto* zu Venedig angestellt wurde. Eine Zeitlang hielt er sich in Treviso auf. Im 18.
Jahre folgte er seinem ehemaligen Lehrer Berini auf dem
Chor der Kirche St. Marcus. Es war nun für ihn keine Musik
schwer genug; er componirte Concerte, Sonaten, Capricen
für sein Instrument, die jedem Cellisten zu schaffen gemacht
hätten; Dragonetti aber war es ein Leichtes, die Stelle des
Cello im Quartett mit seinem Contrabass zu übernehmen. Es
fand auch keine musikalische Festlichkeit statt, zu der er nicht
eingeladen worden wäre. Als er später in der Oper zu Vicenza
angestellt wurde, entdeckte er dort jenen wunderbaren Contrabass, von dem er sich dann nicht mehr trennte. Dies Instrument gehörte früher dem Kloster St. Pietro und war von
Gasparo di Salò, dem Meister des berühmten André
Amati, gebaut. So viel ihm auch später für dies Instrument geboten wurde (man sagt 1000 £.), Dragonetti trennte sich nicht
von ihm und sorgte dafür, dass es nach seinem Tode wieder
nach Italien zurückkehrte. Dragonetti war von Sgra. Banti
und Sigr. Pacchierotti überredet worden, nach London zu
kommen, wo er im Jahre 1794 eintraf und sogleich im Orchester der italienischen Oper engagirt wurde. Seine ausserordentliche Fertigkeit, mit der er das ungelenkigste aller
Instrumente bewältigte, erregte Erstaunen. Sein Name er-

Ouverture zu „Artaxerxes", von Dr. Arnold für Singstimmen
arrangirt, zum erstenmal in dieser Form aufgeführt. (*Times*,
Feb. 19. 1798.)

scheint nun in allen grössern Concerten London's und der Provinzen. Besonders unzertrennlich wurde er mit dem Cellisten Lindley und eine Sonate von Corelli für die Instrumente beider Künstler übte Jahrzehnte lang besondere Anziehungskraft. Wie Dragonetti's Freund, der Sänger Philipps, in seinen musikalischen Erinnerungen erzählt [1]), wurden Dragonetti's Fingerspitzen nach und nach ganz breit gedrückt, mit Schwielen bedeckt und endlich ganz formlos. Dragonetti war unermüdlich im Vergrössern seiner werthvollen Sammlung von Gemälden, Kupferstichen, Instrumenten und Musikalien; dem British Museum allein vermachte er eine höchst werthvolle Partiturensammlung meist classischer Opern [2]). — Im Umgang ein gemüthvoller, für Freundschaft warm empfänglicher Mensch, war Dragonetti mit manchen unschuldigen Sonderbarkeiten behaftet. So bewahrte er mitten unter seinen Kunstschätzen eine Sammlung der niedlichsten Puppen [3]). Es waren wirkliche Puppen, ein ganzes Serail Puppen — weisse, braune, schwarze Puppen. Eine der Letzteren bezeichnete er als seine Frau. Sie wurde besonders gut gehalten und musste mit ihm reisen in die Nähe und in die Ferne. Wenn nun Dragonetti und

---

[1]) *Musical and Personal Recollections by H. Philipps.* London 1864, 2 vols.

[2]) *A large Collection of Manuscript Music, in 182 volumes. Numbered, Add. MSS. 15.979—16.160. Bequeathed by Dom. Dragonetti, Esq.* (*Handbook to the library of the Br. Museum by Richard Sims, London 1854*).

[3]) Eine ähnliche Leidenschaft zeigte der Sänger Sig. Guadagni, der 1766—1771 in London engagirt war. Als ihn Graf Mount Edgcumbe auf seiner Besitzung zu Padua besuchte, unterhielt ihn der Sänger mit einem Puppentheater (*Fantoccini*), an dem er kindische Freude hatte. (*Mus. rem. by M. Edgcumbe* p. 35.)

Lindley, die 52 Jahre lang an ein und demselben Pulte
spielten, zusammen zu den Musikfesten der Provinzen reisten,
nahm Dragonetti, während in den Poststationen die Pferde
gewechselt wurden, seine Frau, die schwarze Puppe, aus der
Schatulle, hätschelte sie und liess sie am Kutschenfenster auf
und ab spazieren zur Belustigung von Jung und Alt.

Der hochbejahrte k. k. Hoforganist zu Wien, Simon
S e c h t e r , erinnert sich noch lebhaft des wunderlichen
Mannes, der in den Jahren 1808 — 1809 sich in Wien aufhielt, wo er im Palais des Fürsten Starhemberg wohnte. „Ich
war damals ein armer Teufel", erzählt Sechter, „und unter-
richtete in der Familie des fürstl. Cassiers, wofür ich einige
Tage der Woche am Familientisch speiste. Dort lernte ich
Dragonetti kennen. Er gewann mich lieb und ich war oft mit
ihm zusammen. Ich schrieb dann auch zu seinen Concertstücken eine Clavierbegleitung nach seiner Angabe, bei welcher Gelegenheit ich den Virtuosen einmal auch auf seinem
Instrumente spielen hörte, worauf er Erstaunliches leistete."
Sechter war somit der Einzige in Wien, den Dragonetti dieser
Auszeichnung f r e i w i l l i g würdigte. Er hatte vordem einige
Mal in der Familie des Fürsten gespielt; nachdem aber, trotz
seiner Widerrede, auch fremde Personen bei solchen Gelegenheiten eingeladen wurden, sperrte Dragonetti sein Instrument
ein und war zu weiterem Spielen nicht mehr zu bewegen.
Oeffentlich spielte er schon gar nicht, aus Furcht, von dem
französischen Machthaber zu einer unfreiwilligen Reise nach
Paris gezwungen zu werden, um dort als Virtuose zu glänzen.
Dragonetti correspondirte noch viele Jahre mit Sechter und
bewahrte ihm bis zu seinem Tode eine treue Anhänglichkeit,
der er auch in seinem Testamente noch Ausdruck gab.

Trotz seines hohen Alters spielte Dragonetti, damals
schon 82 Jahre alt, noch beim Beethovenfeste in Bonn (Aug.

1845) neben 12 Contrabassisten, unter denen sich nebst Dragonetti die drei ausgezeichneten Virtuosen, D ü r e r aus Paris, M ü l l e r aus Darmstadt und S c h m i d t aus Braunschweig befanden. „Selten habe ich", schreibt H. Berlioz in seinen Orchesterabenden, „die Scherzo-Stelle in der C-Moll-Sinfonie so kräftig und abgerundet gehört, wie bei dieser Gelegenheit." Dragonetti, der mit Haydn viel verkehrte, konnte sich später auch der Freundschaft B e e t h o v e n's rühmen. Auf die Nachricht, dass sein Freund dem Tode nahe sei, eilte S t u m p f f, der wohlbekannte Harfenfabrikant in Great Portland street, an das Krankenlager Dragonetti's, der ihm die derbe Hand entgegenstreckte. „Dies ist die Hand", sagte Stumpff mit Wärme, „die mich Beethoven, unser grosser Freund, dessen Geist nun in reineren Regionen weilt, zu drücken bat." Dragonetti starb am 16. April 1846 in seinem Hause, Leicester square, und wurde am 24. April in der röm. kath. Hauptkirche London's, St. Mary, Moorfields, beigesetzt.

Das früher erwähnte Porträt Dragonetti's, Kniestück in Kreidemanier, nach dem Leben von F. Salabert in London gezeichnet, erschien bei Thierry frères Succ^{rs} de Engelmann & C.

Wenn je etwas Rauhes oder Hartes im Wesen dieses Mannes möglich gewesen wäre — die Musik hätte es gemildert. Sein kindlich frommes Gemüth verleugnete sich selbst in der ernsten Todesstunde nicht, als seine treuen Freunde, Graf Pepoli, Pigott Tolbecque und Vincenz Novello schmerzerfüllt sein Lager umstanden. „Tretet zurück!" bat er mit schwacher Stimme, indem ein seliges Lächeln gleich einem Lichtstrahl sein Antlitz umschwebte, „tretet zurück! ich sehe

Vater und Mutter kommen, mich zu küssen" — — neigte
sein Haupt — und war verschieden.

Die so glänzend in Scene gesetzten „Opernconcerte"
scheinen einen entsprechenden Erfolg gehabt zu haben, denn
„auf Verlangen einer grossen Anzahl Subscribenten" wurden
zu den neun bereits abgehaltenen Concerten noch zwei weitere
am 21. Mai und 1. Juni gegeben. Die Manuscript-Sinfonie
für Doppelorchester von J. C. Bach eröffnete das erste Concert. Die zweite Abtheilung beider Concerte begann mit
einer Haydn'schen Manuscript-Sinfonie (eine davon die oft
genannte Militairsinfonie). Salomon trat an beiden Abenden mit einem Violinconcert auf und der im Benefice Haydn's
zuerst genannte Sig. Ferlendis spielte „zum erstenmal in
England" ein Concert auf dem „Englischen Horn" oder
Voce Umana und begleitete damit auch Mad. Banti in einer
Arie von Zingarelli. Dragonetti spielte eigene Compositionen auf dem Contrabass und die Sänger und Sängerinnen
der ital. Oper, Banti, Morichelli, Brida, Morelli
sangen Arien und Terzetten von Prati, Bianchi, Martini und Cimarosa.

Die Opernconcerte wurden im Jahre 1796 unter der
Benennung *„Academy of Music"* (Akademie für Musik) fortgesetzt. Diesmal waren es zehn Concerte zu 4 Guineen im
Abonnement; 1797 aber zwölf Concerte zu 5 Guineen. Auch
kündigte nun die *Times* an, dass Salomon dem Unternehmen in der Art beigetreten sei, dass er die Benutzung der
für ihn von Haydn componirten Sinfonien gestatte. Im
Jahre 1799 waren diese Concerte bereits eingegangen.

Haydn hatte, wie wir gesehen, bei seinem ersten Aufenthalte in London einen Chor „der Sturm" auf englische

Worte geschrieben, der sehr gefiel und ihm selber Freude machte und wobei er bedauerte, dass ihm nicht Gelegenheit gegeben sei, mehr dergleichen componiren zu können. Diesmal aber, bei seinem zweiten Aufenthalt, hatte er viel Grösseres vor. Er beabsichtigte nämlich schon damals, ein Oratorium zu schreiben, [1]) wozu ihn namentlich der bekannte Musikenthusiast Graf von Abingdon überredete und ihm Nedham's engl. Uebersetzung von Seldon's *„Mare Clausum"* empfahl. Einzelnes aus diesem Werke war, wie schon erwähnt, auch von Fischer und Pleyel benutzt worden.

Haydn begann die Arbeit, mochte sich aber doch zu einem so ausgedehnten Werke der englischen Sprache nicht mächtig genug fühlen. Es blieb bei einer kurzen einfachen Arie für Bass (83 Tacte):

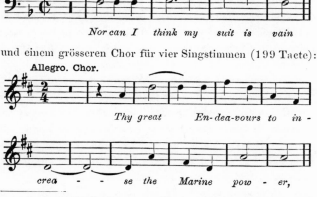

Andante. Solo.

Nor can I think my suit is vain

und einem grösseren Chor für vier Singstimmen (199 Tacte):

Allegro. Chor.

Thy great En-dea-vours to in-

crea - - se the Marine pow - er,

---

[1]) Auch die Zeitungen erwähnten davon: *Music, but for Haydn, would be dumb amongst us. He is writing for the best of all possible concert. Nor has he given up his idea of Oratorio. He will there* *„All but equal him, Whom thunder has made greater"*.

Dieser Chor ist ungemein frisch und kräftig. Arie und Chor mit voller Orchesterbegleitung sind ganz ausgearbeitet und dürften mit unterlegtem neuen Text sich trefflich als Einlage zu einer Haydn'schen Festmesse eignen. Diese Composition ist ganz unbekannt; das Manuscript, vollständig in Haydn's eigner Handschrift, gelangte durch Graf Abingdon in den Besitz des Flötisten Monzani, der es dem British-Museum zum Geschenk machte, wo es gegenwärtig aufbewahrt ist. (Catalog für Manuscript-Musik „Add. Mss. 9284".) Folgende Bemerkung ist dem Autograph beigefügt:

„*Nor can I think my suit is vain*"; *a song and chorus, in full score, composed by , and in the autograph by Joseph Haydn , in the year 1794 , at the desire of the Earl of Abingdon, and by him given to T. Monzani, the celebrated flute player, who in 1821 presented it to the British-Museum. Mr. Monzani states that it was intended to form part of an oratorio, but that Haydn never did more towards its completion. The poetry is taken from the introductory stanzes prefixed to `Nedham's translation of Selden's „Mare Clausum"* [1].

Haydn wurde vor seinem Abschied von London noch vielfach beschenkt. C l e m e n t i verehrte ihm einen Becher aus Cocosnuss mit kunstvoller Silberarbeit. — Von einem gewissen T a t t e r s a l l erhielt er eine auf einem Untergestell ruhende silberne Schale, im Durchschnitt einen Schuh messend, „als Zeichen der Dankbarkeit für die Bereitwilligkeit,

---

[1] *Joannis Seldeni | Jurisconsulti | Opera omnia, | Tam edita quam inedita. | In tribus Voluminibus. | Londini | MDCCXXVI. p 1179, vol. II. Mare Clausum, | seu | de Dominio Maris.* — Das hier Besprochene ist von mir bereits in der Allgem. mus. Ztg., Jahrg. 1863, Nr. 51, mitgetheilt.

mit der er nebst mehreren andern Componisten an der Ausarbeitung eines Werkes zur Verbesserung des Kirchenge-
sanges sich betheiligt hatte. Diese silberne Schale enthielt
folgende Inschrift:

*Dr. Haydn, Dr. Arnold, Mr. John Stafford Smith, and
Mr. Atterbury declared their readiness to cooperate with Dr.
Cooke, Dr. Hayes, Dr. Dupuis, Dr. Parsons, Mr. Calcott,
the Rev. Osborne Wight, Mr. Webbe, Mr. Shield and Mr.
Stevens in their Exertions towards perfecting a Work for
the improvement of Parochial Psalmody; as a small Token
of Esteem, for his abilities and of gratitude for his services,
this Piece of Plate is presented to Dr. Haydn by W. D.
Tattersall.* — (*Dies, 149*) [1]).

Griesinger (p. 53) gibt das, von Haydn selbst angelegte Verzeichniss jener Compositionen an, die er in England
geschrieben. (Dabei scheinen frühere, von ihm umgearbeitete
Compositionen nicht inbegriffen; auch fehlt u. a. der Marsch

---

[1]) Ein eigenthümlicher Beweis von Verehrung war Haydn
noch neun Jahre später vorbehalten. Ein reicher Fabrikant und
warmer Musikfreund, William Gardiner in Leicester (von dem
auch „*Music and friends; or, pleasant recollections of a Dilettante*",
London , 2 vol. 1838, erschienen sind), sandte Haydn durch Salomon ein Schreiben, in dem er dem Meister für alle Genüsse,
die ihm dessen Muse bereitete, dankt. Dem Schreiben war ein
Geschenk von sechs Paar wollenen Strümpfen beigefügt, in der
Fabrik des Spenders verfertigt. In denselben waren sechs Thema's
aus Haydn'schen Compositionen eingewoben, darunter „Gott erhalte ', das Andante der Sinfonie mit dem Paukenschlag, eine
englische Canzonette etc. — Haydn wäre demnach gezwungen
gewesen, seine eigenen Compositionen mit Füssen zu treten. —
Uebrigens scheint das Geschenk nicht den Ort seiner Bestimmung erreicht zu haben, wenigstens folgte keine Antwort auf
Salomon's Sendung.

für die *Royal Society of Musicians*, ein 7stimmiger *italian Catch* und namentlich auch das umfangreiche oben erwähnte Oratorium-Bruchstück.)

Das Verzeichniss (einige Nummern zusammengezogen) ist folgendes:

Opera seria „Orfèo"	110 Blätter
12 Symphonien	268 „
Eine concertante Symphonie	30 „
Chor „der Sturm"	20 „
Eine Arie für Davide [David] (12), für Miss Poole (15), für die Banti (11)	38 „
Gesänge für Gallini	6 „
Sechs Quatuor	48 „
Drei Sonaten für Broderip (18), ditto für Preston (18), zwei für Miss Janson (10) . .	46 „
Eine Sonate in F-minor (3), eine in g (5). .	8 „
Der Traum	3 „
Dr. Harrington's Compliment	2 „
Sechs englische Lieder	8 „
Hundert Schottische Lieder (50), vier ditto (2)	52 „
Funfzig dergleichen (für Nepire) [Napier] . .	25 „
Zwey Divertimenti für die Flöte	10 „
Vier Gesänge für Thallersal [Tattersall] . .	6 „
Zwey Märsche (2), Marsch für den Prinzen von Wallis (2)	4 „
God save the King	2 „
Eine Arie mit vollem Orchester (3) ditto ein Lied (2)	5 „
Aufruf an Neptun	3 „
Die zehn Gebote Gottes	6 „
Zwey Divertimenti mit verschiedenen Stimmen	12 „

24 Menuets und Deutsche (12) Sechs Contra-		
tänze (3)	15	Blätter
Zwölf Balladen für Lord Avingdon [Abingdon]	12	„
Verschiedene Gesänge (29), acht Lieder (3) .	32	„
Canons	2	„
Für Lord Avingdon [Abingdon]	2	„
Ouverture für Covent-garden	6	„
Summa . .	768	Blätter.

Haydn verliess London am 15. August 1795. Sein zweimaliger Aufenthalt daselbst war für ihn und die Kunst segenbringend; er selbst wurde zu gesteigerter Thatkraft angespornt; Ruhm und Auszeichnungen in Fülle waren die Folgen. Auch in pecuniärer Beziehung durfte er mit dem Resultat seiner beiden Reisen zufrieden sein; sie trugen ihm im Ganzen bei 24.000 Gulden Gewinn ein, ungerechnet die Honorare für seine Compositionen (ausser denen für Salomon), seine Mitwirkung in Concerten und den Unterricht in Clavier und Composition. Haydn war nun im Stande, seinen alten Tagen mit sorgenfreiem Blick entgegen zu sehen. Trotz des vorgerückten Alters sollte jedoch seine Leier noch nicht verstummen. Im Gegentheil ertönten ihre Saiten gar bald wieder in noch volleren Akkorden. Nur wenige Jahre und England begrüsste das Meisterwerk jenes Mannes, dessen Muse daselbst nach Händel's Heimgang die ersten nachhaltigen Erfolge im Reich der Töne erkämpft hatte. —

ANHANG.

Die ersten Aufführungen von Haydn's „Schöpfung" in England.

Haydn hatte London verlassen, hochgeachtet und geliebt: seine bis dahin vorzüglichsten Werke hatte er daselbst geschaffen; kaum schien es denkbar, dass denselben noch Grösseres nachfolgen sollte. Doch „war noch alles nicht vollbracht", wie er selbst bald singen sollte — seinen Meisterwerken fehlte die Krone. —

Mit dem Text zur „Schöpfung" versehen, wenigstens mit der ursprünglichen Grundlage dazu, zog er in sein freundliches, während seiner Abwesenheit von Wien neugeschaffenes Asyl ein, um das kleine Häuschen bald darauf zum Ruhmestempel zu erheben, zu dem die Künstler von nah und fern wallfahrteten.

Die „Schöpfung", die hier geschrieben wurde, war nicht minder eine Schöpfung Salomon's, der dazu wenigstens den ersten Keim legte. Ermuthiget durch die grossen Erfolge Haydn's war Salomon immer kühner geworden und hatte Haydn sogar zu überreden versucht, für ihn ein Oratorium zu componiren. Er hatte ihm zu dem Ende einen schon fertigen englischen Text seines Freundes Lindley (Liddell?) gegeben. Doch Haydn, der, wie wir gesehen, ohnedies schon

ein Oratorium angefangen hatte , setzte Misstrauen in seine
doch nur geringe Kenntniss der englischen Sprache und nahm
einstweilen den Text zu etwaiger späterer Benutzung mit nach
Hause.

Aber auch zu Hause liess man ihm keine Ruhe.

„Wir möchten nun doch auch ein Oratorium von Ihnen
hören, lieber Haydn", munterte van Swieten, [1]) der thä-
tige Musikbeförderer, unsern nun von allen Seiten mit Huldi-
gungen überhäuften Papa auf. Haydn zeigte ihm den mitge-
brachten englischen Text und van Swieten erbot sich, denselben zu übersetzen und nach Bedürfniss umzuändern und
abzukürzen.

Drei Jahre später, am 19. März 1799, wurde in Wien
„die Schöpfung" zum erstenmal öffentlich aufgeführt. —
Salomon drohte Haydn, wie Griesinger (p. 66) angibt, wegen
gesetzwidriger Benutzung des Textes mit einem Process; doch
nahmen beide Theile die Sache nicht gar zu ernstlich, denn
ein Jahr nach der ersten Aufführung sehen wir auch Salomon die Schöpfung in London ankündigen. Er hatte den
Meister dringend ersucht, ihm ein Exemplar der Partitur mit
der schnellsten Gelegenheit zuzusenden. Dies that denn auch
Haydn und als eines Abends sich die Post in der üblichen
Weise durch einen raschen Doppelschlag an Salomon's Thüre
anmeldete, war dieser nicht wenig überrascht, für Empfang
der übersandten Partitur die Summe von 30 Pfund Sterling
und 16 Schillinge als Porto zahlen zu müssen! Noch empfind-
licher aber musste ihm die Nachricht sein, dass John Ashley,

---

[1]) Gottfried Baron van Swieten, geb. 1734 zu Leyden,
Sohn des Leibarztes der Kaiserin Maria Theresia, Gerhard van
Swieten, kam 1745 nach Wien und wurde um 1778 Präfect der
k. k. Hofbibliothek daselbst. Seine Verdienste um die Aufführung
Händel'scher Werke etc. sind bekannt. Er starb 1803 zu Wien.

der damals die Oratorien in Covent - Garden dirigirte, ebenfalls die Schöpfung erhalten hatte und noch dazu um einen Tag früher. Diesem wurde sie jedoch mit dem Courier der Gesandtschaft zugeschickt und das Porto betrug nur 2 Pfund, 12 Schillinge und 6 Pence.

Am 27. März 1800 erschien nun in der *Times* eine Anzeige Salomon's, dass er von Dr. Haydn ein correctes Exemplar seines neuen Oratoriums „*the Creation of the World*" (die Erschaffung der Welt) erhalten und dass ihm Haydn besondere Anweisung gegeben habe über die Art und Weise, wie er sein Werk aufgeführt zu haben wünsche. Die erste Aufführung der „*Creation*" fände demnach am 21. April im King's Theater statt.

An demselben Tage und in demselben Tageblatt kündigte John Ashley ebenfalls eine erste Aufführung der „Schöpfung" im Covent- Garden - Theater an, und zwar auf den folgenden Tag, den 28. März. Und dies war denn richtig das e r s t e m a l, dass die „Schöpfung" in London öffentlich gegeben wurde. Hauptdirigent war A s h l e y s e n.; G. A s h l e y war *Leader* des Orchesters ; die Soli sangen Mrs. S e c o n d, Master E l l i o t, Misses C o p p e r, T e n n a n t, C r o s b y nebst den Herren I n c l e d o n, D i g n u m, D e n m a n und S a l e. — Der Anfang war um 7 Uhr Abends. Eintrittspreise waren die bei den Theaterabenden gewöhnlichen ; um 9 Uhr galt der halbe Preis. Das Werk wurde dann noch zweimal am 2. und 4. April repetirt, wobei nach der ersten und zweiten Abtheilung J. M a h o n, G. A s h l e y, N e a t e, Concerte für Violin, Clarinet und Clavier vortrugen. — Schon bei der zweiten Aufführung aber veröffentlichte John Ashley eine Erwiderung auf Salomon's Anzeige, „nach welcher man annehmen müsse, als sei nur er (Salomon) im Besitz eines correcten Exemplares. Das Oratorium sei in Wien im Subscriptionswege erschienen und Haydn selbst habe ein Exemplar, mit seiner Namensunterschrift versehen, einem Subscribenten überreicht, der es zur Benutzung nach London gesandt habe. Die Sorgfalt, mit der das Werk aufgeführt, und der Enthusiasmus, mit dem es angehört worden sei, wären übrigens Beweise genug, dass es keiner b e s o n d e r e n A n w e i s u n g e n bedürfe, um die vom Componisten beabsichtigte Wirkung bei der Ausführung zu erzielen". Die Aufführung der Schöpfung unter Salomon fand, wie er es angekündigt, wirklich am 21. April 1800 statt und zwar im grossen Concertsaal des Opernhauses, da wegen der italienischen Oper keine Zeit übrig blieb, auf der Bühne ein Gerüst für's Orchester zu errichten. Die Soli sangen Mad. M a r a, Mad. D u s s e k, die Herren S m a l l (erstes Auftreten nach seiner Rückkehr aus Italien), P a g e, D e n m a n und B a r t l e m a n. Samuel W e s l e y spielte am Ende der zweiten Abtheilung ein Orgelconcert und begleitete auch ausserdem am Clavier; das Orchester war das der italienischen Oper; der Chor war durch Mitglieder der königl. Capelle, St. Pauls's und Westminster-Abtei unterstützt. — Das Werk selbst wurde von den Zeitungen nicht eingehender besprochen. *Times* berichtet darüber am 28. April: „die Aufführung des grossen Oratoriums „die Schöpfung", von Herrn Salomon zu seinem Benefice gegeben, rechtfertigte die Erwartungen, die man auf dessen Erfolg gesetzt hatte. Die Musik ist ausserordentlich grossartig und der überfüllte Saal vereinigte alle vorzüglichsten Musikliebhaber London's."

Eine zweite Aufführung war angezeigt, aber wiederholt verschoben und musste endlich ganz unterbleiben. Im folgenden Jahre (1801) wurde die Schöpfung unter S a l o m o n und Dr. A r n o l d im kl. Haymarket-Theater, und auch von A s h l e y abermals in Covent-Garden zur Fastenzeit aufgeführt.

318

Die ersten Aufführungen in den Provinzen waren im
Jahr 1800 beim Musikfest zu W o r c ester, 1801 zu H e r e-
f o r d (mit Mad. Mara) und 1802 zu G l o u c e s t e r (mit Mrs.
Billington)¹.

In L o n d o n erschien die vollständige Partitur der
Schöpfung mit e n g l i s c h e m Text (grosses Format, 299 Seiten) erst 1859 in dem bekannten Musikalien-Verlag für Kir-
chenmusik bei J. Alfred N o v e l l o , 69 Deanstreet, Soho.
Preis 42 Schillinge.

---

¹) Bei einer grossen musikalischen Aufführung in der West-
minster-Abtei, am 24. Juli 1821, zum Besten des Westminster-
Hospitals, fünf Tage nach der Krönung George IV. (19. Juli)
wurden Compositionen von Händel, Mozart und Haydn aufgeführt und soll damals ganz besonders die Einleitung zur „Schöpfung" einen besonderen Eindruck gemacht haben. Braham,
Vaughan, Bellamy, Begrez, Angrisani, Mad. Camporese, Mrs.
Salmon sangen an diesem Tage die Soli, Attwood begleitete an
der Orgel, Greatorex dirigirte.

BEILAGEN.

I.

Biographisches.

(Die Namen folgen in alphabetischer Ordnung.)

———

Billington, Elisabeth, war die Tochter des schon bei Mozart erwähnten Künstlerpaares Herr und Frau W e i c h s e l. Da die kleine Elisabeth, so wie ihr jüngerer Bruder C h a r l e s Talent zur Musik zeigten, wurden sie von den Eltern mit ungewöhnlicher Strenge angehalten, dasselbe zeitlich zu verwerthen [1]). Beide Kinder traten 1774 im Beneficeconcert ihrer Mutter im kleinen Haymarket-Theater am 10. März zum erstenmal öffentlich auf. Elisabeth, als 7jähriges Kind bezeichnet, spielte ein Concert auf dem Pianoforte, der 6jährige Knabe trug ein Violinconcert vor. Lange Zeit blieben die Kinder die Hauptanziehungskraft der jährlich gegebenen Concerte ihrer Mutter. Miss Weichsel war auch bald als Componistin thätig, veröffentlichte mehrere Sonaten und spielte eigene Concerte. Sie erlangte eine bedeutende Fertigkeit auf dem Pianoforte, spielte damals Concerte, Quartette und Quintette von Clementi, Schobert, Giordani, Boccherini, Giardini und war eine der ersten, jedenfalls eine der besten Schülerinen J. S. Schroeter's. Noch lange darnach, als sie längst als Sängerin glänzte, trat sie noch zuweilen als Clavierspielerin auf, wie z. B. 1792 und 1806; ja, als sie

———

[1]) *She (Miss Weichsel) is an extraordinary performer of her age, but practice, not genius, has produced her writ.* (ABCDario.)

glaubte, nicht mehr so viel wie früher als Sängerin leisten zu können, hielt sie doch noch etwas auf ihr Spiel. „Ich kann nicht mehr für Sie singen", sagte sie zu J. B. Cramer, der sie um ihre Mitwirkung in seinem Concerte bat, „aber, wenn Sie wollen, will ich für Sie spielen." Und Cramer schrieb sein Duo in G., op. 33, welches Beide dann zusammen vortrugen.

Als Sängerin trat die kleine Weichsel im kleinen Haymarket-Theater schon im achten Jahre neben ihrer Mutter am 20. März 1775 auf, damals oder später von J. C. Bach im Gesange unterrichtet. Ihr Doppeltalent entfaltete sich rasch und nachdem Bach gestorben war, vertrauten die Eltern ihre weitere Ausbildung nun einem Musiker, James Billington, Contrabassist vom Drury-lane Theater, an. Nur widerstrebend gaben bald darauf die Eltern ihre Einwilligung zur Vermählung ihrer Tochter mit ihrem Lehrer, der mit seiner 16jährigen Frau schnurstracks nach Dublin reiste, wo Mrs. Billington in der englischen Oper in Capelstreet, unter Sig. Giordani, ein Engagement fand. Hier sang sie die Polly in *„the beggar's opera"* und mit Tenducci in Gluck's „Orfèo ed Euridice", nach damaligem Gebrauch zu einem Pasticcio verstümmelt. Die Vorliebe des Publicums für Miss Wheeler, eine ihr durchaus unebenbürtige Rivalin, kränkte jedoch Mrs. Billington dermassen, dass sie nahe daran war, die Bühne überhaupt zu verlassen. Nach ihrer Rückkehr nach London entzückte sie in einem Hofconcert so sehr, dass ihrem ersten Auftreten in Covent-Garden, als Rosette in *„Love in a village"* der ganze Hof beiwohnte. Der Erfolg war so bedeutend, dass die früher sich spröde zeigenden Theater-Directoren nun in jede Bedingung eingingen, um sie für ihre Bühnen zu gewinnen. Ihr Auftreten in der Westminster-Abtei, in den *Ancient-Music*-Concerten und den Oratorien im Saale in Tottenham street (auf Befehl des Königs an sechs Freitagen in der Fastenzeit gegeben) konnte damals neben der Mara von weniger Bedeutung sein — Mara ganz Ausdruck und Gefühl, Billington nur feurige und glänzende Ausführung. Ihre vorzüglichsten Rollen waren in den Opern „the Duenna", „Incle and Yarico", „Artaxerxes", „the Woodman", „Lionel and

Clarissa" und „Rosina". Wenig bekannt ist es, dass sie einmal auch in Covent-Garden als O p h e l i a in Shakespeare's „Hamlet" auftrat und dabei die oft genannte Arie „Mad Bess" von Purcell sang [1]).

Unterdessen war sie noch immer auf ihre Ausbildung bedacht und reiste sogar im Sommer 1786 nach Paris, wo sie bei S a c c h i n i studirte — eine seiner letzten Schülerinen, da der Componist bald darauf, am 7. October 1786, starb.

Ueber einen wiederholten Besuch in Dublin, wo sie diesmal viel gefeiert wurde, so wie über ihren darauf folgenden Aufenthalt in London ist es besser, rasch hinweg zu eilen. Ihre Privatverhältnisse machten viel von sich reden und sie that klug, 1793 London auf längere Zeit zu verlassen. Obwohl nicht gesonnen, in Italien aufzutreten, konnte sie doch dem Andrängen so vieler Verehrer nicht widerstehen, und diese Jahre wurden eine Kette von Triumphen für sie. Neapel, Bologna (wo sie 1796 vor Bonaparte sang, der sie selbst an Josephine in Mailand empfahl), Venedig, waren Zeugen ihres Ruhmes. In letzterer Stadt, wo sie erkrankte, hatte man nach ihrer Genesung das Theater an drei Abenden erleuchtet. Nachdem ihr Mann in Neapel plötzlich gestorben war, verheirathete sie sich in Mailand mit einem französischen Officier, um sich bald wieder von ihm zu trennen.

Nach ihrer Rückkehr nach London im Jahre 1801 stritten sich Drury-lane (Sheridan) und Covent-Garden (Harris) um ihren Besitz; schliesslich sang sie auf beiden Theatern, sowie bei allen grossen Concerten und Oratorien. Ihre Einnahme betrug damals jährlich 15.000 £. Bei dem Musikfest zu Gloucester (1802) sang sie in Haydn's „Schöpfung"; ihre grossen Rivalinen M a r a und B a n t i luden sie ein, in ihren Benefice-Vorstellungen zu singen und nach dem Rücktritt der Letzteren wurde sie an der italienischen Oper engagirt. Hier brachte sie noch einmal J. C. Bach's *„la Clemenza di Scipione"* auf die Bühne und gab bei ihrem Benefice (1806) den

---

[1]) *The part of Ophelia with the original airs by Mrs. Billington, being her first appearance in that character, in which she will introduce the celebrated Cantate of „Mad Bess" composed by Purcell, accompanied by Mr. Knyvett.* (Publ. Adv. May 27, 1790.)

Engländern Gelegenheit, zum erstenmal eine Oper von Mozart zu hören; dies war, wie schon erwähnt „*la Clemenza di Tito*".

Obwohl noch in fast ungeschwächter Kraft ihrer Stimme, zog sie sich in demselben Jahre auch ganz von der Bühne und wenige Jahre darauf vom öffentlichen Auftreten überhaupt zurück — ein seltenes Beispiel von Selbstüberwindung einer Sängerin. Auf ihrer Villa in Fulham Lane, Brompton (im südwestlichen Theile London's) baute sie einen Concertsaal, der noch jetzt gut erhalten ist, und ihre Privatconcerte daselbst waren der Vereinigungspunkt der musikalischen Welt. Sie verliess England 1817 und starb bald darauf, Aug. 1818, auf ihrem Gute in der Nähe Venedigs.

Die Stimme der Sängerin war ein reiner Sopran, nicht besonders kräftig aber sehr süss klingend, voll Biegsamkeit und von ungewöhnlicher Höhe und hier dem Flötentone gleichend; sie sang bis in's dreigestrichene *e, f* und selbst *g*[1]). — Die Intonation war immer rein und ihre Geläufigkeit erstaunend; die Ausführung voll Feinheit und guten Geschmack, der bei den Verzierungen, mit denen sie ihre Arien, besonders bei Wiederholungen ausschmückte, stets die tüchtige Musikerin verrieth.

Mit so viel Vorzügen begabt, wusste Mrs. Billington den Mangel eines getragenen Gesanges geschickt zu verdecken. Noch 1805 wurde der Berl. Mus. Zeitung darüber aus London geschrieben: „Ihre klare helle Stimme, ihre schönen Läufe und Triller, eine gewisse höchst seltene Weichheit, die sie selbst den höchsten Tönen zu geben weiss; alle diese dem Ohre lieblichen Eigenschaften und Künste hatten hier ganz vergessen lassen, dass man auch noch auf andere Weise, durch den Gesang und schönen Vortrag gerührt werden

---

[1]) Trotzdem wurde sie hierin noch überflügelt. Parke (I. 128) erzählt, dass, als Mrs. Billington das zweitemal in Irland sang und in der Rolle der Polly Alles entzückte, die zweite Sängerin, Miss G e o r g e, welche die Rolle der Lucy sang, aus Eifer, nicht ganz verdunkelt zu werden, im Wechselgesang mit Mrs. Billington ihre Strophe eine Octav höher wie jene sang — bis zum dreigestrichenen *b*.

könne." — Damals (1805) wurde neben Mrs. Billington Mad. Giuseppina Grassini engagirt; jede erhielt für die Saison 2000 £. (etwa 13.000 Thlr.).

Nach ihrer Rückkehr aus Italien wurden ihre persönlichen Reize durch allzu grosse Körperfülle beeinträchtigt. Obwohl ihre Züge schön zu nennen waren und einen überaus gutmüthigen Ausdruck hatten, war die Sängerin doch unfähig, darin die verschiedenen Abstufungen der Leidenschaft auszudrücken. Ihr Schauspieltalent war äusserst gering und sie verdankte alles ihrem Gesang allein. In Hogarth's „Memoir of the musical drama", London 1838, befindet sich im 2. Bande, p. 184, ein Porträt der Sängerin, nach einem Miniaturgemälde von Pope, im Besitz des Garrick-Club. — Ein ungleich seltenerer Kupferstich ist jener von Ward nach dem berühmten Gemälde von dem bekannten Maler Sir Joshua Reynolds [1]). Dieses Porträt, die Künstlerin als heilige Cäcilie darstellend, wurde noch 1845 auf einer Auction für 505 Guineen nach Amerika verkauft. Bombet in seinen *Lettres écrites de Vienne sur le célebre J. Haydn.* Paris 1814, p. 170, erzählt, dass Haydn gerade dazu kam, als der Maler Mrs. Billington im Bilde verewigte. „Es ist sehr gut", sagte der Componist, das Bild betrachtend, „doch", fügte er, schalkhaft lächelnd, hinzu „in etwas ist sehr gefehlt." „Wo gefehlt?" fragte Reynolds hastig. „Sie haben sie gemalt, dem Gesang

---

[1]) Sir Josuah Reynold's, geb. am 16. Juli 1723 zu Plymton in Devonshire, Präsident der *Royal Academy of artists*, malte u. a. auch die Porträte von Garrick, Mrs. Abingdon, Mrs. Sheridan (geb. Linley), Frau des berühmten Lustspieldichters („das Mädchen von Bath", wie die treffliche Sängerin genannt wurde), als heil. Cäcilie. Eines seiner besten Gemälde war das der reizend schönen Schauspielerin Mrs. Siddons, als tragische Muse dargestellt. Dies Porträt, 1784 gemalt, wurde 1823 auf einer Auction von Lord Grosvenor um 1745 Guineen gekauft. (Es existirt davon ein hübscher Stich von H. Dawe.) Reynolds starb am 23. Februar 1792 in seinem Hause Nr. 47, Leicester square, und wurde in der St. Paul's Cathedrale in der Nähe von Newton und Sir Christopher Wren, unter grosser Feierlichkeit beigesetzt. „Nie wurde eine öffentliche Feierlichkeit mit mehr Anstand, Würde und Achtung vollzogen." (*Sir J. Reynold's and his works, by Will. Cotton M. A. of the University of Oxford* etc.)

der Engel lauschend; sie hätten sie passender malen sollen, wie die Engel i h r e m Gesange lauschen." — Mrs. Billington sprang auf und umarmte den Freund heftig. Glücklicher Haydn! und doch „in etwas ist hier sehr gefehlt"! Reynolds hatte nämlich das Bild bereits 1790, also ein Jahr v o r Haydn's Ankunft, fertig; es war das letzte Jahr, in dem der Maler etwas in die Ausstellung der Akademie einsandte, diesmal Sir John Leicester, drei Lords, sein eigenes Porträt und Mrs. Billington [1]).

Folgendes Epigramm erschien über Mrs. Billington im *Public Advertiser*, 25. November 1791, zur Zeit, als sie im Covent-Garden Theater auftrat:

To Mrs. Billington.

'Tis said that Orpheus, by his magic sounds,
Made rock's to follow him, each bird and tree:
But they attraction, has, alas! no bounds,
For thou canst make the w o r l d to follow t h e e!
(written by M. Upton.)

Burney, Charles, war am 7. April 1726 zu Shrewsbury geboren. Als er 1744 mit dem von Irland zurückkehrenden Dr. Arne zusammentraf, nahm ihn dieser mit nach London. Unter ihm studirte Burney drei Jahre, verliess aber London 1749 aus Gesundheitsrücksichten und lebte neun Jahre als Organist zu Lynn Regis in Norfolk. 1760 kehrte er nach London zurück, wo er sich hauptsächlich mit Musikunterricht beschäftigte. Seine damaligen Compositionen, die Musik zu *Robin Hood, Queen Mab*, zu Rousseau's [2]) „*devin du village*" (unter dem Titel „*the cunning man*") sind ohne Bedeutung. 1769 (23. Juni) wurde ihm von der Universität Oxford die Doctorswürde ertheilt. Ein Anthem, was er zu dieser Gelegenheit componirte, wurde auch von P. E. Bach in Hamburg aufgeführt. Um Materialien zu einer Geschichte der Musik

---

[1]) *Sir J. Reynolds and his works, by W. Cotton, M. A.* edited by *John Burnet F. R. S.* London 1856.
[2]) Rousseau war 1766 nach England gekommen und schrieb zu Wooton seine „*confessions*".

zu sammeln, unternahm Dr. Burney 1770 seine erste Reise nach Frankreich und Italien. Gleich nach seiner Rückkehr [1]) gab er das Resultat derselben unter dem Titel „*Musical Tour or present state of music in France and Italy*" heraus [2]). 1772 unternahm er eine zweite Reise, diesmal nach den Niederlanden und Deutschland, deren Erfolg er ebenfalls in 2 Bänden veröffentlichte: „*The present state of Music in Germany, the Netherlands, and united Provinces.* London 1773."

Zugleich mit dem Erscheinen von Hawkins' fünfbändigem musikalischen Geschichtswerke gab Burney 1776 den ersten Band seiner viel genannten „*General History of Music*" heraus, deren vierter Band erst 1789 folgte [3]). Im Jahre 1784 verfasste er eine Beschreibung der Händelfeier in der Westminster Abtei (*Commemmoration of Handel*), die reich ausgestattet 1785 mit Eigenthumsrecht des *Musical Fund (Soc. of Musicians*) erschien. Durch die Verwendung des Ministers Burke erhielt Burney die Organistenstelle in Chelsea College mit erhöhtem Gehalt. Nicht so glücklich war er mit seinem Wunsch, nach Stanley's Tode 1786 *Master of the King's Band* zu werden (Parsons wurde ihm damals vorgezogen). Einigen Ersatz suchte man ihm indirect durch Ernennung einer seiner Töchter zur Kammerfrau der Königin zu bieten. Es war dies

---

[1]) Dr. Burney kam im December in Calais an, wo er neun Tage warten musste, bis die Stürme nachliessen. Endlich wagte er die Ueberfahrt nach Dover, war aber so erschöpft, dass er in einem Winkel des Schiffes liegen blieb und vergessen wurde. Bei seinem Erwachen begehrte er an's Land zu steigen. „Das werden Sie wohl nicht im Ernst verlangen", meinte ein Matrose. Das Schiff war nämlich mitten im Meer **auf der Rückfahrt nach Calais!**

[2]) In den 1775 erschienenen „*Musical Travels through England by Joel Collier*" (wie sich später zeigte, war der Verfasser John Bicknal, Esq., ein ausgezeichneter Rechtsgelehrter, gest. 1787) wurde Burney's Reisebeschreibung lächerlich gemacht Ihm selbst war das Erscheinen des Buches sehr unbequem und er kaufte davon so viele Exemplare auf, als er nur immer konnte, um sie zu vertilgen.

[3]) Wie Dr. Burney mit Beiträgen zu dem Werke mitunter getäuscht wurde, erzählt u. a. Walpole in einem Briefe an Will. Mason, dat. 29. Febr. 1776.

die nachherige Mad. d'Arblay, die sich später durch mehrere Novellen, besonders „Evelina", und durch die 1832 erschienenen „Memoirs of Dr. Burney" bekannt machte. — 1791 begann Burney Beiträge zu dem periodischen Werke „Monthly Review" zu liefern und 1801 übernahm er es, für Ree's Cyclopaedia alle in's Musikfach einschlagenden Aufsätze zu liefern, die übrigens mit wenig Ausnahme nur ein Auszug seines genannten Geschichtswerkes sind. Das Honorar dafür betrug 1000 £. Burney veröffentlichte ausserdem noch mehrere Werke, z. B. das Leben Metastasio's u. A., die aber keinen Erfolg hatten, so wenig als seine Compositionen. Er starb zu Chelsea am 12. April 1814 im 87. Lebensjahre.

Cramer, Wilhelm, war 1745 zu Mannheim geboren, wo sein Vater im Dienste Fürst Maximilian's stand, der den kleinen Wilhelm, als er Talent für Musik zeigte, auf seine Kosten erziehen und später zu weiterer Ausbildung reisen liess. Der Fürst gab ihm dann eine Anstellung in seiner Kapelle, die unter ihrem Dirigenten Holzbauer ganz tüchtige Kräfte zählte. J. C. Bach in London, der darauf bedacht sein musste, seinen Concerten stets neuen Reiz zu verleihen, überredete Cramer nach London zu kommen und liess ihn in der ersten Zeit sogar bei sich wohnen (damals Queen str. golden sq., bald darauf 80 Newman street). Auch wird behauptet, dass er an Cramer's Compositionen, ehe dieser sie veröffentlichte, die letzte Feile anlegte [1].

An Cramer's Spiel wurde damals der volle und gleiche Ton, eine feurige Ausführung und Sicherheit hervorgehoben; auch seine Fertigkeit im prima vista Spiel wird gelobt. Noch

---

[1] *Cramer a German. Gives to the world the Concerts which he generally plays, as his own, though 'tis whispered that B—ch (to whom the lovers of music are much indebted for the importation of this gentleman) assists him to melodize, as well as harmonize, before he ventures to produce any thing for the public ear.* (A B C Dario.)

viele Jahre später schrieb ein Deutscher über ihn (Berlin.
Mus. Ztg. 1793): „Cramer spielt seine eigenen Concerte sehr
schön, hat einen guten Ton, trägt sehr schwere Sachen mit
grosser Nettigkeit vor und spielt sehr rein und präcis."
Cramer's Benefice-Anzeige am 20. Febr. 1773 nennt sei-
nen Namen zum erstenmal in London öffentlich. Das Concert
fand im Hickford-Saal am 22. März unter der Direction von
Bach und Abel statt. Nebst den vorzüglichen Instrumentalisten
Bach, Tacet, Crosdill, Eichner, Spandau, Fischer, Abel wurde
Cramer auch durch die Sängerinen Sgra. Grassi (Bach's
Frau) und Sgra. Galli [1]) unterstützt. — Im folgenden Jahre
scheint Cramer bereits seine Stellung in Mannheim aufgegeben
zu haben, denn er liess seine Frau und den ältesten Sohn
Johann Baptist nachkommen; Franz, der jüngere Sohn,
folgte erst später. Cramer wohnte noch immer bei Bach und
in seinem diesjährigen Concert trat nun auch seine Frau als
Sängerin, Harfen- und Clavierspielerin auf [2]). (Kelly, I,
9—10, erwähnt ihrer auch bei den Rotunda-Concerten in
Dublin.)

Cramer eroberte sich nun rasch eine Stelle nach der
andern. Er dirigirte die Hofconcerte in Buckingham-house
und Windsor (Queen's lodge); er wurde *leader* des Orchesters
der ital. Oper, der Concerte für alte Musik (1780—1799),

---

[1]) Sgra. Galli, Contra-Alto, war 1743 in der italienischen
Oper mit Sgra. Frasi das erstemal aufgetreten und erschien dann
häufig in Männerrollen. 1744 sang sie im Oratorium „Joseph"
von Händel. In Concerten wählte sie gerne Arien von Paradies
und Gluck, von Letzterem „Rasserena il mesto ciglio", aus dessen
Oper „Artamene". Nach 16jähriger Abwesenheit sang sie zuerst
wieder 1773 in der italienischen Oper, in Oratorien und Concerten. Bereits 75 Jahre alt (!) trat Sgra. Galli nochmals 1797
auf und sang wiederholt in den Oratorien in Covent-Garden
Arien aus Messias, Samson und Israel in Egypten, besonders die
Arie: *he was despised*, von Händel „ausdrücklich für sie componirt und bei der ersten Aufführung im Jahre 1741 von ihr gesungen" (wörtlich zu lesen in *the Times* und *the Oracle* 1797)*!*

[2]) *Between the Acts will be introduced several new songs
by Mrs. Cramer, accompanied by herself on the Harp (being her
first performance in public) and a Concerto on the Pianoforte by
the same.*

der jährl. Concerte des *Musical-Fund*, spätere *Royal Society of Musicians;* ferner mit wenig Ausnahmen *leader* bei den Musikfesten zu Hereford, Worcester und Gloucester und besonders auch der grossen Händelfeste in der Westminster-Abtei. Nur in den Pantheon-Concerten, wo er vor Salomon's Ankunft dirigirte, sollte er durch diesen verdrängt werden.

Bei Gründung der *professional*-Concerte wurde Cramer als *leader* an die Spitze gestellt und konnte als solcher die Werke Haydn's dem Meister bei seiner Anwesenheit in London selbst vorführen. In all' diesen Concerten, bei Hof, den Musikfesten, in den grossen Vereinsconcerten, seinem jährlichen Benefice und Hunderten von Privatconcerten, trat Cramer mit ungeschwächtem Erfolg als Solospieler auf, — nicht zu vergessen dabei seine Thätigkeit als Lehrer.

Cramer hatte, nachdem seine erste Frau gestorben war, Miss Madan, eine Dame aus einer irländischen Familie, geheiratet. Obwohl er ein grosses Einkommen genoss, kam er in den 90ger Jahren in bedrängte Umstände, da er anfing seine ökonomischen Verhältnisse zu vernachlässigen, so dass seine Freunde ihn einmal sogar vor gänzlichem Bankerott schützen mussten [1]. Zudem sah er sich endlich noch durch V i o t t i aus seiner Stellung im Opernhause verdrängt. Dies Alles musste auf Körper und Geist lähmend wirken, das Leben wurde ihm schliesslich zur Last. Sein letztes Auftreten war als *leader* beim Musikfest zu Gloucester im Jahre 1799. Bald darauf ruhte er dort, wo alle Sorge aufhört. Er starb zu London in seinem Hause, Marybone, Charles street, am 5. October 1799.

Am 12. Mai 1800 veranstalteten die Directoren der *Ancient Music*-Concerte im grossen Saal des King's-Theater ein Concert zum Besten der vier jüngeren hinterbliebenen Kinder Cramer's aus zweiter Ehe. Die früher genannten ältesten Söhne J o h a n n ˋB a p t i s t und F r a n ç o i s dirigirten; ersterer spielte auch ein Orgelconcert.

Die Zeitschrift *the true Briton (9. Oct. 1799)* kündigte

---

[1] *A friendly commission of bankrupty was issued. (Gentl. Magazine, 1799.)*

Cramer's Tod mit den wenigen aber ehrenden Zeilen an: „Und hier [Gloucester] beschloss der Veteran Cramer seine musikalische Laufbahn, denn Samstag den 5. October schied er aus diesem Leben, allgemein bewundert durch sein ausgezeichnetes Talent und aufrichtig betrauert von seinen Freunden und einer ausgebreiteten Verwandtschaft.“

„Er war ein Mann. Ihr werdet
Nimmer seines Gleichen sehen!“

Cramer's Porträt, gemalt und gestochen von T. Hardy, erschien 1794 bei J. Bland in London. (Das Gemälde Eigenthum von Bland.) Ein Nachstich von J. F. Schröter erschien später in Leipzig.

Fischer, Johann Christian, geb. zu Freiburg im Breisgau, war einige Zeit in der k. Capelle zu Dresden, bis diese aufgelöst wurde. Er trat dann in Friedrich's II. Dienste an die Stelle des auf einige Zeit in Ungnade gefallenen Emanuel Bach [1]. Von Berlin ging Fischer nach Mannheim, dann nach Paris, wo er in den *Concerts spirituels* mit grösstem Beifall auftrat. In London wurde er nach Battista S a n M a r t i n i der beliebteste Oboist. V i n c e n t und S i m p s o n, deren beste Zeit bei seiner Ankunft bereits vorüber war, hatten sich noch der alten engl. Oboe bedient. Fischer's erstes Auftreten war am 2. Juni 1768 im Saale des Thatch'd-house. (J. C. Bach spielte bei dieser Gelegenheit zum erstenmal öffentlich das Pianoforte.) Fischer machte bedeutendes Aufsehen; er wurde eine Zierde der Bach - Abel- und der

---

[1] Die Ursache der Ungnade war folgende: C. Ph. Em. Bach, mit andern Musikern nach Sans Souci fahrend, wurde durch die schlechten Wege so aufgebracht, dass er, was wohl kein General gewagt hätte, einem königl. Hausofficianten bemerkte: „Sagen Sie unserm Herrn, dass nicht Ehre noch Gewinn uns eine hinlängliche Entschädigung bieten kann für solch' einen lebensgefährlichen Dienst, und so lange die Wege nicht verbessert sind, wird man uns nicht dazu bringen, wieder hierher zu kommen“ (Ab. Rees, Cyclopaedia).

Vauxhall-Concerte; auch spielte er als Kammermusikus der
Königin häufig bei Hof. Der König selbst, als er Fischer
beim ersten Händelfeste im Jahre 1784 das vierte Oboeconcert von Händel spielen hörte, schrieb eine lobende Bemerkung über ihn in sein Textbuch nieder [1]. Fischer's Ton
auf der Oboe war voll und weich und dabei doch kräftig;
selbst Giardini, der auch im Lobe seinen Hass gegen Deutsche
nicht unterdrücken konnte, sprach von der „Unverschämt-
heit" seines Tones (*he had such an impudence of tone as no
other instrument could content with — Cyclop. Ab. Rees*).

Obwohl Fischer kein grosser Theoretiker war, werden
seine Compositionen doch meist als originell, interessant und
gefällig geschildert, während Andere behaupten, dass nur
sein eigenes meisterhaftes Spiel ihre Unbedeutendheit zu verdecken im Stande war [2]. Uebrigens wurde ein Rondeau-
Minuet von ihm so beliebt, dass es in England auf jedem
Pult zu finden war. B e z o z z i in Dresden wählte es als
Glanznummer und M o z a r t componirte über den Minuet im
Jahre 1773 Variationen (Köchel Nr. 179, Jahn I. 610),
welche auf seinen Kunstreisen oft erwähnt werden und von
ihm als Paradestück benutzt wurden, seine Bravour zu zeigen.
Kelly hörte in Dublin Fischer selbst „*whose minuet was then
all the rage*". (Kelly, I. 9.)

Mozart hatte Fischer 1766 in Holland gehört, der damals
auf den Knaben wie auf alle Welt einen bedeutenden Eindruck machte. Ganz anders war es, als er ihn 1787 in Wien

---

[1] Des Königs Anmerkung lautete: *It seems but just, as
well as natural, in mentioning the 4th Hautbois Concerto, on the
4th day's performance of Handel's Commemmoration, to take notice
of the exquisite taste and propriety Mr. Fischer exhibited in the
solo parts; which must convince his hearers that his excellence
does not exist alone in performing his own compositions, and that
his tone perfectly filled the stupendous building where his excellent concerto was performed. (Memoirs of Dr. Burney by his
daughter Md^me d' Arblay, II. 385.)*

[2] A B C Dario sagt von Fischer: „*As a composer, his desire
to be originell, often produces thoughts whimsical and outrée, and
which nothing but his playing could cover. His tone is very fine
and inexpressibly well managed.*

wieder hörte. Das Bild, das er damals über Fischer als Virtuos und Componist seinem Vater in einem Brief vom 4. April entwirft, war nichts weniger als schmeichelhaft.

Mozart schreibt: „Wenn der Oboist F i s c h e r zu der Zeit als wir ihn in Holland hörten [1766] nicht besser geblasen hat als er itzt bläst, so verdient er gewiss das Renomme nicht, welches er hat. J e d o c h u n t e r u n s g e s a g t! Ich war damals in den Jahren, wo ich nicht im Stande war ein Urtheil zu fällen — ich weiss mich nur zu erinnern, dass er mir ausserordentlich gefiel, sowie der ganzen Welt. Man wird es freylich natürlich finden, wenn man annimmt, dass sich der Geschmack ausserordentlich geändert hat; er wird nach der alten Schule spielen — aber nein! er spielt mit einem Wort wie ein elender Scolar; — der junge André, der beim Fiala lernte, s p i e l t tausendmal besser. Und dann seine Concerte! — von seiner eigenen Composition! Jedes Ritornell dauert eine Viertelstunde — dann erscheint der Held — hebt einen bleyernen Fuss nach dem andern auf — und plumpst dann wechselweise damit zur Erde. Sein Ton ist ganz aus der Nase und sein *tenuta* ein Tremulant auf der Orgel. Hätten Sie sich dieses Bild vorgestellt? und doch ists nichts als Wahrheit, aber Wahrheit die ich nur Ihnen sage." (O. Jahn III. p. 302 — Mozart's Briefe von L. Nohl. p. 438.)

Fischer war ein Mann von schwer zu ertragenden Eigenheiten und einem, freilich oft nur zu gerechtfertigten Künstlerstolz. Einem Lord, der ihn einst zum Souper einlud, nicht um sich als Virtuose zu produciren, sondern, wie er vorgab, seiner eigenen Person willen, ihn aber gleich mit der Frage empfing „ich hoffe, Sie haben doch ihre Oboe mitgebracht?" antwortete der Künstler kurz: „Nein, mein Lord, meine Oboe soupirt niemals", womit er das Haus verliess. (Kelly I. 9.)

Zwischen Fischer und dem Maler G a i n s b o r o u g h [1]) hatte sich eine intime Freundschaft gebildet. Der zu Zeiten

---

[1]) Thomas G a i n s b o r o u g h, geb. 1727 zu Sudbury in Suffolk, liess sich 1774 in London nieder. Seine Liebe zur Musik liess Gainsborough zeitweise die Malerei nur nebenher

musiktolle Maler wurde, als Freund Abel's, ein eifriger
Gamben-Spieler; wenn nun Fischer und Gainsborough zusammen musicirten, hätten, wie Mrs. Gainsborough klagte,
Diebe das Haus umkehren dürfen, beide hätten nichts ge-
merkt. Aber der Maler merkte auch nicht, wie der Musiker
nebenher das Herz der schönen Mary, der jüngeren Tochter
des Hauses, eroberte und musste seine Einwilligung nachträglich zu einer Heirath geben, deren kurze Dauer voraus
zu sehen war [1]).

Als Schüler Fischer's traten Z u c k (1781) und K e l l-
n e r (1784) auf; J. C. Bach schrieb für ihn (1781) ein
Quartett für zwei Oboen, Viola und Cello. Der Künstler
wurde am 29. April 1800, mitten in einer Production bei
Hofe, vom Schlage gerührt und starb eine Stunde darauf
in seiner Wohnung. (*Times*, 1. Mai.)

betreiben. Als er noch in Bath wohnte, hörte er zum erstenmal
Giardini und ruhte nicht, bis ihm der Künstler seine Violine käuf-
lich überliess; seinem Freunde Hamilton schenkte er für ein Vio-
loncell-Solo, das dieser ihm vortrug, sein bestes Bild. Als er
Abel hörte, wurde die Violine an den Nagel gehängt und Abel's
Viol' da gamba gekauft und das Haus durchtönten Terzen und
Quinten. Fischer's und Crosdill's Spiel machte die Wahl in deren
Instrumenten schwanken — eine Oboe musste jedenfalls in's Haus.
Bald darauf hörte der Maler einen Harfenspieler in Bath und
dessen Harfe machte alle früheren Instrumente vergessen. Der
Maler wühlte in Arpeggio's und lernte just so viel, als eine einfache Harfe zuliess, bis ihn ein Besuch Abel's der Gambe wie-
dergab. Gainsborough malte ausser dem Porträt Fischer's noch
die hochgeschätzte Sängerin L i n l e y und ihren Bruder, den
talentvollen T h o m a s L i n l e y, Mozart's intimen Freund in Italien (das Bild nun Eigenthum der Herzogin von Dorset); ferner
Chs. F. A b e l, J. C. B a c h und Thomas L i n l e y sen. (in der
Dulwich Gallerie). (*Life of Gainsborough, by E. S. Fulcher*, London, 1856. p. 220.)

[1]) Mrs. Fischer, die schöne Malerstochter, hatte nicht minder ihre Capricen und lebte in der wohl verzeihlichen Einbildung,
dass der Prinz von Wales sterblich in sie verliebt sei. Sie starb
1826. Margaret, die Aeltere, erbte ihres Vaters Musikliebe und
spielte das Clavier so vorzüglich, dass die Königin Charlotte sie
zu hören wünschte, doch liess die Dame den königlichen Wunsch
unerfüllt. (Gainsb. 118.)

Fischer's Porträt, von Gainsborough mit besonderer Sorgfalt gemalt, wurde von den Erben dem Prinzen von Wales geschenkt und befindet sich noch jetzt in der Bildergallerie zu Hampton-Court (*private dinning room, Nr.* 747). Das Bild zeigt Fischer in ganzer Figur, an ein Clavier gelehnt, das im Schilde den Namen Josephus Merlin trägt. Thicknesse erwähnt noch ein zweites Portrait von Fischer in voller Uniform, Scharlach und Gold, „gleich einem Hauptmann der Fussgarde". (*Life of Gainsb. by E. S. Fulcher, p. 220.*)

Gallini, Sir John (Giovanni Andrèa), war Italiener von Geburt. Er war 1758 von Paris nach London ohne bestimmten Zweck gekommen und trat in Covent-Garden Th. zuerst in „*the Prophetess*", mit Originaltänzen von Gallini und neuen Gesängen, für die Oper eingerichtet und in Musik gesetzt von Arne, auf. 1759 tanzte er im King's-Theater, 1760 wiederholt mit der sehr beliebten Tänzerin Sgra. Asselin. Er erwarb sich als sehr gesuchter Tanzlehrer ein bedeutendes Vermögen, gab jährlich, gleich Noverre, dem Bruder des berühmten Balletmeisters, einen Beneficeball und baute zunächst, wie schon früher erwähnt, für die Bach-Abel-Concerte die vielgenannten Hanover square rooms, von denen er bis zu seinem Tode Eigenthümer blieb und aus ihnen durch Concerte, Bälle, Assembleen, Ausstellungen etc. grossen Nutzen zog. Er hatte die älteste Schwester des Grafen von Abingdon, eine Lady Elisabeth Bertie, geheiratet, die aber nicht zur Vermehrung seines Glücks beitrug. 1786 kaufte er das Patent des Opernhauses und wurde alleiniger Impresàrio. Als er bald darauf nach Italien reiste, um Sänger zu engagiren, machte ihn der Papst (warum, wurde nie recht bekannt) zum „*Cavaliere del sperone d'oro*". Nachdem unter ihm, mit bedeutendem Kostenaufwand, das neue Theatergebäude entstanden war, das er aber als Opern-Haus nicht eröffnen durfte, verkaufte er, müde der Streitigkeiten, sein Patent, und nahm für den Rest seines Lebens seine frühere Beschäftigung mit Lectionen wieder auf. Gallini war ein schlauer Kopf, der die Welt kannte; wenn er auch nicht gerade freigebig genannt werden konnte, so war er doch in seiner Handlungsweise gerecht. Im Jahre 1762 erschien von ihm „*A treatise on the Art of Dancing*" (im *Monthley Review* besprochen). Ehe die mehr elegant geschriebenen „*Lettres sur la dance et sur les ballets*" von J. G. Noverre in England bekannt wurden, war Gallini's Werk sehr geschätzt. Der historische Theil darin findet sich jedoch bereits in M. Cahusac's „*la dance ancienne et moderne, ou Traité Historique de la danse*", in drei Bändchen 12$^{\underline{mo}}$, 1754 im Haag erschienen.

Gallini starb am 5. Januar 1805 und hinterliess seinen Angehörigen (wie *Gentl. Magazin* angiebt) trotz der enormen Verluste beim Theaterbrand und einer verfehlten Speculation beim Kauf eines Gutes in der Nähe von Boulogne ein Vermögen von 150.000 Pf. St.

Greatorex, Thomas, geb. den 5. Oct. 1758 zu North Wingfield, in der Nähe von Chesterfield, Derbyshire, kam 1772 nach London und wurde unter Dr. Cooke, Organist und Lehrer der Sängerknaben der Westminster-Abtei, erzogen. 1780 wurde er Organist zu Carlisle, ging aber 1786 nach Italien, wo er unter Santarelli zu Rom studierte. Er folgte 1793 Joah Bates als Dirigent der *Ancient-Music*-Concerte und bekleidete diesen Posten 38 Jahre lang. 1814 trat er als Organist der Westminster-Abtei an Dr. Rob. Cooke's Stelle [1]). Greatorex genoss ausgebreiteten Ruf als

---

[1]) Die Organisten an der Westminster-Abtei waren der Reihenfolge nach: John Howe (1549), John Taylor (1562), Robert White (1570), Henry Leeve (1575), Edmund Hooper (1588, der erste wirklich angestellte Organist, † 1621), John Parsons (1621, † 1623), Orlando Gibbons (1623, der englische Palestrina genannt; er starb 1625 und wurde beigesetzt in der Cathedrale zu Canterbury), Thomas Day (1625, † 1654), Richard Portman (1633), Christopher Gibbons (1660. Sohn des Orlando Gibbons, † 1676), Albertus Bryne (1666), John Blow (1669, † 1708), Henry Purcell (1680, der würdige Vorgänger Händel's, † 1695), John Blow (1695), William Croft (1708,

Lehrer und war nicht nur in Musik, sondern auch in andern Wissenschaften wohl unterrichtet und Mitglied verschiedener gelehrten Gesellschaften. Botanik, Mathematik, Astronomie wurden von ihm mit Vorliebe gepflegt und für letztere besonders besass er vorzügliche Instrumente. Mit Graf Chesterfield und Lord Sandwich war er intim befreundet. Schon 73 Jahre alt gab er sein letztes Beneficèconcert und starb bald darauf am 20. (17?) Juni 1831 in seinem Hause zu Hampton bei London. Auch die andern Mitglieder dieser Familie zeigten für Musik viel Sinn. Anthony, der Vater, hatte sich noch im 70. Lebensjahre ohne jede weitere Anleitung eine Hausorgel gebaut. Eine Schwester, Martha, versah, kaum 13 Jahre alt, Organistenstelle zu Leicester.

Incledon, Charles, geb. 1758 zu St. Kevern in Cornwall, sang als Knabe auf dem Chor der Cathedrale zu Exeter, diente dann einige Zeit auf einem Kriegsschiff, das nach Westindien segelte, vertauschte 1783 die See mit der Bühne und trat in Southampton, Bath und 1786 beim Vauxhall-Jubiläum in London auf. 1790 sang er zuerst im Covent-Garden Theater und von da an auch in Oratorien. Seine Hauptforce aber waren englische Balladen und Seemannslieder, die ihn ausserordentlich populär machten und mit denen er stets sein Publicum hinzureissen wusste. *„The storm"* (der Sturm) und *„Black-eyed Susan"* (schwarzäugige Susanne) verfehlten ihre Wirkung nie. Er hatte eine kräftige, wohlklingende und umfangreiche Tenorstimme und sang mit Energie und Ausdruck, doch fehlte ihm die eigentliche Grundbildung in der Gesangskunst; nur ganz kurze Zeit hatte er bei Rauzzini in Bath Unterricht im Singen genommen. Als

---

† 1727), John Robinson (1727, † 1762), Benjamin Cooke (1762, † 1793), Samuel Arnold (1794, † 1802), Robert Cooke (1803, † 1814), G. Ebenezer Williams (1815, † 1819), Thomas Greatorex (1819, † 1831), James Turle, der jetzige Organist, seit 1831. — Zwölf der Genannten sind im Kreuzgang der Westminster-Abtei beigesetzt. (*Notes and Queries,* Sept. 1866.)

Schauspieler war Incledon nicht bedeutend, daher es ihn
nicht wenig überraschte und schmeichelte, als die Geistlichkeit einst die musikalische Aufführung in einer Kirche verbot, weil ein S c h a u s p i e l e r (Incledon) mitwirken sollte.
„Da hörst du's nun", sagte er zu seinem Freunde Chs. Bannister, „er nennt mich einen Schauspieler! Was hältst Du
davon?" „Nun", meinte Bannister, „an deiner Stelle würde
ich suchen seine Worte wahr zu machen." Incledon verliess
Covent-Garden im Jahre 1815 und hielt sich einige Zeit in
Nord-America auf. Er starb am 11. Febr. 1826 zu Worcester
in England. — Ein Oelgemälde von Clater (im Kupferstich
von Cook), Incledon als Machheath in „the beggar's Opera"
darstellend, wurde 1865 in einer Auction bei Puttick und
Simpson in London verkauft. Ein zweites wohlgetroffenes
Portrait, ein grosses Brustbild in Oel, gemalt von Sir
T h o m a s L a w r e n c e [1], ein wahres Meisterwerk (etwa
1799—1802 entstanden) einst im Besitz seines Sohnes,
C h a r l e s I n c l e d o n, der viele Jahre zu Wien als engl.
Sprachmeister hochgeachtet lebte und 1865 im Bade Tüffer
starb, erbte dessen Schwiegersohn, Herr Victor Brausewetter,
Fabriksbesitzer zu Wagram bei Leobersdorf, nicht weit von
Baden bei Wien.

Linley, Thomas, der ältere, seit 1776 neben Sheridan
und Dr. Ford Mitdirector von Drury-lane-Theater, war 1735
in der Grafschaft Gloucester geboren; er studirte in Bath bei
dem Organisten Th. Chilcott und später bei Paradies in London. Linley lebte zu Bath als Gesangslehrer bis zum Jahr
1775, siedelte dann nach London über und schrieb hier sein
erstes Bühnenwerk „the duenna", eine komische Oper (pastic-

---

[1] Thomas Lawrence, geb. zu Bristol 1769, wurde nach
Reynold's Tode Hofmaler und später Präsident der Akademie.
Auch erhob ihn der König zum Baronet. Zur Zeit des Wiener
Congresses malte er fast alle hervorragenden Fürsten und Minister.
Für ein Bild in Lebensgrösse liess er sich 500 Guineen zahlen.
Er starb 1830.

cio) für Covent-Garden. Die Oper gefiel ausserordentlich und wurde 75mal in der Saison gegeben. Unter seine bessern Opern sind auch „the Carnival of Venise" und „Selima and Azor" zu zählen. Von den sonstigen Compositionen sind sechs Elegien und zwölf Balladen, einfach, doch mit viel Ausdruck geschrieben. Voll Gemüth ist ein fünfstimmiges Madrigal „*Let me careless and unthoughtful lying*". Linley begann spät sich als Componist auszuzeichnen, nachdem bereits seine Töchter und Schülerinnen M a r i a und E l i z a als Oratorien-Sängerinnen und der älteste Sohn, T h o m a s, als Violinspieler glänzten. Sie Alle starben vor ihm: Maria (Mrs. Tickell) 1784; Eliza (Mrs. Sheridan) 1792 und Thomas 1778. Der schwer gebeugte Vater folgte seinen Kindern am 19. September 1795 und wurde in der Hauptkirche zu Wells beigesetzt.

Mara (G e r t r u d e E l i s a b e t h S c h m a e h l i n g), geb. am 23. Febr. 1749 zu Cassel, war, 10 Jahre alt, mit ihrem Vater nach London gekommen und hatte durch ihr Violinspiel in Privatkreisen und bei Hofe Aufsehen gemacht. Man veranstaltete nun für sie ein Concert im kleinen Haymarket-Theater, wo sie am 23. April 1760 im Verein mit anderen jugendlichen Kunstjüngern, die Alle noch nie öffentlich gespielt hatten, auftrat. Es waren dies der 13jährige Schüler Giardini's, Master B a r r o n (Violine), der 11jährige Cellist C e r v e t t o und Miss B u r n e y, die älteste 9jährige Tochter des damals als Musiklehrer in London weilenden Charles Burney. Die als „ 9 Jahre alt" angegebene „Miss S c h m e l-l i n g" spielte mit ihren Collegen ein Quartett, Miss Burney sass am Clavier [1]).

----

[1]) Das interessante Programm dieses Concertes lautet nach dem *Public Advertiser:*
By particular desire.
At the little Theatre in the Haymarket. This day. April 23, 1760.
There will be a concert of vocal and instrumental-music, the vocal parts by Sig. Tenducci, Siga. Calori, and Sig. Quilici.
The Solos by young Performers, who never appeared in Public,

Obwohl Gertrude als Violinspielerin Bewunderung erregte, missfielen doch ihre ungraziösen Manieren beim Spiele, und besonders die Damen fanden die Violine in der Hand eines Mädchens unpassend.[1] Da sie nun ohnedies auch eine hübsche Stimme zeigte, rieth man dem Vater, sie doch lieber zur Sängerin ausbilden zu lassen.

Ihre Studien hierin bei dem Italiener P a r a d i e s waren jedoch von kurzer Dauer, da ihr Vater in weitere Bedingungen des wunderlichen Alten nicht eingehen konnte. Das Interesse für die Kleine hatte unterdessen nachgelassen, und

as a Solo of Sig. Giardini's on the Violin by his Scholar, Master Barron, 13 years old; a lesson on the Harpsichord by Miss Burney, 9 years old, with a Sonata of Sig. Giardini's, accompanied by a Violin; a Solo on the Violoncello by Master Cervetto, 11 years old; a duet on the Violin and Cello by Master Barron and Master Cervetto; a quartetto by Miss Schmelling, 9 years old, Master Barron, Master Cervetto, and Miss Burney. With several full Pieces by a select Band of the best Performers. To begin at seven. Pit and Boxes laid together at half a guinea, gallerie 5 sch. To begin at 7 o' clock.

[1] Ganz neu konnte für die Engländer das Auftreten einer Violinspielerin nicht gewesen sein. Als solche trat 1723 in London eine Mrs. Sarah Ottey auf, die auch Clavier und Bass-Viol (Viol da gamba) spielte; 1744 liess sich eine Miss Plunkett aus Dublin, Schülerin Dubourg's, hören. Wie die Virtuosen-Tabelle (Beilage VII) zeigt, traten später eine ganze Reihe Violinspielerinnen in London auf. Nach Lord Edgcumbe's Mus. Reminisc. (p. 33) und Kelly (I. 128) bestanden 1784 zu Venedig vollständige Conservatorien musicirender Damen, die in der Kirche ganze Oratorien aufführten. Es waren Waisenhäuser, von reichen Bürgern der Stadt erhalten. La Mercandante war berühmt durch seine Sängerinnen, la Pietà durch sein Orchester. In Letzterem waren 1000 Mädchen, von denen 140 die Instrumentalbegleitung bei den Aufführungen versahen. Um jene Zeit war es auch, wo Mozart für die berühmte Strinasachi (spätere Mad. Schlick) eine Sonate schrieb, die er dann öffentlich mit ihr zusammen spielte. Spätere Violinspielerinnen waren: Sgra. Gerbini (1818, London), Ottavo, Mad. Paravicini (1831, Wien), W. Neruda (1846, Wien, damals 7 Jahre alt, jetzt Frau Norman in Stockholm), Ch. Dekner (1864, Breslau), Menzel (1864, Greifswalde). Die Erfolge der Geschwister Milanollo und Ferni sind noch in bestem Andenken. In neuester Zeit liess sich sogar ein ganzes Damen-Streichquartett zu Paris hören (Lebonge, Jenny und Fanny Clauss, de Catow).

man erzählt, dass sie nun in den Provinzen herumzog und man u. a. auch in dem Badeorte Bath ein Concert für sie veranstaltete, um ihr die Mittel zur Heimreise zu verschaffen. Der jungen Sängerin Studienjahre bei Joh. Adam Hiller in Leipzig neben der später von Göthe gefeierten Corona Schröter, ihr Erscheinen auf der Berliner Hofbühne und Friedrich's II. Strenge gegen die widerspenstige Sängerin, ihre Flucht von Berlin und ihr Auftreten in Wien, dann in den *Concerts spirituels* zu Paris und den Kampf der Maratisten und Todisten übergehend, sehen wir die nunmehr an den, durch sein zügelloses Leben bekannten Cellisten, J.Mara[1]) vermählte Sängerin 1784 zum zweitenmal in London, wohin sie für die Concerte im Pantheon, wo Salomon dirigirte, engagirt war. Die zahlreiche Versammlung bei ihrem ersten Auftreten am 29. März, die Anwesenheit des Prinzen von Wales, *Duc de Chartres*, die Gesandten aller grossen Mächte, Herzoge, Grafen, Lords, zeigte, wie hoch schon damals der Ruf der Künstlerin gestiegen war. Mara sang eine Arie von Pugnani (*Alma grande*) und eine zweite von Naumann (*Vadasi del mio bene*) und entzückte Alles[2]). Und doch sollte ihre Mitwirkung bei dem, wenige Wochen darauf stattfindenden grossen Händelfest in der Westminster-Abtei erst der entscheidende Wendepunkt ihrer Künstlerlaufbahn werden. Der grosse breite Styl der Händel'schen Musik war wie geschaffen für die Sängerin, die von nun an besonders auf den richtigen Ausdruck der Worte ihre Hauptstärke legte. Händel's „Ich weiss, dass mein Erlöser lebt", hatte bis dahin noch nie so gewirkt — kein Auge blieb trocken, als die Sängerin die Töne dieser ergreifenden Arie aus dem „Messias" anschlug.

Auch in den nächsten Jahren 1785, 1786 und 1790 war Mara die Zierde dieser grossen Musik-Aufführungen. Mit den Concerten im Pantheon jedoch, deren im Jahre 1785

---

[1]) Mara Johann, geb. 1744 zu Berlin, trat in London 1784 auf und spielte mit Crosdill ein Duo für zwei Celli. Er starb 1808 zu Sheidam bei Rotterdam im grössten Elend.

[2]) Morning Herald (März 30. 1784) sagt über Mara's erstes Auftreten: *Her voice is of great extent, beautiful in all its parts, and possessed of modulation in an eminent degree; to this accomplishment, are united a finished musical education, and exquisite taste. She appeared free and unembarassed on her entrance.*

zwölf stattfanden, hatten die Unternehmer trotz Mitwirkung der Mara (*herself a tower of musical strength*) kein Glück. Das Publicum war weniger zahlreich als elegant und die Concerte wurden mit knapper Noth zu Ende geführt [1]). Besser fielen die nun von der Sängerin selbst im Pantheon veranstalteten Subsc.-Concerte (je zwölf) in den nächsten Jahren aus. Salomon dirigirte in den zwei ersten Jahren, Raimondi 1788. In letzterem Jahre hatte Mara dazu Kelly, Mrs. Pieltain (geb. Miss Chenu), die Instrumentalisten Ponta, Graff, Fischer, Florio engagirt; auch Raimondi liess sich als Violinspieler hören.

Mara's Auftreten bei der Universitätsfeier zu Oxford im Jahre 1785 sollte für sie und das Auditorium gleich demüthigend ausfallen. Während sie, nach dem glänzenden Vortrag einer Arie sich weigerte, dem stürmischen Begehren nach Wiederholung der anstrengenden Nummer nachzukommen und dafür eine damals nicht ungewöhnliche rücksichtslose Behandlung erfahren musste, schürte sie die Flamme des Unwillens noch durch die Weigerung, der Sitte gemäss, gleich den Andern, die Aufführung des Halleluja aus Händel's „Messias" stehend anzuhören. Die Folge davon waren heftige Zeitungsartikel von beiden Seiten und eine ungeschminkte Aufforderung des Kanzlers der Universität, das Weichbild der Stadt ferner zu meiden [2]).

---

[1]) *Public Advertiser* sagt darüber (Nov. 29, 1785): *As to Mara — though beyond all comparison the first female singer in the world, with Crosdill, Fischer, and Salomon and in the Pantheon — these concerts ended in worse than nothing. The proprietors have a tale to tell of last years twelve nights, leaving them almost as many 100 pounds minus!*

[2]) Im Oxford Journal erschien darüber Folgendes: *The unbecoming conduct of Madam Mara has given rise to just complaint; but, we doubt not, that as the Oxonians have taken upon them to become her tutors, she will henceforward know better to comport herself.* — Mara liess sich aber nicht schrecken, und nachdem sie sich in einer Erwiderung zu rechtfertigen suchte, schloss sie mit den Worten: *As to Dr. Chapman* [dem Kanzler] *himself, he deserves nothing but my pity!"* Aehnliche Auftritte waren bei der Sängerin nicht selten und wurden noch durch die Hoffart ihres Mannes geschürt. Auch Mozart schreibt davon seinem Vater (24. Nov. 1780) als das Künstlerpaar in München aufgetreten

Im Jahre 1786 erschien Mara nun auch auf der Bühne. Sie war für die ital. Saison im King's Theater engagirt und trat in dem Pasticcio „*Didone abandonnata*" auf, worin sie vier Arien in vier verschiedenen Stylen von Sacchini, Piccini, Mortellari und Gazaniga sang und jeden Abend repetiren musste.

Neben Rubinelli trat die Sängerin im Jahre 1787 in der Oper „Alceste" (Metastasio's „Demetrio") , Musik von Gresnick, auf; ferner in Rauzzini's „la Vestale", in „Armida" von Mortellari und besonders auch in Händel's „Giulio Cäsare". Diese Oper, unter dem Componisten zuerst 1724 aufgeführt, wurde nun — die erste Oper des Meisters nach so vielen Jahren — neu in Scene gesetzt, eigentlich in der Absicht, König Georg III. wieder zu fleissigerem Theaterbesuch anzuregen. Doch glich die Oper nun mehr einem Pasticcio, in dem die beliebtesten Arien aus verschiedenen Werken Händel's aufgenommen waren. Mara und Rubinelli, denen diese Art Gesang vortrefflich zusagte, sangen ausgezeichnet; alles Übrige war mittelmässig und nach einigen Wiederholungen wurde das Werk bei Seite gelegt.

Im Herbst dieses Jahres gab Mara in den westlichen Provinzstädten, in Bristol, Bath etc. Concerte. Sie war bis dahin mit stets gleichbleibendem Erfolge aufgetreten und musste sich wohl auch, da ihre Mitwirkung in öffentlichen und Privat-Concerten glänzend honorirt wurde, ein bedeutendes Vermögen erworben haben, obwohl ihr Gemahl dasselbe stets in gewisse Grenzen zu bannen wusste. Eine zeitweilige

---

war; der Eindruck, den Beide auf ihn selbst machten, war geradezu abstossend. „Als sie in den Saal traten," schreibt Mozart, „waren sie mir Beide schon unerträglich, denn so was Freches hat man nicht bald gesehen." Und „wenn Sie sie kennen sollten, die 2 Leute, man sieht ihnen den Stolz, Grobheit und wahre Effronterie im Gesichte an". (L. Nohl, Moz. Briefe, p. 243.) Mozart zeigt sich überhaupt nicht entzückt von der Sängerin. Schon am 13. November 1780 hatte er dem Vater von München aus geschrieben: „die Mara hat gar nicht das Glück gehabt, mir zu gefallen, sie macht zu wenig, um einer Bastardina gleich zu kommen (denn dies ist ihr Fach) und macht zu viel, um das Herz zu rühren, wie eine Weber oder [sonst] eine vernünftige Sängerin."

Entfernung konnte der Künstlerin bei der Wiederkehr nur neuen Reiz verleihen, denn „auch das glänzendste Talent kann durch Gewohnheit verlieren" [1]). Mara begab sich zunächst nach Turin, Venedig und kehrte 1790 zur Saison zurück.

Da unterdessen King's Theater abgebrannt war, musste die Operngesellschaft, Marchesi und Mara an der Spitze, im kleinen Haymarket Theater singen. Ende des Jahres 1790 aber war, wie wir gesehen, Mara neben Pacchierotti in dem zum Opernhaus umgewandelten Pantheon engagirt worden. Nachdem auch das Pantheon im Januar 1792 abbrannte, ging Mara abermals nach Italien, blieb aber nach ihrer Rückkehr bis 1802 in England. Abwechselnd trat sie nun auch in englischen Opern auf, z. B. „Artaxerxes" von Dr. Arne, „Dido" von Storace. Selbst in den kleineren Singspielen „*No song, no supper*", „*My grand mother*" von Storace, ja sogar als Polly in „*the beggar's Opera*" versuchte sie sich, obwohl sie da nicht an ihrem Platze war. Ueberhaupt glänzte sie weniger in der Oper, denn sie war als Schauspielerin unbedeutend und hatte keine vortheilhafte Bühnenfigur. Der Concertsaal, die Oratorien waren ihr Feld und hierin wurde sie von keiner Sängerin übertroffen. Ausser den grossen Musikfesten (*Musical Festivals*) in der Westminster-Abtei, in den Oratorien zur Fastenzeit, sang Mara auch bei den, alle drei Jahre im Turnus wechselnden Musikfesten der Städte Gloucester (1784 — 1798), Worcester (1785 — 1791) und Hereford (1799), so wie bei den *Music Meetings* zu York, Liverpool, Birmingham, Newcastle etc.

Wohl hatte die Stimme der Sängerin, die nun bereits nahe an 50 Jahre zählte, nachzulassen begonnen, doch da dies in allen Tönen in gleichem Grade stattfand und nicht zugleich auch das Wohlgefällige des Klanges litt, wusste es die Künstlerin, durch ununterbrochene Studien unterstützt, für die grössere Menge zu verdecken.

Im Jahre 1800 sang Mara in Haydn's „Schöpfung", die

---

[1]) Beethoven an seinen Schüler, den Erzherzog Rudolph. (Briefe Beethoven's, herausg. v. Köchel. No. 3. p. 21.)

Salomon im King's Theater aufführte. Im nächsten Jahr sang
sie darin beim Musikfest zu Hereford. Ihr Abschieds-Concert
in London (3. Juni 1802), in dem auch die aus Italien zu-
rückgekehrte Mrs. Billington mitwirkte, fand bei gedrängt
vollem Hause statt und soll der Scheidenden 700 £. getragen
haben.

18 Jahre später, nachdem die Sängerin beim Brande
von Moskau fast all' ihr Vermögen verloren hatte, trieb es sie
noch einmal, damals bereits 71 Jahre alt, an die Wiege ihres
Ruhmes und sie trat, ein Schatten von ehedem, im King's
Theater am 16. März 1820 in einem von ihr veranstalteten
Concert auf, wobei das Orchester auf der Bühne errichtet
war. Es fand sich dazu ein nicht zahlreiches, aber gewähltes
Publicum ein, das die Sängerin mit Achtung empfing. Sie
sang eine Scena und Rondo von Guglielmi und eine englische
Arie „*What though I trace each herb and flow'r*" (aus „Solomon" von Händel) und eine Cavatine von Paer. Händel's
Arie gelang ihr am besten, doch bei der dritten Nummer
waren ihre Kräfte bereits erschöpft. Obwohl die Stimme
mehr einem dünnen Faden glich, zeigte ihr Vortrag noch
immer Adel und Geschmack und mitunter blitzte ein Strahl
der einstigen Grösse durch. Die Sängerin war aber mehr die
Lehrerin als das Beispiel; sie zeigte, wie die Sache zu machen
wäre, ohne selbst im Stande zu sein, sie auszuführen. Noch
immer unübertroffen aber war ihr Triller; da war kein gleich-
zeitiger Sänger, der es ihr darin gleich hätte thun können,
schreibt *Morn. Herald.* Aehnliches sagt auch die *Times,* während *Morning Chronicle* den Bericht über ihr Auftreten in die
wenigen Worte zusammenfasst: „Ueber jene Nummer, der
man mit der grössten Spannung entgegensah, ist es besser,
einen Schleier zu werfen."

Die von Mad. Mara in England am häufigsten gesun-
genen Arien waren: *Mad song „from Rosy Bowers, where
sleeps the God of Love"; Bess of Bedlam „from silent Shades
and the Elysium Groves",* beide aus Henry Purcell's „*Orpheus Britannicus*" [1]; „*the soldier tir'd*" von Dr. Arne. Fer-

---

[1] *Orpheus Britannicus, a Collection of all the Choicest songs
by H. Purcell. London 1698.*

ner von Händel's Arien: „*Dove sei amato bene*" (aus der Oper
Rodelinde); „*Holy, holy Lord*" (ursprünglich ebenfalls aus
Rodelinde); „Leb' wohl, du klarer Silberbach" (Jephtha);
„wie süss, o Trost der Nacht" (l'Allegro), „Er ward verschmähet", und „Ich weiss, dass mein Erlöser lebt" (Messias).
Während der letzten Jahre ihres Aufenthaltes in London
gab Mad. Mara wohl auch Gesangsunterricht, die Lection zu
zwei Guineen, zeigte zugleich aber auch die schuldige Rücksicht gegen Jene, die den Gesang zu ihrem Beruf wählten.
Dabei war sie unermüdlich im eigenen Studium und gestand
oft, dass, wenn sie an einem Abend eine Arie wiederholen
musste, sie sich nicht zur Ruhe begab, ohne dieselbe nochmals durchgegangen oder über eine neue Cadenz nachgedacht
zu haben [1].

Dr. Arnold kam oft dazu, wenn die Künstlerin während
ihrer Gesangs-Übungen die heftigsten Körperbewegungen
ausführte, um ihre Brust zu stärken.

Mara glaubte ihrem früheren Violinspiel einen grossen
Theil ihrer musikalischen Festigkeit zu verdanken und be-
stärkte auch hierin die gleiche Meinung Rich. M. Bacon's.
„Sie würde", sagte sie, „selbst der eigenen Tochter erst die
Violine lehren lassen, bevor sie mit dem Singen beginne."
„Denn", fährt sie weiter fort, „wie kann man Jemand die
geringste Abweichung in der Intonation deutlich machen?
Mit einem schon gegebenen Tone? mit der Stimme? Nein!
aber wenn der Finger die Töne auf der Violinsaite erst suchen
muss, zeigt sich auch die mindeste Schwebung und das Gehör
wird am schnellsten und sichersten gebildet" [2].

Mara's Stimme, im Umfang vom kleinen *g* bis dreigestrichenen *e*, von Natur rein und von ungewöhnlicher Biegsamkeit, klangvoll und reich, war aller Steigerungen des Aus-
druckes mächtig — es war die ergreifende Sprache der Seele,

---

[1] *Observations on Vocal Music by William Kitchiner*
M. D. London 1821. (pag. 14.) W. Kitchiner, Arzt und Schriftsteller, geb. zu London 1775, starb 1827.

[2] *Elements of vocal science being a philosophical enquiry
into some of the principles of singing, by Richard Makenzie Bacon.* London 1824 (p. 208).

die den Zuhörer unwiderstehlich hinriss. Die Ueberzeugung und das Bewusstsein dieser Macht musste es wohl sein, wenn die Künstlerin gegen den ihr befreundeten Arzt Kitchiner betheuerte: „Der Ausdruck, den ich in die Worte zu legen wusste, diesem verdanke ich Alles." — Fern vom Heimatlande, im hohen Alter von 84 Jahren, arm an Glücksgütern und auf das Wohlwollen guter Menschen angewiesen, starb die einst beneidete Künstlerin am 20. Januar 1833 in der esthländischen Hauptstadt Reval. Noch zu ihrem letzten Geburtstag hatte sie Göthe in einem Gedicht besungen, wohl die letzte Auszeichnung, die ihr auf Erden zu Theil wurde.

Das beste Porträt, die Sängerin als Armida darstellend, ist der Kupferstich von J. Collyer, nach einem Gemälde von P. Jean (London 1794). Auch ein etwas kleinerer Kupferstich (Brustbild) von Ridley, nach einem Gemälde von David, 1800 bei Vernoor & Hood in London erschienen, ist getreu.

Schroeter, Johann Samuel, war 1750 zu Warschau von deutschen Eltern geboren. Seine Schwester war die bekannte Sängerin Corona Elisabeth Wilhelmine Schroeter. Fünfzehn Jahre alt, ging Schroeter mit Vater und Schwester nach Leipzig, wo er in den 1743 von Doles gegründeten Concerten sang. Als seine Stimme mutirte, verwendete er sein ganzes Studium auf das Pianoforte und reiste später mit seinem Vater, mit Bruder und Schwester nach England, wo die Familie 1772 am 2. Mai in dem schon früher genannten *Thatchd'House* in einem eigenen Concerte unter der Direction von Bach und Abel zum erstenmal auftrat [1]. Schroeter spielte ein Concert auf dem „Forte-Piano"; seine Schwester sang und Joh. Heinrich, sein neunjähriger Bruder, spielte ein Violinsolo [2]. Der Erfolg

---

[1] Schroeter's Auftreten in London wird fast durchgehends irrthümlich in das Jahr 1767 gesetzt. *A Dict. of Mus.* (Lond. 1824) lässt ihn dafür später, im J. 1782, nach England kommen.

[2] Zwei Jahre früher spielte der kleine Schroeter (damals 7 Jahre alt) zu Leipzig in einem der gewöhnlichen wöchentlichen

scheint nicht sehr glänzend gewesen zu sein, denn ein zweites Concert fand erst im Jahre 1773, 17. Febr., in einem unbedeutenden Locale, im Gasthaus „zum Türkenkopf" (*at the Turk's Head Tavern*), Gerard street, St. Ann's, Soho statt. Der Eintrittspreis war ein ganz ungewöhnlicher: 6 Schillinge 3 pence. Statt des jüngeren Bruders trat diesmal der zehnjährige Henry S i b e r o t e als Violinspieler auf. Miss Schroeter sang wieder (auch 1774 im Concert der Mrs. Weichsel); ebenso der ältere Schroeter 1774 und 1775 im Benefice von S i p r u t i n i und B a r t h e l e m o n. Nach dieser Zeit trat Schroeter nicht mehr öffentlich auf. Sein erstes Werk „*Six Sonatas for the Harpsichord or Pianoforte*" erschien 1776 bei Napier.

Schroeter wird allgemein nachgerühmt, dass er einer der Ersten war, die das zur Zeit seiner Ankunft in London gerade in Flor gekommene Pianoforte am besten zu behandeln verstanden. Seine wenigen Compositionen gehören zu den besseren jener Zeit und sind mehr auf zarten geschmackvollen Vortrag, als auf glänzende Geläufigkeit berechnet und so wird auch sein Spiel geschildert. Was A B C Dario [1]) noch über Bach's Beihülfe seiner Compositionen sagt, mag der Schreiber verantworten. Feuer und Energie beim Unterrichte aber hat ihm gewiss gefehlt und es kann nicht verwun-

Concerte in den drei Schwanen und erregte mit einem grossen und schweren Concert von Ditters allgemeine Bewunderung. Der Knabe ist als der jüngste Sohn des bei den erwähnten Concerten engagirten Herrn Schroeter bezeichnet, „dem es sehr zum Lobe gereicht, dass er bei der Erziehung seiner Kinder so sorgfältig auf die Entwicklung ihrer Talente siehet, und der die Mühe gewiss nicht bedauern darf, die er seit noch nicht zwei vollen Jahren an den Unterricht dieses Kindes gewandt hat". (Musikalische Nachrichten und Anmerkungen auf das Jahr 1770. Leipzig. pag. 71.)

[1]) *Schroeter, a German. He has composed the Harpsichord part of some concertos; the accompaniments are by Bach: they are neither new, nor very striking. He plays in a very elegant and masterly style; his cadenzas are well imagined, and if his penchant was not rather to play rapidly than al core, he would excel on the Pianoforte.* (A B C Dario p. 44.)

dern, dass er ohne beides bei seinen Schülern, deren Talent vorwärts drängte, nicht ausreichte, wie dies namentlich bei J. B. Cramer der Fall war. Nach dem Tode J. C. Bach's, 1. Januar 1782, wurde Schroeter an dessen Stelle zum Musikmeister der Königin ernannt. Eine Verheirathung mit einer Schülerin, einer Dame höheren Standes, die nachmalige Schülerin Haydn's, war nur durch Schroeter's Gelöbniss, nicht mehr öffentlich aufzutreten, zu Stande gekommen; doch spielte er noch manchmal beim Prinzen von Wales als dessen Kammermusikus und auch in einigen adeligen Privatconcerten. Er hatte sich um diese Zeit eine starke Verkältung zugezogen, die ihn fast der Stimme beraubte und den Grund zu einer Krankheit legte, der er am 1. November 1788 in seinem Hause in Pimlico (südwestl. Theil London's) erlag. *Gentleman magazine* (1788, p. 1030) widmet ihm auch als Mensch einen ehrenvollen Nachruf, ohne einer angeblichen „Lossagung" oder gar „Loskaufung" als Gatten zu erwähnen (siehe Fétis). Immerhin aber mag die Heirath keine glückliche gewesen sein, wie dies auch die in Rees Cyclopædia angeführten Zeilen über ihn andeuten. [1]).

Storace, Anna Selina, Tochter des um 1760 bei der italien. Oper engagirten Contra-Bassisten Stephen Storace, wurde 1766 zu London geboren und mit ihrem drei Jahre älteren Bruder Stephen frühzeitig in Musik unterrichtet. Kaum acht Jahre alt, sang sie am 15. April 1774 neben Sgra. Frasi zum erstenmal öffentlich im kleinen Haymarket-Theater im Concert des Harfenspielers Evans. Drei Jahre später, 1777, sang sie bereits in den in der Fastenzeit gegebenen Oratorien in Covent-Garden; ferner im Benefice des Sängers Rauzzini, neben Cäcilia Davies und beim Musik-

---

[1]) *He married a young lady of considerable fortune, who was his scholar, and was in easy circumstances; but there was a languor discoverable in his looks, while disease was preying upon him, several years before his disease.* (*Rees. Cycl.*)

fest zu Hereford abermals neben Rauzzini, ihrem Lehrer. (1792 erschien sie daselbst wieder als erste Sängerin.) — Es war nun die Absicht des Vaters, die Tochter zur weiteren Ausbildung nach Italien zu bringen, doch fehlten dazu die nöthigen Mittel. Die 12jährige „Miss Storace" gab daher, dazu aufgemuntert, am 27. April 1778 ein Concert im Saal der Ancient-music-Concerte in Tottenham street. Ausser einer Ouverture von Rauzzini waren alle aufgeführten Compositionen von ihrem nunmehrigen Lehrer Sacchini, der auch selbst dirigirte.

Wir finden die Sängerin nun in Italien, wo sie, wie Kelly erzählt, der sie dort ganz zufällig kennen lernte, an der komischen Oper in Livorno angestellt war; sie zählte damals erst 15 Jahre. Später war sie in Venedig am Theater St. Samuel und so beliebt, dass die Venetianer bei ihrem Benefice Ringe, Ketten, Armbänder und eine Menge kostbare Nippessachen bei der Kasse für sie erlegten, welche ihre Mutter, die schon genannte frühere Miss Trusler aus Bath (Moz. in L., p. 10) daselbst in Empfang nahm.

1783 war Sgra. Storace neben Kelly, Benucci und Mandini am kais. Hoftheater zu Wien engagirt, wo sie als Susanne die erste Aufführung von Mozart's „le nozze di Figaro", 1. Mai 1786, mit verherrlichen half. Mozart schrieb bald darauf für die „immer muntere" Sängerin eine Scena mit Rondo „Ch'io mi scordi di te", für Sopran mit oblig. Claviersolo etc. „für Mlle. Storace und mich", wie Mozart's Autograf sagt[1]).

Die Sängerin hatte sich in Wien mit dem Violinspieler Dr. Fisher vermählt (siehe „Mozart in London", pag. 169), trennte sich aber sehr bald wieder von ihm und behielt ihren eigenen Namen bei.

Im Jahre 1787 finden wir Sgra. Storace in London an der ital. Oper im King's Theater angestellt, wo sie und Sig. Morelli in Paisiello's „Gli Schiavi per amore" ausserordentlich gefielen. Sie sang nun in den Ancient-Musik-Concerten, in den Oratorien in Covent-Garden und trat am 24. Nov.

---

[1]) Die italien. Aufschrift lautet: Composto per la Sgra. Storace dal suo servo ed Amico W. A. Mozart li 26 di Dec. 1786. (v. Köchel, pag. 403, No. 505.) Diese Arie wurde 1846 in den Ancient-Music-Concerten gesungen.

1789 zum erstenmal in der englischen Oper im Drury-lane Theater in ihres Bruders Pasticcio „*the haunted tower*" auf. Von da an erschien sie in allen Opern ihres Bruders mit glänzendem Erfolge. Nach dem Tode desselben (1796) ging sie in Gesellschaft des Tenoristen B r a h a m nach Italien und trat nach ihrer Rückkehr (1801) abwechselnd in Covent-Garden und Drury-lane auf, wo sie oft genug, wenn es in der komischen Oper an Sängerinnen mangelte, eine sichere Hülfe war. Denn nur da war sie an ihrem Platz; ihre Stimme, ihre Persönlichkeit wiesen sie auf die komische Oper hin. — Ihre Figur war eher klein und plump, das Gesicht, obwohl ausdrucksvoll im Blick, hatte grobe und gewöhnliche Züge[1]), die Stimme hatte etwas rauhes. Und dennoch war sie von so gewinnender Lebhaftigkeit, es lag in ihrem ganzen Wesen ein so unerklärlicher Liebreiz, dass sie stets gefiel, so oft sie auftrat — *a most charming scientific singer*, wie sie die Zeitungen in den 90ger Jahren nennen.

Sgra. Storace erschien zum letztenmal auf der Bühne im Jahre 1808 (30. Mai) und nahm im Drury-lane Theater neben Braham und Naldi vor einem zahlreichen Publicum für immer als Sängerin Abschied. Sie starb im Juli 1814 in ihrem Landhause in Herne Hill, nächst London und liegt in St. Mary Church, Lambeth, begraben.

In ihrem Testament vermachte sie der *Royal Society of Musicians* 1000 £.

Storace, Stephen [2]), Bruder der vorher genannten Sängerin Anna Selina, war 1763 zu London geboren und erhielt, wie seine Schwester, eine sorgfältige musikalische Erziehung. Zehn Jahre alt spielte Stephen Concerte von Tar-

---

[1]) Ein kleiner Kupferstich, gezeichnet und gestochen von Bettelini (London, bei Moltem Colnaghi, April 1788) zeigt die Sängerin, den Kopf mit einem breiten mit Blumen geschmückten Hut bedeckt.

[2]) Zum Theil nach „The Harmonicon", 1728.

tini und Giardini, und der Vater sandte ihn nun zu weiterer Ausbildung in das Conservatorium St. Onofrio zu Neapel. Nach seiner Rückkehr aus Italien lebte er einige Zeit in Bath. *European Magazine* bespricht sein damals (1784) erschienenes 11. Werk „*deux Quintettes et un Sestetto*" mit Recht in sehr ehrenvoller Weise. Später finden wir Storace mit seiner Schwester in Wien, wo er die Opern „*Gli sposi malcontenti*" (1. Juni 1785) und „*Gli equivoci*" (27. Dec. 1786) aufführte. Beide Opern erlebten viele Wiederholungen. Die Handlung der ersteren ist von Da Ponte nach Shakespeare's „Comedie der Irrungen" gebildet und Storace benutzte später zwei Gesänge daraus (Trio und Sextett) zu seinem Pasticcio „*No song, no supper*". (Kelly's beide Arien sang dieser später in dem Pasticcio „*the Pirates.*")

Aus dem Wiener Aufenthalt erwähnt Kelly (I. 240) ein Streichquartett, das eine wahre Feuertaufe bestand, wie sie selten einer Composition zu Theil wurde. Bei einer Hausmusik nämlich, die Storace in Wien seinen Freunden gab, wobei sich auch Paisiello und der Abbé Casti befanden, gab der junge Künstler seinen Gästen eines seiner Quartette zum Besten; die Ausführenden aber waren Niemand anders als Haydn, Dittersdorf, Mozart und Vanhall.

Nach England zurückgekehrt, fand Storace eine Anstellung im King's Theater, zog sich aber bald, müde verschiedener Intriguen, nach Bath zurück, ganz seiner Vorliebe für Malen und Zeichnen lebend. Hier kündigte er auch auf Subscription eine Sammlung Musikalien für Clavier an, die er auf seinen zwei Reisen durch Deutschland kennen gelernt (*the Bath Chronicle*). Von Kelly warm empfohlen, wurde er bald darauf als Componist und Dirigent ans Drury-lane Theater berufen, wo er bis zu seinem Tode thätig war. Am 25. October 1788 führte er das Singspiel „der Doctor und Apotheker" [1]) von Dittersdorf auf, von James Cobb für die englische Bühne eingerichtet; es wurde ein wahres Zugstück (*stock piece*).

---

[1]) „Doctor und Apotheker" wurde in Wien am 11. Juli 1786 zum erstenmal aufgeführt.

Am 24. November 1789 aber wurde seine erste Oper oder vielmehr Pasticcio „*the Haunted tower*" (der Gespensterthurm), mit immensem Erfolg aufgeführt. Am 16. April 1790 brachte Storace das kleine Singspiel „*No song, no supper*" auf die Bühne. Kelly gab es zu seinem Benefice, nachdem es von der Direction war zurückgewiesen worden. Dies anspruchslose, melodiöse Werk, unterstützt durch die vortreffliche Darstellung von Sga. Storace, Mrs. Crouch, Miss Romanzini (spätere Mrs. Bland), durch Kelly, Suett, Dignum, Bannister, machte Furore und wurde über 100 Abende repetirt.

Im Ganzen genommen darf man an diese Werke ja nicht den Massstab von heutzutage legen. Ein Componist machte sich zu jener Zeit die Sache leicht; er wählte eine im Ausland gerade beliebte Oper, nahm nach Gefallen heraus und setzte dazu; benützte, wie uns dies auch Gyrowetz in seiner Biografie (Wien 1848) erzählt, beliebte Motive aus Quartetten, Sinfonien, Sonaten, legte denselben englische Worte unter, gab Eigenes dazu und kündigte nun das neue Werk etwa so an: *Music compiled from Martini, Sacchini, Pleyel, Haydn, the rest by* . . .

Ein deutscher Berichterstatter schreibt darüber aus London: Die englischen Theater, deren es zwei gibt, und wo Komödie, Tragödie und Comic-opera's aufgeführt werden, sind mir, für mich, die liebsten. Die Musik zu den besten und neuesten Stücken ist zwar von italienischen Componisten zusammengesucht, als Paisiello, Sarti, Martini, Sacchini, aber mehrentheils gut gewählt, und der sie wählt, ist selbst ein guter, geschmackvoller Componist; so dass dasjenige, was er von seinem Eigenen, des Zusammenhanges wegen hineinbringen muss, ein hübsches Ganze formirt, welches man mit vielem Vergnügen anhört. (Berl. Mus. Ztg. 1793. 6. Juli.)

„*The siege of Belgrad*" (1791) nach Martini's „*la cosa rara;*" „*the Cave of Trophonius*", nach Salieri's Musik umgearbeitet, wurden bei Weitem durch „*the Pirates*" (1792) verdrängt, wozu der Componist seine selbst verfertigten Ansichten von Neapel, Portici, dem Vesuv, als Muster für die Decorationen verwendete. (Das Finale des 1. Aktes stellte Kelly an Werth dem 1. Finale aus Mozart's Figaro gleich.)

Die opera seria „Dido" (1792) hatte trotz Mitwirkung der Mara keinen Erfolg; um so mehr „*the Price,* oder 2., 3., 5., 8." (1793) eine musikalische Posse. Auch „Lodoiska" (nach dem Französischen von John Kemble) mit Benützung der Musik von Kreutzer und Cherubini zu der gleichnamigen Oper und „*My Grandmother*" erlebten zahllose Aufführungen. In „*the Cherokee*" (1794) lobt Kelly einen Chor ganz besonders.

Zu den meisten dieser und einigen anderen, weniger bedeutenden Werken lieferte Prince H o a r e [1]), Sohn eines Malers aus Bath, den Text. Gerade als ein neues Werk „*the Iron chest*" (März 1796) gegeben wurde und eine neue Oper „Mahmoud" fast vollendet war, ereilte Storace der Tod. Er starb, erst 33 Jahre alt, am 15. März 1796. „Mahmoud" wurde, von Freundeshand vollendet, zum Besten der Hinterbliebenen Storace's am 30. April mit Braham, Kemble, Sgra. Storace zum ersten Mal aufgeführt.

Die nachfolgend für die englische Bühne geschriebenen Werke von Braham, Kelly, Reeve, Mazzinghi liessen den frühen Tod Storaces nur um so mehr beklagen. Er hatte seinen Aufenthalt in Italien, — seinen Umgang mit Mozart in Wien wohl benutzt. Was wäre aus ihm geworden, hätte er die Triumphe Don Giovanni's, der Zauberflöte, in der Nähe miterlebt!

Storace zeigte im Privatleben Geistesschärfe und vielseitige Menschenkenntniss. Kelly hörte Sheridan oft sagen, dass, wenn sich Storace der Rechtskunde gewidmet hätte, ihm die Stelle eines Lord Chancellor nicht entgangen wäre.

---

[1]) H o a r e, Prince, kam, 17 Jahre alt, nach London und trat in die Royal Akademie ein. Erst nach Rückkunft von einer Seereise nach Lissabon entfaltete sich sein Talent für die Bühne. Sechs für Storace geschriebene Singspiele (1790—1796) stammen aus Hoare's Feder und erfreuten sich ungewöhnlicher Theilnahme.

II. *)

Estoras, den 8. Aprill 7̄8̄7.

Monsieur!

Nach langem Stillschweigen muss ich mich endlich nach
dero wohl seyn erkundigen, zugleich aber berichten, dass
folgende neue Werke von mir zu haben sind. Als 6 prächtige
Sinfonien. Ein grosses Clavierconcert. 3 kleine Clavier Di-
vertimenten für Anfänger mit Violin, und Bass. eine Sonate
für's Clavier allein.

Ein ganz neues werk, bestehend in blosser Instrumental
Music abgetheilt, 7 Sonaten, nebst einer vorhergehenden Introduction, zuletzt ein *Terremoto* oder Erdbeben. Diese Sonaten
sind bearbeitet und angemessen über die Worte, so Christus
unser Erlöser am Creutz gesprochen. Diese 7 wort heissen:
das Erste Wort — *Pater, dimitte illis, quia nesciunt quid fa-
ciunt.*

das zweite — *Hodie mecum eris in Paradiso.*

das dritte — *Mulier, ecce filius tuus.*

das vierte — *Deus meus, Deus meus, ut dereliquisti me?*

das fünfte — *Sitio.*

das sechste — *Consummatum est.*

das siebente — *In manus tuas commendo spiritum meum.*

Gleich darauf folgt der Schluss, nemlich das Erdbeben.

_____

*) Die Autografe beider hier mitgetheilten Briefe von Haydn
sind im Besitze des Instrumentenmachers Herrn S. A. Forster,
der mir deren Benützung gütigst gestattete.

Jedweder Sonate, oder jedweder Text ist bloss durch die Instrumental Music dergestalt ausgedrückt, dass es den Unerfahrensten den tiefsten Eindruck in Seine Seele erwecket. Das ganze Werk dauert etwas über eine Stunde, es wird aber nach jeder Sonate abgesetzt, damit man voraus den darauf folgenden Text überlegen könne; alle Sonaten zusammen betragen in der Copiatur etwas mehr, wie eine meiner Sinfonien, es wird sich das Ganze auf 37 bogen schreiberey belaufen. Die Instrumenten dabei sind wie bey meinen Sinfonien.

Item hab ich noch 3 ganz neue niedliche Notturni mit einer Violin obligat, aber gar nicht schwer, mit einer Flaute, Violoncell, 2 Violin Ripieno, 2 Waldhorn, Viola, und Contrabass.

Wollen Sie von allen diesen etwas verlangen, so werden Sie die Güte haben mir solches und zugleich die Summe, was, und wie viel Sie mir dafür geben wollen, baldigst zu wissen zu machen. Die 7 Sonaten sind schon auf klein Post Papier rein und sauber copirt.

In Erwartung also einer Andworth bin ich mit allem Estime

dero

ganz ergebenster Diener
Joseph Haydn.

Bitte mir in französischer Sprache zu andworten. Ich verhoffe Sie zu Ende dieses Jahres selbst zu sehen, da ich aber bis jetzo von Herrn Cramer noch keine Andworth erhalten, werde ich mich für diesen Winter nach Neapel engagiren. unterdessen sage ich vielen Dank für das mir offerirte Quartier.

To Mr. Will. Forster, Musical-Instrument-Maker to the Prince of Wales, N. 348, Strand.

II a.

Estoras, d. 28. Feb. $\overline{78}8$.

Allerliebster *Mons. Forster!*

Sind Sie auf mich nicht böse, wenn Sie wegen meiner mit Herrn Longman Verdriesslichkeiten haben , ich werd Sie ein andermahl dafür Contentiren. es ist nicht meine Schuld, sondern der Wucher des Herrn *Artaria.* So viel versichere ich Sie, dass, so lang ich leben werde, weder *Artaria* noch *Longman* von, oder durch mich etwas erhalten sollen. Ich bin zu ehrlich, und Rechtschaffen, als dass ich Sie kränken, oder Ihnen schädlich sein solle. So viel aber werden Sie von selbst einsehen, dass wer von mir 6 neue Stück f ü r s i c h allein besitzen will, mehr als 20 *guinée* spendiren muss. Ich hab in der That unlängst mit Jemand ein Contract geschlossen, so mir für jedesmahlige 6 Stücke 100, und mehr guinée bezahlt. Ein andermahl werd ich Ihnen des mehreren schreiben. bin unterdessen mit aller Achtung

dero

ganz ergebenster

Joseph Haydn.

To Mr. Forster, Musical Instrument Macker to the Prince of Wales, No. 348 in the Strand, London.

III.

Chelsea College, August 19. 1799.

My dear and much-honoured Friend! [1])

The reverence with which I have always been impressed for your great talents, and respectable and amiable character, renders your remembrance of me extremely flattering. And I am the more pleased with the letter with which you have honoured me, of July 15th as it has pointed out to me the means by which I may manifest my zeal in your service, as far as my small influence can extend. I shall, with great pleasure, mention your intention of publishing your oratorio della Creazione del Mondo; by subscription, to all my friends; but you alarm me very much by the short time yon allow for solicitation. In winter it would be sufficient, but now (in Aug.) there is not a single patron of music in town. I have been in Hampshire myself for three weeks, and am now at home for two or three days only, in my way to Dover, where I shall remain for a month or six weeks, and where I shall see few or none of the persons whom I mean to stimulate to do themselves the honour of subscribing to your work. I wish it were possible to postpone the delivery of the book in England till next winter. The operas, oratorios, and concerts, public and private, seldom

---

[1]) *The Harmonicon, a journal of Music. London, 1827.*
vol. V. p. 63.

begin in London till after Christmas, nor do the nobility and gentry return thither from the country till the meeting of Parliament about that time. Now, three months from the date of your letter, my dear Sir, will only throw your publication to the middle of October, the very time in the whole year when London is the most uninhabited by the lovers of field sports, as well as music.

I had the great pleasure of hearing your new quartetti (opera 76) well performed before I went out of town, and never received more pleasure from instrumental music: they are full of invention, fire, good taste, and new effects, and seem the production, not of a sublime genius who has written so much and so well already, but of one of highly — cultivated talents, who had expended none of his fire before. The Divine Hymne, written for your imperial master, in imitation of our loyal song, „God save great George our King“, and set so admirably to music by yourself, I have translated and adapted to your melody, which is simple, grave, applicating, and pleasing. La cadenza particolarmente mi pare nuova e squisitissima. I have given our friend, Mr. Barthelemon, a copy of my English translation to transmit to you, with my affectionate and best respects. It was from seeing in your letter to him, how well you wrote English, that I ventured to address you in my own language, for which my translation of your hymn will perhaps serve as an exercise; in comparing my version with the original, you will perceive that it is rather a paraphrase than a close translation; but the liberties I have taken were in consequence of the supposed treachery of some of his Imperial Majesty's generals and subjects, during the unfortunate campaign of Italy, of 1797, which the English all thought was the consequence, not of Bounaparte's heroism, but of Austrian and Italian treachery.

Let me intreat you, my dear Sir, to favour me with your opinion of my proposition for postponing the publication of your oratorio, at least in England, till March, or April, 1800. But whatever you determine, be assured of my zeal and ardent wishes for your success, being, with the highest respect and regard,

Dear Sir
your enthusiastic admirer and
affectionate Servant

Charles Burney.

Al Celeberrimo
Signore Giuseppe Haydn, in Vienna.

IV.

Verses
on the Arrival of the great Musician Haydn in England.

————

These [1] *) were the gen'ral fav'rits of their days,*
The idols of our hearts, and objects of our praise;
But common made by use, and more by thieves,
(And those who pouring water on their leaves,
By a more humble and less dangerous theft,
Extracted all the spirit that was left.)
Were heard with languor, like an oft told tale,
Nor longer could o'er drowsiness prevail.
At length great Haydn's new and varied strains
Of habit and indiff'rence broke the chains;
Rous'd to attention the long torpid sense,
With all that pleasing wonder could dispense.

Welcome, great master! to our favour'd isle,
Already partial to thy name and style;
Long may thy fountain of invention run
In streams as rapid as it first begun;

————————

[1]) Der Dichter nennt zuvor die bedeutendsten Componisten des Jahrhunderts, Händel namentlich seine Huldigung bringend.

While skill for each fantasic whim provides,
And certain science ev'ry current guides!
Oh, may thy days, from human suff'rings free,
Be blest with glory and felicity.
With full fruition, to a distant hour.
Of all thy magic and creative pow'r!
Blest in thyself, with rectitude of mind,
And blessing, with thy talents, all mankind! [1])

---

[1]) „*The Monthly Review or Literary Journal*", London
MDCCXCI, vol. V, p. 223. S. Payne 1791 *Monthly Catalogue*
for June. — Das Gedicht von mir bereits in den „Recensionen"
(Wien 1863, Nr. 30, p. 468) mitgetheilt, wurde dann auch in
„*the Musical World*", London 1863 Nr. 32, aufgenommen.

V.

Adress to the Star. [1]).

What Star art thou, about to gleam,
In Novelty's bright hemisphere?
How shall we note thine orient beam
Amony the millions wand'ring there?

Art thou some rude, chaotic World
Of atoms, in confusion thrown,
By fortune's hand at random hurl'd,
To find a tract in rolling on?

Or shall some Genius wheel thee round
Thine orbit, circumscrib'd, and fair,
With ever - beaming crescent crown'd,
The glory of the ev'ning air?

A planet wilt thou roll sublime,
Spreading like Mercury thy rays?
Or Chronicle the lapse of time,
Wrapt in a Comet's threat'ning blaze?

Whate'er thy phasis and thy force,
Hope not to find a sky serene;

[1]) The Star and Evening Advertiser, 1788, May 3d. Numb.1.

Tempests may dim thy radiant course,
   Or orbs opposing intervene.

Yet fall not, like rash Phaeton
   Sinking among the waves of Po;
But like his father constant run,
   And light the grateful world below.

                                     Herschell.

Windsor, 1. May.

VI.

Haydn's zwölf Sinfonien,
für die Salomon-Concerte in London componirt.

Thematisches Verzeichniss.

A n m e r k u n g. Die Manuscript-Sinfonien N. 5 u. 6, in Haydn's Handschrift, sind Eigenthum der *Philharmonic Society* zu London, möglicherweise noch von Salomon selbst herrührend, der ja ein eifriger Mitgründer dieser Gesellschaft war. Von den Autografen der übrigen Sinfonien sollen einige in Berlin vorhanden sein.

VII.

Tabellarische Uebersicht

sämmtlicher in den Jahren 1750 bis 1795 (incl.) in
London öffentlich aufgetretenen Virtuosen
und Virtuosinnen. [1])

1. Clavier, (später Piano-Forte).	7. Contrabass.
	8. Flöte.
2. Orgel.	9. Oboe.
3. Harfe.	10. Clarinett.
4. Violine.	11. Fagott.
5. Viola.	12. Waldhorn.
6. Violoncello.	13. Trompete.
14. Seltenere Instrumente.	

[1]) Mit Ausnahme einiger Wenigen aus den 50ger Jahren, die schon früher bekannt waren, bezeichnet die Jahresangabe stets das erste Auftreten der Betreffenden.

1. Clavier (*Harpsichord*), später **Piano-Forte***).

1750 Snow, Jonathan, alt 9 Jahre.	1760 Burney, Miss, alt 9 Jahre.	1770 Alesandri, Felice.	1780 Crotch, Will, *the musical child*, alt 5 J., † 1847,	1790 Dussek, J. L. († 1812.)
1751 Davies, Miss, alt 7 Jahre.	— Ford, Miss.	— d'Arcis, alt 9 Jahre.	1781 Parke, Miss, alt 8 J.	— Giordowick.
— Arne, Michael, jun.	— Yates.	1771 Marshall, Miss (auch Orgel).	— Casson, Miss, alt 6J.	1791 Evans, Charles.
1752 Worgan, John (auch Orgel).	1767 Burney jun. (Neffe des Chs. B.)	— Sirmen, Sgra. (auch Violin u. Gesang).	— Webbe jun.	1792 Hummel, J. N. († 1837.)
— Mozart, Wolfgang.	— Dibdin, Chs. (zum 1. Mal das Piano-Forte).	— Hullmandel, N. J.	— Cramer, J. B, alt 10 J. († 1858).	— Haesler, J. W.
— ,, Maria Anna.	1768 Hook, James.	1772 Schroeter, J. S., († 1788).	1782 Remond.	— Hoffmann, Miss, alt 6 Jahre,
1753 Butler, James,	— Bach, J.C. (Piano-Forte, auchOrgel, † 1789).	1773 Hayes.	1783 Vogler, G. J. (spätere Abbé, †1814).	— Abrams E., Miss.
— Cassandra, Frederica, Miss, alt 9 Jahre.		— Le Chantre, Mad.	1784 Reynolds, Miss.	— Sisley, Mad. (auch Gesang).
— Young, Isabella, auch Sängerin.		1774 Weichsel, Elizabeth (alt6Jahre, spätere Mrs.Billington).	1785 Paradis, M.Th., Mlle.	— Knyvett, Chs.
— Barbandt, Charles, (auch Orgel, Oboe, Clarinett),		— Cramer, Mad. (auch Harfe u. Gesang), † 1778.	1787 Lockhardt, Miss.	— Greatorex, Thomas (auchOrgel,†1831).
1754 Palschau, alt 9Jahre.		1775 Clementi, Muzio. († 1832.)	— Barthelemon, Miss.	— Corri, Miss (spätere Mad. Dussek (auch Harfe u. Gesang).
1755 Ogle,		1779 Dance, Will.	1788 Guedon, Mad.	1794 Smart, George J. († 1867).
— Turner, Miss (auch Sängerin).		— Carter, Thomas.	1789 Attwood, Thomas († 1838).	— Field, John, alt10J. († 1837.)
1759 Dupuis, Th. S., (auchOrgel,†1796).		— Simpson, alt12Jahre.	— Norman jun.	— Ducrest, Mad. (auch Sängerin).
— Carter, Miss.		— Guest, Miss (spätere Mrs.Miles a.Bath).		— Delavalle, Mad. (auch Harfe).
— Abel, C.F. (auch viol' da gamba, † 1787).				1795 M'Arthur, Miss.

*) Das „Piano-Forte" wird in engl. Zeitungen zum erstenmal im Jahre 1767 genannt. Wie in „Mozart in London", p.128, erwähnt, begleitete Dibdin eine Arie auf dem neuen Instrument; ihm folgte 1768 J. C. Bach.

2. Orgel (Organisten, die in Concerten und Oratorien mitwirkten).

1750 bis 1760	1760 bis 1770	1770 bis 1780	1780 bis 1790	1790 bis 1795
Händel, G. F., †1759.	Dupuis, Th. S., 1762.	Le Chantre, Mad.	Crotch, Will, 1780.	Die bereits genannten:
Stanley, John, †1786.	Arne, Dr. Th.A., 1762, †1778.	Carter.	Lockhardt.	Knyvett,
Worgan, John.	Berg, George.	Burney jun.	Cooke, Dr. Benjamin, † 1793.	Greatorex.
Gambarini, Sgra. (spätere Mad.Chazal, auch Gesang, 1752).	Ford, Miss.	Groombridge J.	Wesley, Charles.	Wesley.
Barbandt, Charles, 1753.	Cassandra, Fred., Miss.	Clark.	Ashley, John James.	Ashley.
Arne jun.	Hook, James.	Bach, J. C., 1775.	Knyvett, Charles,	Cooke, Dr,
Burton, John, †1785.	Arnold, Samuel, spätere Dr., †1802.		Greatorex, Thomas.	Dupuis.
			Dale, William.	
			Vogler, Georg Joseph, 1783.	

3. Harfe.

1750 Powell.	1763 Bromley (ein blinder Knabe).	1772 Bromley u. Evans.	1781 Hinner.	1791 Delavalle, Mad.
1752 Gwynn.	1764 Parry jun.	1775 Jones (*professor on the improved Welsh harp*).	1784 Clery. Mad. (*musician to the queen of France*), auch Sängerin.	1792 Meyer jun.
1753 Parry, John.	— Evans (*tripple harp*).	1777 Henaudin.	— Gardon (*frenchharp*).	— Corri, Miss.
1759 Evans, Evan.	1767 Phillips.	1779 Messrs. Jones.	— Denies, Mad.	— Musigny, Mad.
	1768 Parry u. Sohn (*tripple harp*).	— Hochbrucker (Pedalharfe).	— Meyer jun.	1794 Grandjenn, Mad.
			1785 Kirchhoff (aus Sachsen, † 1799).	— Wieppert.
			1788 Krumpholz, Mad., geb. Meyer.	1795 Fourneur, Mdlle.

4. Violine.

1750 Pinto, Thomas (†um 1778 in Schottland).
— Morigi, Angelo.
— Jackson.
1751 Giardini, Felice de, (auchViola) †1796.
— Collet, Richard.
1752 Passerini.
— Hellendaal.
— Pasquali sen., († zu Edinburg 1757).
— Chabran.
1753 Marella.
— Dubourg, Matthew († 1767).
1756 Hay.
1757 Hayes.
1758 Brown, Abraham.
1759 Falco.
— Richards.

1760 Schmähling, Miss., (11 Jahre alt) spätere Mad. Mara.
— Gardoni.
— Barron, 13 J. alt.
1762 († Geminiani zu Dublin).
— Piffet.
— Baumgarten, C. F.
1764 Barthelemon, Hipp., († 1808).
— Chazal, Mad. (auch Orgel u. Gesang).
1765 Fisher, Abraham.
1767 Oliver.
1768 Pugnani, Gaetano.
1769 Kammel, Ant. (auch Viola).

1770 Lahoussaye, P.
— Noferi, Giov Battista.
— Du Bois, A.
1771 Sirmen, Maddalena Lombardini.
— Smart, Henry.
1772 Xinenes.
— Linley, Thom., jun., Schüler Nardini's, † 1778.
— Celestino, Eligio.
— Vachon, Pierre.
— Schroeter, alt 9 Jahre (Bruder des Sam Schroeter).
1773 Mazzinghi Jos.,(† 1839, Th., † 1844).
— Siberote, Henry, alt 10 Jahre.
— Salpietro.
— Cramer, Wilhelm († 1799).
— Agus, Joseph (Schüler von Nardini).
1774 Giorgi.
— Borghi, Luigi.
— Weichsel, Chs., alt 6 Jahre.
1776 Lamotte, Franz, † 1781.
1778 Abrams,Flora (auch Gesang),
— StamitzC.,auchViola.

1781 Salomon, J. P. (auchViola,†1815).
— Schenner.
— Ashley, G. C., Schüler von Giardini u. Barthelemon.
— Shaw.
— Gehot, John.
— Ware, F.(Schüler von Cramer).
1782 Pleitain, Dieu-donné Pascal.
1784 Shield, William.
— Lanzoni.
1785 Raimondi, Ignazio († 1813).
— Lolli, Antonio, († 1802.)
— Crotch, Will.
1789 Gautherot, Mad.

1790 Mason.
— Smith.
— Bridgetower, George, Schüler Barthelemon's.
— Clement, Franz, 11 Jahr, † 1842.
1791 Demachi, Joseph.
— Lareve (auch Larives), Mlle.
— Giornovich},G.M.
1792 Cramer, Chs., alt 7½ Jahre.
— Lindley jun.
— Yaniewicz,Felice.
— Dahmen, J. A.
1793 Viotti, Giov. Batt., auchViola, †1824.
1794 Ashley, G. C.
— Bianchi.
— Taylor, Schüler von Giornovichi.
— Baux,Julien, 5 Jahre alt.
— Libon, Schüler von Viotti,

5. Viola.

1760 Herschell.

1774 Kammel, Anton.
1776 Scola.
1777 Borghi, — Vachon.
  — Stamitz Chs. —
    Puppo.
1778 Wilton,
1779 Giardini, Felice de,

1783 Salomon, J. P.
1784 Shield, William.
  — Blake.
  — Napier.

1790 Ware, F.
1792 Hindmarsh, Schüler
    Salomon's,
1791 Fiorillo, Fred.
  — Viotti, G. B.

6. Violoncello.

1750 Gordon.
  — Hebden (auch Fagott).
1752 Pasqualino.
  — Hallet, Benj., alt
    9 Jahre (1749 auch
    Flöte).
  — Benecke.
  — Pasquali jun.
  — Cervetto, Giacomo,
    sen. † 1783.
1753 Heron.
1754 Lanzetti, Salvatore.
1758 Duport, Jean P. (?)
    (erst 1770 wieder
    genannt). [1791 bis
    1792 war Duport d.
    ältere Intendant d. Musik in d. k. p. Capelle in
    Berlin; Duport d. jüngere war daselbst als Cel-
    list angestellt.] (Mus. Corr. f. d. J. 1792.
  — Siprutini.
1759 Falco.

1760 Cervetto, James, alt
    11 Jahre († 1837).
1762 Claget (auch viol da
    gamba).
1764 Cirri, G. B.
  — Graziani.
  — Crosdill, John, †
    1825.
  — Eiffert, P.
1765 Paxton, William.

1770 Duport, Jean Pierre.
1772 Johnson.
  — Ximenes.
1777 Rauppe, Messrs. (der
    ältere, Johann Ge-
    org, damals 14 J.
    alt, † 1814).
1779 Reinagle, Joseph.
  — Dahmen.

1781 Phillips.
1783 Ashley, Chs.
1784 Mara, Johann.
  — Scola.
  — Smith.
1787 Sperati.
1789 Abel (Vetter d. Gam-
    benspielers).
  — Menel.

1791 Attwood, C. († 1807).
  — Damen jun.
1792 Lindley, Robert (†
    1855).
  — Shram, Christopher.

7. Contrabass.

Storace sen. (1763). In den 80ger Jahren: Garibaldi, Kaempfer, Jos. (1784), Ashley, Sharpe, King. — Beverley, J., und Dragonetti (1794)

8. Flöte.

1750 Lawson.
1751 Davies, Vater und Tochter, letztere 7 Jahre alt.
1752 Ballicourt.
1756 Tacet, Joseph.
1758 Reynolds.
— Koebitz.
1759 Kottowsky (Schüler von Quanz).

1760 Florio sen., Pietro Grassi († 1795).
1768 Weiss, Carl (nicht zu verwechseln mit Weise — 1773, Laute).

1771 Wendling, Johann Baptist.
1774 Rodill (auch Oboe).
1778 De Camp, Louis, († 1787).

1781 Sowerby.
1782 Florio, G., jun.
— († Weideman).
1784 Monzani, T.
1785 Graff (Graeff) J. G.
1786 Dulon, F.L. (blind), und dessen Vater.

1792 Ashe, Andrew.

9. Oboe.

1750 Vincent.
— Simpson.
1751 Eiffert.
— Woodbridge.
1753 Barbandt.
1754 Pla (Plas), 2 Brüder.
1757 Bezozzi, 2 Brüder.

1762 Perkins.
1768 Fischer, J. C., † 1800.
— Parke, John (d. ält.).

1773 Girelli.
1774 Rodill.
1778 Le Brun (Gemahl d. Sängerin Danzi).
1779 Sharp.
— Parke, W. Th. (der jüngere, † 1829).

1781 Suck (Schüler von Fischer).
— Parke, zum erstenmal in England, Oboe d'amore.
1783 Patria, Gregorio.
1784 Kellner (Schüler von Fischer).
— Rammu.
1788 Caffaro (von Neapel).
— Hindmarsh.

1792 Ashley (d. Vater?).
1793 Bezozzi, Gaetano (jüngste der 4 Brüder), damals 68 J. alt, † 1798.
1794 Cantelo.
— Mahon, W.
— Harington.
1795 Ferlendis, Gius. (auch „Englisch Horn").

10. Clarinett.

1756 Barbandt.

1763 Weichsel.

1773 Mahon,
1774 Baer (auch Beer), Joseph.
1777 Schaeffer.

1786 Ely.

1790 Lefevre, Xavier.
1791 Flieger.
1794 Hartman, Carl.

11. Fagott.

1750 Miller.
1751 Bombardini.
— Owen.
1752 Baumgarten (Sam.?)
— Dellavalle.
1759 Mackperling.

1769 Sig. Pla (Plas).

1771 Marshall.
— Comi.
1773 Eichner, Ernest.
1774 Ashley (der Vater).
— Ritter, G. W.
1778 Hogg.
— Caravoglia.

1782 S c h w a r z , Andr. Gottlob.
1784 Schwarz und Sohn, (Christoph Gottl.).
— Holmes.
1785 Parkinson, J.
1788 Ashley (Contra-fagott).

1790 Perret.
1791 Kuchler, Joh.

12. Waldhorn.

1751 Skeggs.
1759 Abel, C. F.

1762 Messing, Frederick.

1770 Rudolf (Rodolphe), Anton,
1772 Ponta, Giov. (Punto, eigentlich Stich, † 1803).
1773 Spandau.
[1776 wurde in einem Concert ein Tonstück für drei chromatische Waldhörner vorgetragen.]

1781 Leander (Brüder, 10 u. 11 Jahre alt)
— Gray.
— Thurschmid (Türrschmidt, Johann und Carl jun., spielten, wie auch später Paisa, Instrument von Silber,
1782 Pieltain jun. (Schüler Punto's).
1784 Payola.
1785 Böck. Ign. u. Ant.
1786 Palsa, J., u. Okell.

1790 Buck.
— Duvernois.
1791 Springer und Dworsack (Corni Bassetti).
1794 Dahmen.
— Zoncoda.

13. Trompete.

Snow (1750); Adcock (1763); Jones (1765); Sarjant (1776).

14. Seltenere Instrumente.

1. **Viola da gamba:** Abel C. F. (1759—1787); — Claget; Miss Ford (1762); — Sales, Pietro Pompeo (1776); — Lidel (1778); — Dahmen (1799).
2. **Baryton** (Viola di Bardone): Lidel (1776).
3. **Viola d'amore:** Passerini (1752); — Grossman (1753); — Marella (1759); — Barthelemon (1768 und 1784); — Stamitz (1778).
4. **Viola angelica:** Passerini (1760).
5. **Violetton** (Alt-Viola): Stamitz (1778 „von ihm erfunden").
6. **Kitt** (kleine Violine): Froment (1761).
7. **Spolito** (fünfsaitiges Instrument, nach Angabe Barthelemon's von Merlin erfunden), gespielt von Barthelemon (1778).
8. **Pantalon:** Noel (1766).
9. **Pentachord:** Abel (1760), Reinagle (1783).
10. **Psalterion:** J. Pla (1753).
11. **Calascione oder Calascioncino:** (der Balalajka ähnliche Instrumente, mit nur zwei Saiten bezogen) die Brüder Colla 1753 und 1766).
12. **Mandoline:** Leone (1762); Gervasio (1768).
13. **Guitarre:** Deramoncy aus Neapel (1780).
14. **Laute:** Senel (1756); R. Straube aus Sachsen (1759, † in den 80ger Jahren), Weise (1773).
15. **Harmonica:** (Glasglocken-Harmonica, eine Verbesserung der früheren „musical glasses") Miss Davies, Schumann und Largeau (1762—1767); P.H.Fricke (1778); Marianne Kirchgässner (1794).

NACHTRAG.

Neuere Forschungen und Mittheilungen veranlassen mich zu nachfolgenden Ergänzungen:

In v. Köchel's Mozart - Catalog, pag. 208, ist der in „Mozart in London" pag. 19 erwähnte Canon „Non nobis Domine" von W. Byrd allerdings als eine Composition von Mozart angegeben. Härtel in Leipzig fand nämlich im Nachlasse Mozart's, von dessen Hand geschrieben, auch jenen Canon, jedoch o h n e Text, und nahm ihn mit den unterlegten Worten „O wunderschön ist Gottes Erde" in die *Oeuvres complétes de Mozart, Cahier 16* auf. Herr Dr. L. Ritter von Köchel, der mir dies gütigst mittheilte, hatte die Berichtigung, dass der erwähnte Canon nicht von Mozart, sondern von Byrd componirt ist, auch bereits dem Materiale zu einer zweiten Auflage seines Cataloges eingereiht.

G y r o w e t z scheint aus dem Brande des Pantheon in London (s. „Haydn in London", p. 178), von der für dieses Theater componirten Oper „Semiramis", wo nicht die ganze Partitur, doch einen Theil derselben gerettet zu haben. Eine musikalische Akademie der Clavierspielerin Mad. Aurnhammer zu Wien am 25. März 1801 wurde nämlich mit einer „grossen Sinfonie von Gyrowetz aus der Oper Semiramis" eingeleitet.

Die Sängerin Anna C a s e n t i n i - B o r g h i (siehe p. 246) ist dieselbe, welche am 14. Mai 1797 zu Wien als Semiramis in der Oper „la morte di Semiramide", Musik von L. Borghi, ihrem Gemahl, auftrat. Ihre Schwester, die Tänzerin Mlle. Casentini, führte zu ihrem Benefice, am 28. März 1801, im Burgtheater zu Wien Beethoven's „Prometheus" auf — die erste Vorstellung dieses Ballets („von der Erfindung und Ausführung des Hrn. Salvatore Vigano").

Die, pag. 128 dieser II. Abtheilung erwähnte „Armida" (Opera seria in due Atti) von Haydn wurde am 29. Februar 1784 zu Esterhaz „zum zweitenmal mit allgemeinem Beifall aufgeführt". So berichtet Haydn selbst an Herrn Artaria in Wien, und fügt noch bei: „Man sagt, es seye bishero mein bestes Werk." Armida wurde dann zu Wien im Theater a. d. Wien von den Orchester-Mitgliedern dieses Theaters zu ihrem Benefice am 25. März 1797 als Akademie aufgeführt.

Von befreundeter Hand erhielt ich endlich noch in diesen Tagen die Nachricht, dass jenes, in „Mozart in London", p. 128, erwähnte tafelförmige Clavier (*square*) von J. Zumpe aus der Verlassenschaft des am 23. Februar 1867 verstorbenen Hoforganisten Sir George Smart in den Besitz des Hauses J. Broadwood gelangte. Zumpe's Clavier, 1766 gebaut, ist selbst jetzt noch, nach hundert Jahren, in gutem Zustande und bemerkenswerth durch seine Eintheilung: alle schwarzen Tasten nämlich sind halbirt und jede Hälfte hat ihren eigenen Hammer, so dass selbst Vierteltöne können angegeben werden.

Durch dieselbe Quelle wurde ich auch darauf aufmerksam gemacht, dass die in „Mozart in London" häufig erwähnte Viola da gamba (siehe namentlich pag. 51) noch in unsern Tagen in London als Curiosum vorgeführt wurde. Das Instrument spielte der im vorigen Jahre verstorbene Henry Webb (Violaspieler im Quartett der *Monday popular-*

Concerte) in P a u e r's historischen Concerten in Willis's rooms
im Jahre 1862. Es wurde damals eine der später auch in
Leipzig aufgeführten Seb. Bach'schen Sonaten (siehe Abth. I,
p. 51) aufgeführt und Webb hatte das Instrument eigens zu
diesem Zwecke von einem 80jährigen Musiker erlernt.

Uebrigens wurde die Viola da gamba schon 17 Jahre
früher aus ihrer wohlverdienten Ruhe gestört. Im Jahre 1845
(16. April) wurde nämlich im zweiten *Ancient-Music* Concert,
dessen Programm vom Prinzen A l b e r t selbst entworfen
war, u. a. ein Concerto v. Emilio del Cavaliere (1600) und
eine Romanesca (15. Jahrhundert) aufgeführt; beide Compositionen mit den für sie ursprünglich geschriebenen Instrumenten, nämlich : Violino francèse, Viola d'amore, Viola da
braccio, due Viole da gamba, Chittara, Teorbe, Arpa, Organo
und Violone. Mitwirkende waren die Herren: Loder, H. Hill,
Loder j., Hatton, W. Philipps, de Ciebra, Ventura, T. Wright,
Lucas und Dragonetti (Letzterer damals 82 Jahre alt, starb,
wie p. 307 erwähnt, ein Jahr später). Fétis in Brüssel hatte zu
den erwähnten Aufführungen die Musikalien und mehrere der
genannten Instrumente nach London gesandt. (Programm der
Ancient - Music - Concerte.) Zu demselben Zweck hatte Mr.
Cawse eine kunstvoll gearbeitete Viola da gamba überlassen,
welche von Mr. Richard H a t t o n gespielt wurde. Eine Abbildung dieses ausgezeichneten Instrumentes, nun im Besitz von
S. A. Forster , befindet sich in *„the History of the violin"*,
by W. Sandys, F. S. A. and S. A. Forster. London 1864.

NAMEN- UND SACH-REGISTER.

Gallini, Sir John, 2, 17, 68, seine gemischt. Concerte (Musik u. Tanz) 1791 im King's Th. 123 ff. ; ditto 1792 in Han. sq. r. 184; biogr. 335 — 336.

Garelli, Sgra., Sängerin, 19.

Gautherot, Mad., Violinspielerin, 19, 23, 82. 119, 242.

Gazaniga, Gius., Compon., die Oper „Don Giovanni", 247—N.1 ; 288 ; 343.

Geminiani, Francesco, Violinspiel., 12, spielt, 86 Jahre alt, 197 N. 1.

George III., Protector d. Soc. of Mus. 21 ; 112: Protector d. Händelfeste, 132, 135; wohnt d. Aufführ. des „Messias" 1791 bei, 137; ditto 1792, 201 ff.: 209; Gespräch mit Haydn, 285; Besuch beim Pr. v. Wales, 287; lobt Fischer's Spiel, 332 N. 1 ; 343.

Gerardi, Mlle., Sängerin. 179.

Giardini, Felice de. Violinvirt., veröffentlicht eine Composition als Satyre auf deutsche Musik 179f.; letztes Auftreten in London, d. Oratorium „Ruth". 197 f.

Gibbons, Orl., engl. Comp. u. Org., 62, 336 N. I.

Gillberg, Mad., Violinsp., 24, 289.

Giordani, G., Comp., 90 N. 2, 97, 290, 322.

Giornovichj, Violinsp., 19, biogr. 34f.; 39,110. spielt in Haydn's Benefice 129; 228, 231. 240, 244, 274, 303.

Gluck, Christoph v., 13, „Orpheus ed Eurydice" aufgef. 60: „Alceste" aufgef. 250; „Iphigenia in Tauride" aufgef. 251; 289; 303.

Goodall, Miss, Sängerin, 62.

Gorelli, ital. Sänger, 246.

Goudimel, Claudio, Comp., 214—N.1; Choral von demselben, 215.

Græff (auch Graf, Graff), Flötist, 15, 16, 80, 114, 121, 187. 193, 342.

Graff, Friedr. Hartmann, Comp., empf. v. d. Universität Oxford d. Doctorswürde 142 — 142 N.1.

Grandjean, Mad., Harfensp., 242,268.

Grassi, Sgra., Sängerin, J. C. Bach's Frau, 329.

Grassini, Mad., 325.

Graun. C. H., Comp., 112.

Greatorex, Th., Organist, 9,11,23,27, 233, 238, 240, biogr. 336 f.

Gresnick, Comp., 343.

Gretry. Comp., 69, 97.

Griesbach, Violinsp., 23, Oboist 294.

Guest, Miss, Claviersp., 15, 275, siehe auch Mrs. Miles.

Guglielmi, ital. Comp., 58, 173, 177; „la bella pescatrice", 250; Oratorium „Deborah e Sisara", 290; 345.

Gyrowetz. Ad., Comp., 18,19, bgr. 46f. Beneficeconcert 48 , sein letztes Concert in Wien 48 N. 1, für's Pantheon engagirt 57 , 60 , 82, nimmt sich Haydn an 106 ; 128, seine Oper „Semiramis" im Pantheon einstudirt 178; 187, 188, 193, 162, 267, 268, 353. 375.

Haesler (auch Hässler) , Comp. und Claviersp., 140, 187, 190,196, Beneficeconc. spielt ein Concert von Mozart, Haydn dirigirt, 200-N.1, 201-N. I.

Hagley, Miss, Sängerin, 8, 28, 62.

Händel, G.F., 13, 21, 23, 27, 111 f.; Händelfeier in der Westm.-Abtei 131 ff; 1791 die 6. Feier 135 ff. ; Aufführ. in Oxford 146 ff., 343; siehe auch Messias.

Harington, Dr., engl. Comp., 51, 274.

Harrington. Oboist, 39, 114, 119, 184, 187, 195, 196, 234, 243, 249, 262, 263, 288.

Harrison. engl. Tenorist, 13. 15, 27. 31, 33, biogr. 34 , 54, 55, 78, 80, 231. 232, 233, 288, 290.

— Mrs., Sängerin; 19,24,204, siehe auch Miss Cantelo.

Harrop, Miss. Sängerin, 12, 273, 278, siehe auch Mrs. Bates.

Hartmann. Clarinettist, 187, 262, 268.

Harwood, Miss, Sängerin, 81.

Hasse, J. Adolf. Comp., 13.

Hässler, siehe Haesler.

Hay, Violinspieler, 11.

Haydn, Jos. , ertheilt J. Callcott Unterricht in Instrumentalmusik 9, Haydn's Comp. in den Ancient Music-Concert. erst 23 Jahre nach seinem Tode aufgef. 14 ; soll zu den Conc. d. Fachmusiker übertreten 18 : comp. einen Marsch f. Roy. Soc. of Musicians 22 ; seine Comp. schon 1765 in London angezeigt — 3 Sinf. d. Pr. v. Wales ded. 91 ; Geschäftsverkehr m. W. Forster 91 ff. ; deutsches Urtheil üb. Haydn 95 N.1 ; seine Comp. lange vor seiner Ankunft in Lond. aufgef. 95-97; Haydn's Comp. in d. engl. Oper u. im Orat. benutzt, Biographie und Porträt, schon 1784 in London erschienen 97 ; verlässt Wien mit Salomon 103 ; Ankunft in London 104 ; Angriffe in d. Zeitungen 114 f. ; begleitet Pacchierotti seine Cantate 117 ; v. Gallini f. d. Conc. im King's Theater engag. 123 f. ; die Oper „Orfeo" bleibt unvollendet 127 ; sendet spät. dafür „Armida" 128; wird aufgemuntert in Lond. sich

384

Berichtigungen.

Erste Abtheilung: „Mozart in London."

Seite 14, Zeile 3: 1813, lies **1713.**
  „   45   „   12: 1778, lies **1678.**
  „   47   „   18: 1793, lies **1693.**
  „ 129   „   11: Nr. 18, lies Nr. **33.**
  „ 142   „   7: Mora, lies **Mara!**
  „ 158   „   22: *accentric* lies *eccentric.*

Zweite Abtheilung: „Haydn in London."

Seite 24, Zeile 2—4 lies: Cramer, dessen Sohn François, der brave Violaspieler Hindmarsh, ein Schüler Salomon's, und Smith.
  „ 167   „   24: lies T. Hardy.
  „ 250   „   11 lies: dieser Saison war.
  „ 288   „   10 lies: Neri (Sopransänger).
  „ 316   „   26 lies: G. Ashley, J. Mahon.